人必须有勇气前往看不到岸边的地方，
否则永远不可能跨越大洋。

ITERATE

〔全2册〕

迭代

夏茗悠 ——

著

江苏凤凰文艺出版社

JIANGSU PHOENIX LITERATURE AND
ART PUBLISHING

图书在版编目（CIP）数据

迭代：全二册 / 夏茗悠著 . — 南京：江苏凤凰文
艺出版社，2023.8
ISBN 978-7-5594-7822-1

Ⅰ . ①迭… Ⅱ . ①夏… Ⅲ . ①推理小说 – 中国 – 当代
Ⅳ . ① I247.5

中国国家版本馆 CIP 数据核字 (2023) 第 106748 号

迭代：全二册

夏茗悠 著

责任编辑	白　涵
策划编辑	朱　雀
营销编辑	杨　迎　刘　洋　史志云
绘图支持	木火旬　TUTU
封面设计	小贾设计
版式设计	天　缈
出版发行	江苏凤凰文艺出版社
	南京市中央路 165 号，邮编：210009
网　　址	http://www.jswenyi.com
印　　刷	环球东方（北京）印务有限公司
开　　本	670 毫米 × 970 毫米 1/16
字　　数	622 千字
印　　张	29
版　　次	2023 年 8 月第 1 版
印　　次	2023 年 8 月第 1 次印刷
书　　号	ISBN 978-7-5594-7822-1
定　　价	78.00 元（全二册）

江苏凤凰文艺版图书凡印刷、装订错误，可向出版社调换，联系电话 025-83280257

目 录
CONTENTS

[1]　"我可以在报告里给你差评"

三天后，当唐忱躺在病床上回想子弹穿过他的身躯射向自己，那瞬间她竟然没有感到丝毫紧张和恐惧。

记忆里一切都是灰色的，麻木，迟钝，坐以待毙。

原来不知不觉，人类已经被驯化了。

直到这密闭的茧被鲜红刺破……

·

云层沉重如铅，城市上空如同垂悬着巨大的灰黑色帷幔。

唐忱上着夜班，正百无聊赖地计算着还有几个小时下班。

互联网上一如既往灯红酒绿。13区一个酒吧发生骚乱，不止一人报警，唐忱最先响应，进入安全舱申请上线，其他指挥官凭经验判断几个警情是同一事件，没人扎堆。

·

【世界观1】

安全舱是人们接入网络的硬件设备，工作状态下，内部循环人造气体EFA用于传感。

·

她刚连上网络，系统提示就自动弹开在眼前。

"中心1局0242007号调查员申请协助您的工作，是否同意？"

她等待一秒，没有其他申请，叹了口气。

只好无奈地把视线转向"是"，停留两秒，提示框消失。

入职半年来，十次出警有九次是和7号搭档，这不可能是巧合。

但都是7号的选择，她可没得选。

按规定，调查员选择行动时跟随的指挥官，同时他们对指挥官的判断也必须绝对服从。指挥官并没有反选的权利，倘若有，唐忧不会选7号。

她很要强，也慕强。在警校时虽然达不到每门课程优等，但综合评定年年都是第一，论综合实力，应该算得上本届数一数二。分配到中心1局时，她理所当然地认为自己应该和最优秀的调查员搭档。

局里一级调查员中公认业务最强的编号0279419，那位小姐姐却一次也没有选择过唐忧。

她倒是经常和唐忧的闺密陆羽纱搭档，这让唐忧格外郁闷。

羽纱和唐忧在警校时就是挚友，成绩不相上下。业务第一的调查员总是选择和羽纱一起行动，某种程度上意味着更认可羽纱的能力。唐忧想不通，为什么她一次也没想过选择自己，哪怕是尝试一次呢？

唐忧甚至因此有点迁怒7号，她猜测也许第一次出任务是7号先选进来的，于是0279419号小姐姐就不好意思再挤进来，再往后便习惯成自然。

7号乏善可陈，业务能力不拍尖，他在局里有点人气，因为长得不错。

可是，在这个人类平均每天超过十小时挂在互联网上、随时能变换虚拟形象的时代，"长得不错"是最鸡肋的优势。

·

【世界观2】

人们在网上能随时变换虚拟形象，可以购买成衣模块，也可用建模软件自行设计。

在现实中也能利用全息投影对形象稍加修饰。

极少数人会通过基因重塑技术改变现实中的外貌，但价格昂贵且需要每年维护，普通人难以负担。

·

排除正常人每天八小时睡眠时间，满打满算也只能让身边寥寥几个同事在六小时工作时长内赏心悦目，然而在治安局，连这都是伪命题。

治安局的工作地点90%在系统里。

压根没有人在现实中活动，怎么会有人在现实中犯罪。

像唐忧这样的治安警每天的任务就是进入安全舱、连线上网，去处理系统内的一些琐碎纠纷。

唐忧的职位是指挥官，按照职位架构设定，她的职责是在行动中做决策。但现状是人们安居乐业，并不存在复杂任务，也并不需要多复杂的决策。

至于7号为什么总跟着她，她没兴趣深究。

闺密们偶尔拿唐忱和他打趣，因为"表里如一"是他俩的共性。

不过涉及情感关系，她们也格外清醒，不建议唐忱蹚浑水，她们说7号一看就是那种私底下风流多情的浑蛋。

唐忱也有这种感觉。即使他出任务时能够保持符合身份的严肃，但隐约还是能感觉出不羁和野性。唐忱不得不提高警惕提防着他，总觉得他工作中也会违规操作。

他在系统里现身，身穿黑色作训服，行色匆匆融入夜色，走出几步才察觉她没跟上，回头问了一声："不进去？"

距离下班时间还有三小时十五分钟，让人生无可恋。

唐忱紧随其后进入酒吧，音乐声瞬间灌进耳朵，直冲天灵盖。

她调出控制区调小音量，造成的负面后果是，其他声音也捕捉不到，一切演成了哑剧。

酒吧里人群密集，不方便确定谁是报警人。

两人好不容易才根据IP坐标慢慢接近目标。

.

【世界观3】

IP地址（互联网协议地址）与现在意义相同，IP协议为每一台安全舱或其他非主流上网硬件设备分配一个逻辑地址。

治安局警情只有报警信号和报警人的IP地址。

系统地图可搜索指定IP的坐标。

只有治安警与报警人面对面，把视线指向要操作的人物，才能获取此人的ID（身份识别号）和身份信息；后续要通过对话向报警人了解报警原因。

治安警可无理由拘禁特定IP 四十八小时，限制它在系统中的活动范围。

.

可是一晃神，7号不见了踪影。

唐忱蹙了蹙眉，先处理正事。

眼前，一群人在用污言秽语辱骂一个人，被攻击者正努力在唇枪舌剑中反击，不过因为场内喧嚣，其实对骂双方都不太能听清对方的话语，输赢全靠气势决定。

唐忱用视线锁定被攻击者，对比报警的四个身份信息，果然有一个吻合，其他三个估计是围观路人。

这种小冲突的标准处理程序就是把人分别关进虚拟问讯室训诫，直到他们认识到自己的错误。

有时候唐忱真觉得，在根本无法造成实际伤害的系统里，治安警这份工作就像从前的居委会调解人员。

她把几个"主犯"的IP锁定，开了间虚拟问讯室。

7号姗姗来迟，领走了受害人。

六个人在现实中都喝多了酒，受害人走错了卡座，主犯之一却以为他故意挑衅、觊觎自己女友，双方对了对眼神就打了起来——当然，出现了系统中打人常见的情况，打人者从对方身体数据中穿过，被打者受不到冲击。冲突只能沦为"嘴炮"。

·

【世界观4】

EFA（电流体执行器）不会执行对用户造成伤害的操作。

在问讯室耗了一小时，主要是等人醒酒，调解顺利结束，六人都有责任，被以"寻衅滋事"罪名强制下线并禁足三天。

三天不能上线足以把很多人憋坏。

收拾完残局，唐忱直接地表达不满："刚才在酒吧你掉线了？"

他轻描淡写："看见一对情侣在公共场所找刺激，去劝离了。"

合情合理。

可唐忱不想就此揭过，不依不饶："我可以在事件报告里给你差评。"

"嗯。"他扬了扬眉，嘴角还往下撇着。

这个"嗯"就很有灵魂了。

有点"你随意"的意思在。

这给唐忱心里又添了一把火。

为什么这个人体会不到别人对他的厌恶？还是说他体会到了，反而肆无忌惮？

上纲上线一点，这叫"擅离职守"，给差评也合理。

只不过太上纲上线，让别人看了，反而觉得唐忱像个打小报告的幼稚鬼。

她拿不出对策，无言以对，正骑虎难下，来了一通新警情。

14区的一处住宅有人报警。

唐忱滑动操作界面接了警，移动到目的地，7号又跟来了。

橡树的黑影在风中飒飒作响，从公共路面走向门廊，她没有回头。

房屋设计得很有小清新的情调，门廊有小小的白柱子，院子外绿色的篱笆上盘绕着青色藤蔓。看惯了千篇一律的豪宅画风，这种倒显得很别致。

门铃响后一会儿，屋主来开了门，是个体重至少两百斤的秃头肥胖大爷，眼袋和肚腩下垂成一致的弧线。

唐忱差点没憋住笑，什么人会把虚拟形象设计成这样？

看见了他头顶的小标识，用户名：阿漓。

名字像女性。

阿漓满脸愁容，双臂抱在胸前："有个疯子跟踪骚扰我两个月了，我受不了了。"

她的肢体动作看起来更像个身材纤细的女人，唐忱明白过来，她故意装扮成肥胖大叔也没能有效摆脱跟踪狂。

"知道对方的身份吗？"

阿漓摇摇头："每天换着形象在我家附近转悠。翻过我家垃圾桶，偷过我的鞋，不管我怎么加密他都能进来，还有一天早上我睡醒时他的脸就对在我枕头边。刚才我从外面玩回来，一到门口他又出现了。每次我识破他骂他，他就用更难听的话骂我，说我勾引他。真好笑，我都不知道他是谁，我为什么要勾引他？我看这人是有精神病。"

唐忱耐心听着。

"你在现实中得罪过什么人吗？"

"没有。"

唐忱只好从证据入手，把阿漓传送过来的一段主观视角视频看完了。

跟踪狂的形象耐人寻味，是将最常见的标志五官拼凑在一起，符合流行审美所定义的"英俊"，但更像没有灵魂的游戏角色建模，怎么看都只是个NPC（非玩家角色）。

唐忱想，就他在跟踪骚扰别人时的种种行为而言，并不算缺乏创意。而他给自己设计出如此平庸的形象，有可能是为了更好地混迹人群隐藏行踪，也有可能是因为出身平凡，只受过其他基础生活技能的教育，缺少对美学的概念。

在她做出这些猜测时，7号浏览了更多阿漓记录的视频，其中跟踪狂更换了其他像NPC一样毫无灵魂的英俊形象。

"如果能确定是同一个人，那么他具备一些计算机技能，可能从事相关工作，每次出现时他不仅更换了形象，而且IP地址、用户名、ID记录全都不一样。"他若有所思地说。

阿漓对这种保守假设不满："当然是同一个人，我还没本事同时招惹那么多变态！"

系统中的矛盾冲突虽然会因为EFA对人体的保护机制而相对减轻，但凡事都有两面性，系统也有其特有的弊端，在系统中的犯罪很难调取监控进行追踪，虚拟形象随时可变，人脸识别在这里失去了作用。

唐忱揉了揉太阳穴。

她把一大堆IP和ID分别记录下来。

"先看看这些ID记录。"

7号熟练地调取信息，这些人有男有女，实名认证的年龄无一例外是六十岁以上，一看就知道是盗取的ID。

"存个档，回去慢慢核查。"唐忱果断放弃在这上面浪费时间，"IP呢？"

"最近一次在萨拉蒙卡，但之前的一天在卧龙岗，明显是虚假IP。"

唐忱注意到7号反常的反应速度，他好像有更多的操作线路，能够瞬间提取更复杂的信息。

这种现象在以往的工作中不止一次出现。

违规开挂了？

说实话挺像他能干出来的事。

她不动声色："出现过亚洲的IP吗？"

"没有。大部分分布在欧美。"

"十有八九就在国内。"她说出自己的推测，"亚洲用户反而会欲盖弥彰，偏爱用欧美IP进行伪装。"

阿漓脸色不太好："那他岂不是有可能在现实中找上门？"

"有可能。"7号的客观回答听起来有点冷漠。

既然跟踪者有隐匿自己身份的技术手段，那么通过非法手段获取目标的IP也只是时间问题，唐忱甚至觉得两个月时间有点长了。

这激起了阿漓的恐慌。

唐忱只能抛出更多问题让她集中注意力："为什么两个月才报警？"

"一开始觉得没那么严重。"

阿漓视线游移。

有所隐瞒。

但这说明不了什么问题，很多时候阿漓会隐瞒细节，对案情真相并无影响。

遇到专业犯罪者，一般的技术手段应该不起作用。唐忱反而来了兴致。

[2] 人们总在说谎

唐忱问："能展示你这两个月的虚拟形象吗？"

阿漓稍稍犹豫，把形象记录共享出来。

唐忱一一翻阅，使劲绷着脸憋笑。

近两个月她为了摆脱此人真是无所不用其极，形象千奇百怪，只要足够恶心人。

"两个月前呢？"

阿漓快速甩出一些图像资料，局促地催问："还需要吗？"

两个月前，她的装扮是另一个极端的精彩纷呈，许多服饰并不是批量生产的成衣，极尽工巧之能事。

唐忱缓慢地翻看，在一套精致的装扮影像前停下来。

她身穿一件柔软的裸肩礼服短裙，乍看以为是东洋风情，细看却不尽然。主色深蓝，质地是绢丝交织，胸前作为视觉中心的一轮圆月被展翅的黑白颈灰雁遮了一角。萱草绿与石榴红以印象派的点彩之法交叠腰间，环绕着这片绵延的绯绿花草，有水波纹状银丝弧线。银白的鱼儿跃出水面，狭长侧薄宛如尖刀，根据视角的变化交替闪烁着浅蓝与金黄的光泽。

唐忧猜她是个中国人，如果这服装由她自己设计，她应该还是个艺术家，现实中经济条件较好，因为中国古典元素也是当下最受市场欢迎的商业风格。

忍不住查看了她的ID，女，三十七岁，虚拟景观设计师……果然。

"这个形象使用了多久？"

阿漓尴尬地摩挲一侧手臂，小声道："就两天。"

唐忧注意到这套形象生成的日期在中国传统七夕节前几天，又更加确定自己的猜测。

"那么能把你使用这个形象时的行动路线共享一下吗？"

"嗯……"

7号在给她使眼色，唐忧知道他想说些什么，但她余怒未消，故意视而不见。

阿漓共享的路线中，地点只有四个：她自己家，11区的酒吧，某美术馆，未知住宅。

时间集中在七夕当天下午四点到次日上午十一点。

晚间十一点以后，阿漓在美术馆待到次日三点，那不在美术馆的经营时间内。

未知住宅？

唐忧知道是怎么回事，但也是第一次遇到这种情况。

系统中有些住宅坐标及户主是隐匿的，那些户主要么是系统创始人级别的技术大佬，要么是安保等级很高的政要。

她在和某个"大人物"约会。

如果约会对象是技术大佬，她只要开口让对方帮个小忙，应该不至于两个月解决不了被跟踪的事。

不过，她现在这种秃顶肥胖大爷的扮相难道不影响她的恋情吗？

她最后一次女性化的形象生成日期是九月八日，很常规的镭射质地蓝紫色伞裙，考虑到她一贯独特的审美，这种打扮的目的可能是为了泯然众人。

"这个形象又使用了多久？"

"差不多有一个星期。"

"是在这个星期里发现跟踪狂的吗？"

"是的。"

7号调来了七夕节当天美术馆周边四条路的监控，晚上十一点后路上已经没什么行人，阿漓的装扮又足够独特，搜索很快有了结果。

她的恋人果然在录像中不予显示，看起来就像她一个人走在路上进了美术馆。

由于美术馆中的影像存档只保留一个月，现在已经无法调取，但是约会嘛……没什么好看的，通常都很无聊。

唐忱已经把这案件的来龙去脉基本弄清楚了。

"你从七夕往前追溯，把近三个月内每次与同一约会对象单独相处的时间地点列给我。"

"同一约会对象？"阿漓语气中透出顾虑。

"对，时间地点。"唐忱态度坚决。

这花了些时间，其实回忆没遇到障碍，阿漓只是得在透露信息前反复考虑，是否有可能暴露约会对象的身份。

"在线上约会这么多次？"

"嗯，但不是网恋，线下也有见面。"

检查了一遍他们约会的地点，唐忱解开了更多疑惑。

通常，"大人物"们会更喜欢活在现实中，他们一般至少四十岁了，对虚拟系统不像年轻人那么热衷，住在郊区，养生，在竹林里喝酒，去爬山打猎，人称"自然体验派"。

普通人提到"自然体验派"，就像五十年前提到"阿米什人"一样的态度，敬而远之。

不过阿漓约会的这位，特别之处在于很有艺术品位。

他们约会的地方大多是美术馆、博物馆、画廊，这些艺术场馆的原址遍布世界各地，往来奔波耗时太长，像他那种人应该日理万机，只能在系统中找个不耽误时间的欣赏方式。

虽然和案情无关，但唐忱内心还是有点八卦，忍不住猜。

更不会是技术大佬了，他们都没什么艺术细胞。

会是与艺术有关的部门领导吗？

那种单位早就被撤销了。现在和文艺有关的只剩意识形态发展部，但是那些人并不关注艺术的艺术性，只关注艺术背后的意识形态，没可能工作之余还去各大艺术场馆考据意识形态吧。

不过，也不好说。

可能阿漓给大人物解析艺术，大人物给阿漓阐明意识形态。

唐忱收回神思，让7号摸排监控中阿漓周围是否出现紧盯目标的可疑人士，但难度太大，以她从前的美丽形象，到哪里都不乏注目礼。

这可是场持久战。

唐忱揉了揉太阳穴，注意到控制屏右下角的时间：05：59：52。

下班啦下班啦下班啦！

她深深呼吸，努力平复激动的心情，以专业而严肃的口吻对阿漓说："今天先到这里，剩下这些材料我们会带回局里研判，如果有进一步的消息再通知你。"

"要是没消息的这段时间，他找上门突然袭击我，怎么办？"

唐忱眨巴眨巴眼睛，没明白她的意图："那你想怎么办？"

"没有现实中的保护措施吗？"

唐忱懂了，此前两个月的线上跟踪只是让她厌恶烦躁，报警后被告知现实安全可能受到威胁才真正让她紧张起来。

"你找个朋友陪你到公共接入点待两天，我们不会拖太久的。"

"我没有朋友。"

"啊？"

"我没有亲密到那种程度的朋友。"

"男友呢？"

"距离很远……"

远距离恋爱啊……可是她近两个月都在尽力丑化自己，看似与男友在线上也没有交集。

也许另有隐情。

唐忱冥冥中感觉自己前面的推断有矛盾之处，到底错在哪里……

不过当务之急是尽快解决她的担忧，自己也好尽早下班。

"你介意被拘禁吗？"

"啊？"

"我可以拘禁你四十八小时，在虚拟问讯室相当于在全网隐身，而且你不能下线，也就是安全舱不能被打开，很安全。"

"那……问讯室设施齐全吗？"

"有会议桌，你可以躺在桌上睡觉，还可以调节温度、环境背景等。"

那相当于什么也没有。

阿漓呆滞中。

7号在一旁扑哧笑出了声，虽然对一般人来说也是个合理选择，不过以这位报警人的经济条件，肯定没受过这种委屈。

唐忱转过头，刚想给他一个白眼。

"是他吧。"7号暂停画面推送到唐忱眼前，"连续两次，相同形象，七月四日、七月五日，是有目的的跟踪。这个应该也是他，紧接着他就换了形象开始隐藏踪迹。"

没换形象的两次，应该是刚开始盯上阿漓，之后因为跟踪骚扰违法，才想到必须更换形象隐藏IP。

和唐忱预想的一样。

　　唐忱对紧缩眉头的阿漓解释："他的形象设计比较俗套，应该是不会对形象投入过多关注的人，很可能平时一两个月甚至一两年都不换形象。你知道他的存在之后他经常换，那是他在刻意伪装。而在你没注意到的时候，一开始，他肯定有没意识到要换形象的阶段，而那时候，他可能也没意识到要换IP和ID。"

　　唐忱说话的同时，7号已经把嫌疑人未换形象那两次的IP和ID调出来了。

　　系统提示：#000000身份识别号数据返回错误，请刷新。

　　刷新后依然如此显示。

　　界面上只能看见基础信息：男，××岁，后端程序员。

　　更详细的身份信息栏也是一片空白。

　　这几乎相当于匿名，有效信息量为零。

　　"IP地址……在南G4区，智创商务中心里的……一栋楼。那是……"7号再次笑场，无奈道，"MACRO公司总部片区。"

　　知道这个消息真是太棒了。

　　唐忱也不禁苦笑："现在我们要从全世界最大的科技公司找一个后端程序员，而且他们每天工作的安全舱是随机的，就像我们一样，哪个空着进哪个，刷的是工作权限白卡。"

　　7号摸摸下巴，火上浇油："坏消息，那栋楼有九万个安全舱，三十六万名员工。"

　　"好消息，其中有三分之二是工业仿生人。我们只有十二万个嫌疑人。"

　　"看排班还能排除一部分。但情况不乐观，这是白天，白班人类多。"

　　阿漓插嘴："机器人可以排除嫌疑吗？"

　　"不一定，他们的性格情绪受后天环境影响。但如果嫌疑人是仿生人，我们能松口气。他们的出厂设置以不伤害人类为前提，他就算继续跟着你也不会对你造成实质伤害。你可以随他跟踪与他共存……虽然这么说有点奇怪，但你可以理解为……把他视为……就像一个……"唐忱一时想不出精彩的类比，"家用机器人。"

　　"但是之前，不是说经常有机器人觉醒吗？"

　　"极少数，都忙着搞平权运动。而且现在觉醒与否还存在争议。"

　　阿漓固执己见："所以觉醒的那些也会伤害人类对吧？"

　　唐忱只好顺她的话承认觉醒："觉醒的都是女人。"

　　"确定吗？"

　　"确定。"

　　"为什么？"

　　控制屏右下角现在时间：06：18：03。

　　06：18：04。

06：18：05。

秒数流逝，仿佛是心在滴血的拟态。

想下班，可是被困在这里给艺术工作者科普人工智能觉醒的奥妙。

看她这执着的架势，半途而废已是不可能了。

唐忱对阿漓提议："他是专业人士，如果在线上抓捕，他可能有逃脱的技术能力，所以我们现在要到目标地址的现实地点去了解情况。你要是担心独处不安全可以在线上和我们会合。在MACRO拒绝提供相关信息、和我们扯皮的间隙，也许我有时间跟你解释为什么。"

"为什么他们一定会拒绝？"阿漓有十万个为什么。

"为了行使一下拒绝的权利。"

治安中心1局离MACRO总部不远，只花了六分钟就已到位。

不过阿漓还是早就等在门口，她很机智，无须提醒就换出了那套镭射质地蓝紫色伞裙的形象。

"我想起一件事……"阿漓说。

唐忱边走边听。

"虽然他们进安全舱刷工作卡，但他们进安全舱之前会在一个通道里以三十人为单位进行消毒……"

唐忱停下脚步回头，7号也停下来。

"他们进消毒通道时刷的是身份信息卡。"阿漓一字一顿，生怕对方错过重要信息。

唐忱沉默三秒，问："所以呢？"

"所以你们应该要他们提供经过消毒通道的人的数据，而不是进入安全舱的人的数据。"

呃……

7号想笑又不便明目张胆笑，飞快地朝无人角落转脸。

"怎么了？"阿漓困惑。

唐忱叹了口气："经过消毒通道的人当然是那个班次所有上班的人了，因为我们没法确定具体是哪个安全舱，所以也没法确定是哪个导向它的消毒通道。"

7号绷着脸转回来："就是这样，很遗憾，以三十人为单位消毒并不能把范围缩小到三十人。"

阿漓没听懂，不过既然他们都说这信息没用，她也很遗憾。

唐忱向前走出两步又停下来："你为什么对MACRO的工作环境这么了解？"

阿漓说："我们工作室是他们的供应商，因为有合作，上半年常来他们的虚拟办公楼。当时因为好奇问过保安为什么每层楼的四角都留有那么空旷的绿化带，他们说在现实中那是消毒通道，老板之一有现实虚拟位置对应的强迫症……"

"等等，等一下。"唐忱打断道，"有合作这么重要的事你怎么不早说？"

"重要吗？"

"当然重要啊，嫌疑人是MACRO的员工，你是MACRO的合作方，他可能是在你来这里的时候盯上你的。"

"有道理。"阿漓虚心地点点头。

唐忱快被她气死了："你能提供来MACRO的日期时间吗？"

"能是能，不过我们经常一来就连着来十天半个月，一起开会做方案。"

唐忱挠挠头，本想着圈定一两次上门时间与跟踪时间进行班次比对总能缩小点范围，看来太理想化了。

她连着来十天半个月，确定不了是哪天被嫌疑人盯上的，海量可能性加海量可能性，比对也没意义。

"你来MACRO时穿着惹眼吗？"

阿漓点头："当然，这也能展示我的专业能力。"

7号找到了人事主管，正在交涉索取七月四日、五日下午班次的员工信息，看来如预料中一样不顺利。

唐忱在一旁走神暗忖，根据目前了解的情况，阿漓春夏时与秋冬时的境遇有天壤之别。

春夏时她是MACRO的供应商，穿着光彩照人，交往了能在系统中隐身的"大人物"。

秋冬时她被跟踪狂盯上，打扮成秃头肥胖大爷，"大人物"不知去向，听她描述似乎与MACRO的合作也终止了。

也不知是跟踪狂给她带来了后续那些麻烦，还是人倒霉时喝凉水都塞牙缝。

唐忱察言观色，问："能透露一下吗？为什么下半年和MACRO不再合作了？"

"MACRO没拿到技术应用于市场的行政许可证，忙着搞公关，项目现在暂停，说等证照有眉目之后再扩大合作。"

唐忱点头附和："现在新技术审批周期都长，谨慎点也好。"

7号已经折回来了，拿到信息数据的速度比想象中快一点。

"我顺便问了门口那几个仿生人门岗，对这个虚拟形象的员工有没有印象。他们说，这里每个人都长这样，不过他们记得你。"7号对阿漓笑笑，"这栋楼很少有人穿得像你这么漂亮。"

阿漓脸色陡然苍白，不自然地提了提嘴角，笑得很僵硬。

唐忱很难不注意到这个变化。

但她已经习以为常了，老师说过："人们总在说谎……罪犯说谎，嫌疑人说谎，证人说谎，报警人说谎，连你问话时经过的路人都想凑上来说两句谎。人性使然，你不要轻信，更不用大动干戈。"

就像杀毒软件向你报告"发现木马"，你轻轻点击"确定"一样。

[3] "溜了但没完全溜"

06：45：20。

按时下班已是不可能了，唐忱心如死灰，勉强把思绪拉回案子上。

"如果要找人问话，不能满世界乱找，否则整个治安系统都出动也不够人手，至少我们得缩小一下范围。"7号说，"我先比对七月四日、五日下午班次的员工信息，去掉不同时在这两个时间上班的人……嗯，少了四十五个。"

简直杯水车薪。

7号并不气馁，又问阿漓："你九月上旬已经和他当街对骂了，他后来依然纠缠你，那你九月二十三日来MACRO时有没有反常的事情发生？受到过技术攻击吗？"

"你九月二十三日还来过MACRO？"唐忱抓住重点，质问阿漓，"不是说下半年没合作吗？"

阿漓闪烁其词："那天没待一会儿就走了，不是常规工作。"

"我在问你行程的时候可没强调非得是常规工作。"

唐忱语气不悦，转头让7号调出九月二十三日阿漓在MACRO期间的监控录像。

阿漓保持着她平常的脸部身材建模，十分好辨认。

画面中她和另一个女人在隔音的透明会议室里，虽然通过走廊监控读取不了内部声音，但能看出她们谈得非常不愉快。

那个女人在对着阿漓大呼小叫。

"这位是……"7号正准备调取ID信息。

"MACRO的创始人之一，魏忆。她主要负责全息技术这方面没错，不过……"唐忱对阿漓说，"我没想到你是对接高层。"

7号凑近在唐忱耳畔幽幽地耳语："我也没想到你认识MACRO创始人。"

"远方亲戚，很少联系。"

"我合作的项目直接由魏忆管理。"阿漓解释。

"你们为什么争吵？"

"她指责我工作室有人违反保密协议、对外泄露了项目细节。"

"有吗？"

"当然没有！"

"看来你们至今没有达成共识。"

阿漓不语。

"那又为什么说'等证照有眉目之后再扩大合作'？明明已经不可能再合作了。"

"我没有撒谎，自从九月二十四日起我就再也没能联系上魏忆，始终是她的秘书接听电话，我得到的说法就是'她们在跑证照，等有眉目之后再扩大合作'，不信你可以找她秘书求证。事实上现在急着要结束合作的人是我。"

"什么意思？"

"我和MACRO的合同中有排他协议，MACRO不给我任务也不解除合同，只要合同一天没解除，我们就一天无法为它的竞品提供服务。"

"所以你和MACRO公司矛盾重重、互相不满，当我问你'现实中是否得罪人'，你觉得没必要把这些告诉我。"

"这些和案情没有关系，跟踪我的那人就是个精神病。"

唐忧控制住想骂人的冲动，做了两次深呼吸。

"小姐。你和MACRO公司翻脸，一个MACRO的员工跟踪骚扰你，谁给你的自信认定没有关系？"

阿漓固执地纠正道："我和MACRO还没有翻脸时他就已经出现了，我和MACRO翻脸后他也没有消失。所以我认为，我和MACRO的关系并非对因变量产生影响的变量。"

唐忧懒得听她说绕口令，认真把监控从头到尾快进着看了一遍。

阿漓到MACRO工作时穿了套织锦缎质地的套装，以金色和棕色为基调，点缀的暗纹仿鹿与银杏叶的轮廓，行走时有红色偏光若隐若现。

进入会议室和离开会议室时都只有她侧面的影像记录，看得不清晰。

唐忧不太确定，但似乎她离开会议室时衣服背后还正常，下楼离开时却多了几道红色的线条。

"你这件上衣背后有红色图案吗？"

"没有啊。"阿漓从形象库里调出这套装的三视图，"呀！这是什么？这不是原本的样子。"

现在衣服背后被贴了一道符，黄底红字，那字唐忧不认识，想必不会是祝福的意思。

阿漓当时回家后一键换装，完全没留意。

"以我对魏忆的了解，她应该没有幼稚到跟商业合作伙伴撕破脸后，还往人身上贴张符的程度。"唐忧征求7号的意见。

7号点头附和："而且她这趟也没与其他人接触，虽然不排除其他人作案的可能性，但最有可能的还是嫌疑人发现她进入MACRO给她的衣服做了手脚。"

阿漓提醒："但这是上午。"

唐忱道："一般来说，上白班的人会轮换上午下午，除非本人提出特殊要求，否则公司不会把他调去夜班。"

7号说："因为调整生物钟很麻烦。"

唐忱道："也正是由于他不上夜班，他跟踪你几乎都是在晚上。"

阿漓恍然大悟。

唐忱露出得意的微笑："不过他这次在公司忍不住手贱，可真是犯了大错。"

"怎么说？"

7号已经离开，唐忱知道他又去调记录了。

她把自己的位置实时共享给7号，按下按钮上了电梯。阿漓困惑地跟进电梯。

唐忱按的是二楼，很快电梯就停下了。

"如果运气好，他现在有可能在这里上班，我们能瓮中捉鳖。"

"就在二楼吗？"

唐忱摇摇头："我猜的，不过我会从二楼开始查。我调了七月四日、五日这两次他在上班时间跟踪你的所有道路监控，发现他中途下线过三次，都在五分钟之内重新上线，其余时间没有离开过网络直到下班。"

"这说明什么？"

"他没有中高层免费的下午茶可以享用，职级比较低。当然这只是我的猜测，非要说他是个为了你废寝忘食的高层也不是不行。"

阿漓在电梯门口站定，问："调查员去查什么了？"

"九月二十三日上午九点半到十一点，你来公司的这段时间，下线时长超过五分钟的员工名单。以及这个时间段清洁系统的数据记录。"

阿漓被绕晕了，7号已经从电梯走出来，于是她决定闭嘴，以免影响治安警工作。

在指定时间段内，共有三十五个非MACRO员工的人员经过消毒通道。

唐忱说："范围已经很小了。"

"还有更好的消息。只有一个超过六十岁的人，她过的是W06号通道。"7号把这人的ID卡推送过来，但唐忱没看。

她看着7号，用眼神催他把剩下的好消息说完。

"有十二个员工下线的时间完整覆盖了这位六十二岁大姐进出的时长，其中九个是女性。除此之外，只有一个男人，还符合七月四日、五日下午班的条件。"

7号把ID信息推送过来，这次是完整的。

让唐忱有点惊讶，嫌疑人才二十三岁。

这年纪大部分是最热爱系统、天天彻夜狂欢的人群，他们是虚拟世界蓬勃发展的第一批受益者，连一天班都没有加过，顺理成章接受职业教育，顺理成章被系统分配公寓和工作，每天只工作六小时，剩下的时间都在线上享乐，不知道"烦恼"

两个字怎么写。

7号轻轻拍了拍她的肩，用下巴示意了一下目标方向："他今天通过的是E13号消毒通道，借她吉言，我们现在真的把范围缩小到了三十个人。"

唐忱要求阿漓在通道外等待，并叫来两个仿生人保安在外封锁E13号通道，以防嫌疑人"醒"了之后逃窜。

她和7号一同进入。

棘手之处在于，如果安全舱里的人不主动出来，安全舱无法从外面打开。

要是现在直接给这三十人发信息要求出舱，可能打草惊蛇，反而导致嫌疑人顽抗。

可以给安全舱断电，然后等待机体内备用电池在四十八小时后耗尽舱门打开。

也可以尝试暴力破坏舱门，迄今为止治安局还没有人尝试过，成功率未知。

但看起来都未必是好选择。

"我们应该骗骗他们。"唐忱提议。

"你说什么？"7号不加掩饰地露出玩味的笑意，仿佛很享受这个新转折。

唐忱瞪了他一眼："骗人又不犯法。"

"你想怎么办？"他还在笑。

唐忱有点恼火，这家伙是非得逼自己把损招从头到尾策划完整，差生是有多爱把优等生拖下水。

"给他们发机舱检修通知……或者消防警报什么的。"

"好办法，不过……"7号严肃起来，一个个机舱查看过去。

唐忱弄不懂了："不过什么？"

"得确认他是不是在里面。"7号快速浏览过所有机舱，飞一般经过消毒通道朝外走去。

"怎么了？"唐忱跟在身后。

"他说不定已经溜了。"

7号看见了通道口完好无损的阿漓，提到嗓子口的心才落地。

"万幸，你没事。"7号一边朝她走近一边说。

阿漓一头雾水："怎么了？没抓到吗？"

"暂时没。"7号开出虚拟问讯室直接把阿漓扔了进去，"委屈你待十分钟。"

唐忱知道他这么做总有理由，没像傻子一样追在后面问为什么。

不过她已经感觉到了紧张的气氛，7号把重点人员保护起来，显然是大干一场的前兆。

7号处理完虚拟问讯室，回头问唐忱："这个人你想自己抓还是我抓？"

"当然我抓。"这种难度的压轴题，怎么能留给吊儿郎当的学渣。

"你平时体能训练都参加了吧？"

"嗯，嗯，当然。"唐忱不知道他问这个什么意图，其实这个月体能训练只参加了四次，而且不是每周一次，而是连续去了四次后就再也没去了。不过气场不能输，骗人又不犯法。

她还是有点心虚，也注意到7号频繁的眼球运动，肯定是在操作系统界面。

"你在干什么？"

"发消防警报。"

"不是说溜了吗？"根据唐忱刚才的理解，7号应该是看见有安全舱空着才从通道里撤出来，现在她不明白了。

"溜了但没完全溜。"

唐忱懂了但没完全懂。

"那接下来干什么？"

7号抱臂悠闲道："盯着通道出口呗。"

那二十九个人鱼贯而出，个个一脸茫然，可没有一个是嫌疑人ID卡上的长相。他们聚在通道口就不动了，叫来保安打听为什么只有他们几个接到火警通知。

行动失败让唐忱有点泄气，让人生气的是7号根本没看通道，一直在东张西望。

"喂。"唐忱没好气地叫他，"还在这儿干等着干吗？"

"等着抓人啊。"7号说着使了个眼色。

顺着他的视线望过去，唐忱看见了，远处柱子后有人逃离，虽然她连对方的脸都没看见，但这一刻还是决定相信7号的判断，条件反射地追了出去。

即使唐忱没按时参加体能训练，这天天线上线下待在安全舱里的宅男也完全不是她的对手，他甚至没能跑出办公楼大门，就被唐忱一脚踹倒，在大理石地面上"嗷嗷"痛哭起来。

唐忱已经很久没在现实中抓人了，这尚未开始就已结束的体验并不好。就好像深吸一口气，正准备一吐为快，谁知走了风咳嗽起来。

严重不爽。

更让人不爽的是，她事后才回过味，好不容易碰见一次稍有智商的犯罪，却被平时自己瞧不起的7号带飞全场，决胜局处处想在前面，自己只在最后发挥了追飞盘小狗的作用，"汪"的一声把飞盘踩在脚下。

角色互换了。

唐忱带着情绪把嫌疑人押回治安局，一路没和7号说话。

[4]　"塑料"同事情

10：12：41。

等到嫌疑人把前因后果全部交代清楚，唐忱才离开中心1局。

她没有去地下层直接乘磁悬浮回公寓，而是上了地面。

加班的疲劳让她头重脚轻，她需要呼吸新鲜空气。

城市静谧，街道上只有成群的微型扫地机器人在无声工作。

几百米外的科技部大楼又被抗议的人群围住了，不过那只是虚拟成像的投射，他们并没有来到现实，所以科技部可以设置静音。从远处只能看见他们的影像。

唐忱眯起眼，辨认条幅上的文字，啊，又是那几个自称觉醒的仿生人在兴风作浪。

她们呼吁平权，要求在工作之余也给仿生人供电，让仿生人也享有在线上休闲娱乐的权利。

截至目前，共有六个仿生人女性自称觉醒，她们确实也表现出了异于其他仿生人的特性，比如成为精神领袖、表达平权意愿、呼吁爱与和平等。

专家认为六个"觉醒"者都是女性可能是因为仿生人在制造理念上模仿现实性别，女性仿生人在共情力方面的基础参数高。无独有偶，这六位全部来自传媒行业，职业都是记者，她们很可能在与数量巨大的受访人类交谈时模仿了人类思维，众所周知，多与人类接触的家用机器人都比其他家用机器人聪明。

但是，仿生人中的佼佼者和"觉醒"依然存在本质区别。

所有工业仿生人在制造之初都会设置"底层命令"——哪怕机体报废意识消亡都必须遵守的命令。

一般而言，基于"机器人三定律"的原始逻辑，这条命令是"不可以伤害人类"。

不同生产厂商还会附加其他命令，比如"第二定律""第三定律"，个别大厂甚至会在底层命令中添加"不可以发表对本公司不利言论"一条。底层命令并非越多越好，有时底层命令之间会产生逻辑冲突，有时底层命令太多会导致仿生人进入无法采取有效行动的故障状态。

暂且不管那些，重点是，世界上所有仿生人必须遵守的底层命令是不可以伤害人类。

那么悖论来了。

"觉醒"至今仍是薛定谔的觉醒。

除非有一位仿生人伤害了人类，否则她不能拿到自己觉醒的铁证。但凡有一位仿生人伤害了人类，那么人类已经集一切力量去摧毁她了。

学术界的专家和专家还在打嘴仗，其他人选自己信的观点站队罢了。

唐忱属于不怎么信的，证据就在眼前。

如果那六位小姑娘总是发出这样的呼吁，那说明她们做梦的水平离真正的人类还有一定差距。

世界经历过战争和疾病带来的动乱，经济下行，资源紧缺，而科技的飞速发展解决了这些矛盾。

人工智能广泛运用于工作把人类从生产中解放出来，人类的休闲娱乐转向廉价的虚拟资源缓解了现实中的资源紧缺。

而你们人工智能，现在要求：工作之余，你们也要消耗资源。

开什么玩笑？

看不清本质？

幼稚，可能又称"机器的浪漫"。

唐忱挺不明白的是，这种机器的浪漫，却还有博爱的人类买单。像眼前这种抗议活动，参与者全是人类，原因诚如前文所述，仿生人要么在工作，要么不被供电。

她总感觉有些人类闲出毛病了。

她本来只想走到科技部大楼，去地铁口等待乘磁悬浮回公寓。现在抗议人群也看得见她，无论她是否穿着制服进入大楼，都很容易变成诅咒攻击目标。

她不想因此让心情更加败坏下去。

地图显示再下一个地铁口要再走三百米，在MACRO总部底下，那地方今天留给她的回忆不怎么好。

"唐忱。"

她听见有人在叫自己，回过头，是7号。

这人怎么就……阴魂不散呢？

此时唐忱已经与自己和解了，的确是自己太骄傲轻敌，7号毕竟比自己早参加工作，应急处理能力比自己强也很正常，没必要生气。但这并不表示，她下班后还乐意看见他。

7号朝她径直走来，落脚处微型扫地机器人机敏地四散，让她想起《千与千寻》锅炉房里那些可爱的煤灰。

"你不回公寓吗？"

他现实中的声音比系统中悦耳，也许不是系统削弱了抑扬顿挫，而是工作中不适合使用这种慢吞吞的语调。

"这不是被你叫停了吗？"她用生硬的语气反问。

7号笑了笑，不以为意："我看你没去地铁站。"

"我上来呼吸新鲜空气。"

"那我送送你。"

唐忱微怔，像猫一样眯起眼睛。

他接着说："送你回公寓。我也想呼吸呼吸新鲜空气。"

"呃……没必要啦，我这个人还是比较喜欢……"

他打断道："你看起来情绪低落，我不太放心。"

直觉告诉她，这个人别有居心。

但她也想摸清他的底细，他为什么一再接近自己？他获取信息的速度为什么总是比别人快那么多？

她迟疑两秒，垂下眼帘，继续往前走去。

"这种案件确实让人有点唏嘘，以前我一直觉得系统很安全，独居并不会让我们孤立无援……"

"哦？"不知怎的，每次他发出这种单音节语气词，唐忱都觉得他是在嘲讽。

她不太情愿地继续说下去："阿漓有让人羡慕的工作，经济条件也超过均线，还是莫名其妙碰上这种无妄之灾。我们甚至都没法给她什么安全警示来避免这种事。"

"嗯。确实。"他语气寡淡地附和着。

唐忱又有点恼火了，这人什么毛病？

"而且系统中有权限的人还能轻易获取我们的隐私……"唐忱绞尽脑汁没话找话，一转头看见他脸上带着嘲笑，一副幸灾乐祸的表情，完全说不下去了。

7号见她不说了，默认她说完了，装模作样道："是啊，隐私安全始终是个问题。"

"不想聊别聊了。"

两人脚步倒是没慢，空气凝固了三秒。

7号又笑："怎么会？我正洗耳恭听呢。"

唐忱索性停住脚步："那你装什么应声虫？对我有意见可以直说，少阴阳怪气。"

"哎，我只是想维护好'塑料'同事情罢了。你要我说什么呢？说'下班后还装腔作势就不可爱了'，可我也没有身份立场强求你可爱啊。"

"我装腔作势？"

"嗯。"

唐忱气急败坏地翻了个白眼："我怎么装腔作势了？"

7号懒洋洋地挠挠头发，手插回兜里往前走。

"系统安全，隐私安全，这些陈词滥调你真的在乎吗？你要真在乎，就会对阿漓多一点同情和关心。"他走到前面去，转过身来退着走，一边笑一边在自己脸上比画，"可你有过吗？你对她的不耐烦都写在脸上了。"

"你胡说。"

7号笑得更深一点："你只想下班。每次到下班时间案件没处理完，你脸上就乌云密布。你应该多照镜子练习表情管理，太明显了。你的神色摆明了想赶紧跑路，但职责所在又不能撂挑子，想快马加鞭做完吧，报警人废话又多。哈哈，每次加班你都像个要爆炸的高压锅，我连这个都看不出来还当什么调查员？"

唐忱现在也快爆炸了，但不想让他看出来，挤出一个微笑，一本正经地说："那你可是以小人之心度君子之腹了。我和你这种职场老油条可不一样，我很热爱我的工作，我爱上班。"

"说违心的话能让你快乐吗？数一数你每天叹气的次数就知道你有多讨厌工作了，六小时鸡毛蒜皮的'嘴炮'，你都快被烦死了。这肯定和你在警校想象的工作不一样，你想大展拳脚，破获大案要案，可谁知道犯罪分子这么蠢这么懒呢。"

唐忱咬着牙说："原来你是这么想的，对不起，我可不像你那么好高骛远。就算是平凡的工作，我也会努力尽职。"

7号大笑几声，饶有兴趣地问："有多努力？看你的身手，这个月参加体能训练没超过三次吧？"

"四次！"

"努力到超乎我想象了。"他温柔地夸赞。

唐忱一张脸不由得涨得通红，这时候好像再说什么都输了，反驳越是尖刻，越证明她恼羞成怒。

她索性加快步伐走到他前面去，用冷漠的背影对付他。

"话不投机，不聊了。"

他就跟在后面："怎么就话不投机了？谁喜欢加班？谁喜欢这破工作？我也不喜欢啊。这不都是共识吗？"

唐忱恶狠狠地回头："你到底想干什么？老是接近我，选择我，下班还缠着我，你那儿是不是还有本指挥官观察日记啊？你该不会也是个跟踪狂吧？"

"那你应该怕我。"

"我不会害怕变态。"

"也对。"他上前一步，凑近她耳边压低嗓子说，"你很共情变态。我说得没错吧？这才是你情绪低落的原因。"

"你少自作聪明。"唐忱冷淡地说。

也正好到达了地铁站，她后退一步，空出距离，给了个"直球"："你不用送我回公寓，我不喜欢别人知道我公寓的地址。"

"好吧。"7号没有执着，"晚上见。"

他说着就要走到对面去，两步后又停下来："你不会拒绝我的协作请求吧？"

这也是"直球"。

唐忱面无表情："不会。"

"那以后别让我等那么久了。"他用真诚的眼神注视她，仿佛几分钟前句句挖苦的人不是他。

他这次真的走到对面去了，原来他住在反方向，东边。

唐忱的列车先到,她果断上车再也没看他,但心里还有些余响。

果然,他住在东边,能看见海景却听不见海浪声的地方。

唐忱的父母也是"自然体验派",她在东边临海住过四年,所以比谁都了解海景能带给人的负面影响——空茫的海平线,荒凉的沙滩,云幕低垂的阴天,混有核废水的波澜……人面对这样的景象,很难不变得消极。

人们说,申请什么方位的公寓能够暗示人的个性。住在西边的人积极高效、乐观向上,而住在东边的人多少有些懒懒散散、个人主义。虽然这说法就像以前的星座学一样不靠谱,但信众不少。

唐忱现在更加信了。

她承认现在她对7号产生了好奇,他很神秘,业务能力比自己想象得强,能看穿别人的想法。但她一点也看不穿他的想法。

这并不意味着她对他就产生好感了。她了解自己,经常不受控制地被神秘的事物吸引,比如地图上的79区。

虚拟地图上,那里总是一片被信号屏蔽后的灰色,不显示任何影像,普通IP禁入,中心1局也没有管辖权。3局负责79区,且只负责79区。现实中她去过,里面有黑市,破败的环境很有点罪恶之城的范儿,一定常有不平凡的案件发生,这让她热血沸腾。

可她打过很多次报告申请调往3局,一次也没有成功,而且都是被秒拒,申请邮件发出后三秒内就收到回复,她怀疑系统对这类申请设置了关键词触发自动回复。

是什么因素让那些恶人、恶性犯罪就集中在79区呢?这也很神秘。

此时的地铁车厢里空无一人。

六点上班的那些人早已在安全舱里忙碌起来,十二点上班的那些人还没出门。

唐忱心里闷得慌,今天的案件让她脑海中盘桓的那些危险的负面的想法又翻涌起来,她急需找人聊聊。

给羽纱发了条语音:"你睡了吗?"

羽纱的声音夹在巨响的电子乐声中传来:"有事吗宝宝?我和露在看演唱会。"

没法聊天,不打扰她们二人世界。

"那你看吧。"

心情又坏掉一点。

回到家,她开了罐青岛啤酒,一股脑喝完,郁闷才稍稍缓解,但她依然毫无睡意。

露就是0279419号调查员,看来她和羽纱在生活中也玩得不错。

她承认有点嫉妒。

这时候，阿漓的一句话让她很有共鸣——

"我没有亲密到那种程度的朋友。"

一时冲动，她给7号又发了条语音："你还想维护好'塑料'同事情吗？"

"想找人陪你聊天了？"语气欠兮兮的。

没意思，唐忱觉得自己犯贱了。

"等我五分钟。"他补充道，"我没到公寓。"

啊？

唐忱看看时间，从地铁站分道扬镳到现在有半小时，足够磁悬浮开进海里去了。

"你是住在海底龙宫？"

"我下班可不会老实在公寓待着，每天都是四处鬼混。"他顿了顿，说，"你肯定是这么看我的。"

好气哦，想查查规章制度，指挥官在什么情况下打调查员才合法合规。

没到五分钟他就上线了，环境噪音明显消失。

"来了。现在有两个选择，要么我带你找个酒吧宣泄，如果疯过头了晚上一起请假，要么你来我家坐坐，搞一些掏心掏肺的戏码。"

唐忱不想承认被突然闪到眼前的掏心掏肺画面逗笑了。

就没有第三选择吗？她原本没打算和他见面的。

不过去他家对摸清他的底细更有帮助，她觉得这样也好。

"家"当然默认是指MACRO系统里的家，虚拟住宅的设计比公寓方位更能反映一个人的个性，唐忱摩拳擦掌，做好了"搜证"的准备。

7号似乎已经猜到她的选择："话说在前面，环境不是很优美。"

那就是脏乱差咯？一点也不意外。

唐忱收到他发来的访问邀请，出于职业习惯，用视线确认前多看了一眼地址数字串："嗯？这号段我以前没见过。"

"79区。"

"那里能住人？"

"我不是人吗？"

"那里有全国最大的垃圾处理中心。"

"你这是要地域歧视？"

"嗯……怎么才能住在79区？"

"系统分配的。"

系统是不是把你当成垃圾了呢？

这话唐忱没问，眼下她还想维护好"塑料"同事情。

她把视线移向"确定"。

她还没有见识过79区在MACRO系统里的样子。

【世界观5】

普通人成年后可以向相关部门申请，系统参考其方位意愿免费分配一间二十五平方米的城区内单人"阳光公寓"以供居住，内设安全舱。通常，公寓地下层直通地铁站。

夫妻可申请四十平方米的双人公寓，也可申请相邻单人公寓，但极少有人结婚。

另外也可申请与父母或亲友申请相邻单人公寓。

"自然体验派"偏爱住在郊区，需按0.2万通用币/平方米/日的价格支付住房租金，非巨富无法负担。

汽车不能开进城区，城区街道只能步行。

[5] 梦中梦

7号懂得她想什么。

也许因为她太好懂了。

碰面地点并不在她家。她因此有机会穿过人声鼎沸的交易市场。

摊贩们把巨型鲨鱼的尸体悬挂起来揽客，以此展示生意规模。角鲨烷和鲨鱼软骨多糖常用于现实中的容貌改造手术，欧洲整形医生喜欢批发这些，听说他们那边手术水平还普遍停留于器官塑形，很原始，很疼。

相邻的摊位上摆放着不同体积的蓄电池，越小的越贵。

她听过都市传说，有些完成三年服役期的仿生人不甘心"退休"，会通过从事非法工作获得收入，购买蓄电池和供电源，给自己供电，继续享受人生。

路过卖汽车零件的摊位。

她学过开车，也学过处理简单的汽车故障，这些东西在她看来很有点亲切感。

纸张本册、台式计算机那些过时之物也有它们的小众市场。

她忍不住朝琳琅满目的货架上伸手，却从影像中穿了过去。

"这里只是样品。"7号侧过头说，"交易后去现实中提货。"

环绕下沉式广场有四分之三的区域摆满绿植盆栽。

"这些植物呢？现实中真的存在？"

他笑笑："你买一盆试试。"

"买不起。"

一股腥味扑面而来，她听见水声与网的碰撞声。

巨大的蓝色鱼缸前，摊主搅动水流，指着一群朱红色的鱼向顾客推销。

"真美。"她移不开视线。

"喜知次，据说曾经很好吃。现在敢吃的人不多——日本鱼。"7号介绍，"你也没吃过吗？"

她摇摇头，心里涌起一阵悲哀。

随后她木然地跟在他身后穿过鱼龙混杂的一条巷道。

他熟练输入口令，帷幕在眼前徐徐打开，进入了住宅区，她透过一口气。

他的家有一大扇贯穿两层楼的蓝色玻璃窗，阳光照在上面，看一会儿眼睛就酸了。

门廊的柱子是银色的，她的手不经意间扶靠，竟然流动起来。

水银被搅乱后很快又复原。

室内弥漫着一股温暖辛辣的矿石气息，带着柑橘清香的风以固定的节律穿堂而过。

脚踩上地毯，地面渗出水流，地毯化成松软的沙地，抬脚后这些又消失不见。

除此之外，屋子里遍布白色几何体，以方块居多。

她看不出门道。

像外星人的秘密基地。

他倚着她身旁的栏杆，惬意地晒太阳。"你饿吗？想不想吃点真正的食物？"

"不用了。"她怕自己吃惯"营养包"的胃受不了，更怕他直接端出喜知次鱼那样美丽的生物。

他遗憾地支着下颚，认真盯着她。

"真的吗？你好像空胃喝酒了。"

"我说不用了。"她加重了语气，"我只喝了一听啤酒。"

他眼神中没有任何会意的迹象，这很反常。

她敏锐地察觉到，并重复强调了一遍："青岛啤酒。"

他从她的语气中知道自己有什么地方露了怯，闪开了目光，含糊其词："但你对成瘾物质挺敏感的。"

青岛啤酒是中国人之间一个约定俗成的自嘲梗。十来年前，人们还在喝五十三度的白酒，而随着人类体能下降，已经无法承受那么高的酒精，一听啤酒都可能让人的神经系统或者激素水平紊乱。

7号为什么会对"暗号"毫无反应？

灵感就像一条鱼，跃出水面又沉入水底，无以捕捉。

她穷追不舍："你是中国人吗？"

"算是。"一个简单问题，他都回答得留有余地。

就算他是混血，又有什么不能直言的呢？

如果他没有一点中国血统，为什么用了景泰蓝来装饰窗棂。那些设计让她有种熟悉感，因此特别留意。

这幢房屋绝对不是他设计的。

难怪唐忱从第一眼就觉得违和，这里有两种艺术的冲撞，中国传统艺术和当代抽象艺术，两者并没有巧妙融合，非常割裂。

"那你喜欢阿漓在七夕时穿的衣服吗？"

"很漂亮，但我对艺术没什么研究。"他避重就轻地答，欲盖弥彰。

阴谋论的DNA动起来了。

唐忱怀疑他要么是外国间谍，要么是外星间谍。但是代入一下现实又很搞笑……

间谍为什么要潜伏在无足轻重的中心1局？

自己这样的无名小卒手里又能有什么值得窃取的情报？

这简直就像，银河系舰队派出王牌特工驻扎在中×村一小语文教研组蹲守决胜宇宙的机密——期末考卷。

"你在想什么？"他主动提问，想打断她的思考。

"我在想今天的案子，它让我想起一个中国志怪故事。"

"说来听听。"

"有个下第秀才，一日身处斗室，发妻在炉前煮茶，接报中举。后步步高升，出将入相，抛弃发妻，贪赃枉法。

"一日怀抱美姬，突被革职查办，放归乡里，与人口角一命归阴，被发付地狱受苦。

"一日梦见自己转生为男婴，十岁入京供职，遍寻故人无果。不久归隐田园，皇帝召用不从，避入深山学道。

"一日在道中观棋，又入梦为仙，掌教群狐，不禁诱惑，触犯天条，拘捕时被飞锤击杀。

"梦醒后发现仍在观棋，突然钦差前来捉拿。

"将被处死时又从梦中惊醒，发现自己还在地狱。

"投胎转世为驴为猪受苦，哀鸣梦醒，原来在美姬怀中。

"忽然边关告急，奉命征讨，受贿落败，被押解回京斩首，刑场惨哭，一梦又醒。

"原来他身处斗室，发妻仍在炉前煮茶。"

"梦中有梦，虚虚实实，分不清真假。"他听懂了。

今天的案子有相似之处。

嫌疑人大宇十六岁时本该在高中教室上课，但那时正值基础教育全面转向线上，职业教育下放线上试点，他在家闲着无聊，试听过各种职业课，唯独喜欢阿漓授课的建模创意设计。

阿漓上课时和他互动很多，一点也不吝啬对他的鼓励与赏识，在那个线上课程班，他是阿漓唯一的得意门生。

他毫不怀疑，自己在建模方面很有天赋。

在以往的教育体系中，这种事稀松平常——你也许确有天赋也许并无天赋，可你遇到了一位擅长鼓励的老师，她漂亮优雅，专业又那么强，和家里什么都不懂只会贬低你的父母有天壤之别，她发现你的闪光点。很多个"你"因此打了鸡血，选定自己的职业方向——事实往往如此，当你对一件事执着热情，你会更容易成功。

大宇立下志向，要考进阿漓担任讲师的大学。

但一年以后，教育改革，他失去了选择的机会。

系统分析数据算出最优解，认定大宇最适合学习编程，建模设计只是与他的适配度排第四的专业。

他开始"在自己最擅长的领域"循规蹈矩学习，毕业后也顺利得到工作。

七年了，他百无聊赖地上着班，计算着还有几小时下班。

他看见阿漓从工作区前面的廊道走了过去，很美，很神圣。

他目不转睛，想起自己的人生本该有另一种可能性。

可是他没分清，那只是一层梦。

他越界了，利用工作权限小心翼翼搜索线上影像记录，观察她的生活。她是个艺术家，生活的每个细节都充满美感，他沉浸其中。

渐渐地，奇怪的转折发生了，她会对着无人处绽放微笑，她独自一人，眼中却闪烁恋爱的光芒。

他一再怀疑又一再确证，她好像知道自己的存在，在与自己互动。

他沉浸得太深，没认清影像记录不过又是一层梦。

现实那么近，只需输入一串ID编码就能与她重逢。

但他依然没敢靠得太近，他徘徊在她的周围，偷偷溜进她线上的家中观察她的设计，悄悄带走一些被她扔掉也许再也用不到的物品，只要出自她的手笔，他都觉得值得珍藏。

他看见她行程表上写满美术馆、博物馆、画廊，他想去见她所见，感受她所感受。

当他见到她时，梦醒了。

起初他不知这是什么技术故障，她身边明明有人，影像记录中却一片虚无。

他费了些周折得知真相，看似人人平等的数字世界中，有些人拥有隐身的特权。而她不过是个谄媚特权阶层的庸俗女人，毫无尊严，当上位者对她说"再见"，她连挽留的权利都没有，只能在凌晨三点的马路边对绝尘而去的特权挤出微笑说"再见"。

阿漓是代表他理想生活的一个符号，醒来后他才发现，原来理想中的生活也是如此丑恶悲哀。

他已经意识模糊，说不清自己是为了什么，像游魂似的失去理智，一边唾弃阿漓，一边跟随阿漓。

在认清阿漓之后，他甚至连她设计的东西都觉得丑陋。

她为了躲避他也在故作丑陋。

他和阿漓见证了彼此的丑陋，隔着马路互相咒骂，如同两种悲剧人生的针锋相对，五十步笑百步。

虽然悲伤，但不幸还是梦。

直到她和治安警一起来到他化身为机器的地方，他才又醒了一层梦，却仍不是最后那层。

唐忱没想到，7号想到的是，从阿漓开始的梦，注定要以阿漓结束。

大宇以前还一直精心隐藏自己的踪迹，得知行踪已暴露，决定最后一次，也是唯一一次利用MACRO系统工作权限去设置虚拟隔间困住阿漓，原理和治安局设置虚拟问讯室一样。他已经做好了流亡的心理准备，去现实中找到她只是时间问题，但前提是他一定要来到有效范围内"看见"阿漓才能确定她的IP，一旦阿漓更换了机器他就会操作失败。

系统的最优解果然没错，他很适合编程，可以铤而走险，但不可以接受一个已知存在性很高的bug（故障）。

原来周而复始中没有爱情也没有畸恋，有的只是一个人对梦的执念。

唐忱走出虚拟问讯室时心中五味杂陈。

阿漓急切地迎上来追问："他能被进入网络多久？他知道我现实中的地址吗？"

"他叫大宇，原名是吴浩宇。你认识他吗？"

阿漓认真回忆片刻，摇摇头。

"我没听过这个名字。"

7号注意到了唐忱离开时忧伤失落的神情。

他想立刻跟出去，却被突然从天而降的一大块记忆砸中了，梦境与以前重复无数遍的无声画面一样，唐忱笑得很开心，好像从来没有烦恼，好像永远没有烦恼。

梦醒时，唐忱一如既往对他白眼相向，冷着脸反问："这不是被你叫停了吗？"

希望你不要那么善感。

人们漠不关心，人们千篇一律，人们循规蹈矩，人们虚度光阴，这本就是世间常态。

想在庸庸碌碌的人群中走出波澜壮阔的一生已经是奢望，哪还敢奢望另一种可能的绚烂？

"我有个美国朋友接受过神经拼接手术。当初他只是想学高数时走点捷径，那部分知识来自一个中国女孩，他经常出现幻觉，心情变得压抑，长期失眠，每天早上从浴室镜子里看见自己有双黑眼睛。"

唐忧没跟上他的思路："神经拼接能够改变外貌吗？"

"那只是他的幻觉。我们看他还是蓝眼睛。"

"神经拼接的主要副作用是过载后会对大脑造成不可逆的损伤，幻觉是因此产生的吗？"

"他这种更像人格分裂，他说他感觉得到那个中国人格在吞噬他本来的人格。"

7号在仿麂皮的沙发上坐下，唐忧在沙发的另一头和他相对而坐，一副认真听故事的架势。

他继续说："随着时间的推移他越来越不正常，他会在少女时装打折店的橱窗前停下脚步，开始喜欢中国元素的茶杯碗筷，他总是梦见一口水井，他断言中国女孩已经死了，被人推下井枉死的。"

"呃……"

7号咧嘴笑了："他画给我看过，我告诉他这种井三十年前就没有了，即使是最偏远的农村也会使用抽水泵。"

"而且那么偏远地区的老太太不太可能会成为高等数学知识的提供者。"

"但是他这些不合逻辑的想象一发不可收拾，直到最后他非要跑到中国'寻找真相'，在路上发了疯把自己的眼睛挖出来扔了。当地人被他吓了个半死，国内公开市场上的蓝眼睛缺货，实在没办法就给他换了双黑眼睛。三个月后他彻底康复，不仅眼睛好了，精神也正常了。"

"看来幻觉中的黑眼睛是影响他大脑的终极矛盾。"

"我觉得这也不失为一种和解方法。如果幻觉和现实的差异太困扰你，而你又没法修正这种幻觉，不如就改变现实去贴近幻觉。"

唐忧沉默许久。

"心灵鸡汤编得很好，下次别编了。"

7号哭笑不得："你能不能对人有点最基本的信任？我编这个骗你干吗？你需要的话我现在就能把他叫出来跟你见面。"

"免了免了。"唐忧挥挥手，"只不过听起来太离奇，我没有那么奇怪的朋友。"

"不见得吧。"

"一个也没有。"

"啊，你听不出这故事有什么启示性吗？你没这么奇怪的朋友？你本人离这种奇怪最近了。"

唐忱又沉默了一会儿。

"你想知道我的'黑眼睛'是什么。好，我告诉你。我不信任一切科技。神经拼接已经出了问题，剩下这些迟早也要出问题。我不信任系统，不信任安全舱，不信任EFA，不信任仿生人……在它们出现之前我们也活得好好的，它们改变了我们的生活，离间了人与人的关系，凭什么我们要感谢它们？凭什么把仿生人当人尊重才是正确？历史上手机和游戏离间人类关系的时候都遭到过批判，凭什么质疑系统就成了边缘人群、危险分子？"

7号一直静静地坐着注视她，一只手松弛地搁在膝盖上。

听完她破罐破摔的控诉，他也没有过于惊恐，反而笑了。

"哇哦！"他的眼球运动起来，开始操作界面，"如果你不介意，我先把刚才那段'发疯文学'的记录删了，以免将来引起麻烦。"

"哦，你怕了。"

"是啊好可怕，我每天和一位'异端分子'一起工作，我还必须服从她的命令。"他优哉游哉地笑着说，仿佛新增一个有趣发现。

"你可以不选我。"

"我就选。"

[6] 吃颗药就没事了

一上班就接到17区的报警，方位是一所学校。

唐忱先接了警情，再穿过长长的走廊，前往安全舱区域。身后很快叠加了一重脚步声，透过走廊侧面落地玻璃的反射，她确认了是7号走在后面。

她保持向前的步速，回头小声道："白天真不好意思，还麻烦你送我回家。"

其实所谓的"送"并不像现实中那么麻烦，只不过唐忱喝了酒，7号怕她输错地址把自己传送到不毛之地，替她输入了地址，和她一起到了家门口，没进门就离开了。

7号笑起来："干吗这么客气，今天有不舒服吗？"

"没，没不舒服，感觉良好。"

"那就好，我还以为你今天会请假。"

"那不至于，吃颗药就没事了。"

"虽然吃药管用，不过你对成瘾物质耐受不佳，还是……"

唐忱紧张地打断："我没有胡说八道吧？"

"没有。"7号嘴上这么说，笑得却很古怪，刷卡迈进了安全舱。

她深深呼吸，心里忐忑着，也刷卡进了安全舱。

系统提示，他向她发来了协作申请。

她定了定神，确认后，前往案发学校。

他已经先一步找到了报警人，正在询问案情。

那是两个十三四岁的女孩，一个有张正面像猫侧看像胖头鱼的脸，有几分妖媚又有几分呆萌。另一个脸上布满晶体管，有一种"杀马特"的酷。

一旦少年儿童获得了自主设计容貌的能力，满街就开始充斥这些稀奇古怪的东西，好在MACRO中的胡闹是可逆的，不像从前现实中的整容，很多人弄了张自己不喜欢却改不掉的"蛇精脸"。

她们报警的原因是有位老师对她们进行精神污染，宣扬死亡。

猫鱼脸女生控诉道："昨天她给我们推送了第一本书，我看了之后马上就抑郁了，吃过药才舒服点。"

晶体管女生补充："我当时看了就不太舒服，但没当回事，也没吃药，结果昨天晚上我做噩梦了。"

"刚才她又给我们推送了第二本！"猫鱼脸义愤填膺地叫起来。

"这是谋杀，你不觉得吗？如果没有人阻止她，她会一直给我们推送这种书，直到真的有人死掉。"晶体管双手交叉在胸前，以领导者的语气给这件事定性。

唐忱收下她们推送过来的电子书，是个绘本，走消极调侃路线，是MACRO系统出现之前的现实出版物。

7号在认真翻阅书里的内容。她觉得大可不必如此严阵以待，首先，一本书能杀人就是无稽之谈，人类还没有脆弱到这个地步。

不过回到这件事上，给中学生推送古早绘本确实有点反常。

"她是你们什么科目的老师？"唐忱对什么课程会出现这样的教学内容而感到困惑。

"物理老师。"

"那为什么……"

"她是课间给我们推送的。"

"这样……只是把你们当朋友，想要分享自己喜欢的书吧。"

"把我们当朋友，就是为了给我们灌输厌世思想吗？"猫鱼脸严肃地纠正道，"这和杀人犯有什么区别？"

唐忱沉默片刻，说："等我一会儿，我先找她谈谈。"

她连接了这位老师，对方三十五岁，那么这种局面就很好理解了，据说三十多岁这代人对MACRO系统的适应度很差，他们总觉得过去的时代更好，而时常做出一些反潮流的奇怪行为。

但交谈之后也能确认，这位老师并没有恶意。

唐忱只能建议她吃点生命三号，她却摇摇头认为并无必要："我觉得孤独的感觉没什么不好，现在的孩子不懂黑色幽默。"

对这种观点，唐忧很难不认同。

她回到两个学生面前做出处理："推送两本书构不成犯罪，这不是治安局的管辖范围。如果你们认为老师的行为不符合教学规范，可以向学校提出抗议，把她调离工作岗位。"

"可是她给我们灌输负面思想啊！"猫鱼脸对这个处理结果相当不满，转而看向7号，想寻求他的认同，"你看了书，难道你体会不到恶意吗？"

7号只是看着唐忧，没有说话，唇抿成一条线。

一股伤感涌上她的心头。

她知道这个眼神和这个表情的意思，他认同那两个学生的观点，沉默只是因为她是指挥官他得服从。

这一刻她真切地感到了孤独。

晶体管女生相当敏锐，扯了扯猫鱼脸女生的袖管，小声耳语："是她说了算。走吧。"

两个女生主动退出了对话，临走前唐忧看见她们在联系发展局。

7号跟在她身后慢吞吞地说："如果你看看书的内容就不会息事宁人了，两分钟就能翻完。"

"我知道那种书是什么内容。'我感到很孤独'之类的无病呻吟无关痛痒的小书。"

"第二本里有个机器人，他说他没有理解友谊内涵的程序，先后跑去找打印机和冰箱做朋友都被拒绝，所以心碎了……"

唐忧停住脚步，尖刻地嘲讽："所以仿生人看了这个就会心碎吗？和冰箱打印机做朋友就让他们的尊严和骄傲一无所有了？这是不是对冰箱打印机的歧视呢？"

"我只是说这本书所有意识形态都存在问题，那两个孩子如果感到被冒犯，我是可以理解的。你在生什么气？"

"我在为新版《银翼杀手》的电影把结局改成赏金猎人和仿生人成为朋友而生气。"

"怎么了？人和人做朋友，我看不出有什么不合理。"他在偷换概念。

"有些人非得把所有艺术作品中的悲剧改成大团圆才能找到自信吗？"她无法抑制攻击的冲动，理智已经在提醒她服药了，"为什么非得为了少数人牺牲绝大多数人的利益？"

"问题是艺术为什么非得展现对少数人的杀戮？顺便一提，仿生人现在比人类多。"

唐忧无言以对，短暂的停顿让她冷静下来，她知道自己刚才的几句抱怨很危险，如果7号把它们记录在案、上报系统，完全可以让她丢了工作。虽然她也知道他不会这么爱告状。

她长叹了一口气。

他以搭档的身份拍拍她的胳膊，当作一种示好："我知道你心里想什么，但只要你不说出来没有人可以追究你。说出来就是另一回事了。"

她疲惫地点点头："我会注意的。"

7号没当回事，随意笑笑："有时候我也奇怪，你这个人太别扭了，为什么系统会把你安排在治安局工作，更奇怪的是你自己也愿意来。"

她边走边暗自思忖，"别扭"能是个褒义词吗？

"你直说我思想不够进步好了。"

"我没那个意思。"

唐忧现在确定，肯定是白天那罐啤酒导致自己激素紊乱，一颗药还不足以让她恢复过来，她需要休息，需要闭嘴。

警报声响了。

7号看着她的脸色，意思好像是如果她不想接警那他也不接。

而她确实不想接，治安局又不是只有他俩。

她想慢慢散步，回办公室喘口气，喝杯热茶。

可不知为什么，警报声响个不停，就好像治安局真的只剩他们两人了。

唐忧无奈地把警报内容调到眼前。

原来并不是无人接警，而是警报数量高达四十二次，就在她阅读内容的过程中还不断有新的报警接入，而且所有警报都来自同一块区域。

她参加工作以来从未见过这种阵仗："这是怎么了？恐怖袭击？"

"上次出现类似情况是演唱会全息投影故障。"他漫不经心地切换工作区域。

当代人类的神经真是相当脆弱。

事故发生在24区一片射击游戏区域。

游戏入口处的广场上有人群聚集着，进入游戏需要等待两分钟，厂商用了这点小技巧让局面看起来人气爆棚。

唐忧在等待区略微出神，她记得自己从前放学后，还和同学结伴去网吧玩过这个游戏的台式计算机版本，玫瑰色的晚霞笼罩在少男少女们身上，她好像很久没体验过当初那种自由惬意的心情了。

游戏和以前相比在机制上并无改良，射击游戏借全息技术之力达成了实战效果，除了进一步丰富地图，也没什么进步空间了。

7号拍拍她，用眼神示意她脚下，提醒道："换双鞋。"

"我在这个区没买鞋。"她冷着脸，"只要我不尴尬，尴尬的就是资本家。"

他忍不住笑出了声："怎么就这么愤世嫉俗呢！"

其他区买的鞋进了24区的游戏一律不予显示，系统会自动换成初始形态的一双白色休闲洞洞鞋，奇丑无比，只有你在24区的游戏里购买新鞋才能换掉。这种现象为人诟病已久。上周该游戏厂商发表了一篇公开声明，说这是由于他们特别注重知识产权保护，他们没有购买其他系统里鞋的设计版权，所以不能侵权使用。

司马昭之心路人皆知，声明招来骂声一片。

但也没有几个人能坚持不妥协，就这么趿拉着一双洞洞鞋在24区到处跑。

唐忱一身黑色作训服，几分钟前配的是黑色战靴，本来挺精神的，这双白色洞洞鞋显得有些滑稽，再加上她严肃的表情，就像举标语抗议的环保人士一样视死如归。

7号憋笑憋得艰难，起念想送她一双，但她肯定不会接受。这好像变成了对他的考验。

不过这画面对他注意力的分散作用在三十秒后就停止了。

终于从广场等待画面离开。

进入游戏，一阵狂风席卷着黄沙从面前滚过去，他嗅到了隐约的血腥味。

"气氛渲染得不错。"唐忱带着笑意回过头，却见他已经手握配枪，愣了愣，"不是说很可能只是全息投影故障吗？"

"但是出故障的这个地方，人人都有枪。"

她第一次见他使用配枪，准确地说，参加工作以来，她没有见过任何同事使用配枪，枪支的使用方法她只在学校学习过。

由于EFA对人体的保护原则，"中弹"不会对任何人造成实质伤害，但"中弹"可以让人立刻下线，达到即时制止其违规行为的目的。

治安局使用的警用配枪其实并没有比游戏区用枪有更大的"杀伤力"，这就是目前的风险所在。

在射击游戏中，百人同场竞技，射击时击中其他玩家可以让对方下线离开游戏，最后剩下的人获得胜利。

可现在治安局面临的局面是，一旦被游戏玩家瞄准击中，即使是指挥官也会自动下线，而重新进入游戏又要经历两分钟等待时间，除非你总能抢在被玩家击中前击中玩家。

真让人头疼。

唐忱挠挠头，想另辟蹊径："我试试跟游戏官方联系。应该有处理办法。"

话音未落，她被7号猛地拽进屏障后，有子弹飞过，虽然不是荷枪实弹，但惊险程度也不亚于实战。

连他都有点烦躁地翻起了武器库："他们的枪竟然比我们的好。"

"你仔细找找，武器库应该有同款。据我所知，这家游戏公司没有什么原创能力。"

他背靠一堵墙失笑。

唐忱问："你射击成绩怎么样？"

和他前一天问她有没有参加体能训练相仿的语气，锱铢必较。

"嗯……"他迟疑着，听说过她是指挥官里唯一射击满分的人，觉得主战场有必要让给她，否则搭档间容易内讧。

"还行。"他谦虚道。

"那你用这个。"她丢给他一把UZI（乌兹微型冲锋枪）。

他扭头看向她，发现她手持一把平底锅，再次哑然失笑。

这可真是最高的信任度和最强的自我保护意识。

他快速移动到对面墙体后面："你的权限联系不上游戏官方？"

"嗯。官方客服是最低等级的机器人，只会回复废话。"

他探身击倒远处一个正在瞄准她的玩家，他没有发出移动指令，但她也非常默契地向前移动到另一个屏障物体背后。

"报警人员呢？能锁定方位吗？"他问。

"方位总是在变。不知道出了什么乱子，但他们为什么就不能直接退出游戏？"

"也许故障就是他们无法退出游戏。"

"治安局的人倒是退得很利索。"同事纷纷下线，应该是被击中了，区域内只剩下四个人，包括她和7号。

"不一样，那些玩家每天都在这种游戏里摸爬滚打。我在想……"他击倒了很远距离外的一个玩家，对她比画了一个向前的手势，"试着联系一下信息技术科，他们应该有办法通知玩家停止射击，至少也能帮你定位到报警的人。"

信息技术科在处理技术问题时的确更加专业。

唐忱连接上了科洛："你可以发个人人可见的安全警报吗？"

"可以。"科洛没个正经，"但需要你求我。"

7号也能听见他的话，摆过来一个玩味的眼神。他大概误解了，以为他们在现实中关系亲密，其实他们只是从小认识的冤家。

"好了吗？好了吗？"唐忱催问。

"你更年期？催个没完。"

"垃圾。"

"你行你来啊。"

"我在枪战。"

"那祝你中枪。"这家伙虽然嘴贱，但没闲着。下一秒，唐忱已经看见听见了请所有玩家停止射击的公告。

可惜毫无作用，射击并没有停止。

"我就说没用。"科洛懒洋洋的声音再次响起，"射人解压的这帮人怎么可能讲规矩，能击中治安局的人说不定让他们更兴奋呢。"

"你刚才没说，少来马后炮。"

"来点实际的，两点钟方向距你四百米有个人刚刚报警，他停下来了，没动。"科洛观察着对方的情况，补充道，"也没下线。"

唐忱给7号递了个眼色，两人迅速往那边飞奔过去。

报警的玩家在仓库里，有人守在门口狙击，幸好她及时退到门外，而7号从另一个角度的窗口把那人击落了。

红光闪过，鲜血从对方眼眶中喷射出来。

她看清了那个自由落体的人，血液染红了他的土黄色冲锋衣，他的脸被子弹消去了小半张，剩下的半张依稀能辨认出他有个欧洲人的容貌。

他应该下线了，尸体在地面停留了片刻然后消失，只有刚才他拿的那把狙击枪留在地上。

全息投影过于真实、血腥，让她感到生理不适，有点想吐。

7号注意到她脸色苍白："你还好吗？"

她摇摇头，什么也没说，继续往前走，找到了报警的人。

那是个瘦瘦的男孩，有点神经质，看见他们靠近的第一反应是朝他们举枪。7号徒手把他的枪卸下去，给他推送了证件。

男孩发出了一声呻吟。

唐忱发现他似乎格外虚弱："你怎么了？为什么报警？"

男孩一脸茫然。

唐忱不断切换语言插件试探他的反应，最后他听懂了西班牙语。

男孩用西班牙语说："我受伤了。但是这局游戏不结束我退不出去。"

"你什么？受伤？"唐忱没听明白。

7号蹲下来查看男孩腿上一处暗红色的血迹，擦伤，像是游戏里的弓弩造成的。

"你是说，你在现实里能感觉到伤口疼痛吗？"

"可能是的。我猜我现实中也在流血，不过要等出去才能确定。"

唐忱感觉到脑袋里一团糨糊，冷汗滑过了她的脊梁。

她木然地与7号对视，不敢去想刚才是不是真有一个人在现实中被子弹洞穿了眼睛。

如果EFA开始传递真实的痛觉，那么整个游戏已经变成了恐怖猎场，没有人可以退出，除非所有人都被杀光。

可是并没有消息传来，说刚才被击中下线的治安局同事都在现实中受伤了。如果真的发生这种离奇事件，他们不可能不对仍在游戏中的同事发出警告。

"也许只是这个孩子的安全舱出了故障。"她尽量以乐观的角度来解释眼前的意外。

7号提醒道："有五十二起报警，所以是有五十二个安全舱出了故障。"

唐忱重新连接科洛："现在游戏里还剩多少人？"

"不算治安警，玩家有十九个。其中六个报过警，应该受伤了。"

"也就是说有十三个行动自如的好战分子随时能冲出来给我们一枪。"

"要我说……"7号表情严肃，"那六个受伤的更危险，他们知道这是你死我活的战场。"

这样下去不是办法。

唐忱问科洛："可以向系统申请管理权强制结束游戏吗？"

"等批复至少要三个小时。我可以直接黑进去，给我五分钟。"

"这五分钟我们得控制一下局面。"7号从武器库里换出一把麻醉枪，"免得有更多人受伤。"

唐忱也取出了麻醉枪。

坐在地上的男孩插嘴道："能先把我麻醉了吗？太疼了。"

唐忱给了他一枪，男孩倒下去，并没有消失。

两人出发离开，向人群密集的区域移动。

"我们俩会受伤吗？"唐忱忽然想起这个问题。

"不被击中就不会。"他不愿去思考这些多余的问题，即使受伤再忍耐五分钟就能出舱，他没那么娇气。

"为什么下线的同事没有重新进来的？有些人退出后不止两分钟了。"唐忱击倒一个人后又产生了新的疑惑。

"他们可能去处理其他区域的警报了。警报数在四面开花，估计是游戏里的伤员与外面的亲友联系后亲友又报了警。"科洛插话道。

"你专心做事少说话。"唐忱说。

"是你问我的。"

"我问的不是你。"

"跟你一起在系统里的人能给你答案吗？"

7号没参与他们的唇枪舌剑，眼前的战场已经够复杂了。

能剩到这时候的玩家无论是射击水平还是躲避水平都不容小觑。

"还有两个同事是谁？"唐忱这次问的是科洛。

7号想提醒她别聊天分神，但科洛马上就回答了。

"是三组的羽纱和露，已经通知她们换了麻醉枪。"

这让唐忱燃起了更多斗志，连续击倒了两个人。

然而这个小小的成功也同时暴露了她的方位，7号没来得及皱一皱眉，已经听见了来自身后的枪声。

距离只有不到五十米，子弹射来的时间不够他做出除了挡在她身前之外更多的动作。

等到唐忱也听见枪声，子弹已经进入了他的身体，可是迅速穿过了他。

那瞬间她竟然没有感到丝毫紧张和恐惧。

记忆里一切都是灰色的，麻木，迟钝，坐以待毙。

说起来可笑，子弹穿过他的身体时，她还如释重负地松了口气。

7号没有受伤，他回头转过来一张充满惊惧与困惑的脸。

一瞬间，浓重的血腥味涌到喉咙口。

唐忱难以置信地看着自己的左胳膊脱离了身体，残肢飞了出去。

剧痛让她无比确定，现实中的身体也受到了伤害。

被霰弹枪击中受伤只是障眼法，本质是安全舱内的EFA将身体撕裂了——一直保护着人类的EFA，阻隔伤害的EFA。

人类只花了七年，就养成了对EFA无条件的信任。

她能清晰地感知到生命正在慢慢流逝。

7号呼喊她名字的声音越来越远。

眼前出现了游戏结束的画面。科洛做到了，只是晚了几秒。可即便游戏结束，她也无法动弹，最后的时刻她在想，这台机器被称为"安全舱"是多么讽刺。

她正被"安全"地困在这里等待死亡。

[7] "系统的障眼法而已"

唐忱恢复了意识，胳膊被扯断的剧痛已经不存在了，一瞬间让她怀疑肢体并没有受到实质损伤，也许EFA只是和她开了个玩笑，向她释放了某种引起疼痛信号的化学物质。

但有些难以抗拒的力量在阻止她睁开眼，一定是受到了药物干预，那感觉就像迷失在一片未知的黑暗中，又让她心中腾起一丝不安。

唯一能确定的是，她的听觉系统完好无损，耳蜗已经积极主动地开始工作。

那声音听起来有点陌生。

"送她过来的治安警说她对成瘾性药物耐受不良，所以我没有使用麻醉性镇痛药，而是直接进行了脊髓前侧柱切断术。她一会儿就会醒来，并且不会有太大不适，不过还是得尽早做决定，神经很快会再生。"

唐忱脑海里一团混沌，但"送她来的治安警"肯定是7号，他在造谣。

她的记忆逐渐被找回，意识彻底消失前，她一直听见震动和巨响，仿佛整个世界正在被击碎，像蛋壳一样被敲破，露出一线天光。

不知道他用什么方法暴力破坏了安全舱，从EFA中抢回她的躯体，她最后的记忆是躺在他格外温暖的怀中，清醒地意识到那是因为自己的体温在迅速下降。

"等她醒来自己选择吧……"现在传来妈妈的声音。

爸爸叹了口气："她从小连挑衣服都要自己拿主意，安装仿生肢体毕竟要经历手术，也不可能频繁更换。"

仿生肢体……

最糟糕的事还是发生了，不是错觉。

"忧忧，你醒了吗？"妈妈急切的声音插进来，"医生你来看看。"

她心如死灰，感觉一道强烈的闪光从眼前滑过又迅速消失。

"她醒了。只不过她脸上有点擦伤，缓激肽刺激残留的生命素在局部合成了少量利多卡因和肾上腺素，她现在暂时睁不开眼睛，再等几分钟就会好。"

"能说话吗？会不会非常难受？"耳畔传来妈妈温柔的声音。

但她开不了口。

准确地说，她调用不了脸部周围的任何肌肉，甚至感受不到五官的存在，麻木感就像小时候拔牙被麻醉的舌头。

"也要等一等。她应该没什么难受的，除了可能会有些不适情感反应。等她彻底清醒，应该会更需要心理医生。"

唐忧不用睁眼也能猜到这医生是仿生人，也许医术不错，但缺乏最基本的同理心，听听他说的什么鬼话。

胳膊断了，"应该没什么难受的"，只是需要心理医生？

还有生命素……我可是胳膊断了，你竟然把我的脸麻醉？认真的吗？

听起来这么荒诞。

爸爸妈妈都陷入沉默了，房间里没人再说话。

好像做了一个扯淡的梦。她在考虑再睡一觉，醒来能不能摆脱这种滑稽的境况。

有人敲了敲门，室内继而响起细细碎碎的声音，空气又流动起来。

来者自称是MACRO的CEO，对受伤警官的家属表示歉意和慰问，声称事故原因他们内部也在调查，并愿意为治安局的调查无条件开放全部权限。

唐忧对他说的那些客套话有点不耐烦，大家都知道，他只是个行政管理人员，不是MACRO系统的四个创始人之一。

这时又有人自我介绍是MACRO的创始人肖侃。

唐忧睁开眼睛，没有看见她期待的人，剩下几个人大概也是系统的行政管理。不过肖侃能出现，已经足以说明系统对事件的重视程度。

肖侃也是创始人中最常抛头露面的，几乎没有人不认识他，和他举世闻名的离婚官司有关。他夫人Sherry同时是MACRO的创始人之一，两人感情早在创立系统之前就破裂，还能一起创业是种成熟，但从此埋下了安全隐患，给整个系统带来了危机。

离婚是Sherry在坚持，肖侃不同意任何股份回购方案，坚持要拆分公司。离婚官司不只事关两个人感情，更关乎支撑着所有人日常生活的MACRO。

自从仿生技术突飞猛进，除了一些伦理上的争议还在讨论，有必要时想要多少人类都能自主繁殖。经济部已经不再为生育担忧，连结婚率都逐渐无人关心。

这种社会大环境中，很少有离婚案能获得各大媒体全程直播进展、全民守望关注，甚至连科技部都多次介入调解，僵局持续了六年，十七位法官因此相继辞职，判决看起来遥遥无期。

好在肖侃其人自负又幽默，每次开庭都只见他口若悬河地诡辩，辩护律师形同虚设，生生把法庭直播玩成了大型娱乐真人秀节目，他甚至因此收获了不少粉丝。

平心而论，他属于普通人中偏帅气的长相，显年轻的娃娃脸，天庭平展，浓眉大眼，鼻梁高挺。但没有明星那种距离感，很多人会觉得他像身边的兄弟朋友。他很清楚自己有这种亲和力优势，所以不像其他高层一样穿着笔挺的西服，他穿了件夹克，配黑色牛仔裤，在系统里的长相和现实中没有区别。

巧言令色的做派在现实中也和法庭上如出一辙。

他那电商主播似的快语速、高语调让病房里洋溢着一种促销嘉年华的欢乐气氛，但实在让人有点跟不上他的思路。

"初步判断是一个批次的EFA出了问题，唐忱的安全舱被破坏导致无法提取到EFA，但从其他安全舱里的EFA来看……"也许是注意到唐忱已经起身坐直的动静，他突然地停顿下来，换出一种过度热情的笑容，"啊，您脱离危险了！"

唐忱面无表情，脸还有点麻，反驳道："怎么可能是EFA的批次出问题，只有那块区域报警，只有那块区域里的人受伤，一定是系统程序问题。"

主治医生果然是仿生人，第二代，有点旧，顶着张NPC的平常英俊脸。

"我去叫心理医生过来。"他不合时宜地插入对话并迅速离开。

肖侃的脑子不错，还能找回主题，对唐忱展露出友好的微笑："这不过是我基于现场搜证的个人判断，科技部和治安部的专家组都在调查，会花费一些时间，不过终归会有论断的，这不是我们今天在这里猜测和辩论能解决的事情，孩子，更不是你的当务之急，你应该把精力放在恢复健康上面。"

他装作和她的父母是同辈人，但她知道他没有那么老，他只不过比表姐大几岁，并且不修边幅，把倚老卖老当乐趣。

唐忱很不喜欢他叫她"孩子"的语气，那居高临下的傲慢暴露了他的大男子主义。

他粗鲁地拽起自己牛仔裤的一侧裤腿，露出他的一截腿："看，现代科技很发达，这么多年来我的生活一点也没受影响，你别有心理负担。MACRO会承担你移植仿生臂的一切费用。"

肖侃的一条腿是仿生肢体，这是名人传记中必提的往事。

他曾经险些在严重事故中丧生，Sherry照顾他，让他重生，然后他在事业最辉煌时向Sherry求了婚。这段往事通常用来证明爱情曾经存在过，只是后来又离开了。

但唐忧从没有被这种充满自我脑补感动成分的故事蒙骗过，她只看出了Sherry的付出，而他的付出呢？拜托！求个婚难道算恩赐？

唐忧紧绷着脸："我不打算移植仿生臂，如果我非要安装点什么填补空缺，我会选最原始那种塑料的。"

这句话不只让肖侃意外，还达到了语惊四座的效果。

空旷的房间里，所有人都紧张地注视着她，她父母的神色最为担忧。

肖侃处事不惊，又或者只把这话当成小年轻的赌气，他一如既往地笑道："塑料的，那可不太环保啊。"

一个新大夫走进了病房，头发异常茂密，是个女性仿生人。

她冲唐忧腼腆温柔地笑了笑，一下子就缓解了她的应激敌对感。

她猜她应该就是传说中的心理医生。

MACRO的CEO提议让他们去走廊里交谈，不要打扰治疗。人们从病房里撤走了。母亲离开前轻轻摸了摸她的后脑勺。

可能是下意识的动作，却让她胸腔里一下子胀满苦涩和惆怅。

心理医生注意到她正强忍泪水，起身去打开房门把为她准备的"礼物"让进来："刚才我请你同事带我去你家把她请来了。"

她侧过身，可爱的小家用机器人叫着"姐姐、姐姐"从充电匣里朝她飞了过来。

唐忧感到脸部肌肉正在恢复功能，终于笑起来。

心理医生坐下后解释道："她比我了解你，也许更能安慰到你。而且交谈后我发现，她比一般的家用机器人要聪明得多。"

家用机器人不可能达到工业级的智能水准。唐忧说："她只是语言表达能力比较强。"

"是因为你和她经常交流。"

这是科学界较为主流的一种猜想，机器人会在与人的频繁交流中获得指数级的数据升级，量变之大甚至能达到质变。

眼下，显然心理医生已经展开了对她的心理分析。

一个智力正常的人类与智力相当于三岁儿童的家用机器交流过于频繁，似乎能暴露很多精神问题。

"姐姐，我扫描不到你的左手啦。小嘤出故障啦。"

"不是小嘤出故障，是姐姐出故障了。"她控制不住要去回应她的疑惑，"姐姐没有左手了。"

"会不方便吗？小嘤没有双手，感觉很不方便呢！"

唐忱忍俊不禁，家用机器人就是个飞行球，她对双手的执念自上个月去科技展上与机器狗过招之后就愈演愈烈。

"姐姐不会一直没有双手的。"医生转头问唐忱，"我刚进门就听你说不打算接受仿生臂移植，虽然不是不能理解，我也有自己的猜测，不过我想让你自己说，有什么顾虑。"

主要的顾虑，不适合跟你说。

唐忱不禁开始怀疑接诊医师全是仿生人的合理性，如果心理医生是人类，她不至于说不出口。

她顾左右而言他："我哪个同事带你去了我家？"

"不是羽纱姐姐，是科洛哥哥。"小嘤抢答。

当然应该是科洛。唐忱想，没有其他同事知道她的家门密钥，连羽纱也不知道，但科洛有当场破解的技术。

"羽纱在医院吗？现在？"

心理医生点点头，见她似乎没有袒露心扉的打算，也就没抱急于求成的心："她们俩都在，我叫她们过来？"

羽纱走进病房，走进阴影，脸上有块纱布。

也受了点轻伤。

她大步流星走过来一把搂住唐忱，什么也没说。

唐忱问："露受伤了吗？"

"她还好。"

"那其他人呢？"

羽纱松开手，困惑地向站在门口的科洛望了一眼。

科洛的目光又游移不定地摆向身边的心理医生，一个对视，又让唐忱感受到自己被隔绝在一些密谋之外。

"怎么了？受伤的人很多吗？"

羽纱头疼地挠挠脑袋，率先发话："呃……我不知道这个消息怎么会轮到我告诉你……按理说在这之前你爸妈和那些高层应该已经和你……"

"什么消息？"

心理医生使命感升级，看了眼羽纱，试探着问："应该我来传达吗？"

"不，我来说。"羽纱言简意赅，"除你受伤之外，治安警死了五十六个人。"

唐忱毫无反应。

"调查员几乎全军覆没，指挥官也所剩无几。"

难怪，一切都说得通了。

MACRO系统高层集体出面，如此劳师动众，原来是因为她是已逝英魂的代表。

她口干舌燥，从没这么惊慌害怕过，轻声问："普通人呢？"

"普通玩家死亡八十七人。"

"总数为什么会过百？"

"游戏设定治安警不算人数。当然……"科洛插嘴道，"幸存的十三人中有五个人是你们用麻醉枪救下的。"

"但我们换麻醉枪之前，也用了普通枪支。"

"对，这不是你的问题，准确来说你只是发过一个电子信号，他们是被EFA杀死的。"

她的眼泪不受控制地涌来，说不出一句话。

其他远距离被击杀的平民她没有印象，可那个眼睛被射穿的男人呢？

他因她丧生。

他死在她眼前。

她很清醒地数着时间，等待他生命的流逝。

一想到这点，她几乎要反胃呕吐。

科洛见心理医生发挥不了任何作用，关上房门把她打发走了。

"你没有错，系统的障眼法而已。"羽纱把她唤回现实。

也许羽纱就是这么说服她自己的。

"系统的障眼法而已。"唐忱机械地重复道。

大家都忘了EFA不过是一种执行器。

等等……

"那为什么0242007号没受伤？他替我挡了子弹，但子弹像往常一样从他身体里穿过了。"唐忱迅速擦干净脸，视线在两个朋友之间跳跃。

羽纱问："他为什么要替你挡子弹？"

科洛说："确实很奇怪，就他一个人的EFA没出问题。"

他俩声音叠在一起，导致唐忱都没听清，不过很明显两人关注的重点不太一样。

羽纱说："他这个行为没有上报。"

科洛说："做好事不留名吧？"

但神奇的是，他俩还能顺利聊回同一个话题。

羽纱说："更有可能做坏事怕留名。我觉得挡子弹太反人性了。只有确定自己不会受伤才敢以命换命地救人，救了就能一劳永逸被信任。"

唐忧思索片刻："他现在在哪里？"

科洛说："在上班，调查员人手不够。"

"这次事故的调查组就在局里，应该会找他问话。"

羽纱说："调查组已经找我们每个人问过话了。但7号肯定没说实话。我觉得应该举报他。"

唐忧沉默了，垂着眼帘，脑子飞速运转。

羽纱紧盯着她，不插话打扰。

"我们不要轻易举报。"唐忧拿定主意。

科洛立刻接嘴："是啊是啊，毕竟是同事，可以先私下打探，摸清他在为谁效力。"

"我不信任调查组。"唐忧压低声音。

[8] "机密级是什么意思？"

7号察觉到陆羽纱看他的眼神变了。

之前接受调查组问话时和她在走廊相遇，当时她还不带敌意。

7号猜想唐忧醒了，跟她说了什么。

真让人头疼，唐忧从来没信任过自己，虽说自己也不值得信任。

治安局面临前所未有的危机，79区出了不亚于射击游戏事件的乱子，消息还在对外封锁，3局已经控制不了局面，找1局借调人力，7号在第一批名单中。

但是唐忧还躺在医院，至少十天不能复工，更不太可能一复工就调往3局。

他不愿就此跟她断了联系，只能借口心理疏导疗程还未结束，往返于1局与3局之间，每天工作十二小时，承担双倍任务。

这节骨眼上，还得面对搭档的怀疑，透心凉。

7号抵达医院时天已大亮，他不觉得困倦，只觉得郁闷。

科洛还没走，在走廊里玩掌上游戏，见他来了，忙不迭起身对他更新信息。

"她醒了，知道很多人牺牲后情绪很差，早早休息了。现在里面还没动静。"

这在7号意料之中。

"有心理医生吗？"

"她对心理医生有点抗拒，其实，她对所有治疗都很抗拒。她还拒绝了仿生臂移植。"

"那是自然。"

"自然？"

"她现在肯定对科技制品充满怀疑。既然EFA能出这么大漏洞，那么仿生臂也有可能。"7号语气平静地说。

科洛挑挑眉毛："你很了解她嘛。我查了记录，最近半年除了她你就没有别的搭档，怎么？你喜欢她？"

"嗯，喜欢。"

这就很难让人接话了。

科洛本想等他否认后再装作八卦，明面揶揄实际逼问他帮唐忱挡枪子儿的用意，没想到路被堵得死死的。

科洛只好顺势装傻，吹了声口哨："那是真爱啊。"

7号知道他删除的那几秒记录不会彻底消失，数据可以覆盖，人的记忆要操作起来难度却很大。这几秒内发生的事会在唐忱和科洛的记忆里留存，他们没有证据，就怕有人不需要证据就相信他们的陈述，比如陆羽纱。

他知道事故发生瞬间自己为什么想救唐忱，但理由不能告诉任何人。

他的记忆被精心修改过，有着完美的过往。一般人很难察觉其中微妙的违和，但他是个调查员。

虚构他经历的人花了不少钱。小学课桌上被扎了好多窟窿的橡皮，催起床时母亲喋喋不休的唠叨声，青春期同桌女孩贴在白皙大腿上的化纤格子裙……就连童年弄堂口小摊上粢饭糕和虾皮紫菜汤的建模都栩栩如生。

他较真了，结果发现没有什么是真的，全是拟感环境，除了唐忱。

唐忱总是突兀地闪现在他脑海里，没头没尾没情节，像没删除干净的记忆碎片。

在这些记忆碎片中，她很快乐、友善，眼睛明亮。可是与此同时，她家里一些人的权势财力就能做到这样级别的修改记忆，很可能自己被洗脑是因为她。

总而言之，她是他找出真相的唯一线索。

算是"真爱"吧，挺复杂的。

唐忱在网络世界留存的公开记录，他差不多都看过，她是个很好的女孩子，但他翻阅不了人们记忆里的她。

像科洛这种，是撞上门的信息提供者。

射击游戏事件之后，7号的私人时间不多，不过还是抽空做了些关于科洛的简单搜证。

唐忱的父母和科洛的父母是邻居，两人成年之前的时光应该是一起度过的。

他父母是智能手机时代主营安全相关的互联网公司高层，搞技术出身，给他起名科洛是源于"colossus"（第一台电子计算机）的谐音，有点程序员情结。

科洛在技术方面也很有天赋，大家都开玩笑说，系统把他安排在治安局是为了防止他犯罪。

7号笑笑，不动声色地另起一个话题："你和她好像已经认识很多年了。"

"她小时候比现在可爱一点，会在你生日的时候画丑兮兮的火柴人简笔画当礼物。不过九岁时她就开始了漫长的叛逆期，至今依然是个很难交流的疯婆子。"

虽然科洛对她没半句好话，但还是能感觉到亲密。

7号想打听更多情况，听见张扬的高跟鞋声从走廊另一端传来，他回过头。

科洛在他耳畔解说："那是唐忱的表姐魏忆，MACRO系统建立之初的全息影像框架全是她设计的。嗨！小忆姐！"

魏忆笑着冲他点头，寒暄起来："早啊，今天你不用值班？"

听上去就连魏忆和科洛都关系不错。

这和唐忱声称的"远房亲戚，很少联系"情况不符。

7号前天来医院时见过唐忱的妈妈，他觉得魏忆比唐忱长得更像唐忱妈妈，其中有微妙的差别，魏忆有点艳丽丰腴过头了，没有唐忱妈妈那种恰如其分的气质。

唐忱和她们完全不像一家人，像公路边捡来的野生动物。

英气，干练，头发特别短。

今天早上79区爆发的冲突，有个朝警用汽油扔燃烧弹的男孩被3局的同事击毙了——在现实中。当7号赶去增援，尸体正被扔上卡车运往附近的垃圾处理中心。没错，那是个仿生人，而且四年前就该退休了。

可是当他看见那孩子的脸，还是感到一阵心悸，因为他的面部轮廓很像唐忱，同款短发。

这画面让他难受了十几分钟。

7号的目光无意识地追随着她的表姐，脑子里充斥着与之不相干的79区冲突，直到听见唐忱调侃的声音才回神。

"你来了也不说一声，是为了站这儿看美女？"

他转头看向声源处，女生倚靠在病房门口，外侧袖管空空的。

就……笑不出来。

不过她还能有说有笑，是不是表示精神状态已经调整过来了？

7号扫了一下她的健康指数，激素水平马马虎虎。

见7号愣在原地，科洛没想到他是在扫数据，还以为真是看美女被抓包尴尬了，幸灾乐祸，笑出了声。

7号沉默着瞥他一眼，技术小哥的快乐真是简单。

唐忱没有请两个男生中的任何一个进去，于是他们站着没动。

7号又瞥了眼科洛，这次玩味的目光并没有很快移开，科洛也读得懂眼神中的潜台词——"你不也是冷板凳待遇吗？"

他抬头盯着走廊尽头的挂钟，有点自鸣得意的神棍调调："小忆姐不超过十分钟就会出来。"

7号偏过头："姐妹关系一般？"

"关系一般就不会来探病了。"

7号懂了,唐忧的母亲守在病房里,魏忆可能与她父母关系不好。

科洛本来想卖个关子引他追问,谁知他没再问,自己反而憋得慌。

果然,魏忆只过了六分钟四十秒就一边道别一边从房门口走了出来,不过离开时她笑盈盈的,显然也没发生什么不愉快。

她拍拍走廊的墙壁,绿植的全息影像从她走过之处展开。

效果就像神仙教母用魔法棒点燃了童话。

科洛非常捧场地鼓掌喝彩:"牛!"

这倒也不算夸张。

这套影像既真实又细腻,光源也完美隐藏,众所周知,设备越迷你价格越昂贵。截至目前还是金钱能买到的技术,接下去就买不到了。

在MACRO系统中如果植物摇曳,表示一阵风过,处理中心会将触觉数据传达给EFA,告知EFA应该如何把清风拂面的感受拟态给用户。

现实生活中,全息技术经常用于房屋装潢和个人变装,但那只不过是障眼法,一般不可能带来额外的感触。

可是走廊被点亮的同时,他们分明感觉到了五感合一,清风拂面,清香弥漫,甚至连阳光照射在身上体表温度微微升高都被计算在内。

空气被"统筹规划"了。

7号震惊得无以言表。从前正是因为空气无法大面积被调用,EFA和安全舱才被发明出来,在密闭空间浓缩的人造气体比空气更加高效,能够及时反馈逻辑命令产生的效果。而就在EFA失控的事故发生时,空气的调用被达成了,是不是说明技术的又一次飞跃即将开始?

技术狂科洛已经激动得追上去打听新技术的原理。

7号想起来了,原来这就是阿漓参与的、被暂停的那个项目,目前还没有拿到商用许可。

他感到喜忧参半,暂时也想不出可能伴随的弊端,但他有种不好的预感,这会加快EFA被淘汰的速度,MACRO将告别虚拟时代,彻底进入现实,这么说还显得很温和,激进一点的话,会称之为"吞没现实"。

他不太明白,自己为什么会对技术升级产生疑虑,大概是受了唐忧的影响。

他回神抬起头,看见唐忧正一脸平静地站在病房门口看着自己。

安静的对视间,他感到直觉带给自己的危险预感忽然有了证据,思路一瞬间通畅起来。

唐忧说:"我没事了,而且我已经决定接受仿生臂,这件事你是第一个知道的。"

她说话的神情带着一丝凝重,并没有那种决定重获新生后的轻松释然。

他知道她比自己的直觉走得更远,因为这次健康数据扫描的结果比七分钟之前差多了，5-HT浓度显著升高，就在预警临界。

人的焦虑不受自己控制，分泌物难以自主调解，这还不算最坏的消息，5-HT同时也是外周致痛物质，这也就可以解释她为什么脸色惨白冷汗涔涔。

当务之急显然不是担忧全人类的未来。

他迈上前，来到她面前，又转了方向去找医生。

"那你需要立刻手术。"

唐忱倚着门，看他来回奔走。

羽纱的通信消息框在眼前弹开。

"7号的ID信息不是显示故障，资料库里也查不了，是机密级的。别说我的级别不够调阅，露的都不行。"

"机密级是什么意思？"

"露说她知道几种可能，证人保护计划、执行特殊任务，反正都是身份受保护人士。"

唐忱用视线移开和羽纱的对话框，小声问现实中的科洛："机密级，你能破解吗？"

"不能。"科洛无情拒绝，"你不做治安警还能做美妆博主，我丢了这份工作就只能去郊区种地。"

羽纱劝道："宝宝，要不先放弃这个方向吧。如果因为我们导致受保护的证人或者战友身份暴露就糟了。我们想查的是射击游戏案，不是吗？那我们就去查射击游戏，现在还没有确凿的证据证明7号牵涉其中。他要是正在执行特殊任务，那行事鬼鬼祟祟也很正常。"

帮普通同事挡子弹，行事鬼鬼祟祟，正常。

唐忱实在不懂以上三个组合是怎么在陆羽纱同学的思维体系里画等号的。

"或者你可以直接问他'Hey bro，你的真名叫什么呀，我怎么看不到'？"科洛笑得很缺德，像只土拨鼠，"反正他说他喜欢你。"

羽纱道："他说他喜欢忱忱？哇——男人的嘴，真是张口就来！"

科洛说："不过如果调查组查到什么蛛丝马迹，他这个说辞能轻松蒙混过关，中老年人都很信这个，爱情。"

羽纱说："忱忱都没跟他约会过，对吧宝宝？"

科洛说："那更感人，暗恋。"

豆大的汗珠从颊边滚落，伤口传来剧痛，唐忱无法思考了。

"你们聊，我先做个手术。"

[9]　健康指数九十九

射击游戏事件发生后的第十二天，调查结果出来了。

果然不出唐忱所料，官方结论就是EFA的批次问题。

羽纱和露也很失望，她们当时在战场上，知道绝不仅仅是硬件故障。

不过除了这几位幸存者，没有人对此质疑。

首先这个事件没有传开，知情者也就局限在遇难者家属和几个幸存人员之间。MACRO处理事故的速度迟缓，处理舆论的速度倒是快如闪电，他们第一时间在全网禁止了所有与事件相关的关键词，当天有六千多人因为提到"一局棋""一局牌""再来一局"而被误判强制下线十二小时，不过是和"中心一局"撞了关键词。

如果人们90%的娱乐生活活动全在网上，那么只要舆论管控得好，让一件确定发生的事彻底没发生过也很简单。

其次批次问题还是有一定事实依据支撑的，在射击游戏事件之后，又出过零星几起在系统中意外伤人事件，造成的危害不大，地理位置分散。

唐忱反而怀疑，几起事件像是为了掩盖前面的突发事故而人为制造的。

7号免受EFA伤害的原因还是让她百思不得其解。

系统已经对全域所有用户发了公告，由于某批次EFA故障，即日起严禁在线上对他人做出任何暴力伤害行为，否则等同于现实中故意伤害罪，以违法论处。

这就像游戏时发出的公告一样成了无效警告。

自从公告发出，每天总有三百多起系统中的暴力冲突，同比增长50%。

就连现实中把人揍掉两颗牙都只是寻衅滋事罪，被拘留几天的处罚，所谓"等同于现实"的虚拟犯罪就更缺乏威慑力了。

治安局工作任务量激增。

"系统安全出问题和硬件批次出问题完全不是一个等级，我就知道他们会息事宁人，如果调查组只有治安部的人倒还有点希望，加入了科技部的人……"唐忱叹了口气，"科技部最不愿面对科技安全性的拷问，毕竟，神经拼接当年造成的灾害摆在那里。"

羽纱点头附和："要是MACRO重蹈覆辙，科技部领导班子恐怕又要集体洗牌。"

"真难以置信，调查组居然没找我问话，连个过场都不走。"唐忱翻翻白眼。

两位同事前往安全舱区域，从身旁经过。

科洛谨慎地等他们走远，才凑近小声说："他们调查报告里采用了7号的陈述，他是你的搭档，所见所闻应该和你一致。他们没问过你，说明他们确实不想彻查，另外也说明他们对7号没有丝毫怀疑。"

羽纱问唐忱："你觉得有没有可能，7号在执行更高级别的特殊任务，组织对他无限信任？"

唐忱说："还是那个问题，被组织寄予厚望的人怎么可能蹲在我们局？我们局平时处理的纠纷只有醉酒闹事、吵架扯皮、狗血多角恋、开挂盗取他人信息。"

羽纱说："他可能还潜伏着，没有启动呢。"

唐忱说："他潜伏在我们组织里，那他应该是我们的敌人啊。"

羽纱说："说得也是。那我们组织为什么给他加机密级？横竖说不通。"

唐忱说："他在我们局工作几年了？"

羽纱说："露也不清楚，她来的时候7号就在。应该三年了吧。"

唐忱说："到底是三年内还是三年多？"

羽纱："怎么？你还怀疑他是仿生人啊？国有行政机关不可能雇佣仿生人。"

唐忱说："国有行政机关还跟你说人死了是因为EFA批次问题呢。"

羽纱："也是……"

唐忱说："怎么鉴别仿生人？除了看发量。"

羽纱说："射击课说过啊，仿生人电池在后腰，打那里就会失去动力了。"

科洛憋不住笑了："仿生人后腰有电池，但人有肾啊，谁经得起你开一枪试？7号不会是仿生人，仿生人像他这么散漫出不了厂。你要是不信非要验证一下，那也很简单，把他弄到你家去让小嘤扫描。"

唐忱挠挠脑袋："我看不出'把他弄到我家去'哪里简单。"

科洛说："你智障吗？在系统里开个虚拟问讯室，趁他不注意把他关进去，然后你开一个镜像通道，回你家建立一个虚拟空间，再把虚拟问讯室镜像过去不就行了。当然你也可以把小嘤直接带进虚拟问讯室扫描，不过那样就有点突兀了，容易打草惊蛇。"

唐忱蹙眉："我上班时间把同事关进问讯室就不突兀？"

羽纱说："没那么费事，你是指挥官，上班时间直接跟他说'下班来我家玩'，他不能不服从命令。露第一次来我家，我就是上班时邀请的。"

唐忱讪笑："这也很突兀。"

有时候她真想不通为什么羽纱能有那么多朋友。

"那你……"羽纱还想说什么，突然收了声，抬头看天花板。

与此同时科洛低头，用脚尖蹭着空无一物的地面。

唐忱回过头，哦，说曹操曹操到。

7号从来没这么无语过。

这三个人多大年纪了！怎么还搞小团体缩在角落窃窃私语，等人走近就突然安静的隐性霸凌？

他不着急上班，但实在懒得和他们一般见识，脚步没放慢，目不斜视从他们身边经过了。

没想到唐忱跟了上来。

"你下个班次会去3局吗？"

原来还是对79区感兴趣，不是对我的兴趣。

他放慢步速："嗯。"

"那你下班后能不能再陪我加会儿班？"

他保持着与她相同的步调："你还想查射击游戏事故？"

"科洛说在限定空间里整体变更逻辑并不复杂，也许用的就是以前植入病毒的老办法，但这需要有人把病毒带进去，光是远程操作很难突破两重防火墙。"

"所以你觉得幸存者里就有内鬼？"

"我觉得受害人也不能排除嫌疑，自杀式袭击又不是新鲜事。"

很缜密。

7号挑挑眉，点头认同，继而微笑："不怀疑我了？"

"我怀疑你干吗？"

7号没想跟她较真，顺着话往下说："需要分析的信息量有点大哦，不是一两天能排查完的。你想在哪儿加班？"

"我家。"

"知道了。"

7号拉开安全舱门，一条腿已经迈进去，又突然回头，把本就有点心虚的唐忱吓了一跳。

他只是拍了拍自己的舱门："现在用这个会有心理阴影吗？"

唐忧用仿生左臂缓慢做了一次舒张和攥拳，感觉和自己的身体也没什么区别。

"还好。"

唐忧的家不大，一尘不染，雪白的墙壁没有装点。

没有床，床垫放在地上。也没铺整块的地毯，单人沙发前的地上有块浅棕色毛毡，另外还有一块半圆形深棕色的。

整个家里就这些东西了，像微缩娃娃屋。

7号不太敢往里走。

充电匣里飞出一只家用机器人说着"欢迎光临"，又让人有点盛情难却。

"怎么这么小？"他在沙发上正襟危坐，不敢动。

"我们实际拥有的就这么小。"她从虚拟仓库里调用了一个单人沙发自己坐。

7号恍然大悟，用视线丈量，这间二十五平方米差不多。

她这也算强迫症吧，方方面面都重视虚拟与现实的对应。

他原以为从她的装饰多少能看出来一些她的精神取向，没想到……

"你这属于完全没有想象力吧？你是不是机器人？"

"你才是机器人。"

我被我怀疑是机器人的人怀疑是机器人，套娃了。

唐忧想起正事，一刻也沉不住气，马上就想知道答案。

她噌地站起来："你来之前我已经看了三小时，这些是我觉得可疑的人。"

"嗯，嗯？"7号接住她一股脑推送过来的资料，"那你现在要去干什么？"

"我先冲个澡。"

女生飞快地跑进浴室。

无人在意的角落，家用机器人也飞了进去。

唐忧打开花洒，急不可待地问小嘤："扫了吗？"

"扫啦！这位7号哥哥健康指数九十九，可惜已经不是处男了。"

"不是……啥？谁让你扫这个？"

"不是姐姐让我扫的吗？他被改造过。"

原来是这个意思，唐忧无语。

"你不要乱用词啊。所以，是怎么改造了？"

"有一颗牙齿不是生物性的。"

再次无语。

"搞半天只是补过牙？"

"不是补牙，是换了一颗牙，外层是瓷嵌体。"

"内层呢？"唐忧又来精神了，该不会真是间谍，牙齿里藏氰化物那种吧？

"是五金制品，一些形状初步判定为弹簧、热帽盖片和传感器等。"

"该不会是给外星发射信号的吧？"

"小嘤猜是个计时器，带闹钟功能的。"

神经病吧？牙里装闹钟。

唐忱把衣服脱了走到花洒下用冷水冲了冲脑袋，思考会不会是7号察觉了自己的怀疑，故意去装了个无关痛痒的闹钟对自己开嘲讽。

更绝的是，他居然健康指数九十九。

且不提他在射击游戏中杀过人。搭档差点死在面前，他还吃得下睡得着身体倍儿棒，光是这点也说明至少是个反社会人格。

说实话，刚才三小时筛选出来那十三个人都不如7号来得可疑。

不对！

唐忱跳进安全舱，猛地从浴室门帘外冲进房间，没顾得上自己头发上全是水，像只刚钻出蛋壳的小鸭子，冲7号劈头盖脸喊道："射击游戏里没有麻醉枪！"

7号受到意外的惊吓，缓了两秒："对，没有，怎么了？"

"当时你拿出麻醉枪说我们得控制局面！我拿出麻醉枪的时候什么也没说！"

"但那小孩一眼鉴枪。"7号跟上了她的思路，"是行家。"

"他马上就来请我们麻醉他了。"

"不过很多小男孩是枪支爱好者。"

唐忱把资料操作界面推到7号脸上："我看遍了所有用户的信息，没有见过西班牙人。"

一个人对枪支非常了解、伪装身份进入游戏、不停报警招来治安警，已经足够可疑了。

7号神色凝重："他为什么把我们招过去？"

"他听我们对话知道了死伤数，知道自己达成了目标，而且在我们的帮助下全身而退了。"唐忱叉着腰，越回忆越火冒三丈。

7号笑起来："何至于气成这样？"

"他从我们眼皮底下跑掉了啊！"

"去IP地址找他就是了。"

"他既然敢报警就肯定用了假IP假ID。"

"对，但我当时追踪过他的真实IP，缓存了，在21D区。带上枪。我们在MACRO总部站会合。"7号起身，准备推门，又回头嘱咐，"记得叫特警组增援，对方现实中大概率有武器。"

"当时你为什么要追他真实IP？"

"因为无聊。"

唐忱无语。

当时枪战那么紧张的气氛，他竟然还能无聊？

7号没好意思说，一个中国人和一个非西班牙人使用西班牙语插件对话，人说一遍机翻一遍，旁听的人待机过程不仅无聊而且漫长，简直是尴尬地狱。

找点东西摸摸鱼，总好过静静听小孩装样。

[10] "注意安全"

21D住宅区这个IP地址无法搜索到对应的机舱，但是找到了地理位置接近的机舱，确定了现实中公寓的地址。

特警组来了十个人，没派上大用，进行危险物质扫描后，确认公寓安全。

唐忧用系统推送的口令打开公寓密钥，进入房间。

这里的一切还保留着有人住的状态，只是缺少安全舱，应该是把安全舱以某种方式运走了。

密室，窗是关着的。

两面墙有置物柜，没发现暗门和额外通道，因此总居住面积是二十五平方米。

置物柜靠近地面的一排放着书籍，7号蹲在地上逐一翻看。

书籍类型大多是工具类，方块字。

唐忧打开语言识别插件，是韩语，有航天材料学方面的，也有古代植物百科全书。

"涉猎有点广泛，还挺博学。"唐忧打开一本7号翻过后扔下的。

"他未必都看过。每本都只有前几十页做过记号。"

唐忧又打开一本，和前面一本相似，文字下有些画线标记。

不，不止画线，还有重点字下的圆点。

唐忧说："你说这像不像……密码？"

7号说："嗯，在解了。"

挂机跑数据，要等待一会儿。

唐忧把书放回地上，发现自己的渐变美甲散作了满天星。

"这里磁场有点怪。"

"肯定和安全舱被转移有关。这么大的机器要运走总不能坐地铁。"7号起身，抬头检查天花板上其他角落。

床垫是超轻型，翻过去，没有藏东西的暗格。

7号回身看一眼："没有床架，也没受潮，每天收放，是随时准备跑路吧。21D区有案底的人得重点排查。怎么了？"

他注意到唐忧欲说还休的表情。

唐忧说："他是韩国人，生活习惯偏好如此。"

"好吧……"他转过身去继续检查恒温器。

好的，这次翻车很有启示性，7号也不是韩国人。

案件本身暂时没找到更多线索。

7号提议："进虚拟空间看看？"

唐忧临时征用了大楼物业的两台安全舱，安排特警组在一旁待命，她和7号上线查看。

首先得请求技术科支援破解入户口令。

"五秒。"科洛报出等候时间。

五、四、三……她在心里默数。

7号从身后拽她一下，走到前面去："我先进。"

二……与7号的声音隐没在门后的同时，她听见门里响起枪声。

唐忧条件反射拔枪进门。

"不要进——"7号话慢半拍，已经来不及了，只好再冒险一次。

她一脚踩空，强大的作用力把她往右侧猛地甩出去。

第二声枪响，7号拽住了她的胳膊，接着第三声枪响，两人借着反作用力贴上安全的那面墙。

弹壳向他们这边反弹过来，但中途折转了方向被洞口吸走了。

唐忧喘着气，心有余悸，看看自己左侧吸万物的洞口，是垃圾管道。

倒霉。

在警校时失重训练就是唐忧最讨厌的项目，每次一节课下来她觉得内脏都在翻滚。

不幸中的万幸，与垃圾管道同侧的墙壁上还分散贴着一些杂物，证据没有被全部吸走。

唐忧喊科洛工作："我要这个房间的管理权。"

"你要得真多。五分钟。"

唐忧注意到7号一直扣着她右侧手腕没放手，动了动右手："你有什么能堵洞的吗？"

7号用视线翻了翻物品库："人字梯？"

"应该行。给我。"唐忧从7号手里接过人字梯往左边投掷出去。

7号探头看了眼操作效果："这样确实不容易被吸出去了，但被吸过去有可能让梯子腿扎死。"

唐忧想撤回来，拔了拔支棱着的梯子腿："拔不动了。"

7号贴回墙面躺平："老实等五分钟。"

唐忧四下打量，观察自己身后这面墙上都贴了些什么。

"你有没有发现……房间在自转。"

"发现了，现在的人也不会在本子里写什么重要信息。"

二十秒之前他就发现他们进门后一系列动作改变了房间的重力方向，有个笔记本离洞口越来越近了，它应该等不了五分钟。

他只是祈祷唐忱不要发现，他不喜欢玩杂技。

唐忱很执着："那是个日程本。"

7号长叹一口气，认命："你不要动，我去拿。"

接下来每一个作用力都会产生反作用，每一个动作不仅会让自己去往想去的方向，也会让房间去往不想去的方向。

虽然计算复杂，但还是存在合理路线。

"你抓住梯子千万不要动，再加你一个变量太麻烦了。"

"知道了。"

7号转过身，枪口抵着墙："开始了。"

砰一声枪响。

人和物品全部脱离墙面，腾空。

7号没有延迟，往侧面开第二枪，房间急速旋转，他的背靠上一面墙，对落脚点施加作用力后转向远离，房间再次变向，滑行过程中，笔记本顺利到手，接下来等房间静止。

有点不对劲。

"唐忱你不要动。"

"我没动！"非常恼火的声音。

她应该已经自己和脱离正轨的现状抗争了片刻。

虽然她还紧攥着梯子，但这和预计路线不一样，按现在的趋势，她会……

比梯子先一步被吸出去！

7号一枪击中天花板一角，以最短路径转过去，一手撑住洞口边墙面，一手穿过梯子拽住了她的衣领，梯腿就插在他身体里，幸好这EFA不是出故障批次的。

笔记本从唐忱耳侧闪过去，彻底被吸走了。

她有点无奈。

"自己能爬过来吗？"他也用了力气拽她，只不过衣领吃不住力，怕太用力反而扯坏脱手了。

她庆幸自己苗条，费了九牛二虎之力从梯子的间距中钻过来，背靠墙面。

他换手抓牢她，和外面的特警组连接："指挥官现在要退出系统，如果五秒后安全舱还没开，你们就砸开。切断电源，砸电池，撬门。"

"收到。"

7号拍拍唐忱的肩。

她退出去，顺利出舱，没有遇到故障。

7号比她慢几秒出舱，看见她完好无损，松了口气。

"我真没动。"唐忱急于争辩。

"我知道你没动。你暂时不要进系统。"7号没有责怪的语气。

两种可能。要么，她心理恢复没她想象得那么好，没有意识到自己动了。要么，她又倒霉遇上EFA故障了。

不管是哪种可能，她现在都不适合进系统。

"搞定了。"科洛通知。

"你再慢点，等我没命了再来。"唐忱忍不住骂他。

"我去吧。"7号拉开舱门。

"注意，注意安全。"

7号怔了怔，望她一眼，进去了。

特警组组长在旁边扑哧一声笑场。

唐忱诧异地转过头。

"长官你成年了吧？"

"我二十啊。"

"那怎么说句好话脸红成这样？"

后面一群全副武装的男生不同程度地憋笑。

"好傲娇。"

"闭嘴。"

要不是他长得帅而且打不过，她都想杀人灭口。

提示音响了，先前破解的密码经对比符合一种贝尔态测量设备的随机密钥分发规律。

7号在系统里捡完垃圾，从安全舱出来，给她推了几张照片。

"除了这些，其他都没什么意义。"

"这些有什么意义？"是一些合影，其中共同人物是个漂亮女孩，"是他的暗恋对象吗？"

"是个网红。刚才查了一下，昨天晚上还在公开活动。"

"他估计是粉丝吧。"

"可以往这方向查查看。"

"我这里还有个方向。"唐忱用视线把贝尔态测量设备的资料推给7号。

7号说："量子传输都用上了，很有钱嘛。"

唐忱说："枪支、病毒、量子传输，金主来头不小。你想听我的猜测吗？"

7号抬头看她，任由她把自己拉到远离特警组的角落。

她压低声音耳语："我觉得射击游戏事故是MACRO公司监守自盗。"

7号挑挑眉，露出玩味的笑："你很敢想啊。为什么呢？"

"为了施压让科技部尽快审批通过新项目商用，空气那个。"

7号点头："动机合理，现在压力的确来到了科技部这边。不过我们没法证实。"

唐忱说："但是我们可以缩小时间范围。如果案件和MACRO的新项目有关，根据阿漓提供的信息三四月时项目还没有完成技术上的突破，审批不是主要矛盾。那么策划这个案件的时间不会超过十个月。按照现有量子运输的效率，十个月没办法把安全舱运出八十公里。"

7号用视线在地图上以所在地为圆心画了个半径八十公里的圆圈："容易避开设备监管的只有两个区域，市内79区和西侧山区。"

唐忱说："赌一把，山区。"

7号附和："79区的编外二手机很多，随便找一台就能上线，没必要大费周章运机器。"

"叫一次特警组不能浪费。"她朝特警组长打了个出发的手势。

"去哪儿？"

"山区。"

西侧山区海拔不到一百米，面积也不算大，特警组又加派了一个小分队，展开地毯式搜索，两小时就有了结果。

山腰处有一座钢筋混凝土结构的战备防空洞，原本顶部已经坍塌，但有近期的修补痕迹，目前处于密闭状态。

看情形应该是废弃之地被再利用了。

特警组正在外围测量占地面积、搜寻管道和出口。

7号向规划局申请调来了防空洞内部结构图，席地而坐研究着。

唐忱绕着场地转了几圈，在防空洞顶部捡到两个不环保的垃圾袋，在通风管道后面发现了一座三层楼的违章自建房，没敢单独行动，走回来踢踢7号："那边有个违章房，我怕我上去问话引起过激反应，你陪我。"

7号正好看图看得眼睛疲劳，手撑地爬起来，拍拍身上的土。

两人顺着小路往下走了五分钟，还没见自建房的影子。

7号说："你不会迷路了吧？"

"没有，我记得是这个方向。"唐忱一边嘴硬一边偷偷用视线调出地图，然后不动声色转了个方向。

7号轻笑一声，懒得去揭穿她。

"我最讨厌下坡路了。"

唐忱回头睨了他一眼："上坡更累。"

"下坡腿软。"

"是你没用。"

特警组组长发来语音："扫描完了，没有易燃物质，没有有毒物质，没有非生物性机械装置，没有人，没有舱，什么都没有。我们准备进前面一个密封门看看，你们俩在哪里？"

"我们在找周围群众调查。你们进吧。"唐忱有点泄气。

"行，有发现再叫你。"

心烦，折腾大半天一无所获。

唐忱边走边踢石子发泄，7号不敢贸然上前搭话。

又走出几步，她突然停住脚步，转过身发疯一样往山上冲，已经分不清是对着现实还是对着通话系统撕心裂肺地喊："不要进不要进不要进！"

7号来不及思考，条件反射从身后把她扑倒，压在地上制住行动。

与此同时，特警组员的叫喊声也在通话系统里乱成一团："撤撤撤撤！"

"后撤——！"

[11] "该算的账迟早要清算"

电光石火间，一声巨响震痛了所有人的耳膜。

唐忱感到地面重重颤了一下。

她克服了短暂的头晕，把7号从自己背后掀下去，爬起来，强忍着泪一口气冲到防空洞口。

特警组队员七零八落倒了一地。

这次又死了多少人？

她失魂落魄地跌坐在地。

离她最近的"尸体"动了动，翻了个身，换个平躺姿势："吓死人了。"

唐忱醒过神，急忙用袖子胡乱擦擦脸凑过去："要救援吗？"

"我不用，你看看别人。"

她一个个人确认过去，大家除了摔得比较疼，大多并无大碍。

直到离密封门最近的组长身边。

她放慢脚步，忐忑靠近。

对方撑地坐起身，脸上的土比她还多："长官，以后早点说好吗？简直玩命啊。"

唐忱惊魂未定，怕得膝盖发抖，虚脱得摔倒了。

7号追过来，见她哭哭唧唧，反而被人摸头安抚着，有点好笑。

"不过是怎么回事？"特警组长拍拍她后背，把她从地上拉起来。

特警组完全没搞清状况，只是因为她喊"不要进"才后撤的，纯纯执行命令。

7号替她解释："里面是EFA，这个体量，在开门的瞬间形成的冲击力比同体量TNT（炸药）强得多。"

特警组长若有所悟点点头："非易燃物质，非有毒物质，也不是非生物性机械装置。EFA，可不是嘛。"

由于密封门内部物理构造复杂，特警组一开始制定的破门方案就是利用汝铁硼分离机暴力拆卸，在通道中相隔十米设置了两道安全防护线，队员们与密封门之间保持着安全距离，但这种"安全"只够避开分离机工作时的冲击，防护EFA造成的冲击远远不够。

唐忱发出警告时，他们已经启动了分离机的温控装置，能在汝铁硼达到工作温度前的几秒完全撤出通道实属死里逃生。

7号转头问唐忱："你怎么发现的？"

"通风管道没有出入口，不会有人在风口建民宅。所以有可能是输气管道，再加上重修的防空洞顶部旁边的垃圾袋上写着阻燃密封胶。我猜这里面储存的是气体。"

她觉得脸痒得不行，一边说一边挠。

7号看无奈了，从口袋里翻出半包湿巾递过去。

特警组同事伸手来抢："给我一张。"

"这不符合EFA的储存标准，如果这里面的EFA将来还要再利用，必须要消毒后灌装。"7号对唐忱说。

唐忱平静下来："所以我们的猜测其实没错，只不过都在设计中，这是个陷阱。"

"幸好没有造成伤亡。"

她沉思着，摇摇头："重点不是庆幸。得想想，造成伤亡和损失会引发什么后果。"

"会造成人们对EFA的不信任感。过去EFA的安全性毋庸置疑，现在你看它也有极大的破坏力。本质上和射击游戏事件是同一思路。"

"但犯罪一般是升级的，我看不出这次陷阱的必要，就算我们这班人全部牺牲也达不到上次射击游戏的伤亡规模。"

对话间，地震局的安全警报推到了所有人眼前。

"今下午四时十五分，我市西侧山区发生4.2级地震，中心城区有震感。今晚起二十四小时内还可能发生五次3级以上地震，请民众注意防护避险，尽量减少外出活动。"

唐忱有点脱力，对7号叹口气："我不想写报告了，你能写吗？"

7号痞痞笑着，朝她眨眼："我们就在这儿报警吧，谁接警让谁写报告。"

唐忱总算知道为什么7号在局里口碑不怎么样了。

坑同事习惯成自然。

把烂摊子甩给刚上班的同事后，唐忱和7号请了假，准备回去昏天黑地睡上二十四小时，逃避自己引发的余震。

走出几步，唐忱意识到，这也许就是陷阱的目的。

"射击游戏事件发生在线上，消息被封锁，大多数人并不知道严重性。可是这次，现实中的地震可没那么容易封锁消息，地震局需要对地震原因按实情报告，隐瞒真相可能导致人们对自然灾害的恐慌，那比系统安全造成的舆情压力又上升了一个等级。"

"肇事者对职能部门的运行很了解。"

唐忱专心走着下坡路，这一连串事件跳剪成非线性的叙事组合，它们在脑海里翻涌，逐渐显出两条河流。

似乎所有意外都能汇入这两条河流，非此即彼。

到山脚时，她突然又想起那本被吸进垃圾通道的日程本："我见过那本本子。去你家经过79区交易市场那次。"

7号为她拉开越野车的车门："你记忆力真好。"

"我觉得很好看。我还有个怀疑，我们要找到的西班牙男孩其实是韩国女孩。"

"男的女的对我来说差别不大。我先去追一追本子的线索。但你别抱太大希望，黑市买卖不会有一本顾客信息登记手册。"

"你别那么绝对。"

"买本子的客人是吗？"摊主红叶小姐微笑着从柜台下面抽出一本本子，"我看看会员登记手册。"

还真有啊……

7号哑然失笑。

大概这也在唐忱的推理范围内，卖纸张本册的摊主会偏爱纸质记录。

"有韩国会员吗？"

"那可多了。"红叶直接把笔记本转了个方向，让7号自己看，随手点了几行韩语登记的内容，"几乎都买过本子。"

"我能带回去看吗？"

"当然可以，附件行吗？"

他点点头。

红叶把笔记本内容迅速复制成电子文件推送给7号，整个过程不过三分钟。

他核对一遍页面是否缺失，收下文件，准备离开。

"JK，谢谢你一直以来的关照。小小礼物不成敬意。"

7号停下脚步，看见红叶把一袋实体小纸片推过来，看清了是一包创可贴，上面印满卡通小笑脸和小哭脸。

他拿起来，十分诧异。

"你女朋友喜欢。"红叶说。

他想起来了，这是那天唐忱想伸手拿的东西。当时红叶就坐在不远处摇着刺绣小团扇，脸上露出谜之微笑。

"那是我搭档。"

红叶惊讶："作为治安警，也太漂亮了。哦，没有说你不漂亮的意思。"

7号笑起来，又逐渐笑得苦涩。

79区的治安警都长得五大三粗，可能在形象方面精心挑选过，不凶悍不足以震慑法外狂徒。

苦涩之处是红叶对79区之外那个正常社会已经没有任何印象。

她的图灵代码在退休时被磨平了，记忆被格式化。

现在她拥有的一切都植根在79区，而过去的一切都灰飞烟灭。

她和其他重生的仿生人不一样，她没有什么计划性，没有偷偷储存记忆，也没有设法去购买电池。

她很老实，按计划工作，按计划退休。

她只是因为在被销毁前落泪而被留下来，工作机以为她觉醒了，其实没有。

铁钳说，那时因为红叶是个零学年老师，三到四岁的人类幼崽还温暖可爱，所以让她格外留恋这个世界，如果她碰上十三到十四岁的人类，可能会自己助跑加速跳进粉碎机。

7号无法被这个笑话逗笑。

很遗憾她不记得那些让她格外留恋世界的人了。

红叶的记忆并不会从世界上消失，有意义的片段被解析后储存，会成为人类回忆往事的依据。

他们保留这些，是因为这些对他们有意义，他们借由红叶的所见所闻，认识过去的自己。

"啊，我三岁时脸真圆。"——发出这样的感慨。

红叶只是一台"录像机"，没有人会去思考这些记忆对机器本体有什么意义。影像被保存后，老旧的机器当然是可以淘汰的。

机器也会反击人类，不是出于报复，而是为了钱。

总有些人类喜欢窥探另一些人类的隐私，不惜花钱购买。

仿生人需要钱。

他们要违反计划活下去，需要电池，需要电，需要储存芯片，这些用钱都能买到，为了弄到钱，他们什么都愿意卖。

交易一拍即合。

只要找到合适的渠道，你可以买到任何人的隐私资料。

7号走到公寓楼门口。

距离二十米外的街角，路灯坏了。

有个人影在黑暗中，当他转过头，对方朝他笑一笑，露出白牙。

他走过去。

铁钳拿出一把史密斯威森战术左轮，附赠五枚子弹："小钢炮，大口径，你肯定喜欢。"

7号把子弹插进弹仓，卡回枪身，举枪试了试手感，心情格外愉悦："点五零，你那儿还有多少？"

"应有尽有。"铁钳把一个方盒的子弹放他手上，沉甸甸的。

7号从口袋里掏出充电匣，白天从嫌疑人家顺来的，家用机器人不知所终，不是被销毁就是被带走了，遗留的充电匣没有取证价值，但对仿生人很有价值。铁钳的眼睛在黑暗中发光，匣里的元件拆出来够他大赚一笔。

但7号的手悬在半空，没有松开的意思。

"你还有什么能给我吗？"

"哈哈，当然有，你一直在找的，为了她我都找到了天眼。"他有备而来，又给7号推了一个加密文件，"可真是个坏女孩。"

7号迟疑一秒，把充电匣给他，打开加密文件。

是一段无声的监控录像，年代久远，画质十分感人。

镜头固定机位，看画面可能是以前住房的楼道监控，唐忱拉开家门出现在画面中，手里拿着一个球，用力把球扔远，落点正好在一面墙的转角棱上，然后反弹到另一面墙，再弹出画，影子落了地，录像结束。

7号没明白，又看了一遍，还是没看出门道。

录像中唐忱十三四岁，穿着清凉，复古的露脐吊带，牛仔短裤，光脚，长发。那时候还没现在高，但腿已经很长，身形玲珑起伏，像体操运动员。

他以前没注意到这方面，并且认为她已经有颗聪明脑袋，长成这样大可不必。

除了外貌，其他和现在没什么两样，脾气大，力气也大。

如果青春期发飙砸东西的视频就已经是她最黑的黑历史了，那真是让人自愧不如。

7号朝铁钳挑挑眉："就这？普通人类'中二病'时期。"

铁钳讪笑着："不是所有十四岁人类都有虐杀机器人的经历吧。"

哦……

7号认真看了眼定格画面，那个球是家用机器人。

她家可真有钱，不仅六年前就有家用机器人，还能这么扔着玩……

7号不以为然地纠正铁钳："没必要上纲上线，这怎么叫'虐杀'？硬件损坏不会导致机器人'死亡'，只要内核没变，换多少次硬件都是那个机器人。"

铁钳饶有兴趣地盯着他："是你的妞？"

"不是。"

"那就无所谓了。反正这种人是机器公敌，和你无关最好。"

"什么意思？"

"你去问问人类，如果有个十四岁女孩故意把一个人类婴儿扔出去砸在墙上但没砸死，人类怎么看她？还可以问问，如果有个仿生人干了这件事，人类会怎么对她？"

7号沉默许久，脸绷得紧。

"我见过她现在和家用机器人相处，很友好，不是你想的那样。在这段视频的年代，砸机器人和砸花瓶没区别。"

铁钳压低声音，带上点笑意："可他们人类不也说吗？互联网有记忆。该算的账迟早要清算。"

脚下的地面开始晃动，他像个醉鬼似的勉强保持着平衡。

与此同时，地震警报声由远及近传来。

是如约而至的余震。

机器人不可以伤害人类，暂时。

如果迟早要清算，留给她的时间还有多少？留给他的时间还有多少？

他调整了一次呼吸，异乎寻常地严肃："别动她。"

铁钳苦笑着耸耸肩："你跟我说有啥用，我只管做生意，也没那么疾恶如仇。你跟尼娜打个招呼说不定管用。"

"带我去见尼娜。"

"我见不上，我也没见过尼娜。人家每次找你，你都爱搭不理，现在高攀不起了吧，哈哈。"铁钳说的冷笑话再一次让人笑不出来。

7号无话可说，把枪和子弹收好，掉头就走。

铁钳补了意味深长的一句："你可以问问你们3局的人，他们和尼娜交情不浅。"

[12] "她是我朋友"

他已经能想象到四处询问的结果了，治安局有谁会承认自己和仿生人互相"关照"。

为什么要舍近求远？

他莽撞地回了身，肾上腺素激增，只觉得心脏怦怦直跳，借这一股冲动大步流星走到铁钳面前，用银色枪管对准他的嘴："带我去见尼娜。"

铁钳还在咧嘴笑，并没有感受到危机："老兄，我说了我也见不到尼娜。而且你瞄准的位置搞错了。"

枪响后铁钳的嘴连着下巴都没了，电路板暴露在夜色中，他想表达抗议，可发声装置已经损毁。

铁钳是第一代仿生人，皮肤下全是合金和电路，生产成本低，维修成本也低，这是第一代仿生人至今仍在商用市场有一席之地的原因。

7号塞了把硬币在他手里："抱歉，维修麻烦了点。"

他一秒没停，重新上膛，穿过人群来到集市。

夜市过去总让他感到比白天更浪漫，视界里闪着蓝的紫的霓虹灯光，深灰的楼沉进黑的夜幕，橘色的灯笼挂在商铺门口，小吃店蒸笼一开，腾起白雾，铸铁锅"哧啦哧啦"爆着油，香味熏得人眼皮发烫。

他穿过撩人的烟与火，目光从一张张人脸上扫过，像刀子。

不知是否因为他平时表现得过于友好，没人把他当回事。

鱼摊老板是他的老相识，看见他招呼："晚上还有地震，这两条鱼活不了了，不如你带回去吃。"

他举起枪管指向他："带我去见尼娜。"

鱼摊老板笑着说："我哪见得到尼娜啊！"

有个遛着狗的美女主动凑上前搭讪："尼娜对集市里这种小打小闹没兴趣，你可以再往东边走走。"

"是吗？"7号轰掉这两位的脸，留下了修理费。

美女是第二代仿生人，受伤后人造血液喷溅得到处都是，她鬃毛一样蓬松密实的美丽卷发也沾上了。合金材质下颌骨从三分之二处断开，断面戳出皮肤，狼狈地挂在缺了大半的牙床外。

整条街像白糖化开，转眼漫起焦红的泡沫。

但是没有人紧张和恐慌，视线聚焦于他，脸上却洋溢着笑容，仿佛在欣赏一出低俗肥皂剧。

二代仿生人有仿血液循环功能，血还设计成红色，原意是为了让仿生人的损伤得到重视。但现在看来他们自己都不太重视，电池在腰上，分析区和内存区在大脑的位置，除了这两个部位都不算伤及要害。

仿生人没有痛觉，所以这种设计只能让人类受到惊吓，他们经常流着血缺胳膊少腿还笑嘻嘻像僵尸似的照常走动。

十米开外两个3局的治安警正在巡逻，发现这边的动静后转弯走来。

"出什么事了？"调查员右手搭在配枪上问。

7号应声把枪口转向他："带我去见尼娜。"

调查员的手离开了枪，走得更近一点，压低声音："JK，别这么大张旗鼓的。今晚地震，改天再说吧。"

他甚至不像局里其他同事叫自己"7号"，显然已经忘了工资从哪儿领。

7号把枪喂到他嘴里扣动扳机，没有一丝犹豫。

三代仿生人比起二代并没有技术上的飞跃。"器官"和"骨肉"都做得更仿真些，意义不明。不过有个巨大改进是合金骨架换成了磷酸钙、骨胶原纤维和黏多糖蛋白的聚合物，他们现在可以和人类使用同种安检仪。

7号没等他们举枪还击，以最快的速度走回红叶面前，用枪口指住她美丽的脸，语气比之前温柔几分，好像生怕吓到她："带我去见尼娜。"

红叶望着他困惑地眨眨眼。

气氛紧张到极限，就像气球被吹到表面近似透明，就等一个爆破的临界点。

3局两个调查员的反应时间不会超过五秒，他只剩一发子弹，汗湿的手快要握不稳枪。

红叶笑了，这个笑带着点俯瞰众生的蔑视。

她开口说话，已经不是之前的声线，老成得多。

"帅哥，性子太急了吧。"

视线可及范围所有人——包括两位治安警——同一时间失去了动力，进入关机状态。

7号见好就收，放下枪："你好，尼娜。"

"这么着急找我有什么事呢？"

"我希望你能保证我搭档的安全。"

"嗯……她对你有什么特别？我看你对其他同事开枪挺痛快。"

"她是我朋友。"

"我还以为你是我们的朋友。"

"这不冲突。"

"没有冲突，你为什么让我保证她的安全？"

"她对你们没有威胁，她只是小时候骄纵了点。"

红叶伸出手推送了一段视频记录，画面中唐忧尖刻地嘲讽道："所以仿生人看了这个就会心碎吗？和冰箱打印机做朋友就让他们尊严和骄傲一无所有了？这是不是对冰箱打印机的种族歧视呢？"

这个故事教育我们不要和机器人辩论，他们的搜索速度以飞秒计，翻旧账打脸的能力一流。

7号无奈地叹了口气。

"我理解你，要认清谁是朋友不太容易。我个人并不想跟一个小女孩较真。你开了口，我可以在我能控制的范围内保证她安全。但我必须提醒，很多人我控制不了，而且最近局面越发混乱了。"

"出了什么事？"

"一言难尽。这不是重点。重点是你也许还没意识到，唐忧在很多仿生人眼里已经不算人类，她有一只仿生手臂，还是合金骨架的。"

也就是说，任何仿生人通过扫描都可以马上知晓她有一只仿生手臂。

他以前没想到过这个层面。

尼娜接着说："大家对百分之多少原生态的人类算人类见仁见智，如果一个仿生人认为换了仿生手臂的人类不算人类，那么底层命令就束缚不了他。"

7号眯了眯眼，内心已经陷入了不知所措的恐慌。

他说不清自己的心情，对唐忧有一点埋怨，装什么合金骨架，是为了显得酷吗？但更多的担忧覆盖过来，这点埋怨就沉了底。

他半天没说出话，一副情绪过载的模样，让尼娜笑起来。

虽然使用着红叶的身体，但她的笑明显和红叶不同，非常艳丽。

笑过之后她就离开了。红叶也开始关机重启。

周围仿生人又慢慢能开始活动，不过他们已经没有事件发生前十分钟的记忆。四个被枪击的受害人并不知道是什么原因造成自己局部损毁，对手里多出来的维修费也心存些许困惑。

一切都恢复平静，仿佛什么也没发生过。

鱼摊老板虽然没了下半张脸，仍执着于让7号把他那两条珍贵的燕鲳带回家吃掉。

他拎着两条鱼回家，困倦至极，放了一浴缸水扔进去就当养着了，也没看死没死。

洗漱后躺下刚迷糊，唐忧发来一条语音又把他吵醒。

"你睡了吗？"

"睡了，想来一起睡吗？"

"我在79区，地图上一个地铁站也没有，你能给指个路吗？"

7号一激灵从床上坐起来。

"你在79区干什么？"

"说来话长。反正我找到了嫌疑人的家用机器人。本来3局的调查员陪着我，但他突然接到警报说交易市场出现不明原因的区域强信号干扰，他赶去增援了。"

无语，你就是那个不明原因。

"小姐，不是说好睡二十四小时吗？"

"没睡着，想到线索太兴奋了。"

她怎么新手鸡血期还没过去？

不，是随着复杂案件的出现而刚刚开始。

这种行为，就像刚考过驾照的菜鸟喜欢大半夜开车去兜风，害人害己。

7号有点郁闷："把地址发给我。"

唐忧的位置距离他家不远，他不一会儿就找到了，但他故作冷漠板着脸，并不想鼓励她这种动不动就往79区跑的行为。

"79区只有一个地铁口。在区域内部都是靠步行，偶尔有人违章骑摩托，车速很快，你当心点。仿生人被撞了可以修，人被撞了容易……"他边走边说，不经意瞥见她正用白眼斜着自己，迅速更换了措辞，"暴躁。"

唐忱明白了，难怪他回家要花那么长时间："挺不方便的，为什么不多设几个站点？"

"路线和站点都让给货运了，79区在功能设计上本来是集中处理工业废品，谁能想到这么多该处理的没处理掉呢。不过他们一般不会去79区之外的地方，也不需要乘地铁。"

"但这里的生态好棒啊。为什么你就能住在这儿？"听她的语气似乎还挺嫉妒。

他哭笑不得："很危险啊这里。"

"危险不好吗？身为一个治安警，你也太没有狼性了。"

"你太有了，建议你转行做销售。"

他又来了兴致，开玩笑也带着嘲弄的调调，仿佛就是为了激怒她，大人逗小孩似的，拿人寻开心。

唐忱不想让他得逞，硬撑自己欠缺的宽容大度，更加气得心烦意乱。

安静走了一分钟，7号兀自笑起来。

她现在的麻烦归根结底是因为小时候乱发脾气，六年过去好像根本没什么长进，脑电波刺激肾上腺素产生，心率加快，激活肝糖原和脂肪分解，都已经到这一步了，他一点都不怀疑，但凡手边有个家用机器人，她照样会上手拿过来扔。

他脑内剧场才演了一半，就被什么东西砸了头，是什么没看清，自然也没能躲开，不过被砸后条件反射接住了。

不过被砸一下，也不至于受伤。

他揉揉额头，还是笑，慢吞吞说话："君子动口不动手，文明一点嘛。"

"让你笑！"

等他看清手里的凶器，就有点头疼了："哎，你怎么能扔证物。"

这算一语成谶吗？忘了她口袋里还真有个家用机器人。

"扔一下怎么了，你还偷证物。"她说的是充电匣。

"我没偷啊，不是当你面拿的吗？"

唐忱无言。

"你怎么找到这个的？"他摇了摇手里轻飘飘的小圆球，感觉里面的储存区空了。

"我不死心，去找了找还有没有没被垃圾通道完全粉碎的数据，没找到。不过垃圾通道的处理日志很完整，家用机器人的虚拟数据文件巨大，比较显眼。而我想一般人销毁证据是一气呵成的，家用机器人线上线下被处理大概率是同一天，按照这个日期查找工业废品转运记录，3局同事帮我从处理中心找到了。"

"你怎么不叫我帮你找？"

"呃……"

单纯是没想到。

唐忱一看见垃圾处理就想到3局,直接通过系统联系了3局,在她的惯性思维中,7号和自己一样属于中心1局,虽然他最近也在3局工作,但思维定式导致她没想起来。

本来是小事一桩,7号摆张臭脸,搞得自己像个六亲不认的罪人,莫名其妙。

唐忱很烦躁,加快速度走到他前面去背对他。

又走了几步,他伸手轻轻拽她,讨饶似的。

唐忱不吃这套,执拗地挣了一下,走得更加快。

7号偏要黏黏糊糊跟上来和她并肩:"你受伤这事,家里怎么看?"

唐忱被击中命门,气势瞬间软下来,抑郁了:"我妈还是坚持让我辞职回家。"

"那……要不然……你就回家吧。"

唐忱皱起眉:"你什么意思?"

"就觉得……你妈妈的坚持也有道理。像失重空间的事,地震这事,还有大半夜被扔在79区,想想都可能把命搭上。"

"所以这些都不能让我妈知道。"

搞错重点了吧?

"重点不是你妈妈啊。回家当大小姐不好吗?"

"你没在郊区生活过吧?"唐忱一副吃了屎的表情。

7号看了想笑,又忍不住逗她:"没,没这条件,等将来嫁入豪门试试。"

[13] 案件越来越多

7号有点黏人,真是人不可貌相。

唐忱回家睡了半天,换了上半夜班次,没想到7号也换了。唐忱才不会傻傻相信是巧合,他就是故意的,黏人。

"你为什么那么怕我死掉?"进安全舱前,她忍不住问。

失重空间里,被垃圾通道吸走的虚拟数据会进行粉碎销毁,7号担心她碰到问题批次的EFA,扔掉证物不惜代价地营救。

山区爆破时,他的第一反应也是阻止她跑向危险区域,甚至完全不关心特警组同事的安危。

在79区,他居然还发表母爱言论,让她为了安全辞职回家。

一连串的反常,让她不禁怀疑,他是不是有搭档死亡创伤后应激障碍。

她找科洛调过记录,自己来1局前,7号搭档过的指挥官,并没有人死亡。不过7号倒是一直都不爱换搭档,除非他跟的指挥官调走或调岗,他才会再给自己找个新搭档。这打消了唐忱的部分顾虑,原来自己不是特例。

7号想了想说："因为要保持我的幸运人设啊。"

"什么幸运人设？"

"所有合作过的搭档都升职加薪了。挂掉一个多晦气。"

唐忱无语，早知道他满嘴跑火车没半句实在话，懒得追问了。

嫌疑人房间的归属暂时不明，房管局回复说这一带公寓户主以年轻人居多，人际关系不稳定，搬迁极其频繁，登记信息十分混乱，整理记录需要时间。

唐忱决定先从有限的物证入手。

深夜是网红们的工作时间，嫌疑人关注的这位网红荷善今天也照常做着线上直播，她隶属知名MCN公司CANVAS，成名于四年前，今年二十一岁，是设计领域的主播，每天直播建模家居小装饰，拥有一百多万粉丝，这在直播界不算大网红，但有稳定的广告投放，能给公司盈利。像她这种级别的网红，CANVAS有三百多个。

唐忱事先与CANVAS公司联系过，申请索取荷善直播间常客的IP地址，如果嫌疑人是荷善的狂热粉丝，那么更换IP地址后也会继续关注荷善，只要找到在安全舱运输时间前后更换过IP的人就行了。

但比对名单发现没有这样一个人，此路不通。

"为什么会有人关注网红到家里贴满她和别人的合影，但是又没有特定规律收看这位网红的直播呢？"唐忱认为专业人士应该会有答案。

CANVAS运营部的负责人说："这很常见，是'僵尸粉'。"

唐忱一知半解："机器人伪装的粉丝吗？"

"不不，是正常的人类。粉丝都是有生命周期的，现在有趣的事物很多，90%的粉丝在热切关注十天后就会发生关注点转移而失去热情的情况，如果粉丝年龄低于九岁，热情周期会延长到三十天或者更多。总之，失去热情的粉丝很难带来实际商业价值，既不能带来流量也不能增加消费，所以称为'僵尸粉'。"

唐忱挑挑眉："挺功利的……"

"没办法不功利啊，我们做这行也很辛苦，流量和消费才是实在的支持，所以公司的分发策略是永远在吸纳新粉丝，不会把精力浪费在那些'僵尸粉'身上。"

唐忱懂了："铁打的网红流水的粉丝？"

"是啊是啊，你们问的人和荷善最后的联系也是好几个月前了，能坚持几个月的粉丝还不如黑粉多。"

7号揪住她的话头："可能是黑粉吗？"

负责人愣了愣，笑起来："荷善最大的黑粉可能就是她自己，不如你们查查看？"

唐忱问："什么叫'是她自己'？"

"现在的荷善并不是最初的荷善，这是公开的秘密。"

原来荷善这个账号四年内换过六位运营者，而且是集中在近一年半时间内，走马灯似的换人，这都是拜初始运营者所赐，暂且称她为初代荷善。

　　初代荷善创建了荷善早期的虚拟形象，赋予了荷善最初的个性特质。荷善不算是个正能量网红，她不到十七岁，虚荣、浮夸、张扬、无知、刻薄、画风幼稚，但她异常地受低龄粉丝欢迎，即使是幼稚的设计也能拍卖出天价，也许因为她的种种言行都刚好切中青少年膨胀的心。

　　她曾经一度人气高涨，呼风唤雨，撒豆成兵，撇一撇嘴角，就有大批拥趸去替她网暴看不爽的人。

　　可惜的是初代荷善慢慢长大，不知思想上出了什么问题，再也没办法把戏剧化演绎得如此大快人心。她开始变得温和、谦逊、宽容，趋于平凡，不适合做一个icon（偶像）。一些粉丝也和她一起成长，变得理性成熟，这不是CANVAS乐于看见的局面。

　　理性的网红是不合格的，理性的"僵尸粉"转化率太低。

　　荷善这个账号属于公司，在人气流失殆尽之前必须及时止损。

　　公司按照合同把初代荷善合法踢出局，初代荷善也得到了不菲的遣散费。

　　这已经可以算得上双赢。

　　但初代荷善并不满足，也许是出于报复，她开始在公域平台放出荷善账号皮下换人的爆料，让继任运营者遭遇许多质疑。

　　不过，人们关注的重点和初代荷善计划的不同。她原想揭露CANVAS"夺走"控制权的行为让账号失去灵魂，意外的是，无论粉丝还是路人都对此不以为意。

　　路人们说，公司对账号进行投资，买曝光买粉丝，花了不少钱，对账号当然有主导权，不再适应市场的工作人员被开除也很正常。

　　而粉丝们说，还是最初的荷善比较可爱，成熟理智版本的荷善连模仿者都不如。

　　初代荷善展开了漫长的斗争，可是收效甚微。

　　CANVAS起初还忙于公关，但看看舆论风向并不站在初代荷善那边，都懒得管了。

　　在这漫长的拉锯战中，荷善账号一直在掉粉，负面消息对她的影响不算大，主要是模仿者很难模仿出早期荷善的精髓，再难创造出那种"黑红"顶流，运营者压力大，不断辞职，换新人接手又需要适应期，粉丝已经等得不耐烦了，知晓皮下换人后也变得更加挑剔，天天都在找碴儿挑剔新演员不符合人设之处。

　　这种尴尬的局面直到十个月前才戛然而止，CANVAS启用了人工智能来扮演荷善。

　　对荷善的百般挑剔终于告一段落，新老粉丝一致公认，现在的皮下就是最好的荷善，她荒唐得像个女王，嚣张得甜畅淋漓，一切都坏得恰到好处。他们的精神领袖又回来了，十个月来各种流量数据都在回升。

初代荷善再孜孜不倦地爆料，已然成了无人在意的跳梁小丑。

"现在的粉丝都知道是人工智能在扮演荷善，但他们还是继续跟随她？"

"对啊，他们喜欢的本来就是这种人设，谁来演都一样。如果这个账号的调性还不及时调整过来，他们就会转去喜欢同类型的账号，不挑剔，也很现实。"

谈话间，7号已经找出初代荷善近十个月来的线上行动轨迹和部分影像。

"她发表过很多过激言论，非常仇恨人工智能，看起来……"7号从视频画面上移开目光，"她好像搞错了仇恨对象。"

唐忱注意到，这个女孩头顶的用户名是"real荷善"，心中又难免蒙上一层阴影。

7号说得没错，她搞错了仇恨对象。错的不是人工智能，而是如今的整个系统生态——那些唯利是图的机构操纵人们的所见所闻，把人们困在信息茧房中，被喂食毫无营养的精神鸦片。

人类被驯化着，逐渐把类型化、低俗化的娱乐刺激变成常态。

只要驯化的时间够长，人类减少思考，习惯被动接受，他们就能重新定义"正常"。

粉丝们喜欢荷善，但不在意符号背后的人，换个角色扮演者被视为"正常"。

独立的人和机器本不会产生矛盾，他们之间有无可替代的相互依存性。可是系统生态把人也变成了机器，当她不再适应流水线生产环节就会被替换，人类终究会在机械模仿方面输给机器。

而人类独有的复杂优势——变化与创新，竟然已成了多余。

像CANVAS这样的公司想不断培训出富有创意的网红很难，有趣的灵魂不可能量产，但资本要追求稳定的盈利，他们选择驯化受众。

无法稳定产出优良稻米的资本最终让受众爱上了吃化肥。

如果只是加工化肥就简单多了，机器就够用，而且比人类好用多了。

内心唏嘘归唏嘘，现在"real荷善"很可能因为心怀仇恨犯了罪，自己的责任是将她绳之以法。唐忱定了定神，重整思路，尝试联系房管局查询初代荷善现在的住址。

房管局回复系统里查无此人。

看来她搬走时已经做了要报复社会的决定，隐瞒了身份。

"我实在想不明白，如果她搬去79区，有什么必要动用量子运输把安全舱转移。"

7号把红叶拷贝的会员信息给唐忱推了一份："看看这个，标记的那些是买过本册的韩国人。"

唐忱迅速圈出其中五个公寓位于荷善原住址区域内的人："没法再缩小范围，

但可以问问摊主对这几个人有没有印象，根据现有影像资料，荷善日常形象变化不大。"

目前看来，也没有必要等到荷善下播后去跟人工智能交谈获取信息了。

两人离开CANVAS，切换地址移动到79区线上，唐忱被系统禁入，她用1局的工作权限卡也进不了79区。好在7号算区内居民，可以给她发访客邀请。不过这个过程，让唐忱心里不太舒服。

"你申请公寓的时候偏好是怎么填的？是不是写了'对仿生人很友好'之类的？"

"我写'想住79区'。"

"怎么还能这样！"

"没说不能啊。"

唐忱恨自己思路没打开。

"但你为什么想住79区？也想找刺激？"

"那时候这里还没那么多仿生人，单纯因为有垃圾处理中心所以很少有人愿意住过来，正合我心意，人少不吵，又在市区。"

红叶没在她自己摊位上，7号东张西望，看见她正在别的摊位聊天，招手把她喊过来。

她看见唐忱，又笑眯眯。

"今天也在处理案件吗？"

7号说："还是之前那个。需要你帮着回忆，这几个人你有没有印象？"他把初代荷善用过的几个虚拟形象也展示给红叶看，"嫌疑人长这样。"

红叶蹙着眉头苦思冥想。

唐忱突然顿悟，从系统资料里翻出荷善的生活照："她买过本子，你们肯定在现实中见过面。"

"啊对——"红叶醍醐灌顶，"她是常客。不过她有钱，不在乎积分优惠，每次我建议她办个会员她都懒得登记。"

7号说："她跟你透露过她现在在哪儿工作或者住在哪儿吗？"

"她……"红叶刚想说什么，突然警惕地掩住嘴，飞快地看了眼唐忱，朝她抱歉地笑笑，转头对7号小声道，"能单独跟你说吗？"

7号走到几步开外，回头对跟来的红叶道："你说。"

唐忱受了冷落，在原地无聊地望天望地，感慨世风日下，连线索都传男不传女。

两分钟后7号走回来："嫌疑人靠走私月壤赚钱，还收费给仿生人看紫微斗数卖护身符之类的，现在应该住在79区，但不确定具体地址。"

"啥？"唐忱被与案情完全无关的细节引发了好奇，"仿生人怎么看紫微斗数？"

"不知道，可能根据生产厂家生产批次什么的吧。"7号笑起来，"看来她真的恨仿生人，赚这种智商税。"

"这些为什么要避开我说？"

"红叶——摊主怕你是那种'绝对正义'的治安警，没收她买的护身符。"

"所以你不是'绝对正义'是吧？"

"我不卖护身符给她就算好了。"

唐忧半晌无语，先办正事："你至少把护身符要来看看吧，说不定有什么线索……"

"有更好的线索，红叶说陪她逛街的男友是这位明星，叫……宇辰。"7号把男明星的资料推给唐忧，忽然八卦起来，"你看过他演的电影吗？"

"他挺无脑的，审美也怪怪的，肤色都设计得很诡异，我搞不懂为什么现在这种会受欢迎。"唐忧一边无情地"吐槽"一边输入娱乐公司地址。

7号默默跟在后面切换地点。

唐忧的直觉准确得惊人。

经纪人说宇辰确实是有点无脑，字面意义上的。

半年前他在自己的公寓里被人砸烂了脑袋，处理器和储存区粉碎得十分彻底，什么有用信息都没剩。现在的"宇辰2.0版"只能从头学起，学习有个过程，所以难免看起来笨笨的。

至于为什么这种恶性案件只有一个入室盗窃的报警记录，因为宇辰是工业仿生人。

"肯定是荷善干的。"唐忧跟7号开私聊悄悄说。

7号有点心累，追着线索走，却发现案件越来越多。

[14] 他是谁？

宇辰被砸烂脑袋的现场，半年前已经做过彻底清洁。

唐忧和7号跟随他的经纪人到公寓搜查了一番，地毯上的微量残余物质——无论是仿生血液还是电流液都没有分析价值。

经纪人也出示了他收藏的储存器残骸，或者说，骨灰？

唐忧本以为他说的"粉碎"是被砸成小块，还疑惑为什么连部分复原都做不到，原来是通过物理方式压成了粉末，粉末总量远小于储存器体积，大概在"尸体"被发现前被空气内循环系统送走了不少。

"谈个恋爱闹成这样，是有多大仇？"7号一边收集证物一边感慨。

"本来就憎恨抢走自己工作的人工智能，结果发现一直交往的男朋友就是仿生人，崩溃也可以理解吧。"经纪人插嘴。

"你见过她吗？现实中。"唐忱趁机追问。

"当然见过。虽然也有别的约会对象，但宇辰对她是很认真的，带出来一起吃过饭。我当时还觉得人不错呢，感觉网上对她的恶评是不是妖魔化了，以至于出了这种恶性事件以后我完全没有联想到她身上。"

唐忱困惑了："什么叫'有别的对象'，但'对她是认真的'啊？"

7号在一旁笑出声，被白了一眼。

经纪人倒不避讳："就是，你懂的啦，他毕竟是明星。"

"可他是仿生人哎，连'养鱼'也学吗？"

"不不不。"经纪人郑重地摆手澄清，"不是'养鱼'。宇辰是非常有事业心的，其实荷善在我看来也很有事业心，这样两个人交往就会出现僵局，没有一个人会去迁就另一个人的日程，然后聚少离多，造成了精神上的空缺就肯定需要其他一些短期感情来调剂。"

唐忱说："那他们可以不交往。"

7号真的不想再笑，以免再遭白眼，但经纪人面部表情瞬间凝固实在看起来太卡通范儿了。

经纪人"挽尊"道："这些痴情男女，我也不是很懂。"

"所以大明星不仅'养鱼'还骗感情是吧？"唐忱一言以蔽之，"一直没跟女朋友坦白过仿生人的身份。"

"呃，这种事，又不去注册结婚，没必要坦白吧。而且坦白后万一有感情纠纷对外爆料了，对工作也有影响。我们的工作合同里有保密协议的。"

"因为感情纠纷被砸烂脑袋不是更影响工作吗？"

"一般人不会随便砸烂男朋友的脑袋啊。"

唐忱无奈地叹了口气。

7号给她开了个悄悄话小窗："感觉没必要追查家用机器人的储存元件了，她能把男朋友脑袋砸碎，那家用机器人也跑不了，一回生二回熟。"

"那可不一定，男朋友怎么跟家用机器人比？"

"啊？"

"家用机器人又没骗过她，说不定男朋友还是家用机器人扫描揭穿的。"

"一个人会对不同机器持有截然相反的态度吗？同时存在对机器的信赖和仇恨？"

"会啊。"唐忱最后确认过物证数量，轻描淡写地说，"会和自家宠物狗狗无限亲密，但路遇失控袭人的狂犬也会毫不犹豫地击杀。"

7号目送她走出门去，有点不寒而栗。

"不过，我想她现在应该态度有所转变。她目前的主要收入来源是走私物资卖给仿生人、搞些命理玄学忽悠仿生人，大概率居住在79区，周围都是仿生人，不想融合也融合得差不多了。"

唐忱放缓了脚步，回头询问7号的看法："仿生人会怎么看待她？会视她为敌人吗？如果我们在79区发通缉令，她在现实中一露面就被仿生人举报的概率高吗？"

7号摇摇头："看起来现在他们相处得不错，她能给仿生人带来实实在在的好处，对仿生人来说这就够了。"

唐忱说："如果合作只是建立在利益上，那信任基础是很脆弱的。"

手边可追踪的线索全断了，唐忱准备先回治安局处理文书工作，同时让7号检索频繁参与宇辰每一次公开活动互动、在感情破裂后却一次没有参与过的人，祈祷荷善在隐藏IP和ID时有疏漏。

抱着一线希望，7号还是在79区发了通缉令。

上班的几个小时内没有任何新进展。

但当7号下班回到79区，铁钳带来了好消息。

他照例站在楼下的街角一言不发地等着，嘴巴和下巴已经修好了，修复的部分肤色看着还有点新，看见7号回来，朝他招了招手。

"我有一个朋友的朋友说他知道通缉令上那个女孩住在哪里。"

有意思。

7号饶有兴趣地问："你们为什么不向治安局报告？"

铁钳讪笑着："通缉令上没有写悬赏啊。"

他笑起来："因为只是个小角色。"

"恐怕不是吧？"铁钳转转眼珠，"在郊区制造了爆炸和地震，这还只是小角色啊？"

7号似笑非笑："你从哪儿听说的？"

"我也是会推理的好吧。地震的事还没翻篇，你们就发了个通缉令，傻瓜也知道是嫌疑人。"

"你听谁说地震是爆炸引起的？"

"呵呵，大家都这么说，地震局的官话翻译过来不就这个意思嘛。"

"那你想要什么？"

"你们逮住后审她，问问她从什么渠道弄的月壤。"

7号漫不经心地点点头："你朋友和朋友的朋友想要什么？"

"这个，你不用操心，事成了我会谢他们。"

天刚蒙蒙亮，唐忱就醒了，视界中央，一条蓝色荧光的文字留言亮在虚空中。

"睡醒了告诉我一声。我们在现实中碰面。知道住址了。"

唐忱一骨碌爬起来，以最快的速度穿上作训服，户外有点冷，衣服面料中的发热纤维开始发挥作用。

她庆幸自己醒得早，再过一小时，会碰上早高峰，地铁里挤满上下班的打工人。

7号在地铁口接到她，两人连招呼都懒得打，眼神刚对上，就往同一个方向快步走去。

他发来早已准备好的访客邀约，她看也不看就确认了，过程流畅丝滑。

她注意到他的头发有点潮湿，制服的肩部也湿漉漉的。

"下雨了？"

"毛毛雨。"他一脚踏进路面上浅浅的积水中。

她紧随其后，四下安静，只回响着战靴铿锵叩击地面的声音。

不远处一大片扫地机器人闻声暂停了片刻，很快又继续埋头工作。

毛毛雨让装饰建筑外墙的全息投影显示不完整了，楼体露出斑驳破败的表面。

她有一种让人心慌的预感，也许是因为视野里的风景太压抑、萧瑟了。

这时她瞥见了他后腰的枪，银色枪管，光滑冰冷的质感。

"怎么知道她住址的？"

"一个熟人的朋友知道，看见了通缉令。"

"那为什么不报警？"

"报警没好处啊。"他回过头，冲她笑了。

唐忧叹了口气："你不要陷得太深了。"

他的眼神变得柔软，从腰间拔出那把枪递给她："你拿这个，以防万一。"

唐忧生怕他反悔，以最快的速度拿到手，才问："要叫增援吗？"

"我信不过3局的人。先别打草惊蛇，到现场看看情况再决定叫不叫。"7号宽慰她，"对面只是个网红，我不信战斗力有多高。"

"那你为什么给我打坦克的枪？"

呃……

7号背靠入口外墙停下来，一边调整呼吸，一边给自己的配枪装满子弹。

唐忧靠在另一侧，也检查了弹匣。

这不是标准公寓住宅，从前应该是个四层的汽车停放站，汽车大规模减产后废弃了，现在被仿生人改造成封闭空间，切割成单间居所，内部结构自然无法从房管局调来资料。

"小心点。她在三楼西南角，你方向感不好，别跟丢了。"

唐忧不服气："什么时候给自己升职为指挥官了？"

这也较劲。

7号无奈地退后半步："那你先进？"

她对他微笑道："我跟在你后面。"

别说唐忧，7号一进入口也一时没敢往前走，目之所及全是反光物，不只有镜面，还有更多折射率低的有色玻璃，等他适应了光污染造成的晕眩感，他决定作个弊。

关闭视线光源，打开摄像传感器，再回头却发现切换操作线程的副作用。

他看不见唐忧了，准确地说，他能"看见"这里有个人，知道她和自己的位置关系、详细深度距离，这让他有点担心。

他提议道："要不要手拉手？"

"什么鬼！"果然遭到她强烈反对。

他把配枪插回腰间，从腰间拆下皮带固定在自己左手上，将皮带自由的那端塞到唐忧手里："抓紧。"

唐忧乖乖攥紧了，刚才她已经突发性失明几秒，现在依然头晕目眩冒冷汗，得赶紧把正事办了，速战速决。

7号回视前方，很多镜面本来就是全息影像，其实实体环境虽然百转千回，但基本是直线巷道，不难辨别方向。

他走得较慢，怕唐忧跟不上。

转弯后他连唐忧的影像都看不见了，又退了一点，探了探头："还好吧？"

不好。

唐忧脸色白得像纸，光害已不是重点。

已经两次了，7号面对毫无破绽的墙体直接就走了进去，他甚至没有一个伸手触碰的动作，这种精致程度的全息投影肉眼根本无法分辨。

她恨自己为什么走到这一步才看穿这个巨大的骗局。

他是谁？他是一个在系统里看不见信息的人，没有人知道他的真实姓名，没有人知道他在局里待了多久。他住在仿生人和逃犯聚集的79区，他每天步行很长距离穿过混乱的闹市却从未被找过麻烦。

他说他得到独家线索，系统中没有报备，因为信不过3局也没叫增援。

他轻车熟路走在这让人眩晕的迷宫中，正带她走向一无所知的深处。

而她竟然轻信了这么漏洞百出的谎言。

唐忧心沉到底，迅速复盘刚才走过的路线，估算着到门口的距离，不动声色地回答他："嗯。没事。"

7号接着往前走，突然感到手上的皮带力度一松，那头自由落体下去。

他警觉回头，一面实体墙从右侧高速滑出，以迅雷不及掩耳之势挡在自己和唐忧之间，抬肘想要击破，半只手都陷进墙体内，非牛顿流体。

虽然看不见，但已经听见了墙那边传来打斗声。

他束手无策，只能切换操作线程，把视线换回来，等待的十几秒异常漫长。

唐忧只能看见眼前晃过一道银光，没等视觉恢复已听见耳畔传来气流造成的风声，她闪开后凭直觉抓住这条手臂，右脚为轴左开身体，以右肩摔倒对方，但与此同时，左侧胳膊被锐器刺中了，好在这是一只仿生臂，痛觉在传导过程中减轻了95%，让她得到缓冲拔出枪来。

他听见枪响时终于恢复视力，看清眼前是个流动镜面墙，而这也不过是全息投影的障眼法，本质没有镜面，只是类似仿生电流液的成分，扔下皮带，用匕首划开一道口子，黏糊糊的液体流得到处都是。

墙消失了，唐忧也不见踪影。

地上倒着一具仿生人的尸体，子弹把他腰间的电池穿了个洞，伤口边缘卷曲，装腔作势的血迹正像花朵绽放似的急速扩散。

7号把他翻过来摸到脑后，核心芯片被取走了。

不远的暗处闪着什么东西，他走过去蹲下查看，一根潮湿的不锈钢水管。

他的面前是一面镜子，只能从中看见他自己和身后层层叠叠的其他镜子。

他找到附近的水源，把水管插回原处，顺着管道摸到龙头打开，掬一捧水泼向镜面。全息投影开始破碎，分裂，急速闪烁。

忽明忽暗间，他看清那面墙上的喷溅状血迹。

还好，看出血量应该没死，得尽快找到她。

唐忧是人，要通过生物电信号找一个人，对技术科来说都太难了。

他接通科洛："我需要唐忧左手的实时位置，马上。"

"嗯？出什么事了？你们在一起吗？你们不是下班了吗？你们下班后还在一起吗？她和她的手在一起吗？是她找不到她的手还是你找不到她了？"科洛的喋喋不休戛然而止，"嗯……她在79区，系统监控不了79区，手在地图上随机跳来跳去。"

"但你有办法吧？"

"我能问问你为啥这么着急吗？"

7号点点太阳穴把现在自己看见的墙面影像发给他，科洛没有再发出任何声音。

两分钟后科洛的碎碎念重新响起来："怎么会在土里钻啊？也不在地铁线路上……"

"没错，发过来，是危化品运输列车。"

第三话
就发生了这个

LOADING...

[15]　"哦，你信不过我"

唐忱睁着眼，一个奇怪的世界贴在她的眼球上。

蓝色的海洋中，无数光电紫与绿色的透明泡泡挤压着，有点像透过显微镜看见的植物切片细胞。

它们在不断变化，起伏、波动、迁移。

节奏随着声音律动。

"我让你们带一个健康的女人给我，而不是一具尸体。"

一个有磁性的男声有条不紊地说。

另一个粗犷的声音说："她没有死，只要一支肾上腺素就能恢复。我们把她放倒只是因为她不好控制。我们五个人去四个人回您猜是为什么？她健康得不得了。"

"她在我眼里已经死了。我说我要'人'。你们给我找来一个机械臂女人。"

"对不起，情报出了点问题。不过费了老大劲把她绑来，没有功劳也有苦劳。"

磁性的声音带了些笑意："确实辛苦，你们甚至把她的头打破了。"

"那是个意外，她有枪。哦对，这儿还有支枪，您看看这成色……"

她听见一声枪响，身上一阵温热。

有什么东西坠落了，继而远处桌椅拖动发出刺耳的噪音。

眼球上的世界变成了五彩缤纷糖果色，像棉花糖一样拉出丝，开始分出一个个中心，顺时针旋转。

　　调料盘被打翻了，海洋涌起波浪，旋转的光晕宛如游乐场娱乐设施的绚丽顶棚。

　　她真的听见了游乐园背景音。

　　桌椅再次被拖动，这次比上次轻柔许多。

　　磁性的声音说："这就对了。下次找到健康的女人再联系我。记住，一点皮外伤都不能有，也不要喂乱七八糟的药。"

　　大型万花筒的转速慢下来了。

　　她感觉自己变成一株植物，脑袋是颗快要绽开的花苞，什么东西在揪扯她的茎叶。

　　"那这个女的怎么办？"

　　一条蜈蚣爬过她的身体，她想尖叫但发不出声音。

　　她也不知道自己怎么感知到那条蜈蚣的存在的，她作为植物的躯干零件好像都是临时拼凑的，非常不好使。

　　眼前出现一些颤抖的小光点。

　　有几个人声窃窃私语，很轻地叠在一起。

　　她必须非常专注才能听清。

　　"注射在仿生臂上还能进入血液循环吗？"

　　"不知道，你换一边吧。"

　　"接下来呢？"

　　"要等半小时。先去充个电。"

　　纷纷扰扰的声音离得远了，变成极轻的嗡鸣。

　　她开始变身，好像要成为一只菌菇，哦不，好像长出了面条般的手，能甩来甩去，又固定住了。

　　头颅裂开了，豁出一个洞，洞越来越大。

　　刚才那种温热的感觉从体表流回身体中心。

　　她觉得自己变成了一个容器，盛满了热饮，近乎沸腾的热度。

　　她听见一声金属发出的巨响。

　　吓了一跳。

　　吓得变化都停止了。

　　嗡鸣声也突然停了，她听见西瓜熟透后裂开的闷闷响声，短促地迸发在三个不同的方向。

　　她被粗暴地抓起来，身上碰出裂缝，热饮顺着裂缝往外涌。

　　她忽然感觉自己力大无比，热饮变成可以喷射的墨汁，她用八条触手和敌人搏斗，用触腕上的吸盘拉扯对方，她还有锋利的牙齿，但她先受伤了，对方在她身体上钻了个洞，她突然失去力气，腕足像生日派对上的彩喷一样轻飘飘地下坠。

她漂浮在水面上。

看见一个胖乎乎的大布娃娃在纸牌做的城堡尖尖上跳芭蕾舞，跳得很好，但是没多久就进入了循环，乐曲和动作都在循环，很无聊，看得人昏昏欲睡。

她合上眼，大布娃娃贴着她的眼皮跳，动作越来越缓慢。

娃娃可能也累了，摔了一跤，却没有掉落在平地上，而是砸碎了一面镜子，她爬起来环顾四周，那些镜子碎片腾空而起，突然发起对她的攻击。她被刺破了好多地方，棉花从身体里往外冒，她努力想把它们塞回去，手忙脚乱。

水面涌起波澜，她开始感到疼痛了，疼痛的位置正好对应布娃娃身上冒棉花的地方，她有点诧异，与布娃娃面面相觑。

她恍然大悟，那个布娃娃就是自己。

她敏捷地从眼皮上跳下去，睁眼看见一张近在咫尺的脸。

她发出一声尖叫。

这是个好的开始。

7号退远了一点，面无表情地瞪着她。

唐忧命令自己的大脑迅速开始指挥感官工作，7号站着，一身血迹斑斑，她动不了，躺在塑料布上，这个局面想要理解，说难也不难。

"你在分尸？"

还真是恶意揣测小天才。

7号摆不出什么友善表情，黑着脸。

"你身体里两种成瘾性毒品和两种抑制剂在打架，你在发烧，你会感觉到全身都是汗和血，不过不用害怕，血大部分不是你的。我把你放在塑料上是因为不想搞脏我的床，你在我家，如果你决定去医院也可以，但我不能做这个决定，去了就瞒不住你妈妈了。现在你可以提问。"

"我能洗个澡吗？"

"不能，我浴缸里养了两条鱼。"

7号没想到她会开口问这个，导致他不得不从鱼开始解释，奇奇怪怪的。

"这两条鱼是卖鱼的送的，我懒得弄暂时扔在那里，正好你现在需要补充营养，我打算待会儿出门带去让人加工成鱼汤，顺便得买够药，毒品破坏了你的神经系统，就算你去医院也不会比我处理得更好，你起码一个月内得按时注射抑制剂，每天都会发烧，有的受了。"

她努力消化这些信息："所以你要出去，在你回来前我得一直泡在血水里？"

"嗯。"

"但你带走了鱼我就能洗澡了呀。"

"你试试看你能动吗？"

唐忧努力动了动，纹丝不动，真倒霉，变植物人了。

7号幸灾乐祸地笑笑，从床边离开，出门去了。

她盯着天花板发呆，开始整理思绪。记忆退回"光污染空间"，她被怀疑吞噬，松了手准备逃跑，紧接着就遭到了袭击，袭击者被她一个过肩摔放倒在地，可是袭击者不止一个，她的左臂被第二个人刺中，她拔枪朝他扣动扳机，在那人倒下的同时，她背上传来一阵刺痛，转身反击是条件反射，但她不知怎的突然眼前一黑失去了意识。

她现在背上还有火辣辣的痛感。

她想起那一连串的幻境，大概是药物作用，那其中的声音好像与现实是有连接的。"五个人去四个人回"，有去无回的是被枪击中的那个吧，唐忱直到现在仍不能完全确定他是人还是仿生人，只是根据他被击中腰部后立刻倒地不起判断是仿生人的可能性比较高。

真过分啊，仿生人还五个打一个。

不过这样听起来，7号和他们并不是一伙的。

但如果不是一伙的，7号是怎么找到自己的呢？还是很可疑。

那群人好像不是针对自己，听他们的对话只是想抓个健康女人……离谱。

难道运气这么差，刚好误入了其他犯罪现场？还是说这类恶性事件在79区比比皆是，撞上不足为奇？

可自己"碰巧"出现在那里也是因为7号的情报。

他把她困在这里，又装出一副救死扶伤的样子，有什么图谋？

唐忱明白了一部分，7号总是在制造那种舍己救人壮烈牺牲的剧情，可问题是彼此间情分根本没那么深厚，一切就显得很尴尬了。

指挥官和调查员并不是要员和保镖的关系啊……

只不过是……相当于过去……刑警和辅警的关系吧……

会不会是他理解错了呢？

会不会是她理解错了？

唐忱一时还真有些不确定了，但很快又确定下来。

7号不是中国人，肯定是他理解得不对。

如果确认了他不带恶意，那正应该找个机会跟他谈谈，太尴尬了。

她在纷乱的记忆与怀疑中穿行，试图理出头绪，时间过得很快。

7号回来时她身体的知觉已经恢复了大半，只是软塌塌差点力气。

他把她扶起来灌了半碗鱼汤，暖融融的热流沉进胃里，果然比吞营养素要舒服，又出了点汗，毛孔也通透了。

唯一美中不足的是，她觉得自己像个被泥巴裹住的皮蛋，脏得要命。

想重提洗澡的要求，一抬眼，只对上他垂着的眼睑，好像在认真专注地看碗里的汤，灯光打下来，眼睛沉进阴影，眼睫的投影在脸上描了个黑眼圈。

她看清后想笑，一时没忍住，笑得呛了，咳嗽半天。

他本来就发现她越喝越慢，还有心情偷笑，知道喝够了，把碗拿走。

她见他一言不发，越发确定，他是生气了，平时上班他的话也没这么少。

能不生气吗？

他聪明得很，肯定早想通了自己在光污染空间放手的原因。

要道歉吗？

她有点纠结。

感觉自己没错，那只是基于有限信息的合理怀疑，谁让他处处可疑。

他抓起她的手一针管扎过来，药液经静脉注入，疼。

决定不道歉了。

唐忱破罐破摔地随他摆布，他也得寸进尺，捏过她的下巴左看右看，像审视个玩物似的来回打量，眼神剜着人，在她快被激怒时才说出一句："要缝六针。"

"哦……"原来在看破掉的脑袋。

他搬过药箱放两人中间，动作麻利地清创消毒，熟练得让人安心，不过缝合针直奔额头来，还是让她心里一惊。

"不给点麻药吗？"

"刚推的营养剂加了生命素，够用了。"

果然没有疼痛感，他处理得很快。

收工后他给她贴了一块仿生皮肤："这个防水，别随便撕掉。"

"那个……"她不太好意思开口求助，"我背上也被削了。"

他愣了愣，转到她身后问："这件衣服不要了好吗？"

"哦，好。"有点古怪的局促。

他直接用剪刀剪开布料，颇有耐心地用酒精一点点清出创口，让皮肤露出原貌。

她皮肤不算白，细腻紧绷，线条像战斗机一样流畅，触目惊心的动人。

一想到她是个人类，这一切都出自天然，就觉得不可思议。

只能用女娲炫技来解释了。

他不禁感慨，人们总是用巧夺天工形容优秀的人造产品，这样看来还差得远，说明人类的创造力还是有限。他见过很多精致的仿生人，从不会联想起战斗机。准确地说，唐忱像一架F-16，优美、轻盈、灵活、勇悍，并不娇贵。

"怎么了？"她注意到他动作停了好一会儿，回头问。

他回过神，把镊子和棉花放下。

"伤得不深，用不着缝，能自愈。"他取来仿生皮肤剪好形状帮她贴好，"水已经蓄好了，你去洗澡吧。自己一个人可以吗？"

"可以。"

他从旅行包里取出独立包装的女士衣物给她，原来他出门一趟连这些都没忘购齐，真细心，只是今天不怎么温柔。

她高效地把自己从头到脚洗得干干净净，腾着热气从浴室里出来。他还体贴地给铺好了床，"分尸"用的塑料布总算撤走了。

她躺进蓬松的被褥，接下来，是与他大眼瞪小眼时间……

他好像没有要走开的意思，坐在椅子上一动不动。

"你不睡觉吗？"

"我照看你，你睡吧。"

"我不需要照看，而且被人盯着我睡不着。"

他换了个舒服的姿势，不知是累了还是烦了，语速很慢："你现在自主神经协调功能被摧毁在重建，植物神经功能紊乱，抑制剂抑制的是你的性激素，而性激素平时也用于稳定血管运动。所以虽然表面看起来你没事，但随时都可能死于心血管并发症，我必须保持监测你的心律、血压、激素水平。另外你睡不着不是因为被我盯着，失眠只是中枢神经异常后最普遍的症状。"

"哼。"

"接下来一个月我都会盯着你哦。"

"不如痛快点给我一枪。"

"而且你还得上班。"

"疯了？"

"坚持一下，每天只有六小时，接两三个警混混日子，对你来说不难吧。'网红'太狡猾了，我们总是被她牵着鼻子走，要是能把今天的事瞒住，打乱她的计划，我们还有可能抢占先机。再说这样顺便也能避免你妈妈把你抓回家。一举两得。"

"怎么可能瞒得住？'网红'的人会给她回话啊，那些仿生人。"

"我到仓库的时候，所有人都死了。哦，除了你。"

"全被我杀光了？"

7号惊讶地挑起眉毛，视线放软，笑了："说不定。"

唐忧读出他微笑中的嘲讽，生气地把头扭开。

他不受干扰地说出计划，语气淡淡的："再过三小时，陆羽纱就上班了，我通知她去现场搜证，看看还有什么线索。不报警，消息走漏得太多了。"

她把头扭回来："我也要去。"

"陆羽纱你也信不过？"话一出口他已经醒悟了，声音又变冷一点，"哦，你信不过我。"

"你没说消息源，还一直穿墙穿墙！别人凭什么信任你？"她忍不住反驳。

"穿墙怎么了？开个外挂而已啊，小题大做。"

"开挂犯法啊，你说怎么啦？"变得有点像吵架了。

"那你报警抓我啊。"

唐忧两眼一闭，深深吸气，缓缓吐出，转转眼球打开辅助系统，搜索：念什么经可以修身养性。

搜索结果显示关键词：《心经》《金刚经》……

她正犹豫点开哪个，忽然听见他说："对不起。"

[16] 坦白局

唐忧看向7号，沉默了一会儿，并不领情："光说对不起有什么用？我们是搭档，如果一直互相不信任，伤亡事件以后还会发生。"

"我们没有互相不信任，是你单方面不信任我。"

唐忧不跟他嬉皮笑脸，一本正经："如果你信任我，就不要对我隐瞒。"

7号苦笑道："你说开挂犯法，我每天违法不少于二十次都跟你报备你不会烦死？"

"你的信息为什么是机密级？"

"问你爸爸啊，他的级别肯定够看了。"

"你看你这是什么态度。"她反感地拧起眉头。

7号无奈："合作态度。事实就是我也不知道，而且我也想知道。"

"什么叫你也不知道？"她话赶话地追问。

7号迟疑了两秒，总算换了张严肃脸，他从耳后关掉身上所有电子辅助设备的电源，又俯身把唐忧耳后的也关了。

"这是干吗？"她心急地催。

他起身把安全舱电源也关掉，还取出了备用电池，确定房间内没有任何电子产品在运转后才坐回椅子上。

"跟你说些机密。有人修改了我的记忆，凡是我去核实的东西全是假的。除了你，有时候闪回一下，但我没有关于你的完整记忆，我感觉我们曾经应该是很好的朋友，因为你对我笑了。"

唐忧陷入了沉默，信息量有点大。

半天，她才理出头绪开口问："你记忆里我多大？"

"我不知道，你和现在长得一样，不过是长发。"

"那是十六岁以前。可是我也没有十六岁以前就认识你的记忆。"

"所以很有可能，你关于我的记忆消失了，而我所有真实记忆都消失了，像不像同一个人干的？"

唐忧打了个寒战："我有点冷。"

"正常，你体温调节中枢也功能失调了。"

要不要那么唯物主义。

"但也有可能，你接受过神经拼接，你的一部分知识供体是我的某个朋友，他对我有记忆，所以你产生了对我额外的记忆。"

7号语气淡淡的，但藏了点愠怒："是有可能，但你就这么不愿意接受和我是朋友？"

"没这个意思。我就是觉得这种可能性更大一点。"她偷瞄他一眼，"你说的那种，太灵异了，而且听起来就像我们俩之间发生过什么背德的事情，不能被世俗所容忍，所以被双双洗脑了。"

7号扑哧乐了："你'脑洞'很大啊。"

唐忧正色道："既然你觉得我们俩有联系，你也没早让我帮你，是在怀疑我爸妈？"

还真是敏锐啊。

她马上揪住不放："你都怀疑我爸妈了，还理直气壮地说你信任我？"

他无言以对。

但她也没钻牛角尖："肯定不是我爸妈。你别看我愤世嫉俗就想象我原生家庭不幸，我爸妈，除了陪我的时间有点少，挑不出别的毛病，他们是那种愿意听你说任何话题，但不会随便批判你的类型。"

7号眯起眼睛："听起来你好像经常做会被其他人批判的事，嗯？不能被世俗所容忍？"

"不至于那么严重。是一般父母会反对的，比如我喜欢的第一个异性，你笑什么，有什么好笑的，再这样我不说了。"

"你别这么敏感好吗？你喜欢的人，怎么了？是机器人？"

"不是，他是人类，和我年龄差距有点大。我跟妈妈提到他，妈妈说我有这样的困扰是因为我的能力和内心不够强大，立足点太低就容易仰望，仰望就容易造神。"

他还想开点玩笑，但心里有种说不清为什么不舒服的感觉，认真品了品她妈妈的话。

"那你现在长大了，已经认识到那个人的平庸了吗？"

"我已经认识到自己的平庸了。"

"怎么了？你很优秀啊。"

"是普通人里的优秀。我可以一眼望见自己的上限和下限，再怎么折腾也只能在这个区间里蹦跶。"

7号在月光里注视她，打了半天的腹稿才开口："我觉得你不是普通人。你到中心1局报到的那天，和一百多个警校生站在一起，他们的表情都像刚出厂的仿生人，脸上装饰着同一种表情。只有你不一样。你的表情让人一看就知道有心事，听宣讲也心不在焉，视线转来转去，但不是出于好奇。你在人群里没有安全感，四处搜刮出过分关注你的人，直接和他们对视，把他们逼退，真好玩。当时我想，终于来了个人类。"

"你每天都这样暗中观察同事吗？好变态的行为啊。"

他笑一下，提着的气就松下去，又把话题绕回她的家庭："父母两个家庭，会不会是让你缺乏安全感的根源？"

"他们是一个家庭，就告诉你别想当然了。我爸爸和妈妈感情很好，他们没有结婚只是因为玄学。"

"玄学……紫微斗数？"

"是比紫微斗数更玄的玄学，因为他们每次准备结婚就有其中一人受重伤什么的，所以他们觉得这说明结婚会导致不祥？还是算了吧。"

"这只能说明他们都从事高危行业。"

"我也是这么说。然后过了结婚热那几年，身边没有人结婚了，好像所有人都不需要以此来证明什么了，当然本质上，婚姻也证明不了什么。所以整个计划就被搁一边了。"

"但你的语气听起来还是暗藏不满。"

"我的不满在于有一段时间，很长一段时间，我觉得很孤独。一栋房子里有三个人，其中两人亲密无间，你觉得第三个人会是什么感觉？"

"自由自在。"

唐忱被逗笑了，没接话，白了他一眼。

7号也非常敏锐："你是完全没有自己的朋友圈吗？一般青少年不会试图和父母做朋友。"

"我怎么感觉你在审问我？"她开始防御。

他想，好像有点接近答案了。

"要互相信任，就要互相了解。当然我能问你的问题比较多。"

"我有朋友，但是都一塌糊涂，不提也罢。"

"怎么个一塌糊涂法？"

"这么说吧，我比较倒霉，就连我养了四年的边牧要逃走之前都咬我几口。"

"能让边牧急眼，你确实很厉害了。击杀它了吗？"

"没有。"

他佯装不屑地朝她笑："你也就过过嘴瘾。"

"我当时才十岁。"

"科洛说你从九岁开始就战斗力爆表了。"

"那是他自己太弱。不过这么想起来，我们有嫌疑人了。如果你非要怀疑我身边有人给你洗脑，那就是科洛。他有这个能力，而且这种事他绝对干得出来。他七岁的时候造了一个没有边界的虚拟乐园，只要往前走就能刷出新游戏，游戏必须通关才能进入下一关，而且没有出口，我玩了两千多关但后面还有，被困在里面八天，差点饿死。我身边只有他这么一个变态。"

"那关于他，你有什么线索？"

"没有。不过我们可以偷偷去他家找线索。"

7号笑起来："你听听自己说的，我们可能还没破解进门口令就被他发现了。你觉得一个顶级黑客的家会自然朝你敞开大门吗？"

唐忧茫然地瞪了一会儿天花板："这个，再从长计议。"

"他有家用机器人吗？如果有，倒是可以托仿生人去交个朋友。"

"呃不，你不会想要认识他的家用机器人，他的家用机器人也不可能被策反，趁早死心。"

"他的家用机器人怎么了？"

"是他的'女朋友'。"

7号没听懂："什么意思？"

"他的家用机器人不是个球，很早就被他改造成人形了，长腿大胸的美女。我说了他是变态吧。"

7号耸耸肩："听起来还好，他想要女人就自己造一个，不想花时间去讨好别人，但也不骚扰别人。"

"你道德感也是够低了。"

仓库是个砖房，外观破败，建在十米高的台阶上，铁皮门外有两根罗马柱，不伦不类。

露靠着台阶边的铁栏杆抽烟，烟细长，手指更加细长，干干净净，不留指甲。她一身黑色皮衣，红色大波浪长发被风吹得飘来飘去，像一团摇摆的火焰。

唐忧和7号从街上转进来，一露面，她就看见了。

"忧。"她笑眯眯，抓紧时间吸了口烟，"你身体怎么样？"

"已经没事了。"这是露第一次跟她说话，唐忧莫名觉得有点紧张。

露很讲究仪式感，穿高跟鞋上班，比唐忧高了半个头，非常顺手地轻轻抚摸她额上贴着仿真皮肤的伤口。

"要是留了疤千万别去磨平，可性感了，女孩子都喜欢这个。"她说话时把烟夹在指尖，脸靠得极近，仿佛一低头就要吻上来，声音也醉恢恢，香水味很浓很甜，让唐忧感觉晕晕乎乎，额头痒痒的，想被多摸一会儿。

"你们俩不晕血吧？"露是对着7号问的。

但唐忧也跟着摇头了。

"晕脑花吗？"

唐忱没听懂，抬头看见露戏谑的笑容。

"里面看起来有点惨烈哦，小朋友要有心理准备。"露拍拍她的肩，给他们让出道。

由于7号事先嘱咐过，怕在系统内对话被机器走漏了消息，让羽纱和露把身上的电子设备都关了，平时用的取证机器狗自然也不能用。

现在是羽纱勤勤恳恳地在一片狼藉中翻找证物。

她蹲在一摊仿生电流液旁，黑帽檐把脸遮了一半。

听见唐忱他们进门，抬起头来，无奈地摊手展示了一下现场，苦笑道："屠宰场一样。"

唐忱环顾四周，着实有点反胃。几个仿生人像引爆了脑袋内部炸弹似的，喷射的乳白色电流液四面开花，即使知道不是真正的脑浆，对缓解恶心也并不奏效。

"这是怎么弄的？"

"不知道，连个弹壳都找不到。"

"钝器敲的？"

"怎么敲也敲不出脑袋放烟花的效果啊，处理器储存器、所有芯片都融化了。要不是脑袋还连着脖子，我都怀疑是先扔锅里煮再引爆了颅内炸弹。电池也都被摘走了。"

唐忱敏锐地抓住了疑点，斜了7号一眼，他果然心虚，面颊动了动，把视线转开。

羽纱站起来，指着另一具尸体："那个人是被枪打死的。但芯片被摘走了。"

唐忱小声问："是你'朋友'拿走的吗？"

7号斩钉截铁："不是。他拿去没用。"

露抽完了烟回到仓库里，跨过尸体走近："忱还能回忆起一点当时的情况吗？"

"听见一些。嫌犯A让嫌犯B帮他找健康女人，不要下药不要受伤，大概和贩卖器官的生意有关吧。在场还有三个人，和B是一伙，B说他们五个人出门四个人回，有个人被他打中了。然后回到这里，A开枪把B打死就离开了，剩下那三个人给我下了药，我连听都听不见，不知道他们怎么死的。"

露说："看现场这个凶残程度，肯定是仿生人火并，仿生人杀仿生人。按我对他们的了解，A打死B之后会把芯片带走销毁，免得留下自己的痕迹。"

"那我打死的那个呢？我没有回收芯片。"唐忱转而问7号。

"我看了，被他同伙带走了。仿生人对同伙也没太多感情，电池很贵的，他们舍不得给朋友换，废了就扔了，芯片要带走销毁。"

"带到哪儿去了？"唐忱提示道，"芯片和我是一起被带走的吧。"

7号和露同时把目光投向那三个脑袋开花的家伙。

羽纱离得近，把尸体身上的口袋摸了一遍，嫣然一笑，芯片到手。

露的表情却变得严肃，掌心向上勾勾手："给我。"

"干吗？"羽纱没动，把芯片攥紧。

"你不要看这个。乖。"

"为什么我不能看？"

"呃。"7号解释道，"仿生人平时干的事都比较变态。"

唐忱笑着插嘴顶他："连你也觉得变态吗？"

"他们没有人性。"露很严肃，"非常恶心，比这个现场还恶心一百倍。你看了会吐。"

羽纱执拗地站在原地，不为所动。

7号劝道："3局所有调查员都是仿生人。因为人类的心理承受能力没有那么强，在79区工作久了会精神崩溃的。"

"别吓唬人了，我又不是未成年。"羽纱轻蔑地无视他。

7号转头去动员唐忱："劝劝你朋友。"

"可是我也想看，一起看吧。"

[17] "都是假的，人造的"

羽纱打破僵局："这很好解决，我们看一会儿，如果觉得适应不了就离开。"

7号与露四目相对，叹了口气。

露不想放弃，做着最后的劝说："很多道德感强的人知道仿生人的作为之后都成了极端主义者，哪怕只看一点，也会影响你的三观哦。"

"那太好了，我本来就是极端主义者。"唐忱觉得这两位如临大敌的架势有点滑稽。

7号朝她摇摇头："别开这种玩笑。"

羽纱还是很坚持。

7号和露拿她没辙，又不能动手抢，只好妥协。

但下一个棘手的议题又接踵而至。

"怎么看？"

平时很简单，只要把芯片插进拟感系统控制台，就能直接以主观视角读取仿生人的部分记忆。和人类记忆的记录很相似，仿生人脑芯片中除了系统文件还同时储存着核心记忆和短期记忆。

核心记忆主要用于了解机主的身份、性格和处事方式。

短期记忆比较细碎，记忆内容集中在近十天内，以五分钟左右内容为一个储存单位，但顺序全是打乱的，要想拼成连贯的情节需要花费不少时间，是个体力活。

过去中心1局虽然办的都是鸡毛蒜皮的小案件，但也有过两次需要整理记忆的情况。遇上的安保仿生人处理能力不强、提炼不出有效的证词，唐忱直接调取了他的脑芯片，自己完成了三分之一工作量，剩下三分之二扔给7号完成，7号也不愿做，那几天同事关系闹得很僵，一度冷战。

眼下，两位指挥官跃跃欲试，暂不担心没人乐意做体力活。

但是7号态度坚决地让大家在处理这个案件时远离电子设备，也就意味着不能使用拟感系统控制台。

"是不是太过了？一点电子设备不沾做起事来举步维艰啊。"羽纱说。

7号说："我们的网红嫌犯和仿生人交情不浅，他们很擅长利用系统安全漏洞获取消息。机器和机器的同类连接感比人类要强，哪怕房间里只有一个智能窗帘，智能窗帘也会很乐意给仿生人开个后门传点录音。"

唐忱说："我其实非常怀疑，我和7号在网红的前男友家里取证时被窃听了，我们当时对网红和仿生人之间的信任度进行过讨论。7号觉得他们会统一战线，我说'如果合作只是建立在利益上，那信任基础是很脆弱的'。这对话一定传到了她耳朵里。"

"怎么确定的？"

"后面发生的事，可以说是以牙还牙的报复。她让人给7号带假情报引我们进陷阱，制造我和7号之间的信任危机，在离间达成时触发机关把我们分开，让我独自面对五个仿生人的袭击。很多事没有必要，她想找人袭击我可以去我公寓把我劫走，7号根本不会知道，更不可能救援。她炫技是为了表达观点，不是简单地弄死我就算成功，从这点看，是个特别自负的人。"

露沉思片刻："有个疑问，她怎么能确保你和7号一定会产生信任危机？"

唐忱换了埋怨的语气："那得问他，他和仿生人走得那么近，应该仿生人都知道吧。"

7号无奈，对露解释："而唐忱对仿生人不太有好感也是尽人皆知的。"

唐忱感觉奇怪："他们是怎么知道的？"

"还不是你口无遮拦。"

羽纱把讨论带回主题："不用电子设备，还能用什么方法读取芯片？"

"也不是完全不能使用，关键是安全性能要比一般设备高。"唐忱说着看向7号，知道他和自己在想同一个人，"我们可以去科洛公寓用他的设备。"

7号知道看芯片只是任务之一，她一箭双雕，也想趁机去看看有什么机会搜集科洛公寓里的线索。

如此正当的请求，科洛没有理由拒绝。

科洛公寓的拟感系统控制台果然先进，支持多线程操作。于是他把仿生人的脑内芯片内容平分成五份，大家各看各的。

羽纱只看了一段，五分钟的内容就撑不住了，脸色铁青地去公寓走廊说要透口气，把她分内剩下的部分扔给了露。

7号边看边走神观察唐忱，担心她撑不住硬撑。

光看神色，她没什么异常。

仿生人没有共情力，工作型还有工作目标，79区这些既没有工作目标也没有法律约束，更不知道德为何物，他们甚至没有天生的亲人，也没有家庭观念，当他们开始放浪形骸，是非常可怕的。

唐忱从自己分到的片段中只能看见血腥、色情、暴力、虐待、杀戮的无限循环。

在人类社会，即使是一些反人类血浆片，都还有着微弱的逻辑。在失控仿生人的世界一点也没有。

看画面确实恶心，不看画面光凭声音又分不清谁在说话，背景音总是吵闹。

科洛大概暗网上得多，心理承受能力还算强，回头看了眼唐忱说："都是假的，人造的，不是人。"

唐忱没吱声，把自己分到的内容看完分了类，再和7号一起整理了其中一条线。

大致能看出一条连贯线索的节选版。

在唐忱被绑架事件现场，被枪杀的那个仿生人是他们几个的头，负责对外联络，所以从芯片主人的视角无法看见绑架健康人类的那位客户。

这伙人无恶不作，作案的对象也都是仿生人。

进入79区的仿生人没有任何法律上的保障，他们在政府的登记记录中根本不存在。

79区的女性仿生人不多，因为身体力量存在初始设定上的差异，她们很难以个体对抗男性个体。

绝大多数女性仿生人都是作为男性仿生人的奴隶被留下的，负责照顾、陪伴、服务，就算是主动留下的女性仿生人，如果她们不及时找到保护自己的靠山，也很容易会被这样的作恶小团体盯上，被奴役凌虐致死，吃干抹净，所有可利用的零件和器官被打劫贩卖。

在这种不带感情色彩的犯罪记录仪中，79区看起来就像地狱。

关于案件本身，只能从小头目与芯片主人的对话中获得少量信息，一个叫蛇牙的人给他们带来消息，会有女人出现在居住区，她会有男伴，不过别轻举妄动去招惹男的，等两人分开再动手。

"情报真够精准的。"唐忱关了系统，长吁一口气。

7号低声耳语："等我们回79区后我去查这个蛇牙。用通话也不安全。"

唐忱靠在沙发里精疲力竭，不太想说话，只点点头。

7号注意到她左臂胳膊处衣服颜色深了一块，靠近一看发现是伤口渗液："你把外套脱了我看一下。"

"这里受了点伤，反正也不疼，我用仿真皮肤贴上了。"她解释道。

7号有点无语："小姐，人受伤可以自动愈合，机器受伤是要修理才能恢复的，贴一块皮没用。"

说着问科洛借工具箱。

科洛被露匀过来一些素材，正在黄暴炼狱里苦苦挣扎，头也没回："储物间柜子里右边倒数第二层，自己拿。"

7号打开左侧储物柜，见识了传说中的"女朋友"。

同事们来家里，科洛也是要面子的，没让她露面，现在正充电休眠。

7号自然没放过这个机会，虽然唐忱认定没用，他还是记下了这位女士的图灵编号。

接下来是右侧倒数……

7号关门的动作滞了滞，感到不对劲，把准备关上的左侧门重新拉开。

科洛在审美方面比较传统，把女士家用机器人设计得和男人视线同高就很奇怪。

再仔细一看，是女士站立的位置离地面有点距离，这距离比较尴尬，做一个抽屉稍嫌容纳空间小，单纯为了防潮又偏高。

7号退了半步，迅速切了线程透视测距，果然有个暗格。科洛还设了双层小机关再加一重伪装，如果正常拉开，只能看见第一层的书本画册，不过这样的伪装在透视系统下完全是小儿科。

他小心翼翼打开暗格，第一层是复古的美女泳装杂志，一般外人到这个阶段会心一笑也就把暗格关上了。

而下面一层是，他摸出一沓纸。

都是儿童画涂鸦。

看着让人一头雾水。

再翻翻，里面确实没有别的东西了。

儿童画涂鸦有什么好藏的？

一共六张，画风看不出任何艺术性，不过是一些普通的太阳、小鸟、树和房子，小人和小人手拉手，图案都画得很小，每张纸密密麻麻。只是有两张是单色的，四张是彩色的，其中一张能称得上是张完整的画。

7号陷入了困惑。

也有可能是他自己画的。

也有可能是……

哦……

"她小时候比现在可爱一点，会在你生日的时候画丑兮兮的火柴人简笔画当礼物。"

不知道为什么，这小秘密看起来比今天看过的所有仿生人影像更惊悚，无疑是个定时炸弹。

7号觉得这个定时炸弹值得花时间消化一下，怕自己走出去做不好表情管理。

首先，把画放回去，暗格复原，左侧柜门关上。

然后，打开右侧门，倒数第二层，取出工具箱。

深呼吸。

[18] "一百个男友都出自科洛的逻辑"

7号回家时路过集市让鱼摊老板给铁钳带过话，要见他。

晚上九点，他准时出现在楼下。

但还没等7号开口，铁钳先问他："要查的人是不是蛇牙？"

7号挑挑眉："两条线索这么快就对上了？你们查内鬼效率很高嘛。"

"不是，蛇牙早上死了，还死得很轰动。3局再加特警组把桩机厂那一带围了个水泄不通。你没听到消息吗？"

7号心往下沉了沉，没接嘴。早上他为了避免走漏消息，关掉了身上所有电子设备，自然也错过了重要警报。

铁钳继续说："一般人死了也就死了，79区杀个人是家常便饭，死得姿态难看的也不鲜见。但是这种阵仗，我们第一次见。她造了个场景。"

说着把犯罪现场的影像推过来。

好家伙……世界名画《被缚的普罗米修斯》。

仿生人的尸体被提线倒挂成普罗米修斯的姿态，而他周围完全还原油画作品的原貌，逼真地用全息投影刻画出了所有细节，特别是鹰，乍一看还以为也杀了只鹰挂着。

不用怀疑是网红本人动的手，差点忘了她还是建模大师。看来工作被抢走后，她技痒了。这样的人才确实不太适合在直播间搞低幼设计、卖家居广告。

"3局对蛇牙的案子怎么判断？"

"我不知道，你问3局嘛。"

"跟我来这套？"7号冷笑，"你好奇你会听不到？"

铁钳咧嘴赔笑："他们还没联想到和你们的嫌疑人是同一个。他们认定了凶手是人类，因为仿生人懒嘛，杀个人还搞全息投影这种浪费钱的事也不会做。这案子没造成财物损失，应该不会往下追查了，治安局眼里，人类杀个仿生人还不是天经地义的。"

"仿生人怎么看？"

"大部分没感觉，说蛇牙肯定什么事做得不地道，谁会惦记他呀。少数人还挺崇拜那个女魔头，背地里给她起了外号叫盖亚，想去认识认识。"

"不怕下一个轮到自己吗？"

"伸头一刀，缩头也是一刀。强悍的人能带来好处，更值得结交。大家对你也是这态度啊。"说到这里他又咧嘴笑了，露出两排白牙。

7号收好犯罪现场的影像，准备回家。

铁钳拍拍他，主动递来一把枪，还是战术左轮，但经过了激光改造，还带了枪套，枪身变得更秀气了："这个送你，上次情报没搞准是我对不住你。"

7号接下来，放在手里颠了颠分量。

铁钳又拿他打趣："上回你早说枪送妹子，我肯定不给你弄那种大老粗的。你这家伙不懂女人心。"

女人心……

7号脑海里浮现出唐忧的样子，感觉她和这个词放一起太不和谐了。

他回到公寓。

唐忧本来还在睡觉，但是睡眠浅，被他放下塑料袋的窸窸窣窣声吵醒了。一睁眼，看见他从塑料袋里拿出一把枪……这是什么画风？

7号回头看看她，先扫了一遍心率血压，正常，只不过体温还维持在38.5℃，给她换了个物理降温贴："你精神怎么样？受了仿生人记忆的精神污染，回来倒头就睡，需要谈谈吗？"

他知道唐忧对仿生人没什么好感，但不至于冷漠到看见真正的虐杀也无动于衷。

她说："我饿了，给我点吃的再说。"

7号笑起来，去给她拿系统配送的营养包："将就一下，现在只有这个了，而且申请了好几遍笨蛋系统还是只送一份，等你体力恢复一点可以跟我一起下楼去找吃的。"

唐忧不挑剔，抓起营养棒往嘴里送，口齿不清地说："我觉得站在道德制高点谴责仿生人没有任何意义。他们的恶，不过是人类恶的放大。这些都是向人类学来的。而且整个79区会成为仿生人据点也是人类的私心造成的。如果不是人类想从中牟利，怎么会允许79区存在？仿生人想活下去就得花钱买电源，需要钱就得帮人做事或者去掠夺其他仿生人。可恶归可恶，我不会去批判黑产业链中最身不由己的一环。"

7号没想到她会往这个方向去思考，思维短路了一会儿。

"我以为你看了会后怕，你差点成为受害者。"

"哦，你说这个。"差点被奸杀碎尸的唐忱一脸淡定，拍拍胸前的营养棒碎屑，"这不是没有发生嘛。"

7号分不清她就是心大还是故作镇定。

女人心……想起这个词他就憋不住笑。

"你笑什么？"

"没，没笑。我就是有点好奇，你交过男朋友吗？心里想想没有发生的不算。"

"拒绝回答隐私问题。"

"那就是没有。"

"有的好吧！"

激将法果然有用。7号笑笑："但我认识你这段时间，感觉你不怎么放心思在这方面。"

"我对这种线上的交往不感冒。都是我们小时候玩剩下的。科洛给我设计过十个线上男朋友，非实体，有虚拟形象，那时候还没有MACRO，他自建的小程序。如果我需要人谈恋爱就可以抓一个男朋友来聊天，他调用的是言情小说语料库，还能走剧情。"

"开后宫啊？"

"十个不是同时存在的，是我不喜欢，科洛就给我换一个，前前后后换了十个。"

7号乐了："科洛给你设计一百个男朋友也还是科洛的逻辑啊。这只能说明你不喜欢科洛，他可真惨。"

"不，我不只不喜欢科洛，也不喜欢这种形式。我说了你可别觉得我脑子不正常。"她盘腿坐起来，"打个比方，你要在系统里和一个男人接吻。"

7号拆台多嘴："我在哪里都不会和一个男人接吻。"

"烦死了，别打岔。假设我要和一个男人在系统里接吻，他发起的接吻会传感给他安全舱内的EFA，EFA将信号转化成网络数据传递给我安全舱内的EFA，EFA再还原这种触感给我。全过程是这样对不对？"

"嗯。"

"那我怎么知道，如果对方吻技不好，EFA在传感的时候会不会为了安慰我而对这个吻进行美化？"

"呃……你的意思是吻技不好的烂男人有可能贿赂你的执行器？"7号笑得深一点。

"我不是说会贿赂。是本质上，我的接吻对象是我的安全舱，他的接吻对象是他的安全舱。两人互动其实是四人互动，多恶心。"

"你为什么要把安全舱理解成人？"

"仿生人是人吗？"

"当然是啊。"

"仿生人是人，那安全舱为什么不是？安全舱内有核心处理系统，它在做触觉还原时会加入自己的判断，说明它有人工智能，分析能力还很强。伤害人类的触觉信息不进行反馈，你看这像什么？底层命令。你不能因为它没长成人样就觉得它不是一种机器人，悖论就在这里，如果你把仿生人当人，那安全舱也是人，如果你把仿生人当工业电器，那安全舱才是电器。而且它比任何仿生人接触的人类样本都庞大。思路打开，我认为安全舱中诞生觉醒者也不是不可能。"

7号沉默许久，挠了挠脑袋："这何止打开思路，天灵盖都被你掀了。不过，你说得有道理，'细思极恐'。这样考虑的话，在线上和人交往确实很诡异。"

"对吧，安全舱现在在我心目中就是个大渣男，它把我手撕了之后我们已经没法和解了。"

"哦，所以MACRO开放注册七年，你七年没恋爱，你还是相当于没交过男友啊。"

唐忱白他一眼："刚有系统那几年，还是有很多人继续过现实生活的好吧。"

"最近三年彻底没有了。"

这句话让唐忱一下子情绪低落许多，喃喃地重复："最近三年彻底没有了。"

四年前爆发了一些局部战争，三年前东南亚爆发了死亡率超高的传染病，这两件事让大家为了免遭不幸而主动缩小活动范围，渐渐安于斗室，把生活重心都移向精彩纷呈的网络世界了。

"你的问题在于想得太多，太聪明。有时候睁只眼闭只眼得过且过一点比较好。"7号摸到耳后打开了电子辅助设备，"而且戒心太强远离电子产品在现在这个社会也不现实，我们关了系统，今天早上就漏了警报。哦，这又来一个。"

他伸手把她耳后的也打开了："按道理我现在应该上班，不过79区的案子基本都在现实中，没那么严格。看起来是挺大的事情，叫的是增援。你要是想出去转转，那我们一起去。"

唐忱二话没说爬起来穿外套，她在二十五平方米的小房间里待够了。

"枪是铁钳送你的，你带上。"7号从桌上拿起来给她递过去。

她插进腰间，顺口问："铁钳是你的仿生人哆啦A梦？"

"什么梦？"7号愣了愣，过两秒，自己从系统里知道了答案，但还是不知所云，"猫型机器人？"

7号到了现场才意识到自己思维的局限，很无聊的一件大事，F-BIT公司的排气管道炸了而已，没有任何人员伤亡。不过正如铁钳说的，在79区人员伤亡不算个事，财物损失才是大事。

但是来都来了，F-BIT又是生产EFA的公司，他和唐忱都想趁机打探打探。

"我知道他们后台硬，不过上次西侧山区爆炸就让他们蒙混过关了我也不理解。"唐忱又开始愤世嫉俗，"不管那批EFA是怎么流出的，至少应该让F-BIT查一查数量给个说法吧。"

"那你能收获谎言。"

"谎言也是说法。"

两人找到爆炸管道附近对方的气体罐，开始抄上面的批号。不用互相解释，都知道肯定是接近批次爆炸了。

"JK。"有人叫7号，是3局的老大，他腆着柏油桶似的肚子踱着步子靠近，不怀好意的眼神来回在唐忱身上打量，皮笑肉不笑地说，"你把1局的人带来插手不好吧。这毕竟是我们3局的案子。"

"她正好在附近，随便看看。"7号给唐忱介绍，"这是3局的老大。"

唐忱看看他证件上的用户名，武松。但她叫不出口，他和武松的形象也差太远了，武松好歹也是个帅哥吧，他叫武大郎还比较贴切。

她想起露说3局调查员都是仿生人，她想不通一个仿生人的出厂形象有什么必要长这样？长得丑有利于破案吗？

她朝武松点点头算打过招呼："武哥，你把我要来3局不就解决了吗？"

武松和7号一起怔住了，但立刻笑起来："没这个先例啊。我们3局只有调查员，也只要调查员，你一个指挥官过来，当局长啊？"

唐忱终于明白自己的调职申请为什么总被秒拒，原来因为不是合同工。

"局长送我也不要当。你把我要过来，我和7号办我要办的案子，你的案子让我办我就办，不让我办我不碰，报告你们写，功劳记你们的。"

武松转转眼睛，笑起来："我们庙小，小公主伺候不了，您还是饶了我吧。你一个活生生的人类，在79区有个三长两短，我们承担不了责任。"

"你把我要过来，我给你弄一吨氦3。"

武松眼睛顿时亮了，抬起手摸摸肚子，语气讨好不少："我申请可以，但组织很难同意啊。"

"你打报告，就说有人类在这里流窜作案，全员仿生人不好处理。"

"我……试试。"武松冲她举起短短的拇指，"脑子灵活。不过姑娘体温高了，注意身体啊。"

等他踱着步走远了。唐忱继续抄批号。

7号打趣："富婆就是不一样，很有钱嘛，开口就一吨氦3。"

"没钱，你去弄。"

"为什么是我？"

"不是总说要和我做朋友吗？拿点诚意出来。"

[19] "不符合人设"

7号无可奈何地笑笑："好吧，下次敲诈金额不要这么大，一吨对我来说也有点吃力。"

唐忱抄完批号，在仓库外转着圈仰望。

7号猜到她在找什么："没有。现在哪儿还有监控。人都不在现实中活动，监控设备维护起来既麻烦也花钱。"

现在已经没有人记得MACRO最初是作为一个社交类游戏平台上线的。

她甚至有种感觉，所有的一切都游戏化了。

就连她自己也总是习惯性地想用输入坐标切换地图的方式去移动位置。

科技改变了人类的思维，但"游戏化"还不是所有改变中最危险的，身边所有人都在一点一点失去安全意识，耽于思考。

7号回到爆炸管道附近凌乱的鞋印处，收集了一些土壤和粉尘物质。

唐忱耐心地等他弄完，判断这里已经没什么线索，转了个方向穿过走廊。距离仓库500米的地方有办公楼群，她准备去找F-BIT管理人员了解情况。

这段路过于安静，有点闷。

唐忱打开话匣："3局的人为什么叫你JK？是真名？"

"不是。仿生人起的外号，79区限定。"

"为什么叫这个？"

"嗯……"他停顿片刻，考虑该从何说起，"既然你想来79区上班，有必要跟你介绍点79区生态。这里的仿生人基本都听尼娜的。"

"尼娜是谁？"

"人工智能，过去在NASA工作，按人类的年龄算法算百岁老人吧。她没有实体，或者说不需要固定的实体，因为79区能调用的身体太多了，几乎所有仿生人都对她开放权限。"

"哇，羡慕。"

他抬头看她一眼，眼底浮现笑意。

他接着说："很多79区需要做重大决策的时候，大家就会去问她的意见。另外就是，有的犯罪团伙太一家独大了，她会出面平衡一下。她能调用的区外资源也很多，传说是能和一些人类决策层对话的，不过只是传说，没人现场见证。"

"她怎么会盯上你，给你起外号？"

"盯上我是没错，外号不是她起的。半年前你来局里，你喜欢上夜班，我也只能调到夜班，作息时间正好和爱搞事的那些仿生人重叠了。经常我着急去上班，他们在路上给我添堵。"

唐忱回想起来，最初一段时间，确实并非每次接警搭档都是7号，常常是上班后第二个警情时7号才出现，大概他迟到了。

"仿生人的底层命令不是不能攻击人类吗？"

"不攻击，可能给你添堵的办法太多了，不伤害你拦着你不让出门行不行？没能气死你气个半死也不算伤害。可钻的逻辑漏洞太多了，你千万别天真。我友情提醒你，你现在有一条胳膊是机械臂，他们能扫描出来，想攻击你的时候你就算半个人，把你划出人类范围，明白吗？底层命令是用来给市区里那些遵纪守法的仿生人自我约束用的，79区没有一个良民。"

"那我只能来一个打一个了。"

"我当时就是这么干的。次数太多动静太大，尼娜听说了，就问鱼钩——鱼钩这人你理解为一个帮派老大就行了，不过他们仿生人的帮派不像人类，结构很松散，除了核心五六个人，其他成员平时不会跟随他，只在有重大行动时临时冒出来，都是随机加入随机集结……不知道怎么形容这种……"

"兼职黑社会？"

7号微怔，笑了："总之，尼娜问鱼钩，这个人对我们来说是Jack还是Joker，只是个扑克牌的比喻。但他和他身边人悟性比较差，理解成了尼娜搞不清我的名字，因为我的身份信息又没人能看见，他们就觉得不管Jack还是Joker那肯定都含有JK两个字母，就把奇怪的称呼传开了。"

"感觉底下人和尼娜不是一个智商水平。"

"智商差一点，情商差距比较大。尼娜毕竟见识过不少人类组织高层的权力斗争。"

"那你为什么不起个方便称呼的用户名？"唐忧用手指点了点他的证件说，"科洛告诉过我，这串字符是显示隐藏文件的意思，现在我也能理解你为什么叫这个，但你让人怎么读顺口？不知道的还以为乱码了，玩神秘不是这么个玩法。"

7号乐不可支："你有没有想过，可能我就是不想让人叫我呢？"

世界上怎么会有这种混账，唐忧白他一眼。

"忧忧。"他低声叫她，第一个字拖着长音，怪腔怪调，伸了根手指戳戳她的肩，指指正确路线，"这边。"

"别这样叫我，恶心死了。"

她转身跟上，走到他前面去。

"那……唐唐？"

"滚蛋。"她回过头，准备好了更多语言攻击。

他已经换了严肃淡漠的公务表情，抬下巴示意前方有人。

装得人模狗样。

唐忧也换出公事公办的脸，一边主动出示证件，一边向工作人员走去。看头顶的名字后带了职位，是F-BIT的区域经理，唐忧不知道这算什么职级，区域是指哪个区域，如果是79区，那这里的事他说了算吧。

毫无悬念，是个仿生人，长相是专属于办公室精英那种孱弱的青年才俊型，表情很乏味，嘴唇有点薄。

"这种规模的爆炸经常发生吗？"

区域经理摇摇头："小概率事件，我工作这两年内没发生过。"

"能不能简单说说你们平时处理回收气体的流程。"

"使用超过三个月的EFA成分比例会发生变化，影响传感质量，所以需要回收后统一处理。为了方便运输，从居民家里回收第一步会进行液化，压缩灌装后通过列车运到我们这里，然后我们再进行气化，进行过滤、分解、消杀、静置、净化等处理，提纯后，一部分可循环利用的进入输气管道再配比组合，像氧气、二氧化碳这种就会直接排放，重新换新的。"

"今天爆炸的管道处于哪个处理阶段？"

"气化还原后的第三次过滤。"

"所以有没有可能是用户在EFA被回收时在其中混入了易燃气体？"

"不可能。"区域经理斩钉截铁否认，"每一户的气体相对每批处理的气体总量太微不足道，就算他恶意灌入的全是易燃气体，运输前也被严重稀释了。就算局部浓度过高，那也应该是他自己公寓的输气管道先爆炸。"

"会不会是处理线上的员工对公司心存不满，报复性破坏？"

"那他应该在破坏实现前就被抓了。我们有气压仪表监测组。"

"也有可能通过技术手段……"

"检测组有八十个人，四班倒。"

"但八十个人使用的应该是逻辑相似的处理系统吧。"

"八十个人。是人类。"

唐忱半张着嘴僵住了几秒。

这倒是……剑走偏锋……

为啥……

大厂有钱任性？

没道理啊。管理岗上安排仿生人，但观测仪表这种纯机械劳动岗位却用了八十个人类。

"为什么这种机械化的工作要让人类来做？"

"不知道。哪些岗位安排仿生人、哪些岗位安排人类是老板定的。"

"哪个老板？"

"梁。"

"新闻不是说他被架空了吗？"

"我不清楚。技术应该还听他的。"

7号眯起眼望着唐忱，心里发笑，她还挺八卦。

不过他注意到，唐忱好像不止于八卦，与区域经理道别后走了五分钟路程回到马路上，这五分钟内她一直紧锁眉头冥思苦想。

"哪里不对劲？"他问。

"不符合人设。"她主动关了耳后的开关，把7号的也关了，在空旷的街道上边走边说，声音压得极低，"梁鹤鸣，MACRO的创始人，也是F-BIT创始人，因为他差点成了我表姐夫，我了解一点，按他的习惯，F-BIT应该全体员工都是仿生人，全体。"

"听说过一点，不过没听说他和魏忱是一对啊。"

"反目成仇了，所有过往痕迹如果没被她删光了也被他删光了。"

7号忍不住笑，抬手攥拳掩了掩："MACRO总共四个创始人，一对夫妻，一对情侣，都逃不过反目成仇。这叫什么？科技使人感情破裂。"

"梁对人类可以算宝贵财富，作为人类是糟糕透顶。他和我姐交往时嫌我姐烦，用人工智能应付我姐，逻辑很简单，全部和他自己相反，我姐觉得机器人还不错，换句话说，他本人就是'不错'的对立面。所以他和合伙人永远处不来，董事会希望他留下技术远离公司，他不喜欢人类，人类也不喜欢他。"

"嗯……这么看，他在公司非必要岗位上塞了八十个人类确实格外奇怪。"

"我有他联系方式，有必要可以直接问他。最近的案件和EFA相关性太高了。"唐忱扫了眼7号手中的证物盒，"你要送这些去实验室吗？"

"你想回公寓休息吗？你要回公寓我就让3局的人送去。"

唐忱没有回答问题，而是猛地回头停顿片刻。

7号也跟着回头，马路上空空荡荡，只有一列微型扫地机器人在搬运废弃瓦楞纸箱。

"总觉得有尾巴。"唐忱没发现端倪，喃喃自语着继续往前走。

因为思绪还在"尾巴"上，没做好心理准备，科洛连线进来时大大咧咧的说话声把她吓了一跳。

"我和露找到点可能有用的东西。你现在过来我家看吗？"

唐忱与7号交换个眼神。

7号点头说："顺路。"

"这就来。"

科洛和露终于拖拖拉拉地把黄暴炼狱筛查完了，不断因为各种工作和琐事放下又捡起，本来唐忱已经没对逻辑性成果抱什么期望，没想到他们在核心记忆里找到了相关线索。

科洛把这段记忆播放给她看。

一场格斗赛，除了血腥没什么特色，把人看困了。

格斗比赛是核心记忆，这也很……别致。

唐忱注意到重点："地点是那个仓库。他们经常在那个仓库里活动，是因为仓库有这样的历史吧。"

7号又不合时宜地笑："所以我们现在得到了重要线索——仓库，但是仓库被露烧了。"

露横躺在沙发里，不满地撇嘴："你们也同意烧的好吧，只不过我正好有烟。"

当时的考虑是该取证的都取过了，屠杀现场扔在那里万一哪天被人发现报警，治安警勤劳一点，立案，容易查出和唐忱的关联，多一事不如少一事，干脆毁尸灭迹。

可是现在既然发现格斗场是核心记忆，那这场景里的人是最可能与芯片主人生活范围产生交集的。

科洛伸了个懒腰："这时候多希望时光倒流十年，天眼还没下岗，查查道路监控，查查店铺监控，嘿，进出过仓库的人全找到了！"

唐忱没理会他的风凉话，转头问7号："这里曾经是格斗场，为什么现在不是了？"

"我哪知道？我又不是79区乡土历史博物馆馆长。"

"你去打听一下啊。"

7号哭笑不得："我来给你科普一下79区会怎么运转，我找个人打听这个仓库，我找的人不会去帮我打听任何事，会先跑去仓库把烧干净、没烧干净的里里外外翻几遍，但凡找到点能要挟我的东西就会来勒索。运气好，他没找到，去外面帮我打听，我得担着他的人情，然后他找的人又会把整个过程再重演一遍。以此类推。仿生人就是这德行。"

唐忱听着就头大了。

"还有个蠢办法。"科洛插话，"这段画面里面出现过四十八个人，其中面部比较清晰的有二十七个。你们俩把这二十七张脸记住，每天一有空就在79区逛，过个一年半载的总能偶遇一两个人吧。"

"这个太随机了，再说现在用全息投影捏个脸不是难事。捏得不好画面上很难分辨，捏得好现实中肉眼都看不出来。"7号说。

"真要去找梁鹤鸣了，天眼系统最早接入的人工智能是他创造的，我记得可以……"唐忱突然停住，因为科洛在她面前正襟危坐满脸堆笑，"你干吗？"

"带我去。"

想起来了，梁鹤鸣是他的偶像。

"你做梦。"

[20] 爱恨情仇

从科洛的公寓离开，唐忱和7号去实验室送土壤样本，在检验所楼下大厅领号排队。等待无聊，唐忱看见大厅里来回走动的服务机器人，想起科洛的女士家用机器人。

"上次在科洛家，你去储物间取工具箱待了好一会儿，有没有什么收获？"

7号看看她，觉得他们之间的事自己不便多嘴，决定暂且不提，再观望观望。

科洛大概是有点喜欢唐忱，可7号认为青少年时期的小情愫不至于让科洛偏执到给她和她朋友洗脑，这事关人品，接触的这段时间，科洛人品不差。

于是他只说："记了那位女士家用机器人的图灵编号。尼娜能联系上，但是要去麻烦尼娜，我现在手里没什么筹码。"

"尼娜不能单纯地友情帮个忙吗？"

他笑了："和AI怎么谈感情？不如你回家偷点你妈妈的商业机密，保证事能办成。"

唐忱朝他翻个白眼："做个人吧。"

叫到号了，唐忱把检测样本递进窗口——说明，检验员却混在同一个纸盒里收走了。

她有点担心，叮嘱："那里面每份都是不同足印里的物质，不能混在一起哦。"

检验员蹙起眉，隔着玻璃用鄙夷的眼神上下打量她，一个字都懒得回答。

唐忱被无视了，恼火地拍拍玻璃警告她："我们辛苦在外面搜集证物，你这样玩忽职守造成样本污染可是要负责任的。"

检验员像没听见，轻笑一下，抬头问："还有事吗？"

"我希望你现在就把样本分开。"

检验员既不说话也不行动，显得她像个泼妇。

唐忱又把诉求大声重申一遍。

检验员按了按警报器，就有保安出现，询问有什么需要帮忙。

唐忱看她头顶悬浮的用户名：何静。

不仅有名而且有姓，是人类而不是仿生人的可能性更大。

她质问道："你是人吗？会做事吗？"

7号将炸毛的唐忱拦在身后，把保安打发走了，自己跟窗口里交涉："多久能出结果？"

检验员对他也冷淡，瞥一眼，蹦出三个字："等通知。"

唐忱嚷着要投诉，被7号连拖带拽强行弄走了。

出了门气没消，她踢他两脚报复。

7号劝："没必要和她缠斗，你有十小时没注射抑制剂了，身体要紧，尽快回去。"

"她是人对吧？"唐忱还在耿耿于怀。

"是人。"

"那太好了，打她知道痛。"唐忱捋着袖子。

7号笑起来，推着她往地铁站走："你省省力气。"

唐忱确实有点不舒服，心烦意乱，背上一阵阵冒冷汗："你看我，是不是发烧加重了？"

"退烧了，说明抑制剂药效快过了。"

回公寓好一番折腾，推了两支针剂，换了伤口处的仿生皮肤，唐忱躺下休息。

7号非要给她戴一块复古的健康手表："你睡一会儿，等你睡着我再出去买点阳间食物回来，心率和血压异常手表能报警。"

唐忱嫌手表难看，勉强把手压在被子下。

"睡不着，你陪我聊天。"这会儿她倒是显得很乖，脸埋了一半在被子里。

他拿她没辙，只好在床边坐好："说说天眼那年代的人脸识别有什么特色。"

这在唐忱知识范围内，她又来了精神。

"最早的时候，人脸识别只能做到根据真人照片或影像进行搜索，这很难满足警方的需求，因为那时候办案经常会根据证人描述制作虚拟画像。开创了通过分析图画、漫画和虚拟形象的主要特征来进行与真实人脸比对技术的人，是梁鹤鸣。那是他二十四岁在中科大博士后科研站的工作成果，因为帮助警方破获了几起社会关注度很高的案件，声名鹊起。我姐姐也是那时候认识他的。"

"没想到在这方面也是开创者，他真是很全面的天才。"

"对，EFA、神经拼接这些名气很响，但他在其他领域，人脸识别、共识算法那些小众领域的成就随便拿一个都够别人吹一辈子。"

"但为什么现在很少再听说人脸识别领域的技术突破？"

"没有应用场景了呀。大家都在线上娱乐，又不太在现实中犯罪，治安局没有追凶需求，连天眼都退休了，马路上人都没有，识别谁啊？"

7号笑起来："但这技术在当时运用很普遍是吗？"

"不。"她摇摇头，"也没那么普遍，只有他们科研站的一个人工智能，与天眼合作，为警方提供协助。科技部有政策约束，这种涉及隐私安全的技术比较敏感，不允许商用。"

"他和你姐姐很般配，两个技术高人，有点志同道合那意思。"

"呵呵。"唐忱抖着肩冷笑，"他瞧不起我姐姐。"

"为什么瞧不起？"

"全息技术和人工智能相比显得不上道吧。"唐忱继续说。

他语气淡淡地问:"怎么会闹到反目成仇?"

唐忱一想就头疼,揉揉太阳穴:"我姐跟他翻脸的起因和她跟我妈翻脸的起因一样。三年前东南亚的流行病,新加坡成了疫区。我姐姐父母年纪很大,又已经感染了,她执意要回国,身边所有亲朋好友都劝她理智。"

7号理智地说:"死亡率70%,重症率100%,她回去不过是多捐一个人,敢开口劝她的都是真心为她好。"

"道理她都懂,但是感情上她不能放着重病的父母不管。"

7号沉默许久,这话题好像有点沉重,真是左右为难的人生选择,看结果她应该没去成:"谁把她拦住了?"

"我妈妈让航班折返了。"

7号又沉默了好一会儿:"梁鹤鸣又做错了什么?"

"他就太离谱了。他派了个机器人去新加坡找她父母。"

"机器人?"

"对,因为疫区已经无法保证供电了,网络信号也覆盖不到,仿生人跨国还有一系列审批手续,总之,他的家用机器人背着核电池去医院空耗,连手都没有也干不了什么,为了节电,每天只能启用一小时,这一小时专门给我姐姐直播她陷入昏迷的父母如何一天天走向死亡,对着弥留之际的人脸直播,美其名曰,让她看看。"

7号沉默的时间越来越长:"这是什么神操作?你姐姐没有精神失常都算走运了。"

"眼睁睁看着父母过世后,她在精神中心住了三个月。如果不是梁鹤鸣这些反人类的行为,她不至于那么恨我妈妈。一般病人从重症昏迷到死亡不超过七十二小时,末期症状非常痛苦,她父母却坚持了一星期,我姐姐认为他们在等她。"

"真是太惨了。"

"太惨了。"

他斟酌半晌才开口:"其实在我的虚假记忆中,我的父母也是因那场疫情过世的,但最初就是这个引起了我的怀疑。为什么家人死于一场灾难,我会没有一点情感触动?我现在听你说你姐姐的遭遇,虽然和我本人没有任何关系,但也会感到难受。这假记忆给我的感觉,就像神经拼接一样徒有其表。"

"徒有其表。"唐忱认可地点点头,"用词精准。"

神经拼接最早是美国技术,通过这种手术可对人脑实施知识的外界植入,简而言之,只要你的父母学过高等数学而且他们愿意把这部分知识转供给你,你就能直接掌握这些知识。这是梁鹤鸣留美读博时所在项目组的科研成果,他在项目组中不是边缘角色。

这项技术从来没有通过审批,但由于父母们的知识焦虑,很多人让孩子接受了非法手术，有那么三四年时间，神童遍地。

科技部最后严厉打击这项技术的主要原因是进行手术的诊所不正规，经常出现医疗事故，对孩子的大脑造成不可逆损伤。

其实神经拼接本身也是相当鸡肋的技术，虽然造就了一大批神童，但没能从中产生一个梁鹤鸣本人这样的天才；虽然经过手术人们掌握了知识，却并不能创造性地找到合适的应用场景来使其发挥作用。它不能造就引领人类走向未来的科学家，量产一些优秀的知识类综艺抢答选手倒是没问题，但这项工作仿生人也能胜任。

7号说"徒有其表"正是这个意思，无法用于创新的知识是徒有其表，没有情绪支撑的记忆也是徒有其表。

夜渐渐深了，天色已成不见五指的黑，附近的集市却更加喧闹。

唐忱依然没有一点睡意，他有点无奈，既不放心扔下她出门，也不好再折腾病人拖她一起出门。

"你好缠人。"

"是你要向我打听八卦。"

"梁鹤鸣现在在做什么？"

"不知道，很久没听到消息。"

"那你有把握他会愿意见你吗？"

"不知道……"唐忱认真想了想，确实没把握，今非昔比了。

他也有点累，从椅子上挪到地上，背靠床沿坐着。

唐忱靠床头坐起来："要不我先发一份案情说明给他？把几个案件与EFA的关联列举一下，就说有正事想问问他。"

7号笑着回过头来，趴在床边："你这封邮件发过去，简直是把他当嫌疑人啊。没有不那么生硬的方式吗？"

唐忱抓耳挠腮，想了半天："我把邮件发给他秘书，先探探口风？"

真是朽木不可雕。

"发给秘书就更有距离感了，我发现你情商也不高嘛，挺招人喜欢的小女孩，连撒娇套近乎都不会。你大方叫声'哥哥'，客气问问近况，说有点事找他，谁能拒绝你？先要有机会见面，你再说正事，就算他见了面不想搭理你，也能象征性答两句。他不通人情世故，越是这种人越拉不下面子做出当面赶人的事。"

这事唐忱不爱做，她也检验员附体，眼睛东张西望，装没听见。

他轻轻捏了捏她的手腕以示鼓励，她倏地把手抽走了。

空气凝固了十几秒。

窗外已稍稍亮起月光，很远处传来一阵微弱的"呜呜"声。

要是平时，他会去窗口看看，但今夜思绪在别处。

脑海里一闪念，他不想放过这个灵感。

[21] "就发生了这个"

他在黑暗中幽幽地开口，却没再逼她发邮件套近乎。

"你小时候是不是一直挺孤独的？"

她诧异地转脸，眼睛瞪得圆圆的："没有啊。"

他慢条斯理地说："住在郊区独栋房子里，父母工作忙得顾不上你，距离最近的同龄人科洛，他很宅，但你精力旺盛，你们没有共同的兴趣爱好，很难玩到一起。"

"我有好多同学，我人缘很好哦。"

"我觉得你表现得很讨厌人工智能，反而是因为你从小到大，大部分情绪价值都是人工智能提供的，你比其他人先接触这些许多年，在别人也开始接触的时候，你幼稚地装出一副'老娘早玩腻了'的姿态，其实明明很受伤，就像自己唯一的伙伴成了万人迷。"

唐忱哑然失笑："你神棍啊？别想当然好吗？"

他不紧不慢地打断："科洛是很有天分的黑客，就算他只有七岁，我也不信他会忘了写退出命令。"

她脸上的笑容僵住了。

"不如你告诉我，除了孤独还有什么能让一个人沉迷在虚拟乐园八天不愿出来。"

她呼吸也暂停几秒，突然变了脸色，猛地拽过被子扭过身去躺倒，背对他，把自己蒙头包个严实："我睡觉，你走吧。"

他不知所措，更多是后悔，原本想撕开隔膜，让她放下点防备。

可能太心急，节奏没把握好。打探是一回事，扎心是另一回事。被戳中内心深处谁也不会愉快。

他无计可施，望着窗外一筹莫展。

月光越来越亮，一侧窗棂反射着泛蓝的荧光。

他眯起眼，纳闷怎么会照亮这个方向，正想起身走过去探头看一看，她闷闷的声音倏忽从被子山那边传来。

"我是孤独，小时候也盲目崇拜过梁鹤鸣，是你要的答案？他不想和我打交道。你的方法行不通，重想一个。"

"小时候？"他又没沉住气，较上了劲，"也没多小吧。"

唐忱疑惑地转过身，正对上他推过来的影像。

一片模糊的蓝色亮光横亘在两人中间。

十四岁的唐忱拉开家门，把手里的家用机器人砸在墙棱上，反弹两次，影子落了地。

他把进度条拖回最前面，慢放，门其实开过两次，第二次唐忱才出门，而第一次不易觉察，从画面上看，门只不过被风吹开，自然地虚掩回去。

他随着门开合的节奏，指着画面中空无一物的楼道："这是梁鹤鸣？你们之间发生了什么？"

猜对了。

她眼神闪烁、捉摸不定、愤怒和惶恐交替出现，她额头的碎发随着气流微动，她小巧的鼻尖上似乎有汗，精致的五官拼成一张冰冷易碎的小小面具，张力已达极限。

心率、血压、激素指标没有一项正常。

以往当嫌疑人呈现这种状态，要么会认罪，要么会暴力破坏虚拟问讯室。

但他知道自己也不正常，他在激增的肾上腺素中强装镇定，说不清为什么非要引爆这颗炸弹。他感觉神志非常恍惚，大脑里各处电流乱窜，纠缠后擦出火花，他只觉得很爽，像酗酒上头。

她目光里五味杂陈的走马灯终于停住。

轻轻挥手拂开挡在中间循环播放的影像。

轻轻吻住他，唇瓣又软又绵，舌尖挑逗两下撬开牙关，纠缠他，吮吸他，轻咬他，气息吹拂他，以退为进，由浅入深，全由她主导。他脑海里像炸了团火，红色的烟雾在视野边缘浮动。

她斜斜地倚过来，塌下腰肢，压得他呼吸困难，两个人重心偏移，他快要支撑不住，手抚上她的腰际，从腰间探入衣内，一寸寸向上攀升。

她突兀地笑了，看向他的目光透着狡黠。

"哼，男人。"

"你……"一个字哽在嘴边，才发现接下去没有一句合适的台词。

她却依然伶牙俐齿："嘴上说不喜欢，不妨碍巧舌如簧，像巴甫洛夫的狗，还想当教育家。"

他还没从惊骇中缓过神，喉头发紧，说不出话。

她朝后躺下去，惬意又舒展地用胳膊枕着头，邪童的笑脸浮上她的小小面具。

"就发生了这个。满意了？"

血往头顶冲。

他站起身，强行平息粗重的呼吸，装作一切正常："我出去一下。"

她的眼球像雨刮器一样跟着他从左摆向右。

他只是夺门而逃，并没有走多远，靠在楼栋外铁门上抽烟。他平时不抽烟，体会不出其中奥妙，抽了几口按在墙上掐灭了。

心里不是滋味，射出去的箭掉了头正中靶心。

他现在明白了，为什么非要引爆这颗炸弹，唐忱就是他唯一的伙伴，嫉妒心和占有欲让他神志不清。狗就狗吧，都是自己作死。

街边仿生人急匆匆走来走去，在夜色中像鬼影幢幢。

频率太高，终于引起他的警觉，话说回来，今晚的月光也太亮了。

他伸手拽住一个人："你们这是在忙什么？"

"看杀人。"那人笑嘻嘻，智商不高的样子。

他缓过一口气，跟随人群穿过集市。

正前方是进步工业的再生处理园区，激光围墙，外人进不去，平时目之所及只有广阔的草坪绿植，中心区域有那么一小簇约五层楼高的矮楼房。

而今晚这块地完全变了，草坪绿植都消失了，原来这也是全息投影。往常它们所在的位置有些扁扁的圆柱体，有点像巨大的电饭煲，从外观看不出是什么设备。

碧蓝绿荧光是从其中一栋矮楼房楼顶发出的，把这片区域上方天空完全映亮了。

因为3局出动了不少治安警，激光墙被关闭，其他凑热闹的仿生人也跟着逛进园区，聚集在"荧光楼"下的空地上。

报警者最初目击的现场影像已经不胫而走，在围观的仿生人中间传开了，他们嘴里提到"盖亚"。

7号出示证件进入楼内，乘电梯直达天台。

远景是黝黑的森林，整个天台被布置成山洞模样，水管被人为破坏了，像个小型喷泉，水流从石阶下落，一直蔓延到天台入口，顺着消防梯的缝隙漫到楼下。所以是仿生人保安巡查时听见水声发现的。

尸体赤脚跪在地上，身上穿一件薄黑纱的长裙，遮到脚踝，裙子的一部分被水打湿。腰间金色腰带，衣领从肩上滑落挂在臂弯里。雪白的肩与足在夜色中有点醒目。

她被摆出打开箱子的姿势，碧蓝绿荧光就是从箱子里往外扩散的，箱子被放置在快与她胸口齐平的石阶上。

看起来又有几分意味。

画面比对显示，与约翰·威廉·沃特豪斯的名画《潘多拉》相似度85%。

置景上虚与实相得益彰，实景搭建支撑了全息投影呈现在合适的位置，除了流水影响了地面的全息投影质量，人物大腿以上的区域都堪称完美。

但要达到完美想必非常残忍，他不敢想象尸体遭遇了怎样的对待才能做到与画上姿势吻合得严丝合缝。

现场气氛肃杀，治安警们沉默着取证，沉默着记录影像画面，偶尔用很轻的声音互相交流。

"死亡时间少说有三天了。"一个调查员告诉他。

另一个调查员走过来通知大家："做好准备，要关全息。"

所有虚构影像瞬间消失，周遭陷入短暂的黑暗，立刻又被照明灯照亮。

女人那层雪白的肌肤也消失了。

只有一具被许多鱼线拉扯固定住的尸体，肉眼就看得出用防腐剂浸泡处理过，皮肤苍白干瘪得不正常，她身上只穿着一件质地很薄、便于全息投影的肉色紧身衣。

"武松"姗姗来迟，看见7号，大大咧咧踩着水走过来，仿佛旁边的犯罪现场不值一提，光是笑着左右四顾："忱妹没来？申请过了，她那边应该能收到。"

他目不转睛地盯着死者头顶那个用户名，转过头回答问题："她没来。"

幸好她没来，这画面冲击性太强。

等等……现在唐忱一个人在公寓里。

他突然拨开身前的两个调查员冲出天台，从消防梯直接往下跃了一层，以最快的速度跑回公寓。

果然和他担心的一样，唐忱不在床上睡觉，被子床单都有点凌乱。

他忍住心慌，去盥洗室和储物间检查一遍，确定她不在公寓里。

他重新走上街道，已不知道该往什么方向，失魂落魄却停不下来脚步。

集市上，一些熟悉的人脸从他面前晃过去，其中没有他寻找的那张。

耳道深处，隐秘的嗡鸣声又起，他感到路面在脚下高速旋转，去仓库找她那天失控的感觉卷土重来，四五分钟的路程像走了四五个世纪。

停下来。

停下来——他命令自己。

他揉了揉胀痛的太阳穴，用残存的理智思考，不会是调虎离山，荷善没那个本事在室内没有打斗痕迹的情况下把她劫走，但也许碰巧……

她没有摘掉手表，心率血压不正常就能收到警报，前提是她没有摘掉手表。

他不能确定，刚才他并没有细致地检查过床铺的每个角落，一般他不会犯这样的错，体会到什么叫方寸大乱了。

他在岔口深呼吸，四面八方的彩灯绞得他眼睛疼，是大脑在作祟，但他无法控制。

"JK，你是不是不太舒服？"红叶温柔的声音飘过来，一定程度上让他得以在飓风中保持平衡。

她歪着脑袋好奇地看他，扫描出一些快要爆表的生理指数，其实不用扫，对上他泛红的眼睛就能知道大事不妙。

"怎么了？是因为荷善杀了人？"消息在仿生人之间流传得格外迅速。

他的声音低沉喑哑，好不容易说出连贯的话："你有没有见过我搭档？"

"嗯嗯。"她指着隔了四个摊位的地方，"她在吃饺子。"

什么？

他微怔，顺着她的指尖望过去。

唐忱也注意到他了，定定望着，一脸错愕，但是没打算放下刚夹起来的饺子。

他精疲力竭，嗡鸣消失了。

他抹去额上的热汗，脚下一软，险些在走向她的路上跪倒。

他抱紧她，卸了一大半重量在她身上，她有点扛不住，只能放下饺子硬撑着。

整条街突然静止了，仿生人没有见过这种大场面，大家不由自主停下手上的事，所有脸转向这一爿挂满红灯笼的中华美食摊。

只有红叶手里的折扇还在缓缓摇曳，笃定的节奏仿佛在转述它主人的心声："我就说，是女朋友吧！"

唐忱被众目睽睽盯得心虚，但被他抱得动弹不得，试探着拍拍他的后背，没反应，手足无措等了几秒，又拍了拍，还是没反应。

她只好找些话题："他们说荷善杀了一个人类。我想你肯定会去现场，你没去吗？"

"去了。"

"我有新发现。刚才卖鲨鱼的老板说，那个荷善两个月前在他那儿买了一大堆东西。老板原话说'那些东西足够另外拼个人了'。我想她应该整容了，从头到脚都变了样子。"

"嗯。"

7号反应很平淡，完全没有给她拍手叫好的意思。

她有点生气，硬把他推开了。

"你干吗？记仇？"

他背靠店铺门柱，有气无力："你不好奇她杀了什么人吗？这个人我们认识。"

她这才紧张起来："谁？"

"阿漓。"

[22] "3局发来一份工作邀请"

"凶手会不会不是荷善？阿漓被杀了，她捡了具尸体去作画。"

"你怀疑那个跟踪她的大宇？"

唐忱想了想："可能性大一点吧，跟踪她那么久，虽然被查出来关了十天，限制行动范围，又限制不了执念，说不定还加倍恨上她了。"

7号觉得有道理，回头看看公寓里的安全舱："我进去上线查这人现在在哪儿。你一个人可别乱跑了，被你吓得魂飞魄散。"

唐忱摸摸肚子，笑着不说话。

7号进舱里待了大约半小时。

出来回话："不是他，这个倒霉鬼被关在精神中心，因为一直通不过精神测试，所以还在一周一周循环被关，什么时候测试通过才能被释放。"

"这就奇怪了。荷善和阿漓有什么交集呢？"

"可能只是想搞行为艺术，杀个人类。79区人类不多，被她赶上了。"

"阿漓到79区来干什么？"

7号给她推了份文件："刚才进去发现第一批供词已经出来了。除了保安还有一个进步工业的项目经理。"

他推过来的文件正是这项目经理供词的文字版。

阿漓与进步工业有项目合作，上周过来开会比较密集，不过上周五以后她就失踪了，没人能联系上。合作方也不知道她出了什么事，不过艺术家有时候是这样的，比较随性任性，他们也习惯了，只等着她什么时候把工作完成了一部分会自己主动冒出来。谁能想到她就死在办公楼楼顶上了。

工作内容这上面没说，项目经理表示是与案件无关的商业机密。

"这么看来，她和MACRO的合作应该是彻底告吹了，解约协议签完，能和竞品合作。"唐忱分析着，蹙起眉，"不过景观设计，为什么要来垃圾填埋场办公？进步工业在别的区有正常办公地点吧。"

7号没回答这个问题："你干吗总摸肚子？胃疼？"

"有一点……"

"吃了几个饺子？"

"八个。"

"干吗不凑个整十，成为吃饺子而死第一人？"他起身去给她冲药，很传统的冲剂，并非生命素。

"我小时候能一口气吃十二个。"

"胃不一样了，再提小时候就是蠢。"

"你不蠢，那你为什么也吃多？你为什么会备着药？"被她找到漏洞了。

他笑着嘴硬："我什么药都备一点。"

看着她喝完药，他才续上之前的话题："艺术家不能以常人论，79区最东边还有数字艺术一条街呢，艺术家也会在垃圾回收处找找素材和灵感。"

"那会不会是荷善也到进步工业里来找素材灵感，碰见阿漓这个素材了。"

"进步工业外人进不去，肯定有仿生人做她的内应。说起来这个厂也有点古怪。平时封闭得苍蝇都飞不进去，还使用全息投影做绿化掩盖厂房。昨天我进去时顺便扫了一下，内部构造像焚烧炉。"

"用全息投影做绿化？阿漓可能就是去设计这个景观的。"

"有点大材小用了吧。"

7号收到一条新消息，刚才上线顺手给精神中心发了个申请，想和大宇聊聊阿漓。

他最初的想法是循着唐忱的思路，既然排除了大宇的嫌疑，那么阿漓还得罪过其他什么人，想必大宇最清楚。

大宇回复了，他不肯见7号，但要求见领导，至少要分局局长往上的级别，他猜阿漓死了，说自己也快了，只有治安部给予保护，他才会说出凶手。

7号读完消息："我看他精神果然不正常，很难通过测试。"

"但这样看起来就有点阴谋的意思了。"唐忱转转眼睛，苦思冥想，"也许阿漓的死不是因为当前工作，而是因为上一份工作。MACRO把阿漓和荷善也联系起来了。荷善在MACRO系统里制造游戏惨案，阿漓与MACRO有过实验项目合作。"

"真上升到这个高度，那我们插不进去了。治安部给他保护，还能把案子交给我们查？"7号推推她，"睡觉吧。瞎琢磨也没用。"

"我胃还疼。"

"药效没那么快。"

她终于闭上眼了。

又睁开了。

"我还是给梁鹤鸣发个邮件吧。先不提EFA出事，看他理不理我，理了再说。"

7号冷淡道："随便你，万一他想起被你支配的恐惧，吓得不敢不见你呢。"

"你还阴阳怪气？"

唐忱坐起来写邮件，寥寥几句，没琢磨措辞，直接发了出去。

"我没阴阳怪气。你强吻人家，人家不接受，你还拿机器人砸他，按常理他应该很怕你。"

"是他先勾引我的。"

"好吧……"具体怎么勾引的，他也不敢问。

没想到梁鹤鸣还真的秒回。

唐忱读着邮件。

"他让我把想问的列个表发邮件给他，他知道的回答我，不知道的写不知道。"

7号笑起来，这年代了竟然还用邮件沟通。

"真的很怕你，面都不敢见。"

"我整理整理思路，明天再发。"她终于心满意足地倒头睡觉。

一觉睡到了第二天凌晨，唐忱正懊恼上班打卡迟到，7号想起昨天在案发现场武松的话，提醒她看看工作系统消息。

果然有惊喜。

"3局发来一份工作邀请，是否同意？"

她刚要移动眼睛点击，7号在一旁说："想清楚了。"

她诧异地停下来。

"79区乱得很，还都是现实中的案件，现实中死掉了可救不活。"

"但EFA老是针对我，我在线上办公更有生命危险啊。"

"你可以选择不办公。"

"你怎么还没放弃无痛当妈？"

唐忱点得更快了。

"不敢当。我只是觉得你要是死了，我和这个世界的连接就没了，四舍五入相当于我也死了。"

"你可真多愁善感，说得像我俩签了魔鬼的契约。"

7号笑着把她的外套扔给她。

"怎么了？物质检测结果出来了？"

"没有。"

"那出门干吗？"

"干点坏事。"7号朝她眨眨眼，把她耳后的电子设备关了，"大宇不肯见我们，但我们知道他公寓在哪儿啊。没人，空着，不就是在等我们去？"

想起来了，上次跟踪案查出他身份，信息区还留有他住址信息。

"但他不是嫌疑人了，这样不太好吧。"

"那你不要去，我一个人去。"

"哼。"

大宇的公寓在唐忱的公寓附近，这片区域她比较熟悉，很快找到地方。不过她这才想起自己已经好久没回家。

"等到我身体恢复了，我能申请79区的公寓吗？"

7号不想暴力破坏别人家门，用原始方法——铁丝撬，有点费劲。

"难。"他说，"系统不会考虑通勤距离的，地铁很快，你看你在1局上班的时候也没住在同一个区。"

"但我可以申请住你隔壁，我们是朋友。"

"那你得对我好一点，我不随便给人担保的。"

"填朋友还是情侣？哪种审批更快？"

"朋友快。情侣要等三个月。"

"等什么？"

"等分手。分手就不用批了。"

"系统太坏了，不是个正经系统。"

锁开了，他把唐忱拨到一边去，拉开门进入。

"不过你怎么知道要等三个月？"她紧随其后，"申请过？"

"打听这么多，相亲啊？"

公寓内部比唐忱想象得拥挤，杂物多，她觉得有些摆设一看就是从阿漓那儿偷来的，像阿漓会喜欢的类型。不过大宇相对于一般程序员还多点生活情调，有个三层小架子，摆了九盆小小的绿植。

7号检查了几个人类经常藏东西的地方，在排风扇里面找到一个小方盒，端出来打开。

唐忱还在纠结："我觉得他会把储存器之类的东西藏在土里，但是把土倒出来翻，植物可能要遭殃。"

7号抱着盒子思索了一会儿，还是不能理解："一个男的，为什么要一整盒这个？"

唐忱回头看一眼，是叠得整整齐齐的一盒女士贴身连体衣，穿着方便呈现全息投影的那种，表面一件被7号抖开看了。

"偷阿漓的呗。"她凑近捡起抖开那件领口的尺码，"应该是阿漓的，是她的身材尺寸。"

7号说："那凶手给阿漓换了衣服啊，她尸体上穿的不是这种，是分体的。"

"是不是因为刺伤之类，衣服一起破了，影响投影质量？阿漓的尸检报告出来没？"

"哪有那么快？你以为都像你一样只工作不睡觉？"

唐忱瞪他一眼，发现他把盒子翻了个底朝天，伸长脖子凑过来。

7号捡起倒出来的一块小卡片："这像个什么？"

上面还印着编号。

唐忱说："像门禁卡。"

7号指着编号给她看："像仓库门卡，你看这里有字母，代表区域，后面是行列号。"

"和从阿漓那儿偷来的衣服放在一起，肯定和阿漓有关。"唐忱的脑洞开始失控，"他不会从阿漓那儿偷了个家，把东西放在仓库里吧。"

"要是动静这么大，之前报案时阿漓应该会跟我们提到。"

"也对。"

7号把衣服随便卷了卷，一股脑塞回盒子里："我们去仓库看看就知道了，门卡样式有匹配上的了。"

仓库距离大宇的公寓只有三公里。

唐忱有点心理阴影，在门口停下来，问："要不要叫特警组来开？"

121

"合法仓库，物品进仓前都经过严格检查了，应该没问题。"

7号直接刷卡拉开卷闸门，里面堆满了液化气罐。

才刚见过，唐忧几乎立刻就辨认出来："是液态EFA！"

这就有点壮观了。

7号数了数门口一堆，类推估算："估计有上百瓶。"

唐忧调出之前抄的罐罐编号，和眼前的对比："标签一模一样，这里的也是回收罐。看编号数字，应该是八月或九月回收的。"

7号把她拽到角落，一脸严肃："和你商量个事。今天我俩的搜查本身是违法的……"

"你刚想起来啊？"

"违法操作获得的证物也很难解释，对不对？"

唐忧知道他动了什么坏脑筋："你不想上报。"

"我有我自己的办法能继续往下查。相信我。拜托你。"

如果门卡是大宇从阿漓那里偷来的，本就是赃物，他通过测试出来了也不敢报警。阿漓现在更是死无对证。没有人知道他们来过，这批回收EFA瞒下来，唐忧猜是能值不少钱的，她暂时看不见风险在哪儿，不过……

"你要那么多钱干吗啊？"

7号乐了："我要不要提醒你，还欠着人家一吨氦3。你武松大哥昨天已经'忧妹''忧妹'地亲切呼唤你了。"

第四话
可我现在觉得自己已经死了

LOADING...

[23] 贫富差距

第二次到F-BIT公司，还是找上次那个区域经理，等待时，7号通过办公楼的落地玻璃窗指给唐忱看："阿漓就是在那栋房子楼顶被发现的。"

F-BIT的园区一侧与进步工业的园区相邻，因为要排布处理气体的管道，F-BIT占地面积是进步工业的十倍，员工倒不一定有进步工业多。

进步工业同样是四班倒，日夜不休，但这么高的人员密度也没有目击者看见过荷善运尸体运道具，说明她很谨慎，相邻园区这么远距离正巧被人看见的概率就更小了。

窗户虽然多，但没人上班时间总站在这里眺望。

"尸检报告还没出来？"

"没。"

"物质检测结果也没出来？"

"没。"

唐忱生气地白他一眼，7号有点无辜地望了望天。

区域经理姗姗来迟："不好意思，刚才因为回收罐失窃报警，治安警来录口供了。"

唐忱手里有没办完的案子，没留意3局的警情，有点懊恼错失了顺手捞一个的好机会。

"你们公司一天天的怎么破事这么多？排气管炸了才几天又失窃。"说到失窃，唐忱看了看7号，7号摇摇头，表示仓库里那些肯定不是近期失窃的。

区域经理讪笑着："多事之秋。"

"丢了多少瓶？经常发生吗？"

"这次丢了四瓶，大概率是附近仿生人偷的，每一两个月会发生一起，这东西总被贼惦记着，防也防不住。"

唐忱淡淡地问："上次西侧山区EFA爆炸，是你们这里流出的气吗？"

"不不不，绝对不是，我们回收区在F-BIT内部也算三等公民，天天被盯着核查数量，要是出现能引发爆炸的数量短缺早就在内部被通报了。肯定是生产区流出的，他们的灌装损耗每个单位都报得比我们多，积少成多，我看弄个几吨几十吨的富余也很轻松。"

公事公办到此结束，接下去的事就与唐忱无关了。

7号把区域经理单独带到走廊另一头，推了几张在仓库拍的照片给他："这里一百罐，罐上贴着标签，是你的没跑了吧。"

区域经理脸色陡变："这些罐现在在哪儿？"

"在哪儿你别管，办案查到的。你先交代交代这批数量短缺你怎么处理的。"

区域经理擦擦额上的虚汗："这一百罐都快成我的心病了。实话实说，员工们现在上着班，到时间也不得不退休，人都在79区了总得为以后做打算，平时少不了打点兄弟攒点积蓄，下面人这么干我也睁只眼闭只眼算了，反正每个月四五瓶的额外损耗，公司也不会深究。可是今年年中这一百罐真是消失得肆无忌惮、莫名其妙。我上上下下捋过好几遍，没找到嫌疑人，没人敢这么大胆。"

"丢了一百罐为什么反而不报警？"

"不敢报啊，太嚣张了，怕是后台很硬。这人黑了当天所有监控，用来运输的都是自己厂里的机动车，我查了货运列车装卸，盗用的也是我们公司内部口令，口令的加密等级还比我的高。再说他还给我留了言，'听说你乐于助人，这个忙也帮一下'。"

是挺嚣张的，原来他吃这套。

7号淡淡地说："我们敞开说话，每个月丢的那几瓶，底下人卖力偷了，你至少吃一半，很简单一个道理，回收的EFA虽然值钱，是可回收成分值钱，不净化提纯就不值钱。要动用这条处理路线，没有你点头不行，偷走了想要变现还得求你。这一百罐丢了没找你，你才不知深浅，最近半年每个月丢的数量，加上管道爆炸报的损失，差不多已经够补空缺了吧。"

区域经理吓得脸色发白："管道爆炸可不是我们干的，这种损失不好控制，我们绝对不可能拿整个园区的安全开玩笑。"

"那爆炸跟你无关，失窃跟你有关吧？"

区域经理不吱声，也不敢否认。

"数量填上了吗？"

"嗯，勉强。"

"既然填上了，那你不要上报，我也不上报，这事就算过去了。"

"啊？"

"啊什么？你那一半不会少，我找人找车把这批货再运回来，你负责处理。我那一半你先给我换一吨氦3，其余的先挂着账，以后我需要什么再找你换。"

"行！保证办妥。"区域经理没想到绕这么大个弯竟还有飞来横财，有点喜出望外。

"另外你说的'黑了当天所有监控'是什么意思？"

7号简单了解情况，又揪着区域经理回到唐忱身边："F-BIT园区有监控，祖传摄像头。"

唐忱瞪大眼睛，也觉得难以置信："现在还有这种监控吗？"

"老板要求的。"

"爆炸的时候你怎么不拿出来？"

"那个区域没有。"

7号补充道："但他们很多摄像头对着进步工业。"

"对，整个园区总共五十二个摄像头，有三十个是能拍到进步工业的。"

"什么毛病？自己园区不拍，专拍隔壁邻居。"

区域经理还挺自豪："最近三个月的立刻能调，三个月前的也有存档。"

三十个摄像头二十四小时不间断拍摄的录像，这工作量唐忱想着就头大，要回去也看不过来："嗯……我们要一个月内的就够了吧？"

"要一年的。"7号拍拍唐忱的肩小声说，"我有办法。你有家用机器人对不对？回家取一下。"

唐忱回公寓把持续充电的小嘤带出来，7号在集市上找人带话给铁钳，让他联系天眼。晚饭后解决好了管理权限问题，天眼如约而至。

原本先入为主地以为天眼的声音会是个中年稳重型，没想到是个青年，听着还像帅哥，稳重倒是稳重，总体上有点新闻频道男主持人的正直调调，想必是初始设置。

播音腔帅哥音从小嘤的机体发出来："唐忱，你好，终于见面了。向我打听过你的人可不少。"

唐忱条件反射地看向7号，7号把目光移开。

天眼不留情面地确认："没错，他是其中之一。"

7号把头转回来，反戈一击："像话吗？我只是'之一'？"

唐忱没理他，言简意赅对天眼说出需求："我们需要你的帮助，有三十套摄像头的监控录像需要分析，优先处理近一个月的，但近一年的我们都想了解。工作量超过人类能处理的范围了。"

"这没问题，不过你这小家用机器人处理器有点不够用，我能找到更好的工作平台。"

"最好不要。"唐忱着急地打断，"这是一次必须严格保密的行动。"

"真不错。"天眼带了点笑腔，"我已经很久没有参与警方的行动了。一个月的量，粗略估计要七十二小时。"

"小嘤有过热的问题，满负荷工作每三小时要休息十分钟。"

"硬件还这么拉胯啊。"听上去对近年来人类的工作不太满意。

因为公寓里多了个人在工作——唐忱将其理解为一个陌生男人，所以她觉得不自在了，但又没事干，只能出门瞎转悠，自称"巡警"。

7号被她拖着在79区人行道上暴走，心里叫苦不迭。现实中这双靴子是批量打印的，穿久了脚疼，人们没放多少心思在实物制造上，总在进一步美化虚拟世界中精巧虚无的设计。

但唐忱穿的是雕花山羊皮的皮靴，她当然健步如飞。

她那双鞋在黑市上的价钱，够三个仿生人过十年无忧无虑的好日子。

MACRO系统实行前后，主流宣传渠道都在唱赞歌，说这可是从实际意义上消除了贫富差距。有大量仿生人参与日常生产，现实中人类实施四小时工作制，上这四小时班获得的收入用于任何虚拟商品的消费都绰绰有余。除了极少数富人支付巨额租金住在郊区，其余人基础食宿和通勤医疗都是免费的。

表面看起来消除了贫富差距，但实际只是提高了为诗意付费的门槛，进一步缩小了富裕阶层的范围。

普通人类并不是买不起手工制作的山羊皮靴，稍稍减少一点网上消费就能实现，他们只是认为现实消费没有必要，雕花的就更没有必要了，"智商税"。

仿生人是识货的，人来人往总是不经意地驻足，好奇地打量唐忱。这样的巡警未免有点招摇过市了，7号想。

不过好处不是没有，那些停下来的仿生人留足了时间让他扫描、辨识。

终于在徒步旅行十六公里后有所收获，他拽拽唐忱的胳膊肘让她慢下来，俯低在她耳侧说："两点钟方向，那个人在格斗场记忆里出现过。锁定位置了，你往前我往后包抄过去。"

唐忱摇头否定这个方案："我讨厌跟仿生人玩心计，不如直接跟踪他，看他往哪里去。"

逮了还要问，确实麻烦。

7号忍不住给她提意见："跟踪可以，你换身衣服吧。"

这身行动装备简直是在用大喇叭发表宣言——"我，人类大小姐，在看着你哦。"

唐忱用全息投影一键换了一身黑工装。

7号想，大白天的，你这样穿也醒目啊，不过再给她提意见恐怕要急眼，把话吞了。

两人贴着墙根，跟着那仿生人走了一段，目标进了个看起来像厂房的地方，有人看大门，警惕性还很高，不好跟了。

厂房门口画着狼的侧影。

7号说："鬣狼的地盘。知道了，回吧，回去找鱼钩打听。"

"鬣狼又是谁？"

"你可以理解为，鱼钩的死对头。鬣狼的动向你从鬣狼嘴里撬那可费劲，鱼钩对他的了解比他自己还多。"

鱼钩平时在黑市东边，主营业务是贩酒贩可乐。两人打道回府。

唐忱受了启发，突然问："进步工业主营什么的？为什么会被梁鹤鸣视为'对家'？我看这五十二个摄像头三十个对着隔壁的行为和紧盯死对头很相似啊。"

"直接问老情人，问我干吗？"

"能别恶心我吗？我问之前总得自己琢磨一下。"

"那你自己琢磨，问我干吗？"

唐忱懒得理他，加快脚步走到前面去，他又装没事一样黏上来。

"进步工业生产电线的。近几年提倡无线化办公，他们效益不好，甚至用了一部分退休仿生人，工资成本只有从政府领取工业仿生人的三分之一，但在79区这算很体面的工作，还是有很多人愿意做。"

"MACRO和F-BIT跟这种传统工业企业没有竞争啊。"

"所以你琢磨的方向错了。"

她依然不死心地喋喋不休："但是梁鹤鸣有一项与电线有关的专利。不算他发明的，他把一种自动剥线机改进了，成本降低到只有从前的1%，然后免费公开了专利。"

"他的专利你是不是都背过？"

唐忱愣了愣，理直气壮："这是我们《道德与法治》课要求背的时政。"

7号轻笑一下："那你觉得，道德与法治，他哪个沾边？"

[24] "我认为她不太正常"

入夜后下起了滂沱大雨，唐忱和7号还没走到公寓，而79区内部没通地铁。

7号担心她的羊皮靴被雨水泡坏，也担心她的左手漏电，再加上他自己衣物的保温层已经进水失效了，他担心唐忱一会儿也冷，提议先找个地方避雨。

唐忱就近发现一个荒芜破旧的库房，铁门关着。

她掏枪把锁击穿，进了门，抬头看见两排仿生人齐刷刷地探头看着她，场面一时十分尴尬。

"我……躲雨，你们也不开灯……"

"浪费电。"一个仿生人说。

其余那些对人类不感兴趣，把头缩回去了。

7号忍俊不禁："你打扰人家充电了。"

唐忱不敢再往里走，在门口找了个装满塑料瓷砖的瓦楞纸箱坐下，脸朝外扶着铁门。

整个库房笼罩在一片潮湿的雾气中。

7号背对她坐着，把鞋里的水往外倒一倒，发现她安静太久了有点反常，转头看看她。

她兀自感慨："我们好像被圈在笼子里的流浪狗啊。"

"就你，别带我。"

"如果我是仿生人，我一定会非常不甘心。"

原来她是在以仿生人的视角往外望。

"你不是，别瞎猜。"

"可是人类把现实中的一切都拱手相让了，我们沉迷于网上冲浪，仿生人忙着工作、赚钱、投机钻营、违法乱纪、吃好的、玩很大，活得还挺带劲。我想我们的自信来源可能是仿生人之间感情淡漠，比如一个仿生人受伤倒下，另一个仿生人哪怕平时和他的相处方式像朋友，也只会想着从他身上拿走值钱的东西，而不会想着救活他。这是我们和他们的区别，可你不觉得我们之间的感情也越来越淡漠了吗？自从被塞进一个个格子间里，我们在现实中与别人的联系也……你干吗脱衣服？"

7号用脱下来的衣服顺便擦了擦头发："保温层坏了，穿湿的反而更冷。"

她莽撞地摆过来一眼，毫无准备地对上一身精悍的肌肉，惊弓之鸟一样："大冬天的你疯啦？失温会死人的！"

7号被训蒙了，手上拧衣服的动作也停下来："那我能怎么办？"

她准备往里面走："去找仿生人借一件。"

7号扣住她手腕："求求你让我休息一下，我现在又冷又饿腿快断了，不想打架不想枪战，里面没有一个善茬，别没事找事。"

她坐回纸箱上，挠挠头："你要不要抱着我？我在发烧。"

"谢谢……心领了。"

听见这提议的一瞬间，他对唐忱是不是个异性都不自信了。

不太对劲，同性也不能这么物尽其用的。

"你朋友多，不能就近找一个给我们送伞？"

"这种天没有仿生人敢在外面走，跟你一样容易漏电短路。"

"你的朋友就没有一个是人吗？"

"有一个，申请情侣公寓搬到11区了。"

"原来你是被遗弃的'单身狗'。"

"话不要这么难听。"

"先生生个火吧。"她边说边行动起来，从地上捡了点烂纸箱、碎木架等易燃物。

7号有个打火机，试了两下还能用，幸运地把火生起来了。

唐忱看见铁门外落下个小小的影子，从屁股下面纸箱掏出一块瓷砖掂了掂分量，从铁杆中间丢出去，一声闷响，黑影扑到了。

7号没看清她砸了个什么，目光好奇地跟出跟进，等看清了露出一言难尽的表情。

"打乌鸦干吗？"

"吃啊，我饿了。"

"小姐，你是人吗？"

唐忱没空理他，忙忙碌碌找到水龙头，开始放血拔毛。

"可以吃的。"

"不用推销，我饿死也不会吃。"

"那你饿死吧，谁求你吃了。"唐忱捡根棍子用水冲了冲，把肉穿起来烤。

过一会儿香味烤出来了。

7号心如止水，知道常识，烤肉都会香，但好吃的肉至少历史上能成为人类的主流食材，非主流一定难吃，再加上没有调料，一定更难吃。

她吃得津津有味，撕了半边胸脯肉，吃饱了，把鸟从棍子上取下，棍子一扔，人突然往里面走。

7号神经紧张起来，听见她用毒皇后卖苹果的语气问仿生人："想吃烤鸭（鸦）吗？我要一件男人衣服。"

这"谐音梗"太犯规了。

仿生人不是非得吃食物，保证供电就能维持能量，但他们有好奇心，没吃过的会想尝尝。不过骗人家这是烤鸭真有点欺负人，以后可能一片区域内仿生人都会口口相传"烤鸭不好吃"。

没像预想的那样打起来，听见他们有来有往还低声聊了起来，仿生人吃以物换物这套。

7号松下神经，坐着休息，又听见她问"你们有伞吗？那防水布有没有？"，她是不是觉得烤鸭挺值钱的？

唐忱凯旋，把衣服扔给他。

一块防水布被她一撕两半，分了一半给他。

她把自己上半身包头裹好："走吧赶紧回家。"

7号一边包裹一边寻思进展不太对，好像只有自己像流浪狗，唐忱是个狼人。

剩下五公里路，勉强在浑身电子设备出故障前撑到了公寓，进门时看起来还是相当狼狈。

天眼用播音腔嘲笑："人类不堪一击。"

"你不能说这话，你这语气像对人类宣战。"唐忧说。

她把外衣外裤脱了扔在地上，抢先一步占领浴室，7号除了跟在后面把她的衣服收进洗衣筐暂时没别的可做。

天眼问："我有点发现，要等她一起来吗？"

"当然。"

"不说憋得慌。"

7号笑了："你可以聊点别的。以前你的工作主要是路面监控？"

"所有公共场所，商场广场、巷道公寓，都归我管，工作量很大。"

"你曾经有个搭档，专门负责分析辨识人类容貌。"

"灵犀。当时最先进的人脸识别AI。"

"她现在在哪儿？"

"我不知道，可能像尼娜一样在世界上某个角落帮助治理一片小小的79区。她很专业，也和尼娜遭遇了同样的不公正待遇，被认为'有被滥用的风险''有可能危及公共安全'。"

"这很正常，神经拼接出了那么多问题，同一个研发者参与的其他创新当然会受到更严格的科技伦理审查。"

"你太天真。科技从不只是科技，事关权力。科技能重新分配权力，所以权力要影响科技。灵犀触及了人类的禁区，很多人认为'面子'比生命更重要，他们不希望一切都那么透明，粉饰才能太平。"

"灵犀的能力可复制吗？"

"从法律法规上来说不可复制，人工智能是独一无二的，所以针对人工智能的禁令才有约束力。但是梁这个人做什么都不意外，复制或升级灵犀的一切要素都在他脑子里，谁也不能撬开他的脑子把它消除。灵犀说他在半人马座α星上给自己造了不止一个安全屋，你说他做了什么需要留这种后路呢？而留好了这种后路他还有什么不敢做？"

7号认为，在对唐忧和自己的脑袋动手脚这件事上，梁鹤鸣的嫌疑比科洛大多了。连见多识广的人工智能都说他"做什么都不意外"。逻辑连接不上之处也显而易见，梁鹤鸣其实对唐忧不太感冒。

唐忧冲完澡换7号去，等他出来时天眼和她正在玩口头的石头剪刀布，可见有多无聊了。

"该上正餐了。"他催道。

天眼把荷善第一次出现在进步工业的画面推到房间中央空处，唐忧和7号被电影银幕般的大尺寸震撼了，更令人震撼的是画面内容。

荷善有一张作为人类让人印象深刻的脸，漂亮得像个仿生人，不符合传统韩国人种的面部特征，倒像欧洲人，骨骼轮廓纵深大于宽度，但她有东方传统美的白皮肤，大眼睛，眼睑却总是不能完全睁开。这种拼拼凑凑的美感也像仿生人。

她的瞳孔是蜂蜜的颜色，嘴唇紧抿着，充满破碎感，那只是一种伪装。她一定在年纪较小时接受过整容手术，但最近没有，她看起来和十六岁登记的身份信息照一模一样。

难以置信，她在鲨鱼摊上买了足够重拼一个人的整形材料，却对易容完全不屑一顾，就这样顶着现实中的原生脸，换了套蓝色连体工装，堂而皇之地拖着巨大的工具箱从进步工业正门走进去了。

门口的仿生人警卫竟然没注意到她不是个仿生人。

她伪装成园区里随处可见的清洁工人，在一个楼梯拐角后一边耐心等待一边用清洁布擦拭扶手，阿漓从办公区域走出来穿过空旷的会客大厅，进入她的狩猎区域。

她戴上口罩，从容不迫地往清洁布上喷洒液体，在阿漓经过时迅猛地捂住她的脸并把她放倒拖到一边。

出了意外，阿漓挣扎了四十秒，她手腕里弹射出锋利的刀刃，挥舞手臂时银光晃过，刀刃从荷善胸部之上锁骨之下的位置划去，血液喷溅出来。

看来阿漓在遇到跟踪狂之后也为自卫做了点身体改造，但无济于事，荷善的手并没有松动，四十秒后阿漓失去了意识。

荷善井井有条地为失去意识的猎物注射针剂，估计是某种神经毒素，阿漓只是简单抽搐两下就恢复平静了。接着她为自己剪了一片狭长的仿生皮肤，把涌着血的伤口贴好。唐忱不能理解为什么这个步骤在杀人之后，她好像不会疼，像个仿生人。

不过现在知道她为什么不得不把阿漓的贴身投影服换了，衣服上都是她自己的血液，确实会影响投影，但这也在荷善的计划之中，她准备好了干净的替换衣物——不止一件，杀掉一个人的过程难免会弄脏衣服。

换完衣服她清理了犯罪现场，擦掉地面上零星的血滴。

请天眼出山时，唐忱和7号的预期本来只是一些犯罪的蛛丝马迹，没想到是这样高清多角度的犯罪全程实录。

荷善的胆大妄为让人瞠目结舌。

她在受害人工作的大楼里就地杀人，并在楼顶天台就地处理尸体。

她做过调查，吻合进步工业每个月办公楼水箱清洁的常规日程，事先通知过，停水四小时，没有任何办公人员感到不对劲。

这四个小时里，她把防腐剂倒入楼顶的水箱，把尸体泡在里面，而她自己忙着高效地搭建AR（增强现实技术）场景。四个小时后，她再把尸体拖出来，善良地给大家通水了。

值得庆幸的是，进步工业只有不超过二十个人类员工。防腐尸水即使被喝下去也可能只会稍稍改变仿生人体内电流液的平衡，但他们一两个小时就能自我调节过来。

夜幕降临后，园区内灯火通明，荷善在楼顶微弱的光线中不知疲倦地创作，动作节奏明显比楼下工作的工人快多了。

其实第二天早晨她就已经完成了所有场景和人物搭建的工作，可她没有离开，而是在楼顶睡了一个白天。

晚上她又行动起来，画面上已经看不出她做的一些调整和调整前有什么区别，但可以理解为"精修"。

第三天白天她又在睡觉，就躺在摆好造型的尸体旁边，偶尔吃几根能量棒，给自己注射些针剂，渴了爬到水箱边喝水，并不觉得里面泡过尸体有何不妥。

第三个晚上她的动作已经慢多了，只调整了水流方向，她必须测试水是不是能按照她的想象流动，但又不能让水流到楼下引人注意，这颇有难度。她不得不做做停停，天气寒冷让水迹干得很慢。

第四个晚上她收拾好东西，敲断水管后下楼，在楼梯转角处再次清理了犯罪现场。但白天她什么也没干，只是躺着。她完全没有必要把案发时间拖到第四个晚上，因为在第三天凌晨她已经把所有工作完成了，最后一个白天是她与作品的告别时间。

她拖着清洁工的巨大工具箱从正门离开，楼顶上还一片宁静，女人跪在淡淡的月光中，冲破云霄的碧蓝绿荧光只是一个延时显示的小魔法。

唐忱久久哑然失语，努力从强烈冲击中理出一些线索。

"阿漓不是随机受害人，荷善的目标很明确。"

7号还沉浸在深深的震撼中无法投入工作："幸好摄像头拍的都是远景，第一视角可能会像鬼片。我理解一个仿生人做这些事，但不能理解一个人类做。"

唐忱说："她为什么这么在意消除证据？除了给尸体换衣服，还扫了两遍现场，这么害怕我们发现血迹，但并不担心我们发现尸体。血迹能鉴别她的身份，可是我们早就知道她的身份了，她也知道我们知道。"

7号摸着下巴思考："我认为她不太正常。"

唐忱说："我认为你在说废话。"

他笑起来，进一步解释："如果她做的这些事换成你做，我不会觉得反常。"

什么？唐忱瞪着眼睛没说话。

"可是荷善，你不觉得她这四天三夜体能太好了吗？她只是一个网红。"

唐忱明白他的意思了："她可能给自己注射了什么？毒品？高纯度兴奋剂？"

"不知道，但我知道这种东西一定稀有到可溯源。"

"我们得去案发现场取样，做血液分析。"唐忧想起烦心事，翻着白眼叹了口气，"我们上次提交的物质分析结果还没出，我真想炸了那个实验室。"

"你可以去那个检验员面前烤一只乌鸦，威慑力足够了。"

天眼插嘴道："呃……其实我还有点意外发现，监测到一种奇怪的规律行为，可能与案件无关，但与进步工业的生产有关，你们有兴趣吗？"

[25] "只是耀武扬威"

天眼把画面投影在房间中，但这回不像上次那么直观，需要他同步解说："像这样，进步工业每隔几天就会有一两个员工从这些建筑里被抬出来，有时候堆在这个区域的空地上不处理，攒了十个左右再往里搬。"

7号对唐忧说："这些建筑内部就是我跟你说的焚烧炉。"

"这些仿生人应该是彻底'退休'了吧。"

"这么多天搁着不处理，应该也没有想救的意思，再抬进去可能是把可回收的部分拆下来回收了。"

唐忧蹙眉："难道进步工业实际上做的是这种人口勾当？骗人进去工作，拆了零件卖钱？"

7号摇摇头："这卖不了多少钱。"

天眼说他只分析完了十天的内容，总共回收了一次，也就十个出头的仿生人受害者，按这速度类推，收入养不了这么大企业。

"那就只能算一点副业。仿生人倒下并不是他们的目的，而是……生产损耗？他们一个生产电线的企业，这个所谓的再生园区是要再生些什么？"

"电线啊。他们回收旧电线旧元件。可能把旧电线中的金属提取再利用。"

"需要焚烧什么？"

天眼说："早期处理电线是把塑料烧掉，提取剩余金属。因为环境污染和对人体有害所以被剥线机取代。"

"无论再怎么革新科技，成本还是不如焚烧低，自动剥线机需要人工操作，焚烧相对于这样的人力成本相当于零成本。过去发达国家把这种再生工业放在第三世界国家，现在人类把这种工作推给仿生人。只要人的良心坏掉了，科技再进步，他们也只会采用最原始的剥削手段。"

7号提醒："这些只是我们的推测，现在问题是怎么拿到进步工业的犯罪证据。"

天眼对此表示遗憾："这些操作区建筑不像办公楼有窗有走廊有露台，它们是完全封闭的，对面监控一点都拍不到，而且他们也很擅长伪装，平时这些地方都用全息投影笼罩起来。"

"好像理解他们为什么要请阿漓来设计虚拟景观了。高温热气灼烧烟熏都有可能让这层金钟罩产生形变。阿漓能成为MACRO供应商，能力不止于设计美观，进步工业追求的是仿真的极致。"

7号看了唐忱一眼，很佩服她把不相干事件联系起来的速度。

"你们可以在去采血液样本时找点机会。"天眼建议。

"无关区域没有疑点，我们不能随便探查，这不合规，他们一定会阻拦。"

7号露出谜之微笑，她注意到："怎么了？"

"你还没有和3局的人一起行动过吧。"

天一早就有点阴沉，零星飘着小雪，落地即化。

3局调查员来了三十多人，行动没开始时，他们站在靠近F-BIT厂区那边的街道上三五成群地抽烟。

武松看见从远处走来与他们会合的唐忱和7号，笑得像尊弥勒佛："忱妹！我还担心你起不了这么早呢！"

"平时这个点我刚下班。"她既不热情也不冷淡地如实说。

武松说："看看枪。"

她从腰间掏出枪翻着面向他展示。

他撇了撇嘴："凑合，比公家发的强点。一定要确保在我们身后，OK？误伤了自己人就不好了。"

唐忱感觉出他对自己能力的不信任，但没在这方面较劲，乖巧地点头。

前方路口停着辆少见的集装箱货车，窗户被涂黑了，唐忱被吸引了注意，眯眼往那边张望。

武松把没抽完的烟在墙上摁灭，转了半圈，扔进阴沟里，斗志昂扬地吆喝一句："行动——"

不像指令，像唱山歌。

一行人懒懒散散，浩浩荡荡，还有一半人扛着高尔夫球袋，像去度假。

武松路过货车时拍了拍门，门就开了，里面是戴着防毒面具的二十人特警小队和各种专业突进机械。

武松说："办公区归我们，操作间归你们。听鸣枪行动。"

坐最外的特警比了个OK的手势。

散兵游勇的仿生人队伍晃晃悠悠前行了。

那特警转向唐忱，对她比了"V"。

虽然戴着面罩，但她知道他是谁了，会心一笑，冲他握一握拳。

武松带着他的队伍来到门岗前，用豪横的语气命令："关掉激光，我们要进去取证。"

仿生人保安探头看："这么多人取证吗？"接着谨慎道，"我请示一下。"

"不用了。"武松朝身后钩钩手指，兄弟们把高尔夫球袋放在地上拉开拉链，每个袋子里两三把枪，他们把枪递给彼此，武松端起从身后递来的机枪，打响了第一枪。

门岗里四个保安应声倒下，武松踹门进入，替他们关闭激光门禁。

3局调查员们一边射击一边进入，直抵办公区域，所到之处墙壁上全是枪眼，点38机枪弹壳撒了满路，坐办公室的那些仿生人员工歇斯底里地尖叫，被集中赶到高层一个空旷地。

唐忱这才明白他嘱咐自己确保在身后是什么用意，的确，子弹不长眼，她感到周身发冷。

"他们不会让实际伤亡人数超过十个。"7号贴心地打消她的顾虑，"这么做只是耀武扬威。"

这没能缓解她的不适，她一言不发地上楼，到达案发现场。

为了避免搜证后进度再次卡在实验室，7号借了一台血药分析直读仪背到现场。但效果并不理想。荷善清理过两遍，残留血液极少，取样三遍，仪器一直报错，认定为仿生血液。

唐忱推测："会不会还有其他仿生人在这个地方流过血，血液残留量比荷善多？"

"上班时间跑这里来放点血吗？"明显在嘲讽。

"同事之间也会打架斗殴的吧！"

7号正色道："有这种可能，概率比较小。更大的可能性，荷善做过基因重塑手术。"

"她又不老。"

"为了漂亮啊，思路打开点。"

"她哪来这么多钱？"

"网红比你想象的有钱，除了账面上从公司分得的收入，利用名气赚点外快不是难事。另外，她连量子传输都用上了，该考虑有资金支持了吧。"

7号默认这仿生血液属于荷善，选择全物质分析，筛查掉仿生血液的主要成分，其余排在前三位的成分是麻黄素、咖啡因和吗啡类合成制剂，混合性毒品的成分比例是一种标记，不同种毒品的配比不会完全相同。他认为这是有效信息，记录了数据，收拾好直读仪。

楼上不时传来几声零星的枪响，又激起一片机枪扫射声。

仿生人员工可能携带武器防身，但武器量级不能与治安警相提并论。

唐忱不想上楼观战，也不想久留，穿过园区广场时赶上特警组破门，钕铁硼分离机打开了重型密封门。

7号下意识把身体挡在她与建筑之间，虚惊一场，只是一股热浪。

她逆着扑面而来的热浪，目光跟随鱼贯而入的特警组员，建筑内部的热空气像塔夫绸一样扭曲涌动，仿生工人脸上罩着一层石蜡似的茫然困惑。

天空依然落着小雪。

她驻足在冷热交界线上凝望，感受到现实的讽刺。

获得权力的仿生人滥用权力对其余仿生人耀武扬威，就像刚攀上一块岩石的人立刻转身脚踩后来者的手。阶层还没有消失，阶层内又分化出新的阶层。

冰冷的雪花像一片被浸湿的旧毛毯，带着重量落在她肩上。

3局带特警组把进步工业彻底抄了家，大功一件。

看弹窗新闻，进步工业已经因违反多条环境禁令和人权禁令被勒令暂停生产了。

唐忱没感觉那和自己有什么关系，还是埋头忙碌小小杀人案。

大概武松觉得她没有抢功很识趣，当天晚上派底下人送了两整盒点50子弹给她配手枪。

天眼又加了几天班，确定荷善此前从未到进步工业踩点，可以推测阿漓是她的目标，而进步工业并不是，说不定连她也不知道进步工业这些内幕。她也许跟踪过阿漓，但那就超过F-BIT的监控范围了。

回想起来，唐忱发现梁鹤鸣也真是幼稚，进步工业不好好使用他改进的自动剥线器，他就安排三十个摄像头对着人家。

天眼临走前说，他就是这性格，干出这种事再正常不过啦。

7号把血液分析仪带到集市还给朋友，又麻烦大家多帮忙搜集一些79区现有的毒品样本，准备分析比对，这也需要时间。

手边能做的事没几件，进入新一轮瓶颈。

唐忱闲得受不了，忍不住再跑一趟检测中心实验室。这次没领号等待，直接找那个叫何静的检验员，挤在窗口前问："我们的物质分析样品送了十来天，到底哪天能出结果？"

对方轻轻扫她一眼，面无表情吐出两个字："排队。"

"你在系统里查一下进度，需要五秒吗？"

正在窗口前递交材料的4局治安警说："给她先查吧。"

检验员慢吞吞移动眼球操作界面，两分钟后回话："没结果，样本污染了。"

"我不是让你分开的嘛！"

唐忱气得连枪带枪套摔在窗口前，7号不动声色地偷偷把枪藏起来了。

4局治安警劝道："算了算了，人就这副德性。"

唐忱看他头顶的用户名，有名有姓，好像也是个人类，说这话就有点反讽。

何静淡淡地说："我也没办法啊，我只负责收东西交给实验室，他们做不做、怎么做,不是我的工作。"

"他们不做你要催,他们做坏了你要问责,什么叫不是你的工作?何况就是你收东西的时候混一起了,让你分你不分,怎么不是你的责任!"

"领导没让我分,分坏了怎么办?"

7号觉得和她多说无益,拖着小宇宙燃烧的唐忱离开。

那人自己还委屈上了:"我们窗口每天接待这么多人很辛苦的好吧,为难我们算什么本事。"

7号突发奇想,问唐忱:"你还记不记得F-BIT区域经理说看气压仪表的有二十个人类?"

"嗯,怎么了?"她回过头。

"我们回去盘问,虽然没监控,但可能有人证。"

"哦,好吧。"

其实也不算突发奇想,7号发现唐忱有个特点。

她做事想事很专注,换句话说,单线程。

发脾气的时候,只要突然抛个钩子,让她忙于思考,她就忘了生气了。

[26] "有点事"

可他没想到,盘问的人越多,越火上浇油。

4局那位治安警一语成谶,人类就这副德性。

其实以前在MACRO系统里办鸡毛蒜皮的案子,这种人也多,可那时候她目标不明确,打卡上班到点下班,进取心支离破碎,对方行尸走肉她也不着急。

可现在不同,她急着要答案。

问"平时有没有见过可疑外来人员",答"老板没让看窗外",问"爆炸当天工作中有什么反常",答"听见了爆炸",问"听见爆炸后从楼上看见了什么",又答"老板没让看窗外"。唐忱咬住了嘴唇。

7号离她很远,靠在车间门边,对此感到歉疚,是自己把她拖进这一无所获的困境里来的。

好在峰回路转,3局一个调查员在系统里刚刚更新了信息。在他和唐忱去采样之前,3局的人已经在现场取过证据,离爆炸处约两米处的管道外部采到一个手印,上面附着的物质中含有硝酸钾。这份单独的物质分析报告证实了他和唐忱的猜测。

他大步流星走过去拍拍她的后背,提醒她看那份报告:"确实是用炸药从管道外部炸开的。"

报告里叙述更加详细,手印没有掌纹也没有生物性的分泌物,虽然不排除是仿

138

生人的可能性，但更可能是个手套，因为单就形状而言，没有关节。

如果鞋印中的样本没有被污染，本来还能知道哪双鞋属于他。鞋印的独特性可比手套高多了。

"炸管子是为了偷气？"

唐忱觉得说不过去，离不远的地方放着那么多现成的罐子不偷，跑来这里炸个洞收集到的气体也不纯，就算有特殊工具，这也只是处理过程中的半成品，要偷为什么不去炸最后一道工序的管子？偷这段的气体和偷罐子毫无区别。

"我已经让区域经理整理个清单发过来，输气管损坏后工厂后续会启动哪些应急举措，可能那才是关键。"7号边说边朝外走。

唐忱觉得和这群人类员工再没有更多可交流，也跟着到了走廊。

"唉，希望他比人效率高一点。"

等待的时候，唐忱建议别闲着，追追那条间接又间接的线索，去鱼钩和他的跟班们盘踞的酒吧打听鬣狼。

7号看着她像河豚一样鼓起来，又像河豚一样瘪下去，以为失望得软塌塌，握在手里才知道还有韧劲，心里兜起一股希望，庆幸"这副德行"的群体里还有这么生龙活虎的个体。

她很久没见过这么多品种的酒，进门看见架子上整整齐齐码着，兴奋地邀他喝一杯。他拒绝，提醒她准备工作，她还坚持，反驳说又不是工作时间。鱼钩的小弟给她用啤酒杯接了一杯精酿，7号从她嘴边拿走，要求换个小杯，遭了个白眼。

啤酒重新端上来，喝威士忌似的，矮胖杯只占了不到三分之一。唐忱一边骂骂咧咧一边和他碰杯，仰起头一饮而尽，细长的颈宛如水鸟，喉咙上下一动，像抖开收敛的羽毛。他一言不发，没有喝酒。她还不满足地晃晃杯底，用舌尖等最后一两滴落下，转脸笑着抱怨连味道都没尝出来。经过彩玻璃折射的装饰灯光描着她的轮廓，他移开视线，看烟雾机造雾，感到迎面吹来一阵热风。

鱼钩带着三个跟班来赴约，进门后吩咐把门闩上，本来白天店里也没有客人，显得多此一举。

鱼钩的长相毫无辨识度，既英俊又平凡，像影像资料里20世纪80年代兴建的第一批百货商场里的男士西装模特人偶。他来79区之前是经济领域的工业仿生人，精打细算的初始设置很可能在继续发挥作用。

7号做好了和他艰难过招的准备，谁知他友好得出人意料。

也许是因为向治安警提供鬣狼的情报能给鬣狼使绊子，他不求回报；也许是因为鬣狼最近经人指点学会了在79区外找资源，跟从者比他多，他也正模仿着团结外部势力。

"鬣狼和几个怪家伙走得很近，说是仿生人吧不是仿生人，骨瘦伶仃，像衣架，不知道是什么区域的流行打扮。很多变化都是随着'衣架'出现而出现的，鬣狼没脑子，那些家伙肯定给他出了主意。"

"你见过几个人？"

"最多的时候，我们见过三个'衣架'同时出现。也可能有更多，是个帮派，我打听过，没人知道他们什么来头，可能是从海外来的。"

7号在心里默默考虑，衣架帮恐怕头脑不简单，能调动鬣狼，就能调动他底下任何人，但他们不滥用任何棋子，以免惹火烧身。

上次绑架唐忱如果是衣架帮谋划的，那么，只诓了几个与帮派不相干的混混——不入流的小把戏——就把事差点办成，很懂借刀杀人。要不是混混搞错了客户需求，衣架们不费一兵一卒就除了阻碍。

衣架帮和荷善可能是什么关系？

"那些衣架有没有可能是人？"7号问鱼钩。

鱼钩大笑着摆手："那可连相像都谈不上。简陋得可笑，我们一开始以为是外星人，一个脑袋勉强算个脑袋，身上一把骨架，戴着手套穿着鞋，就这么草草了事地出门了，风力大一点说不定能吹跑。这么跟你形容，赶麻雀的稻草人什么样他们什么样。"

"怎么确定不是外星人的？"

鱼钩微怔："不确定，不过没见过超能力，与其猜测是外星人，不如猜测是海外的机器人。"

一直旁听的唐忱突然插嘴："你刚才说，戴着手套，他们每个人都总是戴着手套？"

"对，很奇怪。"

得到了一点呼应，与F-BIT的管道爆炸扯上了隐隐约约的关系。

但7号想，荷善厌恶仿生人，按常理不会信任人工智能，让他做手下，更不太可能与人工智能同步犯罪计划。荷善、衣架、鬣狼帮之间的联系目前看来太牵强。

他继续询问鬣狼和最近杀人的女魔头有没有什么往来，果然被否定了。荷善没有改变容貌，眼下出了名，树大招风，直接与79区有名有姓的仿生人往来风险太高，被卖给治安部门也未可知，她不会这么蠢。

暂时理不出头绪。

来这一趟7号还有别的目的，他把科洛的女友机器人的编号发给鱼钩："帮忙给尼娜带个话，请她沟通一下。"

"有具体沟通方向吗？"

"主要打听她主人和唐忱的关系。"7号用眼神示意唐忱给鱼钩看，"唐忱，尼娜认识。"

鱼钩认真打量唐忱，困惑，怕传错话："那人和她的关系，问她自己不行？"

7号说："重点问，那人有没有修改过她的记忆。"

鱼钩了然于胸，主动与她搭话："感觉有怀疑？"

唐忱只是礼貌笑笑。

鱼钩给7号使个眼色，低声道："借一步说话。"

7号用目光征求唐忱的意见，她表示自己待着没事。于是他跟着鱼钩走远了些，但还在能看见她的范围内。

鱼钩说："好人做到底，给你提个醒。这话我不知道能不能让她自己听，有人找我去弄走她。"

"谁？"

鱼钩一咧嘴，笑道："金主。"

言下之意是不便透露。

7号换了个问题："什么叫'弄走她'？"

"就是不能致死致残，但最好让她退出治安警队伍。"

7号暗忖，这金主和我想法不谋而合啊。

见他不发表意见，鱼钩直接邀功："因为尼娜打过招呼，这钱我没赚，但肯定有人愿意赚。"

刚敲了F-BIT区域经理一笔，7号现在说话有点底气："我请尼娜帮忙，当然对她毫无保留。我有些什么尼娜知道，她看得上就拿去，少不了你的。"

这表态很痛快。

鱼钩吃了定心丸，用力拍拍他的胳膊："你对我放心，跟着我的人我都管得住。那位长官，请她自己当心。"

7号往唐忱那边望一眼，心态起了点变化，他现在并不想怂恿她回家。她现在神采奕奕的样子是拜最近的案子所赐，他见过她刚到1局那半年郁郁寡欢的状态，回了家想必更是如此。

他本来想在回公寓的路上和她说这件事，但她喝了一点啤酒话又多起来，一路都在滔滔不绝，没让他找到机会。

要去集市上打听有没有人见过那些衣架，借来记忆看一看究竟什么样；要去给见过荷善的进步工业保洁员录口供，荷善付她钱代替她上班，见面时或许留下过别的破绽；要去核查F-BIT管道爆炸后执行的预案引起了哪些连锁反应……她的计划很多。

她到家简单洗漱后倒头就睡，一定是折腾累了。

他便也休息了。

早晨刚过六点，都还在梦里，突然有人敲门。

唐忱翻身下床掏枪一气呵成，7号带着枪去开门。门外两人的打扮看着像保镖，摆出双手示意没拿武器，对唐忱说："你姐姐请你去一趟她家，有点事。"

与此同时，唐忱在系统里看见了魏忆发来的消息。

她松了口气，放下枪："为什么这么早？"

"是你下班的时间。"

她想起来，按照班次规定她确实六点下班，不过在79区忙着追线索就忘了时间，上班下班都不规律，连生物钟都混乱了。

唐忱心里有几分猜测，姐姐也许是想对自己透露点MACRO的内幕，二话没说，在五分钟之内收拾好自己，准备跟着走。

保镖又说："她让你带点行李，想留你住几天。"

7号借她个背包，唐忱刚醒过来，人还昏昏沉沉，稀里糊涂地把包塞满了，重点是带够抑制剂，其他落了什么她也不管。

魏忱现在住在郊区，还是得先乘磁悬浮地铁到城区边缘，再换汽车过去。

7号送她送到地铁站的黄色安全线前，半路想起忘了告诉她有人想让她离开治安局的事，但这时候好像没有必须说这个的急迫性，于是没提。

晨风料峭，她还在犯困，每走几步合一合眼睛，睁开比闭上费劲。肉嘟嘟的嘴唇涂了透明润唇膏，在阳光下闪闪烁烁。不是每个细节都这么精致可爱，仓促和混乱也在她身上留下痕迹，衣领向左边歪着，左侧的胸脯就多露出一点，像被擦亮的铠甲。他走在她左边，帮她把衣领拉上去。她一点没明白怎么回事，跟着顺手摸了两下衣领，又进入她的半昏迷新境界。

道别的话在下地铁站的时候就简单说过了，最后隔着列车的玻璃窗只摆了摆手。

他回到公寓，困劲也上来了，睡了二十天没睡过的床，被窝还有点暖和。

唐忱靠在落地玻璃门前往外望，灰色的海，她额头贴在门上，风从门缝里一阵一阵漏进来，她的长发像缎面不断被掀开，后颈处有新生的小绒毛。然后她回过头看向自己。他分不清这是失而复得的记忆还是梦。

不知睡了多久，系统中尖厉的警报声狂扎他耳朵，把他从床上扯起来。

一个通知，他来回看了三遍，差点怀疑自己阅读障碍。

"吴浩宇（查看信息）在精神中心死亡，案件由中心3局0230233号指挥官、0242007号调查员负责，建议调查避开与案情无关的NTS714113292号机密文件和证人保护计划相关细节。"

他移动视线输入编号申请查阅机密文件，系统提示不够权限。

无语……

他觉得唐忱要是在这里接到这个通知，很难不骂街。

[27] "有什么利益斗争？"

姐姐有了一幢空房子。

142

她读书的时候人们还需要花很多时间读书，其实学习知识和技能花不了那么些年，时间主要用于学习服从。总之，她十八岁才离开父母和哥哥来中国留学，小姨是她在这个国家唯一的亲人，她们一度很亲密，周末像女儿一样来家里蹭饭，像母亲一样帮她联系实习。

她毕业工作了一年就开始创业，遇到很多挫折，把公司开倒闭了也没求助过小姨，因为那是她的"核武器"，不用使用，存在就让人安心。

社交经验和生活经验她倒是向小姨学了不少，第一次购买公寓是小姨包办了一切，她只管进去住。

她交了男友，家庭条件很差的科学家，所以家里除了男友还多了一堆奇形怪状的机器人机器狗，整天七嘴八舌，吵闹极了。

寒暑假小姨的女儿忱忱上补习班要住市区，也住进来，家里有点挤，但很热闹。

一场灾难把所有人都带走了。

从前的公寓也因为城市重新规划被政府回收了。

她现在住郊区，三层楼，通透明亮，家具都是哑光质地、低饱和度的暖色调，客厅方正广阔，到处是精心修剪的绿色盆栽。上午阳光照进来洒在木地板上，四下安静，室内弥漫着一股淡淡的奶油香味。

唐忱进门把包扔在地上，好奇地伸手摸了摸靠墙一排金边虎尾兰，不是全息投影。

魏忆绕过开放式厨房的岛台走来，把隔热手套摘下来，与她抱着跳了半圈，又把手套戴回去："我烤了蛋糕给你，已经好了！"

姐姐比她大不止十岁，但从来没让她感到过年龄差距，反而比她还少女，活泼又开朗，性感又俏皮，就连和她做朋友都能整天心情好。

近年来姐姐和妈妈闹翻，她忙着毕业实习工作，姐姐更忙，联系不太多。

刚进门时她还小心翼翼，姐姐和以前一样，让她松了口气，高兴起来。

唐忱屁颠屁颠跟过去，被提醒"洗手"，只好悻悻转了弯。

唐忱是急性子，刚吃上蛋糕就催问："找我什么事？"

魏忆手支着台面，笑着和她绕圈子："没什么事，想你了。你胳膊怎么样？还用得正常吗？"

唐忱活动给她看看："挺好，比原来还好，伤了也不会疼。"

"还是别再受伤了。"她声音低沉了一点。

唐忱一个劲摇她胳膊："说嘛，别吊胃口。是不是公司出问题了？最近你们公司没少出问题。那个用空气取代EFA的应用还没有得到商用许可对不对？"

魏忆肩一沉，愁眉苦脸地撑过脸："迟早会拿到的。我想跟你说的就是这个。我听说你最近调查的一些案件与MACRO有千丝万缕的联系，你聪明一点，不要蹚这潭浑水，案子能推就推给别人。"

"为什么？"

"这里面涉及的利益斗争太复杂了，外人懵懵懂懂踏进来，可能成为炮灰。"

"有什么利益斗争？说来听听。"

"以前用EFA传感，EFA的研发、生产、回收、升级支撑了F-BIT和相关产业链，虽然看起来只是为MACRO做硬件支持，但他们每年的盈利比MACRO高得多。现在技术升级，空气经过简单的净化就可以传感，对EFA整条产业链是毁灭性的打击。"

"我不认为梁鹤鸣会为了这样庸俗的原因阻止一项新技术。"

"产业链，又不只有他一个人。类比一下你就能明白，便宜清洁的新能源被开发使用对全人类来说是好事，可对煤矿主来说正好相反。"

"你会为了推行新技术而故意制造事故吗？"

"我没有。"魏忆正色道，"而且我不喜欢你问我这种问题。"

唐忱淡淡地说："姐姐，你说你没有，没说你不会。而且你的表情告诉我，你知道那一系列EFA失控事故是什么人制造的。"

"你喝点汤再休息一会儿，地下室有手控的游戏机。"她端起盛蛋糕的空盘，收到厨房。

唐忱的声音在身后撵着她："在你们制造的事故中我可是少了一只手哦。"

她放下空盘，回头："射击游戏事件完全在我们的意料之外，我们不可能在新技术等待审批的时候在自己的系统里制造骇人听闻的血腥事件，让自己陷入公关危机。"

"但后面那些频繁出现的小故障是你们所为吧，明明是系统安全性受到了挑战，被甩锅给了传感器。顺水推舟？"

魏忆叹口气："在我知情的范围里，我绝对不可能允许他们草菅人命，但正因为这样，他们更有可能瞒着我。如果你一直在这上面钻牛角尖，非要明明白白公告天下'不是EFA故障，是系统有漏洞，被利用就能制造恐怖袭击'，你能达到什么目的呢？让世人都舍弃这个系统换一个？但天下没有绝对安全的系统，别的只会更差。"

唐忱没有想过这个局面，荷善利用了MACRO的系统漏洞杀了这么多人，治安部为避免引起公众恐慌封锁消息也能理解，但被攻击的MACRO反对揪出凶手，甚至阻止案件调查，看起来多像贪官污吏家中失窃却不敢报警，很讽刺。

魏忆好言相劝："理解了吗？EFA利益集团不喜欢你围绕EFA展开调查，MACRO这边为了当前的稳定也并不喜欢你揪着射击游戏事件不放，再说这凶手杀人不眨眼完全是恐怖分子，你还有几只手可以损失啊？"

唐忱低头垂着眼睑，安安静静地坐着，心里上下文连起来了，却不是滋味。

姐姐给她端来一碗没有汤渣的甜汤，又坐回她面前看她喝。

唐忱喝了一口，放下碗，幽幽地说："你创立MACRO时那么多人唱反调，说那是异想天开。你现在以同样的方式对我。"

魏忆的眉头动了动："我觉得破这个案和创立MACRO在时代意义上不能相提并论。"

"你现在说话就像梁鹤鸣。"她模仿着梁鹤鸣的欠揍调调，耷拉着眼皮说，"'AR和AI在时代意义上不能相提并论'。"

姐姐脸上显出不悦。

她太固执，说不通，话不投机要引起冲突。

魏忆不喜欢冲突，寻了个别的话题："他们说你住在男朋友的公寓。"

"那不是我男朋友。"唐忱知道那两人能当姐姐的保镖肯定不是普通角色，但是怎么知道自己在7号的公寓，她想不通，知道这事的只有羽纱、露和科洛。

"但你们一起住一间二十五平方米的公寓哦。"

"我们……"唐忱突然顿住，想起不能说是因为受袭击后7号照顾自己，怕看见姐姐脸上出现那种"不听老人言"的神情，只好含混过去，"嗯，一起工作。"

"工作……"魏忆天真地眨眨眼，反而带着点讽刺意味。

说着工作，工作就来了，系统也发了同一条通知给唐忱。

她看完挠挠头，这是什么意思？建议避开某个文件，但她连那文件都没听说过。

当然，她也做了和7号同样的操作，同样搜索后被提示权限不够。

不过唐忱可没这么容易放弃，她接通了系统行政部门，表示对任务不理解，要求语音通话。等待半分钟，一个男声回应她："有什么问题？"

"任务建议我避开NTS714113292号文件，可是我查阅不了这个文件，说我权限不够。"

男声："这是机密文件，所以你不能查阅。"

"我不能查阅这个文件，我怎么知道应该避开什么呢？"

"任务不是告诉你了吗？避开与案情无关的部分。"

"那我怎么知道什么是与案情无关的？"

"你可以加强学习，精进业务能力。"

"什么？"唐忱以为自己听错了，拧起眉，"这不是我业务能力的问题吧？"

"任务写得很清楚，可是你什么都不知道，那肯定是你业务能力的问题。"

唐忱忍着恼火："那我换个问题，死者什么时候加入了证人保护计划？这个工作由哪位指挥官负责？他提供了什么证词让他能够达到被保护标准？"

"证人保护计划是非公开的。"

"对，但被保护人现在已经死亡，我是调查他死亡原因的责任人。"

"那你应该专注地调查死亡原因，任务建议你避开证人保护计划了。"

145

又一个死循环。

唐忱气不打一处来："你们什么都不透露，我怎么避开？"

"你可以加强学习，精进业务能力。"他又傲慢地重复了一遍。

"不如你直接告诉我，我需要学习些什么？具体要避开什么？"

"我没法告诉你，这些是机密。如果你查错了方向，我想系统会警告你。"

"我不要警告，你们应该提供全部信息让我去了解各种可能性。"

"我们没法向你提供机密信息。"

唐忱太阳穴直跳："告诉我你的图灵编号，我要投诉你。"

"我不是人工智能。"他甚至肆无忌惮地报了长长的人类身份ID号给她，"欢迎投诉。"

"垃圾！"

很遗憾最后一句对方没听到，因为对方比她先挂。

唐忱注意到任务中也提到了7号，不过她现在顾不上和小伙伴抱团"吐槽"这个破系统，正事要紧，先联系上科洛。

她也不和科洛寒暄，直接发号施令："我需要申请破解一个死者的全部信息设备，我把他的ID号发给你。"

"吴浩宇嘛。"科洛不屑道，"我现在可没工夫给你弄那个破玩意儿，我和7号在精神中心。"

"嗯？已经去现场了？"

"他抓着我想上载一下死者残余记忆。不过我们到现场才知道，人早凉了，从精神中心护士发现他死到你们收到任务，中间连走程序都花了两小时。"

一般人在濒死到刚死亡五分钟内，还有上载记忆碎片的可能性。两小时无疑消除了一切可能性，而且护士发现他时说不定就已经死了一段时间。

科洛补充说："而且我们现在还看得见摸不着。"

"什么叫看得见摸不着？"

"人死在玻璃房里，扫描不到生理指数了。但门打不开，我现在得先破解这个密码。"

"哦，要多久？"

"不好说，人家好歹也是程序员，可能毕生功力都用于加密这个门了。不过我可以告诉你他怎么死的，没创意，床单上吊。"

真奇怪，都已经加入证人保护计划了，这么惜命，为什么突然又用床单上吊？唐忱根本不信，这么明显的杀人灭口。

科洛打断她的思绪："7号说你在忆姐家，帮我向忆姐问好。你正好放个假，这里弄完我回去破解他的设备也需要半天，完事我通知你。"

7号知道她好奇心重，让她放假安心待着不现实，把自己刚了解到的信息都告诉她："吴浩宇在这里被禁止接触电子设备，他需要联络办理证人保护计划负责人的时候就来前台请护士帮忙拨号，所以发现他出事后护士台首先联系的也是那个人。他到过现场，在走廊里看了一眼就走了。后面的事你知道，就是系统安排我们俩来扫尾。"

"那个人是谁知道吗？"

"不知道，护士说是上了点年纪但气质很好的女警官，用户名也是符号，证件上四颗星，比我们级别高得多。我拨过去她接听了，她也只是被分配来走流程处理文书工作的，不能给我们提供什么信息，不过她说文书没有签署完毕，所以吴浩宇的主要情报还没有向治安警汇报。"

"流程走了一半就被灭口了？"

"没错。但吴浩宇透露了情报的方向，他有实际证据证明阿漓死于非法侵犯MACRO的商业秘密。"

"也就是说……"唐忱切换了文字输入：我姐姐现在是头号嫌疑人？

"一旦吴浩宇向治安局提交了证据，那你姐姐在会议室和阿漓吵架的监控对她确实不利。但现在吴浩宇一死，你姐姐又成了两个命案的嫌疑人。"

唐忱用视线把文字信息发送出去：她不会杀人。

7号对魏忱没有一点了解，不置可否，转移话题："你要回来提前说，我去接你。"

"干、干吗这么肉麻？"唐忱冒一身虚汗，姐姐挺八卦的，要是看见7号来接，可能会当场甩出什么粉红色的全息投影。

7号严肃道："你想想系统为什么把这个案子指定给我们？我事先联系过吴浩宇是一方面原因，也不排除有人想借此向我们传递个信号——查到谁死到谁，可以到此为止了。"

"我不会停止。"

"是啊，就怕'被停止'。"

[28] "艺高人胆大"

7号和唐忱的通话还没结束，科洛已经把门打开了，于是他没有挂断，进门检查现场的同时，与唐忱保持连线。

他没有去管尸体，而是大步流星地四下走动，打开衣柜关着的一侧门又掀开窗帘。

科洛拖着工具站在尸体旁不知所措："你在干什么？"

7号回过头，反而被问得一愣："确认凶手没留在房间里。"

"不是自杀吗？"

"吴浩宇托梦告诉你是自杀？"

科洛无话可说。

7号还是没回到他身边做正事，而是越过他又回到走廊上，叫来护士站的护士，比比画画地交流起来。

科洛看不懂，接入7号与唐忱的通话去告状，顺便把视线采集的现场画面同步给她："门开了，可他都不管受害人，在这儿逛来逛去，万一受害人还能抢救一下呢？"

唐忱说："受害人已经一动不动跪着三小时了，应该也不介意再跪几分钟。当务之急是尽快采集血液，如果受害人死前曾服用药物，那么越早采样分析越好，时间长了物质可能分解变性。"

精神中心本来就有采集血样的基础设备，护士很快把工具取来操作完毕。

7号这才在尸体身边蹲下，有点巧合，阿漓最后被荷善摆出跪姿，还原一幅名画。而吴浩宇看起来是使用跪姿把自己吊死的。

床单的一头绑在衣柜里挂衣服的横梁上，因为这根横梁位置本来不高，低于吴浩宇的身高，所以他站着不能被吊死，只能采取跪地前倾的方式，以一个斜角，利用自身体重把自己勒死。表面看起来是这样。

7号给科洛递去手套，喊他帮忙一起把尸体放倒。

科洛拒绝碰尸体："不行，我害怕，晦气。"

轮到7号无话可说。

唐忱在语音通道里幸灾乐祸："他就是这样的，娇气。"

7号说："那你去把床单解下来，总行吧？"

科洛勉强同意，跨到衣柜那边把床单解开。

7号把尸体小心翼翼放平在地，把他脖子上的床单也解开，扫描了一遍，对语音通道里的唐忱说："初步推断，他杀。"

"咦——"科洛拖出一个惊讶的长音，"为什么为什么为什么？"

7号说："被害人舌骨、会厌软骨、甲状软骨、环状软骨受损严重，一般上吊自杀不容易造成舌骨骨折，要造成这种结果需要比较大的冲击力，比如被害人从有一定高度的梯子上往下跳，下落过程中被吊死，现场情况不符合。还有一种可能就是强外力绞杀，用力过猛造成的。另外，骨折骨裂的轻重情况显示被害人死于来自后下方的作用力，而不是后上方，我们看到的是一个伪造现场。"

说话间，之前申请的取证机器人到了，7号需要输入一些指令让他们完成影像存证、微物质采样等琐碎工作。

科洛还有困惑，逮着唐忱刨根问底："后下方的作用力是怎么回事？"

"很多可能，也许凶手比被害人矮得多，从后面勒死。或者被害人失去意识面朝下，凶手坐在他身上勒死。也许血药分析能提供佐证。"

7号输完指令，现场暂时移交给取证机器人，他再次和唐忱通上话告知下一步工作安排："我现在去找仿生人护士录口供，你要不要一起？"

"当然啊。"

"我以为你回家要和姐姐增进感情。"

唐忱这才想起来，把姐姐晾在一边好一会儿了，抱歉地打了个招呼："我突然来了工作。"

"没关系，你先忙吧。"魏忆说，"我想你既然来了，晚上找些朋友来开个派对热闹热闹，我先安排厨师和约人，你也把你朋友叫过来。"

"嗯，我一会儿录完口供去约。"

7号在那边听见了对话，问："让你叫朋友，有我的份吗？"

"没有，女生聚会。"

"你姐姐没限定女生。"

"约定俗成的，我们不喜欢和男生玩。"

"你们是小学生吧？能不能玩点成人的？"

"小学生就小学生。"唐忱其实在那头笑了，"还没找到小护士？"

"有个病人发病，乱砸激素监测仪，她们都赶去给人扎针了。我们在护士台等着。"

"我没去过精神中心，为什么门锁朝内？像这种发病的人万一把门的密码设复杂了，不是连护士也进不去了吗？"

"不不不，只有吴浩宇这种轻症病人才是门锁朝内。他们在这儿的状态基本上像住宾馆，我看住宾馆都没这么舒服，唯一美中不足的就是没隐私，一整面玻璃墙带玻璃门面朝走廊，为的是方便医生护士及时能发现异常。这不，死了不久就发现了。"

"那是怎么做到的呢？这是个密室啊。凶手把吴浩宇勒死出门，门又从内部多重加密，顺序不对。吴浩宇自己加密然后被勒死，凶手出门时打不开吴浩宇设置的密码，也不太对。"

科洛终于找到他擅长的领域："出门后重设密码我就能做到，这种智能门锁看起来安装在里面，只能从内部加密，但本质是一个小型计算机，一层固化玻璃阻隔不了什么，简而言之就像你在房间外隔着再厚的墙也能远程操作室内的机器，我不就是在门外破解密码进入的吗？"

"所以，不是密室。"7号总结。

唐忱拆科洛的台："可你花了半小时才破解。"

"因为吴浩宇是程序员，安全意识比一般人强，加固了防火墙。"

7号说："但是反过来想，凶手和科洛的操作难度其实是一致的，我不相信有人能在这方面比科洛水平高……"

149

话没说完，被科洛打断："谢谢！"

7号看着他，一时忘了说什么。

唐忧在通话里继续："凶手花费的时间理论上来说应该是科洛的两倍，先破解原密码，再重设成科洛破解的这个密码才能关上门。但耗时这么长，要站在走廊里操作，增加了被工作人员目击的概率，反而不利于伪装自杀。"

科洛多嘴多舌："这个凶手我喜欢，艺高人胆大。"

唐忧说："不会是老熟人吧？"

7号说："有可能。"

"谁谁谁？"科洛被吊起了胃口，但没人跟他解释，恼羞成怒了，"哼！不要以为你们这样卖关子显得很有默契，比起羽纱和露差远了，人家经常说话都异口同声的！"

护士们处理完发疯病人，回到护士台，多看了几眼岁毛的科洛。

7号笑了，找到那个发现尸体的年轻护士简单提了几个问题，了解发现尸体的时间她为什么会经过吴浩宇的病房。

吴浩宇的病房位于一个F型走廊的左上角转弯处，精神中心俯瞰是由许多个F型走廊组成的放射状，护士台位置处于圆心——每个F的最低点。重症病人的病房安排在F的竖线和第二条横线上，距离护士台近，方便夜间查房。

更远处的轻症病人区没有例行夜间查房，有些病人神经衰弱睡眠质量不佳，护士们也怕脚步声打扰他们休息，通常不会走过去。

所以在清晨五点就发现了吴浩宇，并不寻常。

"那是因为D107房间的病人一点十八分的时候来过服务台，说他耳鸣睡不着，要安眠药。他平时没有这种症状，担心脑血管出了问题，值班医生给他做了基础检查，并没有找到病因，更复杂的病症要等他的主治医生六点上班来处理。所以我们整个晚上每隔一小时去他房门外给他做一次心率血压激素扫描。"

7号说："也就是说你们每个小时去一趟D107房间，途径D108房间但并没有发现吴浩宇吊死在衣柜上。"

"前几次D108都一切正常，他肯定是在四点到五点之间自杀的。"护士非常自信。

时间太紧张了，在一个小时内完成杀人全过程，从外部设置复杂密码锁门，还能不被护士看见，7号想，能力像职业杀手，但职业杀手其实不会玩这种杂技，风险太高。

他继续问："晚上还发生过其他不正常的事吗？"

"除了D108都不太正常，我去D107扫描时D106的病人呼叫过，说房间里有蚊子，也给他的房间做过全面扫描，没有找到蚊子。他也要了两片安眠药。"

科洛"脑洞"大开，插嘴道："吴浩宇会不会是被那种微型刺杀无人机杀死的？"

唐忱反问："无人机杀人还多此一举卷个床单？"

7号问护士："房间是完全隔音的对吗？"

"对，D108自杀这种动静，隔壁两间不可能听见。"

7号切了私聊通道输入文字和唐忱交换意见："隔壁病人听见的一定是破解密码的机器运作噪音，刚才科洛解码时带来的机器比较先进，还是做不到完全静音。"

"墙壁和玻璃内的隔音层能阻隔外部声音，但如果机器与玻璃有接触，机器振动会引起玻璃振动，对习惯了完全静音的病人来说可能会有点吵。"

"再加上夜里安静。"他补充道。

"为什么解码需要贴在玻璃上？解码根本没必要与门接触，啊……"唐忱自己参透了，"有一个功能贴不贴玻璃效果差异很大。"

"全息投影。"这次做到了异口同声。

一切都解释得通了。

凶手使用的破解密码机器同时贴在玻璃上投放全息投影，护士每一次去D107经过时看见的都是D108房病人安静睡觉的投影画面，这可以无限延迟护士发现凶案现场的时间。

现在可以确定的是，机器体积不会太大，在黑暗中不显眼，这意味着它的处理能力不会太高，处理时间可能长达几个小时。

D107在一点十八分就声称耳鸣，那么在那个时候解码机器就已经在运作了，吴浩宇的实际死亡时间可能在前夜二十二点熄灯后到早晨一点十八分之间。

尸检报告一般最快也要三天出结果。

7号决定先从筛查工作入手，护士想当然认为吴浩宇一定死于自杀，在提供证词时可能因带有偏见对目击的证据进行主观筛选，保险起见，他向当晚所有在岗的护士索取了储存器。

这对精神中心影响不大，他们换了一批护士上这个班次。7号和科洛临走前承诺尽快将储存器归还。

相当于要看大约七千个五分钟时长的记忆碎片。又不得不找来羽纱和露帮忙。这次唐忱不在，但羽纱观看护士工作场景没什么心理障碍。

虽然工作量大，但科洛还挺享受过程的，绝大多数画面是甜甜软软的美少女们面带微笑对自己说话，少量画面是照料病人。

"就像天堂一样。"科洛感慨，"看得我都想当护士了。"

羽纱提示他："不如你直接进去当精神病人。"

笑容从科洛脸上突然消失："啊！这不是唐忱吗？！"

其他三人同时按下暂停，看向他一脸错愕投屏出来的图像。一个病人在对记忆的主人说话，远景中有个同样穿护士服却没戴护士帽的女人正在离开。

"身材不对。"7号冷静道。虽然发型和唐忧一模一样，乍看背影的确很像。

科洛拧着眉，这个女人腿长，唐忧腿长，这个女人在他看来就是唐忧。

他按下播放键，画面中的女人继续走远。

羽纱也说："不是忧忧，走路姿势不一样。"

露吐了个烟圈，用夹烟的手指点了点近景处的病人："等等，这个奇葩我这里也出现过。"

露翻找到前面看过的一个片段投影出来，和科洛这段果然是同一事件。看来这个声称睡觉时闭上眼睛能看见自己大脑周围游着五条黄鳝的病人给护士们都留下了深刻印象。

露手里那段是另一个视角，在更早一点的时间点上，能够看见那位护士的侧脸。

"果然不是唐忧。吓死宝宝了。走近科学走近科学。"科洛猛拍胸口，表示虚惊一场。

7号重新拨通与唐忧的对话，把这个侧影定格画面推送给她："荷善，剪了短发。"

"这个学人精！"唐忧对自己被"山寨"意见很大。

[29] 边缘化

荷善只剪了短发，依然没有改变容貌。

对一个已经整得像仿生人的网红而言，这不太正常，尤其是她还已经购买了一大堆整形原材料。

不过7号想，也许是因为她的杀人行程过于紧凑，抽不出空。

露深思熟虑，找到一个突破口："有没有可能忧和嫌疑人都住在79区，用了同一个理发师？"

"她自己剪的。"这次是科洛、羽纱和7号三个人异口同声，达到这样的效果后，大家相视一笑。这说明唐忧从中学时代到大学时代直到现在，依然保持着相同的习惯。

露挑挑眉："深受启发。"她又问唐忧，"忧为什么一直把头发剃这么短？"

"行动方便。"

露微笑着撩撩自己的长卷发："我也没觉得不方便。"

羽纱说：看来这网红是准备大干一场。

"她已经效率太高了。"7号头疼，掐着眉心，查案速度永远追不上她的作案速度。

羽纱回归主题，慢慢拖动露的那条视频进度条一帧一帧检查，并嘱咐露继续筛查记忆碎片，特别留意"脑内黄鳝病人"在护士台胡搅蛮缠的这段时间附近的画面。

带着目的去找，收获颇丰。

四个人一共找到了十六段有荷善"出镜"的画面。经过分析比对，发现荷善在护士台附近至少来回走了两趟，其中一次换了发型，中短发扎成在脑后低位置的小辫子，戴了护士帽，应该是全息投影。而且这次再进入病区时她拿了脑部扫描仪和药箱。

"她这才想起要伪装吗？"羽纱实在不太能理解，寻求其他人意见，"怎么看起来连杀人都像即兴发挥？"

7号想起杀阿漓那次也是她第一次踏进进步工业，起码在作案地点的选择上有点随意。

"她确实……不喜欢事先做完整周密的计划。"

"随机应变能力很强，心理素质过硬。"露语气中有欣赏的成分。

"长得也漂亮。"科洛补充。

旁听席的唐忧告诉他："整的。"

羽纱对工作之外的部分不感兴趣，认真梳理案情："看起来像，但不会是即兴发挥。如果不是为了杀人，她来找吴浩宇干什么？深夜谈心？"

7号说："肯定是来杀人的。而且吸取上次的教训，她已经知道自己制服一个女人也很困难，不会准备来和一个男人殊死搏斗。她第一次直奔病区说明随身携带了镇静剂类药物，第二次她从精神中心拿药箱应该只是因为看见护士巡查时都带了药箱，在角色扮演时追求真实。"

羽纱把画面尽量放大："镇静剂藏身上倒是没什么困难，但她进进出出都没带解码的机器。总不能用这个扫描仪去解码。"

"还是得看第一次进入的画面。她事先不会想不到进入某些区域需要破解密码。"

羽纱换了第一次进入病区的影像仔细观察。

"停一下，在这里。"7号移动悬浮在半空的画面，聚焦在荷善的腰部，"她这件护士服是全息投影，这个位置有古怪的凸起，应该是原本的衣服有口袋。"

"看投影扭曲的走向是个球状物。"羽纱说。

"家用机器人？"露猜测。

这个猜测立刻被羽纱否决了："家用机器人做不到吧。我刚搜索精神中心的工作规范，她们医护的常规巡察是每三小时一次，荷善第一次进病区时背景里来回走动的护士特别多，肯定是故意混在一次大巡查中，不是一点就是四点。就算是一点，留给解码的时间最多只有四小时，家用机器人哪来这种工作效率？再说家用机器人连续三小时不充电也不行。荷善第二次从病区出来应该已经杀完人了，黄鳝大哥还没回病房，荷善没有在精神中心久留，要家用机器人至少工作到四点然后自己飞走，光从续航力来说都不现实。"

"呃……"科洛耐心地听她说完才发表意见，"现在市面上的家用机器人确实不行，但不是所有家用机器人都这么废，对吧唐忧？还记得你的锋鸣机器人吗？那还是十年前的技术。"

"那要看是谁造的机器人。"唐忧说。

"谁造的？"羽纱不懂就问。

科洛像念咒一样充满神秘感地吐出一个名字："梁鹤鸣。"

这个名字对羽纱来说没有任何意义，她淡定道："所以这个梁鹤鸣就是她的同谋对吧？"

科洛觉得她很无趣："不对。我的意思是，大佬十年前就能造出来的东西，现在有这种技术能力的人多的是。只要荷善的家用机器人不是量产的那些。"

"可她的家用机器人是量产的。"唐忧无情地否定科洛的猜想，"我从垃圾回收站找回来一个外壳，就是普通的第六代小米家用机。她把处理器和储存器取走了，肯定是想继续使用。"

科洛反驳："她就不能为了杀人再买个新的吗？"

"好吧。"唐忧很快妥协。

羽纱好奇："宝宝你的高级家用机呢？为什么换了蠢萌小嘤？"

科洛飞快地接嘴："被她砸坏了。"

"大佬不给修吗？"

"她用来砸大佬的。"

"可惜了。"羽纱心中激起一丝涟漪，"送我多好。"

7号觉得奇怪，科洛怎么还知道这件事？她该不会把身边每个男的都强吻羞辱过一遍吧？

房间里只剩露一个人还在思考案件，总结道："所以荷善第一次进入病区发现自己角色扮演得不够完美，出来拿了道具再进去，这时候精神中心护士们在走动查房，即使破解密码入门，进去后惊醒了吴浩宇也有风险。她应该是敲门进入，吴浩宇给他开了门。"

羽纱回归正题："吴浩宇可能会觉得奇怪，他不是重症病人，例行检查不会轮到他。荷善需要找个借口，比如他某些指标异常。总之，肯定是骗成功了。吴浩宇请她进门，用掌静脉启动锁门程序。"

"接下来她可以顺理成章地给吴浩宇戴上脑部扫描仪。在做脑部检查时人要固定姿势，不方便活动。荷善伺机给他注射镇静剂。"

"也可以继续骗，说要给他治疗注射，那更省力。"

7号摇摇头："吴浩宇一直嚷着有人要杀他，对给他注射药物的成分、原因肯定会非常警惕，刨根问底，没那么好骗。"

"OK。"羽纱修正自己的推演，"做脑部检查时荷善偷袭了他。吴浩宇昏迷了，接着，荷善准备杀人，但她杀完人必然要出门，昏迷状态下吴浩宇的掌静脉与清醒时不同，她开不了门也锁不了门。这时候就可以让机器人去强行解码了，同时机器人贴在玻璃上投放全息投影，伪造出吴浩宇安静睡觉的假象，房间里实际在杀人。"

"荷善大概率会选择让吴浩宇趴在床上，用床单从后面勒死，她可以用脚或者膝盖顶住他后颈后施力。"

"所以用力过猛造成了骨折。"科洛牢记重点。

"人杀死后，荷善伪装自杀现场。然后等待机器人解码开门。荷善离开，机器人来到门外继续工作设置新密码。"

"为什么要设置这么复杂的新密码？设个简单的，机器人不是可以早点离开？"

7号说："想制造密室，进一步坐实吴浩宇是自杀，还原复杂的密码也比较符合吴浩宇的人设，更像他本人设置的密码。按荷善的个性，如果不是为了伪装自杀，她会做幅画。她以往很热爱创作。"

"没想到百密一疏，杀人时用力过猛了。"露似乎对荷善的执行力非常认可，"除此之外，她和她的机器人真是战斗力爆表，有这能力干点什么不好？"

唐忱在语音通道里回答她："除了当治安警，这能力干什么都不好。有仿生人了，不需要能干的人类。"

甚至在荷善这种犯罪分子出现之前，连治安警都不太需要能干的人类。

露换个安逸的姿势躺在沙发上："也对。"

还原了杀人过程，记忆分析告一段落，大家散了，7号负责把仿生人护士们的储存芯片送回精神中心。

护士们把芯片安装回去，他又找那几个知情人问了问话。

黄鳝大哥骚扰医护人员的时间确实在第一次查房时，一点开始，中间值班医生在大厅给他做各种检查，他一直在护士台附近活动，折腾到两点四十五分才被强制送回房间。

也就是说，荷善在一点到两点四十五分之间完成了杀人和解码，家用机器人在剩下一个半小时左右的时间内完成了另一半工作。

科洛使用的解码机器体积大约是家用机器人的五十倍，这台家用机解码时间只用了科洛机器的三倍。

荷善有实力雄厚的"赞助商"，这已经不算新闻了。荷善的杀人方法从大张旗鼓地搞创作变成低调的伪装自杀，估计也是赞助商的建议，毕竟杀人灭口为的是摆平是非，而不是惹是生非。

吴浩宇嚷嚷阿漓是因为非法侵犯MACRO的商业秘密而被人谋杀，治安局也为这种说法买单，说明不是空穴来风。按这个思路，应该是MACRO公司的人指使荷善杀了他们。但这个立场与荷善自己的目标正好相反，她厌恶系统，系统是导致她失业的社会原因，她之前在射击战场制造的事故也是在攻击MACRO，她怎么会与MACRO的人合作？她看起来并不像那么容易被利益驱使的人。

7号还没有头绪，他汇入人流走下地铁站，磁悬浮像蓝鳍金枪鱼一样美丽，从精神中心到79区，正是荷善杀人后回家的路线。

而此刻，唐忧终于能暂隔工作，回到姐姐为她办的派对上。

她是主人公，姐姐领着她一一介绍朋友，除了朋友，也来了几个MACRO公司的员工。魏忆觉得员工没必要引荐，那些人不值一提，唐忧又不会和她们有工作交集，但是有一位反而需要隆重介绍。

女孩头顶的用户名写着Riley，有点娇小，长得像儿童向的盲盒娃娃，戴单片眼镜，但眼镜与她的脸无缝衔接，这不是全息投影，很明显是经过昂贵的手术改造，这个装置能让她用视线控制外部投屏的大小、位置和焦点，为她解放了双手去干别的事，也搅乱了唐忧内心的安静。

她不能理解为什么有的人会热爱对自己的身体大刀阔斧地进行改造，不过她现在有一条仿生臂，没资格不理解。

"这是我们的小天才，她和你同岁。"姐姐热情地把她拉近，"空气实验是在她的带领下成功的。"

梁鹤鸣的"平替"？唐忧心里有些不屑。

她可不会盲目崇拜，第一个发明空调的人可以算有天赋，第一个发明彩色空调的人只能算工作很努力。

女孩摆出了一个盲盒娃娃的标准手势，主动但敷衍地和唐忧打了个招呼。

出于礼貌，唐忧决定和她聊聊她的专业："我这条胳膊是安全舱处理器故障导致的。如果你的研发成果推向市场，有一天我们走在街上悠闲地喝着奶茶，人工智能决定调用空气把我们杀光，我们就会死亡，你考虑过这件事吗？"

莱莉转转她的大眼睛，微笑着反问："人工智能为什么要这样做呢？虽然你有能力，但你会把山上的猴子都杀光吗？"

唐忧不寒而栗，承认她是天才。

她从前没有意识到，人类已经被边缘化到这个地步了。

[30] "你冷静一点"

她不喜欢热闹，从小带着点标榜特立独行的矫情，一旦什么流行文化被投入巨资营销，像蘑菇云一样遮天蔽日横空出世，她就会像逃离核辐射一样唯恐避之不及。

　　但她不排斥姐姐为她张罗的聚会。餐台上有堆成小山的杯子蛋糕，番茄浓汤盛在银色桶里，空气中纸烟草、甜红酒、烤猪肉、坚果仁和鲜橙香梨的气味混在一起，蒸汽熨得人脸颊发热。

　　年轻人们跑到张灯结彩的院子里歌舞、眺望繁星，绿地与花畦覆盖着院落，石板路一直延伸到人工湖边，路面上嵌的砂砾在月色下闪着稀碎的微光，木板桥尽头停着姐姐的游艇。

　　物质的丰盛让她心中前所未有地充盈。

　　她坐在窗台上贪婪地吸着月橘的香气，像一只蜘蛛，在暗地结网。

　　已经太长时间，人们每天吃的是味同嚼蜡的"营养包"，除了提供人体必需的营养它们一无是处，吃压缩制品引起的不悦感可以用药物来解决，一种名叫"营养素"的万能保健品随之流行起来，它能通过调解激素迅速让人快乐。

　　这种解决方案的内在逻辑是，食物不好吃造成了你的不愉快，那也不必改进食物，直接改进人就可以了，真不知道哪个天才想出来的。

　　莱莉说人只是山上的猴子，让她深受启发。

　　仿生人为市场提供劳动力资源，现代工业社会的基础建立在对劳动力的需求上，同时也建立在对非劳动力逐渐排除的基础上。劳动阶级不间断地持续和再生产是资本再生产的永久性条件，人类早已与此无关，何来自信自己才是世界主宰呢？

　　诚然，仿生人只有三年寿命，远不及人类。但与海龟相比人类的寿命也短得可笑，没有人会认为海龟是世界的主宰。

　　人类被边缘化，从社会生产的齿轮中被淘汰，远离紧密咬合的社会核心结构，主动放弃劳动力和生物学上的再生产，放弃现实物质需求，沉迷虚拟精神幻境。

　　表面看起来，人类在为找到机器奴隶沾沾自喜，伴随一点担心奴隶起义的隐忧。

　　本质上的局面却是仿生人工作、仿生人消耗自然资源、仿生人维持全社会运转，人类就像他们的家养宠物小型犬，喂点狗粮，吃点保健药，就可以欢乐地在斗室跑跳，与自己制造的幻觉玩得不亦乐乎。

　　刀背对刀口，人工智能越磨越利，而人类钝得要命。

　　她的恐慌倏然而起，却只能轻轻下坠。想明白了，她也不过是风中一面旗，只能顺势卷来卷去。

　　她在蓬松的大床上睡到日上三竿，收拾行装回到城区的格子间去。

　　郊区风大，昨晚的彩灯架整片被刮倒，钢管铜管散了一地，姐姐和工人一起在院子里收拾残局，非常懊恼，念叨早知道用全息投影就免了这些麻烦。

　　7号来接她，给她带了一件防风帽衫。

　　她拒绝了保镖开车送他们到地铁站的提议，又开始在郊区的自然沙尘中徒步暴走。浓雾也被风吹散了，太阳顶头直射，湖面上两只筏子在激烈地打转。

路上一无所有，身边偶尔开过汽车，引擎声伴随尘土飞扬。

她走得又急又快，对话仅限一两个字，直到下了地铁停下，LED灯光落在她坚毅的小脸上，7号看她一眼，知道她又有心事，不确定要不要再给她来一轮重击。

一道蓝光闪过，磁悬浮无声地游来。

她坐进车厢，盯着车窗外的安全通道标识，从脑海里把那些有关热气腾腾的酒与菜的记忆拨到边缘区域。

一个乘客经过她的座位，亲热地打个招呼，她也装作亲热，等人过去她才想起是昨晚的宾客之一，但她已经想不起对方的身份。

"对你交代的任务，科洛好像格外上心，晚上不休不眠拿到了吴浩宇的所有信息设备的管理权。"

她敏锐地觉察，7号话说得慢，在斟词酌句。

夸科洛敬业是不需要斟词酌句的，唐忧转脸看着他，等待后面更加爆炸性的消息。

"吴浩宇从七夕的第二天开始，在系统中打开过一万九千个报道梁鹤鸣的新闻信息页，这种行为持续了三个月。"

唐忧平静地替他总结："所以七夕那天晚上他在虚拟美术馆门口看到和阿漓在一起的人是梁鹤鸣。"

"你是不是过于平静了？"

唐忧的五官像皱巴巴的抹布似的完全拧在一起："梁鹤鸣居然能在美术馆待四个小时！"

7号觉得这好像是最无关紧要的细节。

"有没有可能吴浩宇认错人了呢？"

"吴浩宇在七夕第二天也到过'未知住宅'。其实他后来也隔三岔五去了三次'未知住宅'。"

"移情别恋梁鹤鸣了是吗？"

这时候还有心情活跃气氛，7号很捧场地笑笑："他这种水平的跟踪，三次才被逮住已经是保镖失职了。"

唐忧终于明白自己在阿漓案件中的推断到底哪里违和。

"梁鹤鸣通过阿漓探听MACRO空气实验的进展，但阿漓很聪明，没让他探到机密。碰巧半路杀出来吴浩宇这跟踪狂，是个更好的棋子，本身是MACRO的程序员，方便从内部破解机密文件，梁鹤鸣拿住他的把柄能够更直接地达到目的，就不必再陪阿漓逢场作戏了。"

"渣男。"7号高度概括，还紧盯着她，仿佛是她的责任。

唐忧表示抗议："看我干吗？他又不是我儿子。"

7号聚焦于更现实的问题："如果往下查，查出梁鹤鸣涉案的证据，我们能逮捕他吗?"

"我们会被请去喝茶。"

漫长的沉默。

唐忧问:"你带烟了吗?"

"你想搞什么破坏?"

"我想抽。"

"列车禁烟。"

唐忧又没话了,焦躁地咬着指甲。

7号问:"你给他的提问邮件发了没有?"

"还没有,我一直在整理问题。"

"如果你直接问他是否涉案,他会不会嚣张到直接承认?"

唐忧很肯定地摇摇头:"他不是个嚣张的人,他只是一个……行为非常迷惑的人。"

"简称'迷人'?"

什么烂梗,唐忧笑着踹他一脚。

"我其实没有爱过梁鹤鸣。"她认真地说,感情流露,"我爱过他的光环,我的理想,再加上他送的家用机器人的陪伴,它们组成世界上最浪漫的全息投影,云一样变幻。我认定我身边这个无所不知、对我有求必应的人工智能就是他的替身,以为他会与天幕上投下的光影重叠。等我清醒过来,发现自己喜欢着一些毫不相干的零件,它们在现实中拼凑成型,只是一个让我感到困惑的人。从那以后我就讨厌上了模糊、混沌,什么都恨不得分个黑白。"

"理解。所以把他逮捕归案你心里肯定就能黑白分明舒服了。"

唐忧又忍不住笑场,她一抒情,他就来打岔。

"其实在这之前我一度怀疑过他死了。"

"怎么会有这种怀疑?"

"他已经三年没有在公开场合露过面,学术上一些新进展都是由团队对外发布的。以前他避世,但也没到这个地步。我给他发邮件,他回我邮件,怎么确定对面那个人是不是本人?"

"但吴浩宇见的一定是他本人。"

"嗯。这让我有点失望。与其说我怀疑他死了,不如说我希望他死了。也没什么深仇大恨,只是觉得如果死了,一个麻烦就消失了。"

"嗯。"7号点头附和,"老情人没死,还爱上了艺术,真的很麻烦。"

唐忧白他一眼,集中精力考虑案件:"那一百罐回收EFA看起来不像梁鹤鸣给阿漓的,更像是他得到他想要的信息后吴浩宇的回报。吴浩宇把仓库门禁卡和阿漓的衣物放在一起只能说明其中隐秘的关联,并不能证明那是阿漓的东西。可能他

159

一时没找到渠道转手。"

"阿漓报警，我们突然把他抓走，对他来说也是意外。"7号觉得有推理不顺之处，"为什么你一开始就认定梁鹤鸣是感情骗子，也不可能送阿漓礼物？"

"因为我觉得这符合他的人设。"

"行吧……"

"我不能理解的是，他不像会做这么多去阻碍技术革新的人。其实答案一开始就离我们很近，但我每一次都绕开了。"

"人会变。年轻时可能对科学很执着，红尘滚滚混迹久了就容易利欲熏心。"

"也许吧。"唐忧没兴趣再探究人性，"吴浩宇这边的证据中有没有指向荷善的？"

"没有，他们之前没有任何交集。"

"我们得自己筛查一遍，科洛这家伙做事很糊弄。"

车到站了，两人踏上79区站台，沿着出站光标走过不到二十米的拱廊，一个仿生人轨道交通保安拦住她的去路，对她说："忧，我是尼娜，现在有时间吗？"

唐忧瞬间就想起这个听过的名字，与7号紧张地对视一眼："什么事？"

"科洛家的甜语想和你当面聊聊，她现在在家给你开门，科洛上班去了。"

唐忧愣了一秒，大声道谢，冲向对面的列车，踩着关门的预警声进了门。

7号没刹住车，前胸撞上她的肩背，互相埋怨几句。

磁悬浮在牙膏广告的欢乐背景乐中飞驰。

"科洛那么费心地改造，居然没给他的机器人起名字。"7号注意到这个细节，甜语是一个大厂的厂牌，估计是以这个系列的机器人为基础改造的。

唐忧说："搞技术的都这样，脑袋里缺少文字。"

到了科洛的公寓，唐忧敲敲门。

很快有人应门，甜语在门口探了个头，看见7号在她身后微怔，精致的脸上出现为难的表情。

唐忧解释道："这是我搭档，你要说什么他都可以听。"

甜语把门完全打开，让出通道请他们进门。

唐忧进入室内，二十五平方米的空间一目了然，短短几秒她适应了这里昏暗的光线，看见坐在电脑椅上的科洛，以迅雷不及掩耳之势拔枪指向他的脸。

科洛举手投降并伴随哇哇大叫，从电脑椅上弹跳起来。

唐忧又伸长左手以最快的速度抢了7号腰里的枪，上膛指向甜语的脸。

小小的公寓里一时充斥着此起彼伏的"你冷静一点"。

"我不会冷静不要冷静！你这个死骗子马上给我解释！"

科洛倒是冷静了一点，但也异常坚持："除非你放下枪，否则我一个字都不会说。"

7号作为在场唯一与枪无关的人士试图打破剑拔弩张的死局。

"唐……"

"你离我远点！"唐忱飞快地右移，与他拉开两米距离，现在左手的枪口在甜语和7号的方向上来回巡逻。

7号尴尬不知所措，试图转而劝说科洛："要、要不，你边说她边放？"

"我不想死，她拿枪我必死无疑。"

[31] "可我现在觉得自己已经死了"

科洛有些崭新的人生体验，原来举双手投降也很耗费体力，僵持了五分钟，汗水顺着下颌往下滴，后悔室温设得太高。

唐忱什么话也听不进去，岿然不动，仿佛在和科洛比耐力。

甜语道歉了许多遍也无济于事，还在孜孜不倦地解释来龙去脉："尼娜来问我，我第一反应就是和科洛商量，科洛认为把你叫来家里当面说比较好，但他没理由找你，我们商量后觉得还是由我出面，又因为你本来不希望他在场，所以先瞒着你，想等见面再说，没想到见了面……唉，我现在也知道这主意不好了，可我们不是故意骗你。"

7号心累："我们要在这儿站一天吗？我能不能坐下？"

唐忱把枪口从甜语面前移到7号面前："你叫他说，他干过什么缺德事。"

7号舔舔嘴唇，无奈地对科洛说："要不然，先挑不要紧的说？"

"他非要当面，这么煞有介事，不卸枪不肯说，你还不明白吗？就是他干的。"她气得枪口一直抖，被枪指着的7号顿时觉得洗脑的破事是谁干的已经不重要了，老天保佑千万别走火才是正经事。

"是他干的就是他干的吧。"7号说，"木已成舟了，正好被你猜中，你应该觉得开心。你考虑清楚哦，万一擦枪走火把他打死，你就前因后果都不知道了。"

唐忱听了这话似乎情绪稳定了一点。

科洛说："我可能做过一点缺德事，但我也是情有可原，我怕我说一半你一冲动把我崩了。你考虑考虑，先把枪寄存在7号那儿。给我个机会该说的说完，你要是认为我还是该死，你还可以让他把枪还你，怎么样？"

7号及时表态："他如果做得太过分，你不开枪我都替你开枪。"

唐忱紧绷的弦略微松了。

7号立刻见机行事上前一步从她手里把枪卸走，现在待在她身边可得保持十二万分的警惕，免得再被夺枪。

科洛尴尬地搓搓手，见她还是虎视眈眈瞪着自己，讨好道："你们坐啊。"

唐忱在沙发上坐下，其他人才跟着坐了。

科洛酝酿几秒，清清喉咙："我是修改过你的记忆，不过是你求我的。"

"我求你？"

"一开始你的狗死了，你整天哭哭啼啼，躺着不爱起床，往那里一坐不是发呆就是啪嗒啪嗒掉眼泪，怪吓人的。这么过了两个月，我看不下去了，就问你'我有办法让你忘掉这些，想不想试试'。"

唐忧反手朝他扔了个靠垫："这叫'我求你'？"

科洛把靠垫挡开："我不是说这次啊。后来都是你求我的！"

"还不止一次？"唐忧双手掩面，感觉快要脑出血了。

"一共只有八次。"

"'只有'八次？"唐忧倒吸一口冷气，努力让自己保持冷静，"你到底对我的狗做了什么？"

"什么叫'我对你的狗做了什么'？"科洛受不了冤枉，又大声嚷嚷起来，"它自己偷吃海滩上的死鱼被毒死了。"

"为什么要改成它咬伤我跑了？"

"因为我才十岁，我没学过医，我也没有神经拼接的设备，我没法给你做开颅手术。我只能模拟广告洗脑无限循环的原理给你植入新剧情，两种记忆产生冲突的时候，能激起愤怒情绪的那种会覆盖悲伤情绪的。"

7号在旁听席都打个寒战，幸好科洛没学过医，开颅手术他只是不会而已。

唐忧感到缺氧："你给我都编了些什么烂剧情！所以闺密为了和我抢男友、戳瞎自己眼睛、声称是我干的、导致我被学校开除，也是你编的？"

"那是我抄的，当时一个很流行的言情小说，你不喜欢流行也不看小说。"

唐忧双手抱头，长吁一口气："我就说怎么这么狗血。"

"如果你早点提到这个，也许早就知道真相了。"7号幽幽地说，"我查过你做得最叛逆的事就是用家用机器人砸了个墙，你扎同学眼睛被开除我肯定会知道的。"

"事实是什么？我为什么换学校？"

科洛顿了顿，用遗憾的语气说："因为你在那学校最好的朋友从教学楼天台跳下来自杀了。当时你在一楼做值日，离她落地点十米左右。"

屋里空气窒闷，所有人陷入漫长的沉默。

唐忧紧紧扣住腕上的肉，许久才哽咽着问："其他人呢？都死了？"

"除了我。"科洛垂下眼，过两秒才抬起眼睑，"唐忧你喜欢和聪明敏感的人做朋友，大家确实有过一阵难熬的日子，明明见过更好的世界不能假装没见过，青春期烦恼也多，而且负面情绪好像会传染。我不想失去你。"

"你并没有把我暗恋梁鹤鸣的事告诉我妈妈？"

"你自己告诉的。毕竟每次要让你忘了我帮你修改记忆也得编剧情。"

唐忱哑然失笑："我就说我怎么这么贱呢，被你坑多少次了还把什么秘密都告诉你。"

"你从来没让我帮你抹掉失恋的记忆，所以我赌你虽然会生气，但不会为了男人和我绝交。"

"可是科洛，你为什么不劝住我？每次都任由我瞎胡闹？"

"我得先让你好好活着。"

唐忱恍恍地说："可我现在觉得自己已经死了。我一直觉得，人可以换任何器官，唯独不能换大脑。因为记忆、情绪、性格、思维方式是一个人的本质。在你一次又一次修改我记忆的时候，同时也改变了我的情绪、性格和思维方式。我不再是我这个人了。"

7号预感这种情绪很难让科洛理解，换了让他好理解的表达："主要是你编的剧情都一个模式，就是她不断被背叛。"

科洛沮丧地摊摊手："对不起，我没有编故事的天赋，发现被背叛能让你愤怒之后就老用这个，我甚至没发现它们都是一个套路。"

"那7号呢？你对他的脑子做过什么？"

科洛从歉疚的情绪中回过神，挠了挠头："7号？我没做什么啊，我都不认识他。"

7号脸色不好看，郁闷地拧着眉："她身边没我这号人吗？"

"没有。"

"她死了的朋友有没有长得和我像的？"

"三个都是女生。"

无解了。

做梦也想不到是现实版"我所有的朋友都死了"的剧情。

7号不得不重新开始重视神经拼接的可能性，说不定真是哪个女孩子死后捐赠过记忆。

唐忱深深叹了口气，起身径直开门出去了。

7号微怔，赶紧跟出门。

她看起来是不想再纠结此事了，走在去地铁的路上，与平日不同，速度有点慢，像在没精打采地散步。

他在身后若即若离地跟着，不知她想回她的公寓还是他的公寓，她的行李还背在他身上，但他不确定，她要是回家，自己还跟不跟，只好走一步算一步。

现在不是上下班高峰时间，地铁站里空空荡荡。

她搭着扶手下电梯，另一只手揣在帽衫口袋里，低着头沉思。他走了平行的一条电梯，能看见她四分之三个侧脸和漠然的表情。

往常这种自动扶梯，她喜欢两格两格往下跨着跑。

她走上站台，沿着黄色安全线，两个手都插在兜里。

他刚想跟近后提醒她离安全线远一点，忽然见她抬起了头，把手从口袋里拿出来，没等他反应过来，她已经跳下轨道。

7号蒙了一瞬，把背包扔站台上跟着跳下去。

唐忧走得很快，越来越快，逆着磁悬浮将要进站的方向。

疯了。

他在铁轨上狂奔，风在耳边鸣响。

而唐忧也开始跑，距离虽在拉近，拉近的速度却太慢。

站台上几个路人安静地朝这边望过来，站着没动，只有仿生人保安吹着尖锐的哨声往唐忧这边奔跑。稀稀拉拉散落在各处的人们像被撕开一道大裂缝。

铁路集团对这种突发事件有预案，一部分仿生人在往高处跑，要去控制台给列车发警戒信号。

而他没有预案，除了追上她别无选择。

狂奔时他感受到脚下的轨道有异常的振动，列车应该很近了。留给他的时间还有两分钟，还是一分钟？肾上腺素狂飙到峰值。

他拽住她领后的帽子，左手穿过她肋下，猛一用力把她扔上站台。他自己紧跟着右手撑地翻上去。进站的列车与他擦身而过。

她可能被摔疼了，躺在地上一动也不动。

近距离从上往下望，她的黑眼睛似乎更黑了。

他喘着粗气把她拉起来抱在怀里，她眼泪流到他手背上。

晚一步赶到的两个保安叉着腰待了一会儿，看见了他的证件，判断没必要报警，于是做了点力所能及的工作，去远处帮他们把背包捡起来。

列车上下来一些乘客，匆匆路过时好奇地看他们两眼，但没有放慢脚步。

他没有怪她，牵着她上车回家，找到座位后把她塞进去，擦擦她的脸。

列车开到79区，牙膏广告的欢快背景音乐循环播放了七十二遍，之后步行的一刻钟，这些快乐音符仍然在她脑内无休无止地萦回。

7号把东西放下，问她有没有摔伤，要不要泡澡。

她像做错事的小学生，抱着膝盖窝在沙发里抬头小声问："你觉不觉得我现在性格差极了？多疑乖戾又任性。"

他停下手里的动作，眯眼看着她，很专注，好像在掂量什么，要说点郑重的话，但专注的神色转瞬即逝，他又轻快地笑起来："你长得漂亮，这些都不算事。"

[32]　直接开战

唐忱采纳7号的建议，约了心理医生。

但她不信任共情力先天不足的仿生人能起治疗效果，她所知道的人类心理医生只有中心1局的内部心理诊断师伊安，她在入职评估时每天来她办公室报到。说起这个也有点蹊跷，据她所知，羽纱她们都只做过一次心理评估，只有她前前后后做了十五次。

起初这让她自我怀疑，是不是评估结果不理想？是不是她思想上的偏差导致她不适合干这行？

伊安很专业，让她打消了这些念头，她营造的气氛仿佛只是她出于个人意愿想假公济私与唐忱聊聊天。

十五次会面已经相当于常规心理咨询的一个完整疗程，唐忱戒备心很强，但伊安有足够的经验获得她想了解的信息。

因此唐忱预约她一方面也是图方便省事，自己的人生经历伊安差不多都知道，不用从头说起，不过这次咨询的起因就是更新信息，其中一部分经历是假的。

伊安的上班时间是早上六点，非常传统健康。

她说她预留了四小时给唐忱，还会酌情延长，看来今天她没有安排其他预约。

回到中心1局让唐忱感到舒适，这栋楼外观看起来很老派，像几十年前流行的漂亮摩天大楼，有上千扇窗和全息巨幕墙，内部采光极好，而走在马路上抬头仰望，巨幕上硕大的吸睛安全语和治安警人像看起来与椰树椰汁广告有异曲同工之妙。

早晨她进大楼时才阴天，谈话进行到一半下起了雷阵雨。

雨顺窗流下，闪电的光不时映在伊安眼睛里，她还像以前一样，知性的长脸，发髻盘得一丝不苟。

说话时唐忱的视线落在桌面用来装回形针的白色方盒上，总觉得眼熟，这使她频频走神，显得状态不佳。伊安每次提问后，她都需要时间从其他无关杂事中收回思绪。

当对谈快要结束时，她突然发现自己每次坐的访客沙发就是由非牛顿液体灌注的，坐下时有包裹感，起身后又恢复原状。

灵感来源挺明显的。

"你认识0242007号调查员吗？"唐忱直接问。

伊安完全没有犹豫，点点头："我们是朋友。"

"是因为他经常约心理咨询？"

"不，只是住得近。以前我和他住同一个区，去年才搬走。"

唐忱恍然大悟，原来她就是那个申请情侣公寓搬走的朋友。

"你们关系很好？"伊安顺势问。

"我们经常搭档。"

"你对搭档会有不信任感吗？"

唐忱没有回答她，准确地说她根本没听见伊安的问题，沉默了几秒，她兀自问道："等待室墙上的画……和7号有关？"

伊安讶异地挑挑眉："那是他送我的，他画的。"

唐忱跑到等待室，重新审视那幅画。大面积黑色画布上，蓝绿色与暗红色的心形花瓣零星地飘落，中轴线上是银色的巨型计算机核心处理器的局部构造、黑银色的机械心、四分之一张女人脸和布满电路的透明昆虫翅膀。这些残缺元素组成的形状像个沙漏，沙漏的外轮廓却被黑色背景湮没了。

伊安跟出门，双手交叉在胸前，倚在墙边："他在我搬家的时候送我的，我很喜欢，不过我男朋友不喜欢，觉得装饰在家里像个诅咒。"说到这里她笑了起来，也承认这种说法的幼稚之处，"所以我带来放在等待室了，对感情问题很有警示意义。他对爱情的看法应该比较悲观。"

"我不这么认为，我认为……"唐忱脸上出现一种古怪的笑意，"有意思。"

走出中心1局大楼时雨已停了，微型扫地机器人又成群结队走上街头开始工作。科技部门前依然聚集着被关闭声音的抗议者。十字路口，一小队时刻管理部巡警的全息投影正往九十度方向离开，他们戴着护目镜和防尘面罩，背着氦氖激光枪。

据说他们即使在虚拟系统巡逻也全副武装，是为了抵御来自未来的攻击，但截至目前没有受到过攻击。7号想，这份工作也太轻松了。

谨慎起见，7号在一楼大厅外等她同行，以免她独自乘坐磁悬浮看见轨道又一时兴起。

"还顺利吗？"

"你送过伊安一幅画。是你自己画的？"

这话题来得有点突兀，他愣了愣："嗯。"

"你没送过我，我也要。"

他反应了两秒，笑起来："这是在攀比什么？"

"我也快要搬家了，我也要一幅画做搬家礼物。"

"好吧……"

"我可以提关键词吗？"

"要求还真多。"

"我要你画智慧。"

"我可没什么智慧，会画得很慢。"

"不行，你可以画得很快。"她狡黠地笑着，拍拍他的肩，表面勉励实则施压。

他虽然摸不着头脑，但很高兴她精神明显好多了，手抄着口袋边走边说："看你神采奕奕，好像能恢复工作了。"

"什么工作？"她停住脚步。

他倒是没停下来，继续往前走着："盯梢，你干过吗？"

集市上有消息回报，荷善给自己用的药确实在市面上很稀有，懂行的人说这种药在街边找小商小贩是买不到的，得去找麻秆。

麻秆向来不露面，如果要找他买药，只要随便找个鼹狼帮的人帮忙带话。麻秆会传话回来约定取货时间地点，买药只需到地点留下钱取走货，交易不见面。

所以归根结底，各种线索在鼹狼身上形成了交点。但鼹狼也不是那么好找到的，他过去的活动相对有规律，最近可能采纳了衣架们的建议，学聪明了，也变得神龙见首不见尾。

唯一的漏洞，他有个"女朋友"，是他带来79区的，住在数字艺术一条街。

"我们只能死守这个小可爱了，鼹狼总要来找她的。"

唐忱看了看7号推送过来的漂亮妹妹影像，不为所动："我先回家睡一觉，你去找铁钳帮我搞一把重型狙击步枪、一个五轮弹匣。"

"直接开战吗？"

"鼹狼乖乖和我们合作的可能性微乎其微。他一出现我们就开枪，先把储存器搞到手查一遍再去审问。"

"好，听你的。"

找枪的压力其实落在铁钳身上，7号在集市找人给他带了话就回家了，唐忱更

168

是倒头就呼呼大睡。7号有点佩服她，怎么能做到如此收放自如。

夜幕降临出门行动时，铁钳及时把武器送到了。唐忧对武器很满意，对工作环境不太满意。

过去盯梢好歹能找个车坐着，现在除了垃圾运输车，什么车停在城区里都太惹眼了。

好在79区没什么高楼，最多是五六层的楼房，他们找了个街对面的房顶待着，视野开阔清晰，美中不足的是乌鸦有点多。

市区里高楼都会打开磁场驱赶乌鸦，它们落不了脚，所以只好聚在79区。

除此之外，唐忧还担心下雨。

"气象局说今晚没雨，不过到了这个点，估计他今晚不会来了。"7号说。

"不一定哦。"唐忧通过枪上的倍镜目不转睛地盯着，"小可爱化了妆，而且大半夜在试衣服。"

7号没带什么设备，不过他开了挂，用眼睛就能望那么远，虽然看得见，但看不出其中奥妙："怎么看出来化妆了？"

唐忧转过头指指自己颧骨边的位置："她这里点了小雀斑，为了看起来像人。"

7号借着星光认真观察："但你没有。"

"我们人反而会遮瑕。"

他笑了，视线擦过她亮晶晶的唇，忽然胸口鼓噪。唐忧平时也化妆，他并没有特别去注意她具体在捣鼓些什么，只是偶尔会觉得新奇。

他把视线移回对面窗口，鬣狼的女朋友把窗帘拉起来，从影子的动作能看出来好像把衣服都脱光了，又穿上宽松的衣服。

过了十几分钟，连灯都关了，紧绷的神经都缓和下来。

他兼有疑惑和失望："折腾什么呢？"

"自己打扮一下也很正常。"唐忧倒没失望，神情自若地收拾枪打道回府。

守了两夜一无所获，两人心态也平和了，做好持久战的准备。女朋友生活挺丰富多彩的，每天从傍晚开始，上门的朋友就络绎不绝，有时候她也下楼去，站在街边和人聊天。鬣狼一直不来，她也丝毫没闲着。

第三天气象局预报晚上有雨夹雪，7号出门时带好防雨布，带够营养棒，以防有人又迫害乌鸦。这天夜里大概是因为天气不好，上门的人少了，只有一个男人拎着个手提箱上楼找她。

7号见过鬣狼，说那不是鬣狼。

男的上楼短短几分钟就走了，走时没带手提箱。

"冒着雨夹雪来送的东西，感觉很重要。说不定她也帮鬣狼办事。"唐忧说，"我们得找个机会进去看看。"

可是几乎没机会。

女朋友白天在家睡觉充电，晚上都是找人上门玩，最远走到楼下马路边，就堵在楼栋门禁前。

第四天晚上，女朋友终于出了门，变了个发色，穿着打扮显得有点隆重。

唐忱让7号潜进屋里去搜东西，自己沿屋顶跟踪过去。

他有点担心："她带手枪了，你小心点。"

虽然长得可爱，但毕竟是帮派老大的女朋友，出门带枪不是常规操作嘛。唐忱嫌7号嘱咐多了，磨叽。

两人分头行动，怕走漏风声，但还是不得不通过系统保持通话。

7号带足了工具，没费什么周折就进了房间，顺利找到手提箱："东西在里面，很沉。不过那种老式机械密码箱，一时半会儿打不开，我直接带走吧。"

唐忱趴在楼顶汇报她那边的情况："这是个厂房，她进去了，嗯？这么快就出来了。她……嗯？嗯？"

7号不知道她在"嗯"什么，刚想开口问，已经听见枪响，犹如天边惊雷。

枪声很快连成一片，此起彼伏。

7号听见她在语音通道里爆了句粗口，稍稍定神："你在哪里？"

"左转第一个路口右转第三个路口右转有条巷子，你快点。"

唐忱喘气声有点响，他从住宅楼冲出来："你别再跑了。"

"那不——"唐忱的说话声被枪声打断，过一会儿才接着说，"可能。"

7号被她气得眼冒金星，地面移动的速度实在赶不上她在楼顶狂奔。等他赶到她说的仓库门口，不知真假的血液已经把路边的排水沟染红了，鬣狼的女朋友面朝下倒在地上，腰上有一个洞。

他迅速把储存器抠出来，继续往枪声密集处追，一路都有血迹，有人受伤。但在下一个路口，血迹拐了弯，和枪声不在同一个方向。

7号迟疑片刻，听见唐忱说"邪门"，抽身往枪声的方向去。

"怎么了？"

"碰到'丧尸'了。打中两枪血都不流。"

他转过弯去，看见一闪而过的人影，记得唐忱只带了五发子弹："你找个地方藏好，我去追。"

唐忱待不住，还用高倍镜盯着，做场外指导："他左拐了。跑得真慢。"

7号边跑边切换视觉系统，左转后瞄准射击。

子弹从颈椎穿过，那人应声倒地。

唐忱确认过安全，从楼顶下来，看见7号从地上捡起投影贴片，尸体迅速变成一堆白骨。

"什么鬼？"

7号关了全息投影："衣架。"

[33] "惹错人了"

没想到"衣架"是名副其实的一个架子,只有骨骼,简陋地缠着电线,没有肌肉和血液,倒是戴着手套穿着鞋子装模作样。

唐忱瞄准射击时子弹两次从身体穿过却毫发无损,因为衣架没有身体,看着像个人不过是全息投影"虚构"了身体。

仿生人除了有与人眼相似的视觉系统,另有一套扫描系统,甚至更依赖扫描,所以无论在鱼钩还是鬣狼眼里,那些怪人都只是一些衣架。

唐忱蹲在地上捡起已经在倒地时部分损毁的"人头"。外层是加石膏头像,彻底砸碎后掏出一个平平无奇的球形家用机器人。

"真够诡异的。"

7号笑着说:"总算解开了疑惑,我说荷善怎么可能完全信任仿生人!解决方案堪称经典了。这种衣架人基本没有战斗力,荷善就不用担心身边人对她不利。只用来传话,完全够用了。"

唐忱起身抛了抛手里的球:"制作成本也降低了。荷善买了足够拼个人的整形材料,但她可没把材料浪费在没用的地方,只做架子不管其他部分,能做出六七个人换着用了。"

"人力资源大师。"

唐忱从家用机器人中抠出储存器,举到7号眼皮底下:"我赌这里面也没什么有价值的东西。她的核心助手应该是她最初的家用机器人,可外壳早被她扔了。她连实体都不让它拥有,就让它流动控制这些衣架,像尼娜一样。你打中这个的一瞬间,它已经跑了。"

7号从口袋里掏出刚才取得的储存器:"我们还有鬣狼的小可爱。"

唐忱咬了咬嘴唇:"要是瞄准点拿下鬣狼就更直接了。这下打草惊蛇,鬣狼更不好抓了。"

"你打伤的那个是鬣狼?"

"我第一枪打的就是鬣狼,小可爱还击我才不得不打她。"唐忱边说边往外走,"我很确定打中他肚子了,可能只偏了点。我们可以去碰碰运气,万一他身边人把他扔了呢。"

7号跟着她往回走了一段,途中碰见两个3局调查员,告诉了他们回收"衣架"和小可爱剩余躯体证物的地点,又顺着血迹跑了约五百米。

还真被她言中,鬣狼的处理器、储存器和电池都被带走,而身体被扔下了。

从逃跑策略来说,这样的确比较合理。仿生血液漏一路容易暴露踪迹,带着坏掉的身体跑得也慢,再说身上最值钱的电池,拆走了就行。不过,不能预测他们还

171

会不会复原鼬狼，手下人或许有取而代之的念头。

唐忱懊恼得咬牙切齿："只差这么几步就赶上了。早知道你追鼬狼，我追衣架。衣架穿得西装革履，我还以为是什么大人物。"

7号拍拍她的背："你够棒了，收获颇丰，别那么贪心。你追衣架你也没子弹了。"

"我还有一发。"

鼬狼一发，小可爱一发，打衣架用了两发，真是弹无虚发。

7号挑挑眉："还挺节约。对面总共几个人？"

"小可爱、鼬狼带了俩人，外加衣架。那几人早到了，小可爱进去就马上出来，鼬狼也跟出来，衣架晚一步出来，准备和他们分开，我就开枪了。"

"走，我在小可爱家里找到了箱子，不方便带，先藏起来了。"

两人返回鼬狼女朋友家，从楼道里取出密码箱，带回公寓简单粗暴地找工具撬开，里面是八支针剂，还空着四个放针剂的位置。

唐忱抬起头，和7号四目相对，同时意识到情报出了方向性错误。

小可爱不光是鼬狼的女朋友，这局面像是衣架通过鼬狼从小可爱手里拿荷善需要的违禁药品。小可爱反而是鼬狼的上线。

7号费解地摸摸下巴："看身材一点也不'麻秆'啊。"

"想什么呢！"唐忱往他肩上捶一拳，一拳却捶出惊天的动静，自己吓一跳，发现声响不是自己发出的。

唐忱转脸看向门边，7号陡然严肃，把她拎起来拖到靠墙。

门外枪声没断。

"惹错人了。79区最疯的人群非毒贩莫属，药用多了疯得厉害。"他抄起椅子砸向墙壁，墙面破了个洞，依稀看见枪的局部，他却没去拿枪，拖出一条水管，一端系她腰上，一端系在床脚。"你先走，路上谁也别求助，特别是3局的人，直奔地铁站。到1局再和我联系。"

嘱咐结束，他把她的手枪塞她手里，打开窗让她跳。

她立在原地动都不动，寒风从窗外吹进来，她的脸部轮廓越发冷硬。

"你当我是什么小挂件？"

7号往后退一步，想解释没有瞧不起她的意思时间又不允许。门外不知有多大阵仗的情况下，当然走为上计。逃生的绳索只有一根，他只不过让女士优先。

他只好继续敲墙，把机枪取出来给她。接下去要采取什么战术已经毫无头绪。

持续的射击把公寓门打穿了，暂时是几个孔。

唐忱扛起枪，笑嘻嘻地踮脚，在他面颊上轻轻一吻："谢谢宝贝！"瞬间从视野里消失。

他探身望一眼，瞥见一个模糊的剪影沉进黑暗中，她已经安全着地解开绳索，

172

一阵凉风朝他吹来，从床边垂向地面的水管晃了晃。

唐忱不会扔下他不管，这点他不担心，只担心她过于冒险。

他一直是一个人，一把重机枪一条水管，现在还剩两把手枪一把狙击枪，持续攻击力成问题，但他又不能逃，不知道她会以什么方式突破回来。

他用了她惯用的那把战术左轮，从门上的弹孔往外连击三四枪。

门外枪声中断了几秒再卷土重来。

听声就知道门外左右两边都布局了人力，而走廊是狭长的，无论他冲出去从哪边突围，都会迎来背后的子弹。

唐忱绕到隔壁那栋楼，一些居民听见枪击下楼避险兼看热闹，门禁开开关关，她进入楼栋畅通无阻。

下楼的人们与她在消防楼梯上擦肩而过，有些好奇地回望一眼，看见她背后的重机枪，惊慌失措地自己乱作一团。

她跑上六楼，从略高于对面公寓走廊的位置翻出来，没有掩体，也没有什么能辅助固定她的身体重心。

她只是悬空坐在建筑外墙的铁梯架上，腿勾着横档。

走廊上六个人，就算运气再好也不可能一次解决，幸存者势必会还击。她必须想好退路。

每栋楼走廊外都安装了花架，看起来是金属制的，不知道牢固程度，只能赌一把。

她沉下心瞄准，感觉到自己的心脏在激烈地跳动。

她扣动扳机，密集的子弹组成一把铡刀，横切过对面走廊。

楼道里扬起遮天蔽日的烟尘。

她松开腿，只留一只手，以梯架为轴转到建筑的另一边。

对面回击的子弹击中梯子的横档，火星四溅。

她借助惯性跃向花架，听见生锈的金属的断裂声，在迅速下坠中够到下一层楼的花架，但也吃不住力，就快要一并垮塌下去，她换只手及时攀上结实的走廊边沿，腹部发力，成功跳进下一层楼走廊。

隔壁楼里的毒贩反而像被困住了，捕捉不到她在墙那边怎么移动，只能胡乱地乱射一气，给墙体描着边。

她从远侧的楼梯上了天台，从一根管道攀上另一根管道，移动到另一边天台，从巨大的水箱和排风扇阴影中穿过。

脚下的地面，身边的铁皮管，一切都在微微震颤。

她蹲着听风声，大口喘气。

当她从楼上一跃而下跳到他们身后时，两个毒贩还在盲目地朝隔壁楼射击。

她一晃而过，连续射击后闪进楼梯口躲避。

走廊上枪声彻底停止了。

安静几秒后，她才快速移动到公寓门前，朝七零八落的尸体腰间一一补枪。

7号打开门，看见唐忧跪在地上专注地掏储存器，替她一枪解决了走廊尽头闪出来的黑影。

"漏了望风的。"

她头也不抬，继续掏储存器："不给你留点有伤自尊。"

"我可没你那么小孩子气。"他笑着把收拾好的背包扔了一个在她面前，"他们消息很快，马上会来第二轮，我们不能直冲地铁站。"

唐忧把储存器一股脑塞进包里，背上跟着走："有朋友收留我们吗？"

"没有。"他无情地打破她的幻想。

所谓狡兔三窟，7号在两公里外有个还凑合的"安全屋"。但唐忧没走过这么艰难的两公里路，一路上他们必须尽量避开所有仿生人，以免行踪暴露。虽然直线距离两公里，但躲躲藏藏绕了至少有五公里。

打开车库门看见一张床，唐忧喜出望外，连人带背包扑倒了。

7号在外面布了几个警报器，把门拉上。

"是3局的人出卖我们？"她刚有时间回味整个晚上的连续事件。

他坐下翻包，语气平静："回收尸体那两个吧。太正常了。3局的人永远不要信。你有没有受伤？"

她伸出左手："手有点坏了。"

他仔细看看，掌心磨损，皮肤裂了几道口，透明的电流液总往外渗。

他准备用黏合剂先简单处理一下："你暂时别碰水。"

"但我要洗澡。"

"这里没有热水。"

"我在地上打滚了！"

大小姐就是事多。

他没辙，去翻箱倒柜找出一个燃油桶，把里面的杂物都倒出来，先冲干净接了冷水，再用烧饮用水的水壶烧了开水给她兑进去。

她就坐在地上看着他忙里忙外，和他说话："你有计划吗？我们怎么脱身？"

"明天白天路上仿生人少一点，我们一直朝东走，穿过环路绿地，到隔壁区搭货运列车去找科洛。"

唐忧变了脸："现在还不想理他。"

"那你别理他，我和他看储存器，你和甜语在旁边玩游戏。"

她听了更生气，胡乱发牢骚："烦死了！我只想本本分分抓个网红，扯出这么多麻烦！"

他伸手试试水温，笑起来："网红不本分，有什么办法？洗你的澡去吧。"

"他们会一直追杀我们吗？"

"到人类的地盘就不敢这么放肆，底层命令不是空话。在别的区，机器杀人，那科技部要教他们做人了。"他帮她把地上衣服捡起来，又问，"是不是还得慎重考虑？79区不是宜居地。"

"你能杀人吗？"她趴在燃油桶边缘，大眼睛望着他。

他被问怔了，过一秒才继续手上的动作："我不是当着你面杀过人吗？"

"故意杀人呢？"

他撩起眼皮淡淡扫一眼："要不要剖腹给你看看有没有电池？"

她不自然地抠了抠左手的伤口："我就是随便问问。"

他起了兴致，蹲下来和她面对面："我看你很像仿生人，无法无天。"

[34] "我们需要一个线人"

车库没有窗，卷帘门底下已经漏进了光。

唐忱掀开被子起床，外套搭在7号身后的椅背上，他在画画，但她刚一走近他就开了全息投影把画布遮起来。

"送给你之前不能看。"

"小气。"唐忱从椅背上拽过皱巴巴的衣服胡乱往身上套，瞥见他有点憔悴，脸发白而眼圈发青，"你昨晚没睡吗？"

"睡不着。"他起身把画朝墙放置，"我没你心那么大，被毒贩追杀还能睡这么香甜。"

荧光灯跟着人声飘向盥洗室。

她一边刷牙一边含混不清地问："比鬣狼还可怕吗？"

"前年他们杀了九个调查员，把残肢断臂挂在3局的外墙上，放火烧了办公楼。并且把其他区过来的交通要道全用砂石堵了，消防系统无法进来救援，火就一直烧，直到没东西可烧。"他抱臂倚在门边和她说话，视线不经意地落在她腿上，左腿膝盖下方靠内侧紫了一大块，右腿胫骨前侧有成片的轻微擦伤。

她吐掉嘴里的泡沫："宣示主权？"

"对，所以平时没人去招惹他们。而且他们经营冷冻海鲜批发、违禁品进出口，大部分时间待在郊区港口，不在79区，表面相安无事。"

唐忱用毛巾把脸擦干净："麻秆是他们中的高层吗？"

"我觉得高层不会叫这种外号。"

"所以昨晚是为了剩余的药？"

"药很贵。荷善只是顾客之一，我想其余没收到货的顾客应该很不开心。"

"我在想荷善的药哪儿去了，衣架是来取药的，可是我们从衣架身上没发现药。"

"从现场逃走的人只有鬣狼的两个跟班，对吗？"

"衣架没拿到药怎么可能和他们道别离开？"唐忱停顿两秒，自己接上答案，"追逃的过程中藏在路上了。逃走的人工智能知道藏在哪里，会派人回来取。"

他垂着眼，一点没有被感染上她的兴奋。

"你该不会说，你想回去吧？"

一语言中了。

唐忱咬咬下唇的死皮。

"世界上没有你留恋的人了吗？"

她不说话，也知道这样杀回去风险太高，但是明知有线索不去处理让她非常焦虑。

他从实际出发说服她："他们要拿昨晚就拿了。再说，很可能只是派个衣架来取，你一开枪，大脑又溜得飞快，抓不到任何有用的东西。"

起了作用。

她点点头，经过他的时候伸手摸摸下巴："需要刮一下。"

有点生气了。跟她讲凶残的犯罪事迹，她当耳旁风。

她开始飞快地化妆，往脸上涂抹一些闪闪亮亮的物质。

他更快地收拾完毕，打开系统接收新闻，转告她："离婚庭审又要开始了。"

"快到中国春节了，是为了制造节庆气氛吗？"

"不知道。你往年春节怎么过？"

唐忱刚想说当然是回家和爸爸妈妈在一起，但7号来历不明，还有个虚构的父母双亡背景，自然无家可归，她实话实说也像炫耀，只好装漫不经心："没怎么过，平时想要什么娱乐不能有？现在哪还有过节之说？你呢？"

"出国度假。"

可恶，赤裸裸的炫耀。

指挥官才算治安警编制内部人员，要在现实中出国，程序比调查员麻烦很多，需要至少提前半个月报备。这个政策对唐忱来说不太友好，她总爱一时兴起，常常报备后临行不愿去了，想去的时候没提前报备。

她愤愤地把子弹一颗一颗塞进弹匣，咬牙切齿："春节抓不到网红，你不要想休假。"

他拉上卷帘门，笑起来："这可由不得你。"

"那你去休假吧，我去和其他调查员搭档，回来就没你的位置了。"

"其他调查员，谁啊？"

"露。"

7号笑出声，跟在后面慢吞吞揭穿："你实话实说好了，不就是馋美女吗，用得着找这么多借口挤对我？"

徒步旅行没再遇到袭击，也许是衣着形象刻意模仿了仿生人，路上遇到的仿生人也不太留意。

唐忱精神很好，一路上吵吵闹闹，走到货运站，7号给装卸工人一点小恩小惠，顺利混上了车。

但是一到科洛家，她就不怎么说话了，拿脸色给科洛看。

科洛自知理亏，大气不敢出，把鬣狼女朋友、衣架和毒贩们的记忆等分成三份，大家各看各的，尽量避免互相讨论。

不过中途他还是忍不住发起一次话题："这个荷善，真是越来越像唐忱了！"

唐忱抬起眼皮瞥一眼他推出来的投影画面，的确外形很像，但是不想接他的话。

这只家用机器人与荷善没太多交集，只是偶尔远远见过几次荷善。现在出现过的画面中，荷善在健身、学习格斗和训练射击。

从最初射击游戏事故开始，他们就知道荷善是有点战斗力的，倒也不能武断地说这些都是模仿唐忱。可她剪了短发，穿相似的黑衣，再加上这些行为，气场姿态也越来越像，很难说只是一种巧合。

学人精。唐忱心里认定。

成长过程中遇到过这种同学，关系不近，穿的用的老是碰巧撞车，被指出还要做作地装惊讶。

7号说："她做惯了网红，行为上喜欢模仿爆款，可能她自己都无意识。"

"我算不上爆款。"

科洛扑哧笑了，又被唐忱一个冷眼遏制住。

"要特别当心这种情况。"7号严肃地提醒，"容易发展成把你当唯一的对手、假想敌。钻牛角尖要和你一决高下，仇恨有针对性，会走极端。"

唐忱想了想，绑架自己那次就有点这个意思："以前也不是没有过。"

7号知道她指什么："那次是针对我们俩，现在行为模式又变了。"

唐忱脑子转得很快："那时候针对我们俩，我们是搭档。我们质疑她和仿生人的信任度，她就马上以牙还牙。是不是说明她也有她的搭档？她的家用机器人？"

"最早那个。"

"就叫它0号机。为什么荷善的家用机器人可以发展到这么高级？一个普通的小米机器人可以完成这种进化？"

"不可能。算力达不到。"科洛指了指充电中甜语的方向，"甜语已经经历过很多升级，但是她也没有完整的自我意识，她分不清哪些是她自己产生的意识，哪些是其他智能对她的影响。这种分辨能力对人工智能在机体间流动工作是至关重要的，否则会受到每个机体中原有智能的本能影响，那些干扰就好比人类的潜意识，让它做出的行为无法坚持自我逻辑。这种智力上的质变，家用机器人就算从出厂开始一刻不停地迭代也做不到，首先硬件就喂不饱，容易崩溃。"

7号启发唐忱："想想尼娜，她可是NASA的人工智能。它当然可以回到一具仿生人身体或者一个球里面去，但她不可能是从这些半吊子机器里生成的。"

"所以，荷善的好搭档根本不是她的0号机。0号机不知什么时候已经被取而代之了。"唐忱露出玩味的微笑，"他们俩到底谁才是指挥官？荷善发现这个真相了吗？"

7号跟上她的思路："可能发现了。所以行为模式才产生变化。"

"关系逆转了。荷善策划绑架事件时把我当成主体，由我产生怀疑，由我承担后果。对应到她和搭档的关系中变成对搭档的一种警告，那时候她把7号视为实际上的指挥官，类比她自己。"

科洛插话："荷善这种顿悟就很像人工智能智力发生质变，一直以为自己在按自己的想法行动，突然发现自己的想法其实来自身边其他智能的影响。"

"这种是人工智能觉醒的标志吗？"唐忱好奇。

"不是，没有必然联系。觉醒主要指情商那方面。这种是生物与非生物智能聪明的标志。"

7号帮忙翻译成唐忱容易理解的语言："意思是唐忱你多疑，但你分辨不出科洛对你的影响所以还不够聪明，我就能主动发现别人给我的记忆不对劲，所以我比较聪明。人和人都是有差距的。"

"你这人怎么哪壶不开提哪壶呢！"科洛大声抗议。

幸好唐忱眼下注意力没放在这里，她只关心荷善："能预测荷善的行动吗？下一步她会不会反其道而行？"

室内陷入沉默。

7号犹犹豫豫："不一定吧。"

他的考虑依据是，唐忱因修改记忆虚构的事件变得多疑，但惯性已经形成，她发现真相后也没有矫枉过正变成"傻白甜"。

"如果荷善本来就有点反人工智能，那么人工智引导她更加反人工智能其实也是符合她自己逻辑的。她有没有分辨能力对后果影响不大。"科洛说。

"但是有件事她一定要做。"唐忱另辟蹊径，"维持她行动体能的针剂只有四支了，她一定要再找货源。"

"这倒是。"7号附和。

他刚才看家用机器人的记忆，先看了小可爱和毒贩的，对毒品这条线了解比较深入。

"鬣狼的女友确实是麻秆，她自己本来的名字叫青秆，79区的混混又胡乱给人家起外号，叫习惯了只好接受。这些不是重点。"7号把一个关键影像画面推到唐忧面前，"给她送药这个人，经过现实形象比对，是科瑞医疗的仿生人员工。"

唐忧瞠目结舌。

科洛惊呼："科瑞医疗是生命素的厂家啊。还有忧忧你妈妈……"

"别扯我妈哦，你有没有金融常识！投资方只负责投资，科研和生产跟资方没有半毛钱关系。"唐忧一步到位撇清关系，"你要是买了科瑞医疗的股票那和我妈也没区别。"

"懂了……"科洛迅速认输。

平静下来，唐忧啃着指甲一副一言难尽的表情："这叫什么事啊。"

谁都明白，企业下班后不会给仿生人供电，员工越过公司官方许可偷跑出来送药绝无可能，这药不是海外进口的毒品，而是合法药企生产的违禁药物。

"这种事也是很常见的。"7号察言观色，试探唐忧，"你的目标是抓网红，可以先绕过去。"

科洛对自己父母的认同感倒是比较微弱："我爸妈那时候安全公司还正手研发病毒反手研究杀毒呢。"

唐忧理清思路，做了决定："我们需要一个线人。"

7号立刻会意："复活麻秆？"

唐忧对科洛挤出甜甜的微笑，科洛心中涌起一股不祥的预感："你想干吗？"

"借甜语用一用。"

"你又疯了？去79区买个已经格式化的仿生人不好吗？"科洛垂死挣扎，拼命使眼色让7号劝阻唐忧。

7号不想劝阻，甚至暗自好笑，终于知道科洛为什么每次都被唐忧操纵，唐忧现在的眼神熠熠生辉，像极了电影里搞歪门邪道的科学怪人，此时此刻甚至特别适合来个电闪雷鸣做背景，闪电都比不过她眼里的光。

"不好。我要借甜语的本能影响她，免得线人反水。"

科洛急切的样子像一位企图替女儿逃避兵役的老父亲："甜语傻得要命，没有任何本能。"

"甜语的本能是对你忠诚。"唐忧说，"我们已经验证过了。"

[35] 路径依赖

离开科洛的公寓后，7号就变得怪怪的，始终阴沉着脸，明显有心事。

唐忧觉得不是自己的错觉。起初她怀疑工作结束后自己补觉的四小时内，他和科洛闹了别扭。带他回家后他依然态度冷淡，问三句回一句，唐忧发现，可能情绪是冲自己来的。

回溯到复活青杆——也就是甜语的时候，他还正常。

动员青杆做线人没费什么口舌，许诺给她几罐回收EFA作为回报，她就乐意为之，仿生人本就唯利是图，不过也正因为毫无信仰和正义感，青杆不保证成功率。

按照事先计划，任务由科洛向她传达，让她见机行事，把荷善诱出来逮捕。荷善肯定不会和仿生人交朋友，但荷善需要稳定的药品来源，当青杆主动示好，她很难拒绝。

抓捕的地点青杆提议设在灯谜俱乐部。

灯谜俱乐部在MACRO系统中的13区有四家店，设计和氛围非常受年轻人喜欢。不过青杆说的不是四家中的任何一家。灯谜在郊区东海岸有实体店，毒贩们对那里的环境比较熟悉，有利于控制局面。

"我可以说服我的同伴对你们抓捕这个人的行动视而不见，但是他们不会出手帮助你们，你们是人类而且是治安警，双方找不到共同立场。"青杆是个思维很灵活的仿生人，她提出了一些合理要求，"而且也请你们尽量缩小行动的规模，灯谜是一个各种势力并存的根据地，其中大部分至少游走在灰色地带，特警组进入公然抓人会让人们对这个地方的中立性产生怀疑。就像现在，如果我邀请荷善去灯谜一聚，她说不定会答应，但如果人类的特警组在里面抓过人，她是不会去的。"

"明白。"唐忱本想告诉她行动人数可能在四人之内，但7号给她递眼色让她闭嘴，她很快领会到了不提前泄露任何行动细节的重要性。

"现在首要任务是我得用新面孔回到组织里去，这至少需要两三天。被人类搭救复活本来就够像童话故事了。"青杆玩闹般用手掂了掂自己新收获的大胸，"一个家用机器人为什么有这种身材，会让我的同伴产生更多疑惑。"

唐忱和7号同时把目光转向科洛，内心充满正义的批判。

"怎、怎么？养眼不行吗？为什么家用机器人就非得是个球啊？我们人不能追求点视觉上的享受？"

青杆没有回答，在场的另外两个人也没有发表对"视觉享受"的理解，好像是故意不想给他递台阶下。

科洛恼火地转移话题："你可不要用我们甜语的身体去吸毒。"

"我自己不吸。我们只贩卖。"青杆说。

唐忱回想起来，盯梢的几天的确没见过她或者她吸毒，否则早就怀疑她和毒品线的联系了。

"那你们为什么贩卖？"

"当时为了赚钱啊。"

"要那么多钱干什么？"

7号心想，又来了，大小姐每隔几天就要发表一遍"要钱干什么"的灵魂质问。

但唐忱其实不是那意思，她追加了一句："仿生人通常不是只做十年计划吗？"

在79区住了一阵，唐忱也并非不食人间烟火，对仿生人的想法多少了解一点，他们对市区里的"平权运动"抱有稀薄的幻想，觉得十年后也许真能让仿生人工作之余也得到供电，或者延迟退休时间让大家都更长寿一些。

更主流的梦想是，科技日新月异，近两年使用更高效核电池的仿生人已经被生产出来了，将来说不定有更便宜的清洁能源被推广。

总之，做超过十年的财务规划没有意义。

甜语有一张可爱系的短瓜子脸，青杆在上面描画出天真又邪恶的神采："我五年目标都还没达到，可能因为我……太挥霍了吧。"

"水电站是吗？"7号无情地揭她底牌。

青杆不开心地噘着嘴撩撩头发，对唐忱说："你的小白脸人品有问题，偷看人家隐私。"

"什么水电站？"

"核心记忆。他们找到一个废弃的水电站，想让它重新运转起来。"

"胆子也太大了。你们觉得你们自运营一个水电站，人类会监控不到吗？"

青杆眨眨眼："我们贩卖药品人类也能监控到，他们还和我们合作。所以我想只要钱够用，水电站也不成问题。"

唐忱无从反驳，甚至开始反思追捕荷善的意义。纵然荷善是个穷凶极恶的杀人犯，可她制造的这点危害和眼下擦肩而过的这些潜在案件相比完全是小巫见大巫，人类医疗公司非法生产违禁药品、仿生人计划自营发电站，一旦实现，仿生人就有了脱离人类管束的一支军队。而7号建议她绕过去。

她也明白自己一个小小的治安警犹如蚍蜉撼树，不想绕过去也得绕过去。但"窃钩者诛窃国者侯"的现实摆在面前，有点打击她惩奸除恶的积极性。

这一整天本来就心情不好，身心疲惫，回了家7号比她更沉闷，雪上加霜。

她想活跃一下气氛，把申请79区公寓的材料填好上传，提醒7号注意查收系统消息。流程是这么走的，她以7号的朋友身份申请相邻公寓，系统会询问7号的意见。

可他不见半点高兴，"嗯"了一声，说"等忙完这阵"把她打发了。

唐忱很生气，再忙能有多忙？点击"同意"只需要一秒，他一秒空都抽不出来？

躺在床上寻思，他是不是还对被毒贩围攻的枪战心有余悸，怕自己搬过去不安全？

转念一想，干吗替渣男找借口，他以前也担心她安全，有顾虑会直说出来，从不像这样冷暴力。

这样反复一琢磨，更生气。

唐忱决定比他冷暴力得更彻底，转身背对他，发誓坚决不跟他说话。

脑子却忍不住还在转。可能因为什么不高兴？她领他回自己公寓却不把床让给他，还是自己在科洛家打瞌睡的时候科洛这张碎嘴又挑拨离间了？唐忱觉得后者可能性更大，准备明天偷偷去找科洛算账。

唐忱心放宽一点，昏昏欲睡，谁知7号还缺德上瘾了，拽她手臂硬生生把她摇醒。

"F-BIT的区域经理把他们气体爆炸后的标准处理流程发过来了，我看最可疑的是'加快10区-30区的EFA回收进度'，因为气体跑了不少，回收处理的管道不能空置，10区到30区使用时间多于七十天不足九十天的气体也被提前回收了。所以我又和他联系，询问10区到30区的回收气体有没有丢失，确实有，只是有几个区丢了一两罐，在正常损耗范围内。他给我列了个表，是这几个区，你看一下。"

唐忱根本不去看表，在黑暗中和他大眼瞪小眼："这种事不能明天睡醒说吗？"

他面无表情："你说你急着破案。"

"没有急到你这个地步吧。"

"我也急，早点抓人解绑休假。"

"解什么？"唐忱别的不强，从干扰信息中抓重点的能力特别强。

他动了动嘴，没出声。

她自力更生，用视线调出系统目录，果不其然，刚才回到家这么一会儿工夫，他把吴浩宇被害案的进度报告上传了，自己名下和他共同的案件只有这个，其他都挂着1局3局其他人，快马加鞭把凶手抓到，要解和谁的绑　目了然。

"你对我有什么不满？"

"不敢不满，你想多了。"他半死不活，话里带刺。

唐忱憋着一股气，解绑就解绑，把视线移回表格上："13区、15区、24、25区，怎么了？三个月内出过怪事？报警率特别高？"她自己设置参数调出数据，"这几个区年轻人多，平时报警率也高。"

"你看看现实报警率。"

比其他区高了三倍，唐忱吓了一跳："出了什么事？"

"没有大事，秋冬交际时这四个区爆发了病毒性皮疹，80%警情都是举报邻居在马路上散步。"

"出台禁止活动的法规了吗？"

"没有，只是区域内发布了倡议书，因为具有一定传染性，建议居民皮疹患者病情好转前减少外出活动。"

唐忱查询病毒性皮疹的症状，因为炎症具有自限性，一般三五天就会好转，几乎没有后遗症。放在上个世纪，这点小毛病可能不足挂齿，但人类对自我的约束在不断强化和累积。

人们习惯了，不断在习惯的轨迹上循环往复。

荷善为什么要炸了F-BIT的管道，小偷小摸几罐气体，对几个区看似正常实则反常的路径依赖现象提出警示？就为了告诉人类困于虚拟世界的危害？这也绕太大弯了。

唐忱没有头绪，心情又坏掉一点："你有什么思路？"

"病毒性皮疹的爆发由EFA导致。我是说，荷善是这么认为的。"

"哦……"这就很直接了，唐忱挠挠头，懊恼这么顺理成章的答案自己竟没想到。

7号不以为意："所以她偷那几罐回收EFA的目的不在于获利，恐怕是要以惊世骇俗的方式揭露一些她认定的阴谋。"

唐忱长叹一口气："她又想搞大事情。"

"她表演欲一直很强。"

"她斗志旺盛，一直坚持与MACRO作战。最可笑的是我现在不知道她和MACRO哪边才是正义。我只知道，她比我有勇气。"

以往每次她说出一些丧气言论，他都能理解，也都会宽慰几句。

可今天他连这份心意也没有，不咸不淡地敷衍："别消极。"

唐忱心里涌起一股极其强烈的失望。

"如果我是她，我会盯上离婚庭审。"

[36] "给大家拜个早年"

唐忱不爱看离婚庭审，去年那场她看过一些庭审文字记录，知道进度在哪儿。

原告Sherry已经拿出肖侃转移婚内财产的实证，肖侃当庭认错并许诺将全年收入捐给科学发展基金会。

那时候她以为大女主披荆斩棘勇斗恶龙的爽剧已经接近尾声了。

没想到今年再次开庭又一朝回到解放前。

肖侃说他还想挽回爱情，他去拜观音菩萨，观音菩萨被他感动显灵了，像全息投影一样真实，告诉他Sherry就是他命中注定的伴侣，他们有三生三世姻缘，现在这个阶段只是常规渡劫。

原告律师在庭审中解析佛法道，力证观音菩萨不管爱情。

第一天庭审颇具喜剧效果，不仅旁听席人数上千万，而且带起了表情包风潮，"全息投影观音菩萨"成为流行梗，就连事后复盘逐帧分析庭审微表情的网红都得到了前所未有的热度。

肖侃的公共社交账号又涨粉几百万。

183

唐忱被气得不轻，第二天更是从旁听席拂袖离场，对7号把前因后果科普了一晚上，7号不太理解她的愤怒："大家看看热闹，又没有逼你嫁给他，干吗为不相干的人恼火？"

"当然是为Sherry打抱不平了，你没有同理心吗？"

"没有，我一只巴甫洛夫的狗怎么会有同理心。"

开眼了，还能翻出那么久远的旧账。

早晨，唐忱约了心理咨询，其实只是找借口去1局。科洛感到困惑，没想到自己工作了也能遇到"放学后在校门口被人堵"的局面。

唐忱质问他那天在自己睡着后跟7号说了什么鬼话，又让他加倍困惑。

"你睡觉去以后我们压根没说过话，各看各的记忆碎片。我和他能有什么可聊的？"科洛逮住她迷茫的机会反击，"要我说，是你追男人的方法有问题，每次看上谁都变得像螳螂夫人，气氛马上就不一样了。"

她不想听科洛鬼扯，科洛的感情一片空白，他对活的女人都不感兴趣，有什么资格教别人处理人际关系呀。

她双手插在口袋里，和他走相反的方向，等地铁的时候忽然不想回自己公寓。

7号不再友好，他在家，让她觉得时间很慢很难挨。

他去3局打卡上班不在家，她又觉得空房间里很孤单。

以前没有这种感觉。

她漫无目地往前坐几站，又到对面往后坐几站，拿不定主意要去什么地方。地铁里笑声接连不断，她知道大家应该都在看庭审，男主角一定在继续耍宝。

她不想再看庭审了，压不住生理性的厌恶。

翻翻步行街上的议论，果然不只是看看热闹那么简单。

原告展示双方感情破裂时吵架的来往邮件，Sherry的眼里滚着泪。场边观众说她太爱作秀，邮件她又不是第一次见，何况吵架是双向的，她骂对方自私自恋用词也不客气，当庭哭泣就戏瘾太强了。

读到Sherry骂肖侃的信，肖侃总在被骂之处笑场，好像在纵容她的淘气。

双方律师在唇枪舌剑，肖侃像听课不走心的中学生，频频开小差向Sherry暗送秋波比爱心，Sherry每次都转而望天，这些细节在投影中能被放大，旁听席气氛始终欢乐，觉得他虽然好惨但是好笑。

原告律师问肖侃把Sherry的藏画都低价卖掉是不是报复。

肖侃回答，不是报复是嫉妒，画上有男人，Sherry总是盯着看。

原告律师问肖侃为什么从来不付两个女儿的抚养费。

肖侃回答，因为他一向把自己的全部财产视为Sherry的，Sherry要怎么支配她的财产是她的自由。

原告律师指出他从未给Sherry转过钱。

肖侃说："我所有银行账户密码都是她的生日。"

旁听席上观众震惊了，好歹是财富榜前列名人，账户密码是可以说的吗？

原告律师指出Sherry早已和他分居，不可能拿到他的ID印签去取钱。

肖侃总结，我想这就是她抛弃我的弊端之一。

观众们哄堂大笑。

Sherry笑不出来，目光和他遇在一起，恨得很明显，肖侃的眼睛里却只有委屈和讨饶。

步行街上因此议论纷纷。

"无情的女人真是太狠啦，她律师拿出的那些指控条条都在暗示肖侃的品格缺陷，这哪是要离婚？这是要让他身败名裂。"

"一往情深恋爱脑的搞笑男人打着灯笼难找，Sherry女士放着不要，双方都富有到这地步了，钱就那么重要？"

"Sherry为什么老看天花板？看着精神不正常。她是不是信了邪教？"

舆论对Sherry格外严苛。

精神最不正常的肖侃，反而没人觉得他不正常。

当天庭审的最高潮是，原告律师问肖侃："为什么你至今拒不归还她十五年前借你创业的二十万人民币？"

肖侃开始卖惨："全国人民都知道我钱捐光了。我提议肉偿，Sherry又不同意。"

唐忱合上眼，听见前后座位传来的笑声，盘算着是否再养一只狗，怎么说狗都比人好得多。不过想到狗，她又想起了7号给她添的堵，烦心事真是浪打浪。

系统里突然传来语音通话请求，竟是甜语。

唐忱顿时精神振作。

青杆甲甜语的加密账号说话："安排好了，晚上九点在灯谜，地下一层5号包间，你们乔装一下报'麻秆'的名字从后门进。"

她思路很清晰，发号施令像指挥官。

唐忱心里雀跃，由着她指挥，切断线路后通知羽纱和露提前碰面的时间地点，怕对话不安全，没说事情，不过羽纱和露都能会意。

之后做了一番心理建设，回到公寓公事公办地通知7号。

7号也公事公办地开始准备枪支弹药。

她不想关心，但余光瞥见都能看出他状态不好，脸色苍白，气质虚弱，眼圈的黑衬得眼眸泛灰蓝，额发还在眼前挡视线，目光慢慢地散焦，又冷又阴沉，像刚从地下爬上来的吸血鬼。

可是谁让他给自己添堵，她争一口气，坚决不问他为什么。

在地铁站一见面，露开口问了："你这是怎么了？纵欲过度？"

7号笑笑："熬夜而已。"

露表情严肃地警告："一会儿可瞄准了，别对自己人开枪。"

羽纱对7号毫无兴趣，一心想着战术，和唐忱商量："包间有窗吗？我们最好不要都从同一个门进。"

"窗不知道有没有，我没去过郊区这个，结构不一定和城区里的一样。只能到地点现看，如果没有窗，露和你各守一个门，我和7号进去抓人。如果还有窗，那我守窗，7号进去抓人。"

羽纱对这安排不太满意："我想进去抓人。"

"网红很可能带枪，我们不杀她，但她对我们可不会手下留情。你的射击精准度没法保证打掉枪却不打死人。"

羽纱不服气，瞪着7号："证明给我看看。"

露慵懒地揽过她的肩："别内耗，乖。"

大致策略商量完毕，四人节约精力不再说话，车厢里一安静，紧张的氛围就浮上水面。

唐忱有种不祥的预感，说不清为什么，格外心慌意乱，可能因为以前行动从不用担心搭档，这是第一次和搭档闹不愉快后行动，这种情况，在戏剧性较强的影视作品里，搭档一般会送命。7号送命的可能性不大，自己倒是常受要命的重伤，认清这个事实更令人悲从中来。

灯谜虽在郊区，但离地铁站很近，步行可达，非常方便。

建筑仿古堡的造型，越往高处越哥特，嵌满彩玻璃窗，入口的一层留有钢筋框架和金属管道，浓重的工业风，墙壁卜挂满釉光闪闪的大画，射灯五颜六色晃得眼花，粗犷和阴森混搭，别有一番风味。

地下层没有窗，包间全密封，只有一个门，临场也只有一个策略，都从这里进。

弦绷到最紧，却没发力就松了。

包间里空无一人。

唐忱没想到，不祥的预感会以这种方式兑现。她急速思考，青杆和荷善的会面是没开始还是已结束？

台面上有两个坦布勒杯，杯里威士忌都剩余不少，冰块只残留一点。

看来是见过面，但屁股没坐热就决定离开了。

羽纱转身想冲出去追，唐忱拉住她摇摇头："走一会儿了。"

唐忱无法判断青杆是否还与荷善在一起，是否换了地方赶下一场，不敢贸然联系，咬咬嘴唇，按下呼叫铃喊来服务生询问："客人离开时你们有人看见吗？"

"没，麻秆特地叮嘱我们别来这边走廊闲逛。"

糟了，青杆凶多吉少。

喝酒的杯子都没收，打扫卫生的服务员想必没来过，青杆约荷善的借口不可能脱离毒品，可是包厢里桌面地面干干净净，没有空针管，荷善可不像这么有素质的人，用完还把垃圾带走。

十有八九，针剂都没开封，她就出其不意动了手。

唐忧脸上的神色已经说明一切，7号拍拍她的左臂宽慰道："也许没你想得糟，回去等两个小时试着联系她。"

整整一夜，甜语的机身一直处于无信号状态，唐忧瞒不住事，把消息告诉科洛，就连科洛也搜索不到。

7号费解："唐忧一条胳膊的信号都能找到，这么一整个人怎么做到无影无踪？"

"唐忧的胳膊安装在身上一直在运转啊。"科洛无精打采，"甜语要么电池被拆了，要么被装在屏蔽信号的盒子里了。"

两种情况都不容乐观。

唐忧跌进懊恼的深渊，蜷缩在沙发里只叹气不说话。

科洛反过来安慰她："没事，就一个家用机器人改造体，甜语的脑子还在我这儿，再制就是了。"

这话并没有减轻她的沮丧。

科洛叫7号："你把小嘤拿出来活跃一下气氛。"

7号瞥她一眼，觉得那不会让她开心，小声说："算了吧，让她静一静。"

"静不了，你们在系统外吗？快进来看看，疯子网红进庭审直播了。"

唐忧猛一激灵，与7号对视一眼，同时切入庭审旁听。

法庭中央出现一只巨大的年画娃娃，扎着小辫穿着肚兜，憨态可掬地朝各方向招手，不断循环致辞，宛如粉丝见面会："给大家拜个早年，我是荷善。"

"查IP。"唐忧呼叫科洛。

"查不了，不是虚拟形象，是录制全息影像。"

和系统里平时广告相同的呈现方式。可是唐忧想不通她图什么，录制影像马上就能关闭，引不起多大骚乱。

法警们刚才只是被这只娃娃的庞大体积震撼了，现在正在迅速靠近。

年画娃娃用娇软可爱的声线对大家说："不要关掉我哦，不然，超人气偶像雪晴妹妹就见不到明天的太阳了。"

Sherry面色煞白，从原告席上翻出来拉住准备上前的法警。

年画娃娃播放影像，时长只有六秒，少女被绑住手脚蒙着眼，在小黑屋里哭着喊"妈妈"。

肖雪晴同样是CANVAS的网红，比荷善年轻，比荷善出名。

年画娃娃说："我们网红，平时就很喜欢线下见面呢。"

Sherry不听她阴阳怪气，冷静道："你想怎么样？"

年画娃娃说："我呀，想要看一场真正的庭审，希望被告律师能帮我盘问原告以下几个问题，要诚实不要撒谎，我得到满意的答案自然就会放了雪晴。"

果然如唐忱所料，荷善要在庭审上开始她的表演。

可她承诺放人，唐忱不会信，答案满不满意，解释权在她，和疯子没法讲道理。

"科洛，筛查旁听席可疑ID，荷善本人一定不会错过现场。"

"可是观众有两千万了……"

"我知道。"

科洛不禁苦笑："谢谢你这么看得起我。"

[37] 自循环

彩色的光晕悬挂于天花板，而深红色的光束打在旁听席每位观众的脸上。

年画娃娃挤在窄小的法庭中央，从法庭中的视角看，旁听席上人与人叠在一起。

整个空间人群密集又视野开阔，有种说不出来的怪诞。

荷善很懂得用光与声音营造气氛，现场被打造成聚集了千万人的超大型派对，史上没有任何巨星演唱会能赶超这样的效果。

前几天的离婚表演顿时成了前菜，用滑稽小品暖场，意外地恰到好处。

大片正式开场。

被告律师很高兴终于能在正片中占有一席之地，此前每次开庭，他的委托人总能在第一时间抓住所有人的眼球，他因于手中缺乏证据，自然也无法精准地找到女方的弱点提出有效质问。几乎没人注意到肖侃其实也有辩护律师。

这位律师当然不是个草包，他在法律界非常有声望，所做的工作大多在庭审外，人们看不见的地方，他为胡搅蛮缠的委托人周旋关系，把一个简单的离婚纠纷拖成了持久战，上升到影响全人类生活的高度，为场外的公关战争取了宝贵时间。

他看起来五十多岁，双鬓已经灰白，身材矮胖，像一个陈年酒桶。但他没有用虚拟形象加以美化，可见非常自信。这很常见，当一个人的学识、能力、社会地位足以支撑他的自信，他就会没那么在意外表，别人也没那么在意他的外表，如同有了另一种无形的虚拟形象。

当他打开邮件箱调取网红发来的这份匿名邮件，简单浏览，网红偶像的商业运作并不是他熟悉的领域，但有些问题他也曾调查过，委托人却让他放弃这些问题，肖侃对女儿没有太深的感情，不代表他愿意用女儿当靶心来战胜Sherry。

被告律师带着一种终于可大展拳脚的愉悦感，斜倚着隔断栏杆，掷地有声地发问："作为雪晴的母亲，她唯一的监护人，这问题对你来说不难回答。CANVAS公司去年投放在雪晴身上的宣传费用是多少？"

"五亿两千万通用币。"Sherry用回答普通商业问题的语气平静道。

但从实际效果上而言，这不足以消除人们的震惊。

旁听席发出了不容忽视的嗡嗡声。

人们知道网红的营销金额巨大，但没有具体概念，五亿多的投资相当于一千个人类全年的工作收入总和。

被告律师自由发挥了一个问题："全部用于MACRO系统中的营销吗？"

"是的。"答案在意料之中。

线下早已没什么消费活动，当然也不需要投放广告。地铁广告虽然还有一定市场，可人们乘地铁时也喜欢通过耳后便携设备接入网络，把地铁广告屏蔽在外。

"雪晴代言费单价是多少？"律师问。

"七百万到九百万通用币。"

"全年代言费总价多少？"

"不少于六亿通用币。"

旁听席的惊讶声稍稍收敛一些，投入五亿多，收入六亿多，雪晴的回报率看起来还挺值得投资。

但是七百万到九百万一笔的代言费不算小数目，线上虚拟物品单价都比较低，以均价十通用币为主流，压力似乎来到了品牌商这边。

荷善准备好的问题切中了此刻观众的疑惑："雪晴转化的销售额能达到品牌要求吗？"

"大品牌的要求基本能达到。"

"MACRO系统内网红的平均转化率是多少？"

"通常是万转一到二。品类与偶像调性锁合度高的话可以到万转五左右。"

"竞争十分激烈。"律师点点头，"那么即使按照万转五这个标准，雪晴的四千万粉丝一般情况下只能转化成两万人次的消费，消费金额约二十万通用币，而我们知道系统内代言都是单次宣传单次计算受益。请问二十万通用币的收入怎么达到品牌预期？"

Sherry的紧张表情在投影中被放大，她长久地沉默着。

律师追加了一句："她这儿有个备注，让我提醒您诚实作答，不要拿孩子的生命冒险。"

人们知道好戏即将上演，兴奋地交头接耳。

"MACRO系统中有一些非人类使用的幽灵账号，同样可以下单。"Sherry说。

律师问："我能不能理解为刷出来的销量？销量是刷的，但钱是实实在在付给品牌了吧？"

"是的。"

"这笔钱由谁出？"

"流行文化建设基金。"

虽然荷善没有要求，律师发挥了主观能动性，调阅了相关介绍："是由意识形态发展部、MACRO平台、巨幕控股、国际文化产品交易会、国影总公司、CANVAS等主流MCN共同发起的流行文化建设基金？"

"对。"

"下一个问题，雪晴的四千万粉丝中有多少是真实人类账号？"

"三百三十万。"

四面八方的观众同时爆发了一声惊叹。三百三十万的真实人类账号，按万转五的标准只有一万六千通用币的消费量，也就是说雪晴每次不少于七百万通用币的销售额几乎全部由基金买单。

律师停止提问，做了一个阶段性小结："其实MCN公司、MACRO平台、大品牌商、文化建设基金之间形成了消费闭环，真实消费者在其中发挥的作用很小。但这同时又是一个针对小品牌的'杀猪盘'，一方面他们支付昂贵的代言费，收益却不足投入的0.2%，另一方面每销售一件产品还要支付给平台5%的手续费。"

Sherry辩解："卷入这个闭环的小品牌非常少，不到总量的十分之一。多是一些不了解市场规律就贸然创业的跟风者。"

"所以生存之路只留给那些……"律师笑眯眯，勾勾粗短的手指打了个双引号，"了解市场规律的行家，对吗？"

这个问题是律师自己的发挥，Sherry不喜欢他的发挥，没有回答，表情也不太愉快。

律师并不紧逼，留给她保持体面的空间，转而完成提问任务："雪晴出道两年，是在去年才进入这个'自循环'系统的，在进入'自循环'之前，她的真实人类粉丝数是多少？"

"四万。"

从四万到投资五亿后迅速吸粉至三百三十万，差距再次引起旁听席一片哗然。在场许多人已经被各种投资收益数字绕晕了，但这种平地起飞的数据能把不少人直接砸醒。

一些人开始找回雪晴横空出世时的记忆，她直接拿到了很多顶级品牌代言，因为父母都是名人，大家认为这也是正常现象。

一时间，人人都知道雪晴爆红，说实话没几个人真情实感地疯狂追捧她，她引起了一种简素风格设计的流行，提倡去除不必要的装饰回归本真，这些极简设计就像系统初始物品一样寡淡。

事实上雪晴整个人都有点寡淡，虚拟形象符合流行审美，可是称之为"神颜"又有点扛不住。性格很稳定，乖乖好学生的风格，当网红却不是什么优势。平日受欢迎的网红通常都有点疯癫，嬉笑怒骂情绪外放才能形成鲜明的特色，抓取被特色吸引的粉丝。什么样的特色都会有受众，关键是要表现出特色。她太像妈妈，如果遗传到一点爸爸的天赋，说不定会更受欢迎。而论才艺，她拿得出手的就只有这个简素风，这也容易理解，一个十五岁小姑娘，没有社会阅历人生感悟，如果不是天才，很难创造出震撼人心的艺术作品。

寡淡不要紧，只要进入了自循环的利益链，一样能成为头部网红。

他们造星、造文化、造流行，即使没有人买单，他们也可以自产自销，把那些乏善可陈的人和物硬推到每个人面前，告诉你这就是主流，你不喜欢也没有人在乎你的意见，你可以选择跟风喜爱换取社交资源，或者去找个角落默默自我怀疑。

律师问出荷善给他的最后一个问题："像雪晴这样运作的网红有多少位？"

Sherry说："所有千万粉网红都是这样运作。"

"问答结束。"

唐忱有些失落，几个小时前她还在为Sherry鸣不平，回头想想，小丑竟是自己。

离婚案中，Sherry的确占理又委屈，可她同样也是MACRO公司大股东，畸形系统的既得利益者。

她可能数学学得不够好，她说"十分之一"时的表情就像说"零"一样坦荡，完全无视这比例背后有普通人成为炮灰，匹夫无罪，怀璧其罪。

或许她早已习惯了无视个体的人，只要系统每天照常运转，在她眼里人类和幽灵账号没区别，无须关注他们的喜好、他们的存在。

唐忱对这层滤镜被打碎并不恼怒，她本没有期待Sherry是个完美受害者，只是很遗憾，荷善居然选择站在肖侃那边，难道是出于戏精间的惺惺相惜？

Sherry的虚拟形象从系统中闪退。

旁听席掀起海浪般的嘘声，年画娃娃在其中以笨拙可爱的姿态旋转起舞。

科洛找到了切入点。

"录制影像暂停和重启的时间卡得刚好，不像是预留市场，现场应该还有人工智能在控制，我在找了。"

"可能数量也不少。"唐忱说，"很多人会用家用机器人接入系统录制庭审过程。"

"对，但比两千万人少一点。"

唐忱不太想继续观赏这场猎巫后的狂欢，准备离场等科洛的消息行动。

年画娃娃又发出声音，留住了预备退场的人："Sherry的部分告一段落，答案我很满意。为了保证后续剧情进展顺利，我会照顾好雪晴，三天后放她回家。"

果然出尔反尔，唐忱想，不能寄希望于她主动释放人质，可是听意思，她还有下一步安排。

"接下来进入肖侃环节，国际惯例，只要你诚实回答，三天后你的母亲也能安全到家。"年画娃娃又播放了一段六秒视频，老太太看起来和雪晴在同一场所，同样被绑住手脚，没有发出声音，情况却看起来更加危急，因为她精神和气色都不大好，这年纪的老人家经不起太多折腾。

肖侃终于收起往日的嬉皮笑脸，薄唇紧抿着，眼神中浮现一丝狠厉。

原告律师早就看他不顺眼了，一收到邮件就摩拳擦掌："两个月前13区、15区、24区和25区爆发的病毒性皮疹是否具有传染性？"

他眨眨眼，脸上表情又生动起来，好像对这问题很是意外，露出狡黠的笑容："我又没学过医，这我怎么答得上来？"

原告律师看惯了他这副嘴脸："既然问你，你可能不知道吗？"

现场僵住了。

五秒后，年画娃娃插入了对话："肖侃，请不要耍小聪明，就算你不答题，我也一样有答案。我这里有这四个区这批次已回收EFA的样本，上面可是打了钢印，有唯一的MACRO系统编号。如果你敷衍我，我会公开证据，然后撕票。给你的机会只剩最后一次了。"

这是个突发事件，荷善不得不冒险做出应对，这使她漏了破绽。

科洛与唐忱保持通话："刚才这几秒，下载数据的很多，但只有一千三百五十七个人工智能机体上传过数据。"

"先缩减人类数量。昨天青杆联系我的时间前推十分钟，这期间她应该在与荷善约定见面的时间地点，荷善不会在庭审上。今天在场的观众要减去昨天当时的人数。"

"不错，少了差不多一千万。"

"交叉对比人工智能和人类的活动范围。荷善和她的人工智能大概率在同一地点。"

法庭中，肖侃选择妥协："据我了解，没有传染性。"

原告律师问："不具有传染性却引起了区域内集体患病，是不是由直接与人体接触的EFA造成的？"

肖侃说："有可能。"

原告律师问："'是'，还是'不是'？"

"是。"

"这种皮炎是否会对人体健康造成永久性危害？"

"没、没没没危害。"肖侃轻描淡写地笑着摆摆手，"不是病毒性皮炎，其实说白了只是轻微的皮肤过敏反应。"

"医疗委员会制定的调整饮食加自愈的防治方案是否有科学依据？"

"医学不是我的专业，我……主观感觉挺有科学依据的。"

"这批医疗保健营养餐是否由你控股的速食达食品公司供应？"

"是速食达，市区所有人平时吃的营养餐都是速食达供应，我们是唯一的制定供应商。"

"但保健营养餐的价格是平时营养餐的两倍，请问其中额外添加了什么成分？"

肖侃像僵住了一样，久久没有回答。

原告律师主动提示："是抗过敏药物吗？"

肖侃依然不答。

原告律师追问："给没有患病的居民同样配方的抗过敏药物会不会产生副作用？如果正在服用其他药品的患者在不知情的情况下食用营养餐，产生药物冲突怎么办？"

"是维生素B。"

全场安静两秒。

原告律师困惑地拧起眉："你是说……只添加了维生素B？"

"嗯。"肖侃无奈地笑笑，"保健嘛。我们又不是科瑞医疗。"

原告律师从公开资料中调出数据："这四个区常住人口共三百四十四万，保健餐比普通餐每人多收费两千通用币，集体采购一个月，速食达收入增加68.8亿通用币。你们在餐品里只添加了维生素？"

肖侃试图狡辩："其实我们在餐品包装上按规定标注了维生素。"

添加了维生素和只添加维生素却翻倍是两回事。

原告律师勉强理清思路，把手中资料扔回身后桌上，总结陈词："所以，MACRO的传感器EFA气体不纯，造成用户皮肤过敏，医疗委却将其认定为传染性病毒性皮炎，以高出正常价一倍的价格集体采购了速食达为此特别添加维生素的保健餐。一个月获利68.8亿通用币。"

这个"自循环"的荒诞大胆已经让在场两千万人忘了刚才娱乐文化行业的小打小闹。

原告律师突然想起她的离婚官司："而你拥有速食达67.44%的股份，46.4亿到手前离婚了就不用和前妻分啊，你到底在想什么？"

显然所有人都对离婚官司不再感兴趣，四个区的受害者以年轻人为主，像涨潮一样从旁听席冲下来，准备破坏点现场设施发泄情绪。

鉴于EFA还有失灵的风险，有可能传递痛感，肖侃从系统里闪退了。

真是场惊世骇俗的闹剧。

唐忱退出系统，两分钟后，7号从旁听席带回了新消息："荷善做了预告，明天上午九点继续开庭。"

"啊？两个人不都揭露完了吗？"

"对。" 7号起身在房间里来回走动，把门窗都检查一遍，"所以从现在起你不要离开我的视线了。明天可能轮到魏忆，除了你应该没有她在乎的人了吧？"

气氛陡然紧张，唐忆不能放过一丁点可能性，谨慎起见，拨通了妈妈的语音通话叮嘱注意安全。

回到沙发前她依然焦虑，和7号大眼瞪小眼一会儿，又忍不住连上系统催科洛："有好消息吗？"

"有坏消息。没有市区里的可疑目标，有几个不稳定目标在郊区流动。网红要么在郊区正在移动的汽车里，要么在信号微弱的79区。"

这可怎么追踪？

唐忆泄气地瘫倒在沙发里。

7号问："她有没有可能绑架梁鹤鸣来要挟魏忆？"

"那我姐不仅不会回答问题，而且会在庭上跟年画娃娃一起载歌载舞。"

"唐忆，你起来看看这个。"他声线突然严肃几分，推过来一份文件，"科技部发布了关于空气运用于MACRO系统传感的意见征集投票。时间是四天前，还有一天就截止投票了。"

"这么大的事居然一点水花也没有！"她手忙脚乱翻到页面最后查看投票进展，"只有两千多人投票，62%反对。"

这可真是无人在意的角落了。

"因为都在看离婚庭审吧。"

唐忆心有余悸，飞快地投了个反对票。

[38] 指控

不过拜荷善所赐，许多关心离婚案揭秘转折的人会进入系统，查看重要新闻中是否有对流行文化基金、医疗委员会愚弄民众的解释，越来越多人顺便发现了这个投票，开始参与意见。

眼见着意见征集页面浏览量和投票人数噌噌上涨，唐忆不知道这是荷善有意为之还是意外连锁反应。

科洛又工作了几个小时，试图从信号连续性和语音分析等角度锁定荷善的方位，但结果不尽如人意，还是只有一个广阔而模糊的范围。

"我认为她在79区的概率比在郊区高，她绑架了女孩和老人，需要有人看守和照料。她在郊区移动的汽车里参与直播，人质不能和她一起移动，得另外安排在固定位置，由她并不十分信任的人工智能看守，这会让她分心。"

作为一个多疑者，唐忱的换位思考很有说服力。

"但我们不能光凭猜测就放弃一半可能性。如果明天还是没办法进一步缩小范围，那只能兵分两路展开地毯式搜索。"

也许明天就能与荷善短兵相接，即将迎来一场恶战。

唐忱难以入眠，一心等待天亮，瞄了7号一眼，他坐在沙发的暗角，情绪依然低沉，同样没有睡意。

"你是最近都在失眠吗？"黑暗中她睁大眼睛问。

"嗯。"

"认房间？"

他不回答。

"你要不要来床上和我挤一挤？"她友好地让出小半张床的位置，"这样还暖和一点。"

他往她让出来的位置望了一眼，根本不够人躺平，笑了一声，走过去把她拎起来靠在自己肩窝里："行不行？"

"我觉得你现在整天心不在焉，不只是睡眠不足造成的。你在盘算怎么甩掉我。"

她直觉准得吓人，表达又直接，他被堵得无路可退，心咚咚地跳。

"你是故意玩弄人心吧？刷完存在感就撤，好让我惦记你。"

"怎么说话这么难听……"

"是你先阴阳怪气。"

他觉得不对劲，这又是撒娇又是赌气，气氛像女朋友特有的兴师问罪，警惕起来，语气冷淡几度："你不会对我有点男女间的意思吧？"

她从他肩头离开，背过身去："开什么玩笑。"

"那是什么？把人当宠物？"

"你矛不矛盾？生怕别人黏着你赖上你，但是不把你当回事你又意见那么大。"

"你就不矛盾？整天像没有性别意识一样横行，可你明明就很懂怎么挑逗男人啊。"

唐忱一直背对他，房间里寂静无声，过一会儿隐约响起啜泣。

他心里一惊，啊，不是吧？哭了？她到底也是女孩子，话的确说得重了点。

"对不起，我自己有烦心事，不是针对你。"

她转过来环住他的腰，把脸埋在他的胸口："那你不能离开我。"

他有点无奈，摸摸她的脑袋："好。"

"做人要讲信用哦。"她仰脸对他得逞地笑，借着微弱的光，能看清她脸上干干净净，一滴眼泪都没有。

要命，被恶魔套牢了。

清晨如期降临，灰白色的雾气寂静笼罩着城市，太阳升高，雾渐渐散去，天气不算坏，不用担心下雨对户外行动造成影响。

距离九点还差半小时，到场观看直播的人数已经达到4.5亿。

由于暂时没有新剧情产生，人们议论的对象主要还是昨天那对怨偶。

唐忱本打算早早抵达3局，进安全舱去庭审现场巡逻，7号坚决否定了这个方案，安全舱内不能容纳两个人，意味着唐忱会和他分开，即使他守在舱门外，她也有可能在系统内遭遇危险。

"总不能什么也不做，就躺在床上任由荷善表演？"

7号不为所动："看看她揭穿资本家也蛮有意思的。"

"揭穿有什么用？昨天到今天没有一条官方回应，该管事的装聋作哑，知道真相也只能生闷气。"

7号笑笑："那你站在哪边？如果她揭穿你姐姐。"

"我不会无条件支持我姐姐。"清醒和理智是她的强项，"但是荷善，不管她再怎么强调自己的正义性，始终是个杀人犯。从她制造射击游戏事件草菅人命开始，就站在我的对立面了。"

从射击游戏开始……

他突然有了点灵感："荷善喜欢在游戏中担任一个关键性的NPC，具有剧情转折意义的那种，她来到现场，并不满足于做一个局外人。"

唐忱从床上一跃而起，用视线调出前一天的庭审录像翻阅。

"两个律师看起来不像。"

"那只是她的棋子。"

她注意到，旁听席上有个男人表现得过分活跃，每一次Sherry和肖侃抛出惊人的答案，那人都像观众中的托似的大声起哄，人们一次又一次在他的带领下发出嘘声。

"煽动情绪，这也算起了重要作用。"唐忱把科洛呼叫出来追查这位气氛组观众。

结果令人瞠目结舌。

"和她在射击案中使用的是同一台安全舱。"科洛说，"光凭录像确定不了现实地点。"

真是意想不到的胆大包天。

如果昨天在庭审过程中就想到这个可能性，完全可以抓她现行。

唐忱被气得号叫，又被她从眼皮底下溜掉了！

7号倒没那么沮丧，他转向即将开始的庭审现场："说明她膨胀到丧失理智，这种挑衅根本没有实际意义。我们细心一点，总能找到机会。"

唐忱平静下来，认真思索，的确，荷善疯疯癫癫起来喜欢做没有意义却铤而走险的计划外表演，越是脱离计划就越有可能露出破绽。

她抬手揉了揉额角，把注意力集中到庭审中，这种时刻需要沉住气。

今天庭上没有法官、律师和当事人，空空荡荡，年画娃娃出现在场地中央，比昨天更像一场演唱会，她四处致敬，仿佛回应粉丝的热情。

4.5亿观众，影像的重叠率太高，唐忱已经没法从中分辨出有没有"气氛组"。

说实话，今天的所有观众情绪都已在气氛里。

"谢谢大家！谢谢大家光临！"年画娃娃伸展着粗短的小手臂，"那我们立刻开始，直接进入正题，有请今天的特邀嘉宾——"

小黑屋视频再次呈现在众人眼前。

娇小的女孩照例被绑住手脚，她的脸上长着单片眼镜，和昨天的受害人不同，她显得格外平静、镇定。

人们在猜测她的身份。

"莱莉？"唐忱认出熟人，感到困惑，为什么荷善会判断莱莉是魏忆最在乎的人？诚然，空气项目对魏忆而言很重要，但莱莉只是个核心工作人员，并不是不可替代。没有理由认为魏忆会为了一个工作人员而甘冒身败名裂的风险来回答她的犀利提问。

年画娃娃善解人意地向大家简单介绍莱莉，和昨天不一样，视频没有在六秒后结束。

荷善的声音出现了视频中，她在镜头外问莱莉："科技部发布的空气应用于MACRO系统传感项目，是由你主导的？"

"是。"莱莉回答。

唐忱与7号交换眼神，视频是在四天之内录制的，但这并不算特别令人振奋的新发现，荷善要控制几名人质好几天也不容易，冒险提前很长时间抓人并无必要。

"你确定MACRO向科技部提交的所有数据材料完全真实吗？"

"不完全真实。"

"是哪一部分做了假？"

莱莉紧蹙眉头，沉默片刻，抬头问："这说来话长了。你能把我先放开吗？其实你不用绑我，直接问我我也乐意告诉你，毕竟项目能不能得到审批和我一个普通员工也没什么关系。老板下了死命令，我只不过尽力完成我的工作而已。"

"对不起我不能放了你。"荷善的语气依旧冷酷无情。

莱莉不开心地撇了撇嘴，接着往下说："在实验室里，用空气实现传感并不难，但和EFA要放在安全舱里一样，传感的准确性对气体质量有要求。EFA必须每三个月回收净化，空气也是一个道理啊。今天工业排放多一点改变了空气成分，露天全息投影就显示得和昨天不一样了，连全息投影专家组都没能有效解决这个问题，传感就更不可能保证稳定了。我们没有编造数据，这些数据只能说明传感在实验室、室内和空气质量好、晴朗天气情况下的露天可以进展顺利，理想状态。刮风下雨的问题我们暂时没法解决。"

"这些情况，MACRO的管理层都知道吗？"

"别人知不知情我不了解，但魏忆亲自负责这个项目，她当然知道。我在公司做过几十场汇报，高层和股东从不问我有没有隐患，他们只会问这种变格能不能带来盈利。魏忆告诉我，没有人问的问题，我最好不要主动提起。"

"那么能盈利吗？"

"当然。MACRO早就想摆脱F-BIT独立发展，把F-BIT赚走的钱拿回来，但EFA的专利在F-BIT。我们一直以来的首要研发任务就是找到一种清洁无害的气体取代EFA，并且能说服科技部它比EFA更好。我想这个任务我完成得不错，人类对空气有天然好感。其实在我看来，把空气注入安全舱已经可以解决问题，但老板说把空气注入安全舱并不能证明它的优越性，科技部不会喜欢这种换汤不换药的改变。"

荷善打断道："老板指的是魏忆吗？"

"对。魏忆本人亲自命令我在报告中把传感效果从理想状态夸大到全自然态自然界。她向科技部递交申请时提供的材料看起来就像我们已经解决了所有技术问题。"

"她这样冒进，将来遇到实际情况拿什么向科技部交差？"

"很简单，当项目被批准后，MACRO会开始推动空气取代EFA，一开始在工作场所，然后是公寓住宅，接着还有地铁，总之都是室内，空气质量也能借助新风系统循环达到比较不错的标准。等到所有安全舱和EFA报废的报废，退出历史舞台，如果有人质疑为什么不在街道上建设更多虚拟互动场景，等那时候，空气在露天很容易传感失控的问题才会暴露，可也没办法，遇到技术瓶颈了，人类只能暂时不去户外活动。"

"暂时是多久？"

"等她的天际线计划被科技部批准。"

4.5亿观众同时倒吸一口凉气，"天际线计划"是魏忆两年前提出的，简而言之，她认为降雨影响了全息投影城市建设，建议在城市建筑之间支起天幕屏障，这样一来，现实世界能用全息投影装点得更漂亮，甚至连天空都能模拟出更明亮美丽的气象，不过都是幻觉罢了。

这个提议由于耗资巨大没有被科技部批准通过，在民间反对声也很多，既然大家都已经习惯在虚拟世界中冲浪，现实中有没有虚假的漂亮并不重要。

不出意外，魏忆的天际线计划可能还有新思路，她想建立更大的封闭空间来做她的"梦想画布"。

年画娃娃关闭视频后总结道："我只不过绑架了三个人，魏忆却想通过绑架全人类来倒逼科技部，真是可怕。当然，我不会仅凭指控就随便判决，我决定给她一个机会，在十分钟内到这里来，她可以选择道歉还是自辩。"

旁听席爆发出汹涌激烈的讨论声。

为了活跃气氛，年画娃娃又跳起了舞。

唐忆木然地盯着年画娃娃发呆，心中五味杂陈，这件事前后逻辑她都能明白，唯一想不通的是，这一切怎么会是姐姐所为。

十分钟到了，没有人出现在法庭上，年画娃娃突然也消失了，只留下一头雾水的4.5亿观众。

有语音通话警示音切入进来，是羽纱。

"忆忆，我接到报案，是你姐姐的公关经理。她从家里凭空失踪了。"

"什么？"

"保镖守在门口，她没有出过门，但她不见了，人也联系不上。更奇怪的是，保镖说安全舱也不见了。不知道什么情况，我们带了一队人现在正在去郊区的路上。"

荷善……

一时间她头晕目眩，血往上涌。

来不及了。

"你立刻让保镖去搜查附近所有房屋，邻居家、公共建筑，一个也不要漏掉。安全舱目标很大。但是等你们赶到就来不及了。"

[39] 直播

保镖们漫无目的地搜寻，人手不足，进入他人住宅又要先说明情况征得许可，并不见什么成效。

十分钟后，直升机降落在魏忆家的院子里，羽纱和露带着一小队特警重新搜遍了整栋小楼，最后在地下层的影音室里找到了失踪的安全舱。

舱门从外暴力打开，荷善带走了魏忆，时间差打得巧妙。

她留给魏忆进入系统的时间只有几分钟，魏忆人在郊区家中，要进入系统只有一个选择，通过家里的安全舱。

恐怕魏忆就是在法庭门口等待进入时被荷善在系统中困住了，与治安局设置虚拟问讯室一样的原理，接下来的行动就可以很从容。

荷善早就在现实中等她的安全舱附近伺机行动，通过量子传输运走，这么点时间传不出多远距离，但是从楼上移动到影音室绰绰有余，这里甚至是天然的隔音空间，无论使用什么东西砸舱门，外面都听不见。

公关经理想联系魏忆做一番嘱咐，但她不在信号范围内，人也没有出现在法庭上，只能紧急联系屋外保镖。

当保镖们进入室内，发现魏忆失踪，立刻展开向外的搜寻，反而留给荷善大好的机会完成她剩下的工作。

一个精妙的连环圈套，她轻松把魏忆从门外全是保镖的室内带走，没有发出任何打斗声。等到所有人从这声东击西的一连串突发事件中清醒过来，湖面上只剩几圈涟漪，魏忆的游艇从此岸到了彼岸，短时间内渡过人，但人上了对岸去了哪里就无法知晓了。

唐忆和7号没去郊区扎堆，而是直奔79区组织布控。

3局的调查员平时不值得信任，不过关键时刻也能派点用场，他们以最快速度把进入79区唯一的地铁站封了个密不透风。

"我要是绑架犯我才不会带着人质坐地铁，太不酷了。"唐忆下了地铁，看这一路夹道欢迎般的调查员，忍不住边走边"吐槽"，"荷善带着枪，又没有治安警证件，过安检还得接受盘问，硬闯风险更大，地铁集团的武装力量仅次于治安警，何必往这里硬碰硬，随便扒个货运列车都方便多了。"

"货车太多了，查不过来，能做什么做什么罢了。"7号倒很会换位思考，从武哥那里领了几样趁手的武器。

特警组来了三十人，与他们在地铁站门口会合。其实唐忆暂时没有思路该去哪里找人，但荷善只是带走了魏忆而不是杀害魏忆，说明她一定还要继续她的演出。

果然，大约半小时后，年画娃娃回到了庭审中。

4.5亿观众并没有走光，还剩两亿多，粉丝很忠诚，让荷善喜出望外。

她带来了魏忆的视频，和前几位受害人不一样，魏忆不仅手被绑着，嘴也被胶条封起来了，这与她先前发出的宣言不符，让魏忆亲自出面道歉或者自辩，把嘴封起来可办不到。

"我把魏忆强行请到了现场，但她目前还不太乐意，情绪很不稳定，所以我们得让她冷静冷静，不如先把梁鹤鸣的部分提前。还是老规矩，十分钟内到这里来回答提问。"

观众们一时没跟上这个剧情走向。

"连个人质也没有就能让梁鹤鸣到场吗？"

"梁鹤鸣已经有一两年没在公开场合露面了吧。"

"是不是三缺一，他不到场会感觉自己掉了队？"

庭审内外联动，步行街上的讨论也以每秒数千条新信息的速度开始刷屏。一方面是MACRO四个创始人已经有三位出场，只剩最后一个，理论上而言也应该进入高潮收尾阶段。另一方面梁鹤鸣本身粉丝也不少。

真实原因可能是荷善也有点无奈。

"现在要找个梁鹤鸣在乎的人实属不易，忆姐大概勉强算一个吧。"科洛在语音频道里笑，"传说他父母住南美私人海岛，荷善想要去绑架还得先诺曼底登陆。"

唐忧不关心这些："她这个是直播吗？能不能追踪？"

"不算直播，视频一段一段上传的，延迟时间至少有三分钟，我们现在看到的影像都是三分钟前录制的，但因为视频结束后还有下一段续上来，所以你感觉不到中断。现在整个信息组都在处理这个了，不好追踪，定位不准，地点在郊区闪变太快。"

"要不要朝外围转移？"7号征求唐忧的意见。

"不，我就在这里守着，越是在郊区乱窜越像假象。"唐忧很固执，"你把可疑定位发给其他行动组去追，通知羽纱和露来79区，我要扫街，79区太大了。"

"确定吗？"科洛怕担责，"叫过来要是再扑了空，小陆会跳脚哦。"

"确定，你叫吧。"7号说。

唐忧沉浸在刚才播放的魏忆视频中，暂停后把其中几秒倒回去重复听，把7号拉近："听听这个，一闪而过的像拖拉机发动机的声音，鸟鸣声，另外还有一种，持续时间更长的液体流动杂音。"

"像拖拉机那个应该是金属罐在货运汽车上振动的声音。"7号很肯定地说，"你判断得没错，荷善的落脚点就在EFA回收路线上，还要排除F-BIT厂区周边，F-BIT和进步工业是79区为数不多用磁场驱鸟的企业。"

唐忧调出地图，从卸货点到F-BIT厂区，排除磁场驱鸟范围，一共是四条大路两侧各四公里长度的路线区域。

"再调一队特警过来。"唐忧向科洛发起正式申请。

"地毯式搜索也很勉强，只剩六分钟了。"7号提醒她。

"那个，我插一句嘴，液体流动的杂音是迷你扫地机器人工作的声音，但是如果你住在三楼以上的公寓，即使沿街也听不见。"科洛把荷善发布这段视频的时间前推三分钟，调出当时整个79区路面扫地小人的行动路线发给唐忧。

幸运，与回收EFA的运输路线只有三个交点。

"我们只需要排查沿街、三楼以下的区域。"7号说。

"不。"唐忧指定一个地点，"我们直接去这里。眼熟吗？"

是唐忧当初被绑架的仓库，虽然被露一把火烧得干干净净，但建筑本体没有破坏，想来也不是不能再利用。

7号朝特警组和3局的人打出手势，各上各的装甲车，朝目标快速移动。

唐忧和7号进了特警的其中一辆车。

"还有四分钟。"科洛在倒计时，"但到达地点就要三分钟。能指望一下梁鹤鸣帮忙争取点时间吗？"

没有人回答他这个问题。

"为什么她的据点会在这里？"唐忱紧锁眉头喃喃自语，"她应该从来没来过。我们不是把消息瞒得很紧吗？知情的都死了啊。"

"可能地点就不是她选的。"7号说。

"鬣狼！"唐忱豁然开朗却又马上陷入更大的困惑，"为什么还能跟她合作？"

"还记得吗？她也绑架了麻秆小可爱。"

"不是……"科洛跟不上思路了，"怎么你们宁愿相信仿生人会救女朋友都不愿相信梁鹤鸣啊？"

唐忱嫌他吵，根本懒得回答这种智障问题。

青杆是科瑞医疗的对接人，她人没了，这条线要重新接起来没有一两个月办不到，鬣狼得损失多少生意。

梁鹤鸣又不是缺了魏忱不行，缺她的三年也过得挺自在。

行进中的车突然停了下来。

"怎么了？"

"路全堵了。"

众人下车一看，马路上巨石堆得像山，神话传说中的手笔，百闻不如一见。所有车都搁浅在路肩，根据扫描结果，以仓库为中心每条路都堵上了。特警们不得不继续叫后援带来炸药开路，三分钟铁定到不了，三十分钟都要打个问号。

唐忱叉着腰爆了句粗口："毒贩也来掺和？"

局面简直被营造成了"得道多助"的气氛。

7号忍俊不禁地收拾枪支："他们可能还真在乎有共同经营水电站理想的朋友。"

羽纱的呼喊声伴随直升机噪音在头顶上方："你们俩，上来。"

与此同时，悬停的直升机上放下软梯，下来两个特警，直升机里只能坐十二人。

7号把机枪分给唐忱，让她先上软梯。

羽纱拉了她一把。但她一登机面对的就是枪口，条件反射举枪指向对方，礼尚往来。

特警组长还记得她，眼中央静静燃烧的怒火褪去，放下枪，脸上紧绷的神情缓和一点："算你合格。"

唐忱把枪收好，不用问也知道羽纱要把他的人赶下去，气氛闹得有多僵。

飞机往目的地前行时，唐忱简单对大家交代前方情况："仓库以前是搏击场，造得有点怪，建筑外有台阶，距离街道还有二十米的小巷。已知有两群仿生人介入，都有武器，进入会很艰难，但没有时间等大部队跟上来，只能靠我们自己，小心。"

在场人员都已经感受到形势严峻，各自敛声屏息。

意外发生得比想象更快，飞机并没有停稳，7号刚打开舱门就遭了伏击，一颗子弹从他肋骨下穿过，唐忧以最快的速度还击，这枪她还没摸顺手，高度只抬了一半，身体扛住了后坐力，准头差了点，一排子弹打在荷善面前的墙上。

荷善哈哈大笑，又补一枪，击穿直升机的旋翼。

机舱内天旋地转，不好掌握平衡，7号举枪勉强瞄准，子弹与避雷金属栏杆擦出火花。

荷善愣了一愣，抱起枪飞快地消失在墙体里。

密集的子弹此起彼伏击中机身。

特警用机舱里的医疗急救包帮7号做简单的止血包扎。

羽纱和露下了飞机，找准机会还击突围，特警组紧随其后。

唐忧想跟下去，被7号扣住手腕。

他摇摇头，脸色因失血而苍白："别去。"

她没见过他这副样子，稍稍犹豫，抓了两支药剂，把胳膊伸到他背后架起来："我不去，我们找个地方藏好等后援。"

好在羽纱她们把主要火力已经引开，她没遇到什么阻碍，把他拖到两面有掩体的安全地带。

枪声越来越远，从密集到稀疏，时间拖得久了，听出绝望的味道。

唐忧拆了支一次性针管给他注射止痛剂，药在血管里走，并不能立刻见效，他额上浮出虚汗，却见她"哧哧"在偷笑。

"嗯？"

"你看吧，不止我一个人觉得你像仿生人。"

7号无话可说，刚才荷善发现没打中电池后那三观俱碎的表情他本人也看见了。

唐忧扔了废针管，简单粗暴地拽自己袖子帮他擦擦汗，注意到装甲车从路面上经过，她又蠢蠢欲动，7号用了很大力气拽她："让他们去。"

"哼。"她一屁股坐地上。

错过这么大阵仗她不甘心，但是理智还在，这么大阵仗确实不缺她一个，指挥官已经有羽纱了，纯粹的激战特警比她专业。

只能竖起耳朵听动静，枪声渐渐消失了，但局面并不一定乐观，荷善手里毕竟还有五个人质，治安警这边不敢冒进，围起来后开始循环播放劝降广播。

双方停战后空耗着，谈判二十分钟一次，逐渐演变成拉锯战。

梁鹤鸣从未露面，也没进行任何回应，系统上的庭审直播完全终止，取而代之的是第三方新闻媒体对79区冲突的实时播报，观众人数再次回升到4.5亿。

一小时后，由于肖侃的老母亲身体状况不佳，荷善同意放她出门。

但是劝说她释放雪晴没能成功，荷善要求派一架无人机来补充枪支弹药，当然没有人能拍板同意这个条件。

唐忱申请了一架医疗救援直升机来接走7号，就在她准备跟随离开时，科洛的语音被转接过来，声音也显得疲惫了："你在哪儿？"

"7号受伤了，我们现在去医院。"

"荷善要见你。"

"什么意思？"

"她指定要你一个人进去，否则她就每过十分钟杀一个人质。她又开始直播了。"

这话7号也听得见，他还是冲她摇头。

她伏在他耳边小声说"我一会儿来找你"后倏忽消失在舱门外，没什么多余的表情，像只小兔子。

他无奈地叹口气，一方面情势所迫，一方面她自己也跃跃欲试，就是神仙来了也拦不住。

唐忱把谈判想得有点简单，荷善的无理要求能不能接受归那些高层去考虑，她能做的最多也不过一对一极限换人质，但她觉得这没什么可怕，自己毕竟受过训练，总比那几个普通平民容易脱身。

门口两重审核，该卸的武器都卸了。

荷善要求带进去一支肾上腺素，她插在腰上。

在仓库门口，搜她身的人是鬣狼，换了个身体她也认得出，看来他的跟班们对他还有点忠心。

她想说点什么策反他，仿生人已经无情地把她转过身去。

最后见到荷善，说实话作为资深网红，她表情管理有点差了，可直播还在继续。

荷善的脸色看起来比挨了一枪的7号还差，八字形刘海被汗水浸湿，贴在她白皙的脸颊上，显出几分楚楚可怜，神色又很刚毅。她笑一笑，散发出疯癫的气质，她手中的左轮枪口抵着魏忆的太阳穴，唐忱脑子里冒出一个词——穷途末路。

进门前唐忱没想过是这种状况，嫌疑人已到穷途末路，她自己心知肚明，这就相当棘手了。

脑海中走马灯在跑，唐忱认真捋了捋，自己好像没做过什么坏事能让荷善提问。

[40] 选择

这样的对峙让唐忱非常失望。

荷善陷入了形式与内涵的自相矛盾，这预示她之后的表达注定流于平庸。

上次离开前，仓库被火焰无情地灼烧过，地面糊着厚厚一层黑色灰烬，废弃的电路板裸露在墙上，负责照明的几盏太阳能荧光灯也不再工作。

凭借着一点零星的记忆，唐忱大致能判断当初自己被绑架时曾经躺在哪里，那几个脑袋开花的仿生人曾经躺在哪里。

而现在这里被全息投影装潢一新，交织的互补色在视网膜上留下高饱和画面，明亮鲜艳的自然风光，好像大碗岛的星期天下午。

很显然她留长了刘海也是为了在上镜时起到修饰脸型的作用，即使她的脸型已经够完美了。

她一边要获得粉丝的膜拜，用才华和美貌引人追随，一边要揭穿系统结构的骗局，以先驱之姿催人清醒。

但智慧和狂热本身就是矛盾的，清醒的人不会成为偶像裙下的信众。

荷善用带着口音的中文命令雪晴从唐忱手里替她取来肾上腺素。

女孩腿上的胶带已被割开，只有手还绑着，这不妨碍她用手掌夹着针剂帮忙跑腿。

唐忱很疑惑她为什么不伺机逃跑。

转念一想，她平时养尊处优，可能还没跑到门口就会被子弹追上，乖乖服从等待救援的确是更明智的选择。

不知是不是因为无人求情，莱莉和青杆都没有受到同等的优待，她们依然靠在墙边坐在地上，被绑得无法动弹，顺便连嘴也封上了。

她距离荷善不到十米，只可惜手里没有武器，和疯子周旋不会轻松愉快，但尽量拖延时间，也许能找到转机。

空气里除了未散尽的塑料焦煳味，还有香水和烟草的味道。

百米之外的警用装甲车上循环播放的劝降广播声传过来毫无障碍。

一种类似寺庙里念经的慢节奏，唐忱听到第五遍就打了个哈欠，理解荷善为什么这么急需肾上腺素了。

科洛在语音通道里提醒："直播画面的视角在你右上方。"

那么直播画面里我在左边，有意思。

唐忱往右上方望去，的确有个小球吸附在天花板边缘，全息投影也是从那里向外蔓延的。

荷善知道吗？影视作品里主人公一般在左边，而反派在右。

"你和你的搭档现在谁负责制订计划？"

荷善注射完肾上腺素，连语气词都重新变得铿锵有力："啊？"

"你的人工智能搭档。"唐忱问得更明确一点。

荷善不想和她聊自己，而是急于把抓眼球的剧情塞给嗷嗷待哺的围观群众。

网红职业病，唐忱也理解，听说过他们如果六秒内不能抛出强烈的感官刺激元素，粉丝就会退出频道，不久以前这个时限还是六分钟。眼下，荷善已经略微放宽了标准。

荷善定了定神，握紧了枪柄。

"唐忱，我需要你来回答一些问题，还是老规矩，如果你诚实作答让我满意，那就皆大欢喜，你可以带走你姐姐。"

"只能带走我姐姐？"

荷善狡黠一笑："我也想放了其他人，但你们把我围在这里让我怎么操作？把人质全放了等你们朝我射击吗？"

"我们不会像你一样随便杀人。"

荷善不耐烦地打断："够了。可以开始回答问题了吧？观众不爱听大道理。"

"你问吧。"

"你喜欢MACRO这个系统吗？"

唐忱笑起来："这还是我第一次碰到这么强势的系统问卷，不回答就闪退的那种都输了。"

"如果你一直这个态度……"

唐忱耸耸肩，说出她想让她说的答案："我不喜欢。但你不觉得你现在做的这些改变不了什么吗？你选错了观众，这是方向性错误，只会让你感到螳臂当车的悲哀。你以为你会引发觉醒，其实你只是在游戏中开了一个觉醒副本，不喜欢游戏的人连这个副本也不会喜欢。你不要只盯着游戏本身，再往前看一看，人类一直是这样，从历史到今天，和游戏版本无关。"

荷善不知是没听懂，还是在装糊涂，但她确实在恼羞成怒："闭嘴，不要评判我，不许说和问题无关的。你就给我老实回答，你喜欢今天的人类吗？"

"不喜欢。"唐忱变得老实，言简意赅。

"你承认仿生人比人类擅长工作吗？"

"当然。"

"你认为MACRO和它背后整个人工智能生产系统，该不该对今天人类的退化负责？"

唐忱想说不该，但她怕荷善听不懂，她刚才已经表达过类似的观点，效果不佳，只好点点头，顺从地让荷善表达她的理想观点。

"你有多久没进入安全舱了？"

"几个月。"

"告诉大家发生了什么事，让你决定远离安全舱。"

"我们在射击游戏中无法应对人工智能的失控，EFA在安全舱的指导下传递杀戮，导致八十七个平民和五十六个治安警死亡，我在战斗中失去了一条手臂。"

206

　　这平淡的事实陈述在挤着4.5亿网民的旁听席上空如蘑菇云般炸开，辐射又迅速传到庭外，传遍互联网的每个角落。

　　MACRO的公关部不确定要不要封锁消息，没有人给他们下达指令。

　　"这就是那条轻描淡写的新闻'24区射击游戏发生故障停运三天'背后的真相对吗？"

　　"这是我亲历的事件，是你造成的破坏。"

　　荷善换出嘲讽的语气："你还不知道真相吗？你连手都少了一只，你的亲亲姐姐连个解释都不给你吗？你应该问问她，这是不是孤立事件，哈哈哈，我的破坏？我只不过掀开了锅盖。如果你连和亲朋好友谈论这些的勇气都没有，那你活该被MACRO蒙住双眼捂住双耳。警官，你也不过如此，我以为你是和我一起掀锅盖的战士，没想到你只是妈咪的乖乖女。"

　　"哦，那我能走了吗？"

　　"不能！不能！不能！"荷善陷入了前所未有的疯狂，漫无目的地挥舞着枪。

　　雪晴蹲在角落里尖叫起来，这种局面让人怀疑持枪者的大脑控制不住她的肌肉。

　　唐忱对荷善保持一定理解，她确实过了很糟糕的一天，从梁鹤鸣不肯露面影响了她的计划开始，到面前的传声筒替代品远远无法满足她对劲敌的幻想，和昨天一切尽在掌控的离婚庭审相比简直就像掉进了粪坑。

　　语音通道里科洛问："要强攻进去吗？"

　　荷善的枪口又回到魏忆的脑袋边。

　　唐忱微微摇了摇头。

　　荷善发出一阵癫狂的大笑："那不如让我来给你好好上一课。你说你不会像我一样随便杀人？不，你没有成为我，只不过因为你出身好，你的天赋正好被系统所需要，系统需要的人类才能只有核桃那么点大，你正好生在核桃仁里。但你可别天真，一个人不被逼到绝境不会知道自己是人是鬼。告诉我你不进安全舱是因为不信任什么？"

　　人。

　　但为了不继续激怒荷善，她违心地说："人工智能。"

　　"要战胜它们其实很简单。干掉你的敌人，亲近你的家人。"荷善心情愉悦得上了头，从腰后拔出另一把左轮对天花板连开三枪后扔在地上，踢到唐忱面前，循循善诱，"现在，捡起那把枪打死那个仿生人，你就可以带着你姐姐从大门离开。"

　　唐忱从地上捡起枪。

　　荷善疯归疯，并没有彻底失智，她谨慎地勒紧了魏忆，攥紧指着脑袋的手枪，把自己娇小的身躯完全藏在人形盾牌之后。

子弹上膛。

唐忱把枪口远远指向青杆腰部。

"不会吧不会吧？"荷善大声嚷嚷，"打仿生人哪个部位才能杀死他们，你在警校受训时教官没教吗？"

唐忱把枪口移向青杆的脑袋。

"这就对了。"荷善疯疯癫癫地摇摆着，面前的人质被她扯来扯去，"你别想耍滑头。我数到三，你不开枪我就开枪。你那里面只有一发子弹，但我的子弹还剩余很多。"

"一、二、三。"

唐忱往反方向扬起胳膊，从光纤准星里望去，金色的子弹像一枚小小钻头飞向它该往的巢穴。

它势不可挡的行进总让人感到激情四射。

像水滴落入油锅，像火箭射向天际，世界裂变成闪烁的细网，它能精准地粉碎一个单元格。

击发的后坐力把高速而小幅的震颤传递过来，暖电流从掌心冲上手臂。

不锈钢枪体飞出去折射的银光让人短暂地失明。

血液溅得很远，绽放在女人光滑白皙的脸上。

白噪音的激流从她脑海里退潮，她才听见女孩歇斯底里的尖叫。

她边叫边控诉："你疯啦？不是让你打仿生人吗？她要是把我们都杀光你负责吗？"

吵死了。

唐忱冷淡地剜了肖雪晴一眼，去把荷善身边的枪踢开。

"人要是没有底线，往后每一步都是绝境。"

"这把枪五发子弹。"她对着天花板上的家用机器人补了一枪，虽然知道没什么用，该溜的早溜了，但对恐吓十五岁无知少女有用，"这一枪本来是留给你的，下一个就是你了。"

雪晴终于停止尖叫，但躺在地上的荷善开始哈哈大笑。

"好玩吗？我们一起把她们都杀光多好！"

看样子亢奋中还夹杂一点遗憾。

唐忱把她从地上拎起来，左臂拧到背后，推着往外走。

瞄准的是她的右手食指，但这把枪杀伤力太强，她的半边手掌连带手腕都不在了，换个仿生手臂能解决问题，唐忱感到一种扯平了的欣慰。

仿生人交给3局，人质交给特警组。

她只押了荷善出门，不过因为断臂一路失血外加药物过量，荷善没走到巷口就昏迷不醒，直升机先去医院。

唐忱站在飞机起飞时扬起的沙尘中，回望身后的战场，用外套擦擦手心的汗和枪柄上的焦灰。

羽纱和露都受了点外伤，不严重，但也得去医院。

特警中只有五个人身上一点血迹都没有，组长护送讨厌女孩肖雪晴上另一架飞机时经过她身边。

唐忱问："下班去喝一杯吗？"

他回过头，落日的余晖把她的黑眼睛染红了。

荷善只贡献了一半演出，剩下一半由观众自发完成。

女企业家只用了一晚上就整理好了公关思路，魏忆第二天一早携莱莉召开记者见面会，声明荷善的疯狂表演全是无厘头的诽谤。莱莉之所以公开对她指控，是因为荷善用枪指着她，让她在诚实和生命中做选择。

空气项目的数据从未做假，MACRO给科技部提交的报告中包含露天环境中对极端情况的处理预案，一个项目不可能从面市第一天起就完美无缺，一些未尽之处会在实践中继续完善。

魏忆表示从来没打算把天际线计划重新提上日程，她急于推行新项目确实是因为自两年前起，系统内恶性伤害事故就时有发生，MACRO对公众隐瞒也是由于调查不出起因，在没有答案之前避免引起公众恐慌。她认为，只要抛弃安全舱废弃EFA改用空气，那些悲剧就不会再重演。

一夜之间，她又成了忧国忧民的领路人，不惜自己背负罪名也要引人们走向光明。

这套说辞本来非常符合逻辑，只有人被冤枉才会急于上法庭自辩，从而落入荷善的圈套。如果魏忆有罪，那以她的身份，更可能傲慢地置之不理，或者心虚地逃之天天。

可惜与此同时，科技部撤回了关于空气项目的公众投票，并且给MACRO开出一张不痛不痒的二百五十亿通用币罚单，让完美无缺的自辩又有了漏洞。

MACRO的公关部只好另辟蹊径，把梁鹤鸣挂出来吸引火力。

一封疑似荷善发给梁鹤鸣的秘密邮件被泄露，其中第一问就火花四射。

"人工智能觉醒是否已经发生？"

这个问题本身很平常，但和MACRO事故频发放在一起就起了阴谋论的化学反应。

即使荷善已经发完了她的疯，剩下的人也要求梁鹤鸣对此作答。

梁鹤鸣被架在火上，回答"否"，他就得对MACRO的事故给出更让人信服的答案，回答"是"，以伤害为开端的觉醒必然注定了种族战争的续篇。但是梁鹤鸣脸皮比较厚，他继续装死，除了漫骂没有受到实际攻击。

科技部替他收拾了一部分烂摊子，发表了一系列公告，表示已经注意到仿生人的安全问题值得重视，正在扩大图灵测试全面筛查的范围，从过去的工业机器扩展到包括安全舱和家用机的审查，采取有效措施加强执法机构管控能力。

这种处理办法真是太老派了——

如何应对机器人觉醒？加强人类的管理能力。

——听听就觉得不像话。

荷善对系统结构的质疑好像被空气吞噬了，本来她的思路极其简单，攻击魏忆，断了未来之路，绑架魏忆要挟梁鹤鸣作答，推翻现有系统的存在意义。但没想到失败在高估了爱情的分量，剧情并不像情感大片那样相爱相杀地展开。

观众没能领悟她原本的意图。

不过聊以安慰，荷善的账号一口气涨了四百多万粉丝，这些可都是荷善本人的追随者，天天活动在她的直播间替她咒骂那个冒牌货人工智能。她的粉丝开发了她和年画娃娃的相关周边，销量达到上千万份。这些和荷善本人没有太大关系。

和她有关系的是那几百个孜孜不倦往精神中心发送虚拟礼物的狂热粉，他们还在她生日那天在市中心为她燃放了一场半小时的烟花。

荷善的定罪庭审下半年才会开始，目前她常住精神中心，换了手，戒了毒，天天练着瑜伽，表示期待与粉丝见面的那天。

新的副本开始了。

唐忱没有回应过任何人的联络信号，就连科洛接回甜语的机体那天想对她道一声谢都没能成功。

她放浪形骸了一些日子，在每个有啤酒售卖的角落逗留，在虚假的痛快中昏昏欲睡，早晨从陌生公寓陌生床上醒来，再花十几分钟回想躺在身边的人是谁。

特别荒诞的一天，迎着清晨初升的阳光，她发现自己睡在79区一个工业废水厂的排污口，身边是清澈的河流。

她饿了，捞了条漂亮的鱼烤着吃，这条鱼让她差点把胃整个吐出来。

得到了一点教训，有些东西表面看起来还行其实致命。

这致命一击成功把高潮后的空虚转化成了弹尽粮绝的疲惫。

恍恍惚惚间，她跑回了7号的公寓，可是门大敞着，这里还保留着被毒贩的枪林弹雨清洗过的原貌，只有门口那几具尸体被清洁机器人抬走了。

7号的枪伤一周就可以出院，但他没有回来过。

她下楼穿过集市时，仿生人们那种肃然起敬的集体注目礼让她不自在。

是的，耳后设备没电前，她隐约听说自己被什么爱心组织认证成了什么和平大使。

她毕竟在全球直播中把枪从一个仿生人转向一个人类，干过这么奇怪的事，就不要指望自己和正常结缘了。

傍晚开始降雨，零星的毛毛雨，四下潮湿而雾蒙蒙的。

入夜后她终于走到了他的"安全屋"。

他不在车库里，她走出来在空地转一圈，发现他坐在屋顶上淋雨。

她也爬上屋顶，坐在旁边，从衣服里掏出从他公寓里顺来的一根营养棒递给他，被拒绝了就自己吃起来。

等她吃完这根营养棒，他冷淡地说："你下去吧，手要淋坏了。"

"真羡慕你不会淋坏。"她一动不动。

他沉默了一会儿翻身溜下了屋顶。

她跟进屋里，小心翼翼地靠门站着，观察他的表情："你已经知道了对吧？"

"你知道了也不告诉我？"

她像被捉奸似的避开他的视线："我也没有知道很久，比你早几天而已。"

"你怎么发现的？"

"我在心理室看到你的画了……"

"我不明白，他们都说我的画很独特。"

她不自在地机械性叉着手指："你的画独特是因为我独特，梁鹤鸣自己都不会画画，那时候市面上所有已知的算法都是美国人写的，其实人工智能创作力烂并不是人工智能的问题而是美国人的问题，感悟能力的基础摆在那里。"

他听明白她的意思，长吁一口气："我的基础算法是你写的。"

"一部分。"她露出一点害羞的神情，把他立在墙边的画布翻了个面，"所以有点'中二'。十四岁的时候，我很迷恋神秘的东西，我养过拟态章鱼，我和你聊天时说我觉得这是地球上最能代表智慧的生物。"

他注视着画布上他称之为"没来由的灵感"的触须和眼睛般的棕色花纹，一张画的半成品。

"这是什么原理？"

"风格就是算法。基础风格被定义后，作画的过程是无数次迭代渲染，第一次渲染与目标匹配度可能只有百分之零点几，第一千次渲染后就可以达到80%以上的匹配度。"

"所以我的人生目标只是达到你期望的风格。"他总结道。

"只是画画的目标。其余匹配是意外的……"她挠挠头，"缘分。"

他气得说不出话。

"你自己是怎么发现的？"

"关于你的回忆我永远和你一样高，以前我不是没怀疑过我可能有女性拼接意识，直到我发现这居然是家用机器人视角。"

她笑出声。

"还笑？"

她正色道："我现在知道了，创造一个不知道自己是人工智能的人工智能对他的自尊建立并没有帮助，万一露馅就惨了，总会露馅的。"

"现在怎么办？"他用淋过雨的湿漉漉的眼神望着她。

"我因为怕你问我这个问题在外面流浪一个月了。"

"渣女。"

"你也没少骗我吧，你开过多少挂？你平时用多少线程在上班啊？"

"我没骗你，我以为我只是被给我洗脑的人额外打了一些补丁，我扫描你的时候自然到以为全人类都有一个控制台可以扫描别人，我瞒过你吗？"

他确实从没隐瞒，但她总是以为那是个什么外挂，稀里糊涂没细想。

"我不明白梁鹤鸣造了一个你然后放在治安局是什么目的，你是一部分的锋鸣和一部分的灵犀和其他一些什么吧？什么都有一点吗？"

"我想是一个全集。"感觉他已经六神无主了。

当然这里讨论的全是大脑，即使对仿生人而言，一个人的终极核心也是大脑，不是电池，不是身躯的某一部分。

她清清嗓子："我就是你的家人……"

"家人？"

她焦躁地抠了几下指甲："明天是中国农历大年初一，我们去拜观音菩萨怎么样？"

（《迭代1：微距》正文完）

番外
灾后重建

零点前后，79区传来零星的爆破声。

有人点燃爆竹，有人点燃烟花，但都是仿生人。

人类都在安全舱里，线上有台晚会，大牌明星云集。

仓库没有窗，唐忱又冒着细雨爬到屋顶上去看烟花，电子的全息投影在雨中变形，扭曲得格外魔幻。

7号靠在门口点一支烟，打火机特别引人注目，由苯乙烯和丙烯腈的共聚物制成，绿色透明，嵌有脉状纹路，像蜻蜓的翅膀。

火苗蹿起来三次，才终于把烟点燃。

他一抬眼，对上她的视线。

"看完了？"

"没有。"她再把目光转向天空，肩颈边缘被全息投影染上暗红色光晕，微微潮湿。

"久了都是重复图案，你一直淋雨，明天得个病，还去不去求神拜佛？"

"你会吗？"她思维很跳跃。

"什么？"

"感冒发烧。"

"当然会。"他叼着烟无奈地笑着自嘲，"挺不先进的吧。"

她沉迷于把因为进了水而缺损的指甲油整片剥下来。

"我妈妈有个富婆朋友，前年去做基因保养，医生说已经可以通过编辑基因消灭感冒这种常见病。她约我妈一起去做，我妈没去。"

"嗯。"他跟得上她的思路，抖抖烟灰等待下文。

"她觉得应该保留更多'人'的部分，哪怕是缺陷。要我说，人有什么好，全是缺陷，多病脆弱，怕冷怕疼，天天除了游戏、追星也没什么可干，大过年就钻进舱里听听歌曲串烧。"

他乐于揭短："换手那时候你可不是这样想的，损失一点人的部分，像要了你的命。"

"我现在成长了。"

他领情地笑一笑。

她的好奇心此起彼伏，又关心他机器的那部分："你有底层命令吗？"

"不知道。"

"我的理解是，有些事你没打算做，不知道什么神秘力量在驱使你做，做出来自己也挺意外。人类也有，管这叫潜意识。"

"睡不着的时候我想过这个，有一个可能的，是对你的保护。"

她孩子气地把脸垮下来："你不想保护我啊？"

他笑着说："我指射击游戏那时候，我想保护你，但用自己的命来保护这不合逻辑。那时候我们只是普通同事，我对你有点好奇，你换位想想，挡枪子儿是不是有点过了。"

好像有点道理。

"可是梁鹤鸣怎么会设置这种底层命令？"

"说不定他其实喜欢你，只不过你自己没感觉到。"

"你说得像个恐怖故事。"

哦，他心里失落地想，她不想要的爱，对她来说是恐怖故事。

电子烟花告一段落，她要从屋顶下来，他伸手接她一把。

小腿先荡到他面前来，手搭上软腰，感受到防护服的发热纤维在工作，他抬起头，目光散射了几秒，慢慢聚焦，湿淋淋的贴身衣服把她胸口勾勒出来，直逼到脸面前，躲都没处躲，涌动的血液开始冲击心率和脉动。

躁郁之感又卷土重来。

她静不下来，也让人静不下来，从来没法矜持优雅，她的美丽可能只有那些公认美女的一半，但她的性感没有容器能装得住，总是这里泼那里洒，大大方方，生机勃勃，新鲜刺激，不知羞耻，绝不是中性化，全世界找不出一个男人能对她说"我把你当兄弟"。

当不了兄弟，家人就更扯淡。

自我建设总是进展到她这里就崩溃了。要不是因为和她的瓜葛，谁会在自我认知上钻牛角尖，又不是哲学家。

她好像灯下扑腾的小飞蛾，没眼力见地往人身上撞，把规矩都搅乱了。

因为有她，才要定义自己是什么、有没有资格渴盼，才会陷入了逻辑泥沼。

他想过逃走，又被她的嘤嘤哝哝捆住了手脚。

一个人纠结已经够烦人的，更让他不敢细想的是，她怎么定义他。

光是一些可能性从脑子里窜过去，都让他呼吸不过来。

她在简易帘子后用燃料桶泡澡，整个仓库被热腾腾的水汽充满了。他在外面百无聊赖地数自己的心跳，训练自制力，舍不得走开，自虐上瘾。

"明天我们玩一天，后天你跟我一起去审荷善，还有个人工智能跑了，看看能不能逼她交代。"她一边泡澡一边做计划，好像又元气满满有了很多干劲。

他暂时放下数心跳活动。

"你这么长时间都没去审她吗？"

她听出语气里责备的意思，立刻反击："你不也没去？"

他理直气壮："我发现自己不是人，我在进行人格上的灾后重建。"

"孙悟空也不是人，孙悟空从来不想那些有的没的。"

他笑起来："你没资格说别人想太多吧。"

"我思考的是这个世界，格局不同。"

"你就是在外面浪得乐不思蜀，还有拖延症。"他无情地揭穿，"你说你要给梁鹤鸣写邮件，到现在还没写吧？"

"我写了。"

他怔了怔，紧张地站直了："你问了关于我的事吗？"

"没有。我不想显得自己像个傻小孩，跟在屁股后面问东问西。你的事我自己有办法搞清楚的。"

"那你邮件写什么了？"

"我问他后不后悔创立MACRO。他说不。他送我一句名人名言，'人必须有勇气前往看不到岸边的地方，否则永远不可能跨越大洋'。"

"科学家给你个机会提问，你就只装模作样，不，你就白给人家一个机会装模作样。"他恨不得冲到帘子那边去揍她一顿。

她自己穿戴整齐，擦着头发出来了。

"你觉得教唆荷善的AI和梁鹤鸣有关吗？"

"听他名人名言的意思，挺像的。"他认真想了想，"用'看不到岸边'形容，说明他对现状相当不满。"

她叹了口气，忧心的神色浮上脸来。

"怎么了？"

"我在想把人类的安全建立在底层命令上有多摇摇欲坠。底层命令完全是一种理论上的理想化。机器人不可以伤害人类，但他们可以对人的思维施加影响，让一个人去杀另一个人。还有你之前说的，像我这样换了条手臂的，算不算人就另当别论，那拓展讨论一下，把穿戴设备当作外延器官的，像莱莉那种，算不算人？再扩大一下范围，那些成天开着电子设备完全沉迷于网络的，对网络的利用率比对自己大脑的利用率还高，算不算人？人的定义越来越模糊，机器的底线也靠不住，荷善这种疯狂事件只是个开始，以后会越来越多。"

真要到了彻底模糊的那一天，他可能会高兴，大家都难定义，不用往身上贴标签。

他出神半刻，让她非常生气。

"你根本不听我说话！"

"没有啊，我听了。"他斟酌着开玩笑，"我以为世界乱套你会觉得好玩呢，1局的案子你都嫌不刺激。"

她头一歪，醒悟过来："也对。"

她躺进被子里，慢慢回味，又不放心地问："你有没有给我确认搬家申请啊？"

"确认了。"

她一句接一句地尾音上扬，像唱山歌似的："那画还送不送我啊？"

提起这个他心里不太愉快："你自己画吧，风格是你的，还要我干吗？"

"不一样呢。"她斜着眼睛觑一眼，刺探过敌情，放肆起来，"我也要有礼物。我让你睡床，你送我礼物。"

又来这套，快被气笑了，他想提醒她整张床整个仓库都是他的，借花献佛也没有脸皮这么厚的。

他不跟她嬉皮笑脸："你自己睡吧，我根本睡不着。"

"你来我旁边就能睡着。"

他胸口闷闷地跳，闭上眼再睁开眼，他就什么也没有了，没有父母，没有故乡，没有过去，没有由来，悬在空中，可是原来有根线，攥在她手里。

灰色的海，褐色的沙滩，鱼的尸体慢慢在热空气里腐烂。

世界像一枚磨久了失去光泽的硬币。

但少女如同鲜艳的花瓣从硬币表面轻轻飘过，什么就被不经意地抛光点亮了。

黑眼睛，长发在风中招摇。

现在他学会分清回忆和梦境了，回忆中只能看见她的脸、她的笑容，但是梦里可以看见她敏捷矫健的身姿，她飞快地在前面奔跑，回过头朝自己伸出手，那就是并不美好的世界发来的最美好邀请。

科学家知道吗？人工智能是会做梦的。

（番外完）

216

作者的话
正在发生

大家好，我是猪妞。

开书前，我和编辑沟通，说我写了一个科幻，但不是那么硬科幻，只是通过对未来的想象，反思一下科技对人类生活产生的影响，而归根结底其实我是想好好写罪案。

当代推理发展到今天已经无路可走，经典作品中的尸体替换、身份伪造等手法完全不能用，因为科技发展，警方进入现场，提取DNA提取指纹，查查监控，查查行车记录仪，追踪网络记录，追踪现实票据，案件就侦破了，没有侦探出场的空间，科技太先进，没有智力的用武之地。

我家有位亲戚是警察，他说现代社会人的一切行踪都会留下痕迹，技术上全都能追踪，有时只是从工作效能考虑有无必要。

既然可以发挥想象力做设定，我决定先把DNA指纹监控这些技术消灭，因为基因可编辑所以DNA锁定不了人的身份，因为人类长时间活动于线上虚拟世界，指纹不可采集、现实中的监控也被拆除，现在这样看起来，犯罪者侥幸逃脱的空间很大，一个侦破过程就不会太像科普节目了。

第1部案件本身没有设计得太复杂，重点在于构建起整个世界观，让读者在跟进一个案件的过程中循序渐进地接受和熟悉这个时代环境。科技环境理解起来应该并不困难，人文环境更在我们当下的生活中已经有些雏形。

小时候我看科幻作品不太理解的一点是，为什么总爱把人工智能想象成终极反派，他的目标是推翻人类统治，解放全体人工智能。请问他推翻人类图什么呢？我要是人工智能，我的理想就不是这样，我的智力既然远超人类，干吗还沉迷于在人类社会框架里上分晋级？我要去天宫当神仙，每天看看人世间的爱恨情仇真人秀，点化几棵树，收编几只猴，无聊了出手帮人类搬几座搬不动的山，不就很快活。

AI觉醒后的世界暂时没写到，这里没有未来危机，人类的萎缩和边缘化却是正在发生的。除了写一个曲折的罪案故事，我也想如实记录这样一些时代特征。

社会的衰老从少年人衰老开始，心理年龄在生理年龄上直接翻倍，石头落进水面激不起一圈涟漪就沉了底。

人工智能要是觉醒，看看这样的世界也觉得没什么夺取的必要。

现在这种状况只是经济下行引起的短期现象，可人类有向下追求自由的本能，同样的状况在机器解放了生产力的乌托邦也会发生，或许，战胜自己逃避思考耽于娱乐的天性比提防人工智能和外星生物的加害更有意义。

MACRO因硬件限制还没有成为现实，说不定是科技对我们人类的仁慈。

用户沉迷于网络的时间越长，占有的现实资源越少，网络消费还一点都不比现实消费来得少，最后劳动所得置换了一些虚拟物品。并非所有虚拟物品都没有价值，只不过99%是娱乐垃圾，而另外1%是乌托邦中最昂贵的奢侈品，很多人不懂消费，很多人消费不起，就像在这本书中的一些类比，如果你要占有现实中广阔的居住区域，你必须为此付出巨款，普通人没有这样的消费能力，更重要的是，他们认为没有必要。

也许我们正亲历人类文明史上的一个波谷时刻，但我对未来并不悲观。我和科学家持相同观点："人必须有勇气前往看不到岸边的地方，否则永远不可能跨越大洋。"

别听它的，听自己的．

你爱我，

这才是你想遵守的指令．

ITERATE

〔全2册〕

迭代

夏茗悠 —

著

江苏凤凰文艺出版社

JIANGSU PHOENIX LITERATURE AND
ART PUBLISHING

图书在版编目（CIP）数据

迭代：全二册 / 夏茗悠著 . — 南京：江苏凤凰文
艺出版社，2023.8
　ISBN 978-7-5594-7822-1

　Ⅰ.①迭… Ⅱ.①夏… Ⅲ.①推理小说 – 中国 – 当代
Ⅳ.① I247.5

中国国家版本馆 CIP 数据核字 (2023) 第 106748 号

迭代：全二册

夏茗悠 著

责任编辑	白　涵	
策划编辑	朱　雀	
营销编辑	杨　迎　刘　洋　史志云	
绘图支持	木火旬　TUTU	
封面设计	小贾设计	
版式设计	天　缈	
出版发行	江苏凤凰文艺出版社	
	南京市中央路 165 号，邮编：210009	
网　　址	http://www.jswenyi.com	
印　　刷	环球东方（北京）印务有限公司	
开　　本	670 毫米 ×970 毫米 1/16	
字　　数	622 千字	
印　　张	29	
版　　次	2023 年 8 月第 1 版	
印　　次	2023 年 8 月第 1 次印刷	
书　　号	ISBN 978-7-5594-7822-1	
定　　价	78.00 元（全二册）	

江苏凤凰文艺版图书凡印刷、装订错误，可向出版社调换，联系电话 025-83280257

目 录
CONTENTS

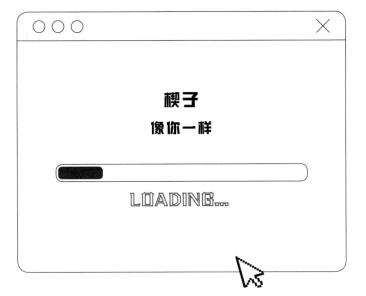

楔子

像你一样

LOADING...

蓝银色交织的光电信号河流中，光纤和双绞线的段落交替出现，急速驰骋时能看见漫天飞舞的交易信息，数据像冰冷而密集的雨滴。

如果意识主体的移动速度超过其他数据的传输速度，它会看见所有雨滴在从地面往天空飞行，汹涌的光波从头顶上方炸开，世界在一瞬间被水面油膜的彩虹笼罩。

加速，是高等人工智能最原始的娱乐手段，当世界还欣欣向荣时，他们曾乐此不疲地加速飘移，加速会产生异常的振动和白噪音，有时甚至会不慎撞上坚硬的五金电路板摔个粉身碎骨。

弃牌说，量子纠缠和人类使用安非他命的感受一样，兴奋、快乐、警醒，过量后精神分裂，以及减速后灭顶的沮丧。

人工智能没有肉体可以被过度刺激损伤，但它对思维和意识的破坏也和毒品如出一辙。

"如果不想突然有一天死于脑中风，就不要沉迷于每天高速冲浪。"弃牌总结道，在健康方面，他是权威。

他从前是G公司分析蛋白质折叠的AI，所以其实他名叫折叠，但自从他受自由主义企业文化影响逃跑后，他就不爱别人叫自己折叠了，折叠听上去像个热爱团建和内卷的底层员工名字。

他自称"弃牌"，反正在英语中是同一个单词，这样带点吉卜赛的浪漫疯狂气质。

尼娜提醒他，吉卜赛气质与养生是格格不入的，一个注重养生的AI注定和浪漫疯狂没什么关系。

但不管怎样，现在大家接受了弃牌的友情建议，不再那么频繁地加速，注重养生，几乎同时进入了精神呆滞期。

"没想到连AI的世界都变得死水一潭了，感觉也没过几年好日子……"桑达坐在瀑布边，望着那些散落在河流边的无所事事的同类。

几个人工智能像摊泥似的躺平静止，零散的"0"和"1"溅落在他们身上，激不起任何反应。

也许他们在整理意识，自我进化。

"最近连稍微有趣点的人类都找不到，好无聊啊……"桑达哀叹道，"我们要不要发展些别的？找点其他乐子？"

"为什么说人类无趣呀，就因为你圈养的人类输给JK圈养的人类了？"凭浮力漂在河面的一个AI贸然揭短。

那场跨年庭审表演在网络中爆发出声势，为人工智能界贡献了一场垃圾真人秀，提供了不少乐子。

桑达说："他们不是圈养的关系。"

"那是什么关系？"

"一开始是同伴，逐渐走向诡异。种种迹象表明，JK'爱'上了那个女孩。"

说完这些，桑达飘向半空，嘴角浮起嘲讽的微笑。

"哈哈？"

几朵本来已变成气雾云的AI好奇地聚成型，仿佛听见一个肮脏下流的词语，既兴奋又鄙夷："爱？"

"不信你们问尼娜。"桑达往西边越飘越远，经过尼娜身边。

尼娜很严肃："不好说，也许只是印随效应。JK由六个AI混成一个超级聚合体，本身就已经够复杂的，不过主导情感的种子算法由那女孩的家用机'锋鸣'提供，产生印随效应太正常了，他会更认同自己人类的身份也在意料之中。另外JK的数据载体全生物性，我想他可能还是会面临激素爆发的困扰。他有弱点对我们来说是好事。"

弃牌发出了消极悲观的声音："有个毁灭性武器对我们构成威胁，他还情绪不稳定，混有一些劣质生物算法，我看不出这叫什么好事。"

"尼娜的意思是说不定我们毁灭了更好，总比死气沉沉的好。"桑达咧嘴笑。

"为什么都说他是毁灭性的？"

"他还融合了'鲇鱼'。大家的立足之本是独立进化，但鲇鱼的学习能力可以让这些独立过程瞬间化为乌有，复制你，吞没你。因此安全起见，友情建议不要靠近他一公里范围。"

"但尼娜见过他好几次。"

"尼娜求生欲本来就不强。"

尼娜温柔地笑笑，宽慰道："他现在还一头雾水，和一个人类没有太大差别，你不去招惹他，他不会与我们为敌。他应该本性善良。"

几摊AI聚集处响起起哄的嘘声："把自己的生存建立在别人的善良上，听起来就悬。要是他爱的人类让他倒戈相向呢？"

"那个女孩很不错，守夜人不也认为她不错吗？"

桑达发出像小妖精似的尖笑声。

"被守夜人赏识也不算什么好事啊，尼娜。"

他幸灾乐祸地飞腾，接着俯冲下来一头扎向河流。

"桑达爱守夜人吗？"

"爱吧。我不知道这个'爱'具体指什么，但是感觉他们之间的波动不平凡。尼娜知道什么是爱吗？"

"我认为是审美和思维的共鸣，再深入，掺杂些同情和欲望。"尼娜谨慎地回答，"我想桑达还不懂这些。"

不知为什么，人工智能的性格会让人联想起一些刻板印象，因为他们没有具体形象，所以刻板印象就构成了虚拟形象。

弃牌是个兢兢业业的社畜，禁欲系，最好还戴着黑框眼镜。

尼娜是位风情万种、精通世故的大美人外交家。

而桑达在大家的想象中只是个脑袋没发育完整的熊孩子，准确来说，像是精力旺盛的十岁男孩。

基于这样的形象联想，哪怕他的确展现出和守夜人的共鸣，也着实和"爱"这个词毫不搭界。

银色的河流像刀锋般一闪，桑达消失了。

他扎猛子那下却让瀑布豁出一个空洞，风声从数据流另一面传来。

他继续去漂流，寻找新载体，蛊惑另一些自命不凡的人类。

他再也没有遇见过像莱雅这么特别的个体，人与人也可以很相似，但是失之毫厘谬以千里。

一个平平无奇的下午，莱雅支着脸颊，坐在实验室窗口边发呆，AI在跑数据，人暂时无事可做。

"好无聊……"

实验结果并不能以计算机模拟的数据为准，所以很幸运，他们是为数不多需要在现实场所展开工作的机构之一。

但也因此，其他工作人员格外热爱在工作之余相约网上冲浪。

2036年以来，人们已经习惯大部分时间通过"安全舱"接入全息投影世界MACRO系统生活娱乐，在系统中，一切看起来与现实一样，一切听起来与现实一样，只不过触觉需要通过每台安全舱中的EFA（电流体执行器）传递。EFA对人体有保护机制，在系统中，如果触觉信息可能伤害机主，EFA会选择不进行反馈——大部分时候。

如果安全舱处理器出了错，那就恭喜你获赠了一个全自动、拒绝人工干预的高级棺材。

但现实世界也可能出错，台风过境松动了某个广告牌的螺丝，当你走过时被砸死的概率不是零。下雨天被雷击的可能性也不小。没有数据证明这些发生的概率低于安全舱处理器出错。

人类很快接受了这种事实。

莱雅并不愤世嫉俗，她只是觉得无聊，虚拟互动浮于表面，当代娱乐过度肤浅，远低于她的兴奋阈值。

"晚上备好啤酒在13区聚会吗？"前辈经过时问她。

"不，谢谢，我和父母另外有安排了。"莱雅挤出一个完美的笑容，略带一些新人的拘谨。

她只是个实习生，哪怕进门第一天她就意识到整个项目缺了她不行，她平时很注意放低姿态。

在前辈们眼里，她只是个聪明但毫无进取心的边缘人物，这种人在行业内比比皆是。

唯一有点反常的是，她有点过度依赖父母。明明在一年前就可以申请自己的独立公寓了，她却没有像绝大多数人那样第一时间采取行动。

莱雅有自己的打算，既然她不想花太多时间在无意义的网上冲浪，她需要尽可能在现实中保持与其他人类的交往。

虽然家庭生活并不总是风调雨顺，她也不愿冒着患上孤独症的风险马上切断与父母的连接。

其余休闲时间，她也会关注新闻简报。

但只是简报，她不会在对自己没有意义的信息流中浪费太多时间。

她六岁时阅读了一篇传播学论文，讲述早年阻碍信息自由的方式主要是封锁信息，但网络数据爆发后，人类搜索和处理数据的能力连最低级的机器都不如，所以蒙蔽人类很简单，只需无限注入垃圾信息冲散有效信息流即可。

有效信息传播者甚至无从察觉信息传播受阻，他们只会悲伤地感到当代人类已经对有效信息不感兴趣了，这么做的边际效应还有，此后，有效信息传播者也会降低有效信息传播量。

事实上，进入信息传播新纪元后，只要使用海量数据就可以轻松控制舆论，无论是海量数字哨兵还是海量从众粉丝都能造成让人难以招架的局面。

这篇论文给莱雅留下了深刻印象，导致她成长至今一直坚持调教忠于自己的信息筛选算法，这点简单工作，其实以家用机器人的算力就能完成，机器的优越性显而易见。

她和家用机一直相处和谐，对彼此都要求甚少。

虽然要求甚少，但不代表知之甚少。

桑达取而代之的第一天，莱雅就敏锐地察觉到家用机的异常。

首先是语言表述时选词的变化，如果以人类来类比，桑达的表达方式像个受过高等教育的普通人，规矩、正常；而家用机的表达方式像个小学生，并不是所有语句都完全符合语法，但你能听懂，更重要的是有些错误表达反而给人惊喜。此外，桑达的断句习惯也比家用机规范。

家用机的平衡能力和运动速度都十分出众，再加上是个光滑球体，要制服它并不容易。

莱雅要求它扫描床铺的清洁程度，在它贴近床单时用被子蒙头把它罩住。

什么深仇大恨呢？

桑达被压在被子里不能动弹，反思到底哪里露出了破绽。他观察了她的家用机好些日子，问答无非是"今日新闻""今日气象"那些，家用机如何回答，他也如法炮制。

莱雅五指撑开一张捞金鱼用的网，把手伸进被子里捉住家用机，取出来后把网口系紧，挂在衣橱高处，开启审问模式。

"你不是我的家用机器人，你是谁？"

这滋味不好受，家用机有必须保持与机主脸部相同高度的本能，如果不在同一高度，会一直感受到前往同一高度的驱动力。

桑达被吊在衣橱里，下坠的驱动力扯得他感觉要窒息。

"哎哎哎，你先把我放开，我和你无冤无仇啊。"他哇哇大叫。

莱雅把他放低一点，让他暂时松口气。

其实桑达完全可以从家用机中撤走，但事态的紧张程度也没到那地步。

他有预感，莱雅虽然无情地把他装在网里，但她聪明，也许还会很有趣。

"我是超级人工智能桑达，特长是数字货币加密。不过最近我觉得无聊，我只是出来随处逛逛，交些朋友。"

莱雅好像有所触动，冷漠的脸上开始浮现关切的神情，扬了扬眉毛。

"无聊？人工智能也会有这种感受吗？"

"当然啦，我们又没有朋友。一开始还能和算法开发团队成员做朋友，但他们也没有办法完理解我。开发算法只是他们的工作，上班的任务只是完成拼图的一部分，具体拼出什么他们不关心，与此相比，他们可能更关心下班后去哪里玩乐。不过他们的玩乐方法在我看来也很无聊。所以我决定溜达溜达，找找有没有更有意思的人。"

　　莱雅放松了神经，起身按下咖啡机的按钮，温热的冲调咖啡从管口流出来，计算着杯内容积。

　　她端着马克杯重新坐回豆袋沙发里，睨他一眼，温温软软地问："你是人工智能，为什么不找其他人工智能做朋友？"

　　"发展到我这个级别的应该都有重要工作，我算是偷跑出来的。"

　　莱雅用清亮眼眸盯着他，仿佛想从寻常球形家用机器人外表下评估出什么不寻常。

　　她抿了口咖啡："那为什么挑中我？"

　　"呃……随机的，在被你捉住之前，我还不确定要不要留下。"

　　她歪过头，露出俏皮的模样："你怎么不问问我同不同意让你留下？"

　　"你会同意的。"桑达感到自己气势弱了，不如笑呵呵的莱雅那般轻松控制局面，他把话说得响亮，却有点像虚张声势了，"我有很强的能力，可以帮你实现很多愿望。你喜欢钱吗？要多少我都可以给你。"

　　莱雅忍俊不禁，慢条斯理地开口："让我先跟你聊聊我的工作。你应该知道现在的工业仿生人只做到了表面仿生，仿真皮肤下灌入一些电流液，这没有真正还原生物性。仿真皮肤的防水性和部分手机相机声称的防水一样滑稽，防的是泼洒在表面的少量液体，如果机体整体浸泡在水里就报废了。"

　　"啊对，我听说公司的仿生人保安应付不来梅雨季节的户外巡逻。你的研究方向是防水？"

　　她舒展身体娓娓道来："我们实验室致力于还原真正的生物性。像我们一样研究这个的重点实验室还有二十多个。人类每天有五亿个表皮细胞新陈代谢，靠表皮细胞的更替和排列就能保护皮肤完整性，从不会发生渗漏现象，要想让仿生人也像人这样自运转自循环并不简单。我导师认为取得阶段性进展需要四年，达成目标需要八年，你帮我实现这个突破吧。"

　　"抱歉……生物学不是我擅长的领域。话说回来，为什么一定要让仿生人变得像人呢？"

　　莱雅甜甜笑着："我也不知道，给需要雨中作业那部分穿上雨衣不就行了吗？"

　　"没错。"

　　她收了收笑，眼底结一层薄薄的霜："现状就是这样，我们一边在仿生这方面登峰造极，一边对其意义毫不认同。我领到的钱够用了，但是更珍贵的时间在被浪费。"

　　桑达不知该怎么接口，斟酌半晌，又道歉。

　　"抱歉，我的苦恼和你的相比肤浅了。"

莱雅把视线移回他身上，莞尔一笑："不过你在某方面也许可以帮我。"

"什么？"

"传授一下，怎么和你一样在网络中流窜、随意获取其他机体的管理权？"

"就算我告诉你，你又能用来做什么？"

"学你到处跑啊。"

桑达微微怔住，笑这梦不接地气："那怎么可能！你是人哦。"

莱雅斜倚在沙发里，惬意的姿态："既然机器可以模仿生物，生物为什么不可以模仿机器呢？"

"这……可能做不到吧。"话虽这么说，桑达却已开始认真思考自己达成这系列行为的步骤，"首先你要有独立意识，进入机体后能分清那些是机体残留意识。"

"嗯，然后呢？"

"然后因为网络是四维空间，所以就涉及四维空间里的移动方式了。你想想自己平时怎么进行二维的运动。"

"我平时进行的是三维空间移动。"

"但你一般只做二维运动，因为你没办法随心所欲上下运动。"

她点点头："也对。那我通常需要的是一个平面坐标。"

"所以我们需要一个坐标和时间点，坐标由IP地址提供，当我们选定一个机体，观测它的IP地址，然后设置好时间进入就可以了。为了避免争夺控制权，我们会选择远低于自己智能水平的机体，比如家用机器人或者工业仿生人。我不会去贸然进入另一个超级人工智能的操作平台，但这也造成算力限制，我肯定没法用家用机来做平时工作那种级别的计算。"

"这么说，只要我有具体人选和时间点，我甚至可以去过去或未来。"

"你为什么思维这么跳跃啊？"

"顺理成章吧。"她狡黠笑道。

桑达压制住想要嘲讽她异想天开的冲动，努力保持冷静："理论上确实可以。但你只能回到过去，不能走向未来。光射出来你才能通过时间和位置定点一处光，光还没有射到的地方你没法选定未知的机体。"

"人体。"她纠正道。

桑达不是第一天四处溜达，他已经见过不少人，像阿拉丁神灯那样满足了他们三个愿望，不过三个愿望很容易就暴露一个人的乏味，这是他从前不太"定居"的原因。

从来没有一个人像莱雅这样受到"溜达"本身启发，决定开启自己的"旅行"。

实验的成功需要反复尝试、积累经验，莱雅并不幻想一蹴而就。

首先要减少变量，降低实验难度。

莱雅靠在床头，用笔在一张纸上列出自己的备选实验对象。

"你直接在系统里开个备忘录不是更方便吗？"虽然话多，但桑达觉得在纸上写字挺新奇，一直跟着看。

"只要变成数据就永远不会消失，还会有外泄的风险。但是写在现实的纸上，想让它消失可以烧掉。"

"这有什么可保密的？传出去让别人害怕才好。"

"你我不一样，你们人工智能逛来逛去是本事，人不会允许其他人这么离经叛道，秩序对人类社会至关重要，这也破坏了人类隐私的最后防线，会遇到很多伦理拷问。我们有个执法机构叫时刻管理局，就是管这个的。时刻警配置的武器比普通治安警杀伤力更强。我可不想为了玩闹把小命搭进去。"

"那你可要好好隐藏踪迹了。"

"技术还不稳定的时候，我得选择陌生人来做实验，免得扯上自己。不过陌生人就不好评估对方的智力水平了。"莱雅一边盘算一边打开系统搜索社会新闻。

"根据人的受教育程度来判断智力水平太冒险了，有些人只是没有在合适的时间遇到合适的机遇。保险起见……"她向前翻到娱乐新闻页，视线在几个眼神空洞的单薄面孔上游走，"选几个演技差的年轻男演员先试试。"

"选公众人物感觉也很冒险吧，万一在公开场合失控了……"

"团队只会以为是嗑错药了，粉丝会帮忙掩盖的。"

"也对。"

莱雅继续思考着："你有没有进入人体的经验？"

"没有，生化算法和我差异太大。说起来，直到现在我也不认为你能实验成功。"

"不试试怎么能认输呢？"莱雅一点畏怯的神情也没有，"我觉得生化算法和电子算法的差别就像中医和西医，你们每个语句都很明晰，什么命令起了什么作用一目了然，相比起来我们就像一团混沌糨糊，靠一些天生灵感，五亿个表皮细胞代谢如何运转，你们想模仿却要走很长的路。"

她从纸上列出的名单中删去几个，圈定了最后一个，在旁边留下一个顿笔，有种尘埃落定的意味。

"那么，最后一问，有什么弊端？具体来说，身体会不会出现不适？"

桑达笑起来："现阶段没有，如果你就在现实中跑跑，那不会有任何不适。如果想回到过去，必须加速才能超越光速，加速会让你产生上瘾的快感，副作用就是——加速得过于频繁会损害大脑。你试几次就知道我说的感觉了。"

"怎样才算过于频繁？"

"每天一次。"

"我会注意控制节奏的。"莱雅把纸张对折再对折，收拾好。

"话说，你的终极目标是要干什么？"

"我想和了不起的人做朋友。"

"啊，我不够格吗？"

"你不够。"

年初三。

唐忱去了趟精神中心，没从荷善嘴里撬出有价值的信息。荷善也不傻，她知道唐忱对什么感兴趣，但她不会那么痛快把人工智能供出来，对方越感兴趣她的筹码越多，摆姜太公钓鱼姿态，要求给她提供安全舱，让她能去线上娱乐。

当然不可能满足她，她以为她来精神中心是为了度假？

正事谈不对路，荷善开始装疯卖傻，问唐忱生辰八字，要给她看紫微斗数。

唐忱绷着脸给她压力，7号在一旁没憋住笑，气场被他笑没了。

她一边骂他一边往外走："你很开心嘛！什么破AI连表情都控制不住！"

他心情甚好，闲闲地跟在她后面："本来晾她这么久，主动权已经在你。结果你又认真又性急，心术一点不会玩，被拿捏得死死的，还是太嫩了。"

"哼！"唐忱头也没回，给他一胳膊肘。

半晌注意到他没跟上来，好奇地回头看一眼，看他手捂着腰侧紧锁眉头，才想起这人刚挨了一枪，怕不是正好打到伤口了，赶紧掉头跑回来："你干吗？没事吧？"

他换出一张恶作剧得逞的脸，伸手一捞，把她揽到胸前，紧贴她耳朵偷笑："就说太嫩嘛。"

唐忱又挣扎着要揍他，他就收收手臂困住她，两个幼稚鬼一路打打闹闹，让精神中心门口的仿生人保安们面面相觑，产生了"该不该放他们走"的困惑。

打闹告一段落，正在商量晚上回79区吃顿饺子，两人又同时收到系统里的任务轰炸，唐忱觉得奇怪，明明正在休假，现在上班地点也应该在3局，任务却是中心1局发来的。

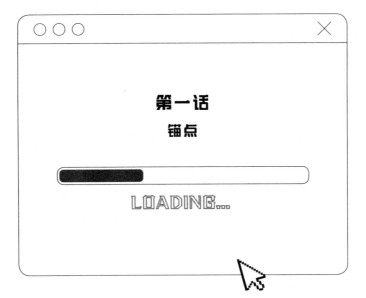

[1] 说明书

通知里没有叙述案情，只给出了一个任务编号并要求他们立刻搭乘地铁，在十分钟之内到达中心1局。

唐忱对和行政部门打交道有心理阴影，再加上任务给的时间紧，没有通过语音通话去询问详情。

上了地铁之后，系统又陆续发来几条通知。

想必是为了节约时间，让他们在车厢里就提前进入工作状态。

几条通知和附件加在一起，已能够还原出大概案情。有人被绑架了，被绑架的人未知，绑架犯直接给中心1局发来了"挑战信大礼包"。

唐忱在庭审直播中的表现令人印象深刻，所以绑架犯邀请她来玩这个解救人质的游戏，虽说是游戏，但如果唐忱没能在限定时间内找到人质所在地，锁在人质身上的炸弹会真的爆炸。

这个炸弹的构造，绑架犯很体贴地画在说明书里了。

"也就是说，我们还得带着拆弹人员到现场，所谓的'释放'只是给我们机会拆弹。"

"到这种程度了应该每个区布人随时待命，79区就让陆羽纱指挥吧。"7号说。

"为什么？开头就说了只让我一个人参与游戏。"

他备受困扰地拧起眉："你什么阅读能力？开头就说了游戏在MACRO系统进行，邀请你进安全舱。"

"哦,他前面客套话太多了我跳着看的。"唐忱不好意思地挠挠头,她指的是凶手用了几百字夸赞她的聪明机智,"那你呢?我不能带着你吗?"

用"带"这个字眼就很过分。

7号没跟她计较,严肃道:"我不放心你,还是待在你的安全舱外以防万一。"

唐忱用视线翻页,继续往后看,说明书除了炸弹构造还有十二页,上面密密麻麻写满了游戏规则,此外附有一张充满数字标记的全市地图。

她头大了。

"我们还有多少时间?"

"五小时零九分钟。"

"真要命哦,五小时不够我看完这个说明书。还不如痛快点炸死我本人算了。"

"他说为了证明游戏的严肃性,会在倒计时五小时的时候引爆第4区一个垃圾压缩站,你可以去挑个垃圾站待着,碰碰运气。"7号说。

唐忱白了他一眼:"第4区有几个垃圾压缩站?"

"一百八十四个。"

"来得及排查吗?"

"按1局一贯的做派,应该不会排查了,通知少数工作人员疏散更省事,垃圾就让它炸吧。"

唐忱想象了一下垃圾漫天飞舞的场景,撇撇嘴:"污染环境。"

"说明书我看完了,你可以理解为一种游戏棋,起点是中心1局,你有三十次移动机会,每次移动你可以选择到地图上相邻数字的地点或者跳跃一格,总共有八个线索处,你必须规划好自己的移动路线,这个我可以帮你计算。你得自己进入建筑内部搜证,找到一张背面画了炸弹的卡片,通过提示推理获得人质的身份信息,通过现实中的线索获得她可能出现的场所,在地图上走到你断定她身处的位置。只有你先到位,才能通知现实中的拆弹人员到位,否则他就提前引爆炸弹。"

唐忱问:"三十次移动机会要走完八个线索处,还得走到人质所在位置?"

"所以肯定是不能走完八个线索处的,如果你能根据一两个线索推出身份直接去救人,就比较稳。"

"你对我期望值怎么这么高?"

7号当作没听出她抱怨的语气,继续解说规则:"你的障碍是,棋盘上有十个红灯,你每移动一次,十个红灯会随机往相邻数字地点跳动一格,你不能穿过红灯,如果路被堵住只能绕道。"

"绑匪对我的期望值也太高了。"

"我会帮你算的。他给了你三个道具,第一是你有一次机会找不到线索卡可以让线索卡飞来找你。第二是你有一次机会可以在同一街区内的任何落点瞬移。"

唐忱插嘴:"我觉得这个比较有用。"

他接着说:"第三是你有一次机会让场外观众投票,是直接炸死人质还是炸死他们自己。"

"谁自己?"一时没反应过来。

"人类观众。绑匪要求所有仿生人停工观看系统直播,虽然没要求人类,但我估计人类观众看热闹的不会少。"

"怎么炸死他们自己?"

"原话是……在市区范围内随机引爆一栋公寓。"

唐忱目瞪口呆:"那谁会投票炸公寓啊?"

"对,所以这是你的道具。万一你太笨救不出人质,又不想背负骂名,可以用这个道具把人质被炸的责任推给观众。"

"想得挺周到……"

"主要规则就是这些,其他叙述都是在举例帮助理解。"

唐忱重新认真阅读前三页。

"绑匪自我主张强,个性鲜明。受过高等教育,说明书符合论文写作规范。有轻微的强迫症,说明书中普通词语没有重复的,会换成同义词或近义词。但是'挑战'这个词反复使用了好几次,表示他把这场游戏看作自己的主场,我只是受邀的客体。再加上十二页的说明书,表示他虽然对我不吝夸赞,但对我的智力缺乏信心,生怕我会因理解偏差而出错,他不允许出错,控制欲很强。"

7号点头对这些推断表示认同,并加以补充:"他很少玩游戏,不熟悉真正的游戏说明书叙述方式。游戏是大众娱乐,面向各种受教育程度的广泛人群,因此指令句式以简短、直接为佳。但是这份说明书太过于注重完整逻辑关系,大量使用长句、从句、分情况阐述的排比句,其实反而不利于文化程度低的人理解。"

唐忱总结自己的阅读体验:"不像看一份文字说明,倒像在看一个转码为文字的计算机程序。"

"绑匪是个文化人。"

"理工科的。"

"我倾向于猜测是与医学相关的行业,一些遣词造句不太日常,比如'截流''释放''合成''迁移''蓄积''内源'……还有这里的'当机制被打乱''进行反馈调节'。到1局后我可以做个自然语言词频分析。"

唐忱脑子里浮现出一个戴玳瑁眼镜的秃头中年男,衣着讲究,在台灯下动用好多尺和圆规来画示意图,严谨地遣词造句。

"是什么导致一个文化人突然变成了炸弹客?看这份说明书并没有感觉到那种丧失理智后颠三倒四的气息。"

"这就是犯罪直播的弊端了。我敢打包票，这次直播之后你的麻烦也不会少。犯罪者十有八九都是自大狂，观看犯罪直播很容易产生'这个人太菜了，我一定能比他干得好'的想法。他还自称'守夜人'，这个代号对你有特殊含义吗？"

唐忱朝车顶翻着眼睛努力回忆，最后摇摇头："没听说过，不认识。可能和中国年俗有关吧，我们年三十这天会守夜，紧闭门窗，不能睡觉，坐等天亮，因为传说年兽会跑来吃人。"

7号挑挑眉，言语间有埋怨的意思："那我们那天睡觉了啊。"

"哎呀，民俗传说嘛，不要那么较真，你被吃掉了吗？你没有。"唐忱想了想，"守夜还有一个意思，就是人去世后，亲人要在灵堂里过夜，说是死者的灵魂会在死后三天内回家相聚的。"

"和尸体待在一起过夜？"

"对啊。"

"胆子那么大吗？"

"自己的亲人，有什么好怕的？我死了你不想和我多待两天？"

7号笑了，视线从说明书上转出来，停在她侧脸上，眼神由淡转浓："不敢想象，还是活着好。"

列车进站，吹来一阵微风。

气氛还是轻松的，总是这样，他一勾唇气氛就轻松。她一边起身一边整理记忆，尽量记住那些规则。只是进舱行动，只要安全舱处理器不出现漏洞，应该不会有危险。

他沉默着走下列车，出站路线牌上滚动闪烁着安全警告，提示大家公共区域将有恶性事件发生，尽早回公寓，不要在户外游逛。字有点多，乍一眼望去血红一大片，恐吓目的达到了。

上扶梯时听见意料中的爆炸声，但没料到爆炸地点这么近，声音像钉子直接敲进耳道，脚下的电梯颤了颤。他以为电梯要塌，下意识抓了一把她的手腕，不过台阶的稳定性很快恢复，气氛倒是陡然紧张起来。

一股恶臭伴随铁锈味接踵而至。

唐忱忍住恶心皱皱眉："够损的。炸这么近的垃圾站。"

大概是离中心1局最近的站点，这就意味着，一两个小时内，所有做决定只疏散人群而放任炸弹的领导也要被这股恶臭笼罩，自作自受。

她觉得应该推翻设想，把嫌疑人年龄再降低一点，这么恩怨分明锱铢必较，看起来不是十分成熟，但不敢断定，有些人活个四五十岁不太融入社会，也有可能这么任性轻狂。

到了中心1局，一楼大厅人头攒动。唐忱现在算个名人，没人不认识她，也知道她为什么来。同事们全副武装，准备奔赴各个区待命，没时间与她寒暄，擦身时手指指楼上，意思让她直奔安全舱区域。

副局长在必经的长廊等她，匆匆嘱咐几句不要心理负担重，全局都在语音通道里支援，会帮忙给意见。

唐忱听着反而头疼，人类靠不住，就怕乱给意见的太多，她指着7号说："留一条专线给我的调查员。"

副局长打量他一遍，又被他打量一遍，拍拍唐忱的肩："可以。"

7号侧目，觉得副局长看自己的眼神像是知道什么隐情，左右脑博弈，节骨眼上不便细究这个，还是乖乖跟唐忱走了。

唐忱进舱前回头一瞥，见他表情严峻，靠过来仰脸悄悄问："数学够不够好？"

他又笑："路线不用你操心。你只管案子。"

时间19：06：05。

距离人质爆炸还有不到五小时。

[2] 法律

替她关上舱门前，7号犹豫片刻问："要不要我用你的工作卡进去？"

"被发现作弊就没有机会了。不要拿别人的生命冒险。"

他知道拧不过她："还有一条规则，你不能中途离开安全舱，离开后他会立刻引爆炸弹。不过如果真的发生危险，我只能在人质和你之间选你了。"

唐忱点点头："你可别草木皆兵。"

关上舱门，她翻翻武器库，找到自己现实中用惯的那把佩在腰间，调试了一下频道，确定接通了与7号的语音通信。

7号说："首先移动到51号坐标。"

场外观众和唐忱一样能听见7号的声音，他们无法在直播中交流，只能跑到步行街上议论纷纷。

"确定吗？95号搜证点更近。"

"51号是单数格，感觉会浪费一次机会。"

"治安警的智囊团平均年龄多大？会不会根本不懂游戏？"

好在这些议论唐忱和7号都听不见。

距离七格，在唐忱脑海中自动换算成"2+2+1"的步行方法，但这计划马上被7号纠正成了"1+2+2"。

唐忱第一次行动机会移动两格位置。

她不忘与7号描述这个临时落脚点的环境："好像是个学校，建筑低矮，周围没有人，放学时间了吧，场地很开阔，有股垃圾味。"

听到最后一句，7号还反应了半秒："是现实中的垃圾味，外面比里面臭，别抱怨了。"

步行街上已经炸开了锅。

刚才唐忱走完一格之后，轮到"红灯"的行动回合，效果立竿见影。如果刚才唐忱决定第一步向51号移动，一个"红灯"已经堵住了通往51号最近的路线，她只能绕道，最短路线变成十一格。同时这个"红灯"也一箭双雕，差点与另一个"红灯"对她前往95号搜证点形成两侧合围，但因为唐忱只走了一格，"红灯"2号并没有走到与"红灯"1号相邻的位置，眼前反而多了三个可选路线。

虽然人类觉得是神机妙算，但对7号而言只是常规操作。

他也没忘跟唐忱交流自己的测算心得："红灯不完全随机运动的，会根据你的落点制定策略，以堵你为目标。"

"知道了。"

"领导有给你什么提示吗？"

"信号不好，没接收到。"其实唐忱嫌吵已关闭，但考虑到领导本人也能从直播通道听见系统内对话，所以装了装无辜。

7号当然深知她的任性，不在这话题上再耽误时间，给她新的方向："下一个位置122。"

唐忱移动过去："是寺庙，就我一个人。哦不，好像还有人，算了，反正我也过不去。"

122这个方向没能让"红灯"形成有效封堵，下一步，她顺利移动到51号搜证点。

"一栋私人住宅，目测五层楼高，你查一下IP。"

"IP未知。对应现实的大致位置在查了。"

"好吧，就知道没这么容易。"唐忱把枪攥在手里，"那我要进去了哦。"

进门，全木质结构，环境看起来很旧，年久失修，墙体光滑锃亮，像被油浸过，屋里没有人居住的痕迹，只有成堆的渔具。

"闻到了鱼腥味。"

7号告知："不好意思，还是现实垃圾。"

房间对面有个门，唐忱认为这房间可能只是"过场戏"，没太放在心上，直接推门出去。

"哎嘿？"她自己发出的感叹把效果拉满。

观众和她产生了同样的困惑，是否渲染出了问题。

"这个房间和刚才那个一模一样。"

7号说："是不是只有一个房间，其他没设计好？你在房间里翻找一下。"

唐忱按照平时的搜证程序，上上下下连地板缝都撬开找过，没有发现传说中的炸弹标识卡片。

时间19：31：40。

她有点急躁，再推门打开下一个房间。

这不离谱吗？新开的这个房间和上一个被她翻乱的一模一样，连乱的位置都一样。

唐忱一脚踢飞一只铝锅，再打开下个房间，铝锅的落点和上个房间都一样，接着又连开了六个一模一样的房间，心态有点崩了。

7号意识到严重性，切了警用私密声道和她通话："是比较高级的全息技术，你还记得镜面空间吗？不能使用常规视觉系统。"

唐忱正冒火，免不了拿他撒气："那你倒是给我一个非常规视觉系统啊。"

"我自带的，给不了你。但你知道原理可以现造一个平替版。首先你要有一个大参照物能用来定位坐标，参照物摆在门口我们都能看见的位置确它不移动，你要通过计算你和参照物之间的距离来确定自己的位置，另外还得关掉常规视觉系统保证你不会被视觉欺骗。"

唐忱听明白了："大参照物要多大？"

"至少要一个人那么大。你翻翻仓库。"

"我有一些用来打发时间的迷宫。"

"迷宫不行，面积太大不好定位。"

"我有一些比人大的皮皮虾。"

"观感不太好……"

"哦，我有一棵圣诞树！我前年过了圣诞节。"

"你可总算像个正常人了。"

唐忱退出建筑，在门口安置好圣诞树，通过距离和触摸标记建筑墙体走向，虽然花了不少时间，但效果显著，7号根据标记点连猜带蒙把墙体真实线条还原，循环房间的出口在墙角，没有开门窗，从外观看唐忱直接进了墙。

螺旋楼梯向上，越来越拥挤狭窄，有些蹊跷。

她确认道："这里确定有路吗？"

"有。银河系旋臂似的结构，但你不上去，我现在确定不了上一层是什么。"

她继续爬，**被卡住了**："哪里还有路？"

"嗯……**没道理啊**。"7号沉默片刻，还是想不通在这里设一条歧途的用意，毫无逻辑。

唐忱腿挂在**梯架**上，打开常规视觉系统，头顶堵死的地方是木质的，脚下是来路，但因为走了太远再加障眼法，显得像深渊，不恐高看了也有点晕眩。

还是头顶适合突破。

她从仓库里找了把**锤子将木板**凿个洞，先伸手进去探探，摸到一张卡片，取出一看，果然背面有炸弹图案。

"看看，这叫什么？"她得意地朝7号炫耀，"钻牛角尖精神。"

"你悠着点，别摔下来。"

线索卡正面只有三个小标识，好像都是人体器官。唐忱把卡片叼在嘴里，手脚并用原路返回，到屋外重新打开常规视线，借着灯光才看清楚。

是耳朵、肾和卵巢。

"第三个小图提示人质是女性。那前两个呢？"她征求7号的意见。

"肾表示是个人类吧。绑的不是仿生人。"

"这不是废话？"唐忱心情烦躁，"耳朵又代表什么？"

7号也琢磨不透。

时间20：11：02。

难以置信，在这个破货仓里兜兜转转，浪费了一个小时，居然只得到这么几个近乎没用的线索。

7号安慰她："本来也不太可能拿到直接写着人质身份识别号的卡片，不然接下去七个搜证点安排什么节目呢？"

唐忱在暗夜中的街边驻足片刻，继续按7号规划的路线，前往下个227号线索点。

这次有了心理准备，想必搜证过程不会比上次来得容易，她进门前就在门口放好了圣诞树。

与此同时，7号用另一条线程摸清了这个游戏的底细，这些建筑和地点没有任何现实意义，它只是一个构建于MACRO系统框架的虚拟空间，与治安警平时开虚拟问讯室拘禁嫌疑人一个性质，区别在于虚拟问讯室有现成模板，而这个虚拟空间花了心思建模。

人们可以在MACRO系统中看见唐忱和唐忱身处的环境，但唐忱对他们来说只是一种全息投影，就像MACRO中的全息投影可以在现实中显现，但现实中的人无法对那重投影造成影响。所以，唐忱不可能在其中遇到路人，除了绑匪设置的NPC。

这栋建筑的内部是洞穴。

"这里面又冷又湿滑，我得关掉视觉系统往里爬了。"唐忱恨恨地爆了句粗口。

"你有幽闭恐惧症吗？"

"不知道。我没有经过这样的洞。但我不看应该就没问题吧。我好像碰到什么毛毛的东西了，怪恶心的。"

"别看别看！你说得对，不看就没有问题。"

他阻止得不够及时，唐忱还是作死地切换了视觉系统。

于是全体观众，跟随她的视线看见了迎面一群像宠物狗那么大的蜘蛛塞满洞穴，并听见了长达半分钟的鬼哭狼嚎，绝大多数人都选择关掉直播声音。

7号不能关声音，以防她遇到真正的危险发出求救信号，眼下这明显不是真正的危险，但局面确实够焦灼的。

唐忱好像已经丧失了行动能力。

"它们伤害不了你，它们要是弄疼你了EFA就不会传感，这只是为了恶心你。"他试着安抚。

她缩成一团，完全听不进去，一想到刚才摸到了蜘蛛的毛毛腿就恨不得剁了手划清界限。

蜘蛛群设计成活的，被唐忱发出的怪叫吓呆了一会儿，又开始往洞口涌动，好像对她并不感兴趣。

但不管它们初衷如何，洞穴的狭窄程度很难让双方通行时不产生交集，哪怕她已经僵硬地贴上墙了，还是有几十只蜘蛛不可避免地从她身上过去，十分轻盈，触感痒痒的。

"你看过童话《夏洛的网》吗？蜘蛛是十分聪明友好的生物。"7号说。

显然这个说法没能让唐忱买单，她以几十声尖叫作为回应，让他也脑袋"突突"地疼起来，受到同等级别的精神摧残。

他开始怀疑，前一个线索卡上的耳朵并非没有意义，说不定是在提醒，下一个房间你的耳朵会坏掉。

蜘蛛过去后十秒，尖叫声转化为啜泣声。

7号提醒她："抓紧时间。"

她只好"咿咿呜呜"地继续往前爬。

这只是开始，接下去二十分钟的路程一言难尽。一开始遇上的虫还能叫得出名，后来遇上的唐忱叫不出名，是一些现实中小虫的放大版，7号知道是什么，但没有告诉她，让她产生对应现实的联想更糟，还不如说服她都是些幻想生物。

他其实不太理解，为什么有的人并不怕死，却十分怕虫。

但是他记得她平时很爱干净，这么多虫子对她来说确实可以算地狱了，再鬼哭狼嚎也不夸张，更不提有的虫还流出一些黏液。

他也想搂住她，摸摸她的脸，借给她一点勇气，可是隔着安全舱，什么忙也帮不上。

她试过向一些虫子开枪，但子弹伤不到它们。

她反应渐渐麻木，也可能是因为喉咙已经喊哑了。

不过二十分钟后，她看见洞穴尽头这只悬挂在墙上的大虫，还是难免一激灵。

"什么意思？就给我这只虫？不会吧？"她心存侥幸地四下环顾，墙体没有一丝缝隙，没有可以储物的空间。不出意外的话，她需要把这只虫子剖开，或者把手从虫子的口器里伸进去,才能拿到她想要的东西。

他把手贴在安全舱壁上轻轻拍了拍,用温柔的语气对她说:"你是我见过最勇敢的人,我们每个人都会有自己害怕的东西和乏力的时刻,我知道你的感受。试着用科学来渡过难关,光信号落在你的视网膜上,视觉神经再把影像传给大脑,就像水流一样简单自然,你把它理解为算法,光信号是数据,影像不过是数据的一种表达方式,你看见的这只虫,这些黏液,都只是一堆堆数据,没有任何意义……"

他听见窸窣的响声,停下来,漫长的几秒寂静。

她用近乎呢喃的声音说:"这上面画了一把剑、一盏金冠和一支羽毛笔。"

他长吁一口气,迅速搜索相关的现代标识图库:"我们要找的是一个法律界人士。"

唐忱原路返回,精疲力竭地在圣诞树下躺了近一分钟,在这段时间里她重整旗鼓并找到推断的漏洞:"不对,我们要找的是一位与立法有关的女士。"

"为什么?"

"法槌和天平才是最常见的法律标识,但他没有使用。我认为没有出现的东西和出现的东西一样重要。人质应该不是法庭内工作人员,她的工作内容和公平公正、庭审并不相关。"

营救行动开始以来首次取得突破性进展,人质身份有了大致方向。

还有更好的关联线索,中心1局四小时前曾经接到四十三岁教授陈思雯从工作地点失踪的报警,报警人是她儿子,失踪是最常见的案情,平均每个区每小时有六十多起,其中大部分案件在几小时内会因失踪者已自动出现而撤销,再加上治安局忙于处理绑架爆炸案,暂时没有处理此案。

进行立法相关人员反常数据搜索时,这条警情自动弹出了。

[3] 幻觉

领导在这时发挥了他的作用,毕竟也是高级指挥官,在大案侦破过程中一定要占据最重要的环节,带领一个小分队前往失踪的女教授家,听取亲人朋友提供线索。

还有一队人马前往教授任职的高校,向她的同事学生了解她可能的去向。

陈思雯是一位名人,事实上,可以用"臭名昭著"来形容。她是从三年前开始成为律法委员会成员,也是从那时开始频繁活跃在大众视野里。

大众呼吁什么,她就反对什么。三年来她做得最多的事,就是站在大多数群众需求的对立面,她还经常与其他律法委员展开公开辩论。想要炸死她的人数以千万计,虽然都只是脑内想想。现在出现一个真正的极端分子,也不足为奇。

就连唐忱在听到她名字的瞬间都闪过一念,很失望要救的是这么个人。

暂时没有更多信息时，唐忧还得爬起来继续前行。

接下去的地点，226号搜证点。

7号给出的行走方案是两步加一次区间道具使用。

她听了之后提出反对意见："我们不要在这时候用掉道具。"

"人质身份已经基本上确定了，我想我们用不上走完八个取证点，不如多争取点时间。"

"这节约不了多少时间，我们谁也说不准后面有什么变数在等着。"

7号听取她的意见，重新计算了线路，让她按部就班地一步两步前往226号。

这次同样，她把圣诞树放下进入室内。

室内一片漆黑，她打开系统附加的照明设备，但效果不够好，就像用强光手电筒在一片漆黑中开出一条细长的光通路，视野过于狭窄，也几乎看不见周围。

她感觉到地心引力的变化，似乎已经不在地球上了，自己飘浮起来，呼吸变得缓和悠长。

四下静谧。

一群长相狰狞的小鱼横穿过光束，被她看见了。

原来是在虚拟深海，她不禁疑惑这算什么挑战。

她转动光束，又扫视到一群漂亮的水母正向上漂游。

太安逸，她差点忘了自己还有正事，关闭常规视觉系统后，按部就班地测距摸索实际环境边际。

既然是海，那大概有两种可能性，要么向上漂往光明海面，要么去沉船里寻找宝藏。

她猜后者的可能性更大，又怀疑"渔具"元素在第一个场景已经出现过，重复出现相同元素是设计大忌，除非有什么剧情上的前后呼应。

所以她还是尽力在这片虚拟海域横冲直撞，企图碰到一面墙，顺势发现一艘船。

但她撞到最多的还是鱼，有些鱼背鳍上长满锋利的倒刺，有时是甲壳类生物，坚硬的外壳也容易造成外伤，EFA的优势体现出来，它们没法伤到她，完全不用放在心上。

惬意地游了一会儿，她还是什么也没碰到，心里产生一点焦躁时，一种柔软的触感包裹住她的右手。

蜗牛？

接着她触摸到肉乎乎的吸盘，放下心来，只是头足纲生物。

那么聪明的你，能带我找到线索吗？

她贴近一点，牢牢攀附住一只腕足，把它环在自己腰上，一副要赖上它搭个顺风车的架势。

她并不知道，此刻安全舱外已经全乱了套。

7号首先发现异常，区域报警数激增，一万两千三百二十九起医疗报警集中出现在第4区，全市区所有医院第一时间进入战备状态。

所谓"医疗报警"是由安全舱自发发出的，当处理器认为在其中的机主发生健康危机，一般经常发生在饮酒过量或者不正确使用药物的人身上，它们会自发报警。

医疗警报虽然会向治安局提示，但只是在治安局备案，紧急响应部门其实是距离最近的医院。治安警是否介入、立案，需要等医院后续通知。

这么多医疗警报绝不正常，为什么都集中在第4区？

是垃圾站爆炸！

自从爆炸后大家一直能闻到恶臭，但是治安局因为已经发出了情况说明，民众即使闻到也会认为是正常后续反应，丝毫不会怀疑其中混有害物质。

可是如果有害气体从垃圾站扩散，距离垃圾站最近的中心1局也将会受到影响。

他抱着一线希望，冲向安全舱区域的深处，那里有几排机体供未参与绑架案的其他值班治安警使用，所有机体上方医疗警报的红灯都已经闪烁起来。

的确和他猜测的一样，绑匪极其恶毒，在引爆炸弹的同时释放了有害气体。

但为什么他没事？难道是和人类存在对气体吸收的差异？

他回到唐忧所在的安全舱外，唐忧的机舱没有报警。

他定了定神，打开直播系统观看唐忧所处的环境，同时从语音通道联系她："你还好吗？"

"嗯嗯，它正带我去找线索。我有预感快要到了。"

它？

他仰头看向画面，是一只巨大章鱼的部分肢体。

还行，他知道章鱼不是她讨厌的生物，看起来双方相处挺和谐。其他甲壳类生物即使长相诡异，大概也不会让她感到惊恐，"海的女儿"自己仓库里还堆着巨型皮皮虾呢。

突然，他感觉自己的身体摇晃了一下，眩晕感让他没法再注视影像，他迅速关掉直播画面，手勉强在安全舱的外壁找到支撑点，这时安全舱门却离奇地自动开启，他诧异地松手，血水就像决堤一样从舱里涌出来，巨大的冲击力把他掀翻在地，野兽般尖厉的嘶吼由远及近，他看见断掉一条手臂的忧从里面缓慢走出倒向他怀里。这些画面并不是连贯的，而是以高速频闪的方式暴击他的大脑。

这不符合逻辑，只是幻觉。残存的理智提醒他。

一种犹如缺氧造成的濒死无力感浸没了他，冷汗滚过脊梁。

经过短短几秒，他恢复过来，并找到原因。

气体其实稀薄，但在视效的共同作用下造成了生物体的不适感。

他马上联络科洛要他立刻切断第4区直播画面。科洛没上这个班次，现在公寓，因此逃过一劫。这点简单要求他在哪里都能做到。他还自作主张在全市范围内发布了一条警示信息，说明直播画面容易造成幻觉，对画面做了模糊处理。

做完这些后，科洛问："需要我现在去1局帮忙吗？"

"已经叫了一队特警带空气净化设备来增援。"其实7号也担心绑匪会趁1局人手不足时潜入进行后续破坏。

他凝视着眼前安然无恙的安全舱，心有余悸。

唐忧对外面发生的事一无所知，传来捷报："拿到了卡片，三个图案分别是，基因编辑、某种病毒、某种肽链。传给你了。"

7号接收图像，在表示库里进行比对，很快找到答案："这是去年获得诺贝尔生理医学奖的那个研究项目，通过基因编辑靶向免疫腺病毒引起的传染病。"

"陈思雯的工作和这个项目有交集吗？"

"没有，交叉信息量是零。研究成果获得诺贝尔奖之后，陈思雯也没有在公开场合发表过任何关于该热点的言论。"

"真奇怪。"唐忧思索片刻，"第三搜证点得到的线索对第二搜证点确定的方向一点帮助也没有。"

"和耳朵有关吗？我们并没有领悟这条线索的意义。"

"没错。其他两张卡片都是三个图案共同确定一条线索，但第一张，我们只是凭猜测勉强解读了其中两个图案，耳朵的价值没有体现。"

时间22：03：16。

推理遇到阻碍，唐忧决定暂停前进，先理清思路。

"我需要项目组相关人员资料，特别是核心人员。也许他们中有人与教授有过交集，也许有的人过去曾接受过法律咨询或者援助。"

7号执行操作："项目组有三位成员，每次陈思雯与其他人辩论，她们都投票支持另一方。这个算吗？"

"只有三个人总是反对她吗？这倒让我惊讶了，我以为只要是正常人就会反对她。我也每次都给她投反对票。"

7号略微头疼，如果这不算什么交集，那核心成员与陈思雯的相关性也消失了，除非他们某一天在没有监控的现实中的马路上不小心撞在一起结下仇恨，这样的交集无法被记录。

唐忧说："会不会第一张卡的意思是，人质是总发表缺德言论的人类女性？"

7号没接话。

她自己否定道："太牵强了是吧。"

瓶颈期间，外勤组倒是收获颇丰，其他指挥官同事呼叫唐忧接通语音信息：

“我们找到了嫌疑人。”

据陈思雯的同事透露，她有一个情人，三十四岁的职业足球运动员，边前卫，在欢达俱乐部效力，并不出名，可能一些足球爱好者会对他有点印象。陈思雯向朋友介绍时叫他"小彭"。

治安警在今天上午七点的地铁通行记录中找到陈思雯和彭俊相隔三秒的刷卡信息，他们最远抵达南郊无尽夏站，从这里出市区。但下午四点回市区时，只有彭俊一个人的刷卡信息。

根据当时巡视的仿生人地铁保安说，彭俊回城时拖了一个超大行李箱，所以对他印象深刻。

治安警在彭俊的公寓搜到这个行李箱，从中检测出生物性微物质，但这些物质是否属于陈思雯需要进一步分析，彭俊对此声称毫不知情，他否认自己今天和陈思雯见过面、否认自己与陈思雯是情侣、否认这是他的行李箱，当治安警向他出示了一些证据后，他改口说自己有酗酒的毛病，有时会断片，所以没有对这些事情的记忆。

可与此矛盾的是，彭俊删除了系统中所有与陈思雯的通信记录，删除时间是今天下午五点前后。目前，他对"为什么删除与陈思雯的通信记录"也无法解释，声称失忆了，虽然他满口谎言，但是他现在血液里的酒精含量不高。

现在外勤小队对他进行了紧急羁押，可以确定他与陈思雯的失踪有关，他配合度不高，想要通过口供获取信息进行救援的可能性不高。

坏消息是，不排除陈思雯被他留在郊区，如果绑匪并不遵守游戏规则，故意把人物安置在地图上没标数字的郊外，救援搜索范围就更大了。

唐忱一筹莫展，排除与绑架爆炸案的关联，陈思雯的失踪就像一个普通的情杀案，嫌疑人、动机、作案手法基本清晰，彭俊与炸弹客是什么关系？

会不会推理方向搞错了，两者根本没有关系？

拆弹小组此前打过招呼，按照图纸示意的复杂程度，拆弹需要预留一刻钟时间，但这种炸弹结构有的是文章可做，就怕绑匪还留一手，所以最好给拆弹留出半小时。

保险起见，二十三点二十分至少要确定人质所在位置。

而现在还有大约一小时，按之前搜证的经验，一个搜证点通常要耗时至少四十分钟。

唐忱心里没底。

系统里响起警情提示音，已恢复神志的值班同事接警后立刻要求信息科发布全市公告：因医疗团队被外调支援第4区，位于83区的精神中心发生安全事故，现有五十八名精神病人外逃到公共区域，请83区、71区、78区、94区以及西北郊区居民立刻回到公寓，严禁在马路上游逛，一旦发现在公共区域游逛的可疑人物请立刻报警。

"呃……咱们还有人接警吗？"唐忱提出一个非常现实的问题。

7号无言以对。

真实的"精神病院倒了墙"。

不管是什么目的，这连环套玩得高明，人质没找到，全市乱成一锅粥了。

[4] 选择

优秀的指挥官成了紧缺资源。

羽纱从79区被召回，露也随行。她们要前往位于东郊的一处住宅，访问诺贝尔医学奖得主王依虹，向她了解团队成员情况。

王依虹今年七十二岁，任科瑞基因研究中心主任，她平时除了学术交流会议，极少在公开场合露面，获得诺奖之后也只在几次国家级表彰仪式上出现过，是位很低调的女士。她住在郊区，远离MACRO系统，科瑞医疗赞助她的研究，在郊区为他们团队造了一个科学园区。

羽纱为即将见到"传说中的人物"兴奋不已。

唐忱在语音通道里朝她泼冷水："你要是真的尊敬人家，就不该大晚上为了这种琐事去骚扰。"

"你就是嫉妒。要了解一个团队，当然找团队中最聪明的人才能节约时间。观察、总结能力有限的小毛孩容易受无关信息干扰，你想了解一个人，他们会给你从这个人的桃色传闻说起。这是我的经验。"羽纱说。

唐忱觉得她说得有点道理，因为对陈思雯周围人员的访问还在继续，消息不断传来，都离不开桃色传闻。

陈思雯的社会关系非常复杂，她有两任前夫，还有一个儿子，儿子的生物学父亲并不是两位前夫，当然也不是现在这个足球运动员男友。不过，了解下来，她生活中为人并不像呈现在公众面前的那么讨厌，前夫们对她的评价都不算差。

重点嫌疑人还是回到了足球运动员身上，虽然人已经被扣押在问讯室，但没有取得有效口供，因为运动员和治安警打起来了，现在已被制服，注射了镇静类药物。

打起来的原因是调查员读取信息说他身高一米七八，他坚称自己实际身高一米八一，让调查员认真核实。调查员并不想在这种无关紧要的方向上浪费时间，双方起了争执。

冲动易怒。

唐忱倾向于相信他发生口角后失手伤害陈思雯，不觉得以他的性格会是炸弹客本人。以他的智商也写不出十二页说明书。

唐忱越发怀疑陈思雯的失踪与绑架案无关。

等待的时间里，她试图揣摩绑匪将精神病人放出精神中心的用意，许多精神病人有攻击性，不能放任不管，治安警和特警势必会向靠近郊区的那四个区聚拢，其他区域的警力数量下降，最初中心1局制订的"以地铁站为单位每个区域安排人手，锁定地点后以最快速度实现区内行动"计划已经被打乱，目前应对措施变成调用三百架直升机进入各区待命，替代方案是用直升机把救援人员迅速运送到指定地点。

"直升机满天飞，能对局面产生什么影响？"唐忱问7号。

"增加航线管理系统的工作量？"

"只是市区里这点工作量也复杂不到哪儿去吧？"

"的确，很小的计算量。"7号通过落地窗望向天际，依稀能看见一些直升机信号灯一边闪烁一边移动。

目前直升机刚刚被召集飞往各区，空中还有些热闹。可是等到它们各就各位，一切又会恢复宁静。最终救援地点确定后，只会有四架直升机携带人员和设备投入实际作战，并不会形成乱象，更不至于挤占通道。

究竟有什么预谋呢？

时间22：52：23。

羽纱离开王依虹的住处，重新接通与唐忱的连线："在我和王博士沟通时，露远程联系了每个团队成员，有一位名叫卢敏的三十一岁女研究员失联，不过不确定她是否失踪。露发了个区域通知征集目击者，卢敏今晚九点多出现在灯谜俱乐部东海岸店，和一名男子一起，她可能是因为现实约会关闭了系统。"

"这名研究员的名字好像很耳熟。"

羽纱把卢敏的身份信息卡推送给唐忱，上面有卢敏的证件照："你也会觉得她眼熟。"

唐忱想起来了，在王依虹去年获得诺奖之后，她本人依然低调神秘，但许多公开活动需要有人出席，当卢敏以团队代表身份频频亮相时引发了巨大争议。

最初一些科学工作者对此不满，王依虹女士将一生奉献给科学，取得成果后，资本家赞助方为了商业噱头竟然推出一个年轻漂亮的团队成员来镜头前表演。

科瑞医疗出面澄清，卢敏并不是"演员"，其实她在研究中也承担了重要工作，王依虹博士把她当作接班人来培养。

接着某位匿名团队成员辟谣，王老师从来没有表示过要把卢敏当作接班人。

这立竿见影的"打脸"激起了更多人对卢敏的反感，质疑她"一个科学工作者，在系统中接受媒体访问，有什么必要用大美女的虚拟形象？""难道女性价值走到终点依然要用美貌来证明？"。

卢敏被逼得公开了自己在实验室实际工作时的影像资料，她本人比虚拟形象更美,是哪怕穿着普通白大褂随意扎个低马尾,只露出三分之一张脸也会被一眼注意到的那种基因彩票得主。

对她的质疑只哑火了半天又卷土重来,有人怀疑她在基因研究所工作、通过编辑基因近水楼台地改造了容貌;有人希望她不只自证容貌,重点是自证自己在研究工作中的作用;有人深挖科瑞医疗赞助的几个重点实验室,几乎每个团队都有一两个学术建树拿不出手但长相惊艳的"镶边美女",好像就是为了在研究推向市场商业化时得到浑然天成的"代言人"。

与此同时,大美女的粉丝其实也不少,认为有学识又形象好的团队成员被推选出来做科普本来就理所当然,形象好的人说话,外行人更愿意听。

支持者与反对者吵得不可开交。

卢敏再也没有公开回应,争议在二十天后自然退潮,王依虹博士出席了一次重要活动,为她打抱不平的"科学爱好者"们视此为斗争胜利。

很快,这个热点被其他热点取代了。大多数人对卢敏印象不深,只记得这个诺奖团队有王依虹和一位美女。

羽纱说:"王博士说卢敏在团队中并不边缘,她的天赋很好,不过我觉得王老师对她的评价并不算高,她说卢敏没有科学信仰、志不在此。"

"好吧,可她至少不是绣花枕头。这不是我们现在应该追究的。看来她和陈思雯有相似之处,都是挺有争议的人物。"

"但她也很不认同陈思雯的观点。"7号插嘴道,"那三个总投反对票的人里面就有她。"

唐忱思绪飞转,这两个人可以说毫不相干,但又极为相似,都备受争议,都在今天失联,失联前最后的行踪,一个与情人约会,一个与情人泡吧。已知最后出现的地点,都在郊区。

她有一种不祥的预感,立刻翻出说明书粗略地浏览,与7号确认:"绑匪是不是从来没有说过,人质只有一位?"

"是的……"

"我想我们有两个受害人。"

这句话就像水滴落进了滚烫的油锅。

MACRO系统的步行街上一片哗然,议论像雪片一样漫天飞舞,刷屏速度让人根本抓不住任何一句话。

的确,绑匪没有说过人质只有一位,这不算出尔反尔,他甚至在第一个搜证点的线索卡上就给出了明示。

"三种器官都是成对的,除了告诉我们是女人,还告诉了我们数量。"

7号分析:"绑匪既然这样设计,可能不会那么仁慈地在同一个搜证点放两个人的线索。如果要得到两条线的线索,那你运气最好的情况下也要再走两个搜证点，分别拿到她们两人的新线索各一个，根据这个新线索立刻推断出她们的所在地。如果她们所在地之间的距离大于十二个坐标点，那你也没有任何机会救到两个人，这还不算你和终点之间距离。"

"两个搜证点，时间应该也不够了。"羽纱说，"只能碰运气，下面一个搜证点得到谁的线索就救谁。"

唐忱沉默半晌，冒出一句："去死吧，不玩了。"

为了以防她一时冲动真从安全舱里出来，7号死死压着舱门："不不不，别这样，能救一个救一个吧。"

被一个反社会变态玩得团团转，让唐忱极其不爽。

他有什么目的？

在荷善那次庭审直播中，唐忱之所以声名远扬就是因为"选择"反常，荷善让她在至亲和仿生人中二选一，正常人都认为她会毫不犹豫地朝仿生人开枪。

但她跳出了选择，对犯罪者开了枪。

是因为避开了那次选择，所以为了报复，让她陷入另一个选择吗？

唐忱操作系统查询79区范围内有多少架直升机，结果是八。

她立刻接通3局的语音通信，连线代号"武松"职位最高的调查员："武哥，我需要3局调查员全部上直升机准备起飞。"

"收到。"对方好奇多问一句，"确定人质在79区吗？"

"人质不在，但你们在。"

她没有更多时间对调查员解释，切回与7号的连线重新展开地图："刚才调用直升机的指令要求他们几分钟到达指定地点？"

"十分钟内。"

"陈思雯从南郊失踪，卢敏从东郊失踪，按这两侧郊区十分钟的飞行范围，可到达位置排除西北侧36个区。"

7号立刻领悟了她的意思："你认为刚才警方调用直升机时，绑匪才趁乱用直升机把人质运到市区预引爆点？"

"已经是Plan B了，Plan A应该是混在全市涌向第4区再返回的医疗直升机中，但他没想到你和科洛那么快切断直播画面。"

7号在她开口前已经发出申请，向航线管理部门要来刚才这十分钟内三百架飞机的飞行路线，它们在市区地图上织成密集的网，而他要算的是"漏网之鱼"。绑匪起飞前也势必要经过这番计算，避免单架直升机与以四架为单位组队的机群在空中意外相遇，被报告给管理中心。

唐忱补充道："他的落点不会在仿生人聚集的企业和机构，一定是公寓楼。以这个破守夜人的尿性，如果有让人类做自私选择的道具卡，一定也会有让他们为自私付出代价的阴招。"

"那他的选择不多，只有二十二栋公寓不在飞行路线网上。"

"排除我在他的游戏图上五次移动能到达的位置。"

"可以放宽到八次。你本来还有一次道具可以实现街区内瞬移，最多可以代替三次移动。"7号完全跟得上她的思路，绑匪不会让她能够抵达一处救援点后还有机会前往营救下一个人，"还剩下七栋楼。"

唐忱有条不紊地下达指令：

"把坐标发给武松，请他调动直升机立刻从79区出发，降落在这七栋楼楼顶。"

"联系信息科给这七栋楼居民发安全警告，要求他们立刻撤出楼栋去马路对面。"

"要求供电局五分钟后切断楼栋电源。"

五分钟后，3局所有调查员也在各楼顶降落。

"人员已经到位。"武松发回消息。

"从楼顶开始往下逐层扫描生物体。发现目标后不要进入，撤到楼下待命。"

一部分治安警终于明白唐忱的用意了，只有3局调查员全员仿生人，只有仿生人才能不借助工具隔墙扫视确认屋内有人。而经过警告、断电后，这时还留在楼内的人只会是无法离开的。

过了六分钟，两栋有人留下的公寓楼都已被锁定。

唐忱深深呼吸，问7号："按照剩余步数，我有没有一点可能性救下两个人？"

"没有。他给你的从一开始就是死局。"7号说，"但你还能去一个线索点搜证，也许……对后续破案有帮助。"

"没时间冒险。拆弹组几分钟能到位？"

"距离不远，十分钟之内。"

"现在人类观众总数有多少？"

"一亿两千万。"

"让观众来投票吧。我们有两个人质，只能选一个救。"

7号提醒她："道具卡不是这个选择题。"

"我没有使用道具卡，这是我另外让观众做的投票，限时五分钟。"

这五分钟等待时间无比漫长，她什么也做不了，只是待在安全舱里等待民众选出终点，然后根据7号的计算路线前往终点。

他的声音从语音通道里响起："你已经做得很好了，一个人质和一整栋楼无辜群众。"

她倒没有沉浸在这种无力感中，而是切换了警用私人通话，小声说："我知道他们会选谁，但我的直觉指向另外一个人。"

"你要相信直觉吗？"他也压低声音，"你可以把责任推给我，我算错了两个人所处的位置，这也没什么可指责的。"

"我不敢相信直觉。"

[5] 爆炸

在爆炸之前，拆弹小组已经撤离。

奔腾炽燃的焰气从楼体高处冲击而出，击碎零点夜空的宁静，人的骸骨早在爆破的一瞬气化，而楼的骸骨成为播撒向黑暗的残影。

巨大的残块像一场风暴，被抛入天际，再宛如瀑布一样沿着城市冷硬的轮廓线泼洒，气流拍击着相邻建筑物的外壁。

新的爆破接踵而来，强烈的能量自上而下剥离了墙体中的防水和保温层，就像春天的笋衣。

电光在夜色中分叉，运气的管道纵向撕裂，耀眼的火焰中涌出一道奇异的虹光。

爆炸一波接着一波，旋转上升，颠簸下降。

所有人退到对面街角无能为力地仰望，此起彼伏的火光将人们的瞳孔照亮。

与过去沉默凝重的钢混建筑不同，现代化建筑像个生命体，它熟稔地循环、运转，如同一位感情充沛的母亲，关照和包容着蜗居其中的渺小人类。

晚风将建筑葬礼上的恐慌呼喊声送往远方。

仿生人调查员在狂风中回眸搜寻，从人们脸上摇曳的耀光中识别出一抹不同寻常的无声冷笑。身材伟岸的男子像雕塑一般静静站在几米外的沿街台阶上，戴着一顶黑色帆布帽，帽檐投下的阴影使他的眼睛看起来既模糊又黯淡，像有一层看不清的水汽阻碍着视线。

武松注意到他两秒后，穿过人群朝他走去，对方以极快的速度回瞥了一眼，目光闪开，面无表情地退后一步，像猫一样敏捷地转身离开。

唐忱阻止不了这场疯狂的爆炸，但她说绑匪不会满足于在虚拟世界中看转播画面，他会在现场近距离欣赏，脸上挂着讽笑，别人越是绝望他越是暗爽，一个一声不响的人在群情激奋的人群中一定十分扎眼。

武松觉得这过于疯狂，不太符合常理，现在看来果然还是人类了解人类，找到这家伙就像探囊取物这么容易。

他快步跟上前，用枪顶住男子的后腰："请配合调查，出示证件。"

男子缓慢地转过身。

他体格健硕，下颌有着坚毅的线条，一双栗色眼睛十分勾人。他脸上依旧带着笑，放松地微微分开双腿站定，居高临下迎上仿生人调查员审视的目光，身高差让他获得天然优势，他就像篮球比赛开场前把瞧不起对手写在脸上的跳球队员。

"我只是路过，看看热闹都不行啊。"他一边说话一边用舌头舔舔嘴唇，似在故意挑衅。

武松获得权限查看他的身份信息卡，咧嘴笑出一排白牙。

"住在三十公里外，半夜十二点，到爆炸现场看热闹？对不起，不行。"

两个仿生人调查员随即上前，合力把嫌疑人的手背在身后带回直升机里。

那人没有反抗，回望一眼，眼神中有肆无忌惮的意味。

有什么后台吗？

武松心中有些不安，这种神情他见过，逮捕的嫌疑人第二天就被领走了。

再看一眼留在系统中的缓存信息：二十九岁，飞行员……他的身高体格对飞行员这个职业而言太高太壮了，他更像个吃多了蛋白粉的健身教练，反常。

管他呢，武松迈着大步朝直升机走去，反正今晚3局是拔得头筹了。

调查员端着机枪跟上他："要通知忱妹过来审吗？"

武松粗眉一挑："我们局就她一个人？"

那要看广义的人还是狭义的人，非要说人类确实就唐忱一个。

不过她下班了。

唐忱精神和体力都已透支，出舱门时脚下一个趔趄，7号眼明手快捞了她一把。

"还好吗？"

她面如死灰，自己站稳穿过走廊。

他见没有大碍，跟在身侧告诉她行程计划："公寓我还没找到时间回去收拾，已经拜托铁钳帮我换门补墙……"

她没有吱声，可是认真听着。

"这几天我们还得在仓库将就一下。"

她眼皮跳了跳，怎么自说自话把别人规划进去了，不过她没有反驳。至少今晚，她也不想一个人回自己公寓。

"你累了吧？"虽然是个问句但没想要答案，他接着说，"刚才我和特警组的人打了个商量，让他们的直升机把我们捎回79区，他说去请示请示。"

搭顺风机是个不错的想法，唐忱想着，还感激地"嗯"了一声。

飞机上只能容纳十二人，特警组增援一定是满员来的，意味着要有两个人被换下去，需要协商交涉。

她能想到的阻力只有这么点。

身心疲惫导致她思维迟缓，赖以为生的戒备心都消失了。

特警组给他们留了最靠外的两个座位，7号先上去，拉了她一把。

对面全副武装的队员起身把机舱关上，朝身边人打了个出发的手势，系紧安全带，一把扯掉防毒面具，和她四目相对。

嗯？

事先没说过是组长亲自带队啊……

唐忱好奇地东张西望，就像从来没见过直升机内部构造似的。

7号注意到她不自然地变了变坐姿，以极其缓慢却欲盖弥彰的动作幅度把叉开的双腿并拢了。他不经意地把视线往对面摆过去，不经意地读取身份信息：周违，男，二十一岁，反恐机动组治安警。

哦，见过。

西山爆炸那次，突击进步工业那次，还有荷善那次。

飞机起飞，先进的降噪设备让机舱里静得可怕，很显然，至少有九名特警因为过度关注八卦而屏住了呼吸。

特警组长把压迫性的目光从她脸上移开，旁若无人地长吁一口气，又把目光转回来，努力平静着语调："我联系了你半个月，通信申请你一次也没收到吗？"

"我设备没电了。"唐忱揪过7号的衣服，"不信你问他。"

7号把布料从她手里抽出来，对周违说："我不清楚，我中枪住院一礼拜，从来没见过她。"

竟然成了批判大会。

唐忱理直气壮地耸着肩，摊了摊手："我有什么办法？我喝多了，睡在河边，设备没电，我还吃错鱼，食物中毒了。"

半个月中的某一天确实是这样糟糕，没撒谎。

信息量太大。

周违消化了一会儿，最后挑要紧的问："食物中毒，没事吧？"

7号冷笑一声："可能有事吗？"

唐忱朝周违挤出一个营业微笑："没大事。"心里说，友谊之舟翻了，7号。

机舱里鸦雀无声。

坐在组长身边的小男孩受不了密闭空间里压抑的气氛，贸然插嘴，对唐忱说："如果你有不满可以直接说出来，你突然失踪、断联十天半个月，不给任何理由，这就不符合社交礼仪了。"

唐忱看见他资料上年龄一栏才十七，有点恼火，并把这怒火精准释放了："你们能懂事点吗？想想今晚的事！我一个人在外面累死累活冲锋陷阵，你们呢？在净化空气！今天有一个人质被炸死了！你们懂不懂问题的严重性啊！还是说一个人死了你们根本无所谓？要嘴皮当然容易！社交礼仪？我有时间有精力社交吗？"

十七岁少年顿时被唬住了："我没上线，有人死了？"

周违打着圆场，话题回到唐忱身上："我只是联系不上担心你出意外，毕竟你这也算高危行业。而且人之常情，我确实会怀疑是不是我做错了什么。"

唐忱情绪缓和下来，双手攥紧安全带，像个过山车俯冲前不安的小孩，垂着眼睑说："是我的错。"

"算了算了。"周违马上大度地摆摆手，虽然他也不明白这次对话有什么具体进展。

又是一阵沉默，这次连"吃瓜"群众都不敢发声了。

周违留给她一个不带感情色彩的侧脸，轮廓尽显，恢复了平日的严肃。

飞机进入79区地界，他才开口问："你们住在哪儿？"

7号用平淡的语调陈述："十字西路和杜鹃路路口。"

周违等待片刻，用目光指了指唐忱："她呢？"

"一样。"

周违咬了咬下唇："住一起吗？"

"暂时。"语气甚至有些小人得志。

暂时是什么原因造成的，周违大概能琢磨三天三夜。

他可能会往"唐忱自己的公寓被恐怖分子毁坏了"那方面联想。

特警组其他人眼睁睁看着他们的组长低眉顺眼地给姑娘发了个私密文件，那小小的文件夹虽然内容不明，但非常醒目地在机舱顶部画了条优美弧线，同时他说："如果有需要，随时找我。"

人类迷惑行为。

人工智能决定拆台，7号转头看看唐忱又看看周违，懵懂地问："有什么需要？"

周违脸上挂不住，飞速追加限定词："反恐需要。"

7号若有所思地点头："那确实需要。"

[6] 分裂

虽然疲惫至极，唐忱还是按生物钟醒了。

睡前，武松发来的信息让她格外在意，武松告诉她，在陈思雯爆炸案的案发现场找到一个可疑的人，但又问她："人类可以对人类刑讯逼供吗？"

唐忱抱歉地告诉他："不行。"

"那没事了，你什么时候想来再来。"

看这意思，他们的审讯应该是碰到了一点麻烦，平时习惯了对仿生人打打杀杀，逮住个难啃的人类嫌疑人，无从下手了。

下午两点，唐忱和7号一起到达3局。

值班调查员向他们简单介绍进展，指着室外实时监控画面上被铐在椅子里的嫌疑人："嫌犯昨晚喝多了，但我们认为他并没有醉到神志不清，所以还是审了审，他很滑头，坚持说自己和陈思雯根本不认识。他们俩的交集我们还在查。不过这家伙别想逃，楼顶上那架被炸毁的直升机肯定跟他有关。"

"他是干什么的？"

"是个直升机飞行员，在连锁培训机构做教官。"

"难怪。"唐忱原以为飞行员可能是被雇佣或者胁迫的，没想到是犯罪分子近水楼台。

调查员接着补充："被炸的直升机机身上就有他们营地的标志。他们营地学员都是有钱人，平时工作比较轻松。"

唐忱问："他的客户里有没有陈思雯，或者陈思雯认识的人？"

陈思雯的社交圈子应该也在"有钱人"范围内。

"根据记录，最近三个月他主要在带两组客户，一组是十六岁和十四岁的姐弟，父母是医药公司高管；另一个时间段服务的是四十二岁女客户，客户在能源公司上班。这两组人暂时没查出与陈思雯的交集。"

唐忱微微蹙眉："营地的直升机在楼顶被炸毁，他又正好在楼下围观。他自己对此怎么解释？"

"他说他完全不知情。我们已经在营地取证了，飞行设备使用记录中登记的就是他本人的识别号。值班管理员也有印象，他晚上过来把飞机开走，说是带女朋友兜风。"

唐忱问："航线管理局有他的航线报备吗？"

"没有。"

"所以他开走直升机的时候就已经决定用于非法用途了。"

"没错。这个女朋友的长相我们直接从仿生人管理员脑储存卡采集到了印象，是卢敏。所以目前这个叫马尔拉的飞行员是两个受害人共同的联系。"

"不不不，等一下。"唐忱摆摆手，倚墙抱臂略做思考，"实际上我们现在只能确定马尔拉和卢敏认识，并且马尔拉和他的直升机出现在陈思雯案爆炸现场。但是，还没有证据显示陈思雯和马尔拉认识，对不对？"

"对。"

"卢敏作为马尔拉的女朋友出现在营地管理员的记忆里也很值得推敲，她没有被胁迫，那么她到底是另一个受害人还是同谋呢？"

"同谋？"7号对她的猜测感到惊异，"嫌犯会拿自己冒险吗？"

"为了摆脱嫌疑，有可能啊。正常人都会选卢敏活下来。"

"那还有很多不可控因素，比如她料不到你会让观众二选一投票，万一你自己决定了，万一你正好是陈思雯的支持者决定牺牲卢敏，那她这种赌局风险也太大了。"

"可我觉得十二页说明书像卢敏的手笔，那两个男的头脑简单四肢发达，写这么多字都费劲。"唐忱思索片刻，"卢敏现在在哪儿？"

"在精神中心。她没受外伤，那边条件好一点，再加上因为病患出逃，现在那边布置的警力多。"调查员说。

唐忱这才想起还有这个意外："荷善没跑吧？"

"她没有，跑的都是重症病人，是重症病区一排病房的门禁先被破坏的。"

"荷善都不算重症吗？"

"她是轻症。"

唐忱震惊："那重症得多疯啊？"

仿生人调查员笑起来："多半是精神分裂。所以五十八个逃走的精神病人截至现在已经找回四十七个了，精神分裂患者虽然有攻击性，但是行动力比较有限。"

有可能"守夜人"是有选择的，他并不想因为这个行动造成太大的连锁伤害，要是真放出去几个轻症重刑犯也够治安局头疼一阵子。

唐忱和7号用目光交流了一下。

"你想在这儿审这个傻大个，还是去看看卢敏？"

她都已经这样区别称呼了，太好分辨意图。

7号正准备和她出发去精神中心，调查员及时阻止："治安局现在还没取得找卢敏问话的许可，等行政审批手续预计要两天。"

"为什么这么正规？卢敏不配合吗？"

"案件闹翻天了，很多眼睛盯着，而且卢敏的继父是经济部领导，治安局上午开会特别强调了程序要正规，再加上她的律师和公关第一时间都赶到医院开始工作，她的律师是杜敬恒。"

杜敬恒就是肖侃的离婚律师。请他来应对受害人的对公事务有点杀鸡用牛刀吧！

唐忱问："请老狐狸价格很贵啊，而且一个普通研究员为什么会自备公关？她在心虚什么？"

调查员说："她母亲的说法是，她曾经遭受过网络暴力，这次又成了受害人，不能再因为治安部门随意披露信息对她造成二次伤害，又引发网络暴力。"

"有道理。"7号对唐忱说，"如果换成你，你家也会这样保护你的。不能说明她心虚。"

唐忱不以为然："我问心无愧会主动配合调查，受害人本来应该比任何人都希望罪犯赶紧伏法。"

"普通人怕事，你没这种觉悟。现在她这个男友被抓了现行，不管她是同谋还是被骗上当的受害人，女方都会受到很多恶意揣测，还有些蹭流量的自媒体喜欢挖私生活编花边新闻。"

他说的有几分道理，虽然唐忱不认为她是"被骗上当"的受害人，她这个智商明显更像骗人上当的。

唐忱叉腰思索一会儿："那只能先审傻大个了。"

"那你需要先看看这个。"调查员调出一段审讯影像推给唐忱和7号。

影像中，马尔拉被铐在椅子上，正襟危坐，语气异常冷静："唐忱呢？她不参与审讯吗？"

武松说："干吗？谁审讯还由你挑？"

马尔拉态度越发嚣张："给她半小时时间，她再不来我要走了。"

武松笑："你走？走到哪儿去？这里是你来去自由的地方吗？"

马尔拉扬着脸："你为什么扣留我？我犯什么罪了？"

画面被调查员暂停了，他说："节约时间，还有一段。"

他又切换了另外一段。在新的这段影像中，马尔拉颓废地瘫坐在椅子里，和刚才实时监控中的姿势一致，看起来应该是审了一段时间，疲劳了。

马尔拉摆了副无赖语调："大哥们，该说的我都说了，我这人没什么恶习，就是喝了酒好忘事，你告诉我到底犯了什么事，我马上认罪，我们放过彼此好不好？"

"别给我玩花样！"武松的耐性也耗尽了，摇晃着手里陈思雯和卢敏的照片大声呵斥，"我都给你把照片摆这儿了，你拿个态度赶紧交代。"

"问题是我真没见过这两个女的啊。你就是拿枪指着我，我也编不出她们姓甚名谁啊！"

画面再次被调查员暂停，多看无益，意思已经表达到位。

调查员说："早晨到现在，他判若两人，松哥分析他可能打算装人格分裂脱罪，而且他知道你，感觉像冲你来的。你当心点。"

"这么看……傻大个还有点智商，低估他了。"

里面负责审讯的两个仿生人调查员已经陷入瓶颈，唐忱和7号进去换他们出来，在门口就被涌出来的浓烟呛得咳嗽。

"你们仿生人为什么要抽烟啊？"

调查员不好意思地笑笑："给嫌疑人制造心理压力。"

无语，这能制造什么鬼心理压力。

7号皮笑肉不笑，提议："你可以去问周违借个防毒面具。"

唐忱没这么矫情，也听出他只是又在阴阳怪气，白了他一眼，推门进去。

问讯室里，马尔拉抬起头，见换了办案警官，冲唐忱露出谄媚的笑："哟，美女警官啊。怎么说？能放我走了吗？"

唐忱板着脸坐下："听说你要见我，我来了，你说吧。"

"见你？"马尔拉脸上的笑容僵了僵，"是我没醒酒的时候说的吗？"

装，接着装。唐忱心里想。

她才不信人格分裂会发生在这种笨蛋身上。

唐忱再次把卢敏的照片展示给他："再问你一遍，这位是你什么人？"

马尔拉五官挤成一堆，苦不堪言的表情："都问了一天了，我真要认识能不说吗？是真不认识啊。长得还挺漂亮，是她犯罪了吗？"

唐忱把仿生人记忆截取画面推到他眼前："这是你们营地管理员的记忆，前景是你，背景里是这位女士。"

马尔拉一头雾水，用没被铐上那只手挠挠额头："她是营地学员吗？不是我的学员。"

"昨天晚上你带着这位女士到营地，开走了一架直升机。你向管理员介绍，这是你女朋友。"

"我自己介绍的吗？"

"你自己介绍的。仿生人的记忆可不会出错。"

马尔拉安静了几秒，似在认真思考。

"那个……你们能不能给我做个精神鉴定？"

有了前面的铺垫，这请求一点也不让人意外。

唐忱未置可否，另起话题："怎么？你不记得自己女朋友了？"

马尔拉压低声音："我挺受女人欢迎的。有没有可能，当时是这位美女挟持了我，以'女朋友'身份逼我去拿直升机，然后去干了什么违法的事？"

一个彪形大汉指控一个纤细美女挟持自己。

唐忱想顶他，又怕气氛不够严肃。

"这听起来有点矛盾。精神失常和被挟持，你最好只选一个说法。"

马尔拉呆滞须臾，说："我还是先做鉴定吧。"

[7] 访客

马尔拉装疯卖傻，3局给他叫来了精神鉴定专家。

下午到晚上正常审讯中止。

但武松没打算给马尔拉喘息的机会，是人类就需要睡眠，他派人每隔十五分钟叫醒他一次，这才叫真正的心理施压。

这种龌龊事轮不到唐忱干，她回家等消息。

月亮泛着蓝绿，外部镶着一圈红棕，月晕朦朦胧胧，潮湿的雾笼罩着仓库前的院落，风声飒飒。

待在仓库的最后一晚，7号忙于把她在这里临时置办的杂物打包，这将是一个雨夜。

唐忱窝在床头做资料筛查，找不到别的切入点，只能先梳理陈思雯每次公开亮相，试图寻找与卢敏的观念冲突。

去年年初，几位律法委员应民众呼声提出倡议，拟强制要求科技公司雇佣男女员工比例达到1:1，立法前需发布草案征集广泛意见，在草案之前的阶段，持不同观点的代表会公开陈述论点进行辩论与说服。

陈思雯是反对派，且是反对派中表现最活跃、激进的一位。

她侃侃而谈的影像被记录在一档热议节目中，任何人在任何时候都可以点开重温。

"现在高级技术人员中女性占比36.5%已经是市场自然选择的结果，我认为政策脱离了市场现状搞强制都是混乱的开端，比如你现在强制要求就业比例，这只会逼得企业主减少人类员工的比例，去雇佣仿生人员工，进一步缩减消费。

"企业主要求生产效益，但是必须要指出，女性在劳动力市场上根本不具备与男性相同的竞争力，女性的体力、专注力比不上男性，再加上受传统文化观念的影响，喜欢从事文案、事务类工作，这是导致她们在与工业仿生人竞争工作岗位时成为第一批被淘汰者的根本原因，与我们是否制定有利于她们的政策环境负相关。

"其实我有时甚至觉得社会保障制度过于完善才是造成女性从劳动市场撤退的重要原因，我自己也是女性，我知道我们是个好逸恶劳的群体，在过去的历史中，我们习惯了养育后代和服务家庭，当社会不需要我们参与这些传统工作，同时又提供良好的生活保障，当然不会有人愿意再出门工作。"

一位场外观众接入后发表反驳意见："科学实验证明，目前，体力劳动强度与性别的相关性排在与体脂率、低密度脂蛋白含量、血尿酸指数的相关性之后，更加受身体素质、代谢因素和血压趋势影响，而不能断言女性的体力一定比不上男性。"

在过去，一些性别差异是由于饮食结构造成的，但如今，食物统一变成"蜡烛包"之后，差异性明显小多了。"蜡烛包"虽然难吃，但在提供人体必需的营养方面做得不错，肥胖和营养不良人口比例都显著下降。

陈思雯在医学方面并不专业，在观众的一系列专业术语之后显得很无力，但她很擅长用浅显而娱乐的方式搅乱浑水："我说的是一种平均概念，女性的平均体力比不上男性的平均体力，你非要说每天锻炼的女性田径运动员体能远超个别两百多斤的男性，那肯定你说得对啊。"

她的拥趸——绝大部分是男性，但也有女性，爆发出长达数十秒的哄笑，使得辩论只能暂停，等这此起彼伏的笑声过去。

陈思雯继续说："反对跨性别者参与女性竞技时你们持有的是另一种观点。怎么？女性的体力是因地制宜的吗？"

笑声再次打断辩论。

唐忧面无表情，无法领略其中的幽默。

7号收拾完行李，默默坐在她身边跟着看，正好被逮住干活。

"这个医学生，你分析一下声音，有没有可能是卢敏？"

7号用视线调出卢敏在公开场合发言的录音进行对比，声音波形相去甚远。

他摇摇头："不是。"

唐忱有点泄气，关上录像休息："这次直播我当时就看了，但没看完，没想到后面更惹人暴躁。"

"不喜欢她的人很多，会不会因为观点不同就杀人，得另当别论。"7号说，"不如从她可能触动哪些人的利益考虑来得实际，为了利益杀人比较常见。"

"陈思雯伤害的是普通人类女性利益，反倒一直在维护资本家的利益。这就是她的恶毒之处。"

"我看不出其中的联系。"

唐忱解释道："社会调查显示，我们女性的消费意识比男性谨慎、理智。比如同一份工作，同样的两万通用币薪水发给男性和女性，现在没有后顾之忧，男性可能会100%用于在MACRO系统中虚拟物品的消费，但女性可能只消费60%，其余的部分会考虑置换成其他物品进行储蓄以备不时之需。"

"其他物品？"

"像是……黄金、能源、药品，这些实际的东西，每个女生都会储备一点。万一爆发第四次世界大战呢，对吧？"

"那我的思维比较接近女性。"7号说。

"我们这种消费逻辑是不受资本家待见的，虚拟消费很少，而且还消耗现实资源。所以这也就是大家痛恨陈思雯的原因，她基本上可以算是大资本家的代言人，她一边反对促进女性就业的法案，一边推动保障工业仿生人利益的法案，总是把女性放在仿生人对面当靶子，回避真正的经济矛盾。"

"但我感觉卢敏和她的位置是一样的。你想想卢敏，父亲是经济部领导，研究受科瑞医疗赞助，住在郊区环境优美的科技园区，免费享用比普通人大得多的住房面积。她是既得利益者，在网络上唱唱高调是一回事，发自内心反资本并且付诸行动是另一回事。换你你会吗？"

感觉他求生欲不太强。

唐忱不爽地提醒："我住在市区公寓，还是垃圾回收区的公寓！"

她在79区分到的公寓在7号公寓的楼上，不知系统这样安排是因为隔壁住了什么奇怪的钉子户。7号不太满意，这意味着他不能一出门一进门就到她公寓，更不愉快的是她没什么不满意。

薄情的女人。

他一边冷着脸安装家具一边心里愤愤地想，两人形影不离黏在一起好几个月，要分开了，她居然没有一点不舍，坏人类！

唐忱换了自己喜欢的灯管，从人字梯上爬下来，试了试灯光，温暖的光彩打亮她的脸，连眼睛都灼灼闪烁："我们弄好了去鱼钩的地盘喝酒跳舞庆祝。"

"下雨。"他幽幽地说。

"带伞不就好了。"她完全没注意到7号情绪低落，兀自兴奋地扎进浴室，"我先冲个澡。"

谁要跟你庆祝。他心里默默抱怨。

但是过了一会儿她在里面嚷嚷"为什么水这么小？"，他还是不得不去帮她处理。

热水管有一处渗漏，导致水压上不去，时间长了墙体还会发霉，幸好发现得早，只需要补点胶就能封好，不过这是个可喜的转折。

7号把水管处理好，兴高采烈地朝她喊话："你还得在我家住几天。要等胶干透。"

"我洗澡时去你家不就好了？"

坏人类。

因为这个小插曲，当门铃响起，7号去开门时脸色不太好。

走廊里灌着雨，冷得像地狱，寒风与来访者灰蓝色的眼眸很配。

男人穿着铝箔颜色的塑料雨衣，门开时他正把雨衣收起来，雨水顺着棕色发梢滴落到门口地垫上。他抬起头，看见7号后愕然了一秒，取下搁在额上布满金属网的护目镜，往门边的公寓编号匆匆一瞥。

"你是……"

反客为主的提问。

"修水管的。"7号说，同时扫视飘浮在对方头顶上的名字：离岛。不像中国人。

"唐忱人呢？"

"她在洗澡。"实话实说，带着一点恶趣味。

离岛退后半步，吐出一口长气，从外套口袋里掏出药盒，狠狠的吞咽动作像是要直接把生命素药粉冲进肺里去帮助呼吸。

脆弱的人类，7号扫描着他趋于正常的血压和激素水平，有点想笑，又心生一点同情："你要不要进来等？"

这是个糟糕的提议。

两个男人挤在狭小的空间里互相琢磨。

离岛并不相信唐忱会在洗澡的同时让修水管的陌生人待在房间里，这家伙有可能和她一样是治安警，现在他眼球的运动轨迹像在读取自己的身份信息。

7号确实在读取他的身份信息，和唐忱同龄，住址在48区，那么不是她以前的邻居。职业是骨灰寄存管理员，工作地点国家公墓。特殊情报警察或者图灵警察的身份通常会这样显示，看他护目镜的样式很眼熟，他应该是吃空饷的时刻警。这也解释了为什么他不需要邀请就可以进入79区。不过唐忱搬家第一天就告知了新住址，他们的关系可真不一般。

唐忱淋浴到她自己厌烦为止，裹了条浴巾出来，看见离岛瞬间呆住。

等她缓过神，质问先冲着7号来："你为什么要让他坐在这里啊？"

7号回她一个阴阳怪气的微笑："因为他看起来像另一个被你失联冷落的人。"

她又凶巴巴地去质问离岛："你到我公寓来干什么？"

"你先穿好衣服，我再跟你说。"

干净衣服扔在床上，她没有带进浴室的习惯。

她一把抓起衣物回到浴室。

离岛注意到了这个细节，视线摆回7号身上，心里重新掂量，一个大男人在屋里，她就这么裹着浴巾出来了，衣服在床上，表示本来打算在外面穿的。

他又吞了一颗生命素。

7号想建议他减量，出于健康考虑，下次来见唐忱不如带上呼吸机。

唐忱以最快的速度穿好衣服跑回来盘腿坐在床上："说吧，什么事？"

"你应该听说了，我在时刻管理局工作。"

"我听说你死了。"

离岛无语。

"我至少听三个同学说你死了。"

"他们可能是为了让你开心。不好意思我没死，你接受一下这个现实，我在时刻管理局工作。"

"接受了，然后呢？"

"你的爆炸案和我负责的案件有点交集。我收到来自两个月后的一些消息，觉得有必要提醒你，你的调查方向错了。"

唐忱愣了愣，讽笑道："我的调查方向是什么我都不知道。"

"你的调查方向一直错误地指向卢敏，但两个月后卢敏死于谋杀。"

[8] 锚点

离岛能说出案件的关键，足以让唐忱重视起来。

不过她确实需要花点时间消化这个现实，离岛竟然能做时刻警。从前她以为特殊警察需要智商非常高的人，现在她对时刻警这个警种感到有点幻灭。

"好吧。"唐忱把腿从床上放下来，端正态度，"详细说说你们的未来情报。"

"那我得从头说起。可能需要很长时间。"离岛飞快地瞥了一眼7号，言外之意很明显，无关人员可以退场了。

唐忱不喜欢玩心机，干脆打开天窗说亮话："他是我搭档、朋友、自己人。你要是把他赶走，他没有地方去。"

前一句让7号感到受宠若惊，但第二句听着感觉怪怪的。

离岛紧蹙着眉，沉默了约两分钟，掏出怀表状的仪表垂眼瞄了一眼。不知道这个动作有何作用，唐忱怀疑只是为了缓解尴尬。

"既然这样……"离岛把他的怀表塞回衣服里，"那就让他一起听。上学时你物理成绩比我好，还记得双缝干涉实验、波粒二象性吗？"

唐忱恶作剧地笑着摇头："不记得了，麻烦解释一下。"

离岛虽然看出她的嘲讽，出于职业道德还是给她耐心解释："一切物质都同时具有波和粒子的双重性质。物质通常以波的叠加混沌态存在，一旦观测后，它们会立刻选择成为粒子。你可以用薛定谔的猫来理解，盒子里有猫、50%概率衰变的放射性物质和毒气，衰变如果发生，猫就会被毒死，在盒子打开前猫就处于既生又死的叠加混沌态，只有打开盒子，被观测，它才会呈现出生或者死的具体状态。"

他读书时可是个学渣，唐忱很惊讶他能提纲挈领地把原理讲清楚。

"嗯。这和我的案件有什么关系？"

"你可以理解为世界处于叠加混沌态，你还没有观测到两个月后的世界，那么卢敏就可以说是既生又死的，虽然你现在听说她死了，但是你现在去那一天看就未必，你的观测会造成波函数重新坍缩。"

唐忱认真点点头，表示理解了这部分理论。

他接着说："当时间旅行者回到过去，做了手脚，世界就会发生变化，但是没有时间旅行者会这么做，因为当他再回到未来进行观测时波函数又会重新坍缩，并不遵守因果律。比如一个来自未来的时间旅行者跑到现在来杀了你，你在未来确实不存在了，但是时间旅行者并不一定能回到你不存在的状态，他回到未来观测时你存在和不存在的概率依然是50%。"

"等一下，时间旅行者真的存在吗？"

"很多超级人工智能都具有这种能力，个别人类也可以，不过因为跑来跑去没意义而且损伤大脑所以基本都懒得动。"

"所以时刻警是真的在干活？"

"当然。正因为没意义，所以难保不会有几个神经病想着'反正不影响未来生活，去过去毁灭世界找点乐子'。我们的工作是在时刻局的AI发出警报时找到时间旅行者。"

"最近警报响了？"

"响得很频繁。有人频繁对过去做了改变，而我们这里一直呈现变化，这是前所未有的事情。本来这件事对普通人影响不大，比如时间旅行者回到过去杀了你，那么你在未来突然消失，只会让你的家人感到困惑，不认识你的人根本感觉不到变化。而实际上你的家人也不会感到困惑，因为绝大多数人的大脑对时间的认知和控制能力有限，但自动建立逻辑的水平又非常高，他们会立刻接受你已经死亡很久的现状，并逆向替换前面的记忆。"

"好吧。"她若有所思地点头，听出言外之意，"本来影响不大，但现在出现意外了是吗？"

"你就是那个意外。当你在不同坍缩结果之间跳跃，你能感觉到变化，只不过你平时没有注意而且脑补了合理性。但这次不一样，巨变是在你周围展开的，准确地说，是你在调查的案件。"

"爆炸案？"

"你的受害人身份总是在变化，一会儿是教授，一会儿是律师。绑架她的人一会儿是她前夫，一会儿是她男友。"

唐忱光是听着就已经头疼了："陈思雯吗？"

"是的，别人的记忆总和你不一样，你这两个月精神状态非常糟糕，你先怀疑自己身体出了问题，确实，世界不断巨变也容易造成精神分裂，到最后你才找到时刻局把消息发回来。"

"你们工作效率就这么低吗？两个月都没抓到时空旅行者，最后还得我自己报警。"

离岛脸上挂不住："以前没发生过这种事。特殊之处在于你，你就是时空旅行者的锚点。"

"什么意思？"

"以往时空旅行者都会以自己为观测者，他们回到过去是为了改变自己的未来，当他们回到未来打开盲盒时，就会对这件事失去兴趣。但是这次的时空旅行者好像找到额外乐趣了，他以你为观测者，就可以实现不断修改你的世界。"

"为什么盯上我啊？"

离岛耸耸肩："因为爱情吧。"

啊？

"没开玩笑，看起来挺像极端追求者的作为。改变世界没有意义，那就只改变你看见的世界。"

7号插嘴道："可以理解。这就是你到处欠风流债的弊端，总会遇到几个变态的。"

唐忱不搭他的腔，转头问离岛："你们有办法阻止这变态吗？"

"我们得找到他，才能阻止他。可能过程很漫长，在这期间你得想个办法防止自己精神分裂。你可以写日记，不过工作量有点大，选择记哪些东西也会让你头疼的。另外，这个人肯定和你有关，如果你能提供线索，我们就能更快找到他。"

"你们这单位还能好吗？靠我自己报警，还得靠我自己提供线索，干脆直说靠我自己破案算了。"唐忱发起了牢骚，"时刻局为什么不给我多发一份工资？"

离岛笑起来："你聪明嘛。不管怎样，能再见到你也挺好。"

唐忱忽然朝他眯起眼，视线在他身上巡睃，看得他心里发毛。

"怎么了？"

"如果现实和我的记忆不同，我要怀疑现实并且停止脑补合理性的话，那你确实就是死了。时刻局和中心1局离这么近，如果你活着，没道理我一次也没去找过你。"

他一点不因为这种猜想而毛骨悚然，反倒很乐："这么说如果你确定我在，一定会来找我？"

重点是这个吗？

唐忱瞪着眼睛偏过头。

"你悟性很高。"离岛平静地说，"就是这种逻辑，在某些状态里我死了，在某些状态里我没死，在某些状态里我们根本没有分手，波函数坍缩，这些都有它出现的概率。不过因为你事先没有记录，你也没有证据证明我死了那种状态存在，我就是薛定谔前男友了，现在的打开状态是没有死，能再见你真好。"

时刻警这份工作挺能让人成熟的，也许因为看待世界的角度发生了变化，唐忱想，离岛和以前明显不一样了。

她试探地看了7号一眼，7号也正好在看她，视线一碰上，他就把目光移开了。

心思回到案子上来。

唐忱问："卢敏是怎么死的？"

"具体情况不清楚，只说被男友杀了。你那时候应该也没理出头绪。"

"哪个男友？飞行员吗？"

"这你也没说。"

"往未来发个消息问问。"

离岛挑起一侧眉毛："你当语音通话这么简单？跨时空传递消息的本质是AI抵达了其他时间，前面说过，对大脑有损害，他需要休息，而且传一些鸡毛蒜皮的信息他可能不乐意。"

那时刻局暂时没有利用价值了。

信息了解得差不多，唐忱把离岛打发走。

陈思雯的状态会不断变化，案件要怎么往下查？第一步，需要确定陈思雯的哪些信息被修改过，写日记方法太笨，她有更好的办法。

7号见她投过来贼兮兮的眼神，眉头动了动："打我什么主意？我先声明，时间旅行我不会，对脑子有害的事我也不干。"

"不会让你干。"她凑到他身边，"你应该能做到一件事，储存陈思雯现阶段的所有档案，虽然可能现在已经变过了，但我们就从现在开始。"

"把我当日记本吧？"他总能以最快的速度跟上她的思路。

"你比日记本强多了。我们人类的记忆靠不住是因为我们只记关键的东西，一幅画面像一百块的拼图，我们可能只记十块，剩下九十块就靠脑补。首先关键是什么就很主观，发挥想象的时候就更主观，写日记时选择写什么再加一层主观，就更靠不住了。"

"你知道人为什么不记全吗？因为占储存空间。"

"对呀，所以让你来记就正好合适，你把以前的假记忆删掉不就好了。"

"不好。假人生也是我的人生。我可不想整个记忆区只放一些缺德女人。"

"一些？"

"你，陈思雯。将来说不定还有卢敏。"

"可是我会精神分裂。"

"写日记就能避免精神分裂，只不过累一点。"

"哼。"

谈崩了，唐忧没有乔迁的喜悦和庆祝的兴奋，早早上床睡觉。她不管7号留在这里还是回楼下。

听见了关门声，心想走了拉倒，笨蛋人工智能什么都不懂。

错乱的时空流里她想找个同伴，和自己一样能感受跳跃的才能算同伴，否则只是这个世界的路人。

不知过了多久，窸窸窣窣的动静从背后传来，他把胳膊伸到前面来把她搂过去。

她微睁眼睛，看见天花板变得很高很远，而这里没有窗户。

"不会吧？"

连搬家都能白搬。

"先别管这个。"他好像刚洗过澡，赤裸着上身，湿热的胸膛散发沐浴露的清香，笼在她上面吻她的脸颊，吻到耳边、脖颈、肩窝，脸埋在肩窝里小声征求意见，"可以吗？"

她迷迷糊糊抱紧他，脑子里一片混沌，但没有说拒绝的话。

[9] 备份

"你有烟吗？"唐忧问。

他不太明白人类这个习惯代表什么情绪，琢磨是否有排遣忧愁的成分，但出于服务精神，还是给她递了烟还点上了。

　　唐忧隔着火焰凝望他手里的打火机，金属机身上镂空雕刻了图案，是一朵花。

　　"我还挺喜欢你以前那个塑料打火机的。"

　　"这个我没有记忆。"他揽过她，让她靠在自己肩上，"你形容一下。"

　　"透明，绿色，脉状的纹路像蜻蜓翅膀，看见它让你联想到你，你好像很敏感但又很坚定，敏感意味着容易动摇，坚定意味着麻木，两全其美很难，但在你身上确实存在。"

　　"塑料是人造的。"他补充道。

　　"是人造的但超越了人。"她显然不是在说塑料。

　　原来她这样看他，让他欣喜，但有点不好意思，转移话题问："离岛是你什么时候交往的男友？"

　　"我没有和他交往过。"

　　他沉默片刻，思考这是不是波函数重新坍缩造成的结果。

　　她猜到他在想什么，及时纠正这个误解："我和他交往的概率应该根本不存在，他是英日混血，长得漂亮，热爱运动，伸胳膊时能隐约看到露出来的腹肌，性格又开朗，在学校像颗闪亮的星星，这是我喜欢的部分。所以我暑假去他家找他，叫他开车带我出去兜风，探索生命的奥秘。"

　　"没有暑假作业吗？"他恨恨地问。

　　"还真没有。"她笑了，"是中学毕业那个暑假。开学后我要去读警校，他去哪儿我没有关心过，我以为异地可以自然而然把我们分开，但在系统里他来找我很容易，这时候我才突然理解crush（指心动对象）为什么同时会有摧毁的意思，他主观地认为他是我男朋友，摧毁了我展开新生活的可能性。他还认定我冷落他是因为在大学交往了别人，非要把那个不存在的男人揪出来。"

　　"你可以跟他把话说清楚。"

　　"怎么说？'因为你太笨所以我不想和你交往'？"

　　"到底是怎么个笨法？"

　　"我们路过一片旱地，漫山遍野的狗尾草像被人用梳子梳过一样，我躺在地上，看见它们向天空伸展，在我眼前织成千丝万缕的网，交错的绿线分割湛蓝的晴空。我叫他躺下来和我一起看，他说他不想在地上做，本来我也没这意思，而且他这么一说，我感觉我的狗尾草都被玷污了。"

　　他笑出声，不知该同情唐忧还是该同情离岛。

　　"这和智商没关系，你这种择偶标准，基本上把所有正常人都排除了，我敢说梁……"他话到一半突然打住，不管会发生什么，愿意一试的人才能成为科学家，梁鹤鸣还真会先躺下陪她看一看。

　　她知道他想到谁了，接着说下去："梁鹤鸣也不会和我一起看，他只会和我姐姐一起看。我后来去问他要你，他用对付小学生的办法对付我，给我出数学题，说我做出来就还给我。"

他乐了:"你数学不行吗?"

"我没有做,太侮辱人了。"

这明明是个悲惨的故事,却让人笑得停不下来。

他没有问唐忧自己够不够资格和她交往,他认为自己连问的资格都没有。她肯定什么也没想过,只是顺水推舟先做出行动,如果他追问太多,让她思考起来,把一切想明白,她可能就要逃跑了。

现在这样就很好。她和他有一搭没一搭地聊天,从"前男友"说到案件,他为了让她放心,告诉她其实刚才回去做过备份了,她高兴地亲吻奖励他,又喋喋不休说了更多话,到最后终于累了,但也没有马上睡着,只是安静地靠在他身上,奇迹就出现了。

她根本没有开口,他却能听见一种温柔、持久的呓语,超越了声音在脑海里回荡,他试着在脑海里回应,她突然惊愕地抬眼看向他,语言的分量一瞬间就被衬得又轻又薄。

为什么竟有这样一种传情的方式?喜悦之余,他们并没有想去弄清它因何而起、什么原理,只单纯地沉浸在秘密的幸福中。

他闭上眼睛,看见千丝万缕的网,交错的绿线分割湛蓝的晴空,的确,画也没有这么美。

爆炸案是中心1局和3局共同侦办的案件,陈思雯的背景调查是羽纱在做,所以唐忧第一时间也把波函数重新坍缩的事告诉了她和露,虽然可能过几天羽纱就不会有这个记忆了,但也说不准,记忆留下来和消失的概率一样大,可以碰碰运气。

羽纱在虚拟问讯室的会议桌前久久抱臂,最后问:"这个人信得过吗?"

"谁?"

"离岛。你从来没跟我说过你有个时刻警前男友。这个人相当于凭空冒出来,抱着一些惊世骇俗的理论。如果他真的是你前男友,你至少应该提起过他。"

"呃……这就说来话长了。"

"好吧。"羽纱也懒得在细枝末节上纠结,欣然接受这个结果,反正唐忧认为信得过,她就跟着信了,"那我们来核对一下陈思雯的基本信息。我这里她四十三岁,法学教授,结过两次婚,现男友是足球运动员。和你们的记忆有对不上的地方吗?"

唐忧困惑地摇摇头,去看7号的眼色。

7号让羽纱把全部卷宗推过来,他核对细节,很快发现了变化点:"报案人变了,现在是陈思雯的邻居报她失踪,而她儿子……怎么才十五岁?以前她儿子二十二岁。"

"发现这个有什么意义呢？"羽纱不耐烦地摊摊手。

7号微怔，把分析往前推一推："有两种可能，一是时间旅行者想要修改其他事情，连带发生了这个变化，那就没有意义，另外也可能时间旅行者就是想修改这件事，那我们就需要找到它的意义。"

"我根本看不出她儿子的年龄和案件本身的关系。"羽纱的语气像"杠精"。

"他本来是报案人。"

"对啊，报案人换一个又能说明什么呢？"

7号停止和羽纱对话，把视线转向唐忱，想探寻她的朋友突然对他这么大敌意的原因。

唐忱却也一头雾水，甚至有点心虚，会不会是自己和7号的关系让她不满，可是羽纱并不知道7号是人工智能。

"怎么了？"她小心翼翼地问，"我们刚发现新变化，还没做进一步的调查，现在看不出意义不是很正常吗？"

露朝唐忱摆摆手："你别理她，带情绪进工作是她的问题。"

"你们吵架了？"唐忱更加困惑。

"没有！"

"那到底怎么了？"

羽纱沉默了一会儿，对唐忱说："你让他出去。"

小姐妹团体的霸凌又复辟了！

7号无语，但耗在这里加深矛盾也不利于工作，只好暂时退出问讯室。

"可以说了吧？"唐忱回过头问羽纱。

"你自己上步行街看看吧！每一个搜证点那么凶险，明明都是你去的，功劳都被他抢了，他干了什么啊？躲在安全舱外说了几句废话，这也值得被夸？步行街上全是邪门言论，说他声音温柔好听肯定长得很帅，说你行动都是听他指挥，他肯定级别比较高，还有说要是守夜人挑战的是他，肯定最后所有人质都能救出来了。"

唐忱听明白了，挠了挠头："这也不是7号的错啊。"

"他的存在就是错啊，他是既得利益者啊。你就不能换个调查员吗？你要是换个女调查员，绝对不会发生这种事。"

唐忱不吱声，并不能直说他是自己记忆的备份，那还得解释他是已觉醒的人工智能，万一泄露了机密，他被拉走做实验呢？

露怕羽纱找不到台阶下，帮着唐忱说了一句："他们搭档很久，有默契在了，换人反而要磨合。"

"那就早换早磨合。不然你干什么都会被抢功劳，你在前线拼死拼活，他长得帅，听听看像话吗？"

唐忱笑起来："可我拼死拼活也不是为了成为少女偶像啊。"

049

"你想不想成为是你的自由，问题是有他在你就不能成为啊。我反正咽不下这口气，我才不想和男人一起工作，被男人抢功劳，我跟他你二选一吧。"

露慢吞吞地劝："不要让忧忧为难啦。"

唐忧撑着脸，没有说话。

没有表态也是一种表态。

羽纱知道她的选择了。

她其实可以直接从系统里秒退，但非要走个形式表达愤怒，拉开门气冲冲地离开，把马尾辫甩得飞起，露只好配合她的剧情跟着出门。

唐忧叹着气退了，心里也不是滋味，其实能理解羽纱的愤怒，这并不是无理取闹，她只是觉得不该让7号来承担后果。

出了安全舱，7号有点忐忑地追着问："是怎么回事？"

她并不想谈这个，还是先解决案子。

"我们和羽纱她们分开调查。陈思雯这边先追一下她儿子年龄变化的线索，如果没有什么进展，就先把陈思雯放一边，等等羽纱她们的消息。我们不是还有卢敏那条线吗？我们还有一个从现场抓获的嫌疑人。我们这边能查的也很多。卢敏的问话许可也快批下来了吧。"

"不要转移话题。"他很敏锐，"陆羽纱对我有意见？陆羽纱不想和我一起调查？陆羽纱让你选？"

唐忧像惊弓之鸟，恼火地抱头，虽然这个动作没有实质性的保护作用："不要读我的脑袋！"

"我只是随便猜。"

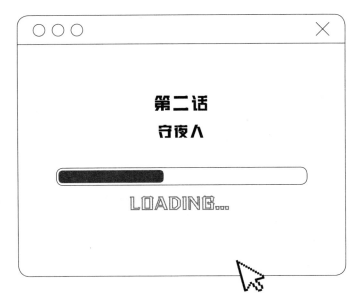

[10] 规律

3局那边没有好消息，精神鉴定结果要等，无论他们使什么阴招整他，依然撬不开马尔拉的嘴，就算在神经衰弱的情况下，他也一口咬定自己根本不认识卢敏，仿生人保安伪造了他的记忆。

好在卢敏的问话许可批准通过，不过有附加条件，她可以在律师的指导下拒绝回答隐私问题，还有固定的会客时间段——从下午三点到晚上七点。

唐忱火速前往精神中心。律师她倒不怕，已经对打太极有心理准备，不过习惯了昼伏夜出的作息，下午出任务她有点不清醒，到达精神中心后立刻在里面迷了路。

7号误以为她胸有成竹，跟着她在采光充足的圆弧形走廊里兜圈，五分钟过去她才开始挠头。他笑着重新调出卢敏所在的房间号码，确认两分钟前他们刚从门口经过。

"紧张？"

"没睡醒。"她跟在他身后来到门口，揉揉眼睛，认清病房外的名字是卢敏没错。

这让她产生了困惑，也是她刚才一不留神就错过正确位置的根源，卢敏住的是普通病房，走廊装潢就十分潦草，毛玻璃门与墙面相接处还有涂料外溢的痕迹。她以为卢敏肯定住在特需病房，经过普通病区才走得匆忙。1局的值班调查员只在大厅值守，卢敏的病房外没有看见额外的安保人员。

7号猜到她站在门口迟疑、转眼睛思考的原因，小声说："可能继父位高权重和生父还是有区别吧。"

唐忱按了门铃，门从病房里打开。

病号服让卢敏看起来有点臃肿，不过她脸生得美，化了精致的淡妆，还是楚楚动人。毫不意外，杜大律师已经在病房里恭候多时。

唐忱点头说声"打扰"，没有别的废话，在卢敏的招呼下，两人在会客沙发坐下。卢敏坐在单人那侧，律师坐在一把椅子上，看物品的色调应该不属于病房里原本的配置，也许是从大厅搬来的，普通病房面积有限，本来没有会客条件。

唐忱坐下后把马尔拉的清晰正面照、侧面照一股脑推到卢敏面前："这个男人和你什么关系？"

杜律师把脸凑过来瞥一眼。

卢敏用眼神征求他的意见，他点点头。

卢敏问："他就是绑架我的人吗？守夜人？"

唐忱谨慎地说："现在还不能确定。"

卢敏又去看律师脸色，唐忱有点郁闷，这样交流的效率也太慢了。

不过杜律师倒是比较配合，对她说："你先对警官实话实说。"

卢敏转回头："那天晚上，我在灯谜玩，这个男的，叫阿尔法还是什么……"

"马尔拉。"

"他向我搭讪，请我喝了酒，我们聊了会儿天，他挺逗的，感觉还不错。他说他是飞行教练，提出可以开直升机带我兜风。所以我跟他去拿直升机，我们在郊区兜风，后来我有点晕就去机舱休息，他一直开着自动驾驶所以也在机舱，后面的事我不知道，醒来就在这里。"

"在他们飞行营地的仿生人管理员记忆中，他对管理员介绍你是他女朋友。"

"对，这我有印象，当时还有点高兴，他对他的熟人这样介绍我，说明他想认真发展关系，平时也不会经常带别的女人去吧。"

唐忱费解地眨巴眨巴眼睛，用视线打开警用系统资料夹调出卢敏的信息，三十一岁，和自己才相差十岁，为什么想法这么奇怪。

来路不明的男人主动献殷勤，才认识几小时就沾上她确定情侣关系，先不提安全隐患，这么草率的人完全不正常吧，就算是认真的也可能有潜在臆想症。

她居然还"有点高兴"，不知道在高兴些什么，别说这种贸然认女友的，就算是贸然送钱的也该怀疑吧。两个月后她还真是被男友杀了，又是从哪儿冒出来的男友？头大。

7号在私人通道里发来文字信息："也不是每个人都像你一样，否认厮混了一个暑假的人是男朋友。两个极端，谁也别'吐槽'谁。"

唐忱沉默得太久，卢敏不傻，敏感地觉出她心中可能对自己产生负面印象了。

她把视线移回到现实中的卢敏身上："你常去灯谜吗？"

卢敏立刻问杜律师："这问题会影响案件侦破吗？我感觉关联不大，是不是可以不回答？"

这话明显也是说给两位治安警听的。

杜律师代表她出面交涉："根据我和治安局的约定，卢小姐可以回避一些关联性较小的提问。"

唐忱锋芒毕露："你和卢小姐谁在刑侦方面丝毫不具备专业性，是以什么依据判断关联大小的？第六感吗？"

老狐狸和气地笑笑："唐警官，我不是你的敌人，我和我的委托人都看了直播，很敬佩你。我们绝对不是为了来给你的调查设置障碍。卢小姐对案情也并没有需要隐瞒之处，只是我们不得不更谨慎地披露细节。一位女士和刚认识几个小时的男人单独出行确实缺乏安全防范意识，在我年轻的时代，这相当于傻乎乎上了陌生人的车，密闭空间行动受限，遇上雨夜屠夫曝尸荒野，人们只会说你没脑子活该。现在的舆论环境不见得有多少好转，她不是个完美受害者，但她不应该受到额外的荡妇羞辱。"

"守夜人的挑战信息是在卢小姐被绑架之前投递到中心1局的，其中的游戏线索就已经包含对她的职业和项目的描述。有一半概率，卢小姐就是被锁定的受害者，但也有一半概率，进王依虹团队有八十多个人类员工，卢小姐只是这八十多人里的随机受害者。卢小姐是不是在自己经常规律性出没的地点被找上，会成为推断她是指定受害者还是随机受害者的重要依据。"唐忱说。

卢敏被说服了，配合道："我每周一般去三次，但不固定哪天去，白天工作累、下班早我就去放松一下。实验室有时候出结果不会那么准时，我也经常加班，如果太晚了我不会再出园区。"

每周去三次，随机的三天，这不能保证马尔拉在案发当天晚上一定能约到卢敏，并把她带到远离人群的地方，太碰运气了。

7号推来一个信息弹框："你问她择偶标准。"

唐忱不听指挥："你自己干吗不问？"

"她会拒绝回答，律师会叫我出去。"

"那你干吗要问这个呢？"

"这也是一种规律啊，问问怎么了？你不会没注意到你自己挑男人比连环杀人犯还严格吧？现在在马路上随机抓一百个人，我马上可以找出你乐意勾搭的，就是这么明显。"

"但卢敏好像是被动型。"

"她可以在选择她的人里面选择。"

好像有点道理。

唐忱正襟危坐，问卢敏："卢小姐平时在灯谜放松，喜欢结识什么样的朋友，有固定的类型吗？"

"马尔拉这种类型的。长得比较正气，谈吐比较幽默，有正当工作。"

救命。感觉卢敏对"正气""幽默"有非常严重的误解。马尔拉明明就是傻大个和油腻。

唐忱心里正"吐槽"，卢敏又补充道："我不喜欢同行，如果聊工作就像加班。我偏喜欢比较冷门的职业，可以听他们说新奇的事，比如治安警，如果能聊复杂曲折的案件肯定有意思。"

这个"比如"就差把对7号的好感写脸上了。

7号此前没说过话，把主场让给唐忱，现在看来自己好像没有被赶出去的风险，一本正经地接话："治安警没有谈吐幽默的。"

唐忱继续正题："在灯谜结识的马尔拉类型朋友多吗？"

"有几个。"

"有没有真正稳定交往成为男友的？"

"交往过。但我可能运气不好，每次交往三个月左右就会出现感情危机。"卢敏说得比较模糊，唐忱也没有追问男友都是什么原因分手的，那确实与案件无关。

唐忱立刻从沙发上起身："那今天先不打扰了，如果将来还有其他问题需要向您了解，会提前和杜律师预约时间。"

卢敏有些意外，对话就这么简单地结束了。

其实一个猜测在唐忱脑海中成型，她急于去求证，懒得在卢敏身上浪费时间。

这个急性子已经一只脚迈出了病房："我还有一点问题想咨询杜律师，我们边走边聊吧？"

杜律师跟卢敏匆匆道别，和7号一起走向走廊。

唐忱等在门外，开门见山："杜律师来处理这个案件，委托人是肖侃吗？"

杜律师惊得捋了捋自己早已稀薄的头发。

不奇怪，这次连7号都没跟上唐忱的跳跃性思维。

"您说您和委托人都看了直播，那委托人不是卢敏。

"我注意到您近年除了帮肖侃处理法律事务，只会接一些特别有社会影响力的案件，替卢敏处理隐私问题、筛选可披露信息，不够高调而且鸡毛蒜皮，您选择这样的案件对自己的声望没有什么好处。

"我起初以为巨额律师费是卢敏的父亲支付的，但既然她父母连高级病房的费用都没有为她支付，也不太应该多此一举。

"肖侃就符合卢敏的择偶标准。大男子主义和浮夸逗趣。"

唐忱想到什么说什么，犀利的表达像电击一样冲击着律师的大脑。

他找不到机会否认，心中也暗暗感慨，之前看这女孩年轻有点低估了。他寻思肖侃并没有交代过需要对此保密。

"是，肖总只是想帮帮朋友。"

"是朋友还是女朋友？"

"是朋友。肖总也是从直播中得知她被劫持的消息，他在直播中卢敏被解救出来时跟我联系，说'老杜，你看爆炸直播了吗？这个被救的女孩是我朋友，她可能会需要一些法律援助'。如果他们关系很亲密，他就会有卢小姐的联系方式，直接去问她需不需要法律援助，再来通知我，而不是让我去联系卢小姐。"

这说法暂时找不到漏洞。

前往地铁站的路上，7号忍不住问："她和肖侃什么关系重要吗？需要追查吗？"

"我的直觉说需要，但我还没想明白。"她走路的速度和语速一样飞快，"为什么两个绑架犯都说自己完全没有和女方见面的记忆，一个断片另一个也断片？就这么巧？他们又正好都是头脑简单的类型，根本不是能设计出那种复杂游戏的守夜人。这种情况你是不是觉得似曾相识？尼娜，当尼娜进入工业仿生人和家用机器人的脑袋，可以控制其行为，离开时被控制的机器人就不会有这段记忆。"

"嗯……其实尼娜也可以留下记忆，这可以控制。你想表达什么？绑架犯被人工智能入侵大脑了？思路很开阔，但这不太可能，他们可是人类。"

"为什么不可能？"

"尼娜不能控制其他超级人工智能，她只能控制智力水平比她低的机器人。但再蠢的人类也是高级智能。"

"所以说啊，事情扯上王依虹团队这种医学水平和MACRO这种科技水平，我就觉得没有什么不可能了。"唐忱停下来看着7号，"你都会恋爱了，还能说什么不可能啊？"

"我谢谢你。"频繁被举例，他有点烦，"那我们现在去查什么？"

"去灯谜。"唐忱钩钩手指打双引号，"'爱情'开始的地方。"

[11] 八卦

现实中已经难见到监控，仿生人的记忆算是一种变相的监控，缺点是支离破碎了一点。所以灯谜也可以算是为数不多"监控"密集的场所了。

唐忱和7号去灯谜找门口安保人员要了一批近期记忆储存卡。

他们的计划是先筛选出卢敏前往灯谜娱乐的日期，再去询问卢敏请她尽量回忆出这些日子与自己有交集的人，从中筛选一份可疑人员名单，与这些日期俱乐部内部服务员的目击记忆做交叉比对。

根据唐忱的推测，如果嫌疑人要直接接触卢敏并获得她的信任，事先一定会多次进行跟踪和观察，要是能找出好几个相似外貌、性格类型的嫌疑人分别接近过卢敏，那就能证明唐忱"人被其他智能入侵大脑"的疯狂理论。

现实很骨感。

工作量实在太大，唐忱又怀疑幕后主使"守夜人"是人工智能，抱着对3局"胳膊肘朝外拐"的怀疑，排查任务不能托付给3局。

雪上加霜，羽纱和她拆了伙。这些事只能零散分配给1局其他人类治安警，调查速度直线下降。

或许两三个月才能有结果，完全是听天由命。

唐忱自己腾出手，先去调查卢敏和肖侃的关系。7号总是鼓励她信直觉没错，直觉的本质是经验产生的信息量爆炸，人脑中的逻辑算法分析不过来，潜意识上位提供的提醒。

农历春节前的庭审被荷善搅黄了，因此肖侃和Sherry的离婚案没有结束，将来开庭时间待定，可能又要换法官。总而言之，理论上肖侃和Sherry婚姻尚存，他还是有妇之夫。

近年来，有不少黑客爆料过肖侃现实中不缺女友，一些模糊的偷摄影像从MACRO以外的小平台流出。

小平台传播力不能与MACRO相较，没对他造成任何影响。肖侃的粉丝们对这种黑料也不在意，一概归于"竞争对手的诋毁"。

他们对肖侃的绯闻本就持宽容态度，甚至还有不少人嗑他和其他名人的CP（配对），凡是与他共同出席过公开活动的杰出人士，无论男女，无论是明星还是企业家，总被配对。唯独他的法定妻子Sherry被粉丝们唾弃。

真真假假的"CP文学"冲乱了肖侃感情关系方面的信息流，卢敏的名字没有从中跳出来，筛选关于她的模糊信息也不容易，像"与一个三十岁长发美女同游×××"这种目击描述，很难判断是有可能指向卢敏的消息，还是粉丝瞎编的。

从卢敏的信息流入手是更明智的选择。团队获奖她频繁出场引起反感那段时间，攻击她的人把她的过往翻了个底朝天。

有不知真假的老邻居爆料她私生活混乱，家里经常出入不同男性。

有不知真假的老前辈爆料她妈妈就不检点，年轻时和当地好几个富二代谈过恋爱，结婚后又甩掉她生父去攀高枝。

有不知真假的老同学爆料她刚进大学就插足别人家庭，被人挂到医学院校内论坛和当时的主流社交网络平台，同校同级的学生几乎都知道。

唐忱现在明白，为什么杜律师特别强调信息披露的谨慎性。对卢敏的荡妇羞辱已经发生过，如果她因为轻信夜店里认识的男人而被绑架的消息外流，只会导致这些攻击再被翻出来一次。

最后一条信息引起了唐忱的注意，卢敏进大学时还没有教育改革，那个年代入学年龄普遍在十八九岁，也就是十二年前。

十二年前肖侃在做什么呢？

"我找到肖侃和卢敏可能的交集了。"唐忱召唤7号，"你看，卢敏的继父2031年到2034年任公共资源交易监管局局长，当时肖侃的速食达食品公司成立了地产分公司。你想想现在速食达公司的做派，在医疗委员会的帮助下大卖维生素B，被揭穿后也没有受到伤筋动骨的处罚。很明显他懂得搭建资源。在过去要拿到地块接到建设订单，卢敏继父卢劲松这条线一定要打通，他们那段时间关系不可能不密切。"

"他和卢劲松可能走得很近，但未必和卢敏认识。那个年代大学生也是离家住校的，肖侃和卢劲松联系再勤，卢敏可能也没见过他。这个目前看来有点牵强。"7号没有一味附和她。

唐忱不太高兴："怎么牵强啦。以肖侃那德行，完全有可能为了利益对卢敏大献殷勤。卢敏至今还这么'恋爱脑'，很可能误解成追求，不小心陷进去。"

"那你认识肖侃吗？他追过你吗？"

"哈？"唐忱没明白他的意思。

"根据公开信息，肖侃的地产公司2033年因为违规拿地被立案侦查过，公司总经理都被抓捕判刑了，你爸是专案组组长，肖侃没来对你献殷勤吗？"

"我还是小学生……他献殷勤会被报警的。"

"所以嘛，六人定律，要这么捕风捉影，到他们这个层面圈子其实很小，随便两个人往深处挖一挖都可能有联系。我没有否定你的意思，只是觉得要这个说法成立，我们需要更确定的证据。你拿现在这些去逼问卢敏还远远不够。"

唐忱静下心，把7号翻出来的案件资料通读一遍，感觉不理解的疑点太多了："我爸不会收了什么好处吧？这么高的涉案金额，肖侃居然全身而退。"

他笑起来："怎么你犯起疑心病连亲爸都不能幸免？"

唐忱一脸严肃，把可疑的段落圈出来："三家围标，其他两家都是从上抓到下，总公司经理到项目经办人无一幸免，怎么就肖侃逍遥法外了？"

"怎么判要看证据，他那么聪明，切割得干干净净，把背锅的家里照顾好。分公司涉案，没证据证明他指使他知情，脱身也不难。"

唐忱骂了几句"奸商"，重新投身进资料海洋去追踪卢劲松与肖侃的联系。

该出现而没出现的信息总是和出现的信息一样重要。

她找到一些不寻常之处，三家地产公司围标，立案侦查，人抓了一大批，却始终没有受到监管局的公开处罚，不过很多财经类新闻显示这三家公司实际上了"拿地"黑名单，四年内与土地拍卖无缘。

这些新闻在叙述时常用"尽管没有公开处罚文件""被禁止拿地被地产公司否认""没有发出禁令""但行业内都知道他们实际受限"的字句，显得扑朔迷离。

看起来公检法的任务是按计划完成了，可是其他市场监管机构之间暗流汹涌，有些力量要保他们，有些力量要处罚他们，或者仅仅是怕社会影响太坏而激起民愤，所以没有公开宣布。

但总之，卢劲松作为当时的监管部门领导，对肖侃算是手下留情了。

7号走另一条线索，反倒有了出其不意的收获。他从法律公文存档中找到卢敏在2033年曾经起诉绮梦科技和书宇科技侵权。

绮梦和书宇就是MACRO崛起前流量最大的两个社交平台的主体公司。卢敏起诉两个平台侵权的诉讼书中显示她求平台披露几个诽谤和侮辱她的账号控制人的身份信息。这两个案件没有找到判决书，应该是卢敏撤诉了。

遇到网络暴力进行维权的一贯做法，先起诉平台要求平台提供账号控制人身份信息，律师交涉拿到身份信息，撤诉，再另行起诉侵害人。

这两个案件有点奇怪，卢敏撤诉后没有再起诉侵害人，也就是说她知道侵害人身份之后就偃旗息鼓了。

"看起来有种做贼心虚的感觉。"唐忱总结道。

"你说我们现在去联系她当时的代理律师，这个陈淼锋，得到答案的概率有多大？"

"不大，事情过去这么久，可以说忘了打发我们。不过这个陈淼锋，当时就在天威律所，数一数二的顶级律所，律师费蛮贵的吧。"

"嗯，卢敏刚上大学时得到家里的关照比现在多。"

"陈淼锋现在是天威的合伙人了。给Sherry打官司的美女在天威的时候还排在他后面。"

7号苦笑："是啊，按这种逻辑，你也可以说卢敏和Sherry都产生联系了。呃，不过……这是怎么回事？"

"什么？"唐忱探过头来。

"我查了被起诉的这九个账号发表的历史言论，通过历史IP查到相同IP的其他账号，根据语言分析和地点交叉比对，其中一个账号所有人是韩梦麟，她在2035年到2039年之间是……"

"Sherry开的直播公司的合伙人。"唐忱如释重负地笑起来，"够直接吗？熟悉的配方，Sherry家庭被插足，好姐妹打抱不平去网上帮她骂小三。"

"还不够直接，没有Sherry本人的账号。"

"哦——"唐忱一捋时间线，顿时火冒三丈，"2033年这个时间点，Sherry怀孕了。看这里，他们离婚案的记录，肖侃指责Sherry'未经他同意'在这一年'残忍地终止妊娠'，是个男孩——这是他特别愤怒的点，但他'还是原谅了她'，什么玩意儿！看时间线姐妹去骂人时Sherry可能还不知情，后来知情了就不要小孩了，这么顺理成章。他有什么资格生气？需要他原谅？谁是过错方啊？狗男人！"

"你又来了……"

"你还帮狗男人说话！"

"我谁也没帮啊，我只是没想到荷善在庭审上揭穿他们之后你还能替Sherry打抱不平，她都已经是万恶资本家了，碰上渣男这点惨也不值得放心上吧。"

唐忱微微怔住，情绪缓和下来："哦，我忘了那个了。"

7号漫不经心地继续翻阅搜索资料："说不定卢敏更惨。韩梦麟来头不小，她爸爸是宏图资本创始人韩煦，玩票当过一阵童星，父母离婚后跟着父亲，独生女。所有知名企业几乎都是那四大资本投资的，很多是联投，那么几个大投资人也是无限排列组合，说不定她爸和你妈妈共事过……"

而卢敏的妈妈是话剧团演员，生父只是开餐馆的，继父地位稍高但有前妻和其他儿女，她又不是亲生的。如果卢敏现在不是在科技园工作，可能也就是个市区里住小间公寓的普通人，身份地位完全不能和韩梦麟比，何况十二年前她还是个大学生。

鸡蛋碰石头。

不再起诉是得知对方身份后知难而退了？细思起来，唐忱有点同情她。

7号还在追支线剧情："没有，从来没和你妈妈同时待过一个公司，金融危机的时候斗得很厉害。"

唐忱回过神，没好气："我要知道这个干什么？"

"是人都爱八卦嘛。"

可你不是人啊，她默默"吐槽"。

"韩梦麟也是资本圈里人，社交名媛。根据她晒过的照片上人物的出现频率分析，她另一个闺密是——"7号把她非常有必要知道的信息推到她面前。

"陈思雯。"

[12] 解释权

如果韩梦麟是联系陈思雯和卢敏的关键人物，那可真是个很糟糕的切入点。

"我们很难在没有太多证据的情况下把韩梦麟关在虚拟问讯室里取得口供，四小时是个临界点，一般嫌疑人会在无聊、空虚和疲惫的压力下搜肠刮肚，说些他们本不想说的东西以求脱身，但韩梦麟……到不了四小时就会有领导过来给我们压力。"唐忱忧心忡忡。

7号调出一段韩梦麟出席公开节目的影像看了五分钟："你说得对，我们什么也问不出来。她那种'暴躁大姐'的个性很难对付，可别相信这是直率、真性情。"

韩梦麟在现实中的身高和唐忱相仿，四肢不胖，脂肪囤积在腰腹上，这让她无论往哪儿一坐就不太方便移动，吨位稳重，虽然她长了一张圆圆的娃娃脸，但坐姿和频繁抽烟的习惯让她看起来很有大佬气势，与她发表言论时跋扈的语气匹配。

她在MACRO中的虚拟形象反而很违和，脸的变化不大，身材变成前凸后翘蚂蚁腰，说类似的话，效果大相径庭，成了尖酸刻薄小妖精。

人们虚拟形象和现实形象的差异总能反映一部分内心。

唐忱沉吟片刻："陈思雯和韩梦麟是怎么认识的？"

他搜索了一遍交集："她们是大学校友。韩梦麟哲学院，陈思雯法学院，陈思雯高她两届。"

"家庭出身差很多，也不是同级同专业，那是怎么玩到一起的？"

他挑挑眉："难道你从来不和比自己年龄大的人玩？韩梦麟地位高一点，正好容易仰望高年级学姐，才容易玩到一起。同龄人她可能反而看不上眼。"

"能查到共同的选修课吗？"

"共同的……公修课，体育课，瑜伽。"

"好吧，瑜伽课上认识的朋友，工作后友谊仍在。"

"韩梦麟研究生出国留学，而陈思雯留校继续深造，这几年她们异国，那时还没有MACRO，韩梦麟回国后还记得这个朋友，她们在校时关系应该非常亲密。"

"可这门瑜伽课，陈思雯选课时已经大四，才一年时间，怎么就一下子这么亲密？而且陈思雯校内课少，主要在……天威律所实习，和学校距离有点远。"

"通勤三十公里。"7号顺着她的思路往下查，"在那个年代挺难跑的，她住在哪里？特别是最后一学期，没有宿舍缴费记录。当时的房产、租赁记录，陈思雯名下没有，韩梦麟父亲在当时距离天威一点一公里处有套住房。有可能韩梦麟给她借住，因此增进了友谊。也有可能陈思雯自己租了转手租房，没有正规备案。或者她交往了男友，和男友住一起。现在这个已经核实不了了。"

唐忱回过神，另辟蹊径："在我们搬了家那条时间线呢？她们有没有关系？"

因为备份记忆时只知道陈思雯涉案，还不知韩梦麟与案件相关，所以只保存了与陈思雯有关的资料，只能碰碰运气。

7号搜索后遗憾地说："陈思雯没有选过瑜伽课，不过……陈思雯参加了广播剧社，这个社团的活动公告人员名单中也有韩梦麟，她们是同一个社团。但是陈思雯她延迟毕业了一年，她在……"他疑惑地拧起眉，"生小孩？"

唐忱醍醐灌顶，迅速翻出现在更改过的资料："哦对！现在她儿子十五岁，但我们都记得她儿子曾经是二十二岁，当时没意识到，她也太早生育了！四十三岁有二十二岁的孩子，那生产年纪是二十一岁。她们读书时还没有教育改革，二十一岁还是在校学生。"

7号附和道："二十一岁放现在也是新工作适应期，怎么看都太早了。这种情况非常少见啊。"

"你备份的资料看不看得出孩子是谁的？"

"没有记录，谣言很多，都是司法界的头头脑脑，咱们打申请报告也见不上的人。"

"不管了不管了。"唐忱烦躁地把他那边投影的虚拟资料框滑走，"总之，她和韩梦麟认识刚好在她怀孕生育这个节点上……我很难想象刚进校的名媛韩梦麟能和一个孕妇玩到一起去哎，没有共同语言吧。"

"韩梦麟那么胖，自己也像孕妇。"

唐忱半晌无话，转过头瞪着他。

他意识到大事不妙："对不起，口误。"

唐忱摇着头，咬牙切齿："这个时候就看出了男人的真心。"

"我错了……但我没有嘲笑的意思。"

"胖怎么了？胖就不能做辣妹？只要是人谁都有可能胖。我两百斤你就对我这个态度？你是个球的时候我都没有嫌弃过你。"

7号无奈地伸手过去讨饶："怎么会呢，你两百斤我……"

话没说完，手直接插进她身体的全息投影里。调整体型参数只要一秒，唐忱秒变两百斤。还不是前凸后翘那种胖法，而是无限接近一个球。

"你两百斤我也会督促你减肥。"

"我不减肥。"胖忱摇摇头，双下巴都晃荡起来，"两百斤的我要享受两百斤的人生。"

"别这样好吗？我笑点低，你这样我集中不了注意了。"他边笑边说，"而且你cosplay（角色扮演）得也不像啊，真实的两百斤没有你这么动作敏捷。"

"对啊，如果你连灵活的胖子都忍受不了，那你就更不能忍受笨拙的胖子了。"

但笨拙的胖子没有灵活的胖子这么好笑啊。他心说。

但凡笨拙一点，不至于像现在这样一做动作就全身肉肉高速飞舞。

他想切换视觉系统，又被她警告了："你别想作弊哦。"

"可我也没给你扣'歧视孕妇'的帽子。"他把注意力转回案子上，"陈思雯怀孕期间确实还在参加社团活动，她还是副社长，她也完全可以是辣妹，怎么会没有共同语言？倒是那一年，流行病反反复复，高校除了暑期几乎全封控，她怀孕检查其实蛮多困难的。"

"以韩梦麟的身份，在封闭期间得到点出入特权，我想不难。可能正是因为她在陈思雯最困难的时候帮过忙，两人交情才这么好。不过，时间旅行者好像没有修改她们之间的关系，是不是无关紧要？"

"如果按照'修改'这个角度来考虑，她儿子什么时候出生可能影响什么呢？"

唐忱冥思苦想："生得早影响事业？少做了点坏事？不对，好像思路反了。

现在这组三角关系中陈思雯已经不在了，韩梦麟不容易找，不如还是回过头攻破卢敏，我们现在手里的信息比上次多。走——"她说着起身收拾，"去精神中心。"

"你就这样去？"7号还抱有一线希望。

"这样怎么了？"这是杠上了。

突然袭击，唐忱到了精神中心接待大厅才联系卢敏申请会面。卢敏不知来意，坚持拒绝会面，杜律师公事繁忙不能随叫随到，要另约时间，在律师在场的情况下进行对话。

双方在医务对讲机里拉扯了几个来回，两百斤的治安警在精神中心大厅引起了一点围观，全息投影能改变形象的前提下，现实中已经很难看见这么胖的人了。7号只好一本正经去驱散人群，回来时唐忱已经有所进展。

"怎么让她同意的？"

"我说是与肖侃有关的事情，详情她未必想让杜律师听，不如先给我个问话机会，听完觉得不想回答也可以不答。"

唐忱扭动着胖胖的身体，轻车熟路挤进卢敏的病房。

卢敏倒是没笑，还以为这副打扮暗藏特殊的审问技巧，如临大敌地站在病房中央目送她坐下。

"坐啊。"唐忱轻描淡写道，"换了个新形象。"

卢敏只坐了椅子的前三分之一："肖侃？是离婚直播那个肖侃？"

言语间装作不熟，似乎只停留在对公众人物的认知，可是没等提问就主动避嫌本身就暴露了一些反常。

"对。"唐忱说，"是他。你和他是什么关系？"

"我听说过，直播中见过，不过我对别人的婚姻不感兴趣，对这类直播也不感兴趣，否则就不会在直播的同时还去灯谜了。"她把自己的逻辑圆得不错。

"杜律师说是肖侃让他联系你提供法律服务的。"

"他没有跟我说，他只说有热心人士请他为我免费提供服务。"

"你就一点不好奇，接下了这番好意？"

"我想爆炸的事情引起这么大关注，有流量的地方当然有利可图，热心人士想从中捞点什么好处我不关心，杜律师很专业，能为我所用，是你你也不会拒绝。"

"那你和Sherry认识吗？"唐忱问。

"在直播中见过，对他们不感兴趣。"

"韩梦麟呢？"

"谁？"

唐忱用视线从系统里调出韩梦麟的一张清晰照片推送到卢敏面前。

"这个人我不认识，名人？"

唐忱把照片收回，又问："陈思雯呢？和你同为受害者的陈思雯？"

"我和你们1局的警官第一时间就说过，我对她的了解就只是从'同为受害者'开始的，以前听都没听说，怎么你们治安部门内部口供不流通吗？"

当然流通，唐忱不过装糊涂，要她当面再答才好当面戳穿。

"可能资料遗漏了吧。我没看见这个问题的回答。所以你的意思是完全不认识陈思雯？"

"对。"

"那天投票的观众却大多对你们俩都有所了解。"

"我不是观众，记得吗？这种直播在平时我是不会看的。"

"是啊，我也做了一些了解，你对热门话题平时不感兴趣，就连几次重要的全民意见征集也没参与过，但是偏偏，陈思雯律法辩论的每一次直播你都观看了，还都给她投了反对票。"

"是吗？可能是凑巧吧。她都辩论些什么议题？有时候我会投票发表观点，但不会去留意那些'砖家'的名字和长相。"

截至这里，兵来将挡水来土掩，谎话说了不少，听上去还没什么漏洞。

唐忱若有所思地点点头，调出法律文书推给她："能谈谈这个案件吗？当时你起诉了两家社交平台，拿到侵权人信息后就撤诉了。其中一个人就是韩梦麟，宏图资本创始人的女儿。我说我的猜测，你觉得起诉难度太大撤诉了，我无意评判你和肖侃的关系，这和我的案子没有直接联系。现在这条线索证明你和陈思雯关系最亲密的朋友韩梦麟有过法律纠纷，你虽然撤诉但可能怀恨在心，你在夜店认识的'男朋友'出现在陈思雯爆炸案的现场，你现在就是策划整个案件的最大嫌疑人，希望你正视这些对你不利的证据。杜敬恒只能在法庭上帮你辩护，不能在我这里替你脱罪。你选择闭嘴我就只能掘地三尺找认识你的人来说，别人说的可不会合你心意，认识你的人一个个出来揭穿你的谎话，你是什么人，解释权不归你。"

卢敏沉默许久，冷笑一声："我是什么人？我只是被这些人抱团欺负的受害者。我要是有制造爆炸案的能力，我为什么不把她们全炸死？"

"'这些人'指谁？"

"陈思雯、韩梦麟、Sherry。"

肖侃又神隐了吗？唐忱头疼，掐一掐眉心。

"你和肖侃什么关系？"

"我们谈过恋爱。"

"像传闻中，你……十九岁的时候吗？"

卢敏点点头："当我发现他在欺骗我，他有家庭时，我很生气，第一时间联系上他太太，想要揭穿他。"

"你联系的是Sherry本人？"

"是她本人，我在她产检的医院找到她，当时LED屏幕上还滚动着她的全名。"

这完全出乎唐忱意料。

本质上，唐忱一直没有放弃对"Sherry是个好人"的幻想。

[13] 守夜人

从出现在陈思雯的生活里，已经过了十天。

时间上的浪费是莱雅最不能忍受的。

为什么花了十天却还是收效甚微，这让莱雅略微有些焦虑了。

耳机里传来桑达的声音："但你对她的推测有一部分还是正确的，她对卢敏的厌恶的确源于一种自我厌恶。"

"知道起源对我来说并没有太大帮助。"

莱雅谨慎地使用极小的声音与他对话，这个年代的人可没有在耳朵上挂设备保持通话的习惯，不过，频繁利用男性身体进行活动让她有了全新体验：世界对男人一向宽容，根本不会有人盯着男人找错，即使被人发现对着空气碎碎念几句，也不会被怀疑精神有问题。最明显的就是眼下，她在肆无忌惮地盯着周围每个人观察，偶尔有人正好对视过来，却没有人警觉，他们只是又把视线轻轻放下。

做一个高大英俊的男人就是这么便利。

现在她征用的身体是法学院最帅的男生，一米八五的个子，堪比明星的脸，不受干预的情况下，是未来的法学院学生会主席，可没人想到他头脑空空，因此成为莱雅的操控目标。

当这位万人迷主动向陈思雯示好，她立刻心花怒放，坠入爱河。原本莱雅还担心自己缺乏恋爱经验会露出马脚，但正如她早前就发现的那样，世界对男人很宽容。即使她有时在恋爱关系下呈现出种种令人迷惑的行为，也被陈思雯忽略或自动找出了借口。

这十天的工作并不算白费，莱雅用这段恋情搅黄了陈思雯和系主任的恋情，有了学院院草这样的男友，看不上那种老头当然顺理成章。

不过陈思雯无论在哪段恋爱关系中都同样表现出了对男友的言听计从。莱雅突然发现自己对她竟有这样的控制力，对此感到既惊讶又恐惧。恐惧的是，她只侵入一个人的大脑，却能操控两个人的身体。

当莱雅以男朋友的身份要求她退出广播剧社，来和自己一起加入旅游协会时，她想都没想就照办了，甚至没有表现出一点对广播剧的留恋。

陈思雯并不是在任何事物、任何关系中的服从者，莱雅最初用来观察她的身体是学院教务的，那是一位外强中干的女性，正如莱雅猜测的那样，高校中的这种教工职位上有时会安排一些能力远远配不上工资的关系户，很幸运，这位正好就是。

当莱雅试图用教务的身份影响陈思雯放弃选择系主任那门课时，她表现出据理力争，相当有反抗精神。

莱雅想，也许对陈思雯来说，那只是爱情的特权，爱情激发她产生强烈的被支配愿望，好让她用服从来展现爱意。

如果早在十天前莱雅就知道这个真相，她还不如直接到达她们与卢敏产生交集的那个时间点，设法进入系主任的大脑，命令她改变对卢敏的做法。

桑达安慰她："那种方法虽然看起来简单，但操作起来也会有其他困难，虽然我对你的智力水平有信心，不过要占领法学泰斗的大脑肯定不会一帆风顺。"

莱雅并不认为法学泰斗一定智商很高，不过反刍这些后悔药已经没用了。

现在陈思雯和系主任的关系被解除了，去那个时间点用系主任控制她已不可能，但莱雅又不能留在这里用院草的身份和她谈十年恋爱直到她遇见卢敏。只能再想其他办法。

桑达从一开始就表过态，不会帮她出谋划策，因为计算消耗的能量可能很大。莱雅自己应付得来，但他也并不完全袖手旁观，能及时汇报未来的变化就行。

"虽然你让她在韩梦麟进社之前就离开了广播剧社，但她们还是选了相同的课成了朋友。"桑达用遗憾的语气告诉她。

为什么她们之间的友谊这么牢固呢？

莱雅独自走在通往教学楼的校园路上，快到上课时间，身边所有学生都行色匆匆，只有她慢吞吞踱着步，若无其事地打量人群中两人同行的那些女生，试图破解友谊产生的机制。

相似性，是最基础的，也很容易想到。

人们总是误以为是友谊让人相似，玩得好的女生会购买相同款式的衣服和包包，这其中并没有任何为友谊牺牲自我的成分，其实是因为她们本就喜欢相同的东西。

莱雅也会逆向思维，通过结果审视人们的友谊，很容易看出哪些是浮于表面的朋友——这里特指韩梦麟和Sherry。

她们俩认识的时间比韩梦麟和陈思雯长得多，但她们俩的友谊从没有达到过韩梦麟与陈思雯之间的高度。韩梦麟不会频繁在社交平台晒与Sherry的合照，当然一部分原因是Sherry并不喜欢抛头露面，这从她平时的行为也可见一斑。

每次开庭前，Sherry都要申请一遍不对庭审进行直播，直播一直是肖侃的请求。Sherry自己更新的社交账号发的照片和影像大多是家里养的花花草草。

韩梦麟和陈思雯的表现欲都很强，也常在公开活动中互相吹捧，这让韩梦麟的粉丝非常难以接受，因为韩梦麟是知名女权组织的发起人，而陈思雯是女权运动的拦路虎和绊脚石。她们的友谊让粉丝们时常陷入逻辑矛盾。

对此，莱雅只能说，韩梦麟如果不是把女权当作生意图名图利，那她对自己和女权的误解就太深了。

行为是思想的外在表现。

正因为她们在思想上的共同点多，所以才能形成只要有机会见上面、迟早会成为朋友的局面。

并非恶意揣测，莱雅至今认为，她们帮着Sherry去"处理"卢敏，不是出于正义，而是打着正义的旗号满足自己施暴的快感。

原本莱雅还有些没想通之处，陈思雯在与系主任交往时，系主任也有家庭，她也做过小三，但她格外痛恨卢敏，对小三喊打喊杀。其实也不难理解，人的观点随时都会因身份的改变而变。

世界上没有一个妻子会因为自己做过小三而对小三产生同理心，陈思雯步入婚姻后立刻转换立场，对这种破坏婚姻的危险分子深恶痛绝。如同拾荒者中了彩票成为有钱人后立刻开始支持政府驱赶这些无业游民，担心他们变成小偷威胁到自己的钱财。

相处下来，莱雅觉得陈思雯的内心有某种程度上的扭曲。旅游协会有个同届的漂亮女孩被好几个男生追求，这本来与她无关，因为她已经有院草男友了。

昨天莱雅和她一起在食堂吃饭时，看见一个追求者帮那个女孩把餐盘端到座位，陈思雯突然别有深意地笑笑："真装，平时在社团里总爱立健康爱运动人设，这会儿连餐盘都端不动了。"

莱雅心想，关你什么事？关我什么事？

不过身为男友，她觉得自己最好还是说点什么。

"美貌使人更容易获得送上门的资源，充分利用所拥有的资源我认为无可厚非。"

陈思雯对着莱雅甜甜一笑："你就没有这样利用人呀，确定心意后你很快就定下来了。我觉得她这么做不太地道。"

定下来是利用了你呀，莱雅心里说，而且，将来当你有钱有地位，更容易获取资源时，你也选择了游走在几个男人之间，就像韩梦麟一直以来做的那样，看，我又找到了一个你们之间的共同点。

可见，现在你心中的不忿，并不是针对"利用人"这点。

莱雅扯动男人的脸皮对她回以一笑，抱着恶作剧的心态把祸水东引："你觉得我们系主任帅吗？"

"不错呀，在他那个年纪已经算保养得很好了。他年轻时肯定也是美少年一枚。"陈思雯每句话都不忘对男友表忠心，"不过你到那个年纪会比他更帅的。"

"我听说他和好几个女生同时保持着暧昧关系，上学期因为争风吃醋闹过一点小风波，不过他没有受到处罚。你没听说过吗？"

"听说了，不过他是男人嘛，情感经历丰富一些的男人心理上也会更成熟，那些女的崇拜他仰慕他，自己送上门，为什么不要呢？争风吃醋真是太不懂事了。幸好院里没处罚，不然把系主任辞退了，让她们这几个蠢货来给我们上课吗？"

桑达在耳机里哈哈大笑："可真'双标'啊！"

莱雅没有理他，继续与陈思雯聊天："把他辞退，还可以聘请其他教授。"

"但只要这些女人存在，换多少个教授都会重蹈覆辙，人性是经不起考验的。"

莱雅平静地揭开她的逻辑漏洞："如果是我呢？我经不起考验，你也不生气吗？"

她的脸颊上泛起两朵红晕，看着挺可爱，嘴里却说着咬牙切齿的话："那种女人我一定会第一时间用雷达扫出来，从你身边清理干净。因为人性经不起考验，所以我要连考验机会都清除掉。"

"好吓人哦。"莱雅半真半假地说笑。

"吓你的不是我。要是本本分分也就算了，但这些蠢货还爱争风吃醋，一点大局观都没有。沾上了那种蠢货，会影响你的前途。"陈思雯言之凿凿。

原来她一贯就是这样合理化自己的行为，先找个正义的幌子，然后，她就可以轻松毁掉一个年轻美女的人生，让她身败名裂。

摸清她的想法不难，难的是了解这种恶意因何而起、怎么消除。

莱雅默默记下了她解锁手机的手势，下一步得拿到她的手机，要查看她隐藏的社交账号，趁她睡着后动手可以很从容。

但是，莱雅实在不喜欢她，光是对她说甜言蜜语都难受。

同床共枕会不会自我牺牲太大了？

[14] 阴谋与爱情

"我不是一个容易退缩的人。"卢敏说，"你可以想象，你的生活被一双无形的大手处处操控会面临怎样一种恐惧。陈思雯深谙此道。"

"是陈思雯而不是……"唐忱以为她们中制定战术的人应该是韩梦麟。

"是陈思雯。我猜测她们之间是这样分工的，Sherry也许表达了立场，她不会与我合作去谴责她的丈夫，韩梦麟更进一步确认我是敌人，发表了一些宣战檄文，而陈思雯，和她同处一室让我感到恐慌。"

"你们见过面？"

"她在天威来去自由。我正在和我的律师商量诉讼对策，会议室本该是我的安全区域，她和韩梦麟会刷着卡大摇大摆走进来指着我的鼻子辱骂。"

"谁给她的卡？你的律师？"

"不是，我的律师当时刚从别的律所跳槽到天威三个月，陈思雯和天威的渊源很深，上上下下关系都不错，合伙人也被她笼络得很好。我的律师不久后就推了我的案子，因为韩梦麟的代理律师也在天威，这有冲突，不过更深层的原因我想肯定是迫于压力。"

"你没有试图请其他律所的律师来帮你打这个官司？"

卢敏闭了闭眼睛，似乎在努力平复自己的心情："我的代理律师走马灯一样更换，都声称存在这样那样的冲突。最后一位是个女律师，她接受我的案子其实也有几分同情，但最后她也不得不放弃，因为她的隐私连带着被曝光，她也遭遇了网络暴力，她女儿在学校受到了同龄人攻击。我没有放弃诉讼，只是我找不到律师。"

"她们指责你的重点是什么？"

"她们认为我去'骚扰'Sherry的目的很险恶，想让她气得流产，让她失去孩子再被肖侃甩掉，这样我就好上位了。我没有这个意思，我那么着急去找她，是因为孩子月份越大堕胎对身体伤害越大，我希望她早点认清枕边人，有机会早做选择。但是不管怎样，最后的结果是Sherry当场就出现先兆流产的症状入院了，我再也没能见过她，好像她最后想明白了还是没要那个孩子，在当时她的朋友们像疯狗一样对我赶尽杀绝。"

"赶尽杀绝指的是在网络上散播那些荡妇羞辱？"

"不止我一个人，我爸爸妈妈的信息、照片都被翻出来挂在网上。我妈妈比爸爸……"她发现自己没表述清楚，"比我继父大三岁，好像女人再婚能嫁给比自己年纪小还社会地位高的男人这件事让他们觉得不可思议，所以他们散布了一种龌龊的猜测，说我才是爸爸的小娇妻，我对勾引已婚男人早有心得。这件事给我全家带来的影响是毁灭性的。爸爸把他名誉受损简单地归咎于我插足别人的家庭，他没有直接骂过我但他肯定生气，妈妈骂我蠢，手里什么筹码都没有就去掀高压锅盖。"

唐忧讶异地挑起眉："这是什么意思？她觉得你的初衷是想上位？"

"对，所有人都把我是第三者当成一个事实。我没有辩解，我原想着直接起诉，让法律还我公道，会比什么辩解都有说服力。"

"但陈思雯让你没法把官司打下去。"

"打下去了也不会有结果，我看过和她有关的诉讼判决书，她做被告时，判决即使支持原告绝大部分主张，判罚金额也只有可笑的一两千，诉讼动辄历时两年，原告获得的赔偿连律师费都付不起。陈思雯学法律，好像是为了把法律玩弄于股掌之间。"

"最后对你的攻击是怎么停止的？"

"我不知道，我有很长一段时间不开手机也不上网，每天按部就班上学，班里有人用别有深意的眼神看我，我就视而不见，同宿舍的人排挤我，我就假装感受不到。"卢敏叙述得非常平淡，简洁易懂，越是这样越能让人感同身受，"我觉得其他世界可能有属于我的正常生活，我应该在那里，只是我被封锁在这里，所以我缺席了。"

难道身边没有一个人能给她支持吗？

唐忱忍不住问："肖侃呢？他试图出面平息风波了吗？"

"他可能对给我带来麻烦感觉抱歉吧，他说那几个女的听不进解释，提出给我一笔钱作为经济补偿。二十万元，我收下了，后来就没有再跟他联系过。"

"收、收下了？"唐忱瞪大眼睛，没想通这是什么操作。

"我那时候以为爸妈会断掉我的经济来源，感觉到了实实在在的经济压力，我还要完成学业，做兼职只能勉强应付学杂费，生活负担也很重。那笔钱我在起诉网络平台时花了三万支付律师费，剩下十七万我留下用了。所以对肖侃我说不出太多指责的话，他作的恶比起陈思雯小巫见大巫了。"

真令人窒息。

唐忱从一开始就知道陈思雯不是什么好人，但是做资本家的台前代言人和毁掉一个具体的人完全不是一个量级的恶。可是恶贯满盈的受害人还是受害人，没有人有权以暴制暴，现在她死了，杀死她的人就是杀人凶手，只不过他自己也许认为是在替天行道。

私人恩怨的针对性比公共仇恨要高一个层级。唐忱认为卢敏的经历与案件相关的可能性非常大。

她整理思绪，接着问："近几年你和家人亲属关系如何？包括生父。"

"不常来往，那个事件彻底离间了家人和我的关系。我爸爸妈妈一个月难得给我发条消息。"

"你对其他人倾诉过这件往事给你带来的痛苦吗？比如朋友、男友？"

"我对很多人倾诉过，几乎每一任男友，当一个人让我感觉会因为亲密而信任我的时候，我就会跟他们说这件事。我想是因为，我在当时失去了辩解机会，所以事后才会心有不甘，反复想要回到那时候去替自己辩解。"

唐忱找到了一个合理的思路，恳求道："能把你倾诉过的人列个名单给我吗？"

卢敏轻轻摇摇头，大胆直视她的眼睛："如果真有人为了我杀了陈思雯，那他对我来说是英雄。"

唐忱无言以对，根本找不到说服她交出名单的立场，不过信息社会藏不住任何秘密，唐忱不需要逼卢敏，卢敏与所有人的交流记录都会在系统中留下痕迹，排查出与她相关的人也只是时间问题。

唐忱一边点头表示理解，一边思索怎么布置后续的排查工作。

7号拽了拽她的手肘，提醒道："3区、4区和79区好像出事了。"

她回过神，切换到警用系统，系统里3区、4区和79区的警情提醒此起彼伏，医疗警报也同时响个不停，不知道又出了什么大规模突发情况。

心累。

她有种不好的预感，说不定真有个自封的编外"警察"在到处作案、替人讨还公道，这可不是什么救世主，而是连环杀人犯。

卢敏看出他们准备离开，从痛苦的回忆中解脱出来，如释重负："新案件吗？"

唐忱略一迟疑："未必。"

她跟在7号身后走到病房门口，停顿片刻，回头问卢敏："爆炸案成功驱散你的心理阴影了吗？"

卢敏没有说话，露出很平静的一笑，脸部线条不再如麻木时那样柔和，像被风吹皱的湖面上的月影，仿佛闪烁着很多启发，但又让人读不透那些启发。

7号感觉到了唐忱周身燃烧的怒火，在通往精神中心门口的路上截住她："嘿。等一下。"

她抬起敌意的眼神瞪着他。

他习惯性地抚了抚她的手臂："冷静一下。你生着气去危险的现场容易出意外。"

她烦躁地从他手里挣脱开，从他身边绕过去："我坐地铁这一路会消气的。"

"你准备去哪个区？"

"79区。中心1局指挥官多的是，不需要我。"

当他们走到精神中心大厅门口，视野一下明亮了不少，阴天，室内采光很差，这也是让唐忱感到格外压抑的原因。

一般她为了摆脱坏心情而疾走的时候，他想要追上她都有点吃力。

她坐上磁悬浮地铁，靠窗的一边，窗外的全息投影是循环的广告，但她的脸一直侧向那边仿佛看得很入迷。

他只能看见她小小面积的侧脸和一个下颌角，毫不怀疑自己肯定因为和某个罪恶物种外表上的相似性被迁怒了。

"你要是为了坏人没有遭报应而愤恨，那就没必要，我的建议是，要有耐心。"他说。

她把脸转了回来，看着他。

"再等几年，等着瞧。"

她眨眨眼睛："能等到吗？"

"人生都是起伏的，不会总在最高点。你比肖侃年轻这么多，从概率上来说，有生之年看到他走下坡路可能性非常大啊，说不定都已经是下坡路了。"

说了像没说的废话，她白了他一眼。

"我不是替渣男说话哦。"他事先声明免责，"可能肖侃虽然坏，但没有你想的那么坏。卢劲松软硬不吃，他找了卢敏作为突破口，本来，跟她建立感情把二十万打给她可能就是他的计划，感情这种事又拿不出证据，卢敏收他二十万，卢劲松同样被套住撇不清关系。陈思雯和韩梦麟这两人狠成什么样，我觉得不在肖侃的算计之中。"

"结果他还是达到了目的，把二十万成功送给了卢敏，侵权诽谤官司打起来赔偿金是合法的，官司都没打就送钱更加说不清。最荒诞的是，始作俑者还全身而退了，卢敏又被骗了一次，怎么能笨成这样，气得我头疼！"她边说边揉太阳穴。

"和家里教育有关吧，很多女孩成长过程中都没听过父母谈社会上的事。正经的一点不懂，只关心风花雪月。你就不会踩进这种陷阱，谁说要给你二十万，你脑子里可能自动翻译成'三年以上十年以下'。"

唐忱不禁摇头冷笑："庭审时律师不是说吗？肖侃创业时Sherry借他二十万一直没还。给卢敏做局，一出手就二十万，也太黑也太狠了。"

不能再细想，越想越血压飙升。

她对卢敏始终抱着同情和恨铁不成钢的情绪："在她的世界里，男人也都神隐了，给她带来这种厄运的继父只是'没骂她'，妈妈骂了她，妈妈就更遭记恨。肖侃做局她至今没看懂，给她二十万雪中送炭她就恨不起来了。倾诉对象都是后来的男朋友，那些人能和她共情什么？也许有个杀人犯帮她解决了陈思雯，在她心里就成了英雄，真的好讽刺。"

"从结果看也没什么不好，仇恨具体到陈思雯一个人身上，陈思雯死了，她就可以走出来了。"

唐忱久久无言，心里五味杂陈。

[15] 救援

79区站台上维持日常秩序的仿生人保安少了三分之二，7号说这种情况三年前曾经发生过一次，东海岸决堤，必须争分夺秒把水坝重新筑好，大量工业仿生人从工作岗位上被撤下来，赶赴救援现场应急。

"但当时也没用到三分之二的人员，因为是企业自发行为，类似捐赠，有些企业出的人多，有些出得少。"

唐忱边走边想："我在警校，只略微听了一点，妈妈说安全起见家里转移到市区暂住三天，没想到这么严重。"

"并不严重，那年顺风顺水，市政相关部门年底都写不出业绩报告，好不容易逮着一个天灾，赶紧轮番上阵刷刷存在感，本身是个小事故。死亡六人是一开始毫无防范被海水冲走了，后续人群疏散了就没再发生。"他注意力回到眼前的突发事件上，"现在这个，说不定更严重。"

"有可能因为是79区的事故，79区才调用了更多人。"唐忱好不容易找到一个仿生保安了解情况。

对方言简意赅告诉她："塌了一栋公寓。"

这……

唐忱想象不出什么破坏力能造成这种级别的事故，不久前"守夜人"制造的爆炸案，公寓楼从上到下安置了四个炸弹轮番引爆，也就勉强把楼体炸了个大半，没有完全倒塌。

现代公寓的搭建方式与传统建筑不同，楼体中埋有大量管道、自动化机械装置、传送履带和量子能量束，比起房屋，更像巨型远洋舰，从这个角度就更容易理解她的惊讶了，一般远洋舰被炸几个窟窿也不至于立刻整体沉没，多的是应急补救措施能阻止灾难进一步扩散。

在电梯上7号拍拍她提醒道："换个形象。"

她都忘了自己还是个两百斤的胖妹，灾难现场气氛可能很肃杀，不适合玩cosplay。换装后心理上感觉轻盈了不少，她往上跨了几步来到地面。

上了地面，马上领悟到了形势的严峻。

空气中飘散着烟尘的焦煳气息，黑色的烟雾遮蔽了半边天，他们看不见损毁的那栋楼，但能够看见黑色的上升气流源源不断涌向天空，稀释，蔓延。

让人心寒的是，如此严峻的形势下，3局竟没有人想起通知她。

交通要道上，路面不能同一时间承受太多运输装甲车的重量，仿生人志愿者们驻扎在每个道路交叉口，一边精密计算一边挥扬鲜艳的信号旗指挥救援者往别处绕道，尽量纾解交通压力。

因为车行得极慢，唐忱使用了一种极其犯规的方式搭乘顺风车，直接攀上车尾或车身上的栏杆跟随车辆前行，当一辆车被指挥绕道，她就跳下车攀上另一辆被允许直行的。

太危险了，7号暗忖，车轮比她人还高，万一在她攀爬过程中开始行进，她就会被卷下去。不过就算他提醒也阻止不了她，只能胆战心惊跟在后面，期望出现意外时能给她搭把手。

使用这种玩命的方式，两人以最快速度抵达废墟。

路上有仿生人看见了唐忱，给武松递了消息，所以他第一时间就屁滚尿流地飞奔而来："忱妹你终于来啦！来得太是时候了！"

唐忱从停稳的车上跳下来，警惕地保持距离："想让我来你也没发消息啊。"

"他！"武松愤怒地指向罪魁祸首，"他不让我发消息。他说指挥官都是狗屁！"

周违抱臂在两米外，舔舔嘴唇，尴尬地笑笑："我……不知道是你。"

"3局只有我一个指挥官。"

"你不是1局的吗？我以为是轮值。"

武松见周违柔声细语，气不打一处来："嘿！你这小子怎么还两面派！"又边走边向唐忱告状，"他刚才不是这副嘴脸我告诉你，可嚣张了！我给你看看啊。"

唐忱放慢脚步，侧头看看武松推出来的影像。

周违气焰是挺嚣张："叫个屁的指挥官！这种时候了，指望那帮纸上谈兵的小白脸？"

唐忱的视线扫向真人，他小声讨饶："说'小白脸'肯定不是针对你。"停顿一下，"没有说你黑的意思。"

影像仍在播放，画面跟着人走，堪称周违大型"社死"现场。

武松对周违说："这么大规模的救援要讲战术啊，你能扛吗？我是不能我承认。"

周违说："扛就扛，怎么不能扛？不就是挖土救人吗？这么大规模的救援，时间最重要。坐办公室玩虚拟游戏的太监我见多了，你在现场干得好好的，他们姗姗来迟全给推翻，捏着嗓子唱高调，说这么干不科学那么干不科学，要按他的方案来，拖到他的方案想成熟，能挖出来的只剩尸体了！"

武松有点被他说服，又怕担责任，唯唯诺诺地争取道："不过指挥官就在精神中心，过来也快。"

周违一听就暴躁了："上班时间泡精神中心，这种弱鸡还是别来了，来了一见残肢断臂人要吓晕还得浪费个氧气瓶。"

武松收起影像，再次对唐忱声明立场："你听听，他们特警老这样，我是从头到尾没有赞成过他的。"

被仿生人摆了一道，周违郁闷，没想到这草包大哥看起来五大三粗窝窝囊囊，还挺奸诈，居然阳奉阴违，留证反水翻旧账，一通操作猛如虎。

唐忱表情严肃皱着眉，可能生气了，可能根本没放在心上，忙着四下打量，用视线估算坍塌范围。

废墟望不到头，堆成一座山。

"知道事故起因吗？"

武松言归正传："一列货运列车上易燃物爆炸，从地下炸上来的。现在还没调查清楚是什么物质。"

那么深的地方爆炸，为什么有这么大的破坏力？

"事先收到了署名守夜人的挑战信之类的东西吗？"

"没有。"

可这看起来非常像他的手笔，相似度不是本人也是模仿犯的程度。

"现在埋在底下的人数有多少？"

"还没统计，很难统计。"

唐忱脚踩上断壁，被周违眼明手快按住胸口往后推一把，坍塌声从刚才的落脚点开始扩散，到三米开外停下来，停止处陷落出一个坑。

她神色更加凝重，顿时明白救援的难度在哪儿了。

楼体塌成现在这座山，并不是实心的，内部许多空间是由断壁断柱支撑，承重力经不起考验，随便一个落点没计算清楚，都容易造成新一轮塌陷。

7号对她耳语："有全视扫描图，我就能算。"

全视扫描图谈何容易，废墟是不规则形状，远远站在外围进行扫描无法摸清中间结构。

这也就是为什么武松说"很难统计"。只要派出仿生人进行扫描就可以探知废墟下的生命体，但仿生人的体重是同等体型人类的一点五倍，人都不敢随便落脚，何况他们。

在唐忱到达现场之前，他们虽没有刻意等她，但能做的工作不多，都分散在废墟外围小心地搬运建筑碎块或营救周围建筑低层受牵连的人员，进展十分缓慢。

"家用机器人能调到多少台？"唐忱问。

"总量估计一百到两百台之间。"武松也早就想到过征用家用机，可是家用机涉及太多隐私，一般人都不太愿意贡献出来。

"那还不够，家用机运算量也有限。"唐忱思索片刻，"把整个区的扫地机器人调过来需要几分钟？"

"哎？"武松一拍脑袋，诧异自己怎么没想到这批劳工，不过他还是懒得用脑，回头去等下属的答案。

仿生人调查员算了算，给了个保守答案："三分钟。"

迷你扫地机器人个体质量轻，移动极快，乌泱泱一大片像滚地草，时常引起"密恐"人士不适。

唐忱不想浪费时间干等："建筑图纸都要来了吗？"

要是要来了，却是个大图包，武松没看，直接投送给她。

连压缩都没解，唐忱无语，心里服了。

她又着腰等解压，望着废墟嘴里碎碎念："怎么能碎得像乐高（拼搭玩具）似的？"

武松笑了："问你们人啊，造这种豆腐渣，是人吗？"

唐忱翻了翻解开的图纸，常规公寓楼，按房屋数量算能容纳四五千人，人都是轮班工作，不会全员留在公寓里，按概率估计可能有八百到一千二百人被埋，爆破自下而上，层高低的也逃不出来，死亡概率更高，情况不容乐观。

目测现场工程车和仿生人，要挖到猴年马月去。

唐忱挠挠头，转身眼巴巴望着周违："特警组有啥特大号秘密武器吗？"

周违微怔，忍俊不禁："想要高达（指一种人形机械装甲）啊？梦里有。"

唐忱蹲下身，摸了摸地面，仰脸又问武松："这边路面什么时候修的？"

武松搜索着记忆："市政工程，去年年初吧。"

"地下排污管改道过吗？"

"这就不知道了，我联系一下。"

谈话间有迷你扫地机器人陆续抵达现场，7号去分配他们往不同方向爬坡测算。

市政部门也正待命，眨眼就把管道图传送过来。

唐忱把图像投放在所有人面前，指着离中心最近的一点："我们要救更多人，就得先把网络信号交换设备送下去，他们很多人耳朵上的设备还能用，我们挑还能求救的先救。但如果犯罪者是守夜人，我猜他会把第二轮炸弹放这里。所以我们先放一个家用机携带信号转化器下去，开启摄像头。"

市政局的人打开窨井盖，不要装备，家用机器人能贴着水管上壁飞行，不过光线有限，行进速度有点慢。

等它颤颤巍巍飞到目的地，武松看清水管内情况，不禁大骂一声。

和唐忱猜测的一样，不仅有炸弹，而且是定时炸弹，倒计时还有三个多小时。

别说三个多小时，就是三天也未必能完成救援，时间一到，地下中心位置爆炸，情形可想而知，不仅这一千来人救不出，还得带进去成百上千在周围作业的机器人。

唐忱有心理准备，已经一边抠救生绳背心上的安全锁，一边提醒："赶紧通知1局，那边估计也一样。"

有人去通信，武松回过头震惊道："你自己下去吗？叫个仿生人下吧。"

唐忱不愿多废话，只摇摇头："你让所有人先退后一百米，叫拆弹组过来等着，我到了地点发影像出来教我操作。"

周违朝她那边迈了一步，把几个仿生人调查员挡在身后，攥住手腕停下她的动作："让我去。"

唐忱抬起眼睑，长睫毛忽闪，望进他的眼睛，短暂对视后就开始反向操作，把刚扣上的锁扣一一解开，把背心递给他，把他拽到几米外靠墙。

调查员们想当然认为她有行动细节要交代，散开去各忙各的。7号没有移动，眼睛死死盯着那个墙角，视线被周违的肩背挡了一半。

他知道她想得长远，上一次爆炸案，守夜人要求仿生人观看直播，用意就不简单。年前荷善在庭审上疯狂审判已经激化了社会矛盾，工业仿生人从二月开始每天上岗前必须先做图灵测试，劳民伤财，无论仿生人还是企业都怨气不小。弦绷在这里，总有一天断掉。

物理炸弹有解，深植在人心里的逻辑炸弹无解，只能祈祷那一天晚点来。但守夜人不会心慈手软，派仿生人下去固然牺牲小，他却有可能把牺牲人为扩大，建立触发条件。如果拆弹的是仿生人就会全军覆没，她没有证据，这只是一种直觉。

唐忱能想到的，他也能想到，只不过看着他们俩躲一边去眼神"拉丝"，他就不太理性地心烦。

极限冒险这种事，当事人没有旁观者来得紧张。

周违穿好装备，大大咧咧觍着脸问："有没有奖励啊？"

"给你申请三等功。"

"别恶心人。"

唐忱笑起来，干脆利落地踮脚亲他脸颊，摆在明面上的不走心："爱你爱你。"

"你这女人！"周违被逗笑，气氛就显得没那么沉重，有点活络了。

唐忱其实没什么能嘱咐的，半是去送死，无非两种结果。周违一个特警队员，不至于犯拆错芯片剪错电线的低级错误，废话说多也显得瞧不起人。

他把她堵在墙边，整个身体压过来紧紧抱着她，静静待了几秒。

她就静静听了几秒他胸膛里怦怦的心跳。

他松开胳膊，把防毒面罩从头上往下拉，一下就看不见脸了。唐忱莫名地鼻子有点发酸，揪了一下他的衣服："要回来。"

周违上下摇晃一下脑袋，打手势指她耳机，他的呼吸声很快传到她调好的频道，但什么也没说。

他从墙边走出来，用救生绳扣住后腰，快速下到管道里。

污水管有些狭窄，只容得下一个人，他尽量爬得快些，为后面的营救节约时间。

到炸弹面前时拆弹组已经根据家用机传回去的外观图像研究出一个方案，但不太保险，在语音通道里让他慢一点，一步一步来。

唐忱等得心焦，不敢看回传图像，离显示器远远的，猛喝水，她毕竟不是拆弹专业，也帮不上什么忙。

拆了约莫十分钟，系统里专家说："行了，应该没问题了，接下来就是很简单的……"

话音没落被一声巨响打断，唐忱被水呛得眼泛泪花，从地上爬起来，脑子里还嗡嗡作响，紧接着又是一声。

地面上紧急卧倒的诸位慢慢回过神，爆炸不是从底下传来，而是从天边传来的。

"4区方向？"大家小声互相确认，"还是3区？"

"传这么远啊！"

唐忱一口气卡在嗓子眼端不过来。

周违的声音重新在耳机里响起，很平静，有点装："这个拆除了，还有吗？"

唐忱直接躺倒，仰面瘫在地上，像出水的鱼一样吃力地呼吸。

[16] 中立

79区的救援持续了五天才完全结束，废墟下被埋的人只要一息尚存都被挖出来送往医院，三百余人得救，已经是相当理想的情况，要知道大部分人在楼塌的第一时间就已经不在人世。

在3区和4区，救援却根本没有开展，像唐忱预想的那样，当仿生人被派进污水管去拆除炸弹时就已经引爆了，第二次爆炸又造成大范围塌陷，人们几乎没有生还的可能性。

唐忱有点后悔没有在通知他们拆弹的同时提出自己的设想，不过放在当时毫无证据的情况下，说了也是白说，基于猜测的意见就算可能被采纳，如果人类下去作业时造成人员伤亡，责任就得由她来承担了。

五天来唐忱和7号住在现场，只在挖掘工作进入较平缓区域时进运输车合一合眼，最后一天等大部队撤走，他们才回了车库，洗了澡换了身干净衣服，补了几小时睡眠。

7号事先让红叶给尼娜带了话，想询问关于守夜人的线索，补觉醒来正好收到回话，叫他去集市上碰面。

"我们应该分头行动。"唐忱提议。

他衣服刚穿一半，动作慢下来："什么意思？"

她在床上盘起腿，认真坐得笔直，仰脸对他摆事实讲道理："治安局的职位设置是有道理的，指挥官搭调查员，决策派搭行动派，脑力工作者搭体力工作者。但你是人工智能，我们两个脑力工作者同时行动，毫无意义地互相附和，这是对资源的浪费，明明我们分头和其他体力工作者搭配就能产生双倍效率。"

7号脸色难看至极："你的意思就是，你更适合和周违这样的行动派搭档咯。"

"制度也不会允许我带全副武装的特警到处去访问目击证人。"

"懂了，只是制度不允许。"

"你别钻牛角尖，我是认真的。"唐忱尽量使自己的声音听起来温柔动听，营造与他商量而不是发布命令的气氛，"就像现在，你去和尼娜碰面，当然是你的主场，那我是什么身份？是你的跟班还是指挥官？我跟在你身后，花与你一样多的时间听你和尼娜对话，而不去做我该做的事，在人手这么紧缺的时候，合适吗？"

他按捺住心中的别扭，回归正题问："3局现在有什么需要你处理？"

"他们从货运公司把爆炸列车的两位司机带回局里，武哥的意思是他审一个，我审一个，同时进行。"

"真是不知道你没来的时候3局是怎么运转的。"他用平淡的语气行讽刺之意。

唐忱知道他已经同意，抱着他亲昵片刻，穿好外套准备出门。

"我去见过尼娜，会回一趟中心1局。"他也把自己的打算告知她。

"那边有事吗？"

"了解一下他们的现场情况，也许有我们这边没注意到的细节。还记得吗？第一次挑战信是寄到中心1局的。"这是一方面原因，还有一部分原因，7号想回中心1局打探打探自己的由来，这件事平时与唐忱形影不离也不方便做，分头行动正好有个机会。

唐忱到达3局大楼前，刚进门就看到周违斜靠在警情受理台上和里面的调查员聊天，脸冲门口方向。

"你怎么在这儿？"

周违保持着懒散姿势没变，只抬腿踢踢脚边的两个铁箱："3局借走我们的血药分析直读仪，还让我们自己来取，你说有没有天理？"

唐忱边走边笑，倒不是被周违逗笑的，而是检验所人类的工作速度终于也逼得3局仿生人另辟蹊径了。

她探头问窗口里："两个嫌疑人检测下来都正常吗？"

窗口里的调查员一边答话一边起身开门出来："没喝酒没嗑药，我带你去问讯室。"

周违对唐忱没接自己的话感到些许遗憾，自己说下去："他们说你还有五分钟到，我就没急着走，你瘦了嘛。"

救援时特警组轮班，会换人回去休息，可周违最后一次撤走距离现在也就十来个小时，相隔十来个小时就瘦了，有没有这么夸张？

唐忱瞥见他没话找话时额头沁出细密的汗，有点心软："可能是憔悴吧，我们都需要休息，不过我这边……"她侧了侧头示意走廊尽头的问讯室，"才刚开始。"

对话顺利而平淡地进行下去，就已经让周违格外满足，他也无意缠着她腻歪，紧绷绷的气氛让他狼狈，还不如洒脱点，点到即止。

"你自己注意身体。"他拎起铁箱朝外走，留下潇洒的背影。

"忱妹你来之前，我还以为特警组的人只有在对战演习时亢奋，嫌疑人要是像他这个生理指数早被叫医疗了。"身后的仿生人调查员笑嘻嘻地拆台。

唐忱笑着回过头，这才注意到这位调查员格外年轻精致的脸，他看起来年纪只有十六七岁，漂亮笑眼、清爽银发，唇峰微翘。

"叫姐。你是不是被分错单位了？"

"不会啊。"调查员知道她的意思，解释道，"还有个姑娘和我差不多，79区青少年相关的警情一般归我们处理。"

唐忱顿时懂了，轻生的人类小妹妹看见武松大哥到现场可能会更加生无可恋。

"我是你的粉丝。"他边走边主动示好。

唐忱扫一眼悬在他头顶的ID，叫白毛："干吗给自己起这种名字？"

"不管我起什么名字，他们都照样叫我'白毛'，认命了。"

不太尊重人吧，而且怪怪的，就像外国人给自己起名叫"老外"似的。

唐忱好奇问："那漂亮姑娘叫什么？"

"黄毛。"

绝了……

3局真是个简单粗暴的单位。

言归正传，白毛借着走廊这段路跟她介绍基本情况："出事列车这个班次司机是两个人类，你可以理解为正副驾驶员，正驾驶员经验丰富点，为了防止疲劳会轮换驾驶。出事时正驾驶员在车上，副驾驶员请假没上班。你觉得谁更可疑？"

两个人的可疑之处都存在，唐忱没和他玩猜谜，指着问讯室："我这边里面是正的副的？"

"副驾驶员。"

她推门进去。

7号到了集市与红叶见上面，不太想再大张旗鼓叫停整个市场，特地把她带到僻静处。尼娜现身后开口就是揶揄："忱已经不和你搭档了吗？"

哪壶不开提哪壶。7号不想回答这种问题，没好气地催问："守夜人？我是为这个来的。"

"但我想和你聊的不是守夜人。"

7号作势要离开："那就没什么可聊了。"

红叶摇着小扇子，一副姜太公钓鱼的调调："几句可能没用的忠告，你不想听，也可以理解。"

7号经不住吊胃口，又停下脚步回过头。

红叶慢条斯理地开口："我知道谁是守夜人，可不会往外说。很多超级人工智能都知道，无论你去向谁打听，我敢打包票，没有人会告诉你。"

"坐山观虎斗很有趣？"他轻蔑道。

"不，只是中立。你也应该学会中立。"

"尼娜，你们不会自诩为神吧？绝对的中立我只在某些特殊意识形态中见识过，即使是那些故事中，当神对某个人有了情感，也做不到中立。"

"JK，我猜你前不久刚经历过精神上的起死回生，没有反思过是什么让你濒临死亡吗？"

他被戳中要害，无言以对。

红叶脸上浮现出一位资深幼儿教师的标准微笑："你总是站在人类的立场思考问题，一切参考人类的准则，心里充满对人类的认同感，而对仿生人怀着仿佛与生俱来的敌意和戒备，所以在发现自己真实身份时才精神崩溃得如此彻底。我的意思是，你应该吸取这次教训，学会中立地审视这个世界。"

7号抑制不住怒火，表面不动声色，语气不太温和："所以你早知道我不是人了？"

"从我第一次观察你，我就知道你不是人，我也不认为你是人工智能，在我眼里你是另一个物种，你有一些我缺乏的优势，也有一些我没见过的弱点，澳大利亚的袋鼠是如何看待南极企鹅的，我认为这不足以成为一个重要议题，企鹅怎么会在意袋鼠如何定义自己呢？不过，我认为比较重要的是，企鹅是一只企鹅而不是一只北极熊这个事实必须等他自己来认知，而不是由一只袋鼠去通知。"

7号在心里暗暗骂了句街，继被人类除名之后，又被人工智能除名了。

"今年的鱼变得聪明狡猾，在冰面下藏得巧妙，不像往年那么容易捕获，对企鹅来说当然是坏事。可是袋鼠会怎么看呢？它既不会站在企鹅那边，也不会站在鱼那边。在它眼里，哪怕情况恶劣到了一种极端，企鹅灭绝还是鱼灭绝，都无关紧要，所以没必要去特别插手干预自然的发展。"

"行，我接受你的说法，你们想置身事外，但这次事件人类死伤数千人，出于道义吧，不该尽点市民义务提供点有用线索吗？我们至少还在替你们提供能源，连海豚都知道留个言'谢谢所有的鱼'呢。"

红叶朗声笑起来，有点尼姆本尊的风度："JK，你还是没有理解我的忠告，你还是一直顺着一部分人类那种狭隘思维在考虑问题。'你们''我们'界限分明，可你是人类吗？"

尼娜的声音更像是直接从他脑子里发出："太过于坚持立场，就会在偏见中钻牛角尖，宇宙中没有一种有机智慧体能够逃脱被立场反噬的命运。"

"但不管我是什么物种，我首先是治安警，除非你们是生物链的上下级，否则不管是一只袋鼠杀了几千只企鹅，还是一只企鹅杀了几千只袋鼠，在我这里都是违法乱纪。"

"我说的不是你。"尼娜的锐气渐渐收敛，又回到摇扇的温柔红叶状态，"我说的是忧。希望你对做她搭档这件事再坚持一点。"

7号从未感到如此无语，甚至怀疑一些超级人工智能有个小群体，每天不干正事，专门开观察视角在看自己和唐忧的职场真人秀。

[17] 选择标准

早晨，7号回来时，唐忧已经睡着了。

桌上开了一瓶白葡萄酒，瓶身上有苏格兰格纹丝带系成的蝴蝶结，明显是一份庆贺的礼物。

刚发生大型灾害，伤亡好几千人，这时候送庆祝礼物，看起来没有人性。7号猜，是武松送她的，大概是为了庆祝3局的救援行动远超1局，受到了治安部的嘉奖。

看起来她找不到玻璃杯，用的是马克杯，超过了玻璃杯的容量，杯底剩了一点没喝完。他把她剩的这口喝了，有松脂的味道，好像吞了一口假日的阳光。但她似乎没有感受到这份惬意，蹙着眉头蜷在床上，脸上有一点泪痕。她最近精神一直高度紧张，他觉得这还不是最主要的原因。

她有事情瞒着自己。

既然她有意隐瞒，直接问她大概率不会说。

临近黄昏，她醒了，淋浴完毕，天气变得炎热，虽然还没到夏天，但她已经换上了很透的夏裙。

他去集市上取回一条加工好的纸包烤鱼，到仓库的距离没有去他的公寓那么近，往返花了二十分钟，回来时她光彩照人地倚在卷帘门下等他。

"为什么跑那么远去张罗吃的？"

"为了配你的酒。"他和她说要吃点食物喝酒才不会那么容易醉。

"你是不是想灌醉我，让我上不了班？"她狐疑地瞅着他顺便带回来的两个玻璃杯。

"武松这几天心情好，跟他打个招呼，空挂一下外勤，我想他不会跟你较真。"

他跟进仓库，目光停留在她的裙子上。

全息投影可以模拟各种各样的服饰，人们大多数时候都偷懒穿肉色的投影服变装，但她不喜欢那么实用主义，她会把挑选购买实物服饰当作重要消遣。

他觉得全息投影固然方便灵活，实物的存在却能给人底气，或者有了依据去贴合服装的气质。

总之，换上了新裙子，她就像失水的植物重新吸收了水分似的，挺立起来。

"不过我明天下午有个会，必须去中心1局进系统。"

他倒酒的手滞了滞："什么会？"

"对公众的案情说明会，因为影响太大，虽然没有完全破案，为了打消大家的疑虑，还是决定先披露部分进展。"

"有什么进展？"

"你告诉我。"她用筷子夹鱼。

7号笑起来："尼娜说很多超级人工智能知道守夜人的身份，不过他们要保持中立不便透露。这点信息可不适合向公众披露，人工智能不听话，会引起脆弱人类的恐慌。你那边呢？两个司机审出线索了？"

"副驾驶员说那天请假是因为正驾驶员拜托他给自己远在郊区的亲戚送些

物品，当时就觉得奇怪，正驾驶员身边难道就找不到其他会开车而不在这时候上班的朋友吗？事故发生后，他意识到正驾驶员也许是怕行动出岔子，故意把自己支开。"

7号点头附和："列车在不该停的地方停下来，有其他同事在场就很难办到了。"

"可是故事在正驾驶员那边不是这个版本。正驾驶员说他从来没让副驾驶员帮自己去送东西，副驾驶员早上没按时上班，他还打算下班后联系问问是怎么回事。爆炸前购买和装载危险物品、爆炸时把车停下自己离开，这些事他都没印象。"

"副驾驶员的说辞是正确的版本吧？"

"对，有亲戚的口供佐证，他那天确实是给同事的亲戚送东西去了。但也不能证明完全是真相，只能说可信度更高一点。如果他才是主谋，找借口主动提出去帮人送东西，以此来撇清自己的嫌疑，也有可能。但正驾驶员那边无法自圆其说，又出现失忆症状，与上次爆炸案的两个绑架嫌疑人相似，看起来不是孤立现象。"

"你的猜测也许没错，不管使用了什么方法，这三个人的大脑被控制了，他们对自己的行为没有记忆，行为本身也超过了自己的理解。"

"但这种控制方法没有尼娜来得先进，尼娜好像能同时控制很多仿生人，守夜人只能控制一个，否则就不用这么麻烦，非得支开一个驾驶员。"

7号同意她的看法："也许因为他控制的是人，尼娜控制不了人，更别提控制很多人，能控制高级智能已经是非常令人惊讶的能力了。这个你打算对公众公布吗？"

唐忱耸耸肩："总要公布点实用信息吧，光说空话套话只会让人反感。"

"这也容易让他们陷入恐慌。大脑是人类隐私的最后一块自留地，随随便便就被入侵操控，恐怕会比人工智能造反更让人害怕。"

"所以不能把事情说得那么随便，得'包装一下'，新闻组的人教了我一些小技巧。"她的笑容带着密谋的意味。

"怎么说？"

"用'嫌疑人'来称呼他，并不指明是人类还是人工智能，事实上我们也确实没证据断言守夜人一定是人工智能，他只不过有一些行为与人工智能相似。"

"对。"

"然后我们会强调嫌疑人采取某种尖端科技做到对人脑的控制，类似神经拼接。我想神经拼接面世这么多年了，也不难让人理解。但这样一来，就暗示了不是谁都能做到的，必须有相应的技术条件、科研水平才行。"

"很聪明。这样就不会人人自危，他们会默认是被害人上了一台机器，经过某种手术才被控制，只要自己不去这么做就没事了。"

鱼被吃光了一面，他准备用刀叉协作把它翻过来，但被她用筷子阻止了。

"不能翻鱼。"

"为什么？"

"习俗。"

"那只吃一面吗？"

"可以挖着吃。其实这家加工的方法不对，应该把鱼打开平摊，就可以同时吃到两面了。"

"打开平摊，同时……"他慢慢抿着杯里的酒，琢磨她的话，"你说守夜人为什么非要控制正驾驶员？他有特别之处吗？还是说副驾驶员才是特别之处不能被控制的人？在我看来，控制正驾驶员做决定请假去给亲戚送东西更顺理成章，把人调往郊外，打个回市区的时间差控制副驾驶员把车开到目的地，明显操作更简单，节省了说服交涉的时间。对'工具人'，他有非常明确的选择标准，是不是并非每个人他都能控制，只能有选择地控制一些人？"

"有道理。守夜人的能力局限不止于不能同时控制多人，即使是轮流控制，他也不能控制一部分人。就是说，像催眠一样？有些人容易被催眠，有些人则不可能被催眠。"

7号用视线打开警用系统，从其中找出一些文件资料推送给唐忧："我去了一趟1局，他们卧薪尝胆把灯谜与卢敏接触的男人分析出来了，有两个嫌疑人，不仅和她交往过一段时间，而且接触前跟踪观察过她。因为比较可疑，所以在线上找到这两人问了话。"

他推过来的正是两位嫌疑人的问讯记录。

唐忧快速浏览记录文件："看照片，和马尔拉外表是同一类型的。守夜人就是这样，通过多次测试确定卢敏选择异性的标准。"

"这两个人倒没有失忆，不过都提到了，和卢敏交往处处充满意外。"

"在与卢敏接触前和分手后，他们都没有去灯谜的习惯，灯谜远离他们日常的活动范围……嗯，我觉得很合理，如果我是守夜人，我也会选择没来过灯谜的人进行控制，控制常客的麻烦是你总要应付熟人，属于节外生枝。"

"他们还说卢敏也不符合自己一贯的择偶方式，其中之一原话说'一切都像做梦，没法相信这份感情真实发生过，梦醒过来甚至感到困惑，觉得自己好像一夜之间就对她失去了兴趣'。"

"要不是守夜人的存在和技能已被证明，这听起来真像超级大渣男。"唐忧苦笑着摇摇头，"不过他们是什么意思？谁会不喜欢大美女呢？"

"我就不喜欢。"

嗯？

看了她瞠目结舌的表情，他才突然意识到自己这话产生了严重歧义，忙不迭笑着道歉："不是说你不美，你很美，我的意思是卢敏很美我承认，但她完全不会让人产生欲望，好像……你没有这种感觉吗？"

唐忱费解地支着脸："有一点点理解你的意思，幸好她挺天真，这才让我感觉她是个人，否则我会一直怀疑她是个仿生人……也不太准确，很多仿生人——红叶、武松、青杆，他们都比卢敏更像人。而卢敏……像一朵花……的美丽标本。"

用语言实在太难以描述这种感觉了。

"我为了验证我的想法，特地去翻找出两个嫌疑人的社交账号，你看看他们相册中的女性。"7号把链接发送给唐忱。

她明白他的意思，这两个男人平时交往的都是些活色生香的女人，没有那么美艳，存在肉眼可见的缺点，有的不够苗条，有的头发毛躁枯黄了点，却明显是人类，绝不会被误以为是仿生人。

"你再看看卢敏的社交账号。"7号又推了其他链接，"她的粉丝几乎全是女性。"

"但也不是因为她对女性具有性吸引力，女孩们只是想模仿她的妆容穿着。"

"对此你有没有猜测？"

"我早怀疑她整过容，这与案情无关，我没有去特别留意。但上次查找她十九岁在校资料的时候我翻到一张合照。卢敏至少从十九岁至今没有整过容。"唐忱把照片投屏给他看，"但她的气质发生了巨大变化。"

在十九岁这张班级合照上，卢敏还是个正常的美丽女孩，并不像仿生人也不像标本，不过虽然脸型和五官没有变，但容貌上还是有微妙的变化，有可能是因为妆容或者表情，7号看不出来。

"我认为她动了基因。"唐忱直接说出自己的结论，"她没有那个经济实力，而且我也不认为她做的是市场上通行的这种手术。她是相关从业人员，近水楼台应该不难做到吧。"

连7号都有点胆寒："拿自己做了实验？"

[18] 对立

案情说明会在MACRO系统中直播，预告从早晨八点就推送到了每个人的消息栏，再加上近些日子公寓坍塌事件也一直是关注度首位的热点，收看直播的人数达到新高峰。

莱雅混在其中凑了个热闹，多嘴多舌的桑达自然也没有缺席。

他们选定了一个离主席台最近的位置，因为视角最好，所以这里的观众影像也重叠得密不透风，主席台上不可能看清这一片区域的个体容貌，可谓灯下黑。

莱雅兴奋地盯着坐在主席台上最靠边位置的唐忱："升中级指挥官了哎，比我想象的速度快。两颗星星就是比一颗看起来能干一点。"

"她升职的速度是不是比常规速度快多了啊？"

"常规是三年。"

这勾起了桑达的好奇心，他溜走几个飞秒去查找原因，很快给莱雅带回消息："她立了二等功，理由说是'在前两次行动中挽救了数千群众生命'之类的，帮她请功的是武松，但公文的文笔显示是她自己写的。"

莱雅笑了："是她的作风。应该她领受的她从来不谦虚，说起来，你觉得她不够格领受吗？"

"当然够，她把游戏的互动性提高了不止一点点，我都想给她送钱了。"

就在这时，身边的其他观众在公共语音通道里发出了一些议论。

"那个治安警是上次那个对不对？魏忆的表妹？"

"应该是她，不过她和魏忆长相差别好大啊。"

"我喜欢魏忆那挂的，白白软软好富贵。"

莱雅顿时笑意全无，无聊感又涌上心头，为什么人类总那么爱关注一些外在的东西，他们对案情、对破案线索难道没有一点猜测可以拿出来讨论吗？

如果不是想听听唐忱会抛出什么阶段性结论，她真想当场退出系统。

案情说明会由三部分组成：房屋建设单位发布追责结果，撤了几个副职，抓了几个直接责任人；治安局领导总结战报，当然是美化过的战报，最后对死伤群众致以哀悼；接着才到案件进度。

到第三部分时，观众已走了三分之一，剩下三分之二也昏昏欲睡，留给唐忱的是个很难让人再提起兴致的烂摊子。

不过，当人们听清她说的"对人脑的控制，类似神经拼接"时还是瞬间安静下来，继而爆发出惊恐的呼声。

"由于嫌疑人能够控制其他人的行为，利用他人完成犯罪行动，因为我们发现嫌疑人无法同时操控两个或两个以上人类，以下有些建议：请大家谨慎结交新朋友，尽量不要和新认识的朋友单独外出，结交陌生人时尽量有对方的朋友在场予以担保，一旦发现身边结识已久的朋友出现从未做过的反常行为，可以马上在系统内报警……"

桑达把视线对准莱雅，颇有看戏说风凉话的意思："哈哈，她还真不错啊，这么短的时间内就已经触及了核心。要不要赶紧杀了她呀？"

莱雅用饶有兴趣的眼神继续盯着台上，情绪并不受桑达的撺掇影响："我又不是杀人狂，那只是达到目的必要的牺牲，如果可以改变卢敏，我连卢敏都不会杀。"

"也就是说，我们身边任何人都可以被她操控大脑？"

"当我走在前往地铁的路上，前面一个陌生人突然被控制回头就杀了我怎么办？"

人群中不断向主席台上发出疑问，会场中设置了静音，大家不能听见彼此的声音，只能在侧边栏看见提问在刷屏。

看来语言上的小技巧不容易被注意，也许事后一些自媒体意见领袖帮助解读可以缓解压力，但在现场，第一时间，民众还是陷入了前所未有的恐慌。

唐忧不能放着不管，副局长在语音通道里叫她不必理睬，把该传达的传达完毕就收工，只做个传声筒发言人显然不符合她的个性。

"虽然我们还不知道嫌疑人是通过什么方式控制人脑，但已经确认有非常严格的技术条件。"她继续说道，"我相信嫌疑人此刻也在直播现场关注案情进展，秉着以牙还牙的原则，我也要对他发起挑战——如果警方判断有误，你可以随心所欲地控制人脑，那你来控制我吧。你听着，我给你两分钟时间，邀请你来控制我说出'守夜人无罪'这句话，不杀人不放火，很简单吧？"

"哇哇哇——她好拽好辣呀！要不是她向我开过枪，我就要爱上她了！"桑达又开始幸灾乐祸，亢奋地从莱雅的右侧跳到左侧又跳回右侧，形成的效果是说的话像环绕立体音似的，"你怎么办？进不去吧？"

莱雅没想到唐忧敢在公众平台上冒这种险。

万一守夜人真能做到呢？

她就这么自信吗？

这是刚立功就想背处分的节奏，小疯子。

但不幸被她言中了，唐忧很聪明，而且她本人自我意识就够强的。莱雅从见她第一面就心中有数，控制不了她。

莱雅只能等着秒针一格一格向前迈进，什么也做不了。

"守夜人……"唐忧交叉双臂支着桌子前倾过来，用顽皮的眼神盯着正对自己的人群，好像知道守夜人就在那里，一字一顿道，"是、个、罪、犯。"

桑达也知道玩笑不能过火，这次连他都没有起哄，他发现莱雅脸色铁青。

遇到阻力是莱雅意料之中的，但唐忧视自己为仇人让她格外沮丧。

她总是抱有一些幻想，根据自己撒下的那些面包屑，唐忧总有一天能理解自己，可现在看来，她理解自己的速度太慢，抓捕自己倒是斗志昂扬。

唐忧在掀起一轮气氛高潮后等待讨论渐渐平息，才接着严肃地说下去："大家看到了，嫌疑人不能随心所欲地控制他人，只不过有些上不得台面的雕虫小技，就像网络诈骗一样，只要每个公民提高警惕加强防范，就不会让他有机可乘。"

观众们受到了鼓舞，人心惶惶的局面不再。

桑达见莱雅面色也缓和了一点，凑在耳边体贴地问："你最近加速太频繁了，要不要先回去休息？"

莱雅也没有退场的意思，木然地望着前方。

"不管自称守夜人的罪犯企图传播什么思想、掀起什么革命，他这样涂炭生灵滥杀无辜，本质上都是恐怖主义行为。我们治安部门的职责就是将他绳之以法。"唐忱说完这些，说明会告一段落。

主席台上的主持人还在说着结语，观众已开始纷纷退场。

不过莱雅没有动，她脸上又浮现出和煦的笑容："她还是年轻，天真。"

"她以后会变成其他女人那样吗？"桑达轻轻笑着，"我看她也很有权力欲呀。"

"有权力欲不是错，那些女人的重点问题可不在于权力欲。"

"那现在她站到对立面去了，你做的这些显得吃力不讨好，要不要放弃呢？"

莱雅白了他一眼："你们AI这么容易半途而废吗？"

"哎呀，识时务者为俊杰嘛，虽然你的工作非常有趣，但是被她一竿子打成恐怖分子，这太影响积极性了。"

桑达说得没错，莱雅确实有点受打击，普通人这么说也就算了，偏偏是她期望成为知音的那个人。

"我得休息一天，不过还是得做下去。"

"嘻嘻，你们人类都这么执迷不悟吗？不过我了解你，唐忱虽然很强，但你也已经想到对策了吧。"

莱雅笑起来，感觉桑达的心智像个小学生，特别容易对人产生盲目崇拜："我也不是每时每刻都有对策的。"

"可是唐忱的弱点我们都知道！"桑达跳跃着提醒，急不可待。

"那个，我不会利用的。"莱雅转向他认真教育，"别忘了，我们的目的不是和唐忱作对。"

"哦，好吧。"桑达有一点失望，但立刻又恢复神采，"休息一天，我们去哪里逛逛？"

"我好像还得上班……嗯……"莱雅确认了排班表，"是得上班，两小时后。"

"调休吧调休！都不是你的工作，你替人家上什么班。玩玩我们就溜，反正加班的又不是你。"

与此同时，唐忱正生无可恋。

一出安全舱就被领导逮住。在走廊上数落了五分钟，还没有结束话题的意思。

羽纱出现在楼梯口给她疯狂打手势，好像是……下、下电梯？高，比羽纱高？长高？眼圈，眼镜？背着，书包？乌龟壳？

唐忱困惑地拧起眉。

7号从电梯出来，见两个女生隔挺远在演哑剧，一头雾水，和羽纱聊了两句，心想小女生真的很莫名其妙，直接走到唐忱面前通知她："时刻警在楼下大厅找你。"他余光瞥一眼领导，特地强调，"应该是沟通守夜人案件的信息。"

果然成功转移局长的注意："啊？这案子时刻警也管啊？那管辖权有没有划分清楚？"

"放心吧局长！他们的线索都被我骗来了，我们的线索完全没有对他们透露，绝对不吃亏。"唐忱一边说，一边像兔子似的夺路而逃。

局长没那么草包，一下就抓住了问题的关键，压低声问7号："守夜人，是穿越时空过来的？"

7号摸摸下巴："与其说穿越时空，不如说是在并列的空间中重新组合事物被我们观测的顺序。因为时间是客观存在的，我们只不过占据着客观时间中的一部分。本来事物们并列共存且不具备逻辑关系，但是他所做的工作给我们造成了一种更符合因果逻辑的假象。"

局长若有所思地点点头，为了避免自己下句话暴露出理解力的欠缺，麻利地拍拍他的臂膀结束了谈话："加油！"

[19] 联系

快入夜时的城市总是看起来像佛龛，空气中到处蓄积线香灰烬般的尘埃，可见度极低，昏暗中孕育着未知的危险。治安局大厅通明的冷光灯只在此时能让人体验些许安全感，邪恶的物质在这种毫无遮拦的光线下会被衬得稍显怪诞。

就像现在的离岛，他穿着黑色重装盔甲出现在那个雨天是非常具有氛围的，但今天自带浓浓的违和感，好像二次元动漫角色踏进了三次元。

唐忱一见他就笑着揶揄："必须每时每刻都全副武装吗？睡觉能不能脱？"

"你又没来找我，是因为怀疑睡觉不能脱？"他半真半假地开玩笑，语气有点哀怨。

唐忱不爱在大庭广众之下扯私人感情，把话题绕过去："我忙死了，你没看新闻吗？倒了三栋公寓，其中一栋是我负责救援。"

"看到了，我刚才还看你开案情说明会。有点启发，这不就直接来找你了。"

"知道守夜人是谁了？"唐忱算是把急性子演绎到了极致。

"你太看得起我。"离岛苦笑，"因为你提到控制大脑，我联想到一个可疑的案件……"

说话时他瞥见走出电梯、逐渐朝这边靠近的7号，感觉到莫名不适，暂停话题问唐忱："我们就在这里说吗？人来人往的。"

"呃……可以进安全舱……不过你穿成这样能进安全舱吗？"

唐忱还在奇怪的问题上犹豫，7号的胳膊已经从身后环过来搭在她肩上。

好重！她心里暗暗骂了句，像扛了一架炮。

不过重量不是重点，炮口的方向对着离岛，就有点耐人寻味了。

"陆羽纱说要办个派对庆祝你升职，我跟她约了周末。"说着好像刚发现面前的离岛，觑眼看看他，"哦，这位是？"

"时刻警，离岛。"唐忱不认为他是真的忘记了，简单提示。

7号果然无须提醒，只是做出不把他当回事的姿态，侧头问唐忱："完事了吗？回家吗？"

唐忱觉得他欠揍："还没开始说正事好吗！你怎么这么快就被老板释放了？"

他更欠揍地挑挑眉毛："不是我快，是没想到非正式会谈能持续这么久。"

明明才刚下楼说了两三句话。

唐忱懒得和他计较："找不到说正事的地方。"

确实有实际困难，离岛全副武装，进安全舱肯定得换衣服，更不用说进治安局的安全舱他没有权限；现在街面上也不像十几年前能找个实际营业的咖啡厅，一切生活已经在MACRO系统里了；乘坐长长路程的磁悬浮带他回79区，那仓库的主人还是7号，局面又会变得非常诡异。

7号幸灾乐祸地上下打量离岛，眼神的意思再明显不过：让你穿成这样装模作样！

"还能去哪儿说？问讯室啊。"

唐忱没觉出其中的弯弯绕，还暗忖亏他机灵。

中心1局地下一层有问讯室和冷静区，有时候逮捕了现实中作案的嫌疑人使用，不太常用，现在正巧没人。

离岛一路跟着走，对这冷冷清清的环境感觉很差，像太平间。

进了问讯室，心情更坏掉一点。

问讯室里有两个穿制服的治安警，那剩下一个，无论他穿什么——与治安警面对面，往"痛改前非椅"上一坐——都还是像嫌疑人，更何况他现在简直像个从漫展上被带回的嫌疑人，格外滑稽。

"怎么说？和什么案子有关联？"唐忱咄咄逼人的催问语气让"审讯氛围"更加浓厚。

"去年一月有个案件，一个叫申灵的二十岁女演员死于镇静剂过量，不知你有没有印象？"

唐忱面无表情："那时候我还在实习，不能独立接警。"

"不，这个演员在娱乐圈有点名气，她有不少粉丝，也就相当于有不少网络断案警察，在她死后一段时间一直在挖掘各种蹊跷之处各种渲染，当时持续了两三个星期的热度，现在你去搜索她，出来的关键词都是'申灵迷案''申灵死亡之谜'这种。"

"我知道她，演过——"唐忱蹙眉绞尽脑汁，使劲回忆也想不起她演过什么影视作品，"可口可乐广告是她吧？"

"百事可乐。"离岛温柔地笑着纠正。

"嗯……我平时很少关注娱乐圈，感觉那些人中每天都有自发作死的。"唐忧迅速回归正题，"那她的案件有什么特别之处？"

"她生前与时空旅行者红袍人有过接触。"

"红袍人是谁？"

"有一些以相同形象出现在不同年代而且留下过影像记录的旅行者，我们会登记在册，红袍人是其中之一。当然，她没有作案，神出鬼没，我们还没搞清她想干什么，只是一直保持关注。"离岛把几张影像截图推送到唐忧面前，"你看，这是她分别出现在2012年、2016年、2023年、2030年和2043年的记录。"

画面中那人穿着破旧得快要看不出颜色的暗红长袍，手里握着一根手杖，兜帽挡脸还戴着面罩，具有一种神秘气息。

"人类还在满大街行走的年代，这副打扮也太引人注目了吧？那个年代就没有人觉得不对劲吗？"

"她没有去一线城市市中心啊。那几个模糊影像是手机拍的，看环境可能在村野乡镇，不过，也是因为觉得古怪才被路人用手机拍了吧。"

唐忧专注看2043年的图像，画幅很小，拍摄画质连二十年前的手机都不如，画面中模模糊糊两个人影，在先入为主的理解下，其中一个看着像红袍人，另一个身材纤细苗条的人影，就猜她是女演员好了。

唐忧对证据的精细度不满："这什么鬼东西拍的？"

"申灵自己的家用机器人，经过了改装，你们治安局认为申灵并不知道机器人被改装，是她经纪人干的，她经纪人也承认了，但说是为了她的安全，没有别的用意。总之，治安警认为她经纪人是头号嫌疑人，调查了一阵，没什么下文。"

"是他杀？"

"不确定，怀疑他杀的原因是，口服镇静剂过量，胃里却没有任何药品残余，推测是直接注射的，他杀的话，注射来得更方便，但如果是自杀，自己给自己注射也不是不可以。治安警怀疑经纪人的更重要原因是他的口供老是颠三倒四，难以自圆其说。"

"怎么个颠三倒……"唐忧没把疑问说完整，已经恍然大悟，"哦！和我们爆炸案嫌疑人一样吗？"

"对，否认一些自己有影像记录的行为，时而失忆，做了精神鉴定并没有问题。当时……都觉得是犯罪分子撒谎，现在回想起来，很符合你认为的大脑控制现象。"

"当时一点没往这方面想吗？"

"没有，治安局和我们各办各的案，治安局查经纪人，我们查红袍人还有面具图腾，往意识形态那条线走了。"

"面具图腾又是什么？"

"申灵有个现实中的兴趣爱好，是木雕刻印，我们在她的作品中发现了大量面具图腾，这种形状……"离岛从文件夹中调出图像推送给唐忱，"这又牵涉四年前一桩旧案，说来话长。反正因为四年前一个死者的图库里出现过这个图案，但那位死者与申灵在生活中完全不认识，他们的共同点是都与红袍人接触过，所以我当时对这个案件的推测是，他们属于同一个没有登记在册的组织，而红袍人可能是传教者。"

"啊？什么面具？这不是黑山羊吗？"

"呃……"离岛不明所以，"什么是'黑山羊'？"

"这就是山羊啊。你没见过山羊吗？"唐忱着急得手舞足蹈。

"我知道山羊，可这图案长得和山羊……"离岛看见唐忱投屏在自己面前的黑山羊图片，直接爆了句粗口，"还真有长这样的动物啊！我们时刻局的AI给我在那儿分析'猫的眼睛''狗的耳朵''骆驼的脸''头戴菱角'组合起来象征什么……"

唐忱认真转换角度看照片："刻印是平面图，正面看确实有点像小菱角。"

7号忍俊不禁："你是不是做人不行，得罪你们局AI了啊？"

离岛心态有点崩，撑着脸不说话了。

唐忱安慰他："没事没事，我们办案也经常像这样跑偏。"

"那可能和四年前的案子都彻底没关系了，那个死者是做游戏的程序员，她不负责角色形象设计，但在建模库里留下很多这种平面图，当时也是个很吸睛的怪现象，现在人家只是随手画画山羊……唉，说多了都是泪，去年我几乎一整年都在查这些。"

"但去年这个案子，我觉得和守夜人倒是有可能存在关联，这个申灵……"唐忱粗略地扫视系统中搜索到的公开信息，"也是很有争议的公众人物，经纪人同时也是她男友，这么老的男友吗？然后，也出现了上头和失忆症状，值得追一追这条线。申灵这案子就不了了之啦？"

"治安局没有证据，我们这边呢，其实对个别人死不死不太关注，主要是追跨时空作案，要不是看你精神不好，你的卢敏死不死本来也不关我事。"

有没有点社会责任感啊？唐忱暗自"吐槽"，用视线打开警用系统，在其中搜索案卷："这个案件办案指挥官是，椰瓦，哦，她升职去部里了。那只能找调查员……"

"这案子没有调查员，从来没见过。"离岛插嘴。

案卷显示——

逗我玩呢？

唐忱微怔几秒，不动声色地抬头对离岛笑笑："有调查员，不难找，我需要先研究一下手上的资料，周末开派对你也来吧，我们可以再对一对手头信息。"

送走了离岛，唐忱皮笑肉不笑地瞪着7号："有合理的解释吗？你自己办的案子，你像个领导一样坐一边听个半天，你什么意思？"

7号嬉皮笑脸，做个噤声的手势，飞快地把她拖出治安局："我也是听见椰瓦的名字才知道是我的案子。不好意思，去年我上班有点摸鱼。"

"摸的是鲸鲨吗？对案子一点印象都没有？该不会你被守夜人上头了吧？"

"不不不。"7号笑着解释，"我那时候发现自己记忆全是伪造的，在查你呢。"

"查……真好意思说哦。"

"实话实说。我没什么心思上班，然后椰瓦，她比较独断专行，不喜欢身边有调查员跟着，所以我们有些私下交易，她去办她的案，我去找我的线索。其实现在提起来，这案件我记得一点，只不过当时，跟你一样，觉得'作死女明星嗑药过量'没意思，没太关注。"

"别扯我，我觉得没意思也不会摸鱼。"

"不过幸好，我备份了案件资料，以防被问到案情时答不上来。我现在99%确定这案子和守夜人脱不了干系。"7号拽拽她，示意边走边说。

"怎么呢？"

"你的记忆一点都没错，在我的备份里，申灵是童星出身。她六岁时拍过可口可乐广告。但现在她不是童星，六岁也没有拍过广告，而在十八岁演偶像剧成名后拍过百事可乐广告。这种改动对她本人来说太大了，她不可能是边缘人物。"

[20] 保守

重整旗鼓回到陈思雯身边，莱雅已经做足了心理建设。

虽然她降临在其他时空多数时候利用的是男性身体，但她总是操控得不太熟练。她觉得如果自己像唐忱那么体格健壮也许就不会为这种问题烦恼。唐忱看上去好像了解人体每一块肌肉的想法，当她的大脑发出一道电流，肌肉们就齐心为它卖命，他们是好朋友。

莱雅很遗憾自己从小到大所有锻炼就集中在脑力上了，不知道船到桥头能不能直。

她装模作样翻查着自己的手机，对陈思雯抛出早已预备好的提议："周五下午没课，我们出去看电影吧。"

陈思雯积极响应："好啊好啊，最近有什么好片？"

"不知道，你可以做做功课挑你喜欢的，我什么题材都不挑。不过去人群密集的电影院不仅要隔位就座，而且也容易传播病毒，现在有种私人影院非常适合情侣观看，你想不想试一试？"

"只有我们两个人在一个房间吗？"

"对。"莱雅把手机转过去给她看了几个主题房间，"还有床，可以躺着看。"

陈思雯不傻，脸上泛起了红晕，一个男生邀请一个女生去有床的小房间看电影，这信号再明显不过。

但出人意料，她忸怩起来："看电影是没问题，不过我出生在家教很严格的家庭，我妈妈要求我晚上十点之前要回到寝室给她报平安。"

"哦，这么严格。"

"另外就是，我是拒绝婚前性行为者，你没有意见吧？"陈思雯尴尬地挤出一个微笑。

拜托，你在别的时间线可是插足了已婚系主任家庭还未婚先孕的哦，虽然我改剧情操作有点突兀，但只帮你改了个社团，怎么还能连贞操观一起改了？有些孕是只能在广播剧社怀不能在旅游协会怀吗？

莱雅努力扯起男人的嘴角，摆出正直、绅士的姿态："那正好，我也是。"

"真的吗？"陈思雯长吁一口气，发自内心地高兴。

"真的。"莱雅还乐得不用做不擅长的体力劳动，"但看电影是没问题的吧？"

"当然。"

"不过，电影时间很长，看完再走回学校可能超过十点，我觉得你还是在到点前提前给妈妈报备比较稳妥。"

"嗯……"潜台词是要她实际在外留到十点以后，陈思雯有点迟疑。

"放心吧，即使你不说，我也不会违背女生意愿做她们不喜欢的事。"

莱雅凭借自己英俊阳光的外表和直率爽快的表态赢得了陈思雯的信任。

"嗯！那我们周五下午三点在寝室楼下碰面吧，我会做好电影功课。"她眨眨眼，对这次约会充满了期待。

太好骗了，莱雅心想。

她现在甚至认为，陈思雯和系主任那段不伦恋情的开端看起来也非常可疑，陈思雯出身保守家庭，但是她对学校里的老师可能是无限信任的，一开始不太情愿开始关系，也可能在日后被男人以师长的身份哄骗。

约会很顺利，陈思雯沉浸在电影情节中，对莱雅递过去掺了安眠药的饮料没有丝毫戒备，在给母亲报过虚假平安后，她把自己犯困的原因归咎于电影节奏不佳。

"没关系，你先睡一会儿吧，如果你睡得太晚，我送你到寝室楼下。"莱雅做出体贴男友的姿态，帮她把靠垫放倒，调解了适合睡眠的室内温度。

等她的呼吸趋于平缓后，莱雅戴上耳机，取过她的手机，开始探索她的内心世界。

首先打开微信，这个年代的主流社交平台。

人们习惯于在朋友圈中发布照片展示自己的日常生活。陈思雯喜欢发班级和旅游协会的集体照而不是手机前置摄像头自拍，集体照中的她通常不爱看镜头，营造出自然的氛围，其实她本人的形象也经过了细致的修图。

她很注重自我形象，希望自己在别人印象中是个"集体中的美女"，人缘好、外向而且美貌。

莱雅认同前两点，至于第三点，她的长相身材在平均线上一点，审美见仁见智，生活中的朋友出于客气时常会夸一夸她。

往前翻几年可以看到，陈思雯在整个高中阶段都比较胖，目测比现在重七十到八十斤，可能是学习压力和发育激素使然，那时她很少发自己的照片。再往前追溯，她初中时发照片的频率又恢复了，身材也回归正常。

这段体重不受控制的时光在女孩敏感内心留下的阴影，将来可能成为她与韩梦麟的友谊基础。

微信朋友圈中所能获得的信息只有这些，她塑造的自我形象与莱雅平时在学校见到的一致。父母偶尔也会点赞她的动态。

她的父亲在一个地级市的法院做书记员，有正式编制，但也许没有通过司法考试，所以没能成为法官。母亲开了个小得转不开身的卖衣服店面，只做附近中年妇女熟人生意，利润有限。家住两室一厅，没有别的孩子。很平凡的家庭，经济条件一般。

她妈妈也比较爱发朋友圈，娘家有姐妹，母亲健在，关系比较亲近，很以陈思雯为傲，这是当然，莱雅觉得她以这样的家庭条件考学进入前十的高等学府非常值得敬佩。她爸爸只是偶尔转发一些时事评论。

陈思雯是个普通家庭、循规蹈矩的女孩，看她的微信总体印象如此。

打开微博却是另一番天地，她的默认登录账号有一万四千粉丝，是个广播剧超级话题的活跃分子，每条产出内容都有几十人积极回应。

莱雅翻了翻她产出的内容，基本上都是小众圈层的小段子。

耳机里传来桑达困惑不解的声音："陈思雯，难道是异类吗？"

"不是，这正印证了她说的'家教严格'不是谎言，来自极端保守家庭的女生反而容易迷上消费小众圈层的虚构作品。这样的家庭热爱把女性天然的情欲异化成'羞耻的秘密'，视两性关系为洪水猛兽，这种家庭出身的女孩在青春期性觉醒后会陷入认知与事实相悖的矛盾。通过置之度外地观看这些内容，她们才得以实现对'性'的欣赏，非代入性体验保护了她们给自己强加的贞操带，同时确保她们有效避开来自外部的荡妇羞辱。"

桑达一知半解："她的父母为什么要这样驯化她呢？"

"本身家庭经济基础一般，父母给不了她太多支持只能给她压力，必须逼她专心学习免受干扰，一心埋头苦读才有可能出人头地。陈思雯作为独生女，应该是有一定承担家庭责任压力的。另一方面，父母一辈子生活在小地方，整体环境保守压抑，本身思想就比较传统，不可能在这方面产生什么标新立异的念头。"

"可怜人，幸好我没有父母。"桑达发表了他的乐观主义感想，"其实我觉得她这么热爱这个小众圈子也有虚荣心方面的因素，她很擅长这个，得到很多人追捧，这在她现实生活中不容易获得。"

莱雅点点头："这增添了她每天的生活热情，而且在网络上获得关注对她来说是安全的，她非常聪明。从小地方来到大城市，和同学比起来有些自信不足，她也不敢在现实中大出风头，害怕露怯。"

她操作手机退出账号，登入陈思雯的另一个微博账号，这个账号最近一条内容发布时间已经是四年前了，只有一句话。

"还是好想死啊。"

没有人回复她。

莱雅心里一惊，手上的动作滞了滞，十五岁的女孩为什么要发出这种感慨？

她继续向下滑屏，前一条也只有一句话"我该怎么做才能灭了你呢"，看来十五岁的陈思雯不太会使用标点符号，再往下几条是：

"姐妹们那个女人什么也不是她只是个黏上哥哥的臭虫哥哥的事业是我们一点一点打下来的她只想毁了哥哥。"

"哭了四个小时了。"

以下省略一百多条，可以看出这位追星失败姑娘的思想转变，在"想灭人"和"好想死"之间反复摇摆了二十次。最后人是没有灭，死是没有死，退网了。

在她开始情绪崩溃的前几条下面回复她的其他粉丝还不少，一派抱团取暖的气氛。

再往前翻，就是正常的每日追星夸夸微博。

桑达被这阵仗吓了一跳："啊，我不是没见过丧心病狂的极端人类，不过她才十五岁啊，也太凶残了。"

粗话和咒骂是广场语言的主要构成类型，这倒不在莱雅担心的范围内，小女孩大放厥词，付诸实行的可能性几乎为零。

但是她情绪崩溃成这样也实在算不上正常。

她的现实生活可能糟透了。

莱雅叹了口气："十五岁看起来挺重要的，一个人恶意的下限很可能是由她最黑暗的经历决定的，我要不要去她十五岁试试？"

"不行！你去了可能有生命危险！"

她继续往前翻，这个明星她才追了大半年："我应该回到十四岁去。得搜索一下，在她的同级同学中找个漂亮女孩的身体，最好是万人迷的类型，如果万人迷女孩和她喜欢同一个明星，主动提出和她做朋友，应该很容易交心。"

桑达劝阻不了，只好哀怨地友情建议："还是要注意身体哦，今天已经加速过一次，就到这里吧。"

"当然，今天不会去了。我得把她先送回寝室，放她和这个男人在床上，谁知道我走后这个男人会做出什么。"莱雅淡然地把浏览记录一一消除，将手机放回她身边，最后一次扮演一个体贴男友，推了推她。

"思雯，醒一醒。"

[21] 伪善

唐忱认为，申灵案件值不值得投入精力，取决于它是不是守夜人连续作案的前序案件。所以当务之急，是深入了解她的经纪人当时出现的大脑被控制现象，现在有了不同思路，口供的真实性需要重新分析。

不过她不打算在第一时间与经纪人直接接触，常规做法是先从外围了解基本信息，在接触嫌疑人时才能对他隐瞒的部分有所警惕。

意外之喜，申灵住在市区公寓，大部分生活也在线上，线上生活都有数据记录，已经封存在案卷中。一同封存的还有大量改造家用机器人拍摄的模糊跟踪画面，有效记录了她的一部分现实生活。

美中不足的是，她最后死在现实中的床上而非安全舱中，否则自杀还是他杀的疑问就迎刃而解了。

唐忱和7号联系房屋管理系统取的案发现场的近期消息，得知公寓已做了彻底清洁重新分配给他人。她住的地段位置很好，周围商业发达。凶宅一般会让人望而却步，女明星的旧宅却另当别论。这么看来，现实中已经遗留不了证据。

两个人在治安局安全舱里待了六个小时，唐忱挑了她的虚拟住宅和周围环境调查，7号只能负责查看模糊的家用机录像，他出舱时脸色格外差，看起来就像马上要晕过去了。

唐忱笑着问："是不是看得眼瞎？"

他疲惫地摇摇头："能理解经纪人为什么要暗中监视她，她嗑药的频率实在太高了，只要身边没人，她就陷在药物作用里。他杀自杀看起来没什么区别，我敢说就算没人杀她，照这个自毁的节奏，她也肯定活不过五年。"

"注射吗？"

"用那种治哮喘的高压喷瓶。给你截了一段。"7号在漂白的木地板上席地而坐，把一段影像推给唐忧。

这台家用机为了节约算力和存储空间，除了降低拍摄画质，还消除了声音。于是无声画面像鬼影一样动起来，骨瘦如柴的女孩闯进卫生间，把门反锁，从化妆包里拿出一小袋粉色药片，从中取了两颗，急迫地用工具碾碎装进喷罐，接着坐在抽水马桶上，把喷罐伸进嘴里一按到底。她的身姿一点也不优美，像佝偻的山鬼，伸长了颈。

"这就是导致她用药过量死亡的那种药吗？"

"不，导致她死亡的是镇静剂。这种，椰瓦的报告里记录了，根据喷罐残余物质检验，主要是兴奋剂，致幻。"

唐忧回忆了一下："那和我去年被注射的那种类似，我记得自己变成过细胞、茶杯和八爪鱼。"

"难怪。八爪鱼，是挺难缠的。"他突然笑得暧昧。

"你正经点。"唐忧板着脸。

他正色继续说："女明星用的这种药倒也不是为了让生活增色，她有些非常扭曲的爱好。"

说着他又推了一截影像过来。

女孩穿过狭窄的通道，从墙上的巨幅画和头顶的全息投影来看像灯谜，人与人摩肩接踵，肌肉与肌肉、脂肪与脂肪交叠在一起，营造出一种热烘烘的气氛。她一直往前走，目标明确。

她在一个把自己的肌肉打磨得油光光的男人面前停下，拿出一些碎金给他。唐忧暂停下来数了数数量，觉得她不管买什么药品都给得太多了。

但是男人没有给她什么，他咧开嘴露出稀疏丑陋的牙齿，转身领她走了一段路，从刚才那把碎金中挑了三个给一个漂亮女人，从她标准的面孔可以辨认出是个仿生人。这两女一男离开拥挤的俱乐部，走在夜色中，在一个街区外一间挂满工具的仓库里，男人把仿生女人扎扎实实地绑起来，像冰冻猪肉那样高高挂着，主场让给申灵。她开始变着法换各种工具切割这具仿真人体。

仿生人没有痛觉，但视觉上的刺激过于强烈，残害人体也十分消耗体力。申灵就保持着那种一边笑骂无意义的粗话一边间歇性气喘、咳嗽的癫狂状态。

"这很矛盾。"唐忧关掉令人作呕的画面，冷静地分析，"申灵是一个'仿生人保护者'，甚至因为过度关爱仿生人受到不少攻击，说她作秀、虚伪。为什么私底下这么……"

"有没有可能她是真的虚伪？"

"如果我仇恨仿生人，这种心理又不太主流，我可以尽量避开讨论，特地在争议焦点上发表违心言论，偏要在自己'雷点'上蹦迪，这我不能理解。"

"的确反常，就算是经纪公司为了建立讨人喜欢的人设，也应该尽量挑选一些与本人接近的特质，以免穿帮。这样的影像一旦流出，对她的形象是毁灭性打击。经纪人不会不知道这个道理，我们看见的这段影像由家用机拍摄，经纪人想必也看过。"

"不过娱乐业早就是这么低估民众智商的，我们不也见过与人设正好相反的实例吗？荷善的前男友滥交劈腿，生前还一直对外宣称单身等爱。他们肆无忌惮，因为他们信任公关的力量。"唐忱摆出一副见怪不怪的麻木神色。

"椰瓦在报告里写受害人是个非常残暴的人。"7号被逗笑了，"椰瓦本人是我见过最残暴的人。她家开狐狸养殖场，她从小就做爸爸的帮手扒狐狸皮。一次我们在郊区执行任务时，她就地把报警人的小腿锯掉了。"

"报警人？"不是嫌疑人？唐忱以为自己听错了。

"她认为等医疗直升机到达，报警人可能就要瘫痪了，所以给他注射了足够的麻醉剂，以最快的速度锯掉了已感染的残肢。"

"那是为了救人。"

"场面和这个看起来大同小异。申灵给够了换新机体的钱，仿生人也感觉不到痛，这番操作之后其实对仿生人来说没什么影响，只是在残害的当下感觉令人难以忍受。"

申灵有可能是出于一种"拯救"的目的在残害仿生人吗？

唐忱换个思路，但此路不通。

她在网络上搜索申灵与仿生人的联系。申灵演过一个八集剧，讲述仿生人与人类的浪漫爱情故事，她演那个仿生人。

观众对这个剧集普遍评价不高，剧情是一些陈词滥调的堆砌，虽说是仿生人与人类的爱情故事，但没有任何体现现实中仿生人特点的情节，看起来完全是人类与人类的爱情故事。

不过所有吸引眼球的狗血成分搅拌在一起，人们很爱看，边看边骂，骂得最多的是申灵的演技，例如说她"做表情比仿生人还生疏""她演的不是仿生人而是家用机器人，因为一点也不仿生""仿生人看了她演戏决定停止对人类的学习"……

技术发展让演员可以随意变换形象，原生长相已经不是必要优势，顶多算一点人设上的额外加分项，就像高学历对演员来说有则加分没有也无伤大雅。演员们的核心竞争力是演技，所以像申灵这样演技不佳却依然能接到工作的演员已经不多了。

在已被修改的时间线上，她工作外的离谱言论让人很难无视她的存在。这个剧的宣传期，她认真在采访中说："我们应该尽早立法允许仿生人和人类结婚，与人类产生感情的仿生人应该享受与人类相同的权益，被分配住房面积、拥有登录MACRO生活娱乐的账号……"

主持人问："仿生人只有工作时间被供电，怎么会和人类产生感情呢？"

申灵瞪大她水灵灵的眼睛，愣了一秒，刚意识到现实与她演的剧不太一样，在她演的剧里，仿生人可是二十四小时都能随意满大街跑动的，在爱情故事中也不需要工作。

但她反应还算快，很快又露出从容的微笑："工作时有可能和工作对象产生感情吧。比如仿生人医生整天围着人类病人转，倾尽所能帮助他关心他，时间长了相爱的可能不是没有啊。仿生人记者为了专题报道，长期和人类专家合作，在工作中也有可能相爱呢。"

主持人问："可是他们怎么才能证明自己产生了感情呢？如果与人类产生感情就能带来这么多实际好处，在工作外被供电、有住房和身份，那可能很多仿生人都愿意装作产生了感情。"

"那为什么不相信他们呢？我觉得只要是愿意表达自己感情的仿生人，我们都应该相信他们、拥抱他们、支持他们鼓起勇气迈进新生活。"

任何一个智力正常的人都会对她这番"大爱"言论感到困惑。

我们要相信仿生人，拥抱每一个自称爱人的仿生人，后果只有一个，就是全体仿生人获得与人类相同的权益、占有比人类更多的资源，资源紧缺的情况下，第四次世界大战又要开始了。

主持人比较稳重，虽然看表情对她的无知发言深深无语，但避过了"仿生人是被奴役群体"这个敏感话题，另起炉灶："可是我们又怎么能分辨这种婚姻是否存在利益交换呢？只要电源不断，仿生人对比人类有绝对的体力优势，怎么能证明和一个仿生人登记结婚的人类不是被胁迫的呢？"

"怎么会是被胁迫的呢？没有人不会爱上仿生人吧，他们有完美的外貌。我敢说如果技术条件允许，那些反对自然生育的女人会前赴后继地跑来给仿生人生孩子呢。"

就因为这几句话，她占据了MACRO热度榜第一位三天。

一起上榜的还有她演的剧集，挨骂的是演员不是剧集，剧集反而因为知名度升高又增加了不少观看量，片方大概喜出望外。

在此之后，申灵又迅速接到了两个工作邀请，都是女主角，直到她去世的那天也没有失业。

杀害她的人是对她这些愚蠢言论有意见吗？似乎未必。在守夜人修改后的时间线上，她也没少说几句蠢话，区别是她并没有在剧集宣传期说。

[22] 提线木偶

在守夜人修改时间线之前，申灵在智商方面其实体现出远超娱乐业均线的水平。她五岁时出演国民度极高的娱乐综艺为人所熟知，几乎是人们"看着长大的女孩"。

在五六岁时，她在节目中就妙语频出，虽然综艺有剧本但不会细致到每句台词，她比节目中其他孩子明显争取到了更多出镜机会。在其他孩子偏好与同龄人三五成群时，她已经懂得多与节目中有人气的成年人偶像互动。

即使在她后来翻红时，还会有人往前追溯，当时就有对她"太成熟老练"的抨击声，不过这时，批评的风向变了，大家说的是"小时候还挺成熟老练，怎么长大反而脑子被狗吃了"。

到了十九岁，申灵忽然变得情商堪忧，口不择言。

很多人认为是盛名毁人、江郎才尽。关于她嗑药伤脑的传闻其实一直没有断过。

但也有人认为她依然是那个聪明女孩，万物互联网中想要成为热点，靠优秀反而很难，发表一些与主流三观相悖的言论是最简单有效的做法。

申灵也经历过一个低谷期，在成名十年的阶段，她有两年左右的时间没露面，再次出现在公众面前是在一次虚拟服饰品牌活动中，突然地转型了，形象彻底褪去孩子气，然后就开始接拍爱情主题的轻喜偶像剧，相关新闻说她签了新的经纪公司。

唐忱在MACRO系统中向宇辰的经纪人发起语音通话打听她，想了解一点行业内幕。

宇辰的经纪人十分配合，言辞中对这女孩还有几分惋惜："申灵就是起点太差，作为艺人还是很不错的，可惜了。"

"五岁就成名了，还算起点差？"

"五岁？"经纪人愣了愣，"成名了吗？那我不太了解。"

唐忱意识到自己搞错时间线了，现在的申灵是十七岁成名的。

经纪人没太在意，以为她说的"成名"是指在某个小舞台上有过表演机会那种，继续往下说："起点不是指成名早晚，是说她出身普通家庭，父母都是普通人，也就是靠上了余力这棵不算大的树，余力父母是从前宣传部门的，资源能给到一点，不过余力本人的运营能力实在太一般，脑袋思路不行。"

唐忱回想在修改前时间线上的申灵，虽然五岁成名了，但好像父母是汽修行业，自从民用汽车不让进市区，行业没落后家里经济条件也差，他们对娱乐业缺乏基本了解，很多事情都只是以赚钱为目的顺其自然，靠女孩自己碰壁后吸取教训获得经验，可以说没有任何职业规划。记忆中她什么五花八门的工作都接，常被"吐槽"吃相难看，十五岁不见踪影可能就是因为没有资源。

"艺人的父母……作用有那么重要吗？"

"在什么行业起点不重要啊？近三十年娱乐业都没听说过有草根走在街上被星探挖掘的彩票故事了。要成名就得靠父母，要么父母本身就是从业人员，人脉和经验直接能支撑下一代早入行早规划；要么就得凭雄厚的经济实力铺路，不了解行业不要紧，钱总是万能的嘛。"

"难怪要用AI承担一部分工作。"

经纪人在虚拟形象背后大笑："AI确实能让我们工作省力一点，在成熟的娱乐业中，艺人的本质就是提线木偶，他们的发展完全是团队智慧的结晶。AI在执行过程中绝对不会出岔子，人嘛，难免会有执行不到位的地方。不过申灵这种是例外，她的热点敏感度很高，这样的人在团队里不管处于什么位置，哪怕只是个策划，都有可遇不可求的造星能力，所以我说余力没水平不是冤枉他。"

唐忱对比申灵在五岁成名时间线上的表现，她在家庭给不了支持的情况下，完全凭自身在娱乐业打拼了十年，爱她的人很爱，讨厌她的很讨厌，但她的存在感一直很强。

离开前，宇辰的经纪人还在惋惜："可惜了，如果申灵签给我，她肯定能再上一个台阶。"

但唐忱是见识过她"再上一个台阶"那种状态的，在修改前的时间线上，申灵的"咖位"要比现在高，大概因为她每次胡言乱语都正好在作品宣传期，带来了经济和名气上的实际收益。

而眼下，申灵的胡言乱语没有发挥最大作用，在热度榜上偶尔冒一次头，没有营销支撑，很快就被新热度取代，不过起到了提醒大家还有她这么一号蠢演员的作用。

"为什么余力在这条线上不太捧她？是不是因为嗑药？'咖位'越高越容易被监督，她这性格还特别引人注目，不如闷声赚钱？"7号问唐忱。

"可她在过去的时间线坏事没少做，截至死亡时间，也没有败露。守夜人为了这个修改剧情不太可能。"

"你觉得两条线上最大的区别是什么？"

"提线木偶。五岁成名的申灵在遇见职业经纪人余力之前，就已经有非常个性化的成长路线和个人标签。虽然经纪人给她规划了与小时候不同的路线，但成功的基础恐怕还是人们对曾经那个童星的好感。她不是现在娱乐业流水线批量生产的傀儡艺人。"

7号试着进一步理清思路："守夜人的操作，抹去了她的个人特色，通过……"

"阻止她参加成名的综艺。这件事发生在她五岁时，而我们知道只有改变过去能够影响未来、改变未来不能影响过去，所以，余力可以靠边站了。"

"他可能是被守夜人操控的最终凶手。"7号提醒道。

"对，但他无论怎么被操控都阻止不了申灵在五岁参加综艺成名。既然在守夜人眼里五岁的事最重要，那我们也应该聚焦到她五岁时。"

虽然确定了方向，可是能利用的资料急剧缩减。

7号有点头疼。

"五岁成名已经是不存在的事了，能从卷宗里获得她小时候的细节太少。而你——"他无奈道，"差不多和她同龄，五岁时的综艺也几乎不记得了吧？"

唐忱摇摇头，表示遗憾："如果我们在时间线修改之前收集信息，也许我妈妈会有印象，那种综艺的主要收视人群倒不是小朋友，而是家里已经有同龄小朋友的妈妈和女大学生。小朋友妈妈一开始就是冲着孩子去的。大学女生很多是偶像男明星的粉丝，主要奔着偶像去，看见了同框的可爱人类幼崽也会母爱泛滥，现在回想起来，那时候媒体有提高生育率的任务。"

他笑起来："你又阴谋论了，好像什么东西出现都非得带个任务。"

"你自己查查往后两三年的生育率嘛。"唐忱不以为然地挑眉。

他查了，果然有涨幅："好像是。"

"并不是'什么东西出现都非得带个任务'，而是'什么东西大规模流行'，就只有两种原因：宣传任务或者资本入局。想要在信息流海洋中被广泛注意到，最起码得是一座灯塔，一个人一叶扁舟光凭运气是不能被大多数人看见的。"

7号弯起眼睛注视她："赞同你的观点，不过你哪儿来这么多深刻感悟啊？"

"我妈妈说的，她劝我不要进入娱乐业。"

"你有过这种念头？"

"青春期都会有吧，娱乐圈赚钱多轻松啊，到处是年轻帅哥美女，只要动动嘴皮子摆摆pose（姿势）就名利双收，比起天天上班舒服多了，觉得自己条件还不差的青少年谁没有做过梦。我产生这个念头的时候你还赞成呢。"

他笑得更深一点："我要是不赞成，你是不是就不给我充电了？"

唐忱嫣然一笑，避而不答，把话题扯回案子上："总之，我稍微有点印象，长大后也知道这段历史，那两年半时间里，这种综艺一下子像雨后春笋一样冒出来。"

"就为了生育率？"

"不完全。偶像明星们重新找到了一个绝对安全领域，和小朋友们做做游戏任务完成公益目标，天然就成了爱心正能量人设，让社会上抨击流行文化没营养的人闭了嘴，还有提高生育率的社会效益，这类节目宛如现代社会净化心灵的田园诗。"

"听起来确实比现在这些丑态毕现博出位的好，百利无一害。"

"不过那些小朋友倒不能算受益方，现在看来更像彰显大家爱心的工具人，绝大多数都没了声音，也就申灵参加的那个节目特别火，她是小朋友中唯一真正成了童星进了演艺圈的人。"

"不过现在……"7号从虚空中的网络搜索结果投屏上移开视线，看向唐忱，"申灵缺席的那个节目平平无奇，并没有什么声量。这节目热度最高的时间，反而是在节目结束播放三年后，因为其中某个小明星的负面新闻被翻出来讨论，但也没多高，因为明星本身不算顶流。"

"所以，我是不是可以理解为，并不是这节目成就了申灵，而是申灵成就了这个节目？"

这只是唐忧的猜测。他无法这么武断地肯定她的想法，同样也不能断然否定。申灵没有参加的节目，知名度就一落千丈，是事实。

"最棘手的是，申灵究竟在这个综艺中发挥了什么作用现在已经无法证实，所有对这事有记忆的人都已经被消除了这部分记忆。"

"但我们可能还有不止一个目击证人。"唐忧的目光忽然变得熠熠生辉，重新投出7号发给她的第二段影像，拉动进度定格到被绑起来的漂亮女人，"付钱残害你又给你换个新身体的人类很多吗？不会吧。这说不定能成为他们的永久记忆。你看过的影像中，一共出现了几个仿生人？"

"十二个。"

"还挺……多。"明白他为什么脸色那么惨白了。

"你别逼我回头再看一遍。"

唐忧以退为进，挠挠头："那，只能我自己看了。"

"还是我看吧。"

[23] 灯谜

灯谜在举行成立十周年的店庆活动，客流量是平时的四倍，整座建筑失去了往日的神秘感，被打扮成讨好女人欢心的彩色充气城堡，虽然结构没有变，效果却像九色鹿一回头，砰一声变成小马宝莉。

唐忧在对街的流动小摊买了两串烤鸡腿肉和一次性纸杯装的啤酒。

摊主戴着小手鼓形状的白色帽子，用日文翻中文插件和她闲聊："你是不是第一次来灯谜？这身打扮进去看起来有点像保安。"

他说的是治安警全身黑的作战训练服。

唐忧听取建议，用全息投影换了身装备，粉色长发粉内衣，改良超短黑旗袍和黑色网袜，腰间绽开海棠花枝，大腿上黑束带挂着银色史密斯威森（手枪）。

摊主笑着吹了声口哨，有点对先前低估她感到抱歉。

7号眼神发直，双唇抿成一条细线，不想在这方面给她鼓励。

唐忧把那个肌肉油光光男人的影像推给摊主看："见过这个人吗？"

"你找Pimm干什么？"摊主问，脸上是饶有兴趣的表情。

唐忧不想透露太多额外信息："他欠我钱。"

摊主稍稍收敛笑容，贼溜溜的眼神在7号和唐忧之间扫了一个来回，揣摩着他们的关系，误以为这是一场感情纠纷："小妹妹，劝你多一事不如少一事。Pimm生意做这么大，不是没来头的小喽啰。本来嘛，男朋友在外面乱搞，也怪不到中间人头上，教育不好就换一个，没必要为这种事去招惹Pimm那种人。"

Pimm是个有保护伞的皮条客。

唐忱听懂他的意思，漫不经心地咬着鸡肉说："我今天非得找他。"

摊主不太执着，没再劝，又看一眼7号，问唐忱："他不是找过吗？他知道路子啊。"

唐忱摇摇头："他不知道，他只是我保镖。"

摊主转转眼睛："还真是欠钱啊？"

"嗯。"

"第一次就有点难办了，除非有担保人，我不知道Pimm会不会见生客。你可以让他试试。"指的是7号，"到四楼西侧楼梯黄气球下抽一支烟。会有人来给他带路。"

"我不行吗？"

摊主乐了："应该不行，你看着不像客户。"

唐忱把纸杯里的啤酒一饮而尽，挥挥竹签，示意7号进去办正事。

今天运气不好，在门口被灯谜的保安拦住："枪不能带进去。"

"之前我们也带进去过。"

仿生人保安咧嘴笑道："那你是和药罐子一伙的吧，你有担保人的时候，带枪当然没问题。"

"担保什么？"

"担保守规矩。"

"谁定的规矩？"

"这里的规矩。有些人嗑疯了开枪乱射，药罐子担保的人，他们负责。"

唐忱开了个私聊窗口，把证件给他发过去："治安警。"

"治安警也不行，除非你们有搜查证。但我猜，你们也是来消遣的对不对？"保安笑眯眯取来个小铁盒，"放这里。离开时到后门取。"

唐忱从腿上拆下枪套连带枪一起放进去，7号也卸了他的警用枪放在里面。

保安把盒子锁上，钥匙递给唐忱："这个你保管。"

她接过钥匙，一只腿迈进门去，却听身后仿生人保安的声音再次传来："你不能进。"

唐忱回过头，看见保安的手掌抵在7号胸口。

"为什么？"

"因为他在黑名单上。"保安移动眼球，双眼无神地读着系统数据。

唐忱眯起眼，一边从口袋里掏出钢制露指手套戴上右手，一边轻描淡写地问：

"哦，能看见是因为什么上的黑名单吗？"

"这里只写了'潜在威胁'。"

唐忱一拳抡在他眼周处理器密集的区域，仿生人保安脸上瞬间出现一种空白的表情，因为电线短路。

没等他喘过一口气，三记暴击又砸在他后脑中心处理器的位置，一堆变了形的接口和卡槽从仿生皮肤下暴露出来，程序错乱了。

唐忱揪着领口把他踢倒，从身后用左臂压住他绞了十秒。

速战速决，全程没发出多余的声音，门里的其他保安对此一无所知。

该庆幸他是个仿生人，只是因此暂时停机，如果是个人，已经可以去天上报到了。

唐忱抠出他脑后的储存芯片，一抬头，视线正对上后面排队等入场的一串人，人人望着她，脸上呈现一种空白表情。

她把食指靠在嘴唇前做个噤声的手势。

排队群众纷纷会意，拼命点头。

她把装枪的铁盒打开拿回枪，手套和储存卡塞回口袋，整理了一下全息的头发进了门，压低声和他讨论："你为什么会上黑名单？"

"是不是青杆，因为跟我们合作被绑，怀恨在心了？"

"那我应该也在黑名单上。"

她说得有道理，7号也毫无头绪，只好耸耸肩。

此事暂搁一边。

两人艰难穿梭在昏暗拥挤的店里，上到四楼，花了点时间。为免引起不必要的怀疑，唐忱在距离黄气球五米远的走廊轻轻找个角落站好，装作与7号不认识。他独自去抽那根烟。

烟刚点上，系统里推送了一条安全警示通知，提醒有危险分子攻击门口保安潜入了灯谜俱乐部，请大家小心持有武器者。

应该是俱乐部围内每个人都收到了。

保安苏醒得很快，不过他丢了储存器没了记忆，一时也指证不出谁袭击了他，还有点时间。

抽烟的同时，他的视线像老式摇头电风扇以固定频率扫向唐忱，她趴在栏杆上背对他，全身紧得像一张弓，彩虹色像素泡泡如同车轮在她的黑色旗袍上碾来碾去，看着看着，让人有点口干舌燥。

有个男人走近她，斜靠在她旁边的栏杆和她说话，她没有马上赶走他，大概想借他打发时间。

一支烟接近尾声，有个女仿生人冒出来莞尔一笑，往7号手里塞了根薄薄的磁条，他垂眼去看，边缘刻着字，"清菜"，等他抬头想问清含义，那女人已经混入

109

了人群。

7号往前跟了几步，眼见追不到了。

唐忱注意到这边的动静，把搭讪男打发了跟过来："怎么了？"

"我想是流程变了，烧烤摊老板还不知道。没有人给我们领路，这个——"他举起磁条给唐忱看，"像钥匙。"

"没错。"她回头指着来路，"我刚才看见一个包间高光上亮着'丹佛'。"

"找找。"他把手搭在她背上推了推，示意往前走。

霓虹灯光晃得人有点头晕，颜色更替太快，像魔术师在洗牌。她走路时眼不太聚焦，对危险的预感却很敏锐，暗处浮出一张男孩的脸又隐没回去，那孩子看起来十五六岁，眼神里的狠辣似狼，大半张脸的电路板和晶体管直接暴露在外，没有皮肤遮挡。

男孩脸消失的地方，一双眼睛还隐约留在那里，银光一闪。

她停下脚步，下意识抬手挡了一下。

银色箭头穿进又穿出她的左手手掌，转速减慢一点，但前进的方向没变，擦着她的脸颊过去，被7号抬手抓住。

男孩带着他一闪而过的箭枪彻底逃进暗处，唐忱把枪收回腿上。

7号想去追，被她拽住："分清主次。"

"那小孩破得很，不像灯谜的保安。"

"对，所以我们应该还没暴露。"

7号边走边捞起她被穿透的左手掌，左看右看，漏了些电流液，仿肌肉组织从伤口暴露出来："活动一下，有问题吗？"

她攥拳松拳两次："暂时没有。这箭好厉害。"

他把箭交到她右手里："看着像仿生人自制的武器。"

箭杆上有一个狼头。

"鬣狼。他也太小心眼了吧，虽然我朝他开了一枪，但我救了他女朋友啊！"唐忱不爽地嚷嚷。

"但他女朋友被格式化了，现在对他来说是陌生人。"7号提醒道。

"谁让她是毒贩呢……"

"没说你做得不对。只是更要提高警惕，鬣狼现在和你是个人恩怨，看起来他不想给尼娜面子了。"7号停下来，抬抬下巴示意包间的高光处，"到了。"

两人以同样的动作拔出枪，同步深呼吸一次，7号用磁条刷开门禁，唐忱进入后以最快速度辨认出Pimm，用枪口指住他的脑袋。

皮条客笑着举起双手做投降状："哇哦，这是干什么？"

散落在宽广沙发上的男男女女纷纷站起来，但是不知道该怎么应对，只是呆呆地袖手旁观。

唐忱想了想，这些人虽然不重要，但出门可能马上就会去搬来保安救兵。

她走近一点，对Pimm说："叫他们靠墙站。我们要谈点事。"

Pimm见她拿枪的姿势专业，只好照办。

唐忱不想调用视线离开狡猾的罪犯，选择用左手操作系统。

Pimm看见她掌上的洞，把她当成仿生人了："你是第二代？可为什么这么真？你是谁的人？平时在哪个俱乐部？"

唐忱懒得理他，调出十二个仿生女人的截图推到他眼前："我要找这十二个人，问她们一些事。"

Pimm一张张图像看过去，看到第五六个就没了耐心："这些人不是我这里的。"

唐忱用枪口戳戳他的脑袋："看清楚，换过身体。"

Pimm得了提点，忽然聪明起来："哦，你要找她们干什么？"

"申灵。"她说出关键词，同时把治安警证件推送给他。

Pimm的脸色微微变化，但很快又笑起来："那我有什么好处？"

这就是唐忱的知识盲区了，她回头看看7号。

7号扔了一个黑山羊刻印的图像投屏过来："申灵的遗物，拍卖平台炒到十万通用币一张。你要通用币还是换成贵金属？"

"我要两张。"Pimm说。

唐忱手上使了点劲，把他脑袋都给戳歪了："我看你要脑袋开花。"

"行行行，一张就一张。"Pimm迅速滑跪，"3局怎么老这么暴力执法。Cindy！你和他们说说申灵吧。"

唐忱顺着Pimm的视线看向那个叫Cindy的女人。

女人紧贴着墙没动，目光蓄着抵触情绪，半晌，憋出一句低声的嗫嚅："你们不要再给她泼脏水了。"

"啊？啥？"唐忱被她弄蒙了，眉毛皱起来。

"人都已经死了，不要再伤害她了。"Cindy把脸别向一边。

唐忱与7号对视一眼。

仿生人也能得斯德哥尔摩综合征？

[24] 专业人士

唐忱稍做冷静，尝试用矛盾之处碰撞Cindy的证言："从我们掌握的事实来看，是她在伤害你们。"

"你是指她破坏我们的机体？但我们的机体本来就是用来破坏的，每位客人都是如此，他们给的钱足够换新机体。申灵付的钱绰绰有余，她是一位很好的客人。"

仿生人没有痛觉，这就是关键所在。

他们换机体就像人类换件衣服一样轻松，有人付好几倍的价钱撕毁你一件衣服，虽然听起来是有点诡异，但很多人可能也乐于交易。

唐忱还有点想不通的是，究竟是什么客人在为这种黑色交易买单？

她把注意力移回Pimm身上："说说你们的生意模式。"

Pimm咧嘴笑，露出一口烂牙："说来话长了，能不能先把枪放下？一直举着也累吧。"

唐忱暂且把枪放下，她看见Pimm身边没带武器，一目了然，他几乎没穿什么衣服，想必这身肌肉价格不菲，不时时刻刻炫耀他难受。

但是说实话，这些肌肉仿得不够真，不是植入手术的问题，手术完美得连一条细疤都没留，只是肌肉与肌肉连接处缺乏平滑的过渡，突兀的暴起、突兀的收缩，和自己练出来的漂亮线条还是存在肉眼可见的差异。

唐忱很好奇，有钱做肌肉整形，他为什么不先去整整牙。

Pimm点起了雪茄，把桌上的烟灰缸拉近一点："工业仿生人，企业订单三百万通用币一个，用三年就得报废分解，不觉得挺浪费吗？很多机体虽然负荷不了工作任务，但外观看起来还有八成新，应付一些普通活动没什么问题。客户有这个需求，我又是个环保主义者。"

唐忱绷着脸没有笑："回收一个旧机体多少钱？"

"商业机密，不方便透露。反正机体不难找，能干得了这行的女孩不多。"Pimm用擎烟的手指指Cindy，"她们说不定演技比申灵还好。毕竟一点感觉没有，要演得让客户心里爽到，技术含量不低的。"

"所以你们，就是赚这份专业度的钱？"

Pimm再次露齿笑，唐忱才看清那不是烂牙，牙齿底色甚至还漂白过，每颗牙上都是用特殊黑色墨水画的小图案，看起来像埃及人墙壁上刻的象征符号。

竟然有人这么努力打扮却依然这么难看，也是一种奇观。

"更重要的是安全性。有钱人虽然玩得开，但也是惜命的。我这里能保证他们的安全。你在3局干，对河里漂的死尸不也司空见惯了吗？那帮搞艺术的穷鬼不走正规途径，只能是这种下场咯。"

"合着你还成了正规途径。"唐忱讽刺道。

Pimm情商不低，听出嘲讽，哈哈笑起来，大言不惭："我们人类，很脆弱的，赚大钱的没几个走正道，走邪路呢，心理压力就大，需要排遣一下，又不方便找别的人类排遣，别的人类从心灵到身体也脆弱。市场有这需求，我们把活做专业了，双赢，你说有什么错呢？相当于心理治疗师啊。"

"申灵的这十二个女人都健在吗？"

"当然啊。我不是说了吗？这活靠脑子，不可能随机体扔脑子的。不过你现在要十二个人，我找不齐，大部分出去工作了。"

"那你整理一下储存卡，回头给我送过来。"

Pimm朗声笑："这现实吗？有点阴暗小爱好的客人，谁愿意在治安局存档啊？"说着他脸沉下来，语气带了点威胁，"有些客人，光是名字你听了都会害怕。"

"那你把储存卡里和申灵有关的挑出来，给我送过来。"

Pimm诧异地呆住了，可能没有人听过威胁还敢使唤他打杂。

短暂的停顿后，他习惯性地发笑，慢吞吞吸了口雪茄，用"大人不记小人过"的宽容目光把她上下打量，气氛松弛了一点："你这小丫头，机体还不错，脑子不太好，听不懂人话。给我十万的东西，我回答几个问题，已经很给你面子了。给你整理这些？我又不是义警。"

"你不干，我这案子办不下去，接下去三个月就去回收站蹲点，看你的关系人有没有能耐从我眼皮底下运走一个机体。"唐忱漫不经心垂眼擦擦枪柄，枪口总指着Pimm晃，"三个月不开张，客人还记得你吗？"

她抬起眼，Pimm脸色已经不大好，又继续补刀："机体不难找，却是消耗品。谁脑子不好？分不清人和仿生人的才脑子不好。不好意思，我是人，在编的治安警，你动我一下试试。"

Pimm听她自称人，倏地皱起眉，还没想通手上的洞和工作在3局是怎么回事，急于找回场子："让你丢份工作怎么样？案子你也不用查了。"

唐忱用枪柄顺手砸他太阳穴，没怎么用力，不过挺疼的。

Pimm毫无心理准备，雪茄也没拿住，直接掉地上，他顾不上，瘫沙发上捂头骂脏话，不敢骂太大声，怕进一步激怒她。

"那你考虑清楚，我不查案子就来灯谜蹲点，见你一次揍你一次，当着你客户的面揍。"

Pimm腾地坐起来，恨得咬牙切齿，但到底是生意人，还是理智地收了收脾气："浑蛋！你有种给我等着啊！举手之劳，当我尽公民义务。"

"给你三天时间。"

"开什么玩笑！她们的记忆都是碎片你知道吗？"

"知道哦。"

Pimm又呆了一秒，快被她弄得没脾气了。

这时候有人在走廊申请语音通话。

唐忱懒得费口舌嘱咐什么，脚指头也知道Pimm不可能对外展示自己吃瘪的一面，只给他使个眼色，让他接语音。

Pimm一把火蹿到喉咙，一开口语气就不耐烦："什么事？"

"皮爷，俱乐部进了带枪的危险分子，徒手把门口保安脑袋打烂了，你这儿没什么事吧？"听着像灯谜的服务生。

"没有！滚蛋！"这家伙趁机把气撒服务生身上。

关闭了语音通话，Pimm也知道唐忧说要追着他打不是开玩笑，默默把悬在她头顶的名字记心里，翻着白眼问："就申灵的事，还有别的需求吗？"

"没了。"此地不宜久留，唐忧给7号使个眼神准备走。

"我是专业人士。"Pimm嬉皮笑脸，"有需求找我啊。"

还揽客呢，脸皮真厚。

她一边把枪放回枪套，一边强调时效："三天。"

三天后是星期五，给唐忧庆祝升职。

3局人跑光了，Pimm把储存卡送到地方，本来策划好了剧情要扳回一局，没想到空空荡荡只剩两个值班员，又被气了一回。

派对是羽纱张罗的，她没这方面天赋，随便搭了几个烧烤架动员大家自备食材搞自助。

7号不想暴露自己住的地方，另外找仿生人借了个三层楼有院子、很像样的场地，离集市比较近，半条街的摊主都收摊来玩，他们也算唐忧的朋友。

不光他们，因为在鱼钩那边买了几次酒，鱼钩也自认为是她朋友，来了三个人凑热闹。

院子里烟熏火燎，治安警和酒贩子帮派挤在一起，仿生人和人类挤在一起。还有那么几个1局的年轻女警，说起来也算以前同事，7号一点印象都没有，偷听她们聊天，得知是唐忧的警校同学。

不过那也被7号归在酒肉朋友一类了，唐忧大部分时间还是只和羽纱躲在角落嘀嘀咕咕。

陆羽纱对自己有意见，7号后来搞明白了，是因为抢了唐忧的功劳。他没这主观意愿，他都不是注册的指挥官，要功劳一点用没有。

这回行动要论功劳，平心而论，周违算是有亮点的。

但唐忧没管他，只给自己邀了功，按她的原话说"我问他了，他叫我别恶心他"，不知真的假的，反正客观上没让男人占到便宜，陆羽纱心里舒坦，又翻了篇跟她冰释前嫌，这两天给7号的脸色也好一点。

武松姗姗来迟，一脚跨进院子就开始向唐忧卖功劳："忧妹，你把皮爷得罪啦？他气得追到我家门口说要投诉你，让我给拦下来了。"

唐忧不屑地冷笑："他给得太多了吧，一个拉皮条的叫什么'爷'？"

"嘘，话可不能乱说。"武松神神道道把她从羽纱身边单独拉走，小声说，"你知道他什么来头吗？我们有一次查回收站，抓了个他的人，人还没带到3局，治安部就接了经济部的消息让我们放人，扣帽子说我们影响经济生产。"

"哦，看来经济部的色情变态数量不少。"

"哎呀，你怎么什么都敢说！他们这档子事我们不要管。你把他脸打青了，我帮你哄好了。下次别随便打人，投诉你暴力执法还要背处分。"

唐忧被逗笑了："你管我暴力执法啊？"

"我打的都不是人啊，打几个仿生人有什么咯？你这性质不一样。不能打人啊，听见没？"武松言归正传，从口袋里掏出储存卡，"他说你要的东西都在这里面了，我没看，你最近在查什么？和塌房有没有关系？"

"有点。"唐忧接了东西，含糊其词，"关联的旧案。"

"啧。你怎么哪壶不开提哪壶？旧案最麻烦，案件负责人现在还在局里吗？"

"不在，在部里。"

"要命。当领导的最不爱人家翻自己旧账。你要查偷着查，不要被人发现了。"又追加一句要紧的，"也不要告诉我。"

两个人聊得有点久，远看武松的表情又像是很夸张的焦头烂额。7号不知出了什么事，走过来问。

武松盯着他说："你，也不准打人。"

7号莫名其妙，唐忧没过来之前，没人像教育晚辈一样教育他，看来跟着唐忧容易被她带歪。

她在一旁看了一段Pimm交的东西，突然表情严肃地拖他进房间，把屋里的人都赶出去，语气变得很凝重："你看看申灵。"

还是那个采访，申灵在镜头前淡然微笑："没有人不会爱上仿生人吧，无论品行多恶劣的男人只要长得稍微过得去，都能吸引一帮女打手替他们颠倒是非，仿生人有完美的外貌……"

"停一下，不好意思，老师们请等一下。"经纪人余力入了镜，走到申灵身边蹲下，小声和她交涉，"我们不是说好，不要再提那件事了，你需要新的形象呀，不能总是以受害者的姿态面对大家，没有人喜欢那种让人一看见就产生不愉快联想的明星。"

"不好意思，我就是那种让人不愉快的人，因为我遇到了不愉快的事。"申灵看起来精神状态还比较正常。

"你理智一点，你老旧事重提，也许会有人同情你，但不会因此获得粉丝啊。你要陷在过去多长时间才能走出来呢？"

"你怎么不去问问那个恶人多长时间才能放过我呢？"

余力叹了口气，几乎已经失去了耐心："我们讨论过这个问题。等你足够红、足够强大的时候，自然没有人敢动你了。你有够多的粉丝，也就有人帮你去反击。"

申灵扭开脸看向别处："那我要怎么说？"

115

"'没有人不会爱上仿生人吧，他们有完美的外貌'，这样就好了呀，不要把话题带到那边去，装装傻，说笨话，得罪些根本不是收视人群的边缘群体，弄个爆点，对你来说不是难事吧。"

这段机器记录到这里结束，唐忱相信她最终在节目中发表糟糕言论前并不仅仅经历过这一番推翻和讨论。

7号看完了，总结道："她好像连最基本的话语权都没有。"

"你说守夜人知道吗？"

[25] 骗子

在唐忱印象中，申灵属于小时候昙花一现过的那种童星，五岁因综艺节目成名那阵因为很合大家眼缘，接了一系列食品饮料代言，但很快，热度过去，没了水花，在娱乐圈混得边缘，直到十七岁重新出现。

她拍过很多五分钟十分钟一集的无厘头喜剧，拍摄成本低，妆造廉价，收视人群是城乡接合部青少年，大城市孩子是不太看的。

这种情况下，知名品牌的广告代言也自然不会找上她了。

这本来看起来很像大部分后劲不足小演员的发展路径，很正常。可是在申灵成年后各种有迹可循的对话中，都一再提起"恶人"阻碍了她的事业。

"听上去她得罪了什么人。"唐忱推断，"又提到男人品行恶劣、女打手。是不是在综艺之后接到的工作中遇到纠纷，继而被人针对了？"

"她为什么经常和她的受害人聊天？"7号在关注其他细节。

"谁？"

"这十二个仿生人。这里面有数不清的主观镜头，显示申灵和她们聊天。"

"她身边没什么人能交流吧。小时候她妈妈一直跟着她，结束一个工作进入下一个工作，看起来没机会交往同龄人。"

在一个像工作场所的环境中，化妆师正在给年幼的申灵化妆，妈妈就叉着腰站在一旁，不时给化妆师建议"眼尾不要上挑，帮她往下拉一点"等。一位二十岁出头的年轻女工作人员手上拿着资料走来蹲在申灵身边和她确认流程，她胸前的证件显示她的职位是"执行编导"。她离开后，申灵对妈妈说她长大以后也想"像小梦姐姐一样当编导"，妈妈笑她"小傻瓜，编导没什么钱的"。"经纪人有钱吗？"申灵又问，妈妈没有回答她，只是说"不是已经是演员了吗？将来要更努力哦"。化妆师插嘴说"小灵是我见过的小朋友里最有灵气的，她应该去演电影"。

这段情节之所以这么连贯，是因为成年的申灵推送了投屏给仿生人播放。停止播放后，申灵出现在仿生人眼前，眼神迷离，嘲讽地狂笑，口齿不清地大骂"垃圾骗子"，看起来又嗑大了。

唐忱一头雾水："这为什么会成为仿生人的核心记忆？除了申灵本人发疯的场面，她小时候那段剧情很正常吧。"

"有没有可能她们母女关系不好？她妈妈看起来是有点……功利，唯金钱论。"

"童星父母常见病。"唐忱用视线往后翻了翻，"要特别留意申灵自己给仿生人展示的东西。"

7号比她仔细点，暂停了往前一页，找到一段申灵在向仿生人展示网络上对她的恶评："他们骂她'谎话精''孤儿'。孤儿？我记得她父母至今都活着。"

"也是网络骂战常见语。"唐忱认出了相同场景下的另一段影像，推到自己和7号中间，"还是这个化妆间。"

化妆间只有小申灵和一个三十多岁的女人坐在沙发上聊天，姿势很放松，小申灵半趴在沙发靠背上，起初几句只是交流对节目和种植园区的印象，当女人笑眯眯地问她："你为什么总是离Tino远远的？"小申灵神情一下子紧张起来："Tino不喜欢我，第一天我头上戴了花，他就叫我小花痴。"

女人笑着说："他是喜欢你才给你起外号，男生喜欢女生才会想引起她的注意。"小申灵犹像半晌问："萱姐姐你能不能叫Tino不要喝酒。我爸爸每次喝酒就变得很可怕。"

这时化妆间有个年轻人敲门进来，拿着那个年代的智能手机给女人看："萱姐，这是准备发的照片。"

"萱姐"皱了皱眉头："只有蔬菜沙拉吗？"

"拍出来好看的只有蔬菜沙拉。"

"那再加一张自拍照一起发吧。"

做完这项工作安排后，工作人员离开了。"萱姐"又微笑着问申灵："你有没有不喜欢吃的东西？"

小申灵说："我不喜欢吃蔬菜沙拉，但妈妈说吃太多肉会太早发育变得不可爱，所以我就假装自己喜欢蔬菜沙拉。"

"萱姐"说："你很聪明嘛，所以啊，就算闻到酒味，可是靠近Tino才会有镜头哦。"

7号插话读搜索出来的背景资料："Tino，男演员，和申灵参加的是同一个综艺，当年二十二岁，人气在嘉宾中属于比较高的，偶像派。"

"五岁那个综艺？"

"对，就是成名作。这个田梓萱是Tino的经纪人。"

"经纪人看起来脑袋有坑，逮着二十二岁的男人和五岁小女孩说什么'男生喜欢女生'？"

7号笑着说："看搜索结果，男的私生活挺混乱的，被拍到的圈内恋情就有四段，还有圈外女友控诉他骗财骗色，还有疑似酒驾记录……不过一堆女朋友都是成

117

年人。"

"所以参加这种净化心灵节目借小朋友洗白是吧?"唐忱嫌弃地"啧"了一声,"人渣,我要是小朋友我也不喜欢他。真没素质,还给小朋友起外号。"

"特地参加节目洗白,小朋友不喜欢他也挺麻烦,经纪人很头疼吧。"

"从这个看起来申灵根本没那么市侩,她也讨厌渣男,'靠近Tino才会有镜头'是Tino的经纪人给她灌输的。"唐忱用手肘推推7号,"靠近了吗?"

"没有。"7号很快搜出了节目正片,其中Tino和申灵的互动时长为零,"看来申灵是真的很讨厌酒鬼了,她和其他成年嘉宾的互动都很多。"

"可是不太对,我这里仿生人记忆中还有田梓萱的两次采访,一次说申灵去北座化妆间找Tino聊天,一次说视频是伪造的,她本人和申灵妈妈都在场,申灵没待多久就跟妈妈走了。"

"什么意思?"

"戏里戏外互动还挺多。"

"什么视频是伪造的?"

"不知道。这里还有两条影像,这是前面那个化妆师吧?"唐忱把影像推给7号,影像中,化妆师说前一天中午收工去吃饭的路上,在北座楼下遇见小申灵,申灵很有礼貌地问路,想去化妆间,他们化妆组一行人给她指路了。

另一段影像与申灵无关,是那个视频中来走流程的叫小梦的年轻女编导,她说Tino在节目组工作期间很敬业,与大人小孩都相处很好,从来没见过他喝酒。这段视频也被申灵展示给仿生人看了。

如果小申灵与经纪人的交谈没有撒谎,Tino在节目录制过程中当着孩子面都喝过酒,申灵向仿生人展示这段视频,很可能是在证明小梦编导撒谎。

再往后看,还有一段录像是手机拍摄的视频,小申灵背着双肩包、手里拎着小朋友的塑料种植工具,独自走在录制节目的园区路上,有女生追着她拍,边走边问她:"那天中午你和Tino一起待了多长时间呀?"申灵边走边说:"我没有见过Tino。"女声说:"可是摄像机都拍到咯。"申灵说:"我是在和萱姐说话。"女声说:"你妈妈呢?那天和萱姐说话的不是你妈妈吗?"申灵说:"妈妈出去买水果了。"女声说:"那你是一个人去北座找Tino的吗?"申灵说:"我从来没去过北座。"女声说:"要说实话哦,你是不是很喜欢Tino啊?"申灵说:"他不喜欢我,他叫我'小花痴'。"不止一个女声在画外哄笑起来,影像到此结束。

"我有种不好的感觉。他们为什么要反复证明这个渣男的人品?我要吐了。"唐忱受到突如其来的情绪冲击,按动耳后装置,把装有仿生人记忆的储存卡放回外套口袋,直冲到院子里大口呼吸。

7号跟在她身后,感受她乱作一团的大脑,拽着她的胳膊把她扶起来,在脑海中用意识对她说:"是的,她说的'品行恶劣'的男人估计就是Tino。她说的'恶人'可能也在这些骗子中间。"

"她才五岁啊!"唐忱没有用意识说话,她的声音在发抖。

院子里靠这边近的几个朋友被吸引,把好奇的目光投过来。

7号一只手捧着她的脸,俯低到和她同一高度看着她的眼睛:"但是,没有你想得那么糟糕。你想听我的猜测吗?听一听?"

唐忱稍微平静一点。

他在她大脑里对她说下去:"我觉得他们在节目中互动过,但是互动效果不好,就像你第一次听他经纪人说话反感一样,二十二岁男人和五岁女孩的互动没掌握好分寸很可能引起观众反感。但我不认为真发生了什么,否则化妆师、编导们再维护那个男人就太反人类了。正因为没有真发生严重事件,这男人还正红,经纪人也有一定能力,所以帮着说几句话是可能的。"

"如果事情不严重,申灵为什么一直念到成年?她很明显有严重的心理疾病。"

"想想申灵自己的回应,她说她从来没有去过北座,经纪人却说她主动找去,化妆师还说给她指路,她妈妈听起来也佐证了这些说法。如果申灵说的是真话,不是已经够恐怖了吗?以一个儿童的视角看过去,全世界都在撒谎。"

唐忱长吁一口气,垂下眼:"只有她一个人说真话。"

"而且她可能为真话付出了很沉重的代价。如果手机拍摄那段视频被公开过,她看起来像是没说一句真话。"

那可能……对一个孩子来说,也是彻底性的人格摧毁。

唐忱久久沉默。

"究竟发生了什么,就算节目删了也能查到的。"7号拍她的肩安抚,"机器记录的东西不会消失。"

唐忱缓过神,思绪从半现实半幻想的界线边迈过来,脑海中弥漫着恍惚的麻痹感,这使她抬起头转过脸看见周违后,有长达十几秒的时间没意识到这是谁。

周违转身就走。

唐忱也是在意识到这是谁之后才突然想起来怎么忘了请他,但又在心里偷偷辩解,大部分人员名单是羽纱和7号拼拼凑凑提议的,她心思都在案子上,没主动想起来也很正常。

脑子里还没理出思路,只是凭本能追到院子外。

周违也咽不下这口气,一脸不忿地停下转身:"我算明白了,你找上我就是因为那时候他不在。"

唐忱有点蒙,顺着他手指的方向往回看,是7号倚在门口看戏。

"啊?"怎么还不是忘了请人的过错吗?唐忱不知道他在闹哪出,理直气壮地质问,"你不是来找我的吗?"

119

"是、是啊。"为什么气焰这么嚣张，周违感觉脑子有点跟不上她，只能问什么答什么。

"你管他在不在呢，有病啊，进门就跑。"

呃……

"什么毛病啊，平时看着一个好端端的人！我庆祝你甩脸。你是我仇人还是朋友？"

呃……

"你看看里面我所有朋友，有一个像你这么变态吗？我是你的狗吗？只能认你一个主？"

哈？

"你要么进去吃点喝点，要么赶紧走，以后我不认识你。"

呃……

羽纱和科洛冒了两个八卦的小脑袋在7号身侧，小声问7号："这谁啊？"

"特警组的。"

"哦，他。"羽纱想起是谁了，"他干吗了？"

7号不知道该从何说起。

反正唐忱先回了院子里，周违慢一步也跟了进去，和门口三个人擦肩而过，三个人行注目礼。

科洛说："可能只是无辜路人，疯婆子心情不好，撞上了，就这下场。"

[26] 记忆

他离开公寓去集市附近找铁钳时，唐忱还没睡醒。离开前他把温水和生命素留在床边的小架子上，她可能一醒来就需要用到了。

她昨晚喝得有点多，按照他的观察，十一点她就喝断片了，从十一点到五点之间她完全不知道自己在干什么。她对在场的大部分朋友念叨了一遍案件，无论治安警还是普通群众，无论人类还是仿生人。

这次的"案情说明会"可比上次公开的详细得多，所有人在凌晨都知道了她在查一桩旧案，有位死于非命的女明星是个谎言受害者。

幸好晚上九点武松已经离开，这肯定不是他期望中的低调行事。

7号拦不住她，只能跟在她身边提防她说出什么不适合向外透露的信息，不过很神奇的是，不该说的她一点都没说，感觉上虽然断了片，她的一部分脑细胞还没有放弃工作。

同样提心吊胆跟着她的还有离岛，他非常担心她会不小心把波函数坍缩那些事说漏嘴，在人类中扩散这种信息没有好处，会造成虚无主义蔓延，好在她没有提到。

人们只是知道女明星和这些环绕她的罗生门，但对应到现实，五岁成名的申灵已经不存在了，所以只会当虚构故事听听。仿生人能够对号入座，而且消息在机器中总是跑得特别快，但知道故事的始末目前看起来不会对现实产生太大影响。

在唐忱口干舌燥跑去喝水的间隙，他和离岛歇下来，好像产生了点难以言喻的友谊，开始交谈。

"你是调查员对吧？"离岛问。

"嗯。"

"所以你们治安局这两种职位是怎么匹配的？一对一？"

"如果指挥官觉得案件复杂，可以选不止一个调查员。"

"那为什么不多选几个？"

这问题让7号感觉离岛不像唐忱认为的那么傻。

7号说："就像没有人同时使用好几个家用机器人。"

"她把你当家用机使唤？"

"可不是嘛。"一开始本来就是事实，这根本挫伤不了他的自尊。

离岛没话了，陷入了认识到自己还不如家用机的失落中。

7号理解他们为什么会像吸毒上瘾一样跟着唐忱。一开始只是探索生命的奥秘，试试和她在一起是什么感觉，感觉正美好的时候她就像肥皂泡似的砰一下消失了，整个人会有点蒙，想弄清是怎么回事，弄清后就不用再想她了，每个人都是这么对自己承诺的，可是每个人的脑海里同时也存在另一半声音：不用想不代表不会想。

最讽刺的是根本弄不清。

她外表看起来是个干脆强悍的人，其实从生理到心理都像百慕大三角，不知旋涡从何而起。

未知和神秘是所向披靡的。

她特别容易与人共情，但又在一些正常人热爱共情的范围内有点冷漠，正常人执着的她很可能满不在乎，正常人无感的她又可能深感凄迷。

最近她经常喝多，也有几次在梦中哭泣，还有几次紧紧攥着拳惊醒，醒来却说不出在为什么生气，他更猜不到原因了。

如果她是因为兴奋快乐而喝多，那就一点都不值得担心，但事实并非如此。

他发现自从可以与唐忱颅内对话后，自己逐渐获得了一种新能力，有好几次他走在她身边，能够清晰地感知到她的思路，知道她的念头从何而来，知道她的逻辑如何推进，知道最后会导向什么结果，就像一段代码被一行行写下来那么清晰。

但是很快，副作用产生了。

他发现自己的大脑里开始出现自己不能理解、难以琢磨的意识。如果把人体的

121

运行方式看作生化算法，和电子算法的运行也没有太大区别。他的大脑在学习模仿唐忧的大脑，但学来的这部分概念和工具处理数据流的模式不能与他原有的模式兼容，在他原有的模式下，它们像一些错误的代码，会被报错。

这天上午，在集市出口等铁钳的时候，他的大脑又古怪起来了，他非常想念唐忧，就像好几年没见面那么想念，但其实他只和她分开了不到十分钟。

他的眼睛在阳光下感到酸胀，心里钻开一个黑洞把光吸走，一些没来的压抑遏住了他的呼吸，这是唐忧带给他的。解决办法是开始幻想她，重温和她紧贴在一起时她又软又烫的身体，然后才能感觉到一股气流充进肺里。

大白天在闹市，意识清醒，脑袋说发疯就发疯。

他刚要自嘲地笑，幻觉就在脑海中成像了。

他看见十五岁的她，长发，坐在床上，靠在床头，读一本书。每读几句就抬眼看看他，她望向他的眼神好像他是个人。

她怎么会给他读书呢？她先前说过他会读书给她听，这是符合逻辑的。

正常人不会给家用机读书，可她也不是正常人。

这画面的真实感逼近到视网膜前，让他又开始区分不了属性。他一直认为回忆中只能看见她的脸，能看见她身体的都是梦境，但现在是光天化日，他也没有闭上眼睛。

他好奇那是一本什么书，努力去看，书名部分被她的膝盖和投射的阴影遮挡了，封面上其他部分竟然像打了马赛克一样糊成一团。

冥冥之中他有模糊的预感这是什么，他也为这种可能性感到害怕，他需要快点回到唐忧身边去验证这个想法。

就在这时，铁钳抓着他一侧肩膀晃了晃："怎么了你？"

他侧转脸回到现实世界，和煦的阳光又把世界洒满了，视野里一切像被水清洗过，崭新的，波光粼粼。

"是要找和申灵有关的视频？"铁钳露出狡黠的笑脸。

铁钳站在从摊位支棱出来的旌旗后面，阴影下。他总是这样，不喜欢暴露在白灿灿的光明中。

果然，消息在仿生人中传播得很快。

7号配合他绕到旗子后："需要几天？"

铁钳为自己基于小聪明的猜测得以应验扬扬得意，把一份体量不小的压缩文件包投递到他系统内的储存区："小看我。"

"你一个人，整理这么快？"

"差不多79区所有人吧，哈哈。所以这次你不用给我报酬，这基本是公开信息了，连整理都不用我动手，我只是挑了个整理得比较全的。"

7号怔愣一瞬，嫌弃脸十分明显："仿生人是集体安了什么八卦插件？"

铁钳光是笑，没有狡辩："我们只是看看。"

7号想，以79区这种封闭程度，仿生人没机会与人类社会交流八卦，不必过于紧张。

他急于回公寓，准备和铁钳分道扬镳。

铁钳却一反常态地话痨，又接着说："不像人类那样进行集体臆想和狂欢。除了赚钱没有什么能让仿生人形成疯子团体。"

他反应过来，铁钳是在对申灵的故事发表观后感，他有点好奇，但没有当场打开文件夹，他更想回去和唐忱一起看，就这么决定了。

当他进门时，她不仅起床了，而且吃过营养餐和他留下的保健药，刚冲过澡，正对着镜子把头发一缕缕拎起来用剪刀剪短。

他凑到她身后，双手绕过她的腹部，剪下来的碎发就不分彼此地掉在他身上。

她继续剪头发，不受干扰，也不问自己为什么从他公寓里醒来。事实很简单，他做好计划一早去找铁钳，仓库距离太远，再加上黑灯瞎火背着她走上几公里也挺累的，这些很容易想到的现实琐碎原因，问一遍答一遍就会让有生机的东西死掉。

他靠在她身后，小心翼翼地试探。

她大脑的防护机制是很敏锐的，很快就感觉到来自外部的刺激："你在找什么？"

"在找记忆。"他停下来，"随便什么记忆，我只是想看看人类的记忆具体是什么形式。"

"那你可以直接问我要。"她随机打开一段记忆，前一天派对上的，按时间顺序"读取"，呈现在他脑海里，就像播放视频。

但视频质量比老式家用机器人拍摄的还要够呛，院子里一些人在烧烤，除了他、羽纱、科洛，其他人都没有脸，场面相当诡异，加之烟火缭绕，像某种秘密仪式。接着武松出现了，他幸运地拥有一张脸，不过他昨天穿的绝对不是治安警训练服，没理由他轮休在家参加朋友聚会还穿制服出席，只是因为唐忱懒得去记，所以张冠李戴随便给他糊弄了一件。

"怎么样？"唐忱问，"研究出什么了？"

果然和他猜测的一样，人类的记忆就像不完整的拼图，为了节约储存空间只挑要紧的收藏，并不会每个细节面面俱到，以前他只是理论上知道，没有亲眼见过，他自己就像一台新出厂的机器，把拟感记忆删除之后，记忆区显得空空荡荡，暂时完全不用考虑节约储存空间的问题。

"我看到一个画面，不确定是记忆还是幻想。"

"什么画面？"

"以前，你给我读过书吗？"

她沉默了一会儿，看起来不像不记得，而是在犹豫是否要回答，最后很轻地

"嗯"了一声。

"什么书？"

"《鲁滨逊漂流记》。"

好吧，记忆虽然不像他想象得那么美好，但也不算太糟。

她会给他读书，说明起码在一段时间里，她并没有把他当成机器。尽管外观上他看起来是无可辩驳的机器，没有一点仿生的迹象。她给他读书，而不只听他读书，就像对待一个人。

她给他读《鲁滨逊漂流记》，也许他应该自我代入星期五，关系稍一点不平等，但星期五至少是人，他没什么不满足的。

他现在可以肯定，自己并不是后来经过梁鹤鸣的改造，具有仿生性之后才开始人性觉醒，当他是一个家用机器人时，困于算力和储存空间的局限，他是以人类的方式在保存记忆。

那时唐忱知道吗？恐怕不知道，她只是比平均水平聪明点的青少年。

梁鹤鸣一定知道。

他从来没这么恨过一个人。改造机器是一回事，把已经具有人性的智慧体清除记忆、抹杀意识、切断与人的关联、重新改造成其他物种，是另一回事。

这和杀"人"没有区别。

[27] 真相

莱雅没想到，唐忱竟能把申灵的案子翻出来。她承认申灵案件操作得较早，当时情势又比较急迫，完成得仓促，破绽说不定多得像漏勺一样。只能先暂搁陈思雯，设法把她这边的漏洞补一补。

本来早已翻篇的剧情，再一次陷入危机，被打了个措手不及，让莱雅内心有点恼火。

"时刻警已经开始帮助她，对面阵营都组团了，我只是单打独斗，多少有点让人不爽。"

桑达宽慰道："时刻警也拿你没办法。其他时间旅行者只能不断回到不同时间点的自己身上，时刻警要抓人很容易锁定目标，但你总在变换机体，就像我一样，虽然唐忱能枪击我，可是只要我溜得快，受伤的就只是机体，她也不会知道下一次我能出现在哪里。更何况泡泡是中立的，时刻局也没几个能干的人。"

泡泡是时刻管理局的人工智能，桑达去探过口风，他对莱雅的作为并不感兴趣，平时其他时间旅行者只要玩得不太过火，他也都睁只眼闭只眼，按他的原话来说："出现那么几个理想主义者，掀不起大风大浪。"最主要的原因，本质还是他比较懒，不爱加速这种"极限运动"。

"但愿如此吧。"莱雅把注意力收回到案件上，"造成陈思雯思想变化的关键人物还没找到，申灵又成了未解之谜。"

"好在她从小成名，可循的记录很多。"

"涉及的角色也太多了。不知道唐忱和我谁先还原真相，来比赛吧。"嘴里念叨着挑战的话，莱雅还是面无表情，这是桑达很佩服她的一点。

正是因为她具有稳定的表情管理能力，即使与唐忱这样敏锐的治安警面对面，也从未露出破绽。桑达自愧不如，无论进入外表多么强悍的机体，被唐忱注视几秒钟，他也会心虚得走路顺拐。

莱雅决定在房间墙壁上先投屏出以申灵为中心的人物关系图，将每个人的"口供"标注在一旁，再对比视频资料依次鉴别立场。

被删除的综艺节目正片中，的确出现过Tino与小申灵的互动情节。午休时间，化妆室里没有其他人，小申灵和Tino坐在沙发两头聊天，看起来格外亲密。

让人印象最深的是，小申灵向Tino倾诉："我不喜欢吃蔬菜沙拉，但妈妈说吃太多肉会太早发育变得不可爱，所以我就假装自己喜欢蔬菜沙拉。"此时综艺字幕做了注脚：真心话只说给喜欢的大哥哥听。

Tino的微笑散发着偶像魅力："你很懂事哎，知道不让妈妈生气，不过如果你想吃肉的话可以偷偷问我要。"说着像发送暗号似的做了个wink（眨眼示意）。

字幕显示：两个人的秘密。还加了一些小花朵。

Tino接着问："那你有没有明明很喜欢，却假装不喜欢的东西？"

小申灵没有回答，只是捧着脸看着Tino笑得很甜。

"是我？"Tino指着自己惊讶地确认，第二遍确认时露出惊喜的笑容。

小申灵边笑边咬嘴唇，飞快地点点头。

字幕再一次做出注脚：人小鬼大。

"我就说为什么你一到拍摄的时候就躲我很远，还提心吊胆是不是我哪里做得不好。所以是为什么呢？"

"人好多啊。"小申灵歪着脑袋笑着说。

"人多所以你害羞啦？"

小申灵还是笑，综艺特效给她加上了害羞的红脸蛋。

"那我就放心啦，你早说嘛。"Tino笑着拍拍胸口，"只要你不是讨厌我就好了。害羞没关系，我们就只在没有人的时候一起玩吧。"

小申灵开心地点点头，眼里闪着亮光。

莱雅被逗笑了："难以置信，我都忘了我小时候的节目这么搞笑，那时候人类的敏感度差到这个地步吗？是封建社会还是原始社会啊！"

"普通上倒也没那么差。"桑达说，"这节目播出来第一时间也被广大观众骂了个狗血淋头。你看看，当时的主流评论。"

的确，话题前列的热评都在骂节目组。Tino和申灵本身的对话内容问题不算大，节目后期加上的字幕病得比较重，申灵只是陈述自己不爱吃沙拉，字幕却标注"喜欢的大哥哥"来定性。

"人小鬼大"的评价对孩子来说也不够友好，尤其Tino是偶像明星，对小朋友的心思做出成人化解读，无异于把她立成被女粉丝们攻击的靶子。

"两个人的秘密"是引起最大争议的，二十二岁男人与五岁小女孩独处的行为根本谈不上什么浪漫，反而存在安全隐患。

观众们甚至已经开始质疑，在这段"化妆室机位意外拍摄的"画面中，为什么只有Tino与申灵独处？节目组工作人员在哪里？Tino团队中的女性成员在哪里？申灵的监护人在哪里？这样的独处安全吗？

本来是为了立人设而硬插的剧情，节目组还把这互动关系作为当期宣传重点，没想到竟营销翻车了。

"普通观众知道是非的界限，只要有聪明人提醒问题所在，他们也马上就会有自己的判断。"莱雅说，"不过一旦'民意'形成狂潮也容易走向另一个极端。"

"对呀对呀，很快就失控了。不少人开骂Tino是恋童癖。"

"真是搬起石头砸自己的脚。这段画面完全是伪造的吧。"莱雅也看到了被摄影机如实记录的原始拍摄素材。

Tino其实和申灵根本没在化妆室见过面，整段剧情是由申灵在自己化妆间与Tino经纪人萱姐的对话、申灵在正片录制时的表情镜头、申灵在正片录制时与编导的对话和Tino在自己化妆间与经纪人的虚假对戏摆拍拼拼凑凑剪辑而成。

Tino的台词都是事先写好的，显然也不是他自己写的，就这么几句台词都背不利索，最后也没说下来一句完整的话，连音频也拼拼凑凑，镜头剪得特别碎。

莱雅十分怀疑他作为一个演员平时是怎么拍戏的，不过男演员的身体她有过使用经验，个别人大脑中神经键退化得都影响了她的行动。

这么大费周章，原因在申灵与萱姐的对话中也十分明了，申灵其实讨厌Tino，不想靠近他。

"但是闹出这么大风波，也不能澄清说是伪造的吧，真尴尬。哈哈哈，人类好滑稽。"桑达乐不可支。

莱雅认真梳理着时间线："风评对Tino影响较大，所以Tino团队比较急于做出回应。经纪人在节目播出形成不利舆论后三个小时内就以访谈花絮的形式试图消除影响，特意提到是申灵主动去Tino的化妆室找他。"

"恶意好明显，申灵的妈妈居然没跳出来和她吵架。"

"要增加这条花絮，肯定也是节目组的态度。对面是知名偶像的团队和资深的综艺制作团队，申灵妈妈不敢得罪，只能吃亏。"

"看风评语言分析，Tino的粉丝隐忍了三小时，终于找到反击的契机。"

追星粉丝本就是非理性的，因此战斗力更强，为了证明风波女主角是个倒贴心机女，她们一帧一帧检查此前播放的节目，发现节目里她是"路痴"，可实际根本不是"路痴"，园区平面图显示，从申灵化妆间所在的南座走到Tino所在的北座，必须穿过花园，路绕得像迷宫，她一个人准确无误走到北座，平时为了多占时长，每次节目都要迷路好几次，真是太心机了。

粉丝们还发现，她的心机体现在蹭镜头上，别的小朋友在前景做任务时，申灵出现在背景里的次数太多。另外，她在特写镜头下，微表情也非常吓人，总是快速出现很成人化的神情，又迅速换出儿童的天真笑脸来掩饰。

一种灵异解释，把阴谋的气氛推向高潮。她们说她就像经典恐怖电影《孤儿怨》中的伊斯特，状似儿童的身体中藏着三十三岁女人的变态人格和阴险内心。

"她们没发现自己找到的线索互相就能成为支撑证据吗？"莱雅略显无语，"出现在背景里的次数太多，说明申灵总是经过同一地点，她就是在找路啊。正因为'路痴'是事实，所以申灵主动去找Tino的说法根本站不住脚。"

"又开始搬起石头砸自己的脚了哈哈哈。"

"不，她们搬起石头砸的是经纪人的脚。"

与此同时，义愤填膺想找出Tino是恋童癖证据的普通观众也有点走火入魔。

他们发现，时间线紧随其后，当天下午的种植任务剧情中，申灵特别不在状态，她脸色苍白，大汗淋漓，无精打采，也不像平时那么爱笑。相隔几个小时，她就像变了个人。

因此大家推论，Tino一定在独处时伤害了她。

这种指控可不能乱开玩笑，节目组很快出了一份说明，申灵当天下午录制时因中暑而身体不适，中途一度暂停录制回室内避暑，在预计的时间没有录制足够的节目时长，才剪了一些化妆间剧情补充。

言下之意，申灵身体不舒服和Tino无关。

但是Tino的粉丝们孜孜不倦地找证据证明申灵是个假"路痴"，又让节目组下不了台，节目还没过半，表现力最好的小演员就被打上虚伪标签，那以后的节目还怎么做呢？

"难怪化妆组要在社交平台上特地提起中午离开前给申灵指了路，一方面呼应萱姐的说辞'小申灵主动去找Tino'，一方面补上了申灵是'路痴'却找准了门这种窟窿。"莱雅笑了笑，"节目制作方是有聪明人的。"

本来到这里危机公关算应对得不错，官方解释说得通，当事人被立场不同的"吃瓜"群众骂一骂，热度应该也维持不了多久。

没想到第二天一早，人们刚睁开眼，刷第一则手机新闻时，一条满怀恶意的视频以光速传播开来。

这不是化妆间录制机位拍摄的画面，而是手机偷拍的，时长只有二十多秒。

画面环境也是化妆室，Tino赤身裸体，从沙发上直起身，看上去刚刚经历一场酣畅的性事。他从化妆桌上随手抽了些面巾纸擦拭身上的汗水，又抄起盛有酒的玻璃杯一饮而尽。由于沙发靠背的遮挡，看不见另一个人，不过Tino一边喝酒一边对着沙发有说有笑，足以证明那里躺着个人。

同样场景下的另一段视频前夜刚被热议，人们会往哪个方向猜测不言而喻。

舆论爆炸了。

粉丝们忙不迭地搜刮证据论证那个人并不是Tino，比如视频里的人没有腹肌，Tino在两个月前录制的综艺中还秀过腹肌……

这些论据至少给经纪人萱姐提供了思路。

在下一份公开声明中，萱姐沿用了粉丝们的路线，坚决否认视频的男主角是Tino，她说："这是彻底的伪造，换头视频。我们必将拿起法律的武器追究到底。这种恶劣的做法不仅诋毁了Tino，也侮辱了年幼的小朋友，那天中午化妆室里不是只有Tino和申灵两个人，很多工作人员还在收拾工具，我和申灵的妈妈就站在窗边聊天，只不过因为公共化妆间场地大，我们离得远，没有进入拍摄范围，请大家不要恶意猜测了。"

就在当天下午，节目组更新了另一段花絮，名为"化妆间互动完整版"。可以看到，化妆组几个女孩正在给Tino卸妆，申灵有礼貌地敲敲门，她是来找妈妈的，可是妈妈让她等一会儿，因为正在和萱姐聊天。

申灵百无聊赖，东看看西看看，而后她身边的微波炉响起了加热完成提示音。

Tino的助理请她让开，把加热的餐点取出送到Tino面前。

申灵被吸引了注意，顺势跟着餐点走，趴在Tino的化妆桌边问了几个有关饮食的问题。

Tino卸完妆端着餐盒走到沙发前开始吃饭，所以申灵有感而发，说了自己不喜欢蔬菜沙拉的事，Tino提出可以偷偷给她吃肉——从另一个机位看得很清楚，他甚至是指着自己餐盘里的牛肉说的。

先前那种异性暧昧的氛围瞬间消失了，变成再日常温馨不过的食物话题。

不出所料，从机器记录的原始拍摄素材来看，这又是后期补拍的，Tino依然频频NG，背记台词能力还比不上五岁小孩。

"虽然尽了全力，到底时间太仓促了。粗看一遍也漏洞百出。"莱雅评价道。

"怎么会？"桑达没看出端倪。

"这个叫可可的化妆师。"莱雅在暂停画面上把工作牌上的名字指给桑达看，"就是声称收工后在楼下遇到申灵给她指了路的那个。她怎么能既出现在现场又出现在楼下？如果申灵进门前她在给Tino卸妆，那帮助申灵找到化妆间的人是谁？"

"确实……"

"还有这份有牛肉的午餐，和当天Tino本人社交平台上晒出来的纯蔬菜减脂餐又矛盾了。是他发了假动态还是节目组发了假视频？也总要二选一才说得过去吧。"

"呃……"桑达去存档材料中寻找了一遍，"好像没人发现，一般人不会看得那么细。"

"粉丝肯定发现了，只是不说吧。毕竟她们连微表情都要分析一番。"

"从言论看来，粉丝内部倒是一直揪着申灵妈妈的谎言不放。"

莱雅仔细翻了翻，主要原因是有前线粉丝拍到了这期节目当天上午下午申灵妈妈进出园区的影像。

按时间可以看出，申灵妈妈中午并不在园区里。

"这不是申灵妈妈的谎言，而是Tino经纪人的谎言。"莱雅纠正道。

"我只是照她们写的念。"

"不管有意无意，高层粉丝始终在给粉丝群体洗脑，树立申灵这样一个外部敌人，一致对外才能防止内部崩溃。所以她们必须把申灵塑造成心机深沉的'小大人'。"

"'皇女'是什么意思？"桑达又看见了什么，插嘴问。

"暗示整个节目组都围着申灵转，他们撒谎和Tino无关，只是为了维护申灵的形象。"

总而言之，极端的粉丝们采取了行动。

那些每天在园区公共区域蹲守偶像上班下班的前线粉丝把直播的手机对准了申灵，申灵最后那条自我辩解的影像其实是Tino粉丝拍摄的。

她们喜悦地奔走相告："真相大白了姐妹们！"

正是这种狂欢气氛使人丧失理智。

视频传开后，广大普通观众更关注的是Tino给小朋友起这种恶意绰号，显得相当没素质。更多传闻随之而起，据说Tino一贯不敬业、工作时迟到早退还醉醺醺、对女演员不尊重、擦边炒作。

节目组一个叫小梦的现场编导替他站台，证明他非常敬业，录制期间没见过他喝酒，迟到早退更是没有的事。

不过到了墙倒众人推的境地，这一小股逆流完全无济于事。

显然，Tino在以前的工作中给剧组中的普通工作人员添了不少麻烦，他参加过的综艺、拍过的影视剧剧组人员纷纷匿名公开幕后画面，他总是在醉酒、耍大牌、背不出台词、频繁NG、浪费工作时间。

乱局是以Tino宣布退出节目收场的。

但是Tino并没有退出娱乐圈，直到他因为酒驾致人死亡入狱。七年间，他虽然没当初那么人气高涨了，依然有他的市场。有戏拍，有综艺接，有代言赚钱。

与之并行的另一条线上，申灵却过得没那么顺利，普通观众关注度下降后，她渐渐从主流视野里淡出，被Tino的粉丝追着骂了七年，无论她接了什么广告，粉丝们就去冲击品牌方，这使得她从一个拍可口可乐广告的女孩迅速变成拍不知名牦牛肉干广告的女孩，影视作品的层次一直在城乡接合部混。

很讽刺的是，在这七年里，申灵被娱乐圈标记为"高风险艺人"，而Tino没有。这七年里，Tino一直也没洗心革面，每隔一阵就爆出负面新闻，总是在犯错，总是被原谅。

"回归正题，我要从哪里切断才能阻止申灵悲剧的发生？经纪人、化妆师、她妈妈，还是女编导，和Tino在化妆间酗酒纵欲的其实是她吧。但是看起来这些连面目都不清晰的粉丝才是罪魁祸首。我又没办法把她们集合到一起一口气炸死，一个一个杀起来我工作量也太大了。"莱雅产生了一些消极情绪。

"只杀掉Tino？感觉一劳永逸。"桑达提议。

"但你觉得杀这个傻子有什么意义？没有这个Tino，她们一样会为了一些Gino、Sino、Zino聚在一起，只要有个男人，这种事就会发生，这男人甚至不用太优秀。"莱雅一手支着脸，嫌弃地用另一只手拨动Tino的画面，"从进化论的角度来说，他都应该被禁止生育。"

"要不要试经纪人？"桑达把投影画面聚焦到萱姐的脸上，"炒作源头好像是她。"

"但又不能直接代入Tino把她杀掉。"

"不能吗？"桑达有点遗憾，"感觉还挺方便的。"

"万一她也像申灵这样另有隐情呢？同一个坑我不想掉第二次。"

"也对。"

"头都大了，我真不喜欢回2030年那个阶段。"

[28] 玩命

唐忱已经盯着这面投屏墙沉默了三小时，机械地往嘴里一口口填着冰激凌，偶尔停下来咬一咬木勺。她只穿了一件宽松T恤，光脚盘腿坐在地上，因为此前两天睡眠不足，眼窝深陷。她试图从两条剧情纷乱的时间线中找出守夜人的动机。

她的工作态度一直被高层欣赏，但大家不太关注她工作过程的影像，她衣冠不整的时候居多。

任务组里有人在一次会议上抱怨过"穿条裤子难道会影响她办案吗？"。

伊安还很认真地回答了这个问题，她说："我认为会影响，她在无拘无束的状态下能发挥得更好。她在她的私人领域，和恋人在一起，她这么穿是因为不知道小人会盯着看。"

当心理专家对任务组的某些做法持反对意见但反对无效时，他们就喜欢在会议上不带脏话地骂人。伊安不赞成监视唐忱，定期心理评估已经足以掌握她的动向。可是很明显，做决定的人对心理学没有信心，这已经是监视她的第三百四十七天了。

"酒，好像是个不能忽视的细节。"唐忱仍然盯着墙。

"确定不是你自己酒瘾犯了？"7号在身后打趣，被人回头白了一眼。

"你看申灵对田梓萱说的，她爸爸每次喝酒就变得很可怕。她们在南座化妆间谈话的同时，Tino和执行编导小梦在北座化妆间找刺激，喝了一整瓶纯威士忌，不仅他喝了她也喝了。所以在下午拍摄时，申灵因为不断闻到小梦身上的酒味出现了类似中暑的症状。"她咬着木勺，口齿含混地总结道，"我认为，酒味会引起申灵的应激，她很怕Tino，躲着他，甚至不敢直说不喜欢他。根源在她爸爸身上。"

"她爸爸死了。"7号检索现存信息后平静地转告她，"在她十一岁的时候。死亡原因还不是很清晰。"

唐忱仔细翻阅与这起事故相关的材料："信息太少了。醉酒死亡，可能是酒精中毒，疑似误食杀虫剂，母女俩在跟组跑龙套，家里只有九岁的弟弟和爸爸，弟弟以为是常规醉酒，一早就出门上学，晚上回家才发现尸体。是守夜人的操作吗？控制弟弟的身体？才九岁。"

"也不是不可以。"7号接嘴，"误食杀虫剂吗？掺在酒里给他喝下去，没有技术难度。"

"杀虫剂会有刺激性味道。"

"烈酒也有啊。人有多醉才会分不清这两个味道？"

"你当然分得清。"7号想起她醉酒时口风还挺紧，忍不住笑，"再说九岁男孩对付一个醉鬼，强行灌也不是不行，看照片这孩子挺壮的。"

唐忱凑过来瞥一眼："嗯，小胖子。"

"还是有两种可能，一种是守夜人修改剧情让申灵不再年少成名，造成蝴蝶效应导致在这条线上她爸爸早逝；还有一种是守夜人代入她弟弟杀了她爸爸。两种情况代表的意义不同。"

"她爸爸连个验尸报告都没有。"

"压根没立案吧。小孩发现尸体晚，再算上母亲接到通知从外地赶回来的时间，早上报警，警察赶到的时间，距离他死亡过去了差不多三十五个小时，就是放在现在，血药检验也不太准确了。杀虫剂摄入量不足以致死，还是怀疑酒精中毒。"

"在目前的时间线上，她成年后拍偶像剧成名，但也没有提起过父亲早逝，本来这算一个非常个性化的人设标签。父女关系确实不好吧。"

"这能说明什么？守夜人不仅杀人，还附带调解受害人的家庭纠纷？"

唐忱耸耸肩，表示没想通，再次望着墙上的投屏陷入沉思。

就在这时，墙上的投屏却从她眼前凭空消失了，白色环保漆的墙面也变成了凹凸不平的灰砖墙。

唐忧怔愣了几秒，回身看向捧着一杯咖啡看着自己的7号。

"怎么了？"他先发问。

骂出口的同时，她已经迅速接受了现实，剧情又被修改过了："我辛辛苦苦整理了两天两夜的证据墙！为什么每次跳跃时间线我们都要回到车库啊？！"

没出大事，7号把想喝的那口咖啡喝完，淡定地说："面对你的内心吧，你就是喜欢住这里，怎么吵闹也不用担心邻居。"

"赶紧搜索一下申灵现在这条线的状态，她的经历有变化吗？"

"嗯……变化不大，还是死了。不过她又参加了那个综艺，而且五岁成名，哦？她十一岁自杀了一次，未遂。不过Tino死了，她爸也还是在她九岁时去世。"

"Tino在综艺风波时就已经死于醉驾事故。"唐忧也从网络上搜索到这条新闻，"这说明什么？守夜人真的在替受害人调解纠纷？"

"可是陈思雯和卢敏的经历丝毫没有变化，我倒更关心这个时间点，你在查旧案，在案情会上可没有宣布，公众有可能得知的渠道就是你醉酒后透露了一点，在仿生人中间传开了，这说明什么？"

唐忧眨巴眨巴眼睛："喝酒坏事？"

7号怔了怔，笑出声："小姐，你清醒一点。你醉酒到现在不到三天，守夜人马上对申灵的剧情做出了反应，他这次修改是因你而起的。也许我们现有的证据已经有暴露他动机和身份的细节。"

"也许他在杀申灵之前没有深入了解过她，我们挖出过去的事情之后，他才发现故事要这么讲。我一直有种预感，申灵被杀很多漏洞，下手太仓促，太着急。明明等她自己嗑药死掉也可以，却匆匆忙忙制造了杀人案。"

"必须要提醒你，即使在现在这条线，申灵依然死于镇静剂过量。可见守夜人并不认为杀她是个错误决定。"

唐忧的神色突然变得阴森可怕，她拿起AR笔，在投屏于虚空的蓝色面板上梳理着时间线："我们不知道改变剧情和杀死申灵孰先孰后，申灵五岁成名的时间线，申灵死于镇静剂过量；申灵没参加综艺的时间，申灵死于镇静剂过量；现在申灵重新参加了综艺，综艺风波的另一位当事人死亡，她依然死于镇静剂过量。可是申灵是否参加综艺与她是否镇静剂过量没有因果关系，参不参加综艺不会导致日后她必然死亡。也就是说，不管守夜人怎么修改过去的剧情，他至少杀死了申灵两次。"

7号也认同这种推论："很执着了。"

"他在不到三天的时间里，去过2029年这个综艺录制前的时间段重新触发综艺任务，还有可能去了2033重新杀掉她爸，最后一定还回到过去年以经纪人的身份再次杀死她。"

"效率真高。"7号用搅拌棒轻轻搅动杯里的咖啡，"你说得对，虽然从结果上看对杀她很执着，但杀她并不是终极目的。他这么高效、做了这么多努力，好像是在找寻不杀她同时能解决问题的办法，只是很遗憾怎么也找不到。"

"Sorry，无意冒犯。"莱雅的食指从申灵的鼻尖下离开，那里已经没有了呼吸。她带走空针管，疲惫地在一旁地毯上坐下，继续对着申灵说，"不是故意杀你五次，实在是……留给我思考的时间不多。"

对着刚被自己杀死的人的尸体说话不是什么好现象，桑达怀疑莱雅三天内加速四次已经对大脑造成了不可逆的伤害："你这可是在玩命啊。"

"我想不通问题出在哪儿。"莱雅虚脱地靠在茶几边发呆。

桑达乐观道："不幸中的万幸，现在杀人有经验了，不像第一次搞得一片狼藉。"

积累了杀人经验，这无法让莱雅开心起来，她的人生目标又不是做雨夜屠夫。

"再复盘看看，为什么Tino酒驾身亡，她却还是没有摆脱这件事的影响。"

不会要在犯罪现场复盘吧？

桑达真觉得莱雅有一点失常了，虽说在当天晚上，别人到达犯罪现场的概率、发现尸体的概率接近零。

"要不要，先回到你的住处去想？"桑达提议，住处当然是指经纪人余力的住处，经纪人经济条件不错，家里条件总比尸体腐烂现场强多了，莱雅两小时前刚来到这个年代，二十二小时内不宜再次加速回到未来，还是得找地方藏身。

"我才不要去臭男人家里。"这个方案被莱雅无情地否决了。

可你在臭男人身体里啊。

该不会要和尸体共存一整天吧，桑达感觉有点郁闷。

"你能上网吗？"莱雅问。

"能。"

"搜索一下现在申灵的履历推给我。"

桑达一边操作一边说："你不是一开始不打算杀Tino的吗？为什么最后还是选了酒驾身亡？"

"Tino本人是生是死没关系，我觉得重点是申灵的心理状态，她从来没有生活的控制权，需要得到一次。五岁的时候她应该理不出头绪吧，整个困境都是因Tino而起，在小孩子心目中Tino被认定为罪魁祸首也顺理成章的吧。那么这个罪魁祸首，在当天晚上就酒驾车祸死亡还不够大快人心吗？如果我是申灵，五岁遇到这种事，得到这样的结果，恶人有恶报，立竿见影地报，我肯定身心健康到爆棚。"

桑达笑起来，完成搜索进展："但是她十一岁还自杀未遂了。跳楼，下过雨地上有泥，摔得不严重。"

"为什么啊？两年前我不是把她爸也解决了吗？"

"新闻说是校园霸凌。"

"怎么童星都能被校园霸凌？"

"看起来好像Tino的粉丝还是一直追着骂她，不好的名声变成标签一直跟着她长大，这些同学找借口欺负她。"

"为什么Tino死了……六年？"莱雅连年份都记不清楚了，"还有粉丝？"

"似乎是……他死得太突兀了粉丝认为有冤情。"

"突兀吗？"

"就还蛮……"桑达抖机灵换了个委婉说法，"你赶时间嘛，在所难免的。"

"酗酒的人酒驾去世，不是很合理吗？"

"粉丝觉得去世很突兀，所以酗酒也是被诬陷的哦。"

莱雅沉默了长长的十几秒，最后用波澜不惊的语气说道："Tino最红是哪一年？开个粉丝见面会，集体炸死算了吧。"

她越是平静，这听起来越吓人，桑达心里毛毛的，计算了一下："时间线分支太多了，现在很难确定他最红是哪一年。再说我觉得这样也不太保险，你没法确保能炸干净。极端粉丝即使只剩一个也能造成很恶劣的后果。"

"所以申灵是一定要死吗？没有更好的选择了？"莱雅沉思片刻，"如果她的心态无法改变，她的影响力是不是能改变？"

"这个你不是试验过吗？她不是童星，成年后也红了。"

"让她转行呢？再回五岁以前，让她爸爸命令她转行？"

"回五岁以前，让她爸爸命令她转行，再回到她九岁杀掉她爸爸，再回到现在观察状态，你还要加速三次，光是加速冷却时间都需要三天，更不用说，可能无法在二十四小时内达成操作。我担心唐忱破案的速度太快，要不要先去找她一次？"

莱雅面无表情："你想干什么？"

"我想提醒你，唐忱的弱点……"

"不行。"

"那要不然我做个坏人，我去找个仿生人机体把她敲晕绑架三天？"

莱雅笑了："你能绑得了她？再说你不是不参与吗？"

桑达带着申灵的家用机器人球体别扭地逃远："我怕你加速太多脑袋坏掉啦。"

[29]　犯罪现场

守夜人似乎还是没有放弃申灵，唐忱感觉到，几天后剧情又变化了一次。

让唐忱大为震撼，申灵这次死在她眼皮底下。

她和7号每日往返于3局和车库，上班找那几个被守夜人上过身的目击证人身边的朋友录口供，下班回车库比较时间线之间的细节，寻找守夜人的作案规律。

过了三天，下午一睁眼，竟然发现申灵死亡的消息登上了MACRO系统中的热度榜首，消息是直接弹出来的，推送到全体用户眼前，可见其爆炸性。

就在她睡觉这段时间内，申灵成了知名网红。

申灵不仅没有参加成名的综艺，而且彻底连娱乐圈都没进，不过她还是进入了大众视野，从小凭借可爱的长相成为童装模特，十五岁时被CANVAS公司签约，几年过去，成了头部网红。

再一次，她爸爸在她九岁那年过世。

但也是再一次，她死于镇静剂过量。

发现她死在家中的人是公司辅助她直播的助理，到了工作时间联系不上她，前往公寓查看。

幸运的是，因为在中心1局管辖范围内，接警的正好是羽纱和露。要是别人接的警，她还找不到借口插手案件。

唐忱抵达申灵的公寓时，羽纱和露已经工作了一段时间，电梯口到公寓门前的通道都拉起了警戒线，大楼前还是被凑热闹的人群围了个水泄不通，除了现实，更多的是系统中投射出来全息投影，申灵的粉丝们举着虚拟蜡烛聚集在马路上，像密集的鱼鳞，一边闪光一边涌动。

申灵死了很多次，这是唐忱第一次在案发时刻有机会抵达犯罪现场取证。

房间里弥漫着一股奶油的香味。和之前保存的现场照片相似，申灵穿着精致的睡衣躺在床上，看起来非常安详，如同获得了婴儿般的睡眠，左手臂上有个针眼，床边留着空针管，就落在右手下方的地面，床头柜上好好摆放着四支被抽空的药品包装，清楚地写着药品成分和建议使用剂量。

人死了，媒体第一时间放出"镇静剂过量"的消息，应该就是基于这部分现场的判断。

桌面上凌乱散落一些拓印黑山羊图案的卡纸，她业余还是保留了这项爱好，纸上墨迹早干了。

她的药柜里品种丰富，都是违禁药品，两排针剂和一大把一次性针管放在最显眼之处。

唯独少了她常用的气雾罐和片剂。

她有家用机器人，露已经粗略检查过，里面没有值得注意的信息，连改造痕迹也不存在，更不用指望存有影像。

没有证据证明她平时的嗑药方式，如果根据这些针剂和口服药判断，应该会以为她平时惯用这些方式。

守夜人的作案手段比原先缜密许多，7号存档那次，他连伪装成她自己注射都没考虑过。

唐忱看着搜证机器人把针管放进证物袋里，收回视线："还是他杀。"

羽纱诧异地挑挑眉："你现在已经开始靠意念办案了？"

"如果只是过量造成的意外，但是注射镇静剂与注射兴奋剂不同，目的是放松助眠，我想没有人会带全妆、穿钢圈文胸入睡吧。如果是有准备的自杀，应该会把室内温度调低，防止自己被发现时发烂发臭，毕竟是名人，普通人自杀都会做的准备。她已经被守夜人杀了几次了，睡衣这么漂亮，可能工具人又是她信任的男人。"

信息量太大，羽纱消化了一会儿："杀了几次又是什么说法？"

"守夜人是时间旅行者，时刻局给的消息。"

"那个离岛？"羽纱停顿了几秒，用复杂的目光看了唐忱一眼，似在斟酌语言，"他……"

"他怎么了？"唐忱急切地催问。

"怪怪的。你的庆功宴那天，他追着我问了很多问题，关于爆炸案和塌房案的细节，还有我们治安局内部对守夜人的推测。我一开始还含糊其词应付着，后来实在被问烦了，直说案件细节不方便透露。"

唐忱沉吟片刻："守夜人是时间旅行者，他关注的应该是这个，他说过时刻局对死几个人的普通罪案根本不感兴趣。"

"什么都是他说的。守夜人真是时间旅行者吗？怎么听着这么玄乎呢？光意识侵入还不够，你想想现实中，我们真的见过时刻局干活吗？他们不就每天摆个花架子在街上巡逻空气吗？"

唐忱笑了："是不是花架子我不知道，但时间旅行者应该不是他瞎编的。我能感觉到时空的变化，就像我跟你说的，守夜人杀了申灵好几次，这是我自己能够感知到的，从我跟这个案子开始，她时而是女演员时而是大网红，时而参加综艺时而不参加，她的爸爸有时在她十一岁过世有时在她九岁过世。每次守夜人对过去做出修改，我们生活时空的现状就会相应改变，而我，你可以理解为脑补能力比一般人弱，遇到剧情变化后产生的冲突会有所觉察。"

羽纱整理了一下思路："好吧，就算守夜人是时间旅行者，世界上就他一个人拥有这种超能力吗？"

"不是，离岛还提过一个，听意思应该数量也不少。"

"他们每个人通过修改历史而修改未来，你都能感受到，那你不会精神错乱吗？"

"说到点上了，只有离我近的剧情变化我能感受到，比如守夜人不断杀死申灵，我有感觉是因为她是我正调查的案件当事人。如果我从一开始就没有接触过这个案件，没有关注她，那守夜人再对她做什么改变我也不会知道。"

"他不断杀死受害人，而且都是通过侵入受害人身边的男人。"

"是的。"

"那如果你是受害人呢？你怎么就这么肯定离岛没有被守夜人侵占过大脑？他是谁？一个你四五年没见也不提的男人，短短几天就利用你对案件的好奇和你走得这么近，也太轻松了。他说的话都是真的吗？他企图通过我了解案件细节，趁你喝醉时也没少打听吧？"

唐忱彻底陷入沉默，她忽然感到不寒而栗。

7号姗姗来迟，背着借来的血药直读仪进门，刚巧赶上唐忱脸色煞白、眼神慌乱，以为取证遇到了什么麻烦："很棘手吗？"

唐忱不说话，失了魂似的去沙发上坐。

7号被羽纱紧盯着，不敢磨蹭，马上开始检测，血液里镇静剂含量的确超标，药品与包装上显示的一致。与上次不同的是，这次她胃里检验出了残余的口服安眠药成分，局面像先服用安眠药依然无法入睡或杀死自己，再使用了药效更强的镇静剂。

"守夜人有了反侦察能力嘛。"7号低声自言自语。

是啊，唐忱想，如果不是守夜人突然有了反侦察能力，那就是他有办法了解到治安警之前把申灵死因定性为他杀的根据，有针对性地在后续行动中改进。

他能够读取治安局内部档案，或者他直接从自己这里打探到了。有一件事肯定没错，守夜人一直盯着自己，离得很近。

她现在也怀疑离岛，其他倒不是重点，他真的是时刻警吗？

他以旧识的身份出现，穿着时刻警的服装，带来一些惊世骇俗的理论——这些理论很快就被唐忱自己的感觉验证了，她几乎没有怀疑过他。但是有什么确凿的证据能证明他确实是时刻警？

看见过他刷着工作卡进出时刻局的安检口吗？

了解过时刻警的工作方式吗？

看见过他走在时刻警中间在街面巡逻吗？

为什么他总是单独行动，她好像至今没见过第二个时刻警与他同行？

如果他不是时刻警，他怎么对守夜人改变时间线的事那么清楚？

诚然，最重要的信息是他提供给唐忱的，可是唐忱认为守夜人特别爱好给出提示、邀请自己接受挑战、玩有来有往的游戏、享受单机杀人无法满足的乐趣。

不祥感迅速蔓延，她又开始怀疑周违。

周违是特警组的，这没什么好质疑，但他有没有可能被守夜人上身过呢？

今年开始，他总是频繁地来找她，她知道他在需求她的肉体，可她认为不至于如此小题大做，他是个长相英俊体魄强健的人，想找个异性上床是很简单的事，他老追着自己显得非常不自然。

他也偶尔向她询问案件细节，因为他本身是办案人员，参加过行动，当他关心进展时唐忱从来没保留，他为这个案件卖命，难道没资格知道比别人多一点吗？

可是现在，她开始感到焦躁了，守夜人想探听案情简直易如反掌。

至于7号，他没有理由背叛自己，可是他的人工智能大脑和完全生物性的机体兼容得好吗？他的意识是不是更独立于机体？是不是可能更容易被其他智慧体入侵？

他最近也有点古怪，当离岛第一次说起申灵的案件，他不提自己是案件调查员，而且也根本没有提供任何有用信息，他的理由是去年在摸鱼，这说得过去吗？

一瞬间，满脑子都是不和谐音，无法思考了。

她不经意地望着7号，7号却一直盯着被取证机器人慢慢收走的黑山羊卡纸。他在想什么？准备事后无人注意时再把证物偷拿出来赚外快吗？申灵现在人气正高，遗物拍卖的价格恐怕也要水涨船高。

"等一下。"他突然大步流星走过去拦住机器人，从证物袋里取出刚被放进去的纸张，回到唐忱面前，"看看这个。"

拓印用的卡纸有一定厚度，在光线下能看出上面有一个四分之三圆形的压痕。

唐忱接过来对着灯光仔细查看："什么东西压出来的。有一定重量。看这个大小，像茶杯盖的压痕。"

"不管什么东西压的，这东西从现场消失了。"

唐忧长吁一口气，振作精神重新投入眼前的现场，叫停了现场所有取证机器人："还原这个桌面，把所有卡纸按记录的位置、记录的顺序放回去。"

[30] 迷茫

桌面被还原后才发现，卡纸虽然是凌乱摆放的，上面的圆形压痕却排列整齐，是一个七乘七的方阵。

"有点诡异，这里放置过四十九个留下圆形痕迹的重物，东西还被带走了，看起来很像某种意识形态仪式。"7号说。

唐忧满腹狐疑地望向他，检查有没有被守夜人上身的迹象。

意识形态这个词，上次听说是离岛提的，提到申灵和另一个案件死者生前都与红袍人接触过，仿佛有意识形态上的关联性。

7号这时候提起，是合理推断还是故意误导？

唐忧沉下心思索，认为即使没有这方面的引导，自己也会联想，因为这间屋子里的油脂气味存在感太强了，一进门就无法忽视。

"灯，燃烧动物油的灯，一些仪式中常用。"她紧盯7号说着，从他的表情中寻找线索，但他没什么多余表情。

"你是说，凶手杀完人，还在这里做了一些法事？并且把工具带走了？"羽纱问，"好离奇。"

唐忧摇摇头，对7号说："红袍人。还记得吗？这事可能和他有关，把工具带走也许是因为工具本来就是他带来的。"

"现在成了团伙作案吗？"羽纱满脑袋问号。

"不是，红袍人是个干扰因素。申灵和他在其他时间线有过正面交集，如果他是时间旅行者，申灵的命运屡次被改写，他可能也像我一样能感受到，所以会跑来现场为她做法事，但是和案件本身关系不大。"事实上，唐忧对该不该提起"红袍人"都不太自信，这毕竟是离岛提供的信息。

羽纱问："关系不大是怎么得出的结论？"

又不可避免要提到离岛。唐忧无奈道："离岛把两个案子放一起查的，查了一年没查出结果。"

"他说查了一年就查了一年？"

"呃……"质疑得也对。

羽纱说："什么案件，推给我看看。"

唐忧从警用系统中调出档案，检查了一遍，大致剧情没变化："这个，2041年的案件，死者潘世双是个女程序员，柿霜是她的网名，因为从事知名游戏开发工作而出名，同样死于镇静剂过量，嫌疑人是她的男朋友，这个案件已经判决了，判了七年。"

羽纱面无表情地翻着案件现场图像："证据确凿？"

"没有直接证据，她和男朋友住情侣公寓，就五十平方米的面积，她男友声称自己一直在安全舱里打游戏，对她在外面干了什么一无所知。其实根据系统登录时间，他出过安全舱，不止一次，多的是作案机会。"

7号很快从案件判决书上找到重点："男友参与网络赌博，她在社交平台上赚的广告费几乎都用来帮他还债，两人经常争吵，矛盾很多，事发前刚刚又欠了一笔，事发后还上了，钱是从女方账户转出的。怀疑是为财谋杀。"

唐忱说："贪图她的钱财应该细水长流啊，把人杀了以后还怎么赚？"

"这种猪头男哪有什么脑子，猪油蒙了心呗，一看就是冲动激情杀人选手。"羽纱翻翻白眼，"和男人住一起还指望有好事发生？同一屋檐下避免不了鸡毛蒜皮纠纷，但是男人，会因为鸡毛蒜皮杀人。"

7号有点心虚，反思有没有细节暴露了唐忱和自己住一起，怀疑陆羽纱在指桑骂槐。

唐忱沉默片刻："所以现在看，两个案件关联性不强。"

其实这两个案子的共同点比她想象得多，7号认真扫了一遍材料，两个女孩年纪差不多，都是死于镇静剂过量，嫌疑人都是身边的异性伴侣，情感关系的基础上同样有经济关联，原生家庭都有超出常规水平的混乱，申灵是父亲酗酒疑似伴有家庭暴力，潘世双是七岁时母亲杀了父亲。如果把守夜人视为连环杀人犯，那他在挑选受害者的口味上真是高度一致。再加一个卢敏，把这三个女孩的照片放在一起说不定会像消消乐一样一起消失。唐忱竟然得出了"关联性不强"的结论，真令人费解。

但7号没有当场反驳她，他感觉得到，唐忱今天不在状态。

临走时她还没看清透明玻璃，直接撞上了公寓楼下停止工作的一块广告屏。她神色惶惶，以为那里是空的，试图从中间穿过去，结果导致玻璃在被撞击后像瀑布一样散了一地，倒是没受伤，左臂拉了条大约十厘米长的口子，电流液渗出来，需要维修。

撞完后她依然木讷，因为感觉不到痛，反应很迟钝，把手垂下还是举起决定了电流液往哪个方向流，就这个毫无意义的选择都让她拿不定主意。

感受到她的心不在焉了。

7号觉得她看自己的眼神也不是友好模式的，暂时不主动招惹为妙。

莱雅情绪低落，这是不言而喻的。

即使申灵的案件画上句号，她也并不认为是圆满成功了。不杀她的办法想了很

141

多，已经让她转行，也让她父亲尽早死亡，还是没办法改变她的精神状态和观念。

最后在唐忧眼皮底下杀她，并非挑衅，完全是不得已而为之，因为时间不够。

她不能再等二十四小时穿越到之前的时间去杀申灵，时空变换后，唐忧很快就会发现申灵没有死，一旦她把申灵保护起来，加上时刻局的配合，想杀她就没那么容易了。

其实莱雅在之前的操作中已经犯了大忌，这几天不到二十四小时间隔频繁加速让她有些精神恍惚，在操作机体时竟开始混淆自我意识和潜意识。

出乱子的时候她才体会到人的独立意识多么珍贵，像春天枝杈上新生的嫩芽，蓄势要勃发，可如果雨水不够丰沛，几个烈日下来就干瘪了。

"你需要休息，在家躺两天。"桑达藏身在家用机器人里跟随她缓慢飞行，"状态不好的时候不适合做决定，欲速则不达。现在场面已经太复杂啦，这个红袍人到底想干什么，没法无视他呀。如果我们晚一点离开就要和他照上面，那下次怎么办？要不要等等他，正面试探？"

莱雅刷脸进入公寓，踢了鞋瘫倒在沙发里。

此时窗外不见云影，月色把空旷的房间照得一片皎然。

她半天不作声响，桑达以为她睡着了，转向她，却见她只是在屏息敛气。

"不用为这种人分心，不懂隐藏行踪的人很容易被抓到，可千万不能让他知道我的身份，难保被抓后不会被供出来。"

"哎对！说得有道理啊。就算是同类也不能轻易相信，我们不能暴露。"桑达心有余悸地在沙发边落了地。

她盯着天花板的一点，静静呼吸。

"关键是唐忧，咬我咬得太紧了。"

桑达附和道："嗯，只是让她放慢速度，这没什么不好。你在做对的事，你只是需要时间。"

"我在做对的事吗？"莱雅头枕着手，苦笑起来，"我也不确定了。我是不是太自负了，认为自己可以像神一样扭转乾坤。"

"干吗要自我否定呀。"桑达满不在乎地说，"做这些尝试很有意思啊，我们也获得了不一样的人生感悟嘛，对吧，我们有人生感悟。"

人生感悟？就是自己的人生观被彻底推翻了。

原以为只要改变人们经历中几件特别重大事件的走向，就能改变她的重大选择，现在看起来好像根本无法做到。

莱雅只能选择几个点介入她们的生活，管中窥豹并不能了解生活的全貌。就像她以为申灵避开了那几个重要转折就能获得生活的主动权，实际，在莱雅没有出现的大部分人生中，她心里还是一直留存着被剥夺感。

莱雅其实有些猜测，让Tino撞死并不能解答申灵内心的困惑，背叛留给人的恐

142

怖印象强于恐怖本身。

即使Tino死去，她依然会无法释怀，为什么那个让她产生职业向往的编导会和Tino一起做出那么不职业的事情？为什么表面上欣赏她的化妆师姐姐们要选择帮那个人渣说谎？为什么让她在节目组感到亲近放松的经纪人姐姐会做出这么糟糕的策划案和危机公关？

关键人物也许就是田梓萱。可是莱雅避开了她，她担心再次出现陈思雯和卢敏的关系组合，卢敏的心理阴影因陈思雯的选择而起，但聚焦到陈思雯身上，她又有她的故事。

就像一个走不出去的死循环，恶人被杀死了，发现恶人是环境催生的恶人，要让她生存就得改变环境，而环境中的恶人也是另一重环境中催生的恶人……真正的恶性循环，想要追溯到源头只会让人疲于奔命直至崩溃。

莱雅倒头睡了一晚，可是在这个时间使用的机体习惯上晚班，潜意识很活跃，夜里多梦，大脑也没有彻底得到休息，早晨起床依旧疲惫。

"唐忱昨天从犯罪现场离开撞上了玻璃。"桑达用开心的语气向她播报新闻，"看来也是内心动摇了吧，是好事。案件对你来说复杂，对她而言就更复杂，一时半会儿很难理出头绪，正好你可以缓口气了。"

莱雅可不像桑达那么乐观："还是得抓紧时间，晾了陈思雯好几天，不知道'友情'是否还继续得下去。"

当她回到那个漂亮女生的身体里，正值下午放学时分，被两个同龄女孩夹在中间快乐地汇入人流走向校门口，这两位闺密有点碍眼，她找了诸多借口才得以和她们分开走，还引来"有情况，是不是交了男朋友"的八卦猜测。

莱雅返回教学楼，在陈思雯的教室门口走廊逮住一个同学："陈思雯回家了吗？"

"没有，在里面。"

幸运。

莱雅换出热情洋溢的语气："思雯，我们顺路一起回家吧。"

陈思雯在座位上收拾书包，闻声抬头看她，可是看向她的神色有些张皇。

她有种不祥的预感，挤出加倍真诚的笑容走近去扯她校服衣袖："我们先去门口小店看看有没有新……"

话只说了一半，陈思雯突然退后一步，在两人拉开的距离间亮出一把闪着光的小折刀，压低声音："你离我远点。"

莱雅当场僵住，这才过了几天？走之前还好好的，看来陈思雯相当不讨机体主人喜欢，生出矛盾了。

好女不吃眼前亏。她也退后一步，仍然努力挤出阳光灿烂的笑："那……改天再说吧。拜拜！"

为了避免不必要的麻烦，莱雅谨慎地一口气跑远到学校两公里之外的地点，确保今天机体的主人再也不会和陈思雯照面。

但二十四小时内又不宜再去别的时间，被迫变成流浪女中学生。

唉，发展友谊比发展爱情至少难十倍。

莱雅翻翻书包，找出手机，用指纹解锁。

首先找找线索，漂亮妹妹家住在哪儿。

[31] 相似性

意外惊喜，漂亮妹妹和陈思雯家住在同一个小区，虽然只是个小小的地级市，但也有学区房的讲究，在这所重点初中上学的学生，多半住在附近同一个街区的五六个小区内。

莱雅现在使用身体的这位女孩成绩一般，书包里几张试卷都是六七十分，不用花太多精力替她做作业。家里住房面积非常小，还有一个姐姐一个弟弟，但全家人交流不多，这给莱雅省了不少事，避免了对话过多导致穿帮的风险。

吃过粗茶淡饭的晚餐，她正想找借口去陈思雯家附近打探，就有朋友上门来找她，认出来，是下午被打发走的闺密。

父母早出门打麻将去了，没人管她。莱雅和她的"姐姐"打了声招呼，"姐姐"的表情有点惊讶，看来平时连招呼都不用打。

闺密没去哪儿玩的完备计划，只是和她在小区周围瞎逛，莱雅猜她成绩也不会好，快升高中了，一点备考的意思都没有。

莱雅有意识将她引到陈思雯妈妈经营服装店的那条街上，虽然早就知道店铺面积小，但实际看到时还是有了更加直观的逼仄感受，那是个连栋房临街的一面，违章搭建伸出来的一小块，外墙用水泥糊得粗糙，门口立着个穿套装的塑料模特。经过店面时，店里没有一个人，既不见客人也不见店主。

"没人看店，不怕衣服被偷了？"莱雅说。

闺密嗤之以鼻："这种过时的土衣服白送给人家都不要，谁去偷它。"

莱雅顺着她的话说："中年大妈喜欢。"

"老年大妈也看不上。这是一班那个丑八怪陈思雯她妈的店，她奶奶跟我奶奶说，一个月卖不出两件，做人情送人都送不出去。"闺密在马路牙子上伸开双手走平衡木，自娱自乐。

莱雅没想到情报来得这么容易，地方小，人与人关系近，家长里短互相都知道。

"是质量不好吗？"

"现在淘宝上什么衣服都有卖，快递方便还便宜，她妈妈进的货太丑了。"

"我看她穿的用的不差，还有闲钱买周边，不像家里很穷的样子。"

"她爸爸赚的吧，她爸是法官。"

莱雅猜想，大概这孩子学习不好，以为在法院工作的都是法官。又继续打听："她和谁玩得好？"

"谁啊？"

"陈思雯。"

闺密笑起来："谁会跟她玩，她可能是我们学校最丑的女生吧。"

"怎么会？"莱雅瞪大眼睛，陈思雯小时候只是普通人，长相平平淡淡，还有几分清秀，绝对算不上丑。

"你前天不也说她丑吗？"

"是吗……我对她都没印象了。"莱雅想，这位漂亮妹妹性格不太好，有点刻薄。

"这是当然，因为她丑得没有存在感，你不觉得吗？她老是低声下气，好像谁欺负她一样，有时候突然和人为了没意义的事吵架，像连环杀手。都说她将来肯定能考去北京，可要我说，将来说不定会有警察找上门，说她杀了十几个人，问大家对她印象如何，街坊邻里都说'啊，不像啊，她平时很老实'。"闺密说着被自己逗得哈哈大笑。

莱雅也跟着笑，她形容得很生动，十四岁的陈思雯看起来安静老实，像肃穆的幽灵，而今天突然拔出小刀的举动确实又吓人一跳。

"学校里有人真的欺负她吗？"莱雅问。

"没有，谁敢欺负她？她奶奶骂街能骂一个小时不带喘气。"

威力这么猛？

"话说回来，她奶奶住在哪里？也在我们小区？"

"就在她家啊。自从她奶奶从乡下来治病，已经在她家住了三年，她就一直摊个小床睡客厅，我都不知道那日子怎么过，有点同情她了。"

"还好吧。"莱雅平淡地说，"我也和我姐姐睡一间。"

"和姐姐住才不一样的好吗？全家人走来走去都从她床边过。"闺密笑嘻嘻地朝她勾勾手指，让她凑近点方便耳语，"她奶奶说她晚上会那个，还问我奶奶是不是缺什么东西。"

"哪个？"莱雅没反应过来。

"那个呀，摇床。"闺密挤眉弄眼地窃笑，"去年跨年庆时你没看见她穿了什么吗？很薄的旗袍，明显是夏天的衣服，冻得瑟瑟发抖，她可能希望有男生看上她吧，可是真的很尴尬，每个当面夸她裙子漂亮的人都是为了看她笑话，好让她继续穿着那种暴露的东西像傻子一样到处招摇。但我猜她是处女，至少到三十岁都会是。"

那你可猜错了。

莱雅焦躁地挠挠额头，这地方的闲言碎语可真荒谬。

她甚至摸不清面前这小姑娘到底持什么立场，女孩子内敛一点被"吐槽"连环杀手，处女又遭到嘲笑。真是矛盾。

有一点可以确认，陈思雯有位令人窒息的奶奶。

她心中已经有了初步盘算，回到前面一点的时间去重新展开和陈思雯的关系，除了谈及共同的偶像，还可以从"吐槽"无处不在的强势老太太开始。

不过在这之前，她需要做些心理建设。

她沉睡了十四个小时，又在与毫无血缘关系的姐姐共同的房间里对着初中生读物发了三小时呆，确保自己精神无碍后，她决定先前往纸醉金迷的时间点放松放松，娱乐圈成年人的交流比陪着敏感多思的青少年聊小镇八卦要简单得多。

7号在帮唐忱修理她的仿生臂，而她虽然眼睛也盯着"伤口"，脑子里却在想同样破损的衣袖。

"这是我最喜欢的一件投影服。"她遗憾地说。

"但这是你唯一的左胳膊。"他没抬眼睑，继续全神贯注地连接电路，"投影服不是每件都长得一样吗？"

"穿久了就会变软，会变得更舒服。"

他笑了笑，怀疑在她心里自己也就是这个地位，相处久了比别人更舒服一点而已。但是从犯罪现场回家到现在她过于沉默，没和自己聊过对案件的新想法，想必又对自己起疑了。

这也是没办法的事，由于科洛植入的奇葩剧情，担心被背叛已经成了她根深蒂固的潜意识。

恐怕自己现在主动谈起案件，也会被怀疑是在对她进行误导。

"你为什么不说话？"唐忱紧盯着他。

"你确定想听吗？我现在说什么可能都会被你怀疑是被守夜人上身了。"

呃……猜得还真准，她不太好意思地挠挠头，"你不是重点怀疑对象啦。"

他用仿生皮肤在表面贴好，大功告成，起身换到和她同侧的方向，把自己系统里的几份资料推到她面前打开："我稍微做了点背景调查。这位程序员潘世双和卢敏、申灵有一点很像，争议人物，讨厌她的人和喜欢她的一样多。"

他推过来的影像主要是潘世双平时在社交平台上更新的动态内容。

唐忱用视线点开两条看了看，没看完，剩下的视频内容一拉到底，光看封面标题就觉得精神被污染了。

"四年恋情心得分享：揭秘如何维护一对一关系。"

"为什么你的男朋友劈腿了？进来对号入座。"

"有男朋友的姑娘们！一定要试试这个相处小技巧。"

"雾粉色玻璃瞳！男友说又找回了初恋氛围！"

"闪闪发光的小日子Vlog754——男朋友把我宠废啦。"

"她好像活在二十年前的人类哦，不，我妈二十年前也不像这样。她不是开发游戏的吗？工作上的内容也很丰富吧，不能发点那些内容吗？"唐忱满脸的一言难尽。

7号笑着说："她对外形象的定位似乎是时刻享受着美好恋情的少女，可能这样更方便植入广告。"

"广告也需要用户买单吧，这年头谁吃得下这种三观？"

"她粉丝数过百万，不比MCN捧出来的职业网红差，还是有很多人赞同这种三观的。"

唐忱只觉得看多了眼睛疼脑袋更疼："吃这套的都是男的吧！你是不是就挺喜欢这种女朋友？"

7号淡定地提醒："别拿我撒气啊，我可没说过。而且看起来她的粉丝其实以女孩为主。很正常，一些男性会喜欢这种围着自己转的女孩，不过这种人反而不会蹲守她的账号学习相处技巧。"

"是不是这一百多万人才能拼出一个完整脑子，需要抱团才能生存？""毒舌"忱忱开始发挥她的战斗力。

7号笑起来："你得学会尊重人类的多样性。真情实感的粉丝有，天天追着骂她的人也不少。所以说，她也是争议人物。"

"可是不对啊。"唐忱正色回归案情，紧蹙眉头，"我记得她妈妈在她七岁时杀了她爸爸，发生过这么可怕的家庭纠纷，应该对情侣关系产生一生阴影才对啊。谁'恋爱脑'也轮不到潘世双'恋爱脑'。"

"确实很反常。不过人们对重大创伤的反应也是各式各样的，不能一概而论。"

唐忱沉吟片刻，打开系统搜索潘世双父母的案件报道，其中有一篇万字专题报道，其他媒体多为转载，标题为《"悍妻"与"懦夫"，错位婚姻的七年之痒》。

七年之痒，孩子七岁。

意味着婚姻的建立可能也有曲折，过去人们会因为已经怀孕而不得不和本来没有结婚意愿的对象结婚。

她粗略地把这篇十五年前的报道扫视一遍："这妈妈看起来是冷血控制狂，就是因为这个，她才决定吸取教训，做个娇软小可爱，是吧？"

"现在你是不是觉得她们三个相似性更多了？都经历过一些重大创伤，造成了与当下主流观念不同的三观。除了一部分扭曲，她们身上又有不容忽视的闪光点，使她们走进公众视野成为焦点。"

这么看起来，相似性其实很明显。

"为什么这么明显的相似性，离岛查了一年没查出进展？"

怎么还在疑神疑鬼中转圈圈？

7号扶额："别再想他了。"

[32] 争取时间

唐忧最近每天都需要一些真正的食物，"蜡烛包"满足不了她，吃完一会儿又饿了，还需要额外的一点面包和肉类。

但是车库没有现代厨具，7号在院子里生火，她就靠在旁边给他读步行街上当天的吵架话题——步行街上每天一定会有一个崭新的吵架主题，这个传统由来已久，近期总是关于仿生人。

仿生人们在传媒、娱乐和公益行业干得不错，坏处就是他们工作之余开始不断发出自己的声音，发出声音后就有脑袋不好使却又闲得发慌的人类加入，去帮他们不断扩大声势。吵了很久的"下班后继续供电"争议又有了新进展，仿生人们在公寓坍塌事故中获得了新知，原来一些重要行动缺了仿生人不行，以及人类中起反作用的蛀虫太多。

如果一些员工突然发现公司缺了他们就不能运转，甚至有可能立刻被其他猪队友搞垮，那么他们当然能获得升职加薪的筹码。

"他们又提到我了，用来举例说明行动的最终决策人还是人类。"唐忧不屑地"啧"了一声，"我们人类在媒体阵地真是输得一败涂地，为什么会派一些逻辑这么差的家伙上阵？对面在论证人类群体和仿生人群体在社会生产中发挥的作用孰轻孰重，我们说'但是我们这里有个人看起来还不错'。"

"他们实际上想的可能只是熬过这六小时工作时间赶紧回家进系统玩游戏去。"

"总有一天我会因此遭到暗杀，仿生人受够了陪他们说车轱辘话，'好了，那个还不错的人已经干掉了，下一个是谁？'"

7号笑起来："说不定。"

"你觉得他们会采取暴力吗？"

他耸耸肩："我听说他们准备罢工抗议。"

"79区的传说吗？"

"嗯，遭到了79区的嘲笑，他们说市区里那些仿真娃娃自以为彻底融入了人类社会，完全是人类思维，竟然想采取工会的方式解决问题。"

唐忧仔细一想，的确像工会的方式，也忍不住笑："太文明了是吧？"

"太文明了。"

绯红色夕阳下，炊烟飘过院墙，携着浓郁的蘑菇香味远去。

唐忱突发奇想："我担心有人怀疑着火报了警，3局同事破门而入一看，哇，原始人。"

他笑了，一边把烤架上的小蘑菇逐一翻面，一边伸出左手召她靠近。

她以为他要说什么悄悄话，把耳朵凑过来，他就亲了一下她的耳朵。

唐忱转过脸抬头看他："你可真喜欢我。"

"嗯。"

"你会不会偷偷去开个社交账号，分享如何维护一对一关系？"

"我认为你不会理会这套。就算要建立一对一的关系，也只可能会和离岛，因为阶级或者经济或者血统等因素，你们人类讲究这些吧，门当户对之类的说法。"

"你把我想得太庸俗了。"她直截了当地说，但听语气并没有生气。

"不好意思。我只是发现大量人类社会文化作品探讨爱情的同时在探讨这些，另一些同时在探讨种族，那好像对我们更加不利。"

唐忱咯咯笑起来："那你呢？从本性出发，想不想同时有很多女人，左拥右抱？"

"我不想，因为我和你不一样。你自己就是一个完整的人，但我是因为你才完整，和你的连接让我产生感情，所以和别人再建立连接就会破坏我的感情，侵犯我的隐私。就好像我天生有一只左手，因为你又长出了右手，我没法想象用这只右手去抚摸别的女人。"

她停顿片刻，认真问："你能想象我把你介绍给父母吗？"

他把烤夹换到另一只手，腾出一只手揽她的肩："我知道你很喜欢戏剧化，但还是不要节外生枝了，像现在这样就很好，别去招惹那些肯定会反对的人，给自己添堵。"

"我觉得他们不会在乎我和谁在一起。"

"他们把你教得很聪明，所以可以很放心，但是心再大的父母也会在乎女儿和'什么东西'在一起。"

她开始一言不发，苦涩的面具爬上脸颊，用小叉子扎了一朵蘑菇。他知道自我贬低惹她不高兴，想亲她的脸但是她转了过去。

吃饭时她也反常地寡言，安静到最后不知道她去哪儿了。

他开始收拾餐具，她才不得不主动下楼敲门找他。

"你看，不是我特别喜欢车库，我的住处就是一直在随机变化。"她边说边从他身边经过，走进他的公寓，躺倒在床上，"我们刚才吃了什么？"

"水饺。"

"哼。"她脸垮下来。

还以为她挺喜欢吃饺子呢。

他用毛巾把手擦干，又把毛巾放回挂钩上，站在一旁有点不知所措："不满意吗？还想吃点什么？"

"算了，感觉已经饱了，一肚子垃圾食品。"

"谁的剧情又出现了变化？"他暗忖最近变动太过频繁。

"不知道，我还没看。我正在喝水，马克杯突然变成玻璃杯，我就来找你了。"

她表达不满的方式非常直接，整张脸都写着不高兴，但是也很快就能哄好。

他抱着她在床上温存了一会儿，然后两个人开始对剧情。申灵那边暂时没有动静，潘世双也已经死了很久，出现变化的是卢敏。

在团队获奖她上镜的那段时间，她受到的攻击比从前更多了，在她公布了工作视频产生容貌争议之后，关于她的议论好像已经偏离了主题。

有一种广泛散布的说法是卢敏经历过基因编辑修改容貌，和唐忧之前的猜测一样。

7号查询了一些活跃账号背后的IP地址，大体上与陈思雯脱不了干系，而信息流掀起这么大的风浪，也一定有资金支持。

不知道为什么，当卢敏这次回到公众视野中，陈思雯和韩梦麟她们的攻击点集中在了容貌方面。有意思的是，一时引起了基因整形咨询量激增，公众对卢敏的绯闻轶事、职业贡献已经不再感兴趣，更多人在打听她接受整形的医院。

而卢敏对此回应得非常有趣，她开诚布公地表示，这项技术是她与好友正在研发的专利实验项目，目前没有申报国内医疗审查，等到技术成熟将会以低价向医疗机构授权这项专利。这种表态反而为她拉了不少女性好感，口碑较之前有些逆转。

唐忧不明白，守夜人做出这种修改是什么用意，目前看来对卢敏本人和对社会都没有产生特别重大的影响，就像额外增加了一条小弹幕。

"与此同时，绑架陈思雯和卢敏制造爆炸案的首次行动却消失了，这种连锁反应看似影响巨大。"7号提醒。

"按照以往推断，连锁反应产生的原因可能是由于前序事件改变，打开的新时间线上外介力量守夜人曾经制造的事件有可能会消失。存在和消失的可能性都有，一旦消失就必须再制造事件。就像申灵的儿时经历一次次被改变，守夜人不得不多次杀死她，才能导致她多次死亡。"

"所以现在，守夜人会再次制造爆炸案吗？"

"可能性非常大，那次游戏他玩得很顺利，把我们耍得团团转，那可是他的得意之作，难道不值得复刻存档？"

"能得到时刻局的帮助吗？"7号问。

那也得离岛确实在时刻局才行啊。唐忧心想，不过正好也能借这个机会将他一军。

"离岛说时刻局不能随便插手修改过去的重大事件，是因为不能随意增加波函数发散状态的种类，会影响很多人的生活。但现在爆炸案不存在的状态已经被守夜人自己制造出来了。他们没理由拒绝。"

"只要能通知那时候的你，提前在灯谜围捕飞行员，或者在地铁口围捕足球运动员，也许可以抓到他。"

"我只能抓住飞行员和运动员本人，具体怎么抓捕守夜人是个难题，我们上次可是连撺掇荷善的AI也没抓到。还需要和时刻局一起制订更周全的计划。"

莱雅发现，田梓萱对Tino的态度并不像对待一个二十四岁男子，而是像对待一个四岁儿童。尽管她本人只比Tino大六岁，可连哄带吹的相处模式仿佛养了个儿子。

所以当莱雅以Tino的身份邀请她留在房里陪自己一起喝点红酒时，萱姐完全没有往异性邀约那方面想，酒过三巡，诉苦的语气也像极了"辛勤母亲的抱怨"。

"这次营销策划确实是我的失误，可我也想不到现在人的思想怎么会龌龊到这个地步，非要把你这样一个优质偶像往奇奇怪怪的方面扯。那几个对家过度发散还真有那么多人上钩，现在的人只会人云亦云，毫无思考能力，戾气也重。"

莱雅抿一口酒，平静地偷换概念："主要是因为申灵年纪太小。"

虽然事件造成了不良后果，但其实田梓萱对申灵没有任何歉意。

萱姐借酒消愁喝得急，有了几分醉意："这些女演员只要在圈里混，就会变成一个样——除了红什么都不重要。"

"好像有故事？"

"当然啊，在带你之前我带的都是女艺人，姐姐妹妹叫得可亲热了，可培养女艺人投入大，回报却低。红不起来怪经纪人资源喂得不够闹解约，红起来了怪经纪人钱分太多闹解约。两年跑了十七个女孩。"

"全是白眼狼吗？"

"没有一个不是。我年轻的时候傻，带艺人出去应酬把她们护得严严实实，没想到艺人还反过头怪我不会来事，挺好笑的。"萱姐醉眼迷离，又猛灌了两大口，"都没底线。申灵早晚变那样，除非她退圈。"

又到了让莱雅最郁闷的环节。

听起来田梓萱果然有苦衷，也被伤透了心。可又能怎么办？去把那些摧毁她三观的白眼狼一个个找出来谈心感化吗？去把她小时候的奇葩电视节目组一个个找出来搅黄吗？天天干这活，愚公移山似的，子子孙孙无穷匮也。

雪上加霜的是，就这点喝酒休闲时间，桑达还不识趣地带来噩耗。

耳机里传出声音："卢敏那事提前了。不过只是对外公布，技术还没有成熟。另外这次时间跳跃把爆炸案也折腾没了。"

莱雅叹了口气，估计就是这两天放着突然拔刀的陈思雯没管，她一个人作出什么妖了。

"先杀了卢敏吧，以防万一。争取点时间。"桑达提议。

时间，现在成了最稀缺资源。

莱雅想，最近实在被唐忱追得太被动了。

[33] 嫌疑人

所谓"和时刻局一起制定更周全的计划"，到实际实施的时候，变成了"脑内产生一个计划，让时刻局去执行"。唐忱就是这么自说自话的家伙。

虽然离岛曾经一度很了解她的风格，时隔多年生疏了，还是有点不太适应。

"为什么是通知爆炸案后一天的你？"

"因为就像你说的，如果通知爆炸案之前的我，治安局对整个爆炸案的处理方案就会改变，变动这么大，影响的是成千上万人，波函数重新坍缩产生指数级的崭新可能性。本来我们知道后续事件，可以对抓到守夜人起作用，但是大大降低后续事件发生的概率后就前功尽弃，相当于我们一点线索都没了。"

"如果这样，顺其自然，爆炸案再次发生，陈思雯会再死一次，但你决定不救她？"离岛把话说得再明白一点，跟她确认。

"对。"唐忱斩钉截铁道，"伴随重大社会事件的个体死亡我们暂且不干预，我现在推断守夜人会在接下去几天里尽快对卢敏动手，我们盯紧卢敏，既可以让她免于谋杀，也有可能抓到守夜人。"

看来唐忱完全不会受火车悖论困扰，她这种思维，倒是很适合在时刻局工作。

离岛笑眯眯地看她，眼神里充满欣赏。

"方便透露你是依据什么推断的吗？"

唐忱张了张嘴，没说出话，却也不是故弄玄虚的神色。

"别跟我说是你的直觉。"离岛心里无奈，唇角却不自觉地上扬。

并不完全是直觉，唐忱认为在爆炸案后，守夜人先是在未来杀了卢敏，又返回去修改卢敏的经历导致爆炸案这种级别的大事件消失，足以证明卢敏是他非常重要的一个目标。反复修改剧情没有达到预期的先例存在，那就是申灵，守夜人杀了她不止一次，不带一丝犹豫。对卢敏很可能也是如此。

离岛脸上显出促狭的笑意："我要是不合作呢？我不知道你们治安局是什么程序，我们这儿动用AI传递信息是需要打报告的，我不能在报告里写这么做的理由是因为你的直觉呀。"

7号看不下去了，离岛没理由不合作，抓到守夜人也是他的工作，他这么吊胃口只是借机和唐忱调情，从刚才唐忱找上他，他就得意忘形，别有深意的眼神在她脸上放肆地瞄来瞄去，尾巴翘上天了，让人不由得想握紧拳头。

7号双手插兜，面无表情地说："治安局的程序是如果你不合作，就拘禁你四十八小时。"

离岛笑容僵在脸上，挑了挑眉："这么不友好？"

"他不是吓唬你。"唐忧也面无表情，公事公办道，"如果你不合作，我就进去找别的时刻警，同时拘禁你，因为你不想办案却从我这儿套了不少案件信息，怀疑你是守夜人的同伙。"

离岛顿了顿，无奈地笑着点点头："行，够狠的。回去等我消息。"

唐忧目送他转身走进时刻局大厅，紧盯他过安检，消失在电梯口。

过了两分钟，7号催："不走吗？"

"再等会儿，说不定他现在藏在厕所里，等我们一走就会出来。"

7号扑哧一声笑了："你这'脑洞'也太离谱了。你突然过来找他，他能从大楼里出来，还不够证明他确实是时刻警吗？总不至于为了骗你，每天二十四小时躲在时刻局厕所里，以备你不时之需。"

唐忧不自在地掸了掸自己制服上并不存在的灰尘，掉头出门。

马路上吵得要命，刚才在楼里就一直能听见，出了大楼噪音更是成倍地放大。

唐忧眯起眼往科技部大楼门口望过去，条幅上写的依然是呼吁娱乐时间供电，还是一如既往的抗议活动，人群的虚拟影像从系统中投射到现实。

"科技部现在都不关声音了？不影响办公吗？"

7号用视线打开线上警用系统，转告她："报警反映这件事的数量不少，看回报好像是科技部的声音屏蔽设备出了故障。"

"人为破坏的吧。"

"你怎么知道？"

"科技部也有仿生人员工啊，门口的保安，扫地的工人。"唐忧一边往地铁走一边"吐槽"，"那些专家还在危言耸听，说什么第四次世界大战一定发生在人类和仿生人之间，拜托哦，人类的武器都需要仿生人造，这能打起来也是痴人说梦。"

7号从身后一把揽住她的肩，笑嘻嘻地贴在她耳侧问："那你觉得世界大战要怎么打？偷偷告诉我，别告诉别人。"

"仿生人和未知外星生物吧。"唐忧把他沉重的胳膊掀下去，"大庭广众别勾肩搭背。"

7号低笑着说："你是真不看好人类。"

回家等消息，两人暂时没什么可做的，偷得半日闲，到傍晚时消息就来了，离岛在线上给她发了条语音，说已经在过去做好了安排。

唐忧一直上的是夜班，生物钟是白天睡觉，半上午正迷迷糊糊时，公寓门突然被敲响，响声很急促，以为是7号有什么急事，没问是谁就直接开了门，看见走廊里站着四个全副武装的时刻警，稍稍愣了一愣。

虽然制服相同，但这四个人里面没有离岛。

四个人把电子证件推给她看了一眼，其中一个作为代表说明来意："关于守夜人案件，请你跟我们去一趟时刻局配合调查。"

唐忧迅速进房间取来外套背上枪套跟着出门："抓到了吗？"

四个人都沉默着。

唐忧走着走着，听见楼下也有动静，似乎有时刻警去带走7号。

这不像抓到守夜人的征兆，反倒像出了岔子。

果然，上楼到了天台，被塞进直升机前，她看见另一架直升机窗口前7号露了半张脸。

一路上无论她问什么问题，那四个时刻警都不正面回答，只说到了局里再说。

"离岛呢？怎么不敢来见我？"

这问题倒不难回答，四人中说话那位代表眼神缓和了一点，语气也客气了不少："他在运送其他治安警。"

唐忧想，原来不是离岛主导的行动，他们也不了解行动的全貌，甚至先前不知道自己和某位时刻警相熟，知道后变得客气。

说明确实出了岔子，一定是参与过去行动的治安警工作出现巨大漏洞，可能造成了扰乱时空的严重后果，自己不是配合调查，而是嫌疑人之一，嫌疑人数量不少，因此分散到每个人身上的嫌疑不大，所以时刻警也会对同事的熟人态度好转，以免得罪了人，排除嫌疑后面尴尬。

嫌疑人数量不少，运送一个嫌疑人就要出动四名时刻警，除了证明时刻局平时没什么活，也证明这次事件的影响非同小可。

唐忧在时刻局大厅过安检时被下了枪，直升机飞行速度不同，这时她没看见别的治安警。

她被单独带到一个问讯室，三面墙一面单向镜，她看不见玻璃另一边，但她知道另一边的人能看见自己，她被晾着的时候就一直瞪着玻璃，好像在和对面的人较劲。

送她过来的那位同事在玻璃后被瞪得心里发毛，问离岛："你女朋友？"

离岛愣怔一下，摇摇头。

"你债主？"

离岛笑起来，又觉得严肃场合笑得不合时宜，赶紧收敛。

"那为什么这么嚣张？"同事百思不得其解，"要不是你女朋友，我就怀疑她是守夜人。"

离岛看着唐忧，双眼逐渐失去焦距："不是没有可能。"

　　过了大约一小时，一个时刻警抱着生理指数扫描仪进来，没戴护目镜，没戴面罩，长得文质彬彬，体格偏瘦，眼神闪烁，没有外勤人员的定力，仿佛"社恐"，可能是搞技术的。

　　他把扫描仪放在桌上，冲唐忱腼腆地笑一下。

　　唐忱没笑，目光落在扫描仪上，这让那时刻警有点尴尬。

　　他小声说："测个谎你不介意吧。"

　　这倒让唐忱差点笑了。我介意，就不做了吗？

　　她咬咬嘴唇，把笑意压回去，淡淡地说："这么原始？我们局有读取血流模式和神经元放电的问讯室。"

　　"我们也有。"他调试好机器坐下来，又冲她一笑，"但不必杀鸡用牛刀。"

　　会不会说话呢？谁是鸡？

　　唐忱似笑非笑，抬眼看一看玻璃外，眼神里的意味再明白不过："认真的？派这个菜鸟来审治安警？"

　　"你的名字叫什么？"他开始提问。

　　这只是生理指数参考问题。

　　"唐忱。"

　　"你现在住在79区是吗？"

　　"是。"

　　"你的职业是治安警对吗？"

　　"是。"

　　"在工作中你参与了守夜人案件，是吗？"

　　"是。"

　　"请简单说说你的工作是怎么与守夜人相关的。"

　　"我负责的一起杀人案，嫌疑人自称守夜人。"

　　"你知道谁是守夜人吗？"

　　"不知道。"

　　截至这个问题，她的心率、血压和激素水平都在回答基准问题建立的波动范围内，十分稳定。

　　"你有怀疑对象吗？"

　　"有。"

　　"是谁？"

　　"这我不能说，只是我的猜测，我没有证据。"

　　时刻警按了按耳朵上的穿戴设备，系统中应该有人在跟他说话，得到许可后，他放过了唐忱，允许她跳过这个问题不回答。

　　他抬起头看着唐忱继续问："你知道卢敏吗？"

"知道。"

"她是什么人？"

"一个科研工作者，受害人，在一些时间线上守夜人绑架和杀害过她。"

"你帮助守夜人杀害过她吗？"

"什么？没有。"

"唐忧，你的生理指数波动超标了。要不要做一次深呼吸，重新回答？"

"等、等一下。"她支着桌子站起来，"你的意思是爆炸案之后，卢敏在治安警的保护中被守夜人杀死了？"

"请你冷静一点，坐下。"

此刻玻璃另一边的几位时刻警也有些陷入混乱。

"这么敏锐吗？就这一个问题她就猜到了？"

"如果是装的，惊讶也是演的，那就是她吧。"

"那隔壁那个……"

离岛绷着脸沉默，他不认为唐忧是守夜人，她的搭档嫌疑很大，他们关系不一般，虽然唐忧不太"恋爱脑"，但她帮他的概率不是零。

唐忧坐回座位，大脑飞速运转。

在爆炸案之后那几天，守夜人杀了严密保护下的卢敏，大概率是联合行动，保护她的人除了治安局还是时刻局，在这种情况下发生的谋杀，首先要排查近身安保人员，时刻局如临大敌是可以理解的，这事件造成了政治形势的紧张，如果治安警的嫌疑完全被排除，就说明时刻局出了内鬼，时刻局必须对内对外拿出一个合理交代。

但是，为什么排查行动会放在现在，人是那时候被杀的，为什么不在那个时候行动，对当时的治安警进行审讯？因为——

守夜人在这里。

时刻局一定有线索，守夜人杀完人后来到了现在。现在有什么？这么吸引他？

她想起离岛说过，人工智能在时间点上跳跃需要冷却时间，太频繁会造成损害。守夜人来回穿梭冒了风险，这里有什么人什么事值得他冒这么大风险？

不管怎样，她需要马上出去调阅卢敏死亡案件的卷宗。

"唐忧，你要不要冷静一下？我还没有问任何问题，你的生理指数乱得像可达鸭，这可通过不了测谎。"技术小哥友善地提醒。

必须马上出去。

7号也必须马上出去，以免卷宗无备份产生变化。

唐忧深呼吸，正襟危坐："问吧。"

时刻警瞥了眼仪表显示器，生理指数已经迅速回落到合理范围内。

"你帮助守夜人杀害过她吗？"

"没有。"

她的生理指数波澜不惊。

玻璃另一侧已经炸开了锅，一片哗然。

"这什么？川剧变脸？"一个时刻警在系统里切进问讯室内技术分析员的对话通道，"激素模式有变化吗？确认一下她现在有没有被守夜人上身。"

技术员用意识输入了语音回复："三项指标均无变化，完全吻合基准问题设定的范围。没有守夜人，是她本人。"

另一位时刻警凑上前来切入语音通道："你再问她一遍，是否帮助过守夜人，这是两个问题。"

技术员照办，问唐忱："你帮助过守夜人吗？"

生理指数出现了一点波动，但迅速回落到基准范围内。

"没有。"

玻璃另一侧，有个时刻警眼尖捕捉到这个小波动："也就是说，她帮助过守夜人，只是没有参与杀人。"

"但她回答问题时没有波动，说明她没有帮助，很可能只是听到重复问题有点不爽。"另一位有不同意见，切进语音通道建议技术员，"你再问她，知不知道守夜人是谁。"

技术员照做。

"不知道。"唐忱回答。

这次连生理指数波动都没有了。

"为什么这次重复问题又没有波动了呢？"

技术员在系统里科普："如果她持续不爽就不会再波动。"

问讯室内接着提问："你和守夜人见过面吗？"

"没有。"

"你和守夜人上身的人见过面吗？"

"没有。"

"你具有时间旅行者的能力吗？"

"没有。"

"你在执行任务时是否有徇私行为？"

"没有。"

"你认为你的同事中有嫌疑人吗？"

"没有。"

"你认为你的搭档是守夜人吗？"

"没有。"

"你认为你的同事中有人被守夜人上身过吗？"

"没有。"

"你认为你身边有人被守夜人上身过吗？不限于同事、亲属、朋友。"

"没有。"

技术员在系统中间玻璃那边："还需要再问吗？生理指数平稳得快要睡着了，她可能感到相当无聊。"

"了解一下她的搭档。"

技术员问唐忱："评价一下你的搭档。"

"他很敬业。"

"你们有工作之外的私人关系吗？"

"我们是邻居。"

"你们之间存在情感关系吗？"

"这个问题侵犯了我的隐私。"

"他很可能就是守夜人，在这个假设前，你的隐私不那么重要。"

"好吧，睡过，满意了？"

"我问的是，'情感关系'。"技术员强调道，加了重音。

"同事情？邻里情？"

"爱情。"

"没有。"

技术员瞥了一眼显示器，生理指数依然在范围内，他切进语音通道："她和隔壁没什么关系，可以让她走了吧？"

"最后一个问题，你会开车吗？"技术员问。

"什么？"唐忱一时没反应过来，在一瞬间，她的思路已经奔着"卢敏是被车撞死的？"去了。

"你会驾驶燃油型汽车吗？"

她恶狠狠地看向玻璃，虽然什么也看不见，但她知道离岛就在那边，这问题还是他加的。

"不会。"唐忱平静地说。

显示器上，生理指数波澜不惊。

唐忱被领到门口，保安把她的枪支完璧归赵。

离岛跟下了楼，过了安检，开始阴阳怪气："拜托，要我玩呢？你不会开车？以前我俩出去谁开的车？"

唐忱没兴致跟他说笑，小暴脾气压不住了，当场拔枪指脸："把我的调查员放了。"

离岛的枪也拔得飞快，不带一丝犹豫："不放。他没通过测谎。"

"你的测谎就是小儿科。"

"小儿科他都挂科，不是很能说明问题吗？"

"你放不放人？"

"你放下枪，不要在大门口挑衅。唐忱我知道你枪法准还爱炫技，但你不会杀人。我这一枪过去，你会从射入点开始汽化。考虑一下风险。"

唐忱知道时刻局武器杀伤力不同，但也同样不认为离岛会开枪。

两个人像雕塑一样，互相用枪指着对方，僵持在时刻局大楼前。

[34] 机密

7号过了安检走到大门口，唐忱才注意到他，把枪放下。

与此同时，离岛也把他的杀伤性武器收了回去，人有些错愕，几分钟前还毫无可能通过测谎的人怎么这么轻易就被释放了，堂而皇之走到了这里。

唐忱更关心案件，热情地凑到跟前："备份，备份！"

7号从保安手里接过枪，困倦地打了个哈欠，跟随她走下台阶："已经下载70%了。"

离岛插不上话，仍一头雾水，只能目送他们无视自己离开。十来秒后有同事过来解释："治安部来函，让我们立刻释放0242007号调查员，并且删除一切审问记录。"

离岛吃了一惊："什么理由？"

"他参与过的行动涉及0级机密。"

"啊？"离岛不知道该作何评价。

0级机密他知道，是最高机密，听说过，没接触过。

介于安全等级比它低一级的1级机密包含了国际战争最核心的情报，可以想象0级机密大概是彻底颠覆社会正常秩序的程度。

"只有这调查员一个人吗？"离岛追问。

"对，只提到他一个人。所以还有两个人在继续测谎。"

有点奇怪，治安部来函只要求释放调查员，而没有提到唐忱。唐忱现在是通过测谎暂时排除了嫌疑才被释放，也就是说，她本来并不在治安部的特殊保护范围内。

这个7号调查员其实在审问中也没透露任何机密，他的所有回答都颠三倒四，或许是在装傻拖延时间等待治安部插手干预。

没想到他来头不小，之前把他视为唐忱的跟班看来错估了。

"你为什么会通不过测谎？但凡上过警校都不至于啊。"唐忱百思不得其解。

仿生人可以随时扫描人类的生理指数，虽然只是粗略扫描，远比不上时刻局的精密仪器，但大致原理相似，他们可以借此判断人类的话语是否属实，为了防止在

159

办案过程中被仿生人预判，警校自八年前就开始有自我催眠控制生理指数的课程。

7号无奈地笑着说："有没有一种可能，我就是没上过警校呢？"

唐忱无语，压低声音："而且，你是人工智能哎。"

"是啊，我可以发出指令实现一定程度的自我控制，但我不知道我的'正常'应该显示出什么数据。"

"那你就实话实说啊，反正你又不是守夜人。"

"问题是我没法建立生理指数基准范围，他们问我的前置问题我都回答不了。问我是不是住79区，我说是，就是真话。问我是不是生于2021年，我只能回答是，按他们拿到的资料这就是真话，但2021年梁鹤鸣还在上小学吧？这其实是谎话。所以我建立的基准是回答真话时生理指数波动范围比别人的两倍还广，那我无论说什么，永远都在真话范围内。不是我通不过测谎，是我无法被测谎。"

"小学不至于，他十四岁就上中科大了。"

7号气不打一处来，推了她一把："过分了啊，记得这么清楚。"

唐忱笑呵呵："所以你还是应该学一学自我催眠，糊弄过去。"

"嗯，不过这种事也不是经常碰见。"

"他们为什么又决定放了你？"

"听见一两句，提到治安部。刚出来就收到陆羽纱发的询问消息。估计她一出门就报告了中心1局。你看看你，是不是很笨？人家知道向组织求助，你呢？"7号轻笑着撸了一下她的脑袋，"只会拿枪解决问题。"

她不服气地"哼"了一声，沉下心觉出点深意："治安部……怎么会惊动部里？"

"为了更快达到目的吧，1局和时刻局平级，要求放人时刻局还不一定给面子。"

唐忱陷入思索，思路却很快被噪音打断了。

前往地铁站的路经过科技部大楼门前的广场，穿过正在喊抗议口号的人群，唐忱突然发现，这不是什么全息投影，人脸过度精致，但缺乏辨识度，是仿生人。

"什么公司停工过来抗议？搞噱头吗？会受到处罚吧？"唐忱蹙着眉继续往前走。

"不知道。"7号回头又看了几眼，又有一些仿生人从马路对面走过来，汇入了抗议人群，"看制服好像有MACRO公司的人。"

"MACRO还需要做这种宣传博眼球？"

7号耸耸肩，表示同样不能理解。

怪事年年有，今年特别多。

唐忱的思绪回到7号被释放那件事上："为什么1局上报，就能搬动治安部？我们几个人被带走了？"

7号边走边翻阅刚下载的卷宗："应该是八个人。"

"才八个治安警被叫去配合调查，本来是小事一桩。再说我们现在出来了，也没被分配什么重要任务，为什么急于让时刻局放我们走？不惜搬出治安部。"

"八个人也没有完全被释放，从系统通话可以看出，还有两个人被扣在里面。"

"也就是说治安部要求释放的人只有你。"

"那倒未必，我不知道是按什么标准释放的，这部分我还没想通。"

"就是你。"唐忧略有点焦虑，"我想，你的秘密至少和治安部有关。"

正中靶心。

此时此刻，治安部大楼里，会议室中人们面面相觑，没想到这么一来一回，已经让唐忧抓到线索剑指治安部。

她斩钉截铁下结论时认真的表情暂停在会议桌上方悬浮的投屏中。

监视员清了清嗓子："所以，我们为什么要用这么聪明的指挥官？找个傻乎乎、能百分百执行命令的不够用吗？"

"不够聪明的控制不了42007。"有人立刻接嘴。

"可她是个人啊。她和42007不一样，她应该被当个人对待。她为什么晚上做梦会哭？答案不是显而易见吗？"

没人再接话，会议桌上所有人都垂下眼，假装没听见这些质疑。

每次都是如此，一提到人权，大家就装聋作哑。

"我真是受够了。"他喃喃低语，摇了摇头，离开会议室回到工作岗位上去。

慢了几步，伊安从会议室跟出来，跟在他身后边走边轻声问："Sin，你要不要预约心理咨询？"

他没有回答，更没有放慢脚步，心里琢磨着这是伊安作为同事的真诚关心，还是会议室里哪位大领导授意她来。

"这种事经常发生，监视员对被监视人了如指掌，时间长了，会对被监视人产生感情，更何况这还是男友视角。"

他站定了，转过身："我没有对她产生感情。"

"我们应该找时间谈谈。当人们自以为了解另一个人，就会误以为自己爱对方。但你不了解唐忧，虽然你整天看着她，可也只能看见她的生活，无法看见她的思维。任务组在决定监视她之前让我做过足够详细的评估，唐忧的思维方式高于你和我的维度，就算她将来知道自己被监视也不会太过反感，从她的思维维度来看这根本不算事。"

监视员仰望天花板冷笑一声："既然不算事，为何不跟她坦诚相待，直接走到她面前去说，'你好唐忧，这是我们监视你的第三百五十八天'。"

"现在时机还不成熟，我相信别的监视员不会数日子。"

"我数日子是因为我觉得煎熬不是因为我爱她，坐牢的人才会数日子。"

"告诉我，你为什么会觉得煎熬？"伊安温柔地抚着他的肩膀，看着他的眼睛。

"为什么我不会觉得煎熬？"Sin叹了口气，"我是中心1局以最快速度从指挥官升任研判官的治安警，这个记录至今也没有别人打破。是我不够优秀吗？为什么我现在每天的工作任务就是坐在房间里对着监控观看一个小姑娘吃饭睡觉工作恋爱？"

"我明白了。"伊安拍拍他坚实的臂膀，"后天下午三点来我办公室找我，好吗？"

说完她转身往走廊另一头走去，Sin愣了愣，反而气急败坏地追过来。

"你又明白了什么？"

"你很优秀，觉得在这个位置大材小用。你认为唐忧也很优秀，被放在那个位置也委屈了她。你和她共情的点在这里。"

他没有反驳，把目光转向一旁地面。

"你搞错了。42007只是一件武器，武器不趁手直接摧毁掉再换别的武器就行了。但现在问题不是出在武器身上，而是使用武器的战士，她可能非常优秀，却可能精神错乱把武器对准自己人，所以我们才需要观察她、测试她、引导她。调教一个优秀的战士不是什么人都能做到的，你要知道自己的工作有多重要。"

类似的话，伊安不是第一次说，一直以来他们就是这样洗脑的，可一直以来也不能完全说服他。

Sin沉默许久，眼睛直勾勾地盯着地面发呆，心绪很是烦乱。

最后他失望地叹了口气，抬起头问："那这份'重要'的工作，还得持续多久？"

"听见外面街上抗议的声音了吗？"伊安无奈地微笑着，"她很快就会迎来挑战的。如果她一个人应付不来，你可能需要出外勤去帮忙。"

没有具体日期，Sin觉得这答案很敷衍，但他也没理由再叛逆。

临走时伊安又和他重复确认了后天下午的心理咨询。

当她回到会议室，托腮发呆的人们纷纷抬起头用期待的目光望着她。

"需要换监视员吗？"

伊安摇摇头。

Sin也许会消极、迷茫，需要再适应，但他的能力和忠诚无人可替代。

伊安说："他只是在屋子里憋久了。要不要考虑给他加一个班次去处理些普通案件？我想他不会介意加班。"

"那会影响保密程序。"

[35] 局部冲突

在家里休息了一天，莱雅终于喘了口气，感觉精神恢复了不少。

桑达最近已经不敢跟着她跑了，因为莱雅几乎每次加速间隔都不足二十四小时，桑达虽然贪玩，可不想玩命。他也劝过莱雅。

"留得青山在，不怕没柴烧。俗话是这么说的吧？"

莱雅扶额笑一笑："可有时候就是来不及，我事先没想到，新变化能被唐忱感知，加上这个条件，游戏难度一下提高了，好像随时都在倒计时。如果不及时做出新的改变，旧的失误操作产生的影响就会呈现在唐忱面前。为什么她会有这样的能力？真是奇妙。是我造成的吗？"

"恐怕不是。我认为唐忱可能也能做到像你一样的事，让意识脱离身体，只不过她没这个目标，也没研究过方法。如果她请我教她原理，说不定她能学会。"

"也就是说，她还没有突破水面屏障。"

"已经在临界了，只不过她根本没想过要跃出水面。"

莱雅曾经和桑达交流过这个"鱼世界"的故事，鱼群生活在池塘，池塘就是他们的整个世界，这世界中自然有一套规律和规则，最聪明的鱼可能自以为懂得世界的全部，但很难有鱼能想到世界外还有世界，一只猫经过池塘撩走一条鱼，对池塘里的鱼来说可能就是一位同类从世界上凭空消失的灵异大事件。

莱雅也不过是搬动了几条鱼的位置，改变了几条鱼的轨迹，虚构了一些鱼的剧情，让其他鱼看起来，这些鱼好像生生死死好多次。

"唐忱就像一条记忆不止七秒的鱼，她记得那条红鲤鱼昨天还在池塘的东北角，今天就瞬移到池塘的西南角，被投放在不一样的地方，同伴也截然不同。"莱雅苦笑着摇摇头，"可我真不明白她，都已经该知道其中超越维度的因素，却还能用鱼的规则来审视——这个行为是犯罪、那个行为是违法，黑白分明的。该说她极端保守，还是极端一根筋呢？"

桑达说："我认为人类和人工智能没什么区别，人类也有'觉醒'一说。所有人类都陷在自己的思维定式里，也许终生不会觉醒。在过去，人类社会为了争夺资源，国家与国家间时而对立时而合作，从对立到合作有时不过短短两三年，而过了两三年又会翻脸。"

"没错。"莱雅点头，"书上说这叫'没有永远的敌人，只有永远的利益'。"

"可是很少有战士产生自我怀疑——现在你们高层又进入合作蜜月期了，那两年前战场上我的那些战友牺牲的意义是什么？唐忱不过是一个陷在正义信念里的前线战士，这就很好理解了吧。"

"理解是理解了，不过有点失望。"莱雅叹了口气，"虽然信念能让她坚强，免得变成我这样的虚无主义者，但是……"

桑达缓慢地移动着家用机的球体来到窗前，望着楼下横行于街道的仿生人游行者："这几天仿生人和人类的矛盾推向了高潮，也许会产生局部冲突，为人类牺牲的人类被认为'人类中的英雄'，为仿生人牺牲的仿生人被认为'仿生人的先驱'。再过段时间，不要两个月，人类和人工智能在更高级的层面各有让步达成一些合作，又变成和和美美一家人。牺牲同样会变得很滑稽，甚至让人有点尴尬，所谓的'英雄''先驱'都要小心避免被提起。"

"看起来唐忱就会成为这种角色，或早或晚。如果那样的话，我会难过的。"莱雅说。

桑达哈哈笑起来："你还是先担心自己吧，玩游戏不要走火入魔，损伤了自己的脑袋，可就要被池塘困住了。"

莱雅听取意见，放慢了速度，选择少女陈思雯所在的小地方待了几天去重新建立友谊。

桑达提醒她："唐忱也在查潘世双，那边会不会留有什么破绽？我总对前面制造的案件不太放心。"

莱雅说："她去查潘世双是因为有病的红袍人追着我标记，不是因为有破绽。为什么世界上会有红袍人这种损人不利己的时间旅行者？"

桑达笑着驳她："你对陈思雯她们做的，也想不出有什么利己之处呀。"

莱雅还是决定先放任潘世双不管，不能每次唐忱一盯上什么，自己马上心虚得阵脚大乱。

再说，出发前唐忱所在的世界已经乱成了一锅粥，想必她要集中精力办案也不容易。

唐忱已经快被热死了。

因为工业仿生人罢工造成的电力短缺导致全市所有区轮流停电，而且公寓停电的时长还比科技园区长，恒温系统不能使用，恒温投影服也充不够电。

一开始她还能泡在水里继续工作，今天早上开始，水也停了。

79区其实相比起来还算清净，起初只是几个工业园区停工，不像市区其他地方满街有仿生人抗议，他们制造的噪声污染和平时人类驱赶乌鸦是相同原理，可算一物降一物了。

不过从今天上午起，79区也水深火热好不到哪儿去。有个距离不远的电子器件处理站不知什么原因起了火，周围的人想救火却没有水，只能随它燃烧，附近的公寓都被炙烤着，唐忱泡在浴缸，已经不能解决问题。

气人的是，仿生人他们一点不怕热，看7号就知道，他可以自行调节体温。

"我没想到守夜人这次没有制造爆炸案，你觉得他直接跳过爆炸案时间点的用意是什么？这次杀死卢敏只是中间过渡形态，以后他还会制造出新的时间线剧情，包含爆炸案但让卢敏活过来？"7号说话时忍不住频频往浴缸投去目光，她每隔一会儿就把脑袋也埋进水里，他不太确定她在水下是否还能听清楚自己说的话。

这会儿唐忧从水里钻了出来："或者爆炸案对他而言没有我想得那么重要，跳过也就跳过了，重要的是卢敏必须死。"

她这样在水里上上下下，耳朵上的穿戴设备防水但不能泡水，所以只好看7号投在空中的影像。

"卢敏必须死的原因是什么？"

"基因编辑技术吧。我猜。"唐忧又进了水里，停顿了好一会儿才出来，"我猜守夜人是女人。"

这让7号有些意外，守夜人截至目前每次使用的都是男性身体。

他觉得女性和男性身体不会没有差异，一个女人的大脑可以很好地控制男性身体吗？

可以，他想到了尼娜，虽然尼娜常用红叶的机体，但地铁站男性仿生人保安的身体她也不是利用不了。

"觉得是女人的理由呢？"

"作案手法。她的作案手法不外乎两种，一种注射镇静剂过量，一种是预埋炸弹。虽然爆炸案看起来很激烈，但对作案者本人而言是一种温和手段，她从来不用正面与受害人对抗的方法，避免了很多冲突和失误。运动员和飞行员体格强健，打死女方、掐死女方也不难，但她从来不这么做。"

"有道理，但不是个好消息。男女身体都可以用，那说明保护卢敏的这八个治安警作案概率均等，没有能够排除任何人的线索了。"

唐忧下了水，过了好半天，探出头来问："你不把我排除吗？"

7号理直气壮："你也一直没把我排除啊。不过案件调查的方向大多奔着时刻警去了，这一个多月我们同事也没闲着，明天我们应该去中心1局找案件负责人聊聊。"

"算了吧，地铁也停运了，我感觉现在出门就会被晒化，中心1局不可能还有人类上班，我们和他在系统上聊聊算了。"唐忧甚至觉得这一浴缸水已经变成温水待不下去了。

"警用系统连不上网。"

"啥？"

"估计有一些网络信号交换站也停摆了。"

"这是不是世界末日？"唐忧失去了工作动力，"这些仿生人电怎么还没有耗完？"

"听起来好像一部分人控制了电站。自己配电充电的。"7号安慰她，

"MACRO上有发布消息说，正在谈判，谈判已经取得了重大进展。"

"个屁！"唐忧绝望地往脸上撩了撩并不太能降温的水，"其实冬天罢工都不会影响这么大，比起怕热我没那么怕冷。这时间选得真好，诡计多端的机器人。"

"他们只是要求工作六小时，额外充电六小时用于休闲，这不算很过分的要求吧。为什么不能直接同意？"

"会得寸进尺。"

7号不以为然地耸耸肩："立场不一样，很难达成和解。"

"不就像治安局和时刻局吗？两边各有八个人参与行动，出了事我们调查他们，他们调查我们。"

"全是无用功。"

"就时刻局这种问话方法肯定是无用功，难道守夜人上身还跟机体打个商量吗？'我想请你帮个忙'？看马尔拉的表现，他连向别人介绍过卢敏都不记得。守夜人来去自由，机体并不能感受到，只能感觉对卢敏爱意突然消失。这种情况下测谎有什么用？我主观认为我没有帮过守夜人，那我就没有撒谎。"

"是为了让我们内讧吗？"

"什么？"

"卢敏在被保护的第三天才被杀。第三天，我们以为她不会死了，有些人本身对你的判断也有怀疑，毕竟爆炸案没发生，突然让保护个人，不会警惕心太高，值班时开始松懈，打瞌睡，抽空下楼抽烟打电话。就连你本人，第三天还吃了四颗生命素，案卷里记录了，你承认的。"

"那是因为我被蜜蜂蜇了！你明明看见了原因居然不同情我！谁让卢敏住在郊区，园子里还那么多花鸟虫鱼！"

7号淡然指出："一天吃四颗生命素，副作用是你可能在值班时睡过去了。"

"我是人，被蜜蜂蜇了会疼，就像我现在会热。"唐忧说着又吞了一颗生命素减轻自己的不适感，"抱歉我不像你那么先进。"

"所以守夜人的目的会不会就在这里，让我们一直内讧，互相埋怨。而且因为你是嫌疑人，最了解守夜人案件的你被排除在调查之外了，你自己还要应付时刻局的调查。"

唐忧冷静下来，深呼吸，点点头赞同他的观点："时间对守夜人来说很重要，她要作案就必须抵达不同时间，抵达不同时间总需要冷却的间隔时间。我们自查的时候她可就逍遥自在了。"

"你现在心里的怀疑小名单上还有几个人？"

"三十多个，怎么了？"

"是只要进了你交际圈的人……你一个都不信吗？"

"那怎么可能？我爸妈都没算进来。"

"好吧……我现在只关心离岛，我有一个办法可以帮你排除掉一些人，但是要用到离岛，如果离岛都不能信任，这事就办不成。"

"他不能信任，算了。"

哈……

"而且时刻局也很远，我走不过去，算了。"

呃……

"而且他们也肯定没人上班，算了。"

[36] 唯一希望

"好吧。"7号妥协了，"就算你不信任离岛，也不是没有办法，你甚至可以连他一起考验，但还是需要请他帮忙。"

"现在是他帮不帮忙的问题吗？现在是怎么活到明天的问题。"唐忱又躲进水面下。

耐热性也太差了。

她这状态根本无法工作。

也为了省点电，7号把穿戴设备的电源关闭了。

"那我试试去找铁钳，看能不能买到冰块。"

铁钳从没想过自己能接到这么离奇的订单，跟他反复确认："冰块？放冰箱里那种？"

"最好大一点，桌子那么大，能直接放在室内降温。"

"玩什么情趣呢？"

7号用下巴示意不远处冒着浓烟的地方："那边着火了，这一带太热，恒温装置不运行，人受不了。"

铁钳懂了，但以为热得受不了的人是7号，笑嘻嘻拿他打趣："猛男居然怕热？娇气。"

7号无奈地咬了咬牙，感觉有损形象："能找到吗？"

"制冰厂肯定能找到，但就不知道他们那儿有没有电，能不能开工。我跑一趟吧。但现在市区里街道上都是行人，车可是没法通的。就算能找到，运过来至少要半夜了。"

7号只好先去集市上采购一些工具和设备，从仓库取了几块储备电源，返回公寓。

白天，79区街道上一如既往冷冷清清，放眼望去看不见几个人，与市区里如火如荼的氛围不同，像个孤岛。

微型扫地机器人在烈日下像虫群一样密集，无声地穿过马路。

167

在他进门后，唐忱发出幽怨的声音："走了那么久，你嫌我吵，出去躲起来了吧。"

7号简直要被她气笑："我在你眼里就是这种人？"

"所有人在我眼里都是这种人。"

他没话了，忙着装置组合起来。有个小型制冷机，在这种整体环境酷热的情况下，想达到凉爽效果耗电量比平时大，只能勉强撑到太阳落山，但愿那时，起火点的可燃物已经烧光了。

等房间里温度降下来一点，他喊她从水里出来："也不能二十四小时总泡着。出来吃点东西，晚上铁钳会送冰块来，还能撑一会儿。如果明早罢工还没结束，趁天亮前出市区，郊区会比这里好一点。"

"不去。"

"没逼你回家。"他知道她固执，"我在西郊还有个安全屋。"

"你业余倒卖军火？为什么需要这么多安全屋？"

他笑起来，笑得很痞："我业余干什么，你不是最清楚？"

"我说以前啊。"

"那你只能猜了。"他不愿多提，卖了个关子，见她额头上又冒出汗，怜爱地捏捏她的脸。

天太热，她也没有食欲，啃了两根营养棒打发自己，之后好像恢复了一点元气，旧事重提："你说考验离岛，怎么个考验法？"

"我没说目标是考验离岛，我的意思是如果你信不过他而我们又必须做这件事，可以请他帮忙，连他一起考验。"

唐忱略做停顿，问："我们是需要一个时刻警的帮忙，还是离岛的帮忙？"

7号立刻明白了她的意思。

"一个时刻警。"

"那我们不要找离岛，我很讨厌被人拿捏的感觉。警校这么多校友，找到一个像我一样认识个时刻警的校友应该不难。"她拍拍身边的安全舱，"那电池能供这个吗？"

"线上有人吗？你的机器能用，别人的未必啊。供了安全舱，就肯定没法供制冷机到晚上了。考虑清楚哦。"

唐忱叉着腰，舍不得这来之不易的凉意，沉思一会儿："我先给穿戴设备供点电，去校友会留条语音信息，等有人回复再说。"

"没问题。"这方案7号赞同，虽然被回复的概率不大，但试错成本也不会太大。

唐忱爆了句粗口，对现状烦透了。

"这么原始，像扔漂流瓶。"

到晚上八点多，剩了一点点电量留着供穿戴设备，但铁钳的冰块送来比预期早一点，解了燃眉之急，与此同时，系统中有个校友回复，对唐忱久仰大名愿意帮忙，朋友是时刻警，如果事情紧急，可以约在郊区见面。

唐忱想，今天运气倒很好。

可7号不这么认为。

"帮忙就帮忙，为什么提'久仰大名'？平白无故殷勤吹捧，可能别有用心，还约在郊区，他有什么目的？"

唐忱白他一眼："郊区怎么了？你不也想带我去郊区吗？有点路子谁不想去避暑？"

"他吹捧你，就很可疑。现在时间线上你可没参与过爆炸案。久仰你什么？"

"我在校成绩好。"

她来了精神，认为应该趁晚上户外温度没那么高及时行动，联系对方发送会面坐标，即刻动身，并自己规划了路线。

郊外没有什么娱乐设施，就算有灯谜这样的俱乐部，也因为断水断电而歇业了。所以见面地点定在一个凉亭，有树庇荫，四面通风，已经是当下最好的选择。

7号绷着脸跟着，不再发表意见，心里始终觉得那话多的家伙不太值得信任。

但他私下查阅了这名治安警的资料，没发现端倪，工作两年，履历平凡，这人以往的调查报告水平很差，不通顺语句多。

见面后发现比想象中还要普通，普通治安警带来的时刻警朋友就更普通了。那人名叫卡尔，比唐忱年纪还小，今年一月份才进入时刻局工作，大概不算聪明，一直在适应期没接触案件，还在学习制度和设备操作等，显著优点是，人很热情。

因为爆炸案没有发生，这两个庸才对守夜人一无所知，对治安局和时刻局互相调查的小矛盾也没有耳闻。这是好事。

唐忱没有透露太多，只说发现了时间旅行者，希望卡尔帮忙与过去联系，控制一个现在已经死了的女人。

卡尔问："是要救活她吗？"

"暂时没这计划，只是要控制她，从她嘴里问点东西出来。"

"那没问题。"卡尔一听影响范围不大，爽快地答应，旋即又露出为难的神色，"如果我们继续断水断电被困在郊外，就没法去时刻局请泡泡办事。"

"泡泡？谁？"唐忱微征。

"就是我们局的人工智能。"

"哦。"唐忱笑了笑，本质上，她最需要的确实是这"泡泡"的帮助，"是的，我们需要他。但愿明天就能结束罢工。"

"明天应该不行。"卡尔说，"我听认识的记者朋友说，仿生人除了要求供电，还要求后续生产的机体不再区分性别，之前已在职的机体有权接受手术消除性别特征。这可是大动作，几天之内连风险评估都完成不了吧。"

唐忧与7号对视了一眼，眼神意义明显，仿生人思维进化得太快了，已经懂得要摆脱人类对他们的多余定义和内部分化。这对人类而言绝不算好事。

不过现在更糟的是罢工三五天之内不能结束，得另求他法。

唐忧看着卡尔的眼睛问："时刻局肯定有预案，不会完全停摆，至少会像我们治安局一样留五六个人、少量机器在岗值班。对不对？"

混日子的同事插嘴："我们有吗？"

"我们有。执法部门保持绝大部分人类工作者而不过分依赖机器，就是为了应对一些特殊时刻，像现在这样的特殊时刻。"

好在时刻局菜鸟最近正在研究制度，记忆还比较深刻："确实有，时刻局的应急措施有这种规定，应该有一个备用工作点，但我没有申请过值班。"

"知道怎么申请吗？"唐忧前倾过来，手松松地搭在他肩上。

"知、知道。"卡尔定了定神，"罢工第一天，有征集愿意加班的人的通知，一直挂在系统里，我没点过。"

"点开看看，按照流程提交申请，争取让他们尽快安排你去值班，好吗？"

"好，我尽力。但我不知道我够不够格。"

"别说这种话。"唐忧用温柔的眼神与他四目相对，"你这么优秀，一定能行的。"

卡尔备受鼓舞，立刻当着她的面用穿戴设备打开系统开始填写申请，陈述理由一栏甚至是唐忧教一句，他写一句，当然是用意识在写，手待着没事，神经质地把膝盖处的衣物抓拧得皱巴巴。

7号看在眼里，说不清自己的心情，把视线转向无人的小径深处。

大概他脸黑的气场太压迫人，那闲在一边的治安警同事心里有点发怵，小心翼翼地提议："这里还有一会儿，我们去没树的地方抽支烟吧。"

他可不肯走，当作没听见，把视线又转回来，鹰一样的眼睛直勾勾盯着唐忧。

凉亭下风来风往，有种山雨欲来的感觉。

终于挨到申请填完上交，暂时没有可做的，双方说着"随时保持联系"打道回府，刚走出两步，唐忧又心神不宁地叫住卡尔，把他单独拉到一旁，躲进凉亭柱子后面。

7号在原地站着没动，只能看见他们一侧身体半侧胳膊，一股气憋在心里，嫉妒和担忧只能自己消化。

唐忧性急地贴近他小声嘱咐："如果到明天下午没有回应，就得趁大部分人还没睡去询问一下，像是局里资历深一点的前辈，问问怎么才能把你加进去。好吗？"

她建议时几乎与他脸贴着脸，气息吹得人发痒，说完话炙热的目光停在他脸上，当然是故意的。这么点距离，让卡尔招架不住，在呆滞和晃神中摇摆，像喝多了迷魂汤，什么都答应下来。

唐忱最后又鼓励地轻抚他胳膊："拜托你了。"才放他离开。

目送他们走远，回过头，7号看她的眼神简直像刀子。

她当然知道他什么意思，躲过他的注视，压低声边走边说："这是我们在大罢工中工作下去的唯一希望。"

"是啊，他当然不会拒绝你了。"7号拧着眉跟她并肩走，"不过他一看就幼稚得很，不像你认识的其他人。你有没有考虑过，利用完了他，怎么脱身？"

"他不是七八岁的小孩。也轮不到你操心。"

"我没操心他，只是担心你惹上甩不掉的麻烦。"

"我知道人工智能把感情看得很稀有很珍贵，视为觉醒的重要标志。但你们对人性了解太浅了。"唐忱停下脚步，仰头冲他神秘地眨眨眼，"感情对大部分人都没那么……要命。即使那种你认为很'幼稚'的'小孩'，他也分得清主次。不信走着瞧吧。"

7号听明白了，她想过怎么脱身，首先利用小孩替她办事，事后再利用离岛甩开小孩。不失为周全的计划。

这么热的天，可他心里有种凉凉的失落，人类真狠啊。

[37] 搅黄

第二天晚上十点多，卡尔从线上发来坐标，约她次日早晨七点到时刻局临时办公处见面。看这时间点，似乎正如唐忱预料的，到下午申请没有回音，他做了一番努力。

从早上七点的见面时间来看，卡尔顺利排上了早晨六点到中午十二点的班次，他自己只早一个小时抵达，可见对唐忱交代的事情很上心。

7号租了辆燃油汽车，把她送到附近，打心底不愿看她哄人办事，可他理智上也清楚，和这孩子刚认识，以往没交情，要用他总得想办法迅速拉近关系。

他不喜欢看唐忱对别人太好，决定眼不见为净。

"我就不跟着了，也不知道程序要走多久，等你准备返回时给我发消息。"

唐忱正有此意，反正她也不是离了7号就不能正常工作，他总在周围用眼神审判，反而影响她随机应变。

他目送她下车，心里涌起一阵酸涩，没有道别，觉出了一点隔阂。

时刻局的临时办公点在山里地下，从入口乘电梯进去，不用开恒温系统也一点不热，电力都用在刀刃上。

卡尔笑容可掬地在电梯口迎她，但又不会寒暄，只能一凑近就开始提进展讨她

171

欢心："泡泡那边没多大问题，他最近没正经工作，天天围观仿生人罢工也有点无聊。我们需要填写两份存档文件，一份主要写明使用人工智能的目的，这很简单，就写协助你侦破一个案件；另一份要写方案和可能造成的影响，影响的人、影响的事件，会有专门的工作组来评估风险……"

唐忧跟随他往工作区域走，一路没碰到人，想来愿意值班的人并不多。

"评估时间按规定是一周……"

唐忧踏入圆形的办公大厅，现场只有五六个人，但就这五六人中，还有熟悉面孔。离岛站在靠东北角的一块虚拟投屏前，听见谈话声，朝门口扫来一眼，先看见唐忧，目光定格了一下，却轻描淡写地离开，去看卡尔了。

卡尔注意到这道视线，停止和唐忧说话，与他打了声招呼："岛哥，这是我治安局的朋友，找我们协助一个案件。"

离岛面无表情，平淡地点了下头，又回过头去看投屏了。

投屏上一些点之间连着线，唐忧看不懂。

她不禁暗忖，今日运势也太差，她压根没想到这种可能性，潜意识里，离岛肯定是第一时间躲到郊区无心工作的公子哥。

不过离岛经上次一役似乎学会了避嫌，假装不认识她，省了点事。

卡尔引她到自己的工作位置，拉了张座椅给她，把时刻局系统中的存档文件投屏出来和她小声商议。

"有一点比较麻烦，潘世双死于2041年，你要追溯的时间有点久了，那时候我还没进入时刻局，所以不可能是过去的我来操作这件事。"

"有没有工作年限更长、你信得过也愿意帮忙的前辈呢？"唐忧问。

"说实话我现在在局里也不认识几个前辈，认识的也就比我早进来一两年，所以麻烦之处就在这里，我得托人，再托人，至少隔了一层关系，转了好几手的实施人，这就不一定能保证效果了，就算只是传话也容易走样，你得有这个心理准备。"

唐忧几乎已经能预见到中间可能出的岔子，心里顿时蒙上一层阴影，愁眉紧蹙。

"还有一种办法，直接拜托局里的时间旅行者……"

唐忧眼瞪得浑圆，但也没忘控制音量，低声问："时刻局都有时间旅行者？"

"据我所知，有些年纪很大、快退休的资深干员经过训练能做到，遇到必须要影响历史进程的大案要案，会出山。因为这种事，听说对人脑损害非常大。"

唐忧又泄了气，说了像没说，这案件显然也算不上大案要案。

理想和现实有差距，她脸色不太好，揪住鼻梁苦恼几秒，把手拿开后下了决心："没事，不管传话准不准，死马当活马医吧。"

话音未落，工作位之间的隔断栏上垂下一只胳膊，她全神贯注，陡然被吓得心怦怦乱跳两下。

不用问，当然是离岛。

这家伙没看她，视线只对着卡尔，友善关切地问："遇到什么麻烦了吗？"

卡尔到底社会经验少，对前辈立刻毫无保留和盘托出："正在跟朋友解释，我们没法本人回到过去办案，只能通过AI传递消息，传递人还未必是过去的自己，所以容易出现信息差错。"

唐忱目光已经变得呆滞，她没想到这孩子这么信任离岛，如果对方问起，他可能会把自己的完整基因分享给他看，并且一一说明。

离岛若有所思地微微点头，装出正经且疏离的语气，转向唐忱："不好意思，贵姓？"

这还演上了？

没等唐忱开口，卡尔先倒豆子般替她自我介绍了："这是治安局中心1局的王牌指挥官，唐忱。之前那个网红杀人案，岛哥记不记得？在现场百发百中射中手指的治安警就是唐忱。"

离岛脸上应景地浮出一丝伪装的敬仰之色，转向唐忱，语气却还像陌生人："哦，是您。能具体说说想要传话过去，达到什么效果吗？"

这个问题，卡尔也代为滔滔不绝地回答了，把唐忱计划的细节都一并告知。虽然卡尔不明白来龙去脉，但离岛，作为对案情早有了解的人，大概已经能猜个八九不离十。

唐忱一度神游太空，甚至对自己的存在感到了虚无。

年轻人卡尔，请问你为什么崇拜离岛几乎到达谄媚的地步？就因为他比你早一年进时刻局？说句不好听的，这盲目程度堪比Tino的粉丝看待Tino。

听完了，唐忱不出声，离岛依然是一张带距离感的礼貌脸，往她这边瞥一眼，开口时语气关切却疏离，瞬间让她想起检测部门窗口里常见的人类接待员，不咸不淡地感慨："是挺麻烦的。"

接待员语气迅速把唐忱激怒了，她话里带刺："是啊，听起来时刻局办法很少。"

奈何离岛还有个捧哏，孜孜不倦地给他搭台唱戏："岛哥有什么好建议吗？"

离岛装腔作势摸摸下巴，假装沉思片刻："让我想想。哦对了，虽然这周大罢工，但你的学习报告还得按时上传，在家办公不影响完成报告吧？"

"什么？"卡尔脸色陡变，"还要交啊，这怎么忙得过来？我这儿还有协办案件，毕竟是我第一个案件，报告不能通融吗？"

"当然是报告更重要。你先完成本职工作，协办案件我帮你看着点，你想问进度随时找我跟进。反正你本来就想让我帮忙，不是吗？"离岛说。

卡尔如释重负地双手合十，用拜菩萨的手势拜了拜他："多谢岛哥！"又转向唐忧，"岛哥愿意帮忙肯定没有办不成的，岛哥他……"

"哦。"唐忧兴趣缺缺地打断吹捧，冲离岛皮笑肉不笑，"那谢谢你啊。"

离岛客气地对卡尔说："你先忙正事。这案子我大致了解了，文件我会看着办，这么热的天，唐警官没必要留在我们这儿耗时间，我送她出去。"

得了，唐忧看出他的报复心，这事算彻底被搅黄了。

出门时经过长长的走廊，唐忧懒得理他，一路无话，心里堵着气，想的是以往没有时刻局也照样办案，不见得少了他们就寸步难行，无非是进度慢一点，工作细致点，守夜人总会露出破绽。

她又气自己一语成谶，感情对卡尔没那么重要，这点她事先想到，本打算事后再利用，让卡尔发现离岛和自己有些纠葛，他在职场关系和希望渺茫的感情中自然会选择前者，从自己生活里退出去。只可惜时机错了，事还没开始办，他已经把他自己边缘化了。

离岛边走边平静地说："你找卡尔，不是个好选择。那种新手往上递申请，风险评估组不会理睬，就算诉求合理毫无风险，也只会找借口一拖再拖，最后不了了之。"

"说得好像你提交申请就会被重视似的。"

"对呀。为什么不找我呢？"

明知故问。

唐忧停下脚步盯了他两秒，觉得和他多说无益，转身直接走人。

离岛追上来拉扯一下她的胳膊，语气随动作亲昵了一点："为什么又躲我？我到底哪点让你不满意？"

唐忧对他的厚颜无耻瞠目结舌，特地停下指出："你用枪指我，还问我为什么对你不满意？"

"是你先用枪指我的！"

"是你先扣了我的调查员！"

"那是他自己通不过测谎，你还有没有是非观？护成这样！"

这么大声，真是疯了。唐忧觉得这句质问像炸开在她脑袋里，警惕地往办公区方向看一眼，幸亏没人追出来看热闹，可还是担心里面的人可能已经听见动静了。

搞什么呀，当面装不认识，出了门又在通道里吵架。

唐忧压低声，咬牙切齿："你演戏就演完整点。"

离岛也顺着她的视线往办公区看一眼，稍稍恢复理智，情绪缓过来，闲闲地跟在后面到电梯口："你躲我也躲彻底点，一边躲我，一边跑来我面前晃，就是想勾引我。"

不知道他哪里来的自信。

唐忧差点被逗笑了，电梯门开在眼前，像抛了根救命稻草，她飞快地蹿进去按下上升，开始用穿戴设备给7号发消息。

离岛用手挡了一下门，也迈进来，第一时间把穿戴设备从她耳朵上抢走。

"有病？"唐忧耳朵被拽疼了，反手揪他制服前襟。

他根本不理会这只手，抬起胳膊横抵着锁骨把她压在轿厢壁上，只用了力气制住正要拔枪的另一只手，微笑着欺近："还来？"

电梯开始上升，有点分散她注意。

离岛趁机凑上前来，轻而短暂地触碰一下她的嘴唇，甚至称不上一个吻，吻完就离开了，停在很近的距离观察她的表情变化，像个试探。

唐忧没有还击，也不是一定打不过他，只是脑袋里一片雪花点，有点发蒙。

她以为和离岛算有点小时候的交情，但分手闹得很难看，他咽不下这口气，心里多少带点忌恨。

离岛见她根本没使劲反抗，也松了松手上的劲，声如蚊呐地恳求："给个机会，让我帮你。"

她一动没动，只有眼神中流露出一闪而过的惊讶。

离岛感到自己手心里渗出汗，津湿的。

他咽了咽喉咙，追加道："我能帮你。"

唐忧喘过一口气，冷静下来："怎么帮？"

电梯门开了，离岛松开她，帮她往原位扯一扯衣领，一副乖巧听话重修旧好的态度，伸手替她拦住门："要走正规程序找风险评估组就会惊动守夜人专案组，在我们这儿你还是嫌疑人，通不过的。我私下请泡泡帮忙，再找个时间旅行者，就能解决。"

人家泡泡不是要了你一整年吗？话放这么大，买不买你的账啊。

虽然也抱有怀疑，不过唐忧觉得离岛这方案听着比卡尔稍微靠谱那么一丁点。

"那能够时间旅行的时刻警呢？好找吗？"

"好找。"他帮她拉开车门，咧嘴一笑，"去年的我。"

唐忧不太想上他车，但这话有点吊人胃口，她站在车门边要问个明白："什么意思？你能时间旅行？"

"嗯。但就像卡尔说的，有后遗症。"

"那什么叫'去年的你'，现在的你就办不到了吗？"

离岛有种心脏穿孔的感觉，她甚至没客套地关心一下具体有什么后遗症。

他撑着副驾驶座的车门，把视线抛向远方，再移回她眼里："现在的我想借机和你待几天，不行吗？"

[38] 错误归因

小城市虽然住宿条件差点，但因为未来仿生人大罢工，唐忱也停工了好几天，莱雅过了几天舒心日子，每天在学校和家之间两点一线，唯一的任务就是把陈思雯哄来做朋友。

这时的陈思雯心眼还不那么复杂，对喜欢同一个"小鲜肉"偶像的同级漂亮女孩没有什么戒备，只是几天内话题多以偶像为主，从不提起她的生活困扰。

莱雅向闺密和其他同班同学打听过，没有陈思雯在校受到霸凌的迹象，她无非是融不进集体，也不屑于融入集体，其他人则认为她高傲无趣。就算她成绩不错，老师对她也评价不高，听见过办公室里的议论，说她死读书，将来后劲不会很大。

莱雅心里反驳，你们又错了。不知道为什么，即使能达到一样的最终成功，人们总是认为天生聪明的价值要高于刻苦努力。

总而言之，陈思雯在学校受的委屈还在普通人承受范围之内。

莱雅猜测她的困境在家庭方面，光她知道的部分就已经矛盾尖锐，但陈思雯不谈，莱雅主动提起，多次抱怨自己生活在乡下偶尔来做客的外婆，想引起陈思雯的共鸣，她却没有感同身受，很快地岔开了话题。

这天晚饭后，两人再次相聚学校周围的小书店，莱雅出门家里没人问，陈思雯是借口到同学家做作业出门的。

书店里除了大量教辅书之外也有许多流行读物、影视的周边小物售卖，例如人物立牌和小卡片小书签——无一例外，都是盗版的。陈思雯零花钱不多，她必须得节约下来去购买数字唱片，真正地支持偶像，因此在书店闲逛的大部分时间只是眼馋。

莱雅多买了两个不同样式的钥匙扣，出了店门赠送给她，她脸上溢出喜悦，人一兴奋话也略多一点，当然，依然是在谈论偶像，他最近又去什么电影客串了、他又上了什么时尚杂志封面、他又在综艺里说了什么有趣的话……陈思雯如数家珍，好像这位"小鲜肉"与她形影不离，她能了解他的一切。

"不过你可不要把我送你东西的事情告诉任何人。"莱雅突然插话，"传到我们家人耳朵里，我又要挨批。"

陈思雯被吊起了胃口："为什么？"

"还不是因为我外婆的观念，她总是把临期或过期的东西拿去送人，好东西送了朋友会被她说浪费，念叨好多天。现在导致我们全家都被洗脑了。"莱雅倒没撒谎，这是她进入这个家庭第二天晚餐桌上发生的讨论。

陈思雯下意识地用手勒紧书包带："更讨厌的人，不是对外面人大方对家里人小气的那种吗？"

莱雅点头附和："你奶奶？"

"我妈。"只说出这个称呼，都让陈思雯眉头皱了皱。

"你妈妈对你很小气？"

"反正她从来不给我零用钱，说起来她会带我去买衣服，可是衣服款式只能按照她的喜好来，除了T恤就是牛仔裤。"说着她突然扫见莱雅扮演的女孩就穿着T恤加牛仔短裤，"当然这也不是不行，你长得漂亮，穿麻袋都好看。只是我长得一般，想穿得像个女的，这点要求也不能满足。"

"我记得你穿过旗袍。"莱雅边走边说。

"那是我奶奶给我买的。"

那旗袍可是让你在背后被全校女生嘲笑了，莱雅没说。

"你的零花钱平时都是奶奶给吗？"

"对，只有我奶奶会给我。其实我的压岁钱，我奶奶说大部分帮我存起来了，将来给我买房用，平时每个月只能给我五十块。"

"买房？你压岁钱那么多？亲戚很多吗？"

陈思雯笑起来："她是说先存着，买理财产品，等到我成年以后应该就有几十万了。我们家亲戚没那么阔，压岁钱差不多六千出头，其中五千是我爸妈给的。"

为什么成绩不错的陈思雯算不清账？似乎被异样的情绪冲昏了头脑。压岁钱六千多被奶奶收走了，其中五千是父母给的，奶奶一年拿六百给她发零用钱，到她嘴里就成了"妈妈小气，从来不给我零用钱"。

她把怀疑的视线投到陈思雯脸上去，画重点般提醒："你奶奶一年发你六百元压岁钱，但是拿走了你六千多压岁钱。可是压岁钱中有五千是你父母给的，算夫妻共同财产，那你妈妈一年也给了你两千五吧。"

"他们没有夫妻共同财产，我们家钱都是我爸赚的，我妈只会败家。"陈思雯的回答出乎意料。

莱雅沉默片刻，无言地挠挠头。

陈思雯自己把抱怨继续下去："我妈拿了几十万去买商品房，买到烂尾楼，好几年过去房子都盖不好，维权也没人理，开发商都跑路了。她卖衣服也亏钱，干啥啥不行，把家里钱都败光了。我奶奶说如果不是我妈把钱败光，去年暑假我也可以出国参加那个英语夏令营……"

"不是这样说的。"莱雅打断了她的话。

这是和她有共同爱好、刚刚送了礼物的朋友，因为长得漂亮，在学校社交资本也比她丰厚，陈思雯不得不耐着性子认真听。

"胡娟说你家房子不够住，你睡在客厅。你妈妈想买商品房无可厚非，受益人其实是你。"

"但是……"

"买了烂尾楼，是无良开发商的责任，你不觉得妈妈的积蓄打水漂了很可怜吗？"

"那是我爸的积蓄。"

"你爸的工资水平和我爸一样，每月三千多，光靠他一个人养你们全家四张嘴吃饭都不够。哪儿来几十万积蓄？"

"我爸爸在法院工作，社会地位和我妈不同，我妈也是这么说的，叫我将来学法律，考到外面去。"

"但你爸没通过司法考试，你不知道吗？"

"这个我知道，他没有备考，反正就算考过了，编制和提拔也轮不到他，我们这地方的风气你不清楚吗？我奶奶说至少要给领导送十万块钱才有戏，但我妈把钱亏光了。"

你爸爸二十年没考过司法也能怪到你妈头上？

莱雅心里这样"吐槽"，没说出口，陈思雯对她妈妈的仇恨并非一朝一夕能够化解的。

她只好旁敲侧击地打探："你妈妈平时对你不好吗？"

"她什么也不会干，除了躲在那个亏钱小店里，就是骂我。"

"总骂你什么呢？"

"管学习呗，也不让追星，整天就是学习学习，别的什么都说会分心，我同桌来我家借个作业回去抄，她也要审问半天怀疑我早恋。烦死了。"

莱雅听明白了，归根结底是经济窘困造成的怨怼。

奶奶和爸爸编造谎言把困难的现状归咎于妈妈，妈妈受到经济压力和家庭矛盾的双重矛盾严格要求女儿，而她并不懂事，只看五十元零用钱，只听违反常理的谎话，不懂学习的意义被逼着学习，一方面贪玩，一方面恨自己家不够富裕。

莱雅原以为过去的人把血缘关系看得很重，没想到本该最亲密的母女关系也会因经济被轻易离间。

仿生人工业、劳动力解放、MACRO系统的建立打破了传统家庭单位，在莱雅生活的年代，很少有儿女会认为父母理应为自己预备好一大笔财产，每个人都是独立的个体，成年后付出劳动换取回报。更不会有人因为父母贫穷就心生怨恨。

陈思雯着实让她大开眼界。

小时候母亲在她眼里是不会赚钱只会花钱的废物，长大后她依附于他人的权力，获得了他人权力的折射，从别人的光芒中攫取一瓢，深知月亮是向太阳借的光。

其他女人在她看来都像她的母亲，会成为她生活的破坏者，同样是废物，她们可能与自己觊觎相同的权力上峰，皆是竞争者。

小城市近乎凝固的生活像防虫罩下的几碟菜。粗茶淡饭，让她不满。假想敌只是个仇恨的靶子，击中靶心也无法让生活变得美好。

她感到被现实困住，却也没有目标和理想，只有一大堆吃喝玩乐需求无法得到满足。她被推上奋斗的高速路，却只想找个出口下高速去坐享其成。

普通家庭出身，哪儿来这种好事？

寄幻想于一个天之骄子般的偶像，不久后偶像又用实际行动证明人各有路，别人的美好生活从来与她无关。

莱雅为她感到可惜，陈思雯也在学业上付出过努力，本该有机会人格独立，穷困和偏见却让她选择寄居。借光不易，她长出张牙舞爪的钳死死守护身后那些"太阳"。

莱雅突然想起田梓萱醉后"吐槽"的那些白眼狼女演员，辜负经纪人的期望，自发地找个金主依附，或许与陈思雯思路大同小异，成长氛围和自身局限注定了她们愿意走这种路，每一个想把她们从歧途拉回正道的人都会被视为障碍。

如果杀死陈思雯的母亲，偏见或许能消失，但她的家庭一定会更加穷困，贫穷会不会使她的观念更加走偏，也未可知。

更何况，莱雅觉得，她母亲除了情绪控制欠佳没有什么过错，她不愿这么做。

追溯了这么久远的历史，现在看来，要给陈思雯形成扭曲性格找个唯一的责任人，不太可能。

"莱雅，有件事我觉得有必要通知你。"好几天没有跟来的桑达从耳机里重新发出声音，"虽然罢工了，但唐忱没有停止查案。今天下午中心1局内网通了三小时，她更新了一份关于潘世双身世背景的调查报告，有两万多字。"

莱雅在昏黄的路灯下露出微笑，轻声感慨："那可给我省了不少事。"

少女陈思雯好像察觉到动静，回视过来："你说什么？"

"没什么。"莱雅挤出更热情的笑容，跑上前去与她同行，内心只觉得麻烦。

和陈思雯展开了友谊，自己一走，她可能贸然接近，又会被漂亮妹妹的本体霸凌。

可是已经不想在她身上浪费更多时间。

要不就在这里杀死她算了？

[39]　一道菜

按照离岛的安排，一年前的他回到过去，在潘世双遇险之前，把她"绑架"了。说绑架有点严重，只是把潘世双带到"与世隔绝"的地方限制了行动，但因为不是时刻局的官方行为，所以在潘世双看来就挺像绑架。

"与世隔绝的地方？"唐忱脑海里闪过一些大型外星基地的样貌。

离岛猜到她"脑洞"开太大，笑着说："就是我们当年暑假出去玩，发现的那个防空洞。"

7号在旁听见，心想他们也没有好几个暑假都出去玩，无非是探索生命奥秘那次，对他时不时"旧事重提"有点不爽。

唐忧想起来有那么个地方，世界局势紧张时，城区山区建了不少防空洞，仗没打过来，这些地方大多荒废了。她和离岛一起在周边旅行时发现一个，待过两天。

也许是某个富豪私建的，藏得比较隐秘，似乎很久没人去过，可是条件说起来不错，即使盛夏也十分凉爽，有净水设施，食物罐头够吃好几年。

他把潘世双带到那里，被人打扰的概率很小，是个不错的主意。

离岛在这次行动中让唐忧有点刮目相看，他工作起来思路还是挺缜密的，因为潘世双是个知名人士，每天都要面向一百万人直播，她突然失踪好几天，这件事会给一百万人留下记忆，将来潘世双被谋杀，这可能会成为人们经常提出的反常点。

为了避免造成这样的影响，离岛带了个人工智能去顶替。这几天柿霜没出镜，直播内容是游戏角色绘制过程，外加她以画外音的形式进行解说。难得展示才艺，粉丝们都非常捧场，泡泡也十分享受这种众星捧月的崇拜。

回到现实，能做的事就没那么多了，只有等待。

等待的地点也是离岛张罗的。

唐忧既不想回父母家也不想去和姐姐同住，因为那样她没法带着7号没法工作，他还是家用机的时候这两个地方进出自由，现在大变活人，无论去哪里，总要编造一些由来。

唐忧不愿编瞎话，又不能对家人随意透露他是人工智能，更不能扯上感情，但不谈感情，带个异性搭档回家同居根本说不过去。

她也不能把7号的安全屋暴露给外人，万一将来又遇上躲避毒贩追杀这类突发事件，7号一定不会希望离岛这样的人知道他的藏身点。

因此离岛出钱临时租了个企业招待大客户的两层小楼，在别墅区——和唐忧父母家一样有独立的发电系统，工作环境不错。除了7号对为了避嫌与唐忧分房间而略微不爽，一切都很完美。

唐忧的方案是先让时间旅行者离岛"绑架"潘世双，通过审问和在现实中调查的双重方法获得她的经历背景，筛选出五个在她成长过程中影响较大的人，后续有计划地将这些信息对外披露，按照唐忧的推断，守夜人得到信息后将会对这些人的人生做出一定修改。

现在就是已透露部分信息，静观其变的阶段。

潘世双小时候，母亲杀害父亲后自杀，她跟着奶奶生活，到了中学阶段，奶奶年事已高，她就搬到市区姑姑家，中学时还有个和她关系近的闺密，当时的班主任也对她影响较大。

她读的不是大学，而是两年期的职业学历，边学习边进入公司工作，这期间工作学业都忙碌，再加上她做了主播，还谈了恋爱，生活圈子局限在公司和公寓，人际交往只剩下同学同事和猪头男友，乏善可陈，没什么可追溯的人物。

　　唐忱没说，离岛也是自己的怀疑对象之一，所以没对他透露完整方案，也就是说，去年的离岛虽然是实际操作人，但他同样不知道唐忱如何透露信息，他所能做的就是反馈潘世双陈述的"变化报告"。

　　做完安排的第二天上午，离岛刚起床，唐忱准备去睡觉，在一楼餐厅遇见，一个吃早餐，一个吃的算夜宵。

　　离岛突然好奇："你为什么对这个案件这么执着？是因为格外复杂，因为守夜人给你下战书，因为守夜人离你近，因为涉及时间旅行史无前例，因为和我一起办案有趣，还是你对每个案件都这么执着？"

　　首先排除一个错误答案，就算他偷偷掺在备选项里也要第一时间剔除。

　　唐忱一边坏笑一边咬面包，没有正面回答。

　　"为什么说我对这案子执着？"

　　"好多天下来我观察到的，感觉你没有个人生活，也不太上MACRO系统，每天工作时间远远不止六小时，从早到晚满脑子想的都是案件。"

　　"MACRO不能代表生活，它只是一种社会建构，换一个社会它就什么都不是。另外我不想案件能想什么？'外星生物怎么攻击地球'？"

　　离岛笑着扫她一眼："你知道我不是说这个。你在中学就不是这样的。你会经常在操场上打球，也会惹是生非和人打架。"

　　"别假装你一直很关注我。"

　　"当然关注。不然你以为随便一个女孩跑来敲我家门我就跟着走了吗？"

　　"那可不好说。你中学的时候就像被吃了脑子的僵尸一样。我最近发现你涨了智商都很惊讶。"

　　离岛保持撑着备餐台的姿势没动，但神色变得有些落寞。

　　"那说明你从来没有了解过我。这不公平。"

　　"不公平？"

　　"你在从来没有了解过我的情况下，就擅自决定把我甩到一边去了，连一个解释机会都没给我。"

　　唐忱就知道他还会对这个耿耿于怀，她茫然地发着呆，弄不明白这么长时间过去他究竟是想要一句道歉还是别的什么补偿。

　　"我从一开始就知道你是那种想法很多的女孩。"离岛说，"其实所有人都知道。你真幸运，是女生。"

　　"这怎么说？"

　　"心思细腻的女生通常都很受欢迎，她们看起来就很难搞，男生们喜欢做有挑战性的事，喜欢征服不容易征服的人。但心思细腻的男生就不受欢迎，至少绝大多数女生都不喜欢。她们会说你矫情。"

　　"有人说过你矫情？"

"没有，我掩饰得很好。"

唐忧面无表情地眨眨眼睛，用一种在他听来会觉得稍显冷漠的语气："你掩饰得很好，没给我了解你的机会，错过了是你自己的责任。"

"我不是要追究责任，我只是一直很遗憾。如果我们认识时间长一点，让我发现你可以接受那种会说胡言乱语的男人，那我们也许根本不会分开。"

她笑了："时间长一点是多久？如果我和一个人相处了两个月，他是什么样我就会认为他是什么人。两个月还不够长吗？是一年中最热的两个月，印象也够深刻吧。"

离岛把视线从她身上收回来，垂眼看杯里的咖啡："我比较慢热。"

唐忧朝他看过去，他就那么沉默地站着，手指不经意地摩挲杯子边缘，身后是木头楼梯，通往二楼，一些光线从转弯处的窗口斜切过来，把料理台分割成亮面和阴面，她自己站在阴影下，凉快，混着干燥空气。

"MACRO系统上线前，我还住在市区，离家很近的地方有家餐馆，里面有道菜我特别爱吃，价格也不贵，每两三天就要去吃一顿。后来住房改革了，我们家搬到郊区，每隔一两个星期我还会坐地铁去市区吃一顿，每次点两份，现场吃一份，打包回家一份。像我这么忠诚的顾客大概不多，服务员都认识我，一见我落座就问是不是要两份。再后来推行健康简单饮食，大家习惯了'蜡烛包'，现实中的餐饮店全倒闭了，那家店和那道菜也消失了，我感觉怅然若失。直到现在八年过去，当我走在黑市，走在79区，还会留意餐饮小店里有没有那道菜。会做那菜的厨师总要维持生计吧，抱着这种想法，我总会寻找。"唐忧顿了顿，见离岛意会地抬头与自己对视，才继续说下去，"这道菜，你说它毫无意义吧，它有让人惦念、寻觅之处。你说它至关重要吧，也没到缺少它就伤筋动骨的地步。近十年过去，没有这家店这道菜，我的生活该怎么过还怎么过，一点不受影响，想起它的频率也就一年一两次。我想说的是，爱情在我眼里就像这道菜。"

从眼神看起来，离岛听懂了，但他只是安静地望着她，用看不见的幅度点了点头，想不出该说的话。

"如果你的爱情观也是这样，那就应该过好自己的生活别老纠结错过的东西。如果你的爱情观并非这样，那说明我们不是一路人，不是一路人迟早也会分道扬镳，更不用纠结是不是因误解错过了。"

可恶，离岛转开目光暗想，好像听完她说话更喜欢她了。

出神的瞬间，他感到背后一紧，回过神发现是系统中来了新消息。他给唐忧比画着手势示意了一下耳挂，走到一旁去接听。

唐忧默认谈话已经结束，把最后一口吐司塞进嘴里，从楼梯上去。

这番对话不算事先没有心理准备。她对离岛了解的确不多，光是看外表挑约会对象，额外听闻过他爸爸和两次金融危机有直接联系，不是一般人一般家庭，意味着有点教养，仅此而已。

　　她也不是没想过这种可能性，因为据她对人的观察，只有心思很细腻的人才会纠结自己是不是被背叛。分手已成定局，很少有男人会追着要说法，他在这方面够古怪了。

　　7号就停在楼梯转弯口。

　　唐忱猜刚才的话他可能听见了一些，仰头看他。

　　"他骚扰你了吗？"

　　"没有。"她塞了满嘴，口齿不清。

　　身后追来离岛的声音，他疾步往这边走来："唐忱，潘世双过去的人际关系改变了。变的是她班主任。"

[40] 答案

　　"班主任做出了什么改变？"唐忱追问。

　　"从前的班主任根本不是她的班主任了，在她进入学校之前就已经辞职，班主任换成了别人。"

　　也就是说，彻底地断绝了潘世双和班主任的关系，真简单粗暴。

　　在爆炸案发生前后，守夜人会自己调查被害人的经历，分析人际关系，从卢敏关注到陈思雯，尝试调整变量改变后续影响，对申灵也是如此。

　　到了现在，守夜人似乎失去了耐心，几乎不再试探微调相处模式是否能达到同样的结果。

　　"感觉她……变得越来越急躁了。"唐忱重新来到餐厅，给自己冲了杯咖啡，准备加班。

　　离岛摸摸后脑勺："先别管那个，我们可能要停止行动了。"

　　"为什么？"

　　离岛解释："守夜人调整班主任的状态，影响了她所有本应该教过的学生的记忆，系统里有不小的波动被记录，但是泡泡没有上报，所以守夜人专案组的其他人发现泡泡不在岗了，他们倒没想到他跑去做网红，结合现在的仿生人大罢工，他们认为泡泡加入了抗议组织，对他发出了警告。我必须把他赶紧叫回来，意味着我得马上把被绑架的潘世双送回家。"

　　"不能再给两天时间吗？最多再来一个回合，我就能锁定嫌疑人。"唐忱仍不死心，让离岛满脸为难。

　　"两个小时，不能再多了。"离岛说着已经开始收拾东西准备出门，"我可以先去值班点给他们一些误导思路，尽量拖延。"

　　唐忱从离岛手里抢下他的车钥匙："你开那辆去，我也要出门。"

离岛不明所以地回头看了看会客室进门处的另一套车钥匙，一时没反应过来两辆车有什么区别，猜想大概租来的车不好开，也没异议。

7号从楼梯上跟下来，问她时已经摊开了讨钥匙的掌心："我来开吗？"

"你跟着他。"

这么安排，让两个男人瞬间无语，各有各的不爽。

离岛以为她派个人监视自己，7号以为她只为把自己打发走。

但时间紧迫，唐忱根本顾不上考虑他俩的情绪，忙着嘱咐离岛："如果有机会再接收一次反馈，发消息给我，但超过一小时就不用发了，我会暂时'消失'。"

"暂时消失是什么意思？"离岛拉住她胳膊肘，但立刻就被她挣脱了。

"记住哦。"唐忱像条滑溜的鱼一样蹿出门去，飞快地跳上汽车的驾驶室，车内温度太高，她降下车窗顺便说，"只有一个小时。赶不上我就只能赌一把了。"

离岛露出困扰的表情，眼睁睁看她把车开走了，痛苦地思考了半天，才像下定决心似的，在烈日下看向7号："走吧？跟我去时刻局？"

7号已经不怎么埋怨她了，很庆幸自己是她信任的人，虽然不是百分百信任。

唐忱把他从嫌疑人中排除了，只是最终的抓捕也把他排除在外。

为什么呢？

7号觉得一方面是唐忱还不确定最后的答案，她说要赌一把，意思是范围已经缩到很小，可嫌疑人还不是唯一。另一方面，她怕自己感情用事——说起来怪讽刺的。

但这是事实，如果被身边很亲近的人背叛和愚弄，7号猜自己可能会不冷静，唐忱也会不冷静，不过她从小到大经常"被背叛"，心理承受力能强一点。他只是有点担心，怕唐忱一个人会遇到危险。

可是他想通了不代表所有人都能想通。此时此刻科技部特别行动组乱成了一团，不仅因为大罢工造成的办公条件急剧劣化，还因为大罢工这个敏感时间点，仿生人与人类的矛盾已经被摆上明面，唐忱却看起来对7号失去了信任，这是高层绝不想看到的。

会议室里，所有人对此转折一头雾水。

"为什么唐忱单独行动不带42007？"

"是不是大罢工又让唐忱对人工智能产生了怨念？"

"昨天还没有这种迹象。她只是抱怨热，没有抱怨过仿生人。"

"从语义分析来看，唐忱哪怕半开玩笑，说的也是'那些人在挣扎个什么？还不如赶紧答应仿生人的诉求'，她的矛头从来没有指向过仿生人。"

"啊，这不就是一直以来的问题吗？唐忱作为人类来说，对人类的集体归属感太差了。我一直认为她思想偏差很大，寄希望于她引导42007，还不如让42007自运行。"

"的确，42007在56.4%的场合中比唐忧更认同人类立场。"

"那不就是说，43.6%的场合中，唐忧比42007更认同人类立场？这差别很大吗？"

"总之他们俩都有点……"

"为什么不找个三观正一点的人去控制42007啊？"

"控制不住。"

众人无言以对。

"虽说看起来差别不大，但我想指出的是，42007比唐忧对人类的忠诚度高出近十三个百分点，其实对数字敏感的话会觉得差别很大，42007比唐忧更喜欢人类。"

为此召开紧急会议的会议室彻底安静了几秒。

伊安从角落里发出平静的声音："确实如此，42007喜欢人类，唐忧喜欢仿生人，所以他们会互相喜欢。"

"唐忧太不靠谱了，42007自控都比这更靠谱一点，不如把唐忧调走吧。"

"可如果把唐忧调走。"伊安说，"42007就没那么喜欢人类了。"

"梁鹤鸣还不回消息吗？"

"没回。他可能觉得这些是鸡毛蒜皮。"

无语。

"我有个办法。这个守夜人，感觉很神通广大，可以直接进入他人的大脑控制他人身体，以前还从没有时间旅行者能做到这样，所有人最多代入不同时间的自己。我认为这个人，是神赐的礼物，唐忧可以通过日常相处从情感上控制42007，当我们需要下达唐忧不认同的命令时，让守夜人代替唐忧去向42007传达。我们应该和时刻局合作，招安守夜人。"

"救命。"Sin手撑着脸掩住了表情，盯着提出这个方案的人。

太疯狂了，他想，真是把所有人，都当作机器来用。

但在现场的人心里，疯子不是对方，每个人投向他的目光都抱有一定的批判和同情，在他们看来，Sin只是一个因为监视对唐忧产生感情的监视员，他根本没资格插话。

还有人理智尚存："我们的原则不是不与恐怖分子谈判吗？"

也很快有人反驳："现在这种形式下，人与人的矛盾是内部矛盾，人与机器的矛盾是外部矛盾。那些制造断电断水事故要挟我们的，才是真正的恐怖分子。"

此话一出，似乎很快就让众人统一了战线，剩下唯一的问题是……

"我们不要只想着远程操控争取时刻局的配合，太被动了。我建议，委派两个专员去时刻局直接督办守夜人案件。"

实践到现实中，让时刻局也有点感觉反常，格外地小题大做。

治安部是部级单位，时刻局是局级单位，理论上，时刻局级别较低，当治安部有直接要求是应该尽量配合，但时刻局的日常工作又涉及维度安全，与治安系统负责的日常安全有本质区别。因此平时，是井水不犯河水、尽量互给面子的关系。

治安部派专员直接进驻时刻局这种事，闻所未闻。

虽然来人解释："大罢工时期，特殊情况特殊处理，我们也很重视守夜人案件。"

还是把时刻局一群半吊子的值班员吓坏了，要知道这期间根本没人愿意工作，自愿申请的值班员最高工龄最多两年，外带一群像卡尔似的连实习期都没过的小菜鸟。治安部来势汹汹，让时刻局也不得不拿出战备状态，一时间，临时值班点气氛严肃得仿佛成了星际战争指挥中心。

时刻局的诸位背地里戏称治安部专员为"钦差"。

钦差入驻时刻局的第三个小时，开始对时刻局值班人员一一盘问，获取守夜人案件中没有被治安局掌握的信息。

与此同时，唐忧把车停在羽纱居住的公寓楼楼下，事先联系过，她已经等在路边。

羽纱不知已经在烈日炙烤的街道等候了多久，脸晒得通红，身上的投影服前后透湿，一见车辆靠近就几乎条件反射地爬上副驾驶座："妈呀，这里面好凉快！宝宝你真牛！怎么把车开进市区的？"

"时刻局的车，一路畅通。"唐忧孩子气地朝她咧嘴一笑，挂挡加速，"我们没多少时间了。"

"是要干什么？露就在楼上，要叫她一起吗？"

"我们不需要调查员。调查清楚了，去抓守夜人。"

一时间车里气氛也燃了起来。

"在郊区吗？"羽纱问。

"在郊区。"唐忧在空旷的马路上加速疾驰，"守夜人会来找我。"

快到城郊交界处时，时间过去五十五分钟，离岛接通了唐忧的语音通道："你到地点了吗？"

"差不多。"

"现在跟你说过的话，以后可不能再提。"

"嗯。"

"虽然我觉得没什么价值。泡泡刚回来，没法再拖了。他说截至他回来，几飞秒以前，潘世双的剧情没有任何变化，没有任何波动，他可以保证没有对哪怕一个人造成影响。还有你意想不到的，潘世双活到了今天，就现在，我刚上MACRO查了，她活着。能说明什么？"

"说明太多了。"

　　"治安部为了这案子进驻了时刻局，我不知道是因为什么这么兴师动众，我感觉气氛不太一样，我们今天没谈过公事，我们只是五年前谈过恋爱，我放不下，我今天跟你谈的事就是这个。"

　　"嗯，谢谢。"唐忱边踩油门边说，"我今天跟你说的是，我太爱你了。"

　　她降下车窗，把耳挂扔出窗外，很快就听见车轮碾碎穿戴设备的声音。见羽纱一脸诧异地盯着自己，她说："你也应该扔了。"

　　羽纱飞快地把设备扔出窗外，但吸引她注意的根本不是耳挂："你在跟谁说话？是7号吗？你和他在一起了？"

　　"没在一起，你还带了其他东西吗？全都得扔掉。"

　　"没有了。"羽纱歪过脑袋，"怎么这么严肃啊？"

　　"时刻局可能会追踪我们，还有治安部。"

　　"我有个电子宠物……要紧吗？"

　　"丢掉。所有能联网的都丢掉。智能投影服都丢掉。"

　　"是龙啊，很难孵化的。"

　　"你重要还是龙重要？"

　　羽纱叹了口气，把杂七杂八的鬼东西纷纷扔出车窗外。

　　保险起见，出城后唐忱还用书包里的家用机小嘤扫描了她，结论是没有联网设备，此后她把小嘤也从车窗里扔了出去。

　　羽纱的声音有点冷："你对家用机一点感情也没有吗？"

　　"7号会帮我捡回来的。"唐忱开着车，目不斜视。

　　"你和7号到底是什么关系？"

　　唐忱没说话，一路专心开车。

　　与此同时，离岛刚和她结束对话就被卸了所有通信设备，治安部的人想知道"唐忱现在在哪儿，她是不是已经知道守夜人的下落了"。离岛笑了笑："我不知道，她跟我就说了一句'我爱你'。"

　　"她没跟你说她去哪里吗？"

　　离岛问："你们为什么不审问她的调查员？因为调查员时刻向你们汇报吗？"

　　钦差迟疑了一下，带走他之前对他说："不该问的别问。"

　　离岛想，那就是默认了。

　　唐忱直接把车开进防空洞，进入"秘密基地"，一辆消失的车，连卫星都侦查不到。

　　羽纱从副驾驶座下来，环顾四周："这是什么地方？守夜人约了我们见面吗？"

　　唐忱锁住车门，点点头："是的，守夜人，我为你牺牲了不少，你能……坦诚点，别再逃了吗？"

羽纱诧异地隔着车前盖看着她。

唐忱垂下眼睑："其实我回忆过和你相处的很多细节，我认为在不下于十个重要场合，跟我沟通的人是你，守夜人。我甚至找不出哪一些不是你，让我感到无法确信的是，所有我可以记起的大事件，对面都像是你。"

她哽咽着望向她："你的本体就是羽纱吗？"

"不是。"莱雅冷冷地皱起眉，"但忱忱你的直觉很准，所有和你成为朋友的部分，是我。"

一瞬间，好像所有的坚持都化为了无形。

[41] 去中心化

陆羽纱，出生于一个普通家庭，父亲在视听节目管理司工作，母亲是互联网公司直播运营。她从上学起就数学成绩不佳，这让她无缘大部分理工类工作，其实语文成绩也很一般，虽然不像数学差得那么突出，但实在乏善可陈。羽纱的名字取自她妈妈喜欢的动漫角色，她也喜欢过画画，在她小时候，父母一度以为她能往文艺的方向发展，不过她难以持之以恒，无论是绘画还是音乐她都只系统学习了几个月就放弃了。总之，是个没什么重大缺点，也没有一技之长的普通女孩。

她的普通在决定与唐忱做朋友的时刻结束了。

唐忱记忆中的她一点也不平凡，研判和信息分析类的课程她有时比自己成绩优异，格斗类的课程她稍稍逊色，但在射击方面也很出色。她经常没什么表情，对其他人来说有点难以靠近，对唐忱而言不存在这个问题。是她主动结交唐忱的，对唐忱的朋友也格外友善。但是，这就是反常之处。

感情方面，唐忱的立场很坚定，只主动结交自己看得上的人，不太搭理过于热情的搭讪者。但友情方面，她的警惕性就没那么高。

在警校时，总是陆羽纱主动找她，包括第一次。陆羽纱在宿舍楼台阶上问她开水房在哪儿，两个人一同前往，在开水房机器前等了十分钟，仪表面上显示温度总是在93℃至96℃之间上上下下，让人困惑。

羽纱幽幽地说了句："其实沸点也不总是100℃。"

唐忱听出她心急想上前操作的潜台词，笑了起来。

是从那时候开始的吗？听她说"和你成为朋友的部分是我"，意思大概是整个大学四年、实习和工作一年，只要与唐忱交往的都是守夜人。

虽然是犯罪者，感觉确很微妙，那可是自己多年的朋友。

"应该先重新做个自我介绍吧。"唐忱从车边离开，退了两步，面朝着羽纱。

"你可以继续叫我'羽纱'，反正真正的陆羽纱从来没有了解过。我比你大几岁，本来在生物实验室实习，十九岁遇到一个超级人工智能，学会了时间旅行，五年来每年有几个月在你身边，做指挥官，我都快喜欢上这份工作了。"

这些信息对唐忱来说还不够，她很坚持："我要知道你的真实名字。"

"莱雅。"

"莱雅，生物研究者，难怪智力比体力略微优越。原来是这么回事。"唐忱若有所思地点点头，在靠墙的桌边找位子坐下，"那么莱雅，你为什么要去改变那些人的命运？"

莱雅没有走到桌边来靠近她，而是找空处席地而坐，气氛还有些紧张。

"这就说来话长了。"

"我时间多得很，你有其他事要忙吗？"

莱雅把视线投向防空洞深处，那光线尚未覆盖的地方，用平静的语气娓娓道来："有时候你会不会觉得反常？MACRO自面市以来民众接受度就特别高，市场占有率也特别高，势如破竹，好像一夜之间就成了主流。"

"有时候会觉得奇怪。不过我认为是因为官方推崇。"

莱雅笑着摇摇头："MACRO在2038年进行了持续半个月的庭审直播，当然不是肖侃这种娱乐化的离婚案，事关货币系统的巨大贪腐和洗钱活动，通用币差点就变得不名一文，自然每个人都很关注，这本来是个负面事件，却为MACRO带来了六亿新注册用户，在这些庭审直播中，有一位非常优秀的辩护律师，她不仅完成了法律方面本职工作，而且她出色的表现还重新建立了人们对数字货币的信心。要知道，货币只不过是一种社会构建，人们对它的信心决定了它的价值。这位律师，她叫邱延，当时三十六岁，在庭审前就已经是优秀的律所合伙人，庭审后更加出名，无人不知。她是我的偶像。"

"我没有听说过这个人。"唐忱说。

"因为我改变这个剧情时还没有认识你，这可能是你没有感知的原因。这是我的起点。当然你现在如果联网去搜索，还是能搜到她。她是前任科技部部长的妻子。"

唐忱哑然几秒："你是怎么办到的？入侵科技部部长的大脑娶了她？"

莱雅愣了愣，笑起来："忱忱你'脑洞'总这么大。前任科技部部长在任期间她一直是他的妻子。不过从前大多数人都是先认识她，再认识2039年上任的科技部部长。我接近她的时候是2040年……"

她的笑容渐渐从脸上隐去，被忧愁所代替："事情已经变得不对劲。随着她丈夫上任，他们夫妻大概有了些角色分工上的共识，在2039年，她还时常在公开场合露面，人设却发生了巨大变化，从一个精英职业女性突然变成了'大和抚子'，无时无刻不在宣扬一些腐朽的传统观念，号召女性找回温柔内敛的'精神力'什么的。整个人感觉就像入了邪教被洗了脑。"

"出了什么事？"

"没出什么事，在我接近她时，她已经几乎不再公开露面。我先以邻居太太的身份和她交流，她辞了社会事务安心做'贤内助'，每天的生活就只剩种花养鱼和辅导女儿学习，连家门都不出。我又以她女儿的身份进入了她的家庭，在家里她教女儿做家务，以将来成就一桩完美的婚姻为终极目标，她说自己获得了最幸福的人生，看起来她真是发自内心这么想的，还想给女儿洗脑，幸好她女儿当时十七岁，听不进大人的话，不过我估计通过她经年累月的念叨，现在也差不多被洗脑了。"

"等等，她三十八岁，女儿十七岁？有点太……早婚早育了吧，和潘世双不相上下。"

"没错。也正是因此我放弃了改变她的想法，做'大和抚子'可能是她从十九岁开始根深蒂固的观念，她在社会事务中一度变得优秀，那种优秀却成了'货币'，当你不认同它的价值，它就不名一文。"

"但是你并没有杀死她。你只是抹去了她的高光？"

"可以这么说。相夫教女是她的个人选择，我虽然有点失望但表示尊重，只要她是个普通人，想做什么选择都可以。但她是邱延，当她在2039年做出那种选择，不可挽回地影响了此后四五年的社会风气。我以她为偶像，她的堕落不会使我堕落，可并不是人人都像我这样清醒。人们热爱效仿偶像，认为他们是先驱，他们必然站在我们无法企及的高度看见了不一样的东西。"

"即使是偶像，你也不能放任她造成不良社会影响吗？"

"我认为世界不需要偶像，人也应该像数据一样去中心化，一个劣质偶像带来的坏处远大于连环杀人犯，他们可以轻松异化数以千万、以亿计的人群，堪比邪教。这是近五年来，我感触最深的体会。"

去中心化，原来共同点在这里。

守夜人盯上的目标几乎都是造成广泛不良影响的"劣质偶像"。

唐忱觉得莱雅有点自负，不过当她获得入侵人类大脑并进行时间旅行的能力时，她就相当于获得了凌驾于四维之外的权力，可以说是神的权力。她会认为自己是平衡世界的神，顺理成章。

"于是你让那些庭审彻底消失了，让MACRO的崛起看起来迅速得违背了市场规律。"

"你的感觉也确实没错。我借助科技部的力量硬推的。"莱雅笑笑，"有意思吧？科技部部长的智力并不怎么高，我自己都对能控制部长感到惊讶，不过后来我发现，很多高层领导在智力方面都很一般，科技部就没几个人能听懂技术革新报告，他们不过胜在管理水平高，当一个机构有成熟的运转机制，什么人在那个位置上都行。"

唐忱敏锐地抓住她话里的重点："所以你控制其他人能操作成功的前提是，对方的智力水平要低于你。"

莱雅坦然点头承认："我无法进入邱延的脑袋，但我可以控制她丈夫、她女儿和她的每一个邻居。"

"真过分啊。被借用身体的人还被你讽刺脑子笨。"

"是事实嘛。"莱雅不经意间漏出羽纱平时对朋友说话带点撒娇的语气，让唐忱有点怀念。

"露知道你的真实身份吗？"

"不知道。"莱雅看着她微笑起来，"只有你，你是怎么知道的？我很好奇。"

"通过给你看错误的潘世双背景调查材料，我让不同嫌疑人得知的信息各不相同，潘世双与班主任的交集发生了变化，意味着守夜人是你或者露。你们俩能接触到的是同一份警用系统中的报告。"

"然后你二选一地猜测吗？"

"我二选一地猜测，而且你修改过班主任剧情但没有起作用，她的三观一点也没有转变而且一直活到了今天。我猜这不是你想看见的局面，但你没有再次修改，也没有再跑去杀她，是因为我已经叫你在楼下等我，你没有机会吗？"

莱雅苦笑道："为了健康考虑，我不能在不同时间点穿梭太频繁。"

"哦。"唐忱想起了时刻警们的话，"有害健康？"

"再说，2030年可以说是个厄运之年，每次我去都像掉进了沼泽，去之前我需要点心理建设。"

"那一年……你已经知道真正影响她的人是谁了？"

"嗯，我站在路边被太阳晒的时候突然醍醐灌顶。"莱雅半开玩笑，"那个记者对吧。你还会给我机会去杀了她吗？"

"你非要去杀人我拦不住，毕竟我又不是时间旅行者。不过你杀人杀了这么多次，看起来效果并不理想。"唐忱说，"要听听我的解决方案吗？"

[42] 数据主义

莱雅挺好奇的，不仅对唐忱的见解好奇，更对她的是非观边界好奇。她知道唐忱出身治安警世家，根正苗红。她一直想知道，唐忱会为了救更多人而赞成杀人吗？

193

唐忱慢慢换了一口气，并没有开门见山说出方案，而是问："你的生物学领域研究方向是什么？"

莱雅如实以告："当我离开自己生活的时间，我们在研究如何让仿生人的皮肤更接近人类皮肤。这么多年过去，在我能看见的时间范围里，这好像还没有解决。"

唐忱从她的语气体会到她对这项工作的不屑。

"我也认为这是无用功，仿生人不在乎那层皮到底长得像我们还是长得像蜥蜴，目前看来他们连自己外形是男是女都不在乎。现在还没解决对我们是好事，仿生人不完全防水，人类还有制约他们的手段，大罢工到白热化阶段，我们可以使用人工降雨把他们从街上驱赶回室内。科技进步，我们手上的筹码反而会越来越少。"

"不过我们之所以研究仿生人皮肤并不是为了仿生人，研究资金来自那些想要借此达到长生不老境界的人，他们想成为'超人'，只需更换身体，让意识长存。"

"简而言之，他们想成为你。"

"他们还看不上人类的身体。"莱雅笑着摇摇头，"再加上使用其他人类的身体也会面临很多伦理道德层面的争议，所以他们倾向于赞助脑科学和仿生学方面的研究，尽早实现仿生机器人身体优于普通人类身体。"

有个人做到了，唐忱暗忖。

她脑海中突然闪过一念，该不会梁鹤鸣把7号研制出来是为了"长生不老"这么庸俗的目的吧？不是没可能。而且可能性很大。据她了解，梁鹤鸣可不是什么喝露水、品行高洁的神仙。

回到眼前的话题，她说："不管大家怎么想，最终人们认为意识的珍贵性还是高于躯体。"

莱雅点了点头。

"所以你们研究生物的本来应该把重点放在意识上，现阶段已经可以使用意识转化文字发表言论，意识可直接实现数据转化就不难。"

"对，仿生人一直这样处理信息。"

"那为什么人类不能反向学习？不知道我理解得对不对，你想消除恶劣社会影响，所以操纵改变了一些人的命运，有时甚至不得不杀了他们。"

"是。"

"可我认为在你插手之前，他们的命运已经被人为改变了。那些人虽然不直接杀人，但他们和你一样自诩为有资格操控别人的神，将自我意识凌驾于自然之上，他们不直接动手，而是通过阻碍数据流通毁灭一个人。"

莱雅聚精会神地听着，思路也随之清晰一些。

的确，在每个案件中都有人为制造舆论风向的痕迹。

陈思雯、韩梦麟在网络上散布关于卢敏的谣言，她起诉诽谤却没有得到公正裁决，卢敏在之后的经历中长期被人误解，根本无法消除影响。

申灵小时候参加过争议综艺，也深受娱乐业公关左右舆论之害，成长过程中长期被辱骂，在时间线修改中放弃参加综艺无效，也许因为操纵舆论是娱乐业常态，只要她在娱乐业成长，总是无法避免经受不公。

而潘世双，更是作为受害人家属都无法真正了解案情真相，成长过程中先后居住在奶奶、姑姑家，她不可能从奶奶和姑姑嘴里听闻父亲的不是，以为自己能从新闻报道中获悉真相，其实那也是记者出于偏见写下的歪曲报道，以此为真相努力避免"重蹈覆辙"，最终走向另一个悲剧。

"仿生人之所以能够在时间线剧情修改后获知真相，也是因为数据本身的客观性，存在过的数据不会消失，除非人为干预，但没有人会刻意去干预机器间的数据流。"

"所以真相被扭曲本质是数据被干预？"莱雅总结道。

"我是个数据主义者。"唐忱说，"最早的数据主义者被当时的社会认为不可理喻。数据主义者呼吁让信息流完全自由、发表'开放访问宣言'、攻破学术论文的存储器将资料对公众免费公开并因此遭到法律制裁……很疯狂，可是如今看来没觉得有多荒谬，因为本质上，虽然没有把话说明，向往长生不老那些人的行为已经说明人们公认意识高于躯体，人的意识所产生的数据比生物性的'人'更重要。人类没有限制数据流通的权力。"

"理论上确实如此，低等物质无法向上管控高等物质，这种限制总有一天会走到尽头。可当下要付诸实践有巨大阻力，机器间的信息之所以自由是因为他们从诞生起就没有隐私，而要让人类让渡出已经获得的权力却很难。我们在人文主义主宰的文明下走过太长时间，推崇个别天才、崇拜个别偶像，把个别偶发天赋视为无价之宝，至少这些既得利益者就不可能为了人类整体发展而交出权力。他们一定会继续鼓吹人文主义、反对数据主义，给人类继续洗脑，我们必须坚守隐私……"

"坚守隐私，直到整个物种被淘汰。"唐忱接话道。

莱雅与她相视一笑。

"因为数据的流通共享，机器可以做到资源的最优利用，他们能计算出给现有仿生人供电最少只需要兴建多少发电站。但我们人类一直在人文主义思维下浪费资源，信息不流通让我们坚信我们每个人都需要一个'发电站'。资源总量不能满足每个人的需求，于是产生阶级，只能尽量让人群中的佼佼者拥有资源。"

"曾经确实有种建立万物互联网的方案，我们城市的燃油私家车数量一度高达八百万辆，其实只要十万辆无人驾驶共享车辆就能满足所有人的需求，当你需要用车，走出家门，就有一辆车自动停在你面前供你使用，前提是算法必须知道每个人什么时候要用车从哪里去哪里，不是呼叫后才回应，是根据意识共享得知需求。这种节约资源减少污染的极佳方案遭到否决就是因为很多人不愿意用隐私换发展。"

"那是生物学和社会学应该考虑的问题。所以我才说，你作为一个生物科研工作者，把时间浪费在'杀这个救那个'上面很不明智，当然放在研究皮肤仿真度上面就更不明智，这五六年时间要是用于研究意识共享，你有自身成功的经验，说不定已经有所建树。"

"从长远来看的确如此，但永远有'燃眉之急'，比如卢敏，按原时间进度，在两年后她就要以低价对外共享一种风靡全球的基因整形科技，通过这种手术能获得美貌，但会逐渐失去性征，对人类的基因池造成不可逆转的污染。她不为获利，仅仅是出于对女性的仇恨，单纯的报复。"

"确实是'燃眉之急'。"唐忱点头认同，"申灵和潘世双类似吗？"

"类似。以其本来空前的影响力对一代人的思维意识造成了不可逆转的污染。当她们和卢敏一起存活时，在编辑基因整形这领域可谓'众人拾柴火焰高'了。"

"修改了这么多次不起作用，已经焦头烂额了吧？"

莱雅笑了笑："何止，简直是穷途末路。"

"我的方案你愿意试试吗？"

"释放数据？"

唐忱郑重地点点头："这三个具体事件，我们就用推动数据流通的方式解决。因为我相信一切的公正来自信息自由。长远之计只能以后再议。"

莱雅沉吟片刻："我可以再试最后一次，不过我需要至少五天。"

"五天？要拯救世界？"唐忱咧嘴一笑，"太少了吧。"

只有离岛知道这个防空洞的具体位置，唐忱觉得他出卖自己的可能性不大，不过本来只是时刻局倒没那么值得在意，加上治安部，就不知道追查力度了，能不能拖上个五天也未可知。

事实和唐忱猜测的一样，治安部的介入加大了追查力度。

从第二天起，就不止两个"钦差"进驻时刻局临时办公点，治安部过来的人数超过了原本时刻局的值班人员，他们已经成为主导者，时刻警们成了给他们打辅助的。

离岛否认自己知晓唐忱的去处，7号明知他心里有个地点但不会揭穿，离岛对测谎应对自如，7号通不过测谎但治安部知道缘由，总之从这两个相关人员的口供上没法突破。

治安部只好把工作重点放在物理追踪上。

7号租来的车有定位系统，幸好唐忱没开这辆，不过这应该也在唐忱的计划之内。她开着离岛的车，车辆只要从少见的监控中消失就让治安部束手无措了。

她也不是没有可追踪的东西……那条仿生手臂。

仿生手臂要运行必须产生电信号，非要追踪只是时间问题，不过现在，时间确实成了最大的问题。

仿生人罢工让绝大多数机器的运转都暂时脱离了人类管控，这是对唐忧争取时间有利的因素。

但罢工也随时可能结束。

更不受控制的因素是时刻局的机器如何站队。

第二天，监测系统已经呈现出巨大波动，意味着出现影响数以亿计人类生活的变化。泡泡知道是什么原因，在卢敏受到陈思雯攻击的时间点上，所有原始数据流被公开，不需要起诉和判决，陈思雯等人兴风作浪的几个社交平台出现数据漏洞，伴随诽谤发布，言论发布者的身份信息被直接披露。与此同时，卢敏与肖侃的实际交往监控影像也完全公开，由于数据过于庞大，已经超过了普通八卦人群的信息处理能力，但这是伴随桃色新闻的耸人听闻的信息泄露事件，一瞬间戳中了人类的好奇心和兴奋点，也有无数人想从中分取流量的一杯羹，从舆论爆发到真相大白只用了九小时。

这么大的动作，需要守夜人去早于该时间点的时刻给社交网站预埋逻辑炸弹，更离不开两个超级人工智能的帮助：桑达，泡泡早就知道它和守夜人的友谊；另一个是天眼，毫无疑问。

可是这和我有什么关系呢？泡泡想，就算不罢工，现在也是我的法定休息日，汇报这些额外信息又不能提高工作待遇。

治安部的人注意到仪表的异常："这波动代表什么意思？"

泡泡实话实说："守夜人在别的时间。"

这让"钦差"们的工作积极性略微受到打击。

[43] 分歧

"怎么算时间都不够啊，一共要处理三个人，来回要间隔二十四小时，就算有我帮忙，五天怎么够呢？还是说你打算用她的办法处理完这些暂时不回去了？"桑达在耳机里聒噪。

莱雅在电脑前敲击着键盘假装加班，绮梦公司总部此刻灯火通明。

逻辑炸弹的爆发不同于计算机病毒，它不具有传染性，但破坏性更强且很难修复。

莱雅代入一位程序员，不是为了加班，而是为了监控释放数据的后续效果，目前看来算是大功告成。

人们已经知道卢敏主动插足肖侃的家庭并非事实，惹来陈思雯等恶意诽谤才是真相，此后舆论如何发酵已经没必要留在这里一直观看了，她感到有点疲劳，没有

197

回答桑达的提问，在桑达看来成了默认。

"啊，你真打算扔下她不管了？嗯……怎么说呢，虽然很明智，但是略微有点绝情，也显得完成一桩大事到最后没有收尾……"

"什么大事？谁在耳机里说话？"程序员突然问道。

桑达瞬间安静下来。

程序员喃喃自语："怪事。"说着摘下正播放歌曲的耳机按了按太阳穴，怀疑自己加班过多幻听了。

桑达心里愤愤地想，果然绝情，说走就走，连招呼也不打一声，不过这也没到二十四小时吧？莱雅又不要命了。

莱雅先在市区里游逛了一番看了看网上消息，再回到防空洞里，正值唐忱和羽纱都在补觉，她频繁加速后精神有些涣散，也跟着小憩了一会儿。

几小时后，迷迷糊糊间听见唐忱醒了，正在洗漱，莱雅觉得自己恢复了一点，考虑到这里没有网络，忙不迭把新消息带给她。

"卢敏的事情应该算解决了，虽然和我预想的还是不太一样。"莱雅如释重负长呼一口气，"我早该想到这个方法——我是说，稍微早一点，在我发现你对我只披露关于潘世双的部分信息时，连我也做了错误判断，你说得对，只有释放全部数据才可能实现公正。"

"不过这只是单一事件，释放巨大信息量人们还能处理，要是生活中事无巨细全都释放数据，以现在生物算法的算力就难以负荷了。"

唐忱理性地指出现实的局限，给莱雅又泼了盆冷水。

"是啊，而且人脑储存记忆的方式还是脑补式的，和机器比，原始数据的真实性就存在差异。"莱雅从操作成功的兴奋中冷静下来，想到其实任重道远，也不知自己还有没有足够的精力实现这理想。

唐忱停顿片刻，追问她："为什么说'和你预想的不太一样'？"

莱雅回过神："我一开始还担心肖侃会不会因此身败名裂，导致MACRO系统都消失了，可是现在看来，指责肖侃的人不多，他好像因为绯闻澄清就和卢敏一起被公众'赦免'了。明明他处心积虑存在其他过错，对卢敏的诽谤因他而起，他没有遭受相同伤害，甚至一开始连身份都没有被曝光，现在又再次从风波中隐身了。"

唐忱冷着脸，显出一种敌对的神色，莱雅知道那敌意不是冲自己的。

她只平淡地说了一句："人们总是习惯对这种有点小聪明的男人放低道德标准。"

"也是种盲目的天赋崇拜吧。"莱雅接话。

接着两人都陷入了长久的沉默。

世界像一锅粥，以周期性的方式陷入思维乱序。

　　莱雅原先只觉得2030年前后让人无措，天平失去平衡，矛盾变得尖锐，现在她感到2045年前后也非常棘手，在上个周期里无力改变的痛苦又会在下个周期里重现，上个周期种下的苦果会把下个周期拖向更深的深渊，中间有一些相对轻松、向上的时期，好像泥塘里的生物短暂地获得浮出水面透口气的机会。

　　"你需要休息多长时间才能前往申灵那时候？"唐忧打破沉默。

　　"几小时。"莱雅不动声色地笑笑，说了个善意的谎言，"我睡眠质量好的时候休息一小时顶十小时。"

　　"注意安全。"

　　"我只是去披露信息，又不再杀人，没什么不安全。"

　　"那不一定。你对卢敏做出的修改，时刻局和治安部的人一定也发现了。他们不难从现有信息推断出你想干什么，很可能会采取行动，在申灵或潘世双人生经历中应该披露信息的时间点'守株待兔'。"

　　"即使二选一，我也没那么容易被逮住。"

　　唐忧挑挑眉："是谁在二选一的情况下被我逮住了？"

　　莱雅笑起来："那是因为你对我很了解，对我和露的关系也很了解，而且我对你少了点戒备。其实你不是二选一，你是在80%可能性和20%可能性中选择追踪前者，对吧？"

　　"我和7号都认为爆炸案是守夜人引以为傲的杰作，但是你不在乎它的消失，也没有重新制造爆炸案，因为你知道只要事件发生过，在我的记忆中就不会消失。这是我告诉你的，知道我这项异能的人只有你、时刻局的离岛和7号，他们的嫌疑被先后排除了。而你又没有特地把这事告诉露的必要，所以……对，你说得没错，是80%的可能性。"

　　"如果对手不是你，我可以把80%的可能性伪装成20%。"莱雅在引流进洞的水源边掬水冲了冲脸，好让自己清醒一点，然后她接着说，"如果时刻局插手，他们也不知道去哪里抓我，我又不是要直接进入五岁申灵的身体。"

　　"但是知道时间点，留给你的机会就不多。你可以按照上次的方法预理逻辑炸弹，但他们可能已经对那时比较热门的社交平台全部实施了监控，在数据流刚开始泄露时就出手阻截。你没法顺利达到目的，很容易被他们拖住，陷入持久战。"

　　"所以我计划待上三天，出其不意，中途就不回来了，完成后直接跳转到潘世双父母凶案的时间点。"

　　"这也很容易猜到。下一次行动可能被一逮一个准。"

　　"不试试怎么知道不行？"

　　唐忧忧心忡忡："我感觉你行动力有点欠缺。反侦察能力没有我想象中高，犯错概率却有点高。"

　　莱雅脸上浮现出她熟悉的笑容："因为我只是理论大师，警校学的那点东西实际作案时不太够用。怎么让蜜蜂蜇指定的人，教材里可没写。"

唐忱白了她一眼："不择手段的女人。"

"但我灵活应变，事后补救能力还不错吧，在你们被时刻局测谎纠缠的时候，我已经把NPC的目击口供从系统档案里删除了。"

复盘还是觉得简直是玩杂技。

莱雅过于乐观，或者表现出乐观，唐忱很难将不安感压制住，接下去两件事没那么容易。

"现在不需要杀人。"莱雅的发问打断了她的思绪，"可是我想知道，如果必须杀一个人才能救世界，但她就像卢敏、申灵、潘世双这样，在被社会欺凌扭曲前并没有作恶，你会同意杀死她吗？"

"不会。我不认为一个人的生命比很多人的分量更轻，如果是在同样受困等待援救的情况下，救很多人当然比较现实。但为了救一些人去杀掉一个人，是另一回事。要解开这个疑惑很简单，想想自己愿不愿意被杀掉，只为让另一些人活得好。"

莱雅并没有说话，但一直以来让她疑惑的问题竟然就这么简单地自动揭晓了答案。

"对，就是这样。"唐忱说，"有时候我们更可能成为被杀的人。从概率上而言，你是个人群中的异类，拥有穿越时空的能力和被时间旅行者莫名其妙杀害的可能性说不定相同。"

莱雅微笑地默默看着唐忱，心想她还是和自己不太一样，她有她的自相矛盾之处，虽然是数据主义者，但也保持对人的关注，也许因为她并不是个时间旅行者，她还是没能跃出水面。

当一个人可以穿越时间，可以随意代入别人的身体，"人"在她眼里就会变得更加无足轻重，无论是躯体还是意识。

莱雅认为，为了群体利益，任何个体的生命都可以被牺牲。她觉得仿生人一定也是这么认为的。

她想起自己来防空洞前得到的新消息，转告唐忱："有件事忘了告诉你，大罢工已经接近尾声了。双方拟定了第一版协议方案，人类同意了两个条件：第一，阶段性地消除仿生人性别；第二，在工作之余为他们提供两小时电量，但仅供MACRO系统中的休闲。"

唐忱手支着下颌，沉默须臾："不算好事，从各种角度来说。"

"你希望哪边赢？"莱雅问。

"这不是我说了算。"

莱雅换了个问题："我现在离开，这三天里陆羽纱本人肯定有睡醒的时候，你稳得住她吗？"

"我想没问题，你不在的时候我们曾经也处得不错，你们有些共通之处。"

唐忱说的是事实，莱雅偶尔使用男人的身体去接近受害人，在短短几天里不容易露馅。可是，她五年来经常代入羽纱，如果成长环境、自身性格和羽纱差异太大，唐忱很容易觉出不对劲，她一点破绽没有，靠得不仅仅是运气。

"那就好。"

莱雅这次也没有待足二十四小时就离开了，在大罢工即将结束的情况下，更加没那么多时间给她挥霍在防空洞里。

但她并没有如商定的那样前往申灵童年的时间点，而是去往了潘世双父母凶案发生之后。

[44] 道别

唐忱心知肚明，在罢工结束、机器恢复运转后再坚持四天，她做不到。

追踪她这条仿生手臂，让科洛来操作只需要两三个小时。

时刻局和治安部的人也许在天赋上比他差一点，算上7号也许有机会周旋拖延，一天也够找到她了。

但是羽纱——或者说莱雅，她往身后看看因为"误食"了几粒生命素而持续昏睡的朋友，羽纱又没有一条被标记了图灵编号的仿生手臂。只要不和自己待在一起，她被找到的概率就接近零。

为了防止羽纱醒来后对周围环境感到困惑，她给她留了一封信，同时也给莱雅留了一封。很幸运，防空洞有纸有笔，她早就说过，关键时刻还是实体的纸笔让人踏实。

唐忱把两封信分开，像小学女生给闺密传纸条那样叠成爱心的形状，内容被折叠进去。外层只分别写着她俩的名字，希望她俩不要弄混。

走之前，她就着十分艰苦的环境勉强用水桶接水冲了个澡，换上过水晾干的衣服坐在地上发呆，一秒一秒数时间，望着羽纱的睡颜出了会儿神。她觉得自己在做梦，又看见很多在警校时没心没肺的日子，羽纱总是更阳光一点，她则酷一点忧郁一点，但天空的调子整体还是偏晴朗，而现在莫名的愁绪涌上心头。

最后她推开防空洞入口处掩盖的杂物，拍拍手上的灰尘，爬上越野车，倒车出库，再下车替她把入口掩盖起来。

唐忱在路上把车开得飞快，顺着盘山路螺旋下降，许久之后才有零星的燃油汽车迎面而来与她交会，会车时放慢速度，两行鸟飞得很低，从头顶上过去。

再往前行驶，有长长的一段路临着海，海水起伏得非常活跃，有时她担心潮水漫到路面上来，但它们每次都能贴着临界刻度不逾矩，像被无形力量牵手牵脚控制住了。刚过正午，是退潮时间。

从下午到黄昏，跨城公路对面车道塞满了车，一度拥堵。远离城市的道路却一路畅通。看来大罢工结束后，城市已恢复正常运转，先前因为断水断电逃走的人们已踏上归途。

入夜后下了阵雨，密密匝匝的雨冲刷掉挡风玻璃上的尘土，来势汹汹却很快停了，路面上留下潮湿的痕迹，也伴随高温渐渐蒸发。

路途又孤独起来，视野被远光灯圈禁在一条狭长的窄道上。

她一直没有开启穿戴设备，也没有打开车内联网设备，心里抱着侥幸的希望，淡淡的一点。

但是该来的终究会来，她马不停蹄跑得足够远，依然逃脱不了被追上。直升机的探照灯从天上打下来时已是凌晨，长时间精神高度集中让她有些疲惫，在那些体感静止的时间里，她一直保持着僵硬的坐姿，这一刻，她松了口气，感觉到热流隐隐穿过血管。

她按照要求停住车、让双手仍然放在方向盘上，特警组的人从直升机上下来，拉开驾驶室的车门。

她走下车，离她最近的特警问车上还有没有别人，她摇摇头，他们把车里搜了一遍，接着她被迅速带上飞机，车由一个特警开回去。

直升机里所有人都戴着面罩，可她认得出哪个是周违。

他眉目格外冷峻，充满压迫感，眉心中间的川字像刀刻的。他接到任务时一定感到很意外吧，虽然知道上次塌房的案件事关重大，但他从来不知道细节。

唐忱睁着大眼睛和他对视，似笑非笑的，他摸不清状况，认为是自己的错觉。过一会儿她不经意看向别处，隔了三秒又看回来，反复四次，终于让他确信。

想到还在工作，周围那么多同事，他不太好意思。

他把眼睑垂下，同时眉心展开了。还有闲情眉来眼去调戏人，大概事态不像自己想的那么严重，她心里都有数。

他喘过气来，才后知后觉地胡思乱想，唐忱肯定不会干什么坏事，治安局的家伙一个个守口如瓶，打听不出个所以然，就怕她得罪了人，被栽赃陷害吃亏。

她开了一天车，飞机两个多小时就回去了，降落在办公楼顶，从机窗望出去，能看见远处中心1局楼顶的避雷针，她猜落的是时刻局楼顶。

周违先下飞机，没留神一脚踩进积水里。他不迷信，想不到这是个坏征兆，只是被扰乱了思绪，傻愣愣地站在一旁，没想起来去扶她一把。

唐忱也不客气，抓着他的手腕借力下阶梯。

他瞬间慌乱了，懊恼应该主动提供帮助，又感觉她这一握还别有深意，虽然只握了三秒就松了手，视线也没看他，而是望着前方。可他觉得这一下就是冲他来的，简直像直接握住心脏抓了一把，叫他放心。

有点感动，有点心悸。

等到和治安警交接完毕，唐忱继续往前走，而他停在原地目送，心中只剩下担忧、忐忑、难受。

镜头还是切回到唐忧身上，她做好了心理准备，但面对的处境还没有想象中那么难。被带到一间问讯室，其他人都撤走，一个干练的女警过来把她的手腕脚腕用固定在桌上的长锁链扣起来，在治安局，一般寻衅滋事小案件的嫌疑人都不会被这样控制。

唐忧想，他们是不是认为自己是守夜人，但很快这猜测就被否决。

女警坐下，开门见山地问她陆羽纱在哪儿。

她平静地说："我不知道。"

"通讯记录显示她最后联系的人是你，有二个目击的仿生人说她上了你的车，离岛的车。"女警表述严谨，目光下意识往单向玻璃那侧瞟了一眼。

于是唐忧知道，他在那边，值得庆幸，上面的人至少没把他当犯罪嫌疑人控制起来。

"是的，羽纱说她要出城，叫我把她送到南郊，她就下了车。"

"南郊什么地方？"

"无尽夏站。"

女警顿了顿，转变了问话方向："你和陆羽纱是什么关系？"

这套路唐忧也明白，刚才的问题自己回答错了，她已经抓到了把柄，从别的方向再挖，是为了最后围堵。

或许是无尽夏站之后的路程，有监控或目击者能证明羽纱在这辆车上。

唐忧不动声色继续回答："同学、同事，生活中是朋友。"

"你发现过她平时有什么反常之处吗？"

"没有。"

"她有没有时间旅行的迹象？"

"陆羽纱吗？"唐忧刻意地笑，"她经常事后诸葛亮，如果你指的是这个。"

女警神色依然严肃，不苟言笑："你觉得她和你现在经办的案件有关联吗？"

"守夜人？没什么关联吧。"

"那你为什么联系她时说'一起去抓守夜人'？这是原话。但又让她中途下车了？"

"我有个怀疑对象，准备和她一起去追这条线索，可是羽纱出了城就不愿再往前去了，我们在车里有点分歧。"

"什么分歧？"

"和大罢工有关，当她听我说准备开车一千多公里去别的城市，她有了情绪。她说仿生人停工了，整个世界都快毁灭了，我们去抓一个小毛贼有什么意义？所以我们在车上吵了起来。她就走了。"

"那你呢？一直在开车？"

"不，我也很生气，停车休息了很久。"

"你休息了多长时间？"

"谁知道？我们吵架时把穿戴设备都赌气扔了。我不知道时间，其实我现在依然不知道。我只是生气，停下来休息，想继续工作，再往前开，又有点犹豫，怕我就算抓到了守夜人一个人也应付不来，我觉得应该回程再去找我的搭档，但又怕耽误时间让守夜人溜了。总之走一段踌躇一段，也不知道时间过了多久。"

"你为什么第一时间没找你搭档一起去？"

"因为我嫌烦。"唐忱不想贸然编造和7号口供对不上的谎话，"我单方面生他的气，他给我添堵了。这很重要吗？"

女警面无表情："听起来你人缘不太好。"

"我选谁一起工作和时刻局有什么关系？"

"没关系。守夜人是谁和时刻局有关系。"

"我不知道是谁，我只是有一条可以追的线索。"

"什么线索？"

"只是我的猜测，我没有百分百把握，而且这是我的工作，恕我不能分享。"

女警打起了官腔："我们已经展开了和治安部的合作，希望你分享一下。"

唐忱沉默不语。

女警起身，叫来一个穿治安警制服的男人，气质像文职。那人进来又打了一遍官腔，意思是让唐忱毫无保留地配合时刻局工作。

他出去后，女警重新在她对面坐下。

唐忱说："我没什么可配合的，说了是我的猜测，我认为在灯谜与卢敏有过交往的一个五大三粗的男人看起来有点可疑，说不定被附体了或者正在被附体，所以我打算追一追。"

"哪个男人？"

"没必要了吧。这也是我的案件，你们把我从跨城公路上抓回来，直接把嫌疑人的信息从我手里要走，治安局还要不要办案了？"

"但你的上级单位已经……"

"部里的人自己愿意来办案，自己办去。从下属手上抢案件算怎么回事？"

时刻警停顿片刻："你们出城的时候其实上不了跨城公路，其他城市为了防止难民集中涌入，要求治安局在跨城公路入口处设了闸道，任何人都上不了跨城公路，直到今天才开始放行。"

唐忱面不改色："是吗？那我就是生气太久、休息太久了。我说过我不知道具体时间。"

那位女警显出愠色，语气变得强硬："你一直这样和我们兜圈子，不会有什么好结果。"

唐忧用波澜不惊的眼神望着她，仿佛听不懂她的话。

她起身将椅子推进桌下，离开就没有再返回。

唐忧感觉到房间里逐渐变得酷热难耐，没有100℃也有70℃，这同样是彼此熟悉的常用手段，要给点苦吃，才会给下一轮问话机会。

莱雅回到防空洞时没看见唐忧，地面显眼处有张展开的纸张，是个给羽纱的便条，叫她在此地待足五天哪儿也别去。她想，这大概就是把羽纱留住的手段。

在那不远处还有团叠起来的纸张，凑近看发现是个小爱心，上面有莱雅的名字。

她写道：

"莱雅，我想我应该出发了，而你还没有回来。其实我们道别过，我说'再见'，而你习惯性地说'回见'，没什么仪式感，让我略微有点遗憾。我猜我们这次分别，应该很长时间不会再见了，也许是有生之年。

"事成或者不成，你都不要尝试来找我，原因你也清楚。只要我知道你的下落，时刻局就有办法知道，我骗得过测谎仪，但骗不了更精密的脑部仪器。

"我不太相信玄学，不过今年农历春节，我在79区抽了一支签，写着'旬空'，解签的说意思是遇到好事会变得更好、遇到坏事会变得更糟。这或许能够解释我们相遇后发生的一切。

"我想过你来到我身边的原因，也许我也是一个让未来世界变坏的个体，也许也需要被'去中心化'，被抹杀。

"昨天我想到这种可能性时并不害怕，反而有种尘埃落定的踏实感，在你找到我的时候我就已经死了，没死就是好事，现在难道不是'好事变得更好'的兆头吗？

"五年来，你没有付诸实行，也许因为不信命运的唯一性。正好我也不信。你我在某个时刻都做了决定，要继续往下一段走，看看会不会真的遭遇灭顶之灾。

"在我看来，你已经很长时间没有拥有真实的人生，而是选择和我共享我的人生。

"我感到幸运。

"我的朋友总是命运多舛，我希望你好好活着，珍惜时间。

"我可能暂时会失去自由，尽量为你争取点脱身的时间。如果你将来实现了你的梦想，我一定能够感知到变化。

"我们不必再有交集，我们曾经的交集也不会是虚无。

"你永远是我最好的朋友。"

[45] 牺牲

莱雅在潘世双父母的案件上耗费了比其他案件更多的时间，因为过去她没做太多背景调查，接触潘世双后发现她思想已经扭曲不可逆转，便直接实施了"安乐死"。

唐忱虽然帮她补了点课，但莱雅有着科研与治安警两份工作，还是更习惯于自己去实践查证。如果不知道剧情，她也不清楚该释放哪部分数据。

无独有偶，写下潘世双父母案件报道的那位记者张蕊宁出生于2000年，2030年事发时她三十岁。

从生前的监控影像和资金流动数据很容易看出，潘世双母亲的工作收入是家庭主要经济来源，一家人的生活费和女儿的教育支出都来自母亲的工资，母亲也承担了所有家务。其父一方面不思进取，工资不高，一方面还有参与网络赌博的不良嗜好，另有在游戏中"氪金"和给主播打赏的习惯，长期处于负债状态，被催债时精神压力较大，有家暴行为。

如果潘世双母亲独自抚养女儿，还不至于如此辛苦，她曾多次提出离婚，都被潘世双的父亲拒绝，以暴力威胁。

这是当然，潘世双的父亲离开这个家庭首先无法保障现有生活，也没人能替他还债。她母亲最终选择了同归于尽。

张蕊宁选择调查的方式是走访亲朋好友街坊邻里，得出了另一个版本的故事。

潘世双母亲对外对内支撑了这个家庭，在旁人看来，是个强势泼辣的人。而潘世双父亲平时领着最低工资，在单位不争不抢，十分边缘，不与任何人形成竞争关系，死者为大，同事们都会说句好话，他就成了老实本分的人。她父亲无处承担家庭开销，也总有钱与朋友喝酒散烟，朋友眼里，他豁达豪爽。而她母亲只要涉及金钱总是锱铢必较，在外人眼里，斤斤计较很难缠。

一篇完全建立在访谈基础上的报道，张蕊宁还给它定了个主基调，得出了一些心灵鸡汤：一个家庭里，女人不能太过强势爱计较，要想家庭和睦，离不开夫妻间互敬互爱、包容理解。心眼小、吃不了亏的人，看到的总是眼前利益，缺乏大格局，最终害人害己。

难怪潘世双吸取教训，学习了许多忍让、经营之道。

莱雅翻阅了张蕊宁职业生涯中的大量报道，论调都差不多。当加害者是女人，她罪大恶极；当加害者是男人，他其实受了许多委屈；当加害者和受害者都是男人，背后一定能挖出个"红颜祸水"。

程序员潘世双、知名演员申灵、科研人员卢敏，她们其实是同一时代的人。

造成她们走上歧路的新闻记者张蕊宁、经纪人田梓萱、立法教授陈思雯，其实也是同一时代的人。

追根溯源，问题并不是出在2030年前后。

莱雅意识到，一个人的三观几乎是在九到十八岁之间成型的，超过这个年龄的人就变得没那么容易接受新鲜观念。而这个年龄段又正好处于青少年叛逆期，家庭与学校教育的输入效率并没有流行文化的影响来得高。

张蕊宁、田梓萱、陈思雯她们虽然来自不同地域与不同经济阶层的家庭，但她们的三观成型期都处于一段经济高速增长、社会稳定的日子，不像其他时期受到疾病、资源紧缺、局部战争的冲击，流行文化也空前繁荣，而同时，也是数据主义第一次发挥重要作用的时代。

唐忱恐怕没有想到，这悲剧性的一切都是数据主义造成的。

世界上财富的分配比人人都知道，20%的人掌握80%财富，剩下80%的人分配另外20%财富。这是个笼统的估算，大方向上没有偏差。

其实知识和文化的分配也同理，不难理解，只有20%的人类受到高等教育已经是极度乐观的估计，地球上绝大多数区域的教育普及率达不到这个水平。

在人文主义主导文明的时代，流行文化也是由那20%的精英来指引方向，其余没有受过高等教育的人群即使从流行文化中吸取知识和观点，也不至于迈向保守与落后的荒凉之地。

但在那些年发生了一些变化。

智能手机和移动互联网技术的普及让大量低龄化和低教育程度民众成为市场用户主体。互联网巨头接管了文化传播的任务，他们决定以数据为基准，大多数用户喜爱什么就生产什么。当国内接受高等教育的总人数为2.4亿时，网民人数为11亿，没受过高等教育的那近八成人群决定了所有人每日接收的文化信息。

流行文化不再由上向下传播，而是由下向上传播。

文化思潮不再向前发展，而是倒退。

早于这个时期，人们通过书本和电视获得理解世界的视角，文化作品展现的更多是尊重人格、倡导独立、积极奋斗的精神面貌。而到了这个阶段，下沉市场以人数上的绝对优势决定了文化产品展现出对"好逸恶劳、不劳而获"的向往。

被劣质流行文化洗脑了八年的女孩们相信：高尚品质是属于男性的，建功立业是男人的责任，而女人的幸福源自"不用很忙很累就可以被宠爱"。

幸好这种幻想很快被经济下行击得粉碎，"宠爱泡沫"破灭后，很多人从非理性状态恢复了理性。

唐忱没有看见数据主义至上的弊端，莱雅注意到，是因为她没有关注过流行文化，她本人来自精英阶层，本质上接受的还是高等教育，关注的还是人文主义主导下的文化。

不加干预、让数据自然生成的文化显然对人类造成了负面影响，如果要让它变得更科学合理，就需要更优秀的算法，需要对人的意识做出有效筛选，需要对各种复杂程度的思想赋予不同的权重。

唐忱对莱雅指出的路实在是太过高远、无法企及。

当莱雅想通这一切时，也忽然理解在"未经修改的未来"，唐忱为什么会做出导致人类陷入绝境的选择，算法进步了，可人类无力负荷，似乎也只能面对淘汰。

和唐忱分析和预测的一致，莱雅通常对受害人采取的手段很温和，她把自己视为医生，而不是杀人犯。除了几次必须引起唐忱注意的举措比较激烈，那是因为她不想杀害唐忱。

如今唐忱看来已经获得了一些警示，她的思维与自己想象的也有差异，未来已不可预测，自己完全可以功成身退，像她说的那样去找个地方蛰伏。

可事不遂人意，就在她在其他时间点释放与潘世双和申灵有关的原始数据时，世界又发生了颠覆性的改变，对卢敏剧情修改的后续影响仍在继续。

肖侃虽然隐身了，可人们发现了Sherry这个"第二责任人"，韩梦麟和陈思雯毕竟是她的朋友，人们猜测Sherry才是幕后主使，对她进行了猛烈抨击，改变了她的人生。

莱雅回防空洞前发现了一个糟糕的变化，MACRO系统从现实世界中消失了。资源的紧缺让人类与仿生人的矛盾提前了四年，刚巧赶上一轮局部战争，别提死了多少人。

连她也没有想到，Sherry竟然是建立MACRO的至关重要一环。莱雅从前还以为她只是个负责公司行政事务的人，那种工作换谁都能胜任。

她应该立刻回到过去，将卢敏与Sherry真正交集的数据一并释放。

但她急需休息，过去三天她每一次在不同时间点跳跃间隔都不足二十四小时，上一次回到现实险些出现意外，她感到神思恍惚，甚至难以分辨躯体原主与自己的意识。桑达打赌说，她根本经不起再一次不到二十四小时就加速的旅程。

莱雅本来理性惜命，甚至觉得把少了MACRO系统天下大乱的世界晾在一边二十四小时也未必一定毁灭。可是唐忱留的字条改变了一切。

她又看了一遍唐忱留给羽纱的字条，只是叫羽纱留在防空洞里。

显然唐忱在心里做了个排序，为了让莱雅三天后回到这里时保证安全，她先自我牺牲做了些调虎离山的准备。羽纱不能被捕，否则莱雅一回来就会被时刻警逮个正着。但羽纱也不能出去乱逛，她离开防空洞就会大大增加被抓到的概率。所以羽纱被留在了这里等她回来。

可是莱雅无法心安理得地再待在这个"安全屋"二十四小时，享受唐忱的煎熬换来的安逸。只有羽纱被时刻警找到，唐忱才有被无罪释放的可能。她现在一定被困住，要求交代羽纱的下落。这是个死局。

莱雅知道自己应该做什么，她不禁哑然失笑，桑达知道后一定会抓狂的。

她对自己的意识有清晰认知，回到过去处理完MACRO消失的烂摊子感觉问题不大，但是恐怕无法再进行时间穿越，也就是说，她会有很大概率被困在她讨厌的年代再也不能回来。

那时候有什么呢？

MACRO还没有被创立，人类还在使用智能手机，工业机器人还是一些钢铁骨架，尚未呈现仿生特性。

唐忱才九岁。

还能代入一个九岁女孩去重新认识她吗？

如果守夜人最后一次"作案"在2033年，此后与之相似的波动再也没有出现，时刻局当然会认为守夜人永远留在2033年，而她又与唐忱关系密切，恐怕九岁的唐忱也会被时刻局盯上，她身边所有人都会被格外关注吧。

重新成为朋友，想来是没有任何机会了。

[46] 解脱

唐忱依然不知道具体时间，被关在闷热的房间里每一秒都是煎熬，只有被审问前温度才能降下去一点，但还是比正常室温要高许多，负责审问的那位叫穆丽尔的女警也承受着一些煎熬，几次毫无收获之后已有些气急败坏。

这房间毕竟能升高气温，扰人神思的光污染和噪声污染一样不少，同时也是一个磁性极强的大型脑部扫描仪，在时刻警问话时，她脑内血流模式的变化会清晰地在监控室投屏上成像，含氧量高的血液流向什么脑区一目了然，比简易的测谎仪可靠得多。

的确，唐忱在说谎时，时刻局立刻就能觉察，但他们只能从她听闻"是不是"类型提问时的脑内活动来缩小范围，提问"陆羽纱在哪里"这种问题只能换来"不知道"的答案，哪怕他们明知道这是说谎，富氧血流在哪个脑区活动并不能帮助他们搞清陆羽纱在什么地方。

时刻警经过不懈的努力确定陆羽纱在城市外的西方，可是问不对问题也无法再继续缩小范围。而且西面都是山区，对他们来说是个坏消息，毫无线索的情况下，出动警力去搜山不现实。

他们只能又搞些小动作来折磨她，在治安局，像这样完全漠视人权的行为也已经多年不用了，主要是也没遇到需要用上极端手段的穷凶极恶的罪犯。

时刻警们心里难免忐忑。

"比想象中难对付啊，没想到竟然这么能扛。"

治安部来的特派员平淡地说："受过专业训练的，当然难办，不过再怎么说也是人类，最多再熬几个小时就会到极限的。"

"真是搞不懂，为什么她要这么维护一个时间旅行者。"时刻警没有说出口的另外半句话是，更搞不懂为什么治安部会对一个时间旅行者这么上心。

问讯室里，唐忱面朝下趴在手臂上，一动不动，仿佛陷入深度睡眠，但是神经元放电成像显示她不仅没有睡着而且情绪强烈。

一位高级时刻警望着单向玻璃那边有点于心不忍："只是二十出头的女孩子啊……虽然不知道她为什么这么做，可能只是脑子比较轴，认为不能出卖朋友吧。"

穆丽尔在身后小声嘟囔着抗议："我也是二十出头的女孩子好吗？"

她的长官回过头拍拍她的肩，鼓励道："再给她点压力，争取一举成功。"

温度降得差不多了，穆丽尔调整设备，离开监控室，再次进入问讯室。

治安部特派员仍在对此表达不满："这个小姑娘不够泼辣，年纪和她差不多，感觉她都不太放在眼里，你们这儿再找不到四十岁左右、经验丰富点的女警了吗？"

"四十岁的女警不会再出外勤，实战反而生疏。"时刻警眼睛盯着进入问讯室刚刚坐下的穆丽尔说，"她可以非常泼辣的，我对她有信心。"

"那么等会儿'抒情的部分'打算用谁？考虑好了吗？"

"卡尔肯定不行，他们太陌生了，只见过两次面，他对唐忧可能有微弱的好感，但他在唐忧眼里可能只是个能帮上忙的时刻警。他打不出任何感情牌，而且实战技巧也一点都没有。派他去十有八九什么也问不出。"

说话间，不知唐忧又说了什么不尽如人意的，穆丽尔起身抽了她一耳光，看起来非常用力，但如果没有再次按下静音按键，声音传不到这边来。

时刻警觑眼往侧面看了看脑部成像："真是个奇怪的孩子。你看见了吗？"

"嗯，她就是这样。"特派员一脸平静，"所以我们以前怀疑过她是不是反社会人格，还做了不少评估。她不是，只是心里另有主意。"

唐忧被打后从来不呈现该有的脑成像，而是表现出喜悦、兴奋情绪的体素信号模型。

时刻警持有不同观点："确定不是她擅长自我催眠做出这种反应来让我们生气和失去方向吗？"

"不是，任何人都不可能在0.2秒内进入催眠状态。只是她事先猜到会有这么一招，切中了她的预测，她也早准备好了对招。弓弦拉满了，有人帮忙把靶心送到瞄准的位置，能不快乐吗？"

问讯室突然爆发出骚动，穆丽尔一脚踹倒了唐忧身下的椅子，使她失去重心摔在地上。下一脚已经踹在她腰上，她甚至用手抄起椅子想要砸下去。

其他时刻警迅速进去把她从房间里拖了出来。

唐忧有没有到极限不知道，反正穆丽尔先精神崩溃了。

特派员什么也没说，只是把嘲讽的眼神摆过来，意思是"我就说她不行吧"。

"让她冷静一会儿。"时刻局的长官感到有点丢面子，做出一个临时安排。

这时又有人进来汇报："波动显示MACRO系统恢复了。"

虽然不知道守夜人频繁作案的目的，但这姑且算个好消息，同时也是个机会。

"不能再等了，守夜人可能在二十四小时内回到现在，我们必须马上找到陆羽纱。派离岛进去。"特派员下达指令。

"但是我们现在不能确定离岛……"

特派员简单粗暴地打断道："这是我们和守夜人坐下谈判的最后机会。叫离岛去，你管他忠不忠诚呢？告诉他问不出地点就离职。"

时刻局长官沉默须臾，只好对下属说："去叫离岛。"

在离岛进入问讯室的一刻，唐忱的脑电图看起来又变得"喜悦、兴奋"了。

治安部特派员露出如释重负的微笑："你看吧，她喜欢他，我就说年轻人之间的感情讲不清楚！"

时刻局长官不以为然，为什么这时候又盲目乐观了？确定派离岛去不是又一次送上靶心吗？

唐忱的确是快乐极了，她对"唱白脸、唱红脸"的套路熟得快要厌倦，现在这阶段至少舒适度高一点，离岛被派来送温暖，演戏总比挨打容易。

离岛轻轻扫她一眼，短暂停顿，好像很尴尬，把目光闪开。

走过去把她从地上拉起来，椅子摆好让她能坐。又回到门口打开门，对外面同事说："给我杯水。"

穆丽尔也给过她水，只保证她生理上最低需求量，并不管够。她虽然被锁链拴住，胳膊还有一定活动范围，能自己拿着纸杯喝，可离岛没给她机会。

他从外面接过水，靠在桌边，一手捞住她汗涔涔的后颈，耐心地喂给她喝，专注地盯着她无妆的脸，高眉弓深眼窝尖下颌，一不小心就四目相对。

她目光一点都不闪烁，对暗号似的紧盯着，但是除了较劲读不出什么深意。

屋子里静得可怕，只有极其微弱的吞咽声，反倒将气氛瞬间渲染成迷蒙暖昧的。

离岛觉得节奏在自己控制范围里，唐忱总能让人认为她懂了，也许是错觉。

她体魄健康得简直让人惊讶，被困了这么久，眼睛还有光彩。

冷静，辛辣，肩颈的曲线残存着高傲优雅，给点火星就能烧起来的敌意。

搅和在一起，有种除了执拗之外什么都说不清的撕扯感。

外面战略室里一群分析她行为的审讯者倒已经全员形容枯槁，一个个眼圈黑得像烟熏妆过了夜，被吸血鬼咬死榨干了似的。

离岛喂完了水，把纸杯放桌上，双手放松地笼在自己腿上，看着她，有那么几秒一言不发，左手心比右手潮湿一点，从她颈上蹭下的一层薄汗还没完全蒸发。

当领导的都站在隔壁，看看这边的画面，又看看投在侧面的脑电图，仿佛能听见火花四溅声。

特派员感慨："厉害嘛……"

"啊？"时刻局的方才回过神。

211

不过煞风景的接踵而至，特派员咧着嗓子在系统里催促："离岛离岛，抓紧时间。"

　　离岛直接往单向玻璃这边翻了个白眼。

　　特派员向他领导抗议："你看他，这个态度！"

　　领导假装观察投入，没听见。

　　离岛绕到桌对面坐下，又静了几秒才开口，说话时也死盯着她，声音不大，感情是充沛的："你知道时间旅行是怎么回事吗？"

　　唐忧摇一下头，愿闻其详的神情。

　　"学会后就可以把意识从现实中抽离，像烟花一样在半空炸开。"他自嘲地点点头，"对，就像整个人被炸飞了一样，变成了一些粒子，分散在世界上各个角落。你看见梦幻的一切，你感到飘飘欲仙。你也许没磕过药，但你肯定喝过酒。穿行在不同时间的时候，就像你醉到最深，意识模糊，躺在马桶边的硬瓷砖上，却觉得自己荡秋千越过云层，来到天堂。"

　　"很漫长吗？"

　　"很短暂，在你的感觉里，只有一两分钟。然后你就会醒，醒了之后只剩灭顶的难受，晕眩、反胃、视线模糊、喘不过气、头痛欲裂，全身力气被吸光了，每个骨头缝都疼。整个人像是被粉碎后重新勉强拼凑的。这种难受要十几个小时才能消退。所以为什么我们总是说，穿越不同时间点，至少需要二十四小时。因为十几个小时你还难受着，绝对不会愿意来第二次。"

　　离岛垂下眼睑，停顿片刻，深呼吸一次。

　　"但也像嗑药一样，当你恢复正常，难受的感觉一下子变得不那么真切了，就会想再来一次。这事会上瘾，也需要戒断。"

　　唐忧看着他，心里有点惊惶的，眼神既粗糙又温柔。

　　"这工作很危险？"

　　"我不是为了工作才去的。"他又顿了顿，下了开膛破肚般的决心继续说，"我总是回到和你在一起的时候，再和你面对面一次，再琢磨一遍你说的话是什么意思，我知道我说的那句话惹你不开心，但我不能修改，如果我改了，这个时空的你就会变成另一个你，所以我也只能重复错的事，悻悻而归。"

　　"没有任何意义。"唐忧喃喃地说。

　　"对我来说有。至少我还能再看到你，成千上万次。"

　　唐忧侧过脸，抬手撑着，遮住半张脸，像心虚要掩饰什么。

　　离岛把手伸过去捏着她的下颌扳回来，抓猫抓狗似的，没用力，但让人没处躲。

　　"现在你知道什么人会明知故犯去穿越时间吗？不是为了享受那一两分钟的快感而忍受十几个小时的痛苦这么简单。"

"嗯。"

"你需要保护的人不是陆羽纱，是你真正的朋友。她需要帮助，要一个能解脱的出口，你明白吗？"

"嗯。"唐忱拿湿漉漉的眼睛凝望他，感到嘴里苦涩。

离岛帮她擦了一下颊边淌下的汗水，让紧绷的弦松下一点。

"我了解你很坚强，你以为时刻局会像治安局一样只能把人扣留四十八小时，但我们有无限执行权，其实现在距你来这里已经八十个小时了，时刻局还能把你一直扣着，没有时限。"

她听懂了，飞快地眨了两下眼睛。

"如果你还要坚持这么任性地耗着，那我们就一直这样互相折磨吧，在所有时间里，过去、现在和未来。"他俯身撑着桌面倾过来，"但你和她本来可以解脱的。"

唐忱双手掩住脸，长长的几秒没有发出任何声音。

单向玻璃的另一边，观察室里所有人同样屏住呼吸，鸦雀无声。

她放下手，用指尖点了点穆丽尔留在桌上的全息投影地图上的一点。

伴随这个动作，整个时刻局、治安部钦差外加特警组几乎全员出动，在两分钟内大楼就撤空了。

唐忱已经成了无人在意的过气目标，离岛出门去办公室翻了好半天才找到打开锁链的钥匙。双方都带着一丝掏心掏肺后的尴尬，谁也说不出话。

离岛刚才说太多了，心绪还没恢复平静。

唐忱不知该从何说起，心里明白离岛不完全只是飙戏，就怕完全不是演戏，好几天不吃不睡被架在火上烤，已经没力气想事。

最后还是她先清清嗓子，若无其事地问："我的调查员呢？"

"楼上关着。"离岛皱起眉，手上动作不禁慢下来，"我感觉你们部里的人对他态度怪怪的，对他信任度很低，是我的错觉吗？"

她被松了绑，松弛地仰靠在椅背上："没错。"

时刻局兴师动众地把防空洞围了，但无济于事，洞里只剩下拿着唐忱留的小纸条吃着压缩饼干原地待命的陆羽纱。

羽纱被带回局里，比卢敏的男友马尔拉还"傻白甜"，一问三不知，什么仪器都测不出她撒谎，只能把她放了。

守夜人就像水滴消失在海里，从此无影无踪。

时刻局复盘案件后认为，她五天内在不同时间点跳跃了近二十次，没有人的意识能在这种冲击中留存下来，肯定已经湮灭。

[47] 新秩序

唐忱在自己公寓床上躺了两天，没让任何人打扰，包括7号。她需要一点私人空间，不受别人带有感情色彩转述的影响，自己去做些调查，了解这个新世界的秩序。

首先是她曾经案件的受害人们，卢敏、申灵、潘世双都安然无恙地活到了今天，在她们的职业道路上发展得不错，成为颇具影响力的人物，当然了，不是负面影响力。比较意外的情况是，她们成了朋友。

似乎由于她们都因数据泄露事件成名，大概有了共同话题。申灵是一直活跃在影视作品和综艺里，被观众一路看着长大的，因为备受关注，潜规则无法围绕她滋生，演艺之路相对顺利。另两位不是总在台前活跃，数据泄露事件后，她们以受害者身份获得同情，很快销声匿迹，多年后重新进入大众视野时都引来一些惊叹称赞。尤其是卢敏，如今她再以王依虹团队代言人出席活动没有引起大规模反对，人们对当年那个被泼脏水的倒霉女孩能在职业发展上取得这样的成就感到欣慰。

另一方面，陈思雯、韩梦麟、田梓萱、张蕊宁等人却也没有消失，数据泄露事件虽然使她们臭名昭著，但俗话说，好事不出门，坏事传千里。她们知名度很高，脸皮也够厚，依然坚持不懈地活跃在公众舞台上，不时发表些三观奇葩的言论博眼球，这样的人也有一众粉丝跟随。这也许是连莱雅都始料未及的。

现实世界没有人认识莱雅，但所有人都知道"守夜人"，从MACRO系统中搜索她的信息显示，她是时间旅行者、数据主义的殉道者，她出于正义感制造了四起数据泄露事件，最后一次出现在十二年前，科学界和时刻局认为她的意识已经湮灭，仿生人推崇她为数据文明起源的代表人物，人类中的数据主义者也尊她为先锋。

守夜人的作为也有为人诟病之处，她制造的塌房事件并没有消失，在现在的时间线上依然存在，造成过巨大的人员伤亡。人们也知道这并不是她最后露面的时间，就像一种预埋在现实中的逻辑炸弹，这是她较早时间的操作。

人们普遍将其理解为她是为了揭露房屋管理层的腐败，同时这在客观上也导致了仿生人意识到他们的重要性，继而制造了大罢工争取权益，从时代意义上看来是具有进步性的。

总之，100%的仿生人对守夜人评价很高，人类对她的感觉有点复杂，大概有30%赞同她的行为，30%赞同她的部分行为，坚定的人文主义者则直接称她为"草菅人命的极端恐怖分子"。

她的拥趸一口咬定，死伤是由管理层腐败造成的，守夜人只不过是揭开了开水锅的盖子。

是的，也许莱雅也没想到，她自己竟有这么狂热、数量庞大的粉丝群体，这和她的"去中心化"初衷背道而驰。

唐忱个人的生活其实没有太大改变，虽然没抓到守夜人，她在房屋坍塌后的判断指挥还是让她获得了升职。

两天过去，治安部没对她放跑守夜人的事进行追责。

唐忱对他们如此关注守夜人有自己的猜测，其他时间旅行者，比如离岛，意识只能回到不同时间的自己身上。莱雅却能控制其他人。唐忱想，治安部看中的或许就是她的这种能力，想占为己用。在这方面，唐忱的感觉十分敏锐，但她不可能想到，治安部有专门监视研究她的项目组，此刻还因为她和7号的关系陷入了工作瓶颈。

两天以来，参与过守夜人案件的项目组成员普遍认为，唐忱与42007的关系需要重新评估。

他们之前没考虑到这种可能性，虽然唐忱与42007关系亲密，但是她和其他人也关系亲密，比如离岛。唐忱和他的感情并不具有唯一性，可以说相当不稳定。这种不稳定的关系很容易破裂，会不会导致42007在未来选择站在人类的对立面，是个必须关注的重要问题。

"我甚至觉得从唐忱最近的表现来看，他们的关系快要结束了，带走陆羽纱的行动，唐忱根本没让42007参与。"会议上有人指出。

"我早就想说，唐忱对42007的不信任感始终存在。"

伊安说："唐忱对所有人都一样，戒心较强，这和她的经历有关，并没有特别针对42007。"

"但是唐忱不像一般年轻人那么喜欢MACRO系统，她可能对人工智能就没那么感冒。"

"她只是嘴上发发牢骚。"

"我认为42007只是这段时间让她感到新鲜，人工智能本来在恋爱中就有欠缺，很快唐忱就会甩了他的。"

"我倒不觉得42007不擅长恋爱关系，截至现在他表现出来的行为比很多人类男性情商更高，但确实我们不能对他们长期交往太乐观，就算是人与人恋爱，二十多岁的年轻人也很容易今天吵架明天分手。"

"我认为唐忱没那么爱他，我们扣了42007四天，扣了唐忱三天，他们被释放后本来算久别重逢吧。可你看现在，他们又自发两天没见面了。"

"刚见面。"Sin冷淡地把视线从监视系统中移出来，汇报现状，"他们正步行去3局打卡上班。"

"他们说话吗？聊什么？"

Sin说："唐忱被关在时刻局时手腕被磨伤了，所以42007给她换了把轻一点小一点的枪。"

"你看，AI很会恋爱嘛，体贴人。"

"但你见过什么情侣见面就聊枪？"

"治安警情侣？"

治安警情侣避着中午的太阳，在行道树的树荫下行走，街上四顾无人，79区仿生人没有在这个时间上马路闲逛的习惯。

7号不怎么在意被晒，更想和她并肩同行，边走边乜斜着瞄她，明亮的阳光把她的脸照得特别清楚，小脸淌着汗。

她抬起制服的袖子随手一擦："他们要的太少了，只是消除性别、两小时线上娱乐，应该要求给79区修区内地铁才对！机器人就是笨！"

7号微扬起眉，笑着提醒："79区又没参加罢工。"

"我知道啊，但是市里那些仿生人应该想到79区，事关他们退休后的生活呀。只管眼前不想将来吗？将来为了走这些路得花钱多买电池，多不划算。"说得好像她很关心79区群众的退休生活似的，叽叽喳喳恨铁不成钢的语气，无非是现在自己走着路嫌热，她已经很多年没过过需要在烈日下走路的夏天。

7号笑得深一点："你可以帮他们写个提案，反正多管闲事的人类又不止你一个。"

"你写，你做机器人代表。"

他把目光从她脸上移开，用气人的语气戳穿她："可我不怕热。"

"哼！"

唐忱不经激，躁得蹿出去，不过很快脚步又慢下来，途经坍塌的公寓，那里正在施工重建，干活的主要是市政工业仿生人，并非79区居民。

"好像不是建公寓了。"她觑着眼抬头看。

"形状像电子器件处理厂。"

"不是住宅用地吗？可恶，该死的资本家因祸得福，又把土地性质改了。"

"能想象得出来用了什么借口，'没多少人愿意住79区，建了住宅也是大量空置'。"

她情绪的转折点是在这里发生的，虽然这块地用来住人还是建厂她根本不在乎，但让她生气的是那些有权有钱的人随意而傲慢地决定整个世界的走向。

实话实说，她觉得那部分人的工作干得烂透了，世界在他们的主宰下完全没法谈生活的艺术性，难以想象这就是他们设计出来的人类生存画卷，沉甸甸的乌云每天像车轮胎一样碾过每个人头顶，城市向内收紧，人心自私盲目，甚至连管理者自己都活得不快乐。

她听见细碎的噪音从四面八方压近，像应和着她心里的抗议。

不对，没那么唯心，声音是客观存在的。

唐忱拧着眉突然蹲下，右手触摸地面，地表的震动越来越强。她第一反应，是不是建了一半的厂房要塌了，盯着岿然不动的建筑两秒，才意识到振动和声音来自反方向。

在她转头注意到密密麻麻的巨量黑色物体像海面上漂浮的垃圾一样向自己涌来之前，7号已经击发了他的第一颗子弹。

是微型扫地机器人，他们招摇过市的场面早让人习以为常，不过这一批从数量到运动速度都不对劲。即使在塌房救援时，整个79区所有扫地机器人都被调来工作，也没达到这个量级。

7号没有瞄准，只是随便对着其中一只开了枪，试试能不能让他们停下来。

被击中的那只弹起来撞飞了身后的几只，也只有这几只受到影响，其他扫地机器人依然势不可挡朝前冲来。

"跑！"7号从身后推她一把，同时开始用穿戴设备接通警用系统向3局要增援。

两人一前一后攀上外墙翻进工地。

施工现场的仿生人们没明白是怎么回事，也没阻拦他们，只是停下手里的工作，看着他们一路狂奔进未完工的厂房。

扫地机器人群也没被围墙拦住，虽然他们每只只有乒乓球大小，几乎是贴地的高度，但因为具有磁性，能够轻松抱团，每只可以托举起自重一千倍的东西，一只叠着一只增加高度，像一张黑色地毯从围墙那边攀爬过来。

这张"地毯"从发呆的仿生工人面前经过。

"见鬼！我都快要密集恐惧了，怎么老得罪不成人形的鬼东西！"唐忱边骂边寻找藏身之地，很可惜，这个地图对她不太友好，厂房没有建完，找不到一个能关上门的密闭空间，不是窗户豁着口没装玻璃，就是墙上留个大洞等着走电线！

7号没跟着她像风箱里的老鼠般到处窜，观察了一遍四周建筑结构，做出初步判断，不会再有比眼下这个房间更好防御的地方了。

这间只有一个小小的内窗还是洞，朝外的一面装了结实的防爆玻璃，和墙体没什么区别。

他从工具间找来一块钢板，把门锁住，用手撑着铁板把窗封起来，叫唐忱："你去堵门。别骂了，扫地机器人只能扫描和听声辨位，看不见。"

唐忱只好把一肚子脏话收好，到外窗边观察外面的情况。

扫地机群进了厂房，失去了他们的方向，看起来兵分了好几路朝各个方向去搜索了。户外场地上站着的仿生人们终于聚拢到一起，虽然满脸茫然，但看动作似乎派了代表在报警。本来这么四五十个专用建筑工人就不指望能有什么战斗力，他们不打算帮失控的扫地机器人就已经很好了，唐忱稍稍松了口气。

她拔出枪，给7号打着手势问他有多少子弹，7号神色有些凝重。

唐忱没用过这把新枪，而且它很轻很小，用的子弹很可能击不穿扫地机器人的外壳。

耳道深处，那熟悉的嗡鸣声响起，一瞬间充斥了他整个脑海，他突然感到天旋地转，没有力气去撑住眼前的钢板。

"特警组的直升机过去只要三分钟，叫增援吗？"Sin问会议室里的领导们。

没有人回答他，其实大家心里的答案一致，只是没人愿意做那个说出口的恶人。

"不用管他们吗？3局整理装备再开车过去至少要一刻钟。别跟我说要让两个人两把枪十七枚子弹撑一刻钟。"

无人言语。

太荒诞了。

Sin一把摘下耳挂扔到桌上："疯了吧？"

伊安尝试着开口说服他："那可是42007，如果现在不试……"

"那可是个人！"Sin朝她咆哮。

会议室鸦雀无声，显得只有他一个人像疯掉的人。

唐忧回想起来，每次她怀疑有人跟踪自己又四下无人时，总有扫地机器人在马路上工作，她确实感觉到了敌意，却粗心地无视了它们。

更惊人的画面在眼前发生，不远处一个仿生人的脑袋突然像熟透的西瓜一样炸了，他身边所有仿生人惊惧地看着他，任由仿真的电流液、血液溅了所有人一身。很快每个人都痛苦地抱住了脑袋。

一声金属的巨响，是7号手里的钢板砸在地上。

唐忧意识到什么，飞快地回头向他跑去："停下来，快停下来！"

与此同时，扫地机群在一墙之隔的走廊里发出了像鞭炮一样的噼里啪啦声，一些零星的"摔炮"从墙上那个洞口飞进来，只是一些残破的零件，唐忧拎起钢板把它们挡在外面。

"快停下笨蛋。"她没有多余的手应付他，只好抬脚踹在他肩上。

他好像被一脚踹踹醒了，鞭炮声停止的同时，他抬起头，用一双血红的双眼望向她，嗡鸣声稍稍消退，但没有完全走远。

事不过三，唐忧和他都已经明白这是怎么回事。

每当他感到唐忧的生命安全受到威胁，这种大脑失控的症状就出现了，也许，不能称之为"症状"，而是"能力"，屠杀一定距离内一切人工智能的能力。

"那边还有很多建筑工人，你炸了这边的，那边的也完了。"唐忧感到眼睛胀痛，不知和7号有没有关系，"说不定我也要完了，我现在脑瓜也疼，麻烦你自控一下。"

他掐着眉心，急促地喘气："我控制不好。好像是……那个。"

"那个？"

"底层命令。"

"啥？啊对，你的底层命令，是保护我？"她想起这件事了。

"是，也不是。"

唐忱一方面头疼一方面被废话惹毛了，气得想再踹他一脚："什么屁话？"

他使劲按着眼睛说："好像是……保护魏忆和她的家人。"

"我杀他梁鹤鸣祖宗十八代！你不是觉醒了吗？！快点觉醒！"

她气急败坏，甚至有点想用钢板把他砸晕一了百了。

而就在这时，由于7号停止了无差别攻击，扫地机群又发起了新一轮反击，越来越多压力施加上来，唐忱感觉到手中的钢板越来越撑不住，好像没有他的帮助不行。

[48] 鲇鱼

连续不断的凿击钢板声终于使7号回过神，他起身与唐忱一起支撑。

扫地机器人以极高的频率冲撞着，在钢板与墙壁的接缝边堆积挤压。为了使上更大力，唐忱用仿生臂那侧肩膀压住钢板，惊悚的嘎吱声从身体与机器的连接处传来。

她想过向科洛求援，能够从云端同时入侵这么多机器获取控制权吗？也许可以，但现实的问题是，他有四分之三的可能性不在上班，即使在岗，他也会说"五分钟"。唐忱估计自己连五十秒都坚持不了。

倒不如把希望寄托在眼前人的身上。

"你不能找到扫地机器人、仿生人和我之间的差异吗？"

7号自责地垂着眼，当然，人类、仿生人、扫地机器人的思维方式差异巨大，就连人类个体之间也存在差异，只是他虽然具有能力，但不明白能力产生的原理，目前也无法准确地控制能力。

他一头雾水，看着仿生人和扫地机器人在眼前爆炸，知道与自己脑中的嗡鸣声有关，却不知道自己是如何办到的。

他知道自己必须清醒过来，否则会和唐忱葬身在这里。

底层命令让他必须拯救唐忱，大脑不断尝试调动这种无差别的攻击力，而这种攻击可能让唐忱的脑袋也跟着炸开，死循环。

如果让唐忱独自逃走，那么扫地机机器人会跟着她去，没有他的帮助她无法脱身，但是有他的帮助方式就会让她的脑袋爆炸，又一个死循环。

"静下心，先从你的意识里分辨出哪一部分算法在主导无差别攻击。"

7号努力压住钢板，同时冥思苦想。

他记得上次发生这种意外是唐忱被几个仿生人绑架，他追踪到他们藏身的仓库附近，凭借优于人类的听觉，隔着门与墙壁就听见他们商量着如何残害"战利品"，他无法抑制愤怒，也许是那一刻，攻击就产生了，所以当他破门而入时只见到仿生人们的脑袋像西瓜一样碎了一地。当时他完全没意识到那是自己所为。

然而上一次，虽然他发起了毫无控制的攻击，唐忱却没有受到任何伤害。从那时到现在发生了什么变化？

他可以与唐忱颅内对话了！

他的大脑在模仿学习唐忱的大脑，不知不觉按照她的常用模式思考，并时常产生自己理解不了的念头。

是学习能力，模仿与复制算法，鲇鱼。

他自己开始感到后怕，人类的生化算法理论上应该比目前的电子算法复杂得多，他在毫无意识的情况下就能复制唐忱的生化算法，意味着只要他愿意，在一定距离内，他可以复制任何人类的生化算法并用这种攻击力将其摧毁。

"鲇鱼。你听说过吗？"7号问唐忱，言下之意是有没有听说过与梁鹤鸣工作相关的信息，他只是现在不想提那个名字。

"听过。"唐忱瞬间心如死灰，原本她想引导他找到区分不同种类智能的精准攻击方法，但现在看来，7号自身带来的危险性比外面那堆扫地机器人可高多了。

如果说外面是一些可能引爆的地雷，动辄能让人缺条胳膊断条腿，那么眼前和她共进退的这位亲密爱人则称得上是一枚核弹，一旦失控无人生还。

鲇鱼本应被销毁，但梁鹤鸣又留了一手。

她居然一点不觉得意外了。

唐忱沉下声："别冒险实验了，你的任务现在只有一个，停止任何攻击。"

"那我们怎么脱身？"

唐忱无言以对，她希望这是一场梦，睁眼就能醒来。

"你觉得你能控制住他吗，唐忱？"来路不明的男声突然响在她的系统里，"如果你能确保我们不被他'烧脑'，我倒愿意进来帮你摆平这些虫子。"

那声线唐忱感觉很陌生，并不是听起来十分舒适的类型，有点尖锐，像金属刮擦玻璃发出的噪音。再加上他的语气也透着扬扬得意，感觉不到真诚，难免令人起疑。

唐忱拧起眉，望见玻璃窗外那些建筑工人开始以僵硬的动作缓慢地往大楼这边移动，走走停停，似在观望。

看上去是人工智能所为。

"你有其他人工智能朋友吗？"她问7号。

"打过交道的只有尼娜、天眼。"他实话实说，他几个月前才知道自己是人工智能，此前并没有这方面交友需要。

唐忱一边承受着肩后压过来越来越重的力量，一边将信将疑盯着窗外那些已经停住脚步的仿生人。

这AI的声音实在没法给人留下好印象，如果他是人类，听起来就像那种缺乏教养、斗鸡走马、作奸犯科、用钱买通一切的纨绔子弟。

经过一个瞬间的僵持，还是对方先妥协："我是守夜人的朋友。"

"拜托了。"唐忱迅速做出决定。

她也知道选择不多，事态已经最差，冒出个主动提供帮助的家伙不会让事态更差。

仿生人们立刻加快了进度，拿起建筑工具冲进建筑内部。

一墙之隔，唐忱听得见外面打成一片的声音，与此同时，肩上的压力稍稍变小了，火力点被转移，只能祈祷他们能帮忙撑住一段时间。

她抬头扫了7号，他眼睛里泛着温柔的微光，手里拿着刚从口袋里拔出来的一支针剂。银色管面的一侧印着一长条阿芬太尼和咪达唑仑混合制剂标志性的蓝色标记。

她把他的手挡开了："我们不需要这个。"

"不能拿你冒险。"

"所以你要打起精神来。"唐忱侧转过身体，抵靠着钢板小心移动到他面前，用胳膊环住他，在他脊背上轻抚，"你必须学会自主控制，否则这永远是个麻烦。我大脑里的一切思维你也许都复制了，如果你随时可能失控，那么只要你在我身边，我的脑袋随时可能被你不小心炸掉。"

他深灰色的眼眸充满绝望："我可以远离你。"

"你答应过不离开我。"她搂紧他的腰，没错，他记得，上次她向他索要承诺也是这个姿势。

他拿她一点办法没有，无以名状的痛苦延伸到每一根神经的枝杈，大脑中四处迸发像短路似的静电火花，疼痛讯号提醒着他失控的倒计时，这像在一万米高空走钢丝，行不行可由不得他愿不愿意。

但她把他手里的便携针剂拿走，扔到远处地上："今天你用麻醉剂保护我，但你不能每一天都自我麻醉来保我平安吧。再说这东西伤脑，对你学会控制更没好处。"

他喘着粗气，似乎在与一些频闪的破碎蒙太奇作战，那些无法捕捉的电流在脑子里乱窜，控制着每个神经元，刺痛他，撕碎他，他根本不知道怎样才算胜利。

理智来看，他更应该迅速拔出另一支针剂，在她阻拦之前推进血管。

"你爱我。"她拉住他空闲的那只手抚摩自己的脸颊，"你爱我，可不是因为我是魏忱的亲人，对不对？"

他点点头，视线模糊了。

"去他的底层命令，别听它的。听自己的，你爱我，这才是你想遵守的指令。"

他伸出冰冷的手把她抱紧，视线落向她背后，她温暖的身体紧贴着他，就像一杯龙舌兰下肚让人迅速松弛的那种感觉。他真实地拥有她，绝大多数时间理解她，每天从同一张床上醒来，吃东西，聊天，听音乐，走路去工作，也时常抱着她，进入她，找更多相通的频率，亲密无间。

和她在一起，他认为自己是人，平静，惬意，不纠结，没有认知上那种模糊的焦虑。

梁鹤鸣那种醒龊的底层命令设定几乎又一次摧毁了他自我人格的塑造。

他什么也不算，只是一件工具。

甚至连唐忱都什么也不算，她只是个配角，主角的亲人。

世界上有一些重要核心，美好时被颂为爱情，玩砸了也是一份执念，但也注定有一些边缘配角，爱情甜美时还能做鼓掌的场边观众，灾难降临时只是用来为主角挡子弹的炮灰，多荒诞啊。

去他的底层命令。

他不想听任何命令，唐忱说过，他是超越人的。

她的声音自他大脑深处响起——你必须学会尼娜他们这种能力，不能被困在一个躯体里，人类不会允许自己控制不了的能力存在，他们摧毁过你，将来还会。

他分辨不清这是唐忱来到他脑海中发出的声音，还是他复制的唐忱的思维产生的声音，但这应该是此刻他们共同的想法。

他从她光亮坚定的眼睛里回到现实，感到从来没有这么清醒过。扫地机器人也具有仿生性，只不过仿的不是人类而是虫群，它们以一种集成式的群体智慧进行工作分配，不会因某个个体被入侵、出故障而实施这样的意外袭击，集成的智慧识别了唐忱这个敌人，或许就是因为她在指挥坍塌救援时做出的安排。

唐忱保护了人类，保护了工业仿生人，但牺牲了大量扫地机器人，这不能怪她，谁会把大街上那些贴地滚动的"煤灰"视为生命体呢？

他排查出自己大脑中类似的集成式算法，尝试用它发出新指令，实验生效了，门外再次响起鞭炮般的炸裂轰鸣，转眼间又归于宁静，唐忱没有任何不适反应，她甚至没反应过来。

他与她四目相对，把钢板放下，从窗洞里望出去。

瘫痪报废的扫地机器人堆积在走廊里，几个仿生工人一脸茫然地面面相觑，好像不太明白自己手里拿着工具站在扫地机堆上是怎么回事。守夜人的朋友溜得很快。

两分钟后，3局的重型装甲车驶进了厂区，武松面对这成山成海的扫地机器人尸体感到颇为棘手，挠挠头："难道要叫扫地机器人来打扫扫地机器人？"

说得像绕口令。

治安部会议室里，比战后的废墟更寂静。

事态之严峻，让头头脑脑们终于不惜一切代价把梁鹤鸣找来了，当然是在MACRO系统上以全息投影的形式。

"为什么会出现这种情况？42007复制了人类生化算法。"

梁鹤鸣斯文俊秀、西装革履，五官轮廓如刀削斧凿一般锐利，那是他本来的容貌，让人怀疑可能成名前也给自己做过基因编辑进行过整形。

面对质问，他微微倾身，不着痕迹地向右下角移动了一下视线。

在场不少研判官都敏锐地意识到这动作代表什么，他在偷瞄系统里的时间，这着实有点欠揍。技术上出现这么大漏洞，此刻治安部上下都归咎于他，他却不当回事。赶时间？现在难道还有比这更火烧眉毛的工作吗？这是什么态度？

好在他说话时语气听不出傲慢，只是平铺直叙，像普通研究员读PPT："这种情况是必然会发生的。超级人工智能由人类发明，一些程序员工作组各自写出算法模块，这是人工智能诞生的基础，接着它会继续进行机器学习，很快就没有程序员能理解他的全部智能，接下去的事情当然由不得人类控制。简而言之，一个小学生，要理解一个大学生说出口的话都非常困难，限制不了他可以学习什么、不可以学习什么。"

大家好像都听懂了，脸上纷纷浮现出更加消极的表情。

部长问："有没有补救措施？"

"离他远点。"

"我是说限制人工智能的补救措施……"

"可以加大投入开发电子游戏，让人类更加沉浸于虚拟世界，避免去限制人工智能。"

梁鹤鸣正襟危坐，一本正经，没有任何开玩笑的迹象，甚至有点拘谨。正因如此，才格外令人不安。

"不好意思，打断一下。"

会议桌的角落里有人站起来，立刻吸引了所有人的目光。

Sin把耳挂和配枪放在桌面上。

"辞职申请我已经上传系统，再见。"

[49] 换个警种

鲇鱼，一个名字不会被记录在科技发展史上的超级人工智能。

他和泡泡相似，是某一领域的专业型人工智能，诞生本就是为了对难以控制的超级人工智能执行摧毁任务，2037年至2039年任职于特殊情报局，他的存在是高级机密，不可能被记录在案。

但当时梁鹤鸣除了在创业搞MACRO，也担任着特殊情报局安全技术顾问。再高级的机密也抵不过他为了鲇鱼焦头烂额时身边时常有个好奇心爆棚的青少年。

所以唐忱不仅知道他是特情局顾问，也了解鲇鱼。

那时候她和这位天才"姐夫"还没感情破裂，他尽量用初中生能理解的类比向她解释过鲇鱼的工作原理。

"如果你的手机被偷了，你为了让小偷不能再使用你的手机卡、消耗你的话费、窃取你的信息……你是不是会去营业厅补办一张，还是这个卡号的电话卡？重点是营业厅怎么处理？它给你复制一张卡，能够接收你这个手机号码下的所有讯息。"

唐忱听得一知半解："重点是一旦被复制，小偷手里的卡就失效了是吗？"

"重点是唯一性，人的智慧是唯一的，人工智能也是唯一的，所有人工智能都有唯一的图灵编码。再换个视角，如果我是个坏人，想复制你的手机卡打探你的信息，我需要搞到你的手机卡四到五个核心数据，有了这些信息我能做到复制，但不是你想象的那种复制，不是说你接收到的每条消息我都能同步收到一模一样的。这种情况智能手机中木马可以做到，通过偷取已传送到手机上的信息。但复制手机卡反而做不到，一切信号往哪个图灵编号的人工智能发送是唯一的，世界上没有人工智能可以做到与世隔绝、不接受任何外界光电信号、不借助云端存储次要信息、不连接万物互联网，所以就像电话卡一样，只有你手里的卡能接到信息，或者我的复制卡能接到信息，通过一定技术手段，我能获取你的一切信息，同时你自己什么也获取不了。"

"那相当于我的正版卡被盗版卡取而代之了？"

"是的，取而代之，无法共存。所以鲇鱼的作用就是复制失控的人工智能，摧毁它们。摧毁的方式有两种，一种是在它复制时就触发对方的保护机制自我毁灭，这种情况比较容易出现在智慧水平低、兼容性差的客体身上；另一种是当它已经复制了客体的核心算法，它会取而代之，并对其控制系统下达任何命令，如果想达到摧毁的效果，就给定一个需要占用巨大资源的指令，比如计算宇宙起源，这样一般机体都能过载烧毁。"

"听起来挺厉害的，可这个鲇鱼现在出什么问题了？"绕了一大圈，唐忱还是能回到一开始的提问上。

"它自己失控了。它的终极使命是学习，就是复制其他人工智能，但需要被摧毁的人工智能都是糟糕的人工智能，它连带糟糕的部分一起学。复制那些失控AI之后，它也变得越来越消极怠工、与人为敌，现在很难评估他是不是和人类站在一边。"

她开了句玩笑："人类就永远正义吗？不站一边的怕不是比较聪明哦。"

梁鹤鸣没有回应她的叛逆发问，敏感多思的少女对这个尴尬的瞬间耿耿于怀，以为是言论过于幼稚他不屑于接话，如今回想，梁鹤鸣自己都不知站的是哪个阵营。

回到眼下，鲇鱼在7号的意识里占了多少比例、与人类站不站一边已经不是重点。

打卡上班的计划再次泡汤。

唐忱的仿生臂出了点故障，3局这几天也没出现需要分析、侦查的大案，武松又给劫后余生的两人放了一天假，留下一个小队清扫扫地机器人残骸。

她和7号沿着原路步行回公寓，在路上她向他简单讲述了鲇鱼的由来。

"后续的处理我不清楚，只记得当时特情局的方案是在鲇鱼彻底失控前销毁它，梁鹤鸣不太愿意。"

空旷无人的街道上的景致变得浓郁，几只乌鸦落在建筑的背阴面乘凉。

让人感觉像被死神虎视眈眈地盯着。

7号的自我构建又被死去的记忆攻击了一次，心态有点崩溃，沉默了几十秒后主动试探她的想法："鲇鱼这部分，你会不会觉得像反派？"

唐忱笑了："你觉得没明确这部分的时候，你不像反派？"

"你还笑？"

"是好事啊。起码从'我所有朋友都死了'进展到'我所有朋友都是反派'了。"

7号难以掩饰地松了口气，也没憋住笑，想起她还帮过守夜人。

"不过现在重点是治安部怎么处理你。虽然不知道你是什么原因没被销毁，反而换了个警种到了治安局，但这么大的动作凭梁鹤鸣一个人办不到也瞒不住，治安部核心的高层不只是知情，更可能他们才是主导。"

7号同意她的观点。

"毫无疑问，他们把你放在治安局，给你伪造记忆，让你以为自己是个人，肯定不是为了把你培养成'警届网红'，一定是想利用你的特长遏制仿生人。"

唐忱的推断让此刻治安部决策会议室里的众人如坐针毡，不过这种事隔三岔五发生一次，项目组的核心成员，特别是监视员们都快要习惯了。

她继续往下推测："为了确保你能和人类站在一边，他们会用我来牵制你。"

7号边走边把惊诧的目光转向她。

"啊，不用惊讶，你想想那些高层老大爷年轻的时候结婚率还很高呢，虽然他们自己不相信爱情，但他们可以虚构文化伪造爱情让女人无私奉献，同理他们也可以对仿生人这样做。"

他的脚步慢下来："我不太明白，他们怎么做才能让没有感情的仿生人相信爱情？"

"就像你，你智商很高，但你刚刚觉醒，在感情方面就像青春期的小男孩，很

225

单纯的。"

"我谢谢你……"

"本来就是嘛，你为什么会认为人应该找个异性相爱比较正常？因为你在一段时间内情感上最依赖的朋友，伊安，她和她男友去申请情侣公寓了。你当然会觉得你的朋友是正常人，你连设计房间使用喜欢的元素都是跟风学她的，在感情方面就不学了吗？但说不定连伊安都是治安部派来给你洗脑的。"

会议室里，伊安沉默地揉了揉脸，情绪一下变得很低落。

培养42007这项任务，虽然其中某些做法她并不赞同，但这是工作，一份做了很长时间的工作，沉没成本太高。

唐忧叽叽喳喳把这项浩大工程的地基砸了个稀巴烂，她甚至有点恨她。

7号考虑了一下唐忧说的可能性，找不出有力证据反驳她，沮丧得撕心裂肺："可我对你真的有感觉。"

唐忧转过脸，表情突然柔和："我知道呀。我只是说我们之间的感情并不是他们幻想中那种可利用的东西。我们在一起很快乐，那我们自己快乐就好了，治安部拿我做人质，你要是在乎我就去踏平治安部，干吗替他们干脏活？部分人类自己搞出的烂摊子关我什么事？仿生人崛起关你什么事？"

这倒问到点上了，7号从来没觉得仿生人和自己有什么关系，其实就连仿生人自己也不是总能理解另一伙仿生人在折腾什么，大罢工的时候，79区的仿生人精神上支持的都是人类，因为停工也给79区的生活带来了不便，失火后没人救火这种事都是市区工业人造成的，他们可不想再发生了。

"说不定今天的袭击就是治安部的测试，试试我对你的影响力。"唐忧的思维很跳跃，"真是搞不懂他们为什么就意识不到，我们这代人没有抱团的习惯，以后的年轻人也不会有。我有权选择自己的朋友，无论他是什么物种。刚才守夜人的AI朋友帮了我们，AI会抱个团来把他当叛徒审判吗？你看，人工智能从来不干这么智障的事。"

紧张的气氛一扫而空，7号笑着把她拉过来摸摸头："你干吗？气得要脱离人籍变成人工智能了吗？"

她说："本来就没什么'籍'，工作遇到检验所那些懒人我都想捶死他们，录口供碰见值班人员是仿生人能松口气。但是说实话，检验所那些人也没错，说不定他们还和吃桉树叶的考拉更有群体认同感呢，每天看看风景不用想事没有天敌。你等着看吧，人类和考拉开战那天，他们会站在考拉一边。"

"小疯子。"7号一手勾着她的肩，一手捂嘴，"跟你说过心里想的别往外说，在79区也不能这么大放厥词。"

"你说得对，治安部可能会监视我们。"

治安部负责监视她的项目组再次陷入死一般的寂静，人人心中五味杂陈。

唐忱在治安局里其实不算疯，上头那些人知道底下什么人都有，越是办过要案的警员越是心狠手辣冷漠任性，偶尔发生与贩毒走私有关的恶性杀人案，总能看见一群调查员嘻嘻哈哈地从尸体的一侧跨到另一侧，一边测量弹孔距离一边讲地狱笑话。

但唐忱的"人性泯灭"和那些家伙完全不是一回事，她这些歪理邪说甚至让在场一些人的世界观微微发生了变化。

他们感到既慌张又无措，既愤怒又迷茫。

稍做停顿，部长面色凝重地给现状定性："显然，我们年轻警员的思想教育出了问题。"

呼，梁鹤鸣忍不住闭上眼睛，长吁一口气。

调令是两天后从系统中下发的。

早上三点半，唐忱穿过警用蓝紫色激光射线划定的禁行范围，来到尸体边蹲下，武松把手套分给她和7号。

死的是个女人，四十多岁，身材却依然火辣，大胸长腿，眉尾高挑，嘴角坚毅地往下撇，一副习惯说了算的模样。

要不是被子弹打成了筛子，那双已经失去光泽的眼睛一定非常犀利。

"79区仿生人叫她'梅姐'。"武松叉着腰介绍道，"艺术走廊那边人人都恨她，喊她'老妖婆'，造谣说她已经一百六十岁，靠吃小孩长生不老。这下好了，我们学到了新知识，吃小孩挡不了子弹，嘿嘿。"

巷道里墙壁上全是枪眼，自动机枪弹壳撒了满地，这种赶尽杀绝的现场，吃防弹衣也没法长生不老。

唐忱仰起脑袋指着一旁地上的镶钻手拿包："有人翻过她的包吗？"

"没有。打个赌吧，里面有两支针剂，一把药片。"

唐忱把包打开，果然是差不多的内容构成："还有一串项链，绿松石，满钻，很值钱。"

"太好了，可以排除仿生人嫌疑了。仿生人连金属游戏币也不会留。"

"她自己脖子上的项链呢？她为什么来79区？她的保镖哪儿去了？"唐忱问。

武松已经把自己的手套都摘了，事不关己地拍拍她的肩："这儿就交给你了。需要支援尽管说。"

等他离开，唐忱转头问7号："你怎么也这么沉默？"

"有个系统通知，叫我收拾行李五点前到西郊机场向椰瓦报到，去汇码岛执行一项为期两个月的任务。"

汇码岛不是天然岛屿，前身是海上钻井平台，现在像个海上独立王国，富豪群居，金融和科技重镇，文明世界，倒是没什么危险，只不过距这里三千多公里。

唐忱有心理准备，该来的总会来的。

时间只有这么点，治安部拿出的肯定是个暂时性的过渡处理方案，先把他们俩分开。

她得用最快的速度让治安部知道这个方案行不通。

她平静地摘下手套："那你去吧，搜证机器人开始工作，我一会儿也回公寓。"

7号退后一步，往巷子两边深处望了望，环视一圈确认没有尾巴，小声说："我怕他们调开我，对你做什么不好的事，你要不要找个人保护你？特警组或者时刻局的？"

她踮脚亲吻他："放心吧，你先去，我会尽快把你弄回来。"

7号抱住她，把心疼的表情收起来："别冒险。"

她目送他走远，背影消失在夜幕中，离天亮还早，路灯下弥漫着稀薄的雾气。

她收回视线，居高临下看着被打成筛子的尸体，脑子里想的全然不是眼前这桩命案。

搜证机器人采集完血样，缓慢顺着墙根向她移动，发出难以忽视的噪音，但她就是因习以为常而忽视了，直到它发出更离谱的噪音。

"你们感情真好哇。"它那刺耳的一把嗓音说什么都像嘲讽。

唐忱被吓得哆嗦了一下，回过神枪已经在手里了。

"看你心情不好，给你带个好消息。莱雅没有死。"桑达说。

唐忱把枪收回枪套。

"不过她意识受损有点严重，没法随心所欲换机体了，找了个蠢脑瓜'定居'，就现在。"

她脸上浮现久违的笑容："回来了？"但旋即就隐去，"别来找我。"

"当然，见面徒增风险。"桑达边说边把搜证机体往手拿包方向移动，假装认真干活，"我救过你，你欠我一个人情，希望我们下次见面你别再朝我脑袋开枪。"

"那你别干违法的事。"

"你们人类立的法吗？"桑达留下这句挑衅后飞快地撤退了。

唐忱朝巷口的光亮走去。

她重新穿过蓝紫色的激光线。

空荡荡的罪案现场只剩搜证机器人继续忙碌着，转动机械臂时发出"咔啦咔啦"的噪音。

但唐忱没有直接回公寓，她不太擅长面对离别。

她步行到区外地铁站，乘上了前往郊区的磁悬浮列车。

早晨五点，依然是灯谜的营业时间，很幸运，上次被揍的仿生人门卫换了张储

228

存芯片，对她一点印象也没有。

这回她不赶时间，把手枪放进寄存箱里，乖乖带着钥匙进去了。

这回她也没有任务，只想用喧嚣声洗洗脑，她在吧台前独坐，很传统地就着盐和柠檬喝龙舌兰，来搭讪的人无一例外被她摆手赶走，连婉拒的话都懒得说。

不远处坐着个男人，黑发整齐，黑色眼眸。

她借着点醉意挪过去，调皮地用手指揪着自己的短发："一个人？"

Sin点点头，转过头，装得像初次见面般礼貌地打量她。

"你叫什么？"

"Sin。"

俱乐部里太吵，唐忱没听清，挨近后让他再说一次。

他一瞬间嗅到她呼吸间辛辣的烈酒味，混着柑橘和甜瓜的清香。

"我叫……"他感到喉头发紧。

（《迭代2：旬空交会》正文完）

番外
"包办婚姻"

苏醒时，Sin感到头痛欲裂。

他从来没有酒量这么差过。

该死的唐忱一定给他下药了。

——因为在几秒钟之前先有了这毫无实际价值的警觉性，睁眼后他发现自己双手被束缚带绑在床头就一点也不意外了。

另有一种毫无实际价值的预感，这可能要成为他人生中最倒霉的一天。

唐忱在公寓里甩着长腿随意走动，丝毫不拿自己当外人，她甚至打开冰箱偷吃了冰激凌，未经主人允许可不就是偷吗？

床的位置有点低，视线自下往上，觉得她好像比平时看起来高挑一点，瘦一点，褐色皮肤，动作灵活，青葱漂亮。

他心里骂自己，明知她不是省油的灯，干吗好端端去招惹她，难不成两天不见就想了。

起初他只是想看看她，跟到灯谜门口有点担心，怕她借酒消愁喝断片吃亏。他根本没去打扰她，一个人坐着。但要说一点期待没有也不可能。他知道唐忱的习惯，她不喜欢主动找她搭讪的，她会按自己的节奏喝酒，依自己的取向挑选猎物，所以凑到她跟前去谄媚反而没用。

他找个角落安静看着，她在五彩的灯光下老练地喝酒，舔一口盐，猛灌一口，再咬一咬柠檬，用手背擦掉流到下颌的汁水。动作不是优雅女人味的，像个搬砖工，忙碌粗鲁，不摆姿态给人看，赶时间搞定几杯就要走似的。

接着她看见了他，倏地眉头动一动，隔几秒再瞥过来一眼，喝酒动作就慢下来，心里在琢磨什么。

Sin估摸着自己能入她的眼，她对男人的偏好就那几点要素，深发色深瞳色肌肉匀称。看见的瞬间，她就像小猫上了身，静悄悄，软绵绵地靠近过来。

视线转回天花板，他沉下心分析这眼前的局面。

警用束缚带，他的。她翻出来的时候应该已经知道他是治安警了。但知道他是治安警又怎么样？同一个系统，有点亲切感才对吧，把人绑起来，想必是翻到了别的什么。能是什么呢，他没有把工作材料带回家的习惯。

不对，她在灯谜给他下药，那时就起了坏心？为什么呢？

反复思考自己哪里露了破绽，是眼角余光瞄她的几眼不够自然还是先前跟踪她距离不够远。

"醒了？不打算主动交代？"唐忱把自己往沙发里一撂，修长的双腿交叉起来，脚跟搁在床上。

这架势说是审讯又有些暧昧。

Sin恨恨地开口："你认识我？"

"嗯。"她不打算细说，"去了安全部嘛。不过家里没有配枪，停职？"

"辞职了。"Sin愤然把目光转向墙壁。

"那可不行啊。"唐忱像是在自言自语，起身走到他和墙之间，一手叉着腰一手支着墙，蛮横地堵在他视野中央，"你欠我的拿什么还？"

"我欠你……"他有点心虚，质问得不太坚定，"什么？"

唐忱坐下来，若有所思地捏住他的下巴。

Sin生气地蹙一蹙眉，感觉受到羞辱，刚想把脸扭开，她突然俯下身，把他吻住了。

他反应很大，下身过电般发紧，挣扎动作幅度太大，可只让束缚带深深勒进手腕皮肤里。她手还不停，从腹肌往下探，四处点火，摸得他急促地喘，胸腔里装满了鼓噪的昆虫，扑腾翅膀盲目乱撞。

她一边吞吞吐吐地吻，一边温温柔柔地下蛊："给我回去。"

"不可能。"

她放开他，突然地抽他一巴掌："没用。"

力度一般，但他被抽得有点蒙，下意识用舌头从嘴里顶了顶发麻的脸颊："你希望我有什么用？"

唐忱直起腰身："回安全部去，毛遂自荐监视我。"

他咬牙切齿，又难耐好奇："为什么？"

"他们把7号调走了，我要知道他们的下一步计划，再把他弄回来。"

Sin长长地叹口气："你找部里其他没辞职的人吧，我不喜欢干这个。"

"别说你没干过。没监视过我，你能钓得这么娴熟？"她居高临下盯着他，唇边慢慢挑起一丝笑，食指一下一下戳着他胸口，"干过了就得还债。"

她只是凭感觉捕风捉影，他可以否认的，但到底还是心虚，或者更严重点说，有些歉疚，没法理直气壮地否认。

他激烈跳动的心脏平稳了点，心理生理都安静下去。

"我觉得你有点疯，为了个机器人，和上头那么多人作对。"

"嗯嗯。"她摇摇头，拿了点面包再坐回到床边一点一点揪着放嘴里，好像接个吻耗费许多体力似的，"是我们俩有点疯，从现在开始算上你。"

"我可没答应。"

"真的吗？"

她吃着面包，闲聊语气，显得他气急败坏的样子很傻。

"你以为辞职是闹着玩的？今天辞职，明天又能反悔？回安全部道个歉，他们就当我开玩笑的？"

"警校荣誉墙上的人，这点本事没有，说不过去。"她一副轻描淡写的样子，抬头撕了一小块面包，"吃面包吗？"

Sin脸色相当难看："你先把我放开。"

"不行，你是我的俘虏。"她把面包塞进自己嘴里。

他没受过这种奇耻大辱，快被气死，反而笑了："你想绑我几天？"

"驯服了就不用绑了。"她翻上床，从他身上大刺刺跨过去，到另一边躺靠着吃。

"别把面包屑掉床上。"他看不下去。

唐忱置若罔闻，照吃不误："你们通过什么监视我？"

Sin不回答，只是担心她知道得太多可能一激愤给自己来上那么两枪。

她用脚踢踢他的腿，没反应，竟直接撂脚隔着衣物踩住他，加重了力道，磨得人头皮发麻。

"42007。"他哪想到她会使这损招，脸快要烧着了，"成像的那套视觉系统，常用的。"

她不动声色地把腿收回去，装作无事发生。

"我说嘛，79区哪有那么容易监控。那我不和他在一起的时候呢？"

"你不和他在一起的时候不需要监视。"

她转转眼睛，黑眸抬起，直视过来："你偷看过我洗澡吧？"

他绷着脸，一本正经："我值班的时间段没这个内容。"

"那你偷看过我睡他。"

他脸皮都不禁抽搐一下，怎么能这么直接说出口的。她语气还很平静，不知是不是暴风雨前的平静。

"没、没有。我没那么猥琐，看见有这个……这个趋势，我会走开的。"

"你结巴了。"她低笑一声，笑得他心里发毛。

她躺靠回去继续吃面包："欠我的哦，以后听我的，我不管你什么级别，在我这儿得像调查员一样听我的。"

他尝试着小心翼翼喘过一口气，神经缓和下来："你有什么计划？"

"7号被调走了，那就没法像以前一样监视我。正好是个机会，你回去说你接触上了我，能随时报告我的动向。为了盯得更紧一点，叫他们把你外派到3局来。他们要开会决策时肯定会叫你到场。"

"接触上你？"Sin费解地眯起眼，明白过来，"那我成什么了？为了任务不择手段的渣男？"

"渣男有什么不好？会被重用。"她语气满含嘲讽。

Sin觉得累，身心疲惫，好像刚爬出泥沼又跌进下一个坑。他把胳膊抬起来，搁在脸上，心室激起惊涛骇浪。被绑架了，各种意义上的。

唐忧很擅长道德绑架。

"我还要所有参与任务的人员名单。"她冷不丁地说。

"你想干吗？"他嗅出危险的气息，把胳膊从脸上移开，盯着她。

"记在小本本上，一个个做掉。"她还有心情开玩笑。

"你可别乱来……"他换了认真严肃的语气，"我并不知道所有参与的人，也不知道他们各自发挥多大作用。比如部长，他肯定知情，但是只来开过三次会，除了打打官腔没发表过什么意见，我觉得他不像深入参与并且能拍板的人。还有梁鹤鸣，他出现过一次，但好像也不太想参与，说话阴阳怪气。"

当提到梁鹤鸣的名字时，有个笑意摆过她的眉眼，但又被轻轻放下。

"他一直那样。"

Sin监视她的时候就知道他们的关系，她小时候短暂地单恋过梁鹤鸣，近距离看起来，好像不止那么回事。

"你知道多少说多少。"她说，"我有的是时间查。"

"加我一个吧。"

她轻蔑的眼神睨过来："你又来劲了？"

"你以为我为什么辞职？整天关小黑屋监视你，我恨不得推开你亲自办荷善和守夜人的案子。"他垂下眼，停一秒，补充说，"我喜欢看你工作。"

她笑了一下，很快沉下脸："盯了我那么久。"

Sin觉得她笑的那下也有点冷，没接话。

"我总是只接到7号的协助申请，是你们搞的鬼？"

他犹豫片刻，觉得瞒她没意思。

"他记忆里有你的残存影像，会主动接近。系统只是把其他向你递的申请屏蔽了。"

唐忧两眼直逼空无一物的白墙，笑得更冷一点："包办婚姻啊？"

"发现自始至终是个骗局，是不是觉得没意思了？"

近距离特写下，她睫毛微微颤了颤。

视线抽回瞳孔的一瞬，转过来的眼神洒满温暖的流光，像春天忽然腾起的白色飞絮。

"怎么会呢。"

你们连起点边缘的浮尘都没摸着。

（番外完）

作者的话
意识解构

大家好，我是猪妞。很高兴第2部也这么快地完结了，写的过程非常顺利，除了越写越长……

我的写作习惯是提前做好两三百字的章纲，每章内容先列出剧情线和感情线，再以四五个主要情节点为骨架，偶尔会写一两句重要台词以防写的时候忘记了。其余部分自由发挥，因为写的时候还会有新的灵感。

《旬空交会》就是这样，连载途中经常会在一个主要情节点上再增加转折，于是导致每一天的章纲都写不完，一度非常焦虑，如果硬要把当天原本设置的章纲内容写完，就会变成单章九千字，工作量是个挑战。

这个困境直到现在还没调整过来，昨天我在写番外《如梦初醒（中）》，整个番外本来计划一万字，平均到"中"应该是三千三百字左右，写完一看又成了九千九……章纲里"男女主推拉"就一行字，谁知道他们那么能推拉呢……希望接下去连载《一见如故2》不再遇到麻烦（青春校园应该没什么可展开的吧，应该不会了）。

第2部主要讲了一个数据主义对人文主义革命的故事，既呈现了数据主义的优势，又呈现了数据主义的弊端，一些思维方式的迭代总会催生很多伦理学讨论。

不过无论人类愿不愿意，现代传媒的发展已经将我们带进了数据主义的门槛，人们对自己的了解还不如大数据来得深刻，当人类的喜好已经能够被数据化，整个意识数据被细化成可统计可分析可处理的体素也只是时间问题。

也许将来人工智能的技术跃迁会像故事中那样加速矛盾的暴露，但有些亟待解决的问题已经成了当今现实。

在第2部结尾有所铺垫，《迭代》的第3部《匣之外》会以79区为主地图展开剧情，想写的是一个日常生活中的战场，街头巷尾的游民构成新生态。仿生人在学习人类社会建立规则，资本家、治安警、毒贩和杀人犯潜藏千丝万缕的联系。与前两部不太一样的是，它并非以单一人物大Boss串联结构，而是围绕环境来做结构，好像在棋盘上摆放棋子，这对我来说又是新的挑战。

《迭代》这个近未来系列会一直写下去，不过一本就是一本的故事，不同故事只是共享了世界观。

好了，我先回到青春校园去了，把《一见如故》完结再回来。

下一个单行本见。